金子兜太の〈現在〉

定住漂泊

編集——齋藤愼爾

春陽堂書店

金子兜太の〈現在〉● 目次

魚雷の丸胴蜥蜴這い廻りて去りぬ　『少年』

水脈の果て炎天の墓碑を置きて去る　『少年』

死にし骨は海に捨つべし沢庵嚙む　『少年』

朝日煙る手中の蚕妻に示す　『少年』

独楽廻る青葉の地上妻は産みに　『少年』

墓地も焼跡蟬肉片のごと樹々に　『少年』

会津・飯盛山

罌粟よりあらわ少年を死に強いた時期　『少年』

きよお！と喚いてこの汽車はゆく新緑の夜中　『少年』

雪山の向うの夜火事母なき妻　『少年』

暗闇の下山くちびるをぶ厚くし　『少年』

白い人影はるばる田をゆく消えぬために　『少年』

霧の車窓を広島走《は》せ過ぐ女声を挙げ　『少年』

原爆許すまじ蟹かつかつと瓦礫歩む　『少年』

青年鹿を愛せり嵐の斜面にて　『金子兜太句集』

人生冴えて幼稚園より深夜の曲　『金子兜太句集』

朝はじまる海へ突込む鷗の死　『金子兜太句集』

銀行員ら朝より螢光す烏賊のごとく　『金子兜太句集』

豹が好きな子霧中の白い船具　『金子兜太句集』

殉教の島薄明に錆びゆく斧　『金子兜太句集』

彎曲し火傷し爆心地のマラソン　『金子兜太句集』

華麗な墓原女陰あらわに村眠り　『金子兜太句集』

黒い桜島折れた銃床海を走り　『金子兜太句集』

果樹園がシヤツ一枚の俺の孤島　『金子兜太句集』

わが湖あり日蔭真つ暗な虎があり　『金子兜太句集』

どれも口美し晩夏のジヤズ一団　『蜿蜒』

男鹿の荒波黒きは耕す男の眼　『蜿蜒』

無神の旅あかつき岬をマツチで燃し　『蜿蜒』

最果ての赤鼻の赤魔羅の岩群《いわむれ》　『蜿蜿』

霧の村石を投《ほう》らば父母散らん　『蜿蜿』

三日月がめそめそといる米の飯　『蜿蜿』

人体冷えて東北白い花盛り　『蜿蜿』

林間を人ごうごうと過ぎゆけり　『暗緑地誌』

涙なし蝶かんかんと触れ合いて　『暗緑地誌』

夕狩の野の水たまりこそ黒瞳《くろめ》　『暗緑地誌』

谷に鯉もみ合う夜の歓喜かな　『暗緑地誌』

二十のテレビにスタートダッシュの黒人ばかり　『暗緑地誌』

暗黒や関東平野に火事一つ　『暗緑地誌』

馬遠し藻で陰《ほと》洗う幼な妻　『早春展墓』

海とどまりわれら流れてゆきしかな　『早春展墓』

山峡に沢蟹の華《はな》微かなり　『早春展墓』

ぎらぎらの朝日子照らす自然かな　『狡童』

日の夕べ天空を去る一狐かな　『狡童』

霧に白鳥白鳥に霧というべきか　『旅次抄録』

（弘川寺にて）

大頭の黒蟻西行の野糞　『旅次抄録』

人刺して足長《あしなが》蜂帰る荒涼へ　『旅次抄録』

梅咲いて庭中に青鮫が来ている　『遊牧集』

山国や空にただよう花火殻　『遊牧集』

谷間谷間に満作が咲く荒凡夫　『遊牧集』

猪《しし》が来て空気を食べる春の峠　『遊牧集』

山国の橡の木大なり人影だよ　『遊牧集』

麒麟の脚のごとき恵みよ夏の人　『詩経国風』

抱けば熟れいて夭夭の桃肩に昴《スバル》　『詩経国風』

（中国旅吟）

花柘榴の花の点鐘恵山寺　『遊牧』

朝寝して白波の夢ひとり旅　『詩経国風』

若狭乙女美《は》し美《は》しと鳴く冬の鳥　『詩経国風』

麦秋の夜は黒焦げ黒焦げあるな　『詩経国風』

どどどどと螢袋に蟻騒ぐぞ　『詩経国風』

桐の花遺偈《ゆいげ》に粥の染みすこし　『皆之』

牛蛙ぐわぐわ鳴くよぐわぐわ　『皆之』

唯今二一五〇羽の白鳥と妻居り　『皆之』

（中国旅吟）

漓江どこまでも春の細路を連れて　『皆之』

夏の山国母いてわれを与太と言う　『皆之』

冬眠の蝮のほかは寝息なし　『皆之』

雪の日を黄人われのほほえみおり　『黄』

酒止めようかどの本能と遊ぼうか　『両神』

長生きの朧のなかの眼玉かな　『両神』

春落日しかし日暮れを急がない　『両神』

大前田英五郎の村黄落す　『両神』

愚陀仏庵

二階に漱石一階に子規秋の蜂　『両神』

中国四川省の旅（二句）

桂花咲き月の匂いの成都あり　『両神』

燕帰るわたしも帰る並《な》みの家　『両神』

よく眠る夢の枯野が青むまで　『東国抄』

じつによく泣く赤ん坊さくら五分　『東国抄』

おおかみに螢が一つ付いていた　『東国抄』

狼生く無時間を生きて咆哮　『東国抄』

狼墜つ落下速度は測り知れぬ　『東国抄』

妻病めば葛たぐるごと過去たぐる　『東国抄』

定住漂泊冬の陽熱き握り飯　『日常』

長寿の母うんこのようにわれを生みぬ　『日常』

源流や子が泣き蚕眠りおり　『日常』

秋高し仏頂面《づら》も俳諧なり　『日常』

沢上りつめ初日見る月の出待つ　『日常』

言霊の脊梁山脈のさくら　『日常』

子馬が街を走つていたよ夜明けのこと　『日常』

大航海時代ありき平戸に朝寝して　『日常』

老母指せば蛇の体の笑うなり　『日常』

病いに耐えて妻の眼澄みて蔓うめもどき　『日常』

ブーメラン亡妻と初旅の野面《のづら》　『日常』

合歓の花君と別れてうろつくよ　『日常』

左義長や武器という武器焼いてしまえ　『日常』

津波のあと老女生きてあり死なぬ　『日常』

被曝の人や牛や夏野をただ歩く　『日常』

『日常』以後百句抄

晩年の生きざま

選＝安西 篤
Anzai Atsushi

金子兜太の句集は、第一句集『少年』（昭和三十年）から第十四句集『日常』（平成二十一年）にいたる十四冊が上梓されている。『日常』以降、亡くなる平成三十年二月までほぼ九年間の作品は句集として公刊されていない。この間の作品は、「海程」誌上に発表されたもの五百四十句と、他誌に掲載された十七句に未発表作九句をあわせて五百六十六句がある。今回、この五百六十六句の中から百句を選んだ。

晩年の九年間は、俳壇の重鎮としての地位をゆるぎないものにし、数多くの栄光に輝いた時期。その発言の重みには社会的影響力が加わった。すでに八十歳代において、現代俳句大賞、蛇笏賞、日本芸術院賞など俳人としての栄誉を網羅していたが、九十歳代では文化功労者、熊谷市名誉市民、皆野町名誉町民等の地位を得、最後の句集となった『日常』では毎日芸術賞特別賞、朝日賞を受賞。もはや兜太に残された賞は、ノーベル文学賞、文化勲章くらいだろうか。もし『日常』以降の作品が句集となり本人が存命ならば、どんな賞の対象になり得ただろうか。『日常』以降の作品の特色を挙げてみよう。

第一に震災や戦争の危機感を詠む句が目立つ。これは功なり名を遂げた俳人として勇気ある発言である。

津波のあとに老女生きてあり死なぬ

炎天の墓碑まざとあり生きてきし

青春の「十五年戦争」の狐火　朝日賞受賞

第二に肉親や自身の肉体への思いを込めた境涯感。

祖母ありき飲食《おんじき》お喋り日向ぼこ

父の放屁に谷の河鹿の一と騒ぎ
今を生きて老い思わずと去年今年
第三に、産土へのふたりごころ或いはアニミズム。
荒川で尿瓶洗えば白鳥来

遠く雪山近く雪舞うふたりごころ
谷に猪眠むたいときは眠るのです
「他界してもいのちはあの世の世界へ移ってゆくだけ」と
確信する兜太に辞世の句はなかった。

＊出典名のないものは全て「海程」

祖母ありき飲食《おんじき》お喋り日向ぼこ　二〇〇九年四月号
一茶もわれも世紀跨いで寝正月

阿部完市二月十九日他界

完市よ菜の花も河津桜も雨　二〇〇九年五月号
語り過ぎて臍《ほぞ》をかむなり敗戦忌　二〇〇九年十二月号

秩父にて（三句）

眼の奥に陽光溜めて猪《しし》撃たる　二〇一〇年一月号
朝日迎えて僧とその妻むかご炊く
二日泊りてさるとりいばらの実とも話す
今を生きて老い思わずと去年今年　「現代俳句」二〇一〇年一月号
冬眠の蛙芭蕉に風邪薬
小学六年尿瓶とわれを見くらぶる　二〇一〇年二・三月号

五獣奏（五句）

わが虎の秩父遍路のあと深酒　二〇一〇年四月号
わが猪《しし》の猛進をして野につまづく
わが狼朝ごと音痴の唄唸る
わが犀のにこり振向く霜野かな
わが羊毛深かかりしがいま乏し
桐一葉落ちて隣りの猫が鳴く　「俳句研究」二〇一〇年四月号

日野原重明氏と対談

明るさよ薄氷の街大股に　二〇一〇年五月号
青き踏む明快に歩きて止まず
白寿越えて紅梅木五倍子咲くままに

川崎展宏他界

冬樫の青しよ展宏の笑顔
黒文字に黄の花されば黄の濃さよ　二〇一〇年六月号

無言館にて（五句）

無言館泥濘にジャングルに死せり　二〇一〇年十月号
裸身の妻の局部まで画き戦死せり
無言館幽暗の床に枯松毬《かれまつかさ》
館の外山蟻黒揚羽無言
山百合群落はげしく匂いわが軽薄

森　澄雄　他界

堪えて堪えて澄む水に澄雄　二〇一〇年十一月号

慶應病院に一か月入院

皮膚病みて腰萎えて望月と過ごす　二〇一〇年十二月号

岩頭に朝日顔出す戦さあるな　「俳句」二〇一一年一月号
山茶花の宿にころがる尿瓶かな
水仙と蜜柑と犬の間抜け面《づら》　二〇一一年四月号
荒川で尿瓶洗えば白鳥来
津波のあとに老女生きてあり死なぬ　「俳句」二〇一一年五月号
三月十日も十一日も鳥帰る　二〇一一年七月号
被曝の人や牛や夏野をただ歩く　二〇一一年八・九月号

東日本大震災

「相馬恋しや」入道雲に被曝の翳　二〇一一年十月号
風評汚染の緑茶なら老年から喫す　二〇一一年十二月号

被曝福島米一粒林檎一顆を労わり　二〇一二年一月号
雪の外輪雪の浅間の裸形《らぎょう》も立つ　二〇一二年二月号
樹相確かな林間を得て冬を生く
妻の忌の全山に芽吹きの気息　二〇一二年四月号
樹幹みな片頬無言原曝忌　二〇一二年五月号
水田地帯に漁船散乱の夏だ　「俳句」二〇一二年五月号

『俳句』六十周年に寄せて

亡き妻の上溝桜《うわみずざくら》大樹なす　「俳句」二〇一二年六月号
牡丹咲く黒犀が通りすぎたよ　「俳壇」二〇一二年六月号
慈悲鳥老人殖えて喋るかな　二〇一二年十一月号

山影情念狼も人も俯伏き
野に住みて白狼伝説と眠る　二〇一三年一月号
山影《やまかげ》に人住み左義長もありき　「俳句」二〇一三年一月号
霜の影人影に濃し被曝の地
冬の緑地帯風評被害の風音　「現代俳句」二〇一三年一月号
復興へ破船人影冬の松
九十代が普通となりて酔芙蓉
列島沈みしか背ぐくまる初富士　「俳壇」二〇一三年一月号
大寒の奥に被曝の山河あり　「福島民報」二〇一三年一月

白寿過ぎねば長寿にあらず初山河
二〇一三年二・三月号

即身佛の誰彼《たれかれ》あやめ咲きにけり
二〇一三年六月号

被曝の人や牛や夏野をただ歩く
「環」二〇一三年夏号

胡蝶翅ひらき閉ず被曝なき国を
二〇一三年八月・九月号

暗闇の大王烏賊と安眠す
二〇一三年十月号

青春の「十五年戦争」の狐火
二〇一四年二月号

遠く雪山近く雪舞うふたりごころ
二〇一四年四月号

2014年9月、皆野町。撮影＝黒田勝雄

うわみず桜の根方猫の子集うところ

谷に猪眠むたいときは眠るのです
二〇一四年六月号

サーフインの若者徴兵を知らぬ
二〇一四年八・九月号

ひぐらしの広島長崎そして福島

生命《いのち》死なずと月下美人に呟く
二〇一四年十一月号

「大いなる俗物」富士よ霧の奥

産土の落葉ここだくお正月
二〇一五年二月号

茫々と雪の吾妻《あづま》山よ離村つづく
二〇一五年四月号

沖縄にて

相思樹空に地にしみてひめゆりの声は
二〇一五年五月号

葭切が団扇祭りの酔い囃す
二〇一五年六月号

「沖」誌四十五周年へ

眼を閉じても水光《みでり》の冬の家郷かな
二〇一五年八・九月号

被曝福島狐花捨子花咲くよ
二〇一五年十一月号

わが武蔵野被曝福島の海鳴り

海鳴りなり秩父夜祭から帰る
二〇一六年一月号

朝日賞を受く（二句）

炎天の墓碑まざとあり生きてきし

朝日出づ枯蓮に若き白鷺
二〇一六年二月号

満天星紅葉亡妻はしやぐはしやぐかな

弟千侍他界

青空に茫茫と茫茫とわが枯木　二〇一六年四月号

妹稚木他界

紅梅を埋めし白雪無心かな

蛇穴を出づ鼠小僧の母の家　二〇一六年五月号

草田男頌　六句

わが師楸邨わが詩萬緑の草田男　二〇一六年十月号

草田男有り詩才無邪気に溢れて止まぬ

楸邨草田男わが青春のしづの女

季語を含む詩語よ最短定型ありて美《は》し

草田男の自信満々季語に遊ぶ

草田男ありてジヨルジユ・ルオーが我に

ひと日もよ白曼珠沙華黒揚羽　二〇一六年十一月号

秩父困民党ありき麦踏みの人ありき　二〇一六年十二月号

麵棒抱《かか》えて嫁ぎし母の長寿かな　二〇一七年一月号

妻の墓に顔近づけてわが足長《あしなが》蜂　二〇一七年四月号

父の放屁に谷の河鹿の一と騒ぎ　二〇一七年五月号

日野原さん百五歳で大往生（五句）

日野原大老いま頃ロンドンで酔うや　二〇一七年八・九月号

日野原大老静かに宴《うたげ》大いに宴

日野原大老うふうふととぼけず

日野原大老ゆつくり真面目そして真面目

われより八つ違いの日野原大老に平和を

この窓や冬の鴉の人面《ひとづら》と　二〇一七年十一月号

ここから見える片照りの山茶花ども　二〇一八年二・三月号

（データ協力：小松よしはる）

金子兜太　最後の九句

（平成30年1月25日〜2月5日の間に作句）

雪晴れに一切が沈黙す

雪晴れのあそこかしこの友黙まる

友窓口にあり春の女性の友ありき

犬も猫も雪に沈めりわれらもまた

さすらいに雪ふる二日入浴す

さすらいに入浴の日あり誰が決めた

さすらいに入浴ありと親しみぬ

河より掛け声さすらいの終るその日

陽の柔わら歩ききれない遠い家

（「海程」二〇一八年四月号）

エッセイ

自作ノート

金子兜太

四百句（『現代俳句全集』のための自選句）を書き抜いてみたら、秩父の句にはじまり、秩父の句に戻る結果になってしまった。秩父は私の郷里で、幼少年期をそこで過ごしている。三十年ほど離れていて、こんどは、その近辺に住むようになった。そういう現象的なことも影響しているのかもしれないが、それだけではない。

曼珠沙華どれも腹出し秩父の子

その初期の秩父の句の一つ。秩父は山国だから田はすくない。畑径に曼珠沙華が赤く咲き、子供たちが遊んでいた。夏の日焼けがまだ十分に残っている子供たちは、着たもののまえをはだけて、腹をだして走ってゆく。腹は、麦や野菜を多食して、ふくらんでいる。「秩父の子」という発想が、ごく自然にでてくる。

東京の学校にいて、休暇になると帰郷していた時期で、帰郷青年の幼時回想といった感傷とともに、育った郷土をあらためて見直している、自分でもおもいがけないほどの新鮮な眼のはたらきもある。学校を卒業するまでの私の句は、「機銃音寒天にわが口中に」とか「日日いらだたし炎天の一角に喇叭鳴る」「喇叭鳴るよ夏潮の紋条相重なり」「愛欲るや黄の朝焼に犬佇てり」「二等兵の肩章汚れ潮荒れる」のような、都会にいてじわじわと感じる「たゞならぬ世」（中村草田男）への感性的反応、いや不快の表明と、「蛾のまなこ赤光なれば海を恋う」「山脈のひと隅あかし蚕のねむり」「土間口に夕枯野見ゆ桃色に」のような、帰郷したときの、あるいは、都会にいての郷里想望風なリリカルな心情表出だったが、重心は大きく秩父にかたむいていた。

魚雷の丸胴蜥蜴這い廻りて去りぬ

昭和十九年（一九四四年）三月、ミクロネシアの一珊瑚島嶼トラック島に、海軍主計科の一員として赴任した。その一と月まえの米機動部隊による二日連続の空襲によって、島はほとんど壊滅状態になっていたが、それでも航空基地はまだ生きていて、零戦や艦攻・爆撃機が動いていた。七月のサイパン島陥落までは、トラック島は中部太平洋の要衝として、まがりなりにも機能していたのである。

したがって、航空基地のジャングルのなかには、よく磨かれた鉄の匂うような魚雷が隠されてあって、いつでも雷撃機に搭載できる状態になっていた。その並べられた魚雷の丸い胴を、蜥蜴がチョロチョロ這いまわり、すぐ草むらに消えてしまったのだが、その一瞬のなまなましい膚触感に、しーんとした緊張があった。

「古手拭蟹のほとりに置きて糞る」のような、防暑服と褌一本の生活は、私の性《しょう》に合っていて、いまでも忘れられないが、しかし、「水脈の果炎天の墓碑を置きて去る」のような句にこめた、多数の非業の死者への思いは、それにも増して私にかぶさっている。その重みは、いまでも変ることはない。

朝日けぶる手中の蚕妻に示す

昭和二十一年（一九四六年）の晩秋に、トラック島から帰国し、焼け野原の東京小石川に原子公平を訪ねたことをおもいだす。そのとき、「墓地も焼跡蟬肉片のごと樹樹に」「鰯雲子供等さえも地に蹈み」を得た。

その翌年、結婚。新婚旅行など望めない時期なので、毎日、二人で、秩父の晩春の畑径を歩いて、新婚気分を味わっていた。その途中、農家の飼屋に立ち寄ったときの句。

蚕礼讃の気持である。朝日けぶる手中の蚕というとらえかたに、それがあり、だから、「示す」といった身ぶり言語《ゼスチュア・ランゲイジ》がおのずとでてきたのである。耕地のすくない山地農民の生業といえば養蚕だった。蚕《おこ》サマ神サマの生活感情が、直接養蚕にたずさわったことのない私のからだにもしみこんでいて、蚕を示すことが、妻への親しみの証であり、これからの生活への意思表明でもあった。

私には、妻ということばを詠みこんだ句が多く、妻俳句をたどることによって、自分史が書けるようにもおもっているほどである。この種の私情密なることばが好きで、肉親や友、さては日常ということばまでも多用している。理としては、私情にも日常にも厳しいが、情としては愛好をいつわれないわけで、この真意を無理に隠さずにきた。いや、その情をいたわりつつ、理を貫く方向で考えてきたつもりである。

したがって、そのころの郷里の句会で、もう妻やチチハハでもないでしょう、こんなことばを句にもちこんでいるあいだは、私小説的な世界から脱けられませんよ、と批判されたことがあったが、それを肯定することができなかった。そのくせ、自分でも同じことを考えていて、後になって、「波郷と楸邨」とか「楸邨論断片」とかいった文章で、そのことを詰めて書いているのだが、その人の意見には賛成できなかったのである。理由は簡単で、妻やチチハハ拒絶の近代化思考の形式性が、目に見えていたからである。それを私の感情が直感していたといってもよい。当時の近代化指向の性急な面が、こういう俳句論議にも反映していたわけだが、それだけに、こんどは一転して、反近代化思考による反撃を喰うことになる。しかも、その反近代化思考もまた、性急で形式的で、近代化論の中核である〈個の内部秩序の確立〉まで埋葬しかねないとあっては、またなにをかいわんや。

復員し日本銀行に復職した頃。写真提供＝金子眞土

暗闇の下山くちびるをぶ厚くし

福島市に二年半ほどいたときの句で、吾妻山を、夜、ひとりで下山した。いまのように自動車の走れる道はなく、文字どおりの山路を、足もとを見つめながら下りていったのだが、しかし、しだいに慣れて弾みがつく。からだが熱

くなり、肉がふくれてくる感じで、やや突きだし気味にしていた唇も、部厚くふくれてきて、意力の野性をおびた昂揚をおぼえていた。〈主体〉ということばが、身に即してわかるのも、こんなときだ。

この句の前後に、どうしても忘れられない句が三つある。一つは、帰国後間もなく、結婚直前の「死にし骨は海に捨つべし沢庵嚙む」。あとの二つは、福島から神戸に移ってからの、「朝はじまる海へ突込む鷗の死」と「人生冴えて幼稚園より深夜の曲」で、ともに決断の心意表明である。そして、これらの句を思いだすとき、かならず掲記の「暗闇」の句が、野性にぬれてとびだしてくるのである。

もまれ漂う湾口の筵夜の造船

神戸港の防波堤には、昼間はたくさんの鷗がとまっていて、防波堤にそって湾口にくると、潮が蒼黒く厚ぼったく盛りあがっていた。防波堤のなかの潮は、箱庭のなかのように人工的でやさしかったが、湾口の潮だけは、獣のように蠢めいていた。

そのなかに、筵が一枚、沈みきりもせず、むろん海上に浮上もしないで、中途半端な状態で漂っていたのである。それを見て帰った夜、この句ができたのだが、港につきだした造船会社のドックには、建造中の船がいて、夜は満艦飾といえるほどの作業灯をつけていた。しかし、その灯が映る湾口の潮のなかには、一枚の筵が、暗くもまれ漂っていたのである。その筵の無気味さ、眼の強さ。

当時、俳句における社会性とは何かについて活潑な論議がおこなわれていたが、私は「社会性は態度の問題」と決めて、自分の内部秩序〈主体〉の確立に意をそそいでいた。〈主体の表現〉を俳句の方法としたのもこの時期である。「銀行員ら朝より螢光す烏賊のごとく」とか、「夜の果汁喉で吸う日本列島若し」「山上の妻白泡の貨物船」「強し青年干潟に玉葱腐る日も」「白い人影はるばる田をゆく消えぬために」「車窓より拳現われ旱魃田」などと多作していた時期でもある。

華麗な墓原女陰あらわに村眠り

神戸から長崎に転勤して、二年半ほどいた。原爆被災の中心部（爆心地）を歩きまわって、「彎曲し火傷し爆心地のマラソン」「広場一面火を焚き牙むく空を殺す」などと、原爆呪詛の句をつくり、併行的にキリシタン殉教の地への想いをふかめていった。「殉教の島薄明に錆びゆく斧」「青濁の沼ありしかキリシタン刑場」「司教にある蒼白の丘疾風の鳥」などなど。この重層した想念のなかに掲記の句がある。

野母半島をゆき、突端の脇岬にちかい海岸に、砂丘に似た大きな丘を見た。その全体が墓地で、墓石も見事なものが多かった。このあたりは隠れキリシタンの地ともきいていたから、そのせいかともおもったが、あるいは、ついこのあいだまで殷賑をきわめていた鰯漁の名残だったのかもしれない。

しかし一方では、鰯がこなくなった一帯の漁村は零落のみちをたどり、村はさびれ、汚れていたのである。その極端に対蹠的な情景——死のにぎわいと生の退廃の対照のなかにいて、私は、退廃の生が燃やす、猥りがましくもまたなまなましい性の日常をおもわないわけにはゆかなかった。

この句は、退廃の現実を描いただけで、それを捲きかえしてゆく批評力に欠ける。したがって、この句じしんも退廃している、と評した人がいたが、私にはその批評が貧しいものにおもえてならなかった。退廃の現実を想像力豊かに、ゆるぎなく書ききることこそ、最高の批評である。

粉屋が哭く山を駈けおりてきた俺に

それと関わって、この句の野性味——からだごとびこんでゆくリズム感と、そこに盛りあがる野性の味わい——に、私は愛着している。当時、さまざまな鑑賞や解釈があったが、句意は単純明快、要するに、山から駈けおりてきたとき、麓のあたりに水車小屋があり、粉屋のおじさんがいたのである。笑っていたが、粉のついた顔は泣いているようにも見えて、山の子のように陽やけして駈けてきた私は、ついつい「哭く」とからかってみたくなったのである。泣くでなく、慟哭の哭という字のしかつめらしさ、重重しさのなかに、私の粉屋さんにたいする、からだからの親しみもこめられているはずである。野性バンザイ。想像力バンザイ。

わが湖あり日蔭真暗な虎があり

長崎から東京に移って、どこかの山湖に出かけたときの句。初夏。湖は厚い緑で囲まれ、その日蔭に虎をひそませることは容易だった。想像のなかで、湖は自分の領域となり、虎は待機の姿勢を充実させて、黒黒と伏せていた。

待機といっても、次の行動への野心といったものではない。私の場合、社会的行動はすでに頓挫していて、もっぱら自分いちにんに執し、その〈主体の表現〉を俳句にもとめていた。方法を〈造型〉と名付けて書いているうちに、いつのまにか「前衛」というものになっていて、「啓蒙家」といわれ、「俳句の花園を荒すもの」といわれ、何何主義者でもあるらしかった。私にとって、〈自由〉こそすべてで、自ら〈自由人〉たらんとして俳句をいじりまわしていたのに、なかなかツボにはまった渾名がもらえなかったようである。いまでもそうだが、短詩形の世界での、思考や情感の硬直現象にはうんざりする。

しからば待機とは。わが〈存在〉の湖の〈自由〉。

無神の旅あかつき岬をマッチで燃し

竜飛岬にゆき、夜明けに起きて、ひとり岬の突端を歩いた。タバコに火をつけると、火は岩肌を照らし、岬全体を燃した。竜飛岬は燃えながら遠のいて、一本の黒い指のように小さくなり、そしてまた戻ってきた。妙に、自分と、この荒涼たる岬の夜明けの実在感が鮮明だったのである。

それだけにかえって、私は神を感じた。単に感じたという以上に感じて、この旅の旅情に加えて、私の人生の旅程への想いを呼びおこしさえした。私は無神論者だが、こんなときは、その「無神」ということばが、ひどく感傷的にひびきもするのである。

この時期あたりから、私は〈伝統体感〉ということを考えている。

三日月がめそめそといる米の飯

山間の宿でできた句だが、晩秋の夜の山空には、三日月が鋭くかかっていた。茶碗に米の飯。その白さと三日月が、かすかに照り合って、目のまえの飯のなかに、三日月がきている印象だった。しかも、鋭いくせに「めそめそ」と。米の飯のように「めそめそ」と。

このころ、「霧の村石を投《ほ》うらば父母散らん」のような句もつくっていて、米や家やチチハハや日常とか私情というものに、嗟歎まじりの批評を籠めていた。いわゆる「高度経済成長」のなかで、米作農家の解体や家族制度の変質が見えてきた時期である。私は悲観的な気持で、その推移を窺っていた。

いま一つ、この句での自覚は、三日月と米の飯の、物そのものの感じ、つまり、物としての質感をとらえ得たことで、これを私は〈物象感〉といっている。

涙なし蝶かんかんと触れ合いて

熊谷（武蔵野北辺）に居を得たあとの句。ここからは秩父連山がよく見え、秋から冬の、空気の澄んでいる時季には、その南に連なる多摩相模の山山の上に、富士が冠雪の上半身を見せてくれる。

この句は、夏の陽ざしのなかの蝶を見ていてできたものだが、蝶の触れ合いの音をきき得たとき、蝶の〈自然〉に触れることができたと信じた。この〈自然〉が〈物象感〉の支えでもあるとおもったものだ。

林間を人ごうごうと過ぎゆけり

同じ〈自然〉を、人間にも感受し得たとおもったとき。「不易流行」を思い、この実現を身に課して、「流行」を、人々と天然の〈現実〉とし、「不易」を、その〈自然〉とする思考が家着しはじめたときでもある。〈秩父の風土〉が、その〈現実〉と〈自然〉のために、ますます身にしみてくる。

暗黒や関東平野に火事一つ

その間に、こういうまったく想像の句を多作している。これは、関東平野を走る、真昼間の列車のなかでとびだしてきたものだが、日光中禅寺湖の紅葉を見たあと、「赤い犀」一連がとびだしたこともある。この、現実に向って想像力がのびのびとはたらく時間に、私は自分自身の〈自然〉を感受することが多い。

骨の鮭鴉もダケカンバも骨だ

北海道阿寒国立公園を旅したときの句。すでに冬の気配で、ダケカンバは白骨の幹をさらし、鴉は、冷えた空を、骨を透かせてとんでいた。湖畔にアイヌの人影、そして鮭の骨の散乱などを想像しながらゆく。すべて「骨」。その悠遠。

（飯田龍太ほか編『現代俳句案内』一九八五年二月／立風書房）

私の文学

土から俳句がしみ込んでくる

金子兜太

聞き手＝田中和生
Tanaka Kazuo

インタビュー

産土《うぶすな》の狼が飛び出してきた

田中　最新句集の『東国抄』の後書きにこういうことを書いておられますね。「『土』をすべての生きものの存在基底と思い定めて、自分のいのちの原点である秩父の山河、その『産《うぶ》土《すな》』の時空を、心身を込めて受けとめようと努めるようになり、この題は、産土の自覚を包むようになったのである。／そして、ある日、狼（ニホンオオカミ）が出現した。秩父には狼にかかわる伝承が多く、あちこちの神社に狼の石像がひかえている。ニホンオオカミは絶滅したといわれているが、まだ生きている。少くともわたしのなかでは、いのちの存在の原姿として生きている。」

　たまたま僕は、ちょっと大げさですけどこれからの文学に必要なことの一つは言葉にアニミズム的な力を取り戻していくことじゃないかと考えていて、金子さんがいま到達しておられる俳句のなかにある言葉に対する姿勢の一つが、たぶんちょうどそれに当たっているのではないか。そこで「産土」のイメージのことを最初にお伺いしようと思って来たんです。それがどういうふうに現われてきたのか、すごく興味があるんです。

金子　戦後、俳句でも例の社会性をもたなければならないというようなことが一般的な風潮としてあって、私もそれに同調してやってきました。ところが一九六〇年安保の後の、いわゆる古典返りの時期になって、自分の存在性を見定めなければならない、社会性というだけでは表面的だと思うようになりました。それからずっと俳句の言葉を見詰めてきて、いま到達しているのはおっしゃるとおり、そこなんです。

　私がそこで、なんで命の原点は土だ、その土の拠点は産土だというようなことを考えるようになったかというと、まず戦争体験があります。戦争中、私は海軍でトラック島というところにおりまして、妙な話で死なないんですね。死なないというとおかしいけど、あれは南方第一線と言われた日本列島とラバウルを結ぶちょうど中心の洋上で、連合艦隊がおりました要塞島なんです。ですから米軍に狙われていて、のべつまくなしに機銃掃射や爆撃を受けていた。

田中　戦闘がもっとも激しい場所の一つだったんですね。

金子　危ないところだったんです。にもかかわらず、そこにいて死なない。しかもサイパンを取られて糧道を断たれて、食いものがなくなっちゃいまして。そこでしようがない、サツマイモの「沖縄百号」を作って食べていたんです。それもまた夜盗虫というのにやられて採れなくなって、餓死者がずいぶん出た。私は海軍の主計科で、糧食関係も担当していたわけだから責任を感じていました。

それから武器もなくなっちゃって、手榴弾を工作部が作ってね。私のところは施設部と言って、工員さんの多いところだったんですが、要するに差別意識かな。工作部は技術者だから実験しない、実験は工員さんにさせて失敗して死んでもいい、そういう考え方が潜在的にあったんでしょう。

工員というのは土木建築の労働者ですけれども、かつて陸軍の軍籍にあっていっぺん復員して、食うに困ってそれじゃあ南洋に行こうといって応募してきている人たちもいた。だから武器を使う腕に覚えがある。そういう連中を募集して実験させる。しようがないから施設部の私も立ち会いをする。するといまのようにピンを抜くんじゃなくて、スイッチをカチッとやって投げるわけですから、その触撃で暴発して、実験した男は手がすっ飛んじゃって、背中に運河のような穴が空いて即死した。それから指導してくれていた落下傘部隊の大尉も心臓に破片が当たって即死しました。私はその後ろ十メートルぐらいのところにいて、まったく無傷だった。それで死骸を担いで病院まで行きましたが、しばらく死臭にとらわれて一週間ぐらい魚が食えなかった。そんな体験をしているんです。

後からしみじみ思ったのは、なんで自分は死ななかったんだろうということです。

田中　そういう場所にいて、死ななかったということですね。

金子　すぐ後ろにいて、当然大尉並みの衝撃を受けているはずで、即、死んだはずだろうになんでだろう。そこから自分の命ということに対する疑問が始まりました。それからいちいち言ってたらきりがないけれども、三度ほどおなじような体験があった。向こうのグラマン戦闘機が来て機銃掃射をするでしょう。田中さんぐらいの位置の人が銃撃で死んでしまう。私は死なない。弾はバーッと散っている。

そういうことが重なって、なんでだろうと考えていたら、ある日夢のなかに産土の神が出てきた。なんで神が出てきたのかと考えたら、母親が千人針というのを作ってくれていたわけですね。さらしの腹巻きに赤い糸で縫い目をつける、それを千人の人にやってもらうと御利益があるというわけですが、それを作ってくれまして、そのなかに産土の神社のお札を入れてくれていたんです。出現したのはどうもそのお札の神だという私の夢のなかでの直観があった。それでその神かどうかわからないけれども、おれは産土の神に守られているという断定をしたわけです。

田中　その夢を見られたのは戦地でですか。

金子　ええ。戦地で毎日やっているうちに、寝ていてふとそのことに気づいたんです。というのは、なんでおれは死なないんだろうという疑問があったからです。こっちは若いですから、死に対してそれほど恐怖心はない。だから余計感じるんだね。年を取っていれば死ななくてよかったというので、そんなことは考えないでしょう。けれども若いから考える。そうしたらある夜、出てきた。

田中　そのイメージは戦中から戦後、現在までずっと一貫してもちつづけておられたということですね。

金子　私のその後の人生を見ましても、運がいいんですね。私が現在、俳句の世界でこんなでかい面をしていられるのも、こういうところに呼んでもらえるというのも、私の運がいいからなんですよ。

田中　そんなことはないでしょう（笑）。

金子　だって、才能なんていったら幾らでもゴロゴロしている。私だけたまたまこんなところでいろいろやれるというのは運ですね。これは後の話にも出るかもしれませんが、私の戦後の人生というのは、ご承知のとおりで自分が当たりをつけてやることが割合うまくいっちゃう。これは運というものを感じる。

田中　そういう「運」を自覚するような産土のイメージが出てきたわけですね。

金子　それでいま言ったようなことが青年期、二十代前半にあって、その先入観というのは大きいと思うんです。やがて自分の存在の根っこを考えるようになって、ずっと辿っていくうちに、命は土だと思うようになった。そこで土の原点の産土というイメージがぱっと出てきた。別にそこで産土が出てくる理由はないんですが、出てきた。

私の郷里に同姓の金子直一という人がいました。詩人であり、晩年は小説を書いていて、伊藤整なんかと一緒に同人誌を出していた時期もあるという話で、伊藤整のことをよく知っていました。その男は私の遠い親戚でもありまして、晩年は私の実家のある町にいた。秩父高校の英語の先生をしていたんですが、私が直一さん、直一さんと親しんだせいもあるのか、彼が書いた詩や小説をみんな送ってくれていたんです。

私はふと産土のことに気づいたときに、直一は産土にかかわるどういう詩を書いているだろうと思った。彼は浦和の高校から秩父の高校に自分で移って、講義も英語の訳を秩父の方言でやったりしていました。徹底して校長にならなかった人物で、私もひそかに尊敬していましたから、いったいどんなことを書いているんだろうと思ったら、やっぱり狼のことをけっこう書いているんです。
　そのなかで、狼は大神、もとは竜神と言った、それで、秩父には竜神がたくさん生息していたと言われている両神山という大きな山がありますが、両神はもとは竜神から来ているのではないか、と彼は書いていて、それを読んでまたショックを受けた。あっこれだという感じがあって、数日後に狼が私の映像のなかに飛び出してきたわけです。

田中　それは文字からイメージが飛び出してきているところがあるんですね。

金子　それまで私は、秩父と狼、産土と狼という結びつきはあまり意識していなかったんです。それが彼の詩を読んでわかってきた。

田中　それは戦争中からずっと「生」というものの基底を考えておられた、その問いの後に来ているということでしょうか。

金子　これはおそらくいまの青年たちもそうだと思うけれども、若いと命を惜しむという気持ちはないんですね。私は戦争ではむしろ第一線を志望して行ったわけだから、そこでちゃんちゃんばらばらをやりたいという気持ちがあった。どうせ日本は負け戦とわかっていたし、死ぬということもわかっていた。するとやっぱり「命」ということが考えの基底にあったんじゃないか。無意識のなかの思想と言っていいのかな。
　表面上の行動としては、若さにかまけて命はどうでもいいという感覚があった。そこへ現実に自分が死んでもいいのに、死なないという状況が生まれてくる。すると身にしみて人の命とはなんだろう、こいつに働く運命というものはどんなものなんだろう、これはまったく運命としか思えないと思って、だから守り神というのが出てきた。その守り神から産土が出てきて、産土のなかには私がそのときははっきり想像もしていなかった大神、竜神のような存在があった。そういうイメージの連続で、最後は直一さんの詩の言葉によって気づかされたということになる。

田中　牽強付会的なんですけど、いまの文学の状況は、戦後に確立された仕組みがかなりの度合いで壊れていて、そういうなかで、文学の原点に帰るような言葉が必要とされているんじゃないかと僕は思うんですね。変な言い方かもしれませんが、ある種戦争中のような感覚でないと生き延びられないような状況になりつつあるのではないかと。

金子　田中さんもそう思っておられますか。

田中　はい。それで、産土のイメージから来る言葉というのは非常に刺激的だと思いました。

金子　それはうれしい。おれ、いまの若い人はそういうことを考えていないのかと思って、非常に物足りない気持ちでいるんです。

秩父の土から俳句がしみ込んでくる

田中　戦争中の話を少ししていただいたんですけれども、金子さんが俳句をはじめられたのは、そのさらに前になるんですよね。

金子　旧制高の二年か三年ですから、十九歳ぐらいかな。

田中　そのころのことは金子さんがいろいろな場所で書いておられて、どうしても内容が重なっちゃって伺いづらいと思っていたんですけれども、やっぱりお父上が俳句をやっておられたというのが大きいわけでしょうか。

金子　これも潜在的に見て大きい。そのときは反発していましたからね。でも書いておりますように、反発しても目の前でやっていますし、こちらも子供の好奇心で見ていますから吸収力が早い。そういう関係で身にしみていたことは間違いないでしょう。

田中　なにか文学のほかの形式のものに目を向けられていたということはなかったんですか。

金子　それは俳句にとり憑かれるまであったと言ったらいいのかな。旧制中学のころから旧制高校の二年ぐらいまで。ＳＦの星新一の腹違いの兄弟で、一年先輩の出沢珊太郎との出会いがなければ、私は俳句には入らなかったと思うんです。というのは反発があったのと一緒に、母親が「俳句なんか作っちゃいかん」と言っていましたから。

田中　お家でやっておられた句会を見て、俳句はけんかだからという話ですね。

金子　現にけんかなんです。それがありまして、当時の少年は善良ですから、母親にいわれればそのとおりだと思っていた。やるものじゃないと思っていた。

田中　その期間がだいぶ長かった。

金子　そうです。ご質問の線で答えると、父親が医者のくせに夏目漱石全集を揃えていた。おやじも俳句を作るぐらいですから多少文学青年的なところがあって、いろいろな文学者の全集や日本文学全集などを揃えていて、私もそれを夏休みなんかに読んでいた。

　私は特に漱石が気に入りまして、小説を書いてみたいなんて気もあったんです。ちょうど俳句にとり憑かれて加藤楸邨という人を知って、楸邨が主宰誌「寒雷」を出したばかりのころで、私もその投句者になっていましたから、もう大学に入ってからですね。楸邨に頼んで二つほど文章を書きました。小説というよりもエッセイでしょうか。それを発表してもらったことがありました。

田中　そのころは小説を書こうと。

金子　書こうという気がありましたね。ただ勉強していたのが経済学なものだから、時間がないというか、少しずれているなと思いました。いちおう曲がりなりにも学問をやっているわけだから。俳句ならやれるけど小説までとなると、ちょっとエネルギーが足りないという感じで、一方で短いものなら書けるんじゃないかなという気持ちもありました。

それで、これも恥をさらすようですが、国文学を専攻して文芸評論家を志願していた堀徹が身近にいて親しくしていたものですから、文章を書いて二度ほど堀にもっていった。

田中　それも小説ですか。

金子　そのつもりですが、エッセイみたいなものですね。どっちかちょっとわからないようなものを書いてね。要するに秩父のことを書いているわけですけれども。

田中　身辺雑記風のもの。

金子　そうです。身辺雑記です。それを書いてもっていったら最初は褒められて、二度目にこっぴどくけなされて、まあそのうちと思っているうちに兵隊に行っちゃった。

田中　夏目漱石に傾いておられたというのは、逆に漱石が俳句的な発想に近いものをもつ人だったということがおありですか。

金子　はい。ですから初期の俳諧味のある小説、せいぜい『三四郎』までですか。『草枕』とか『坊っちゃん』とかあの辺ですね。

田中　その辺りがいちばん共感がおありになった。

金子　だから『明暗』なんてとても読みこなせなかったというのが実際でしょうね。どうも秩父というところは、人間そのものがみんな俳諧みたいなんです。

田中　諧謔的ということでしょうか。

金子　諧謔と滑稽の固まりみたいな。非常に貧しい地帯であるし、ちょうど昭和前期の恐慌期の秩父ですから、戦争になるまでずいぶん貧しかった、そういうところに私の少年期がありますから、貧しい地帯の人たちというのはその行動形態自体が諧謔、滑稽なんですね。まともなのはいないんですよ。まともなやつが幾人か大臣づらして威張っている。うちのおやじなんかも幸い医者をやっていたから、まともな顔をしていましたけれども、普通はなにかうろうろうろうろしている感じ。

田中　土地の気質として俳句に親和性があるわけですか。

金子　もうそれ自体が俳諧なんです。諧謔、滑稽なんですからね。だから父のところへ来て俳句をやる青年、女性はいなくてぜんぶ男です。それも二十代、三十代、四十代の血気盛んな男たちで、けっこう知的な飢えがありまして、作るものがみんな諧謔、滑稽味をもっているんですね。

田中　ある意味で、スタート地点から俳諧にふさわしい。

金子　そうなんです。それでさっきのけんかというのもあって、すぐけんかしますし酒も飲みますしね。そういうものがぜんぶミックスされていて、出沢に刺激されて私が俳句に興味をもって作るようになったときに、まず出てきたのは彼らの群像なんです。だから私のなかにある俳句の始まりはもともと諧謔、滑稽です。俳句がしみついていたということは、イコールそれがしみついていたということですね。

田中　なるほど。それで出沢珊太郎さんに連れられていって、いちばん最初に作られた句が、「白梅や老子無心の旅に住む」でしたね。

金子　よく覚えていますね（笑）。

田中　というのは金子さんが文章で書いておられたその句の作り方がおもしろかったんです。インテリは知識に弱いものだからというので「老子」が出てきて、覚えたばかりの「無心の旅」という言葉を使って、という。その時点ですでにインテリが知識に弱いものだという批評的な目がおありだったというのがすごく興味深くて印象的で、どういうふうにそういうことを考えておられたんだろうと思ったんです。

金子　それは私もぜひ言いたいところなんですけれども、結局原点は、秩父の俳句をやっている人たちの群像、その諧謔、滑稽です。それから貧しいなかでうろうろ生きている人たちの群像。ぜんぶ諧謔、滑稽なんですよ。ある意味ではノーマルじゃないもののイメージ。それがあったから、インテリの世界に入ったらなにかインテリが偽物に見える。

　あのころの四中（東京市立中学）は秀才の巣だったんで、四中から来ていたやつなんてみんな秀才づらしていましたけれども、なんだか偽物で影の薄い存在にしか見えない。秩父の山国でごろごろ生きている人間のほうがずっと肉厚で人間くさい。それがあったものだから、ああこんな連中は知識の二言か三言披露すればすぐなびくだろうというような印象があったんです。それから私は勉強をちょっとばかにして、旧制高校はあまり成績がよくなかった。そんなこともありましたけど、そういう思いがどうもあります。

田中　それが旧制高校のころですね。

金子　いま一つつけ加えさせていただきますと、そういう群像は別の意味からいくと漂泊者、さすらう人間に見えたわけです。定職を得ようとしても得られない。なにかにひっかけて酒を飲んでけんかする。それがなにか表現すると、意外性をもった人を笑わせるようなものを作る。自分がおどけてみせたりして。なにかうろついている感じで定住感がないんですよ。

田中　日々の生活なのに、判で押したような安定したものではない。

金子　ないんです。みんなその地域をうろついているという感じ。そこから漂泊という思いも、私のなかに自ずからしみ込んでいたんでしょう。

田中　秩父の雰囲気として。

金子　それが土壌にある。私なんか単純な人間だから、幼少年期を育った産土、その地域の影響というのがすごくしみている。文化現象とか風俗とか、そういうもの。それがありまして、どうも現在でも、それを原点にいつも物を考えているようなところがある。
　ですから、俳句をはじめるようになって、小林一茶とか種田山頭火、尾崎放哉や良寛といった放浪俳人、あるいは漂泊性をもった人たちの俳句に触れたとき、こっちもなにか震えるような感動があった。それで作れと言われたときに、田中さんが覚えていてくれたいまの句が出てきたということでもある。それはインテリは知識を見せればということとおなじだったんです。

田中　なるほど。

戦前・戦中の雰囲気

田中　たしか俳句の魅力にとり憑かれたのは浪人の時期だと年譜に書いておられたんですけれども、なにかそのきっかけとなるようなことを覚えておられますか。

金子　旧制から大学に入るときに一年浪人しました。しかし旧制のときに既にそういう状態で……。

田中　のめり込んでいた。

金子　そうなんです。のめり込んじゃっていてほとんど勉強しなかった。勉強をばかにしてうろうろして、出沢珊太郎と年中酒を飲んでいたから試験に落っこったわけで、実際は出沢の影響のなかに旧制から浪人、大学時代がずっとありました。
　浪人時代に特にのめり込むようになったのは堀徹の存在です。どうして堀と出会ったかというと、当時「ホトトギス」同人の女流で竹下しづの女という福岡の方がおりまして、九州大学大学院にいた自分の子供、竹下龍骨というのを編集者にしまして「成層圏」という、当時としては非常にしゃれた全国の学生を集めた俳句雑誌を出していたんです。それはやがて軍部からにらまれて、「成層圏」というのが未来派的な名前でけしからんという実に驚くべきことで廃刊になってしまいますが、堀も私も学生で、その「成層圏」の同人として参加していました。
　竹下しづの女は当時、私たちの先輩俳人で中村草田男と加藤楸邨の二人を非常に大事にしていたんです。これはある意味では戦前の新興俳句運動のいちばん保守的な部分を代表する作家たちで、よく「人生派」なんていう変な名前をつけられていましたけれども、「成層圏」誌上でその楸邨や草田男の句を読んで、私は特に草田男の句が好きで注目していました。それでちょうど私が浪人したころ、東京で草田男を囲む会があった。それは「成層圏」の会だったんですが、そこで私は草田男に出会うわけです。同時に草田男をたいへんに好んでいた堀徹がいて、知り合いになった。だから草田男が媒介なんですけど、もとは竹下しづの女が媒介。そういう雰囲気があったということですね。

田中　「成層圏」の近辺で気になったのは、金子さんの年譜に島田青峰の「土上《どじょう》」に投句とありますが、島田さんは戦争の前ぐらいに治安維持法で検挙されていますね。いまから見ると、未来派風とはいえ「成層圏」のような俳句が反体制的なものとして考えられていたというのはすごくわかりにくいんです。金子さんの文章のなかでも、軍国主義的な青年が来てスローガンみたいな俳句を詠んで、それにちょっと白けてしまうというような一節があって、その感覚がおもしろいと思いました。その辺りの戦前・戦中の違和感のようなものを少し伺いたいんです。

金子　あのころ軍部や右翼政治家がかならず非難する言葉として言ったのが、「自由主義」「個人主義」です。「おまえは自由主義、個人主義だ」というのはたいへんな国賊だということですね。

田中　よくないレッテル。

金子　そいつは危険思想のもち主だということです。それをいたるところ張りつけて、ついに俳句の世界にまで張りつけて、治安維持法にひっかけて、それで青峰たちがつかまった。それから「成層圏」も、廃刊に追い込まれるという状況になりました。これは太平洋戦争開戦前夜の現象です。

　具体的にどんなことがあったかというと、別に大したことはなくて、きっかけは「戦火想望俳句」ってなにかお笑いみたいな題ですけど、戦争をはるかに望んで作る俳句。広い意

水戸高校俳句会。前列左端が兜太。写真提供＝金子眞土

味で反「ホトトギス」という旗印のもとに新興俳句運動が起こっていたわけですが、新興俳句の連中が集まりまして、戦火想望俳句を作ろうじゃないかといって作った。映画や新聞で見ている戦地の様子を頭に描いて、岡井（隆）とも話しておられましたが虚構の句をでっち上げたわけです。それを発表したのがきっかけになった。そのなかにかなり揶揄的な俳句があった。俳人特有の諧謔的な句が多いわけですから、それを敏感な保守主義者が読んでけしからん、潜在的な国賊である、自由主義、個人主義の徒であるということになった。

田中　表現として自由な方向に踏み出しているようなものはだめだということだったんですね。

金子　にらまれるきっかけを作っちゃったんですね。それまでもそんな句をずいぶん作っていた。お聞きかどうか知りませんが、そのときの代表的な句で「戦争が廊下の奥に立っていた」という渡辺白泉の、いまでもよく言われる有名な句があります。憲兵がいたのを見て「戦争」というふうに抽象化したらしいんですが、そんな句を作っている。保守主義者から見れば当然けしからんということになる。

田中　僕からすると、そういう雰囲気もあったのに戦後の「第二芸術論」的なくくり方があって、それはすごくおかしいという感じがするんですね。

金子　そのとおりです。私に言わせれば、桑原武夫という人はおっちょこちょいですね。桑原がそう言った理由の一つは、いま言ったようなものを彼は読んでいたのかどうかよくわからんということがある。もし読んでいれば、あんなラディカルな発言はしなかったと思うんですけれども、戦後の浮かれ気分もあったんじゃないですかね。だからおっちょこちょいと言うんです。学者ともあろう者が、あんな走った文章を書くなんておかしい。

それよりも、戦争中というのはおもしろいことに、定型も自由律も俳句は盛んだったんです。けっこういろいろな人が作って、農村部にまでかなり浸透していたんです。

田中　そうですか。知りませんでした。

金子　これは後から調べてわかったんです。だから、戦時中には俳句がたくさんできていた。それが桑原の目のどこかにあって、こんなにたくさん俳句を作っているという現象は一億総白痴化と重なる。そう思ったんじゃないか。どうかわかりませんけど、少なくともあの文章のおっちょこちょいぶりというのは、そういうふうにしか読めなかったですね。

田中　でも、戦争中にすごく広がっていたというのはおもしろいですね。

金子　ええ、これはおもしろい現象なんです。なんでそうなったか。

田中　僕は、一つには俳句という形式が、ポータブルといったら今風すぎるかもしれないですけれども、とにかくもち運びやすい、入り口が手軽に見えるものだというのが大きいのかと思っていたんです。

金子　私の体験でも、トラック島にいてサイパン島を占領されて食糧状態が悪くなったときですね。みんな気持ちがすさんでくる。軍用の言葉で言えば、それを鎮撫するために「おまえは俳句をやっているというから俳句でもやれ」と言われて句会をやる。そうしたら土建の徴用工員たちが、意外にけっこう俳句を作るんです。

田中　やっぱり言葉に飢えるわけでしょうか。

金子　そうなんです。それでどこでもそうですが、陸軍と海軍はひどく仲が悪い。その仲の悪い陸軍の連中が、月いっぺんですけど来て句会に参加するんです。そのなかには、以前にＮＨＫでシナリオを書いて活躍していた西沢実もいました。彼は戦後、ラジオで農村ルポのシナリオを書いてたいへんに好評でいろいろな国の賞をもらいましたが、そのころは戦車が途中で沈められちゃって丸腰の少尉で、芋ばかり作って食っていた。句会にはその西沢がやってきたり、陸軍の師団の将校がやってきたりした。不思議なことに、そういうのは陸軍の人間も海軍の人間もない。そこには憎しみもなにもない。そんな現象があるというのはおっしゃるとおり、俳句はとっつきやすい、親しみやすいんです。

　つい数年前、西沢を囲む会があったときにその話をしましたが、すると西沢がにやにやしながらやってきて、「いやあ、あのときおれたちが句会に行ったのは、おまえが主計でライスカレーの芋飯を食わせてくれたからだ」とかぬかしやがった。私は「もう少しあらたかにものを考えろ」といって笑ったんですが、そんなエピソードもあります。

田中　じゃあ戦中の雰囲気としては、俳句は「成層圏」みたいなところでは弾劾されつつも、形式としてはいろいろな場所で必要とされたものだったということですね。

金子　そうです。

田中　それは非常におもしろいです。それと同時に冒頭にお話しいただいたような、後の金子さんの俳句につながる体験も戦争中にあったわけですね。

戦後の造型俳句論へ

田中　これも金子さんの文章のなかで印象に残ったんですが、トラック島で敗戦を迎えられたときに、俳句を詠んで現実との距離をはかっておられるようなところがある。

金子　ありました。

田中　そのときに俳句を選び直すような気持ちはおありだったんでしょうか。

金子　それはございませんでした。私も戦争中は自然に出る俳句だけを書きとめていて、けっこうな数になりました。そういう自分の俳句を見直す、批評するという気持ちはまったくなくて、本当に自然に湧くままに口をついた。

その体験も込めて自分でしみじみ思いますのは、私には五七五という五七調の短詩型が身に合っているんですね。ちょうどこのごろの子供が喜んで五七調を作りますね。ちょっと気のきいたのは五七五七七まで作る。これは大野晋さんに聞くと、彼らの音声にかなっているというんですね。自発的には作らないけれども、与えれば喜んで作る。言語、リズム感が合っていると言うか。

田中　小学校でポスターなんか作ると、どうしても五七調になってしまうんですよね。

金子　そうなんです。それで五七で書けると、普通に書くよりもうれしい。私にはどうもそれがあるようで、自ずから五七五になっちゃうんですね。戦争中もそういう体験をしていました。

田中　もう身体についているリズムで。

金子　はい。

田中　それは戦前から戦後も、ぜんぜん変わることなくつづいておられるということですね。

金子　表現としてはね。ただ考えていることは敗戦によって影響がありました。負ける戦争だということは経済学をやっているんだからずっとわかっていたわけですが、それで自分が生き残った。周りはたくさん死んでいるという現実のなかで、自分は主計科として大勢の人を餓死させている、その責任を取らなければならんという考え方がずっと募ってきました。

私のすぐ横の隊に国粋主義の固まりみたいな陸軍少尉がいましたが、ちょうど隊もくっついていましたから親しかったんです。戦後、芋づくりでみんなトラック島の各所へ分散して、たまたま私とその陸軍少尉のところが並んでいました。これが非常にいい男でしたが、結局腹を切って死にました。その男のこともあったりして、しかし私は死なない。その責任をどう取るかということをまじめに考えていた。そんなことがあって俳句がそこでちょっと動いたかもしれません。それまでの自然発生的なものに比べると、内容が変わっているかもしれませんね。

田中　社会的なものというのは、やはり戦後の文脈のなかでは大きいわけですか。

金子　大きいです。トラック島の敗戦直後の句あたりから、私の句が少し変わってきたというのはそこです。特にこの陸軍少尉の割腹自殺が大きい。ショックでした。

田中　隣にいる人間の死というところから考えておられたということですね。

金子　渺たる一少尉が戦争責任を取ったということですね。そういう取り方もあるんだなと思ったけど、私はそうしないで生きて取りたいという考え方。それを自分でどうしたらいいかということをかなりまじめに考えました。帰りの船のなかでもその考えを固めて、そのことを「峠を越える」という文章で書いています。そこで自分は戦後の平和のために可能な限りのことをやりたいということになってきたわけです。

田中　それで、戦前には三日だけ勤めに行かれた日銀に戻られた。

金子　実は親父が軽い戦犯だったわけです。ちゃきちゃきの軍国主義者で、あのころ田舎ではそういう右翼的な活動をしているのが各所にいたでしょう。そのうちの一人なんです。それで軽い戦犯の扱いを受けていまして、結局医者として食えない。かなり辛いこともやっていたんじゃないかと思う。

　私は日銀をいちおうひもつきで辞めたわけですから、これからどうするかを考えると、しようがない、さしあたりここにということで身を落ちつけたというのが本当ですね。だから本当に便宜的に日銀に戻った。そこではなにも志はなかったんです。

田中　ただ、労働組合をやっておられたんですよね。

金子　それが基本にはありますね。ただ無責任で戻った職場に対して尽力するとか、日本銀行だから金融政策うんぬんなんてそんなでかい風呂敷をもたないで、とにかく一次的に食うためにいようじゃないか。それでそこでいろいろ見ていて、どこかで自分のやるべきことを決めよう、そう思っていたんです。しかし結局そんなチャンスはなくて、そのうち周囲の状況から労働運動というか、日銀では従業員組合というんですけど、私はそちらの方に傾いちゃったということで。

田中　それは戦争のときの責任を、ということだったんでしょうか。

金子　はい。日銀というのは簡単に言えば半封建体質といっていいんでしょうか、要するに身分制がきちっとしていまして、それはいまでも変わらないようですから結局われわれのやったことは徒労なんですけど、私はそれをぶっ壊そうとしたわけです。給料もポストもみんなそれによって決まって、日銀に入ったときにその人はなにになる、どこまで行けるというのがだいたいわかってしまう。よほど特別な連中だけがちょっと伸びる。そういう制度に対しての反発がすごくありました。

　しかも、ちょうど経済的にたいへんな時期ですから、身分給でやられたんじゃ下層の身分の人たちは食えない。これは生活給にせにゃならんというので、身分制の撤廃と生活給というものを実行しよう。それから労働協約なんかなかったから、労働者側の権利が主張できなかった。従業員の権利を主張するためにも労働協約をということで、その三つの仕事はどうしてもやらなきゃいかんという考え方に私はなりまして、それを気取って「日銀の近代化」をやろうとしたということですね。

田中　戦後に金子さんが提唱された造型俳句は、そういう近代化と言ったら変ですし、俳句の社会化という表現でも正確じゃないかもしれないんですけれども、おなじような意識の上にあったと考えてよろしいんですか。

金子　おなじですね。ですから岡井（隆）氏なんかは桑原の第二芸術論に対する反発が強かったのかもしれませんが、あれはほかの人たち、臼井吉見や小野十三郎が短歌を奴隷の韻律とか言って攻撃が激しかったんで特に意識したでしょうけど、私の場合は第二芸術論はそれほど意識しないで、もっと内発的に、自分が敗戦のときに考えたことの実行のために、日銀ではそういう行動をとり、俳句ではそういう行動をとったというのが事実です。

俳句のなかではもちろん近代化という考え方をもつわけはないんで、これはあなたが質問して岡井さんが答えていましたが、要するに俳句の場合、当時はなんといっても「ホトトギス」が王国で、その意見が支配的だった。だからその「ホトトギス」がいう客観写生というものを乗り越えていかなければ、戦後のいろいろ複雑な意識状態というのは表現できないと思いまして、映像、イメージで書くという考え方を打ち出した。そのために造型論を書いたわけです。

田中　そこではやはり、短歌なんかと問題意識を共有しておられるという意識がおありだったんですか。

金子　偶然共有したわけです。それで岡井さんと一緒に『短詩型文学論』を書くようなことになった。そのことを見ていたのが村上一郎です。彼は評論家で小説も書いていて、三島に殉じたわけじゃないだろうけど自刃しました。考え方が三島に近かった。彼も一九六〇年まで共産党員だったんですが、一気に転換しました。

田中　村上一郎さんとも、大学かどこかで一度会われたと書いておられましたね。

金子　彼は一橋（大学）ですから、大学じゃなくて海軍の経理学校です。主計科の短期現役の訓練で一緒でした。その村上が、戦後俳句を見ていて、岡井の考え方とわれわれの考え方は出発点は違うけど、結果としては似ているということで、二人を組み合わせたんです。それで書かせたのが『短詩型文学論』です。

付け加えると、そのとき私は客観写生ではなくて造型という考え方を打ち出したんですが、岡井はそのときいち早く韻律論を出している。短歌の特徴としての韻律ということを彼がやって、私は別な言い方でイメージ分析、短歌におけるイメージとはどんなものがあるかということの分析をやってみせた。だから、結局おなじなんです。俳句をイメージで書くというふうに考えたのが私の造型論ですから、その点で結論としてはおなじなんだけど、彼が『韻律論』として書いたということでは一歩先を越されましたね。

岡井は執筆が遅いんですよ。私は下書きみたいなことを前に書いたものだから、すぐ書けたんですけど岡井はいつまでも書き上がらない。それで村上と二人でいらいらして、これは酒でも飲ませたら書くんじゃないかといって家に引っ張ってきて、酒を飲んでもらったりしたんだけど書かない。そのうちにどっと書き出して毎日村上のところにもってくるようになった。出たのがそれでしょう。やられた、この野郎、人をペテンにかけやがってと思ってしばらく岡井をにらんでいたことがあります。あそこで『韻律論』を出したというのは一歩越された。一歩前進なんです。

田中　なるほど。大ざっぱな聞き方になってしまうんですけれど、金子さんのなかで造型、イメージで書くという考え方はどんなふうに生まれてきたんでしょうか。

金子　単純に言って、自分の考えていることがただの描写だけでは盛り切れないからですね。いまでもそうですが、だいたい俳人というのは五七五という形式に盛り切れるものを書けばいいんで、それ以上に踏ん張ると無理が出て難解な句になったり卑屈な句になったりする、そういう考え方がずっと根深くあります。

　だけど私は可能な限り盛りたいという考え方、戦後的意欲とでも言いましょうか。それがありましたから、可能な限り盛っていくためにはどうも描写ではだめである。ではどうやるかというときに考えたのは、自分を作る主体として考えて、その感じ、思ったことを取り込んで、そこで映像にまとめ上げ、その映像を五七五に書き込む。こういうワンクッション置いた作業が大事である。これを「造型」という言葉で言ったんです。だから、かなり手法的なことですね。

田中　戦後はずっとそういう考えで来られた。

金子　ええ。それが私の考え方の基本ですが、年とともにエネルギーが足りなくなってきて、映像造出力がだんだん弱くなっていますね。そのためにどうしても描写に頼ったりという面も出てきています。それをごまかすために、即興も大事なんていうことも言うわけですけど。

田中　それは後でお伺いしようと思っていたんです。

金子　これはかなりごまかしなんですが、いやごまかしとは言えないな。やっぱりいいところがありますからね。

田中　とにかく造型が金子さんの俳句の柱だということですね。

金子　「海程」というグループができてからも、みんなそこを踏まえて一緒にやってくれていますね。ただ、それがとかく手法論になっちゃって、基本的に自分を創造の主体とするという重さがだんだん抜けてきている。

実としての銀行員生活

田中　年譜を見ていて感じたんですけれども、銀行生活ではかなりいろいろなところを転々とされていますね。

金子　それは従業員組合のおかげです。私はそこだけ運が悪かった。いちばん張り切ってやっていた時期が昭和二十五年、一九五〇年で、ちょうど朝鮮戦争にぶつかった。ご承知でしょうが、あのとき共産党ないしは共産党に近いところにいる者は、ぜんぶ職場から飛ばしてしまえというレッドパージが行われた。日本銀行というのは臆病なところですから、こういううるさい野郎はこれにひっかけてというんで飛ばされちゃったんです。

田中　それで組合を辞めさせられた。

金子　ええ。そのうち三人ほどは、日付だけ入れりゃいつでも馘首っていう退職願いの紙まで書かされて飛ばされました。ほかにもそこまではいかないけれども、その周辺の二十人ぐらいが暗黙のうちにどこかへ転勤させられたり、けっこう影響があった。

田中　あるいはそこで、なにか漂泊みたいなことをお感じになる機会があったのかとも思ったんです。

金子　もちろんそのときの自分が漂泊状態、ちょうど秩父の貧しい人たちとおなじようなとりとめない状態になっているということは感じていて、そういう存在感覚はありましたが、それは東京オリンピックの後、例の高度成長というなかで再確認しました。

田中　第一句集『少年』が一九五五年ぐらいなんですけれども、その前後の金子さんの周囲の雰囲気はどんなものだったんでしょうか。

金子　それは大事なところですね。私は最初に福島に飛ばされまして、次に神戸、それから長崎に行きました。『少年』はその神戸時代のモニュメントなんですね。どういう雰囲気だったかというと、戦後俳句の盛り上がりは東京より関西が強かった。

田中　戦後の新興俳句の方々が周囲に集まっておられた。

金子　第二新興俳句、戦後新興俳句と言ってもいいでしょうか、これを私たちは戦後俳句と言っています。この戦後俳句の盛り上がりが東京より関西、大阪、神戸中心の方が強くて、作者も堀葦男、島津亮、林田紀音夫、赤尾兜子、稲葉道、いまも生きていますが伊丹三樹彦、鈴木六林男、女性では桂信子など優秀な人がたくさんいました。私は職場の方はもう投げていて、ただ食っていくために辞められないというだけでお茶を濁していましたから、神戸へ行ってからは俳句の交わりが中心だったんですね。その交わりの熱気のなかから句集が生まれてきたと言ってもいい。

田中　あるいは神戸の方に行かれなかったら、こういうかたちにはならなかった。

金子　内容的には変わらないと思いますが、こんなに熱く俳句が書けなかったと思うし、句集にまとめる意欲もどうだったでしょう。東京にでも帰ってきてから、というぐらいでお茶を濁したかもしれません。

田中　そのとき、文筆の方だけで生計を立てられるということはお考えにならなかったんですか。

金子　それはありませんでしたと言うと嘘になるでしょうけ

ど、これも書いたことがありますね。私は自分の才能の限界、さっきお話ししたように子供のときに堀徹にやられて、変な短文を「つまらん」と言われたショックがありましたから、短い文章なら書けるという自信はありましたけど、どうも小説を書く能力はないんじゃないかと。それが一つあったのと、なにより小説家になるためにはやっぱりある苦労が要る。

ちょうど私の目の前に安東次男がいた。彼は丸谷才一、大岡信と一緒に連歌なんかやって、そのうち丸谷とけんかして離れたんですが、私と同年でおなじように加藤楸邨のところで俳句を作っていて、やはりおなじ海軍主計で戦争から帰ってきて、勤めていた三菱商事をすぐ辞めた。それでまず俳句を作って、そのうちに詩を書くようになるという経緯があったんですが、その安東を見ていますと経済的にそれはたいへんな苦労なんです。そんなことやってたって食えない。それを見ていましたから、自分によほどの自信があれば辞めるのが最高だけれども、大した自信もない。おれがここでやめたら、妻子もろとも飢えるなと思いました。

田中　そういう意味での苦労ですね。

金子　口はばったいけど野間宏が好きでしたから、内心辞めて野間のようなものを書きたいという気はもちろんあったけれども、それはとても自信がない。そのうち風の便りに大西巨人が福岡から出てきて、苦労をしながら飢えた状態で『神聖喜劇』を書いたというのを聞いて、とてもそんなことはできない。それから私の基本の考え方のなかに、妻子を路頭に迷わせて作り出す表現なんて結果的に大したものじゃないというのがある。どうもいまでもそれがありまして、食うのが前提。やっぱり少青年期に秩父の貧しいところを見てきたせいじゃないでしょうか。だから貧困というのは最悪のことだと思うんです。自分がやるならまだしも、肉親にはさせたくない。

すると日本銀行というのは幸いわりあいに暇な職場ですから、さぼってたってどうということはない。私なんか便所のなかで新聞ばかり読んでいました。

田中　日銀のことを書いておられたなかでも、トイレが長いというのが非常におもしろかったです。

金子　新聞はぜんぶ読んでね。そういうことだったものですから、これはやれる、ここに勤めて俳句をやろう、俳句ならいちばん短いし、学生のころからずっとつづけているんだから。そうやって妻子は養っていこう、自分がちょっと我慢すればいいというぐらいのことでいた。

田中　岡井隆さんが、短詩型というのは一種生活から出てくる側面というのがあって、表現の場とは別に生活の場がちゃんとないといけないんじゃないかというようなことをおっしゃっていたんですが、やっぱりそういうふうにもお感じになりますか。

金子　同感です。私は俳句は日常詩だということを二十年越しに言っております。まさに日常詩です。それがアルファで、そこからはじまるんですね。その上の方ではじまる形式じゃないと思う。だから、日常がきちんと踏まえられていないような俳句表現は大したものじゃないという考え方が、私にはあります。

あなたが岡井と言っておられた虚、フィクションの問題も、実があっての虚だと思っています。私は虚だけが動くことはないと思っているんです。

田中　最初にフィクションありきではおかしいということですね。

金子　厳然としてそうではないと思っています。にもかかわらず映像作成の過程で想像力が働きますから、どうしても虚の部分が入ってくる。それは認めるわけだけれども、その認め方がどうかといったらば、近松門左衛門が「虚実皮膜の間」という言葉を使っていますね。虚実が薄皮一枚でくっついている。ここがおもしろい。芝居なんかそうでしょう。

田中　そうですね。実のための虚というか。

金子　私はこれが俳句にも当てはまると思っているんです。俳句の本当のおもしろさは虚実皮膜の間にある。これがつかめたときが内容的にいちばんおもしろい。ということは実がなければだめだ。実は日常である。日常をきちんと踏んだ上での虚である。しかも虚になり切らずに虚実皮膜の間で抑える。それはもうずっとかたく思ってきております。そういう意味でも、私はそこで踏みとどまったのはよかったと思っているんです。

田中　そういう意味で、銀行に勤められながら俳句をやった。

金子　そこで人間の魑魅魍魎ぶりも十分体験できますからね。そういうことで体験も深くなります。それから、ちゃんと定年までいて退職金もかっぱらいましたから、そういう点でもよかった。

前衛俳句運動

田中　僕はこれはちょっと不案内なんですけれども、前衛俳句運動というのは何年から何年ぐらいまでの動きを指すんでしょうか。

金子　あれは私の記憶では、朝日新聞が最初に前衛特集をやって、次々に各ジャンルの前衛と思しきものを挙げていった。たしか岡井と塚本（邦雄）も入っていたんじゃないかな。俳句の方では私と堀葦男という関西の男が挙げられました。堀はもう死にましたが、あれはいつごろだったかなあ。私が東京に帰ってきて間もなくですから、一九六二、三年、昭和三十七、八年かな。

田中　だいたい六〇年代ということになるんですかね。

金子　たしか六〇年安保の文化反動、古典返りがあってからだと思ったな。だからその余韻が残っていて、まだそんな雰囲気ははっきり見えてこない、動いていた時期ですね。

田中　そのときのいちばん大きな思潮の一つが、造型俳句だったんですね。

金子　いちおうそれを軸にしてくれていたんですが、ただそれは社会派と言われていたんです。社会派では短歌の岡井と私が並べられて、戦後俳句の社会派のなかではそれが見本みたいな役割をしたけれども、一方で芸術派というのがおりまして、塚本邦雄と高柳重信が並べられていたんです。高柳重信が芸術派と見られて、こいつは社会派とはぜんぜん違うんですね。

田中　その二つの流れがあって前衛俳句運動ということになる。

金子　朝日の特集はたしか高柳は挙げていなかったんですよ。

田中　分かち書きをされる方ですね。

金子　芸術至上主義者と人は言っていましたけどね。朝日が挙げなかったのは不思議で、そのとき高柳が「なんで俺を挙げないんだ」と言ってひどく怒っていたという話を聞きました。

田中　先ほど造型俳句のところで、意味をたくさん詰め込みたいということをおっしゃったんですけれども、金子さんの漢語に対する一種の嗜好というか、好みというのはそういうところからも来てらっしゃるのかなと考えてきたんですけれども。

金子　それは後からですけれども、ございます。ちょうど私たちの学校の時代というのは漢文が教えられた時代ですから、それが身にしみていたということもありますしね。ただイメージというようなことを強く考えるようになってから、たしかに漢語の活用ということは意識しました。

田中　それはいつぐらいからですか。

金子　長崎に行ってから、「華麗な墓原女陰あらわに村眠り」とか「彎曲し火傷し爆心地のマラソン」といったいちおう私の代表作と言われているものができるあたりで、特に意識しましたね。

田中　それはやはり、あのかたちでどれだけ広いイメージが膨らむものにするかということをお考えになった結果だった。

金子　そのとおりです。だから二つの道があったんですね。漢語活用によりイメージの幅を広げることが一つ。もう一方に岡井たちが言っていた韻律がある。私はそのころまだ韻律には十分気づいていなかった。専ら定型の空間にいかに内容を詰め込むかということを考えていたと思います。空間的思考をしていたということですね。

田中　韻律については、その後の展開ということになりますね。

金子　その後、反動で虚子の俳句が大事にされるようになって、私たちに対する風当たりが強くなるんです。

田中　前衛俳句の反動ですね。

金子　それが六〇年安保のときにございました。それで結社が一斉に復活して、虚子がまるでアイドルのように、虚子俳句がバイブルみたいになっていく。それは現在でも残っているわけですが、そのなかで私が一つだけ得たのは五七五という言葉遣いの、これはレトリックといったらいいか文法といったらいいか、彼らはそれを非常に大事にしていて、そのなかに切れ字というのがある。俳句の特徴は切れ字であるということで、切れ字に対する関心が非常に激しい。私も彼らほど激しくはないけれども、切れ字という刺激を受けることで、俳句形式そのもののレトリックにいまのような含蓄性というか、いろいろなものを込める作用があるというふうに思うようになった。

だから漢字とともに、五七五という形式を活用したレトリックでかなりの含蓄が可能である。その基本は切れ字だ。切れ字をうまく使うといろいろ含蓄したものができる。ご承知のように、特に「や」という切れ字は上と下を二つに切り離しますでしょう。これは二物配合とか二物衝撃と言うわけですが、二物衝撃によって予想以上の空間が得られる。それが魅力的だということに気づいて、私の場合はそこから次第に韻律に行ったわけです。

田中　韻律を意識されるようになったのは、句集で言うとどれぐらいでしょう。

金子　特に『詩経國風』に注目して読んだ時期あたりからです。

田中　『詩経國風』は一九八五年の刊行で、小林一茶の本を出された後ですね。

金子　そのころです。韻律については『詩経國風』でたいへんな刺激を受けました。

田中　もう一つ造型俳句の時期のもので思ったのは、すごく字余りの句になっていますよね。あくまでそれが、五七五のリズムを基本としているというのがおもしろいと思ったんです。

金子　これはもう満々たる自信で私は五七五を外していないと思っているんです。五七五というのは三句の区切れですね。三句体奇数拍の形式だから、三句体奇数拍の基本リズムを踏んでいれば、字数が少し長くなろうと短くなろうと構わないという考え方です。

田中　そのリズムというのは、たとえば口に出したり音読したりするときに、五七五のリズムで受け取れるというようなニュアンスで考えてよろしいんですか。

金子　そのとおりです。かなり論争のあるところですけどね。「おまえは自由律だ」とよく言われます。

田中　ただ、戦後の俳句は短くならずに長くなってきたというのもおもしろいですね。やはりあれは、詩型に収まらないようなものがたくさん出てきたというような印象で受けとめられるんでしょうね。

金子　おもしろいエピソードがありまして、戦後間もなく楠本憲吉という、タレントでもあった俳人がおりますね。そのころの俳句はみんな上五じゃなくて上七だったんです。もうほとんどの俳句が上七だったんですが、楠本憲吉がそいつをつかまえて、みんな戦後の思いが余っているんで、どうしても字が長くなると書いていたのが記憶に残っています。あれは非常に印象的な発言でした。

田中　その傾向はいまもつづいていますか。

金子　ずっとつづいています。だから上七はもう常識化したような感じがありますね。

田中　一種の定型になっているわけですか。

金子　ええ。もう定型化していると認めていいと思います。

漂泊と定住と

田中　一九六八年の第三句集『蜿蜿』ぐらいまでの年譜で目につくのは、熊谷に家をもって移っておられるところで、そのときのことをマンションみたいなところに住むのをやめて土のあるところに住むことにしたというふうに書いておられますね。その辺りのことをお聞きしたいんですが。

金子　それは私にとっても重要なことなんです。というのはさっき田中さんも言われたように、私はいろいろ飛ばされてかなり漂泊的な心情でいたわけですから。

　私は東京でもどこかマンションに住んでという程度で、便利さを求めていたんです。ところがうちの家内が「絶対に土地が欲しい」と言った。私が土というものに対する関心を深めたのは、実は女房のせいなんです。彼女は東京にいるときから土の上に住みたい、土の上に住みたいと言っていた。私が「マンションでいい」と言ったら「まったく反対です」と言って自分で熊谷に行きまして、そこに自分の妹がいるんで、それをつてにして、とうとう土地を見つけて買っちゃったんですよ。

　そのときに「土の上に住みたい。土の上に住まなければあなたはだめになる」と言われた。いまでも「だめになる」という言葉が記憶に残っていますけれども、私が漂泊者《バガボンド》みたいにぶらぶらしているのを見てこの頼りなさは非生産的だと思ったんじゃないかな。そう言われて「わかった。じゃあしょうがない」と、そういう気持ちでした。

田中　それはその前にいろいろな支店を転々とされていたということがあって、そういう気持ちになっておられたんでしょうか。

金子　それもありますし、もっと基本の心情が漂泊的になっていた。職場にはなんの愛着もないし、食いものにするという考え方。私は「日銀を食いものにする」とはっきり言っていたんですから、仕事はやりますけど責任はない。

田中　この時点でそういう気持ちがかなり強くなっておられた。

2015年9月23日、96歳の誕生日にSLに乗車。秩父鉄道熊谷駅で。撮影＝黒田勝雄

金子　それを家内がとがめたんでしょうね。「それじゃあ、あんたはだめになる。あんたの想像力が枯渇する」という言い方でした。

田中　それで土のある場所に……。

金子　住まなければだめだ、土の上に立たなければだめだと。そのころ家内は若くして母親を失っているんです。まずその悲しみがありまして、考えに考えた後に母も自分も土から生まれて土に帰る、そこでまた母と一緒になれるという非常に素朴な考え方ですが、透徹というか筋のすっきりした考え方をもって、彼女は自分が救われたんですね。だから信念のように土というのを言っていました。

田中　それがいまも住んでおられる場所であるわけですね。

金子　ええ。いまも熊谷でございます。

田中　そうすると、それがなければ現在の金子さんの、産土というような感覚が出てきたかどうかわからないですね。

金子　そのとおりです。住んで土というものがわかってきて、それで命、土というかたちがわかった。そこは戦時中の体験とか、いろいろなものが渾然と重なってきたということでしょう。

田中　それで一九七一年ぐらいから「定住漂泊」という言葉を使われるようになっていかれるのが非常に印象的でした。住むところは決まっているんだけど、心が漂泊しているというような意味ですね。

金子　そういうふうにして自分を見詰めたり、小林一茶、種田山頭火、尾崎放哉といった俳人を見詰めたりしているうちに、漂泊ということは人間の基本心性だと思ってきたんです。表現の仕方はいろいろあるでしょうけれども、これはもうみんな共通している。それをどのくらい嚙みしめるかの問題だと思うようになりまして、するといま土の上に住んでいるのが定住である。しかし漂泊の心性はどうしようもない。動かしがたい。これをいかになだめていくか。あるいはこれをてこにしていかに自分の世界を屹立させていくか。そういう考え方になってきた。

田中　僕は想像でしか言えないんですけれども、それがちょうど一九六〇年代の最後の方に来ていますね。六〇年代は文化も社会もすごく変動した時代じゃなかったかと思うんですが、そういう変動のなかで漂泊という感覚を得られたところもおありでしょうか。

金子　そうですね。六〇年安保の後には前衛ということも拒否されて、俳句の反動化がいちばん早かったと思うんですけれども、ずっと古いところへ戻っていった。その時期に職場の状態も漂泊的ですし、俳壇のなかでも異端者になってしまっている。そういう点でも漂泊者《バガボンド》的な状態が出てきていたわけですが、それに輪をかけたのが東京オリンピック後の高度成長だった。

　物はどんどん豊かになっている。同時に社会が管理化されている。この物の豊かさと管理化ということが並行していくなかで、人間の心性、メンタリティーはどうなっていくんだろうと思っていましたから、それで漂泊の生《せい》の姿を客観的に見届けてやろうと思って種田山頭火とか小林一茶とか、おなじ俳句の世界につながる連中のものに注目して徹底的に調べた。そういうかたちで漂泊への思いがずっとたまってきた。

田中　漂泊の俳人に魅かれていったのもそのころですか。

金子　ちょうど六〇年安保後。ですから高度成長期ですね。それがきっかけになって、余計に気持ちが募っていった。さっき言ったとおり、子供のころから秩父のようなところに住んでいましたから、一茶なんかもよく見えますし、種田山頭火もわかりました。

　やはり私の場合、少青年期の体験が非常に大きいですね。いまでも自分は子供だと思っているんです。自分がそういう非常に幼稚な人間だということに妙な自信をもっていて、それがおっしゃるように六〇年代に倍加されてきたというか、はっきりと認識されてきたというか、そういうことなんでしょう。

田中　それで選択肢としては、七〇年以後どんどん豊かになっていく方向に合わせる方もあったと思うんですけれども、土に接する場所に住むという選択をされている。

金子　そうです。ただ一方で、時代に合わせるというところもあって、というのはそのころから女性が俳句にどんどん参加し出したんですね。私も五年ほど田舎の大学にいたんですが、楸邨先生の後に新宿の朝日カルチャーセンターに呼ばれて、田舎の大学は給料が低いんで、カルチャーセンターのギャラとおなじなんですね。それだったら自分の好きなことをやった方がいいというんで、大学は辞めました。

　それでそのころ俳句に参加しはじめた女性たちの水準が、従来の俳句をやっていた女性たちより高いんです。なぜかと言ったら、みんなちょうど戦後の経済的に辛い時代に学校を出て、自分の好きなことはできないで食うために結婚しちゃった連中なんですね。それが子育てが終わった時期に、昔のことを思い出してさてなにかやりたい、手っ取り早く俳句、ということで女性がたくさん来た。

田中　一方に、それまでなかったような種類の女性の俳句参加があるわけですね。

金子　現実に句を作っても、男性は女性にくらべれば初期感覚と言ったらいいかな、それが鈍い。だから女性の句の方が圧倒的にいい。いまでもあの風景を覚えていますけれども、授業が終わると男性はみんな屠場に引かれる羊みたいにうなだれて帰る。女性はみんな胸を張って帰る。あれは印象的でした。私はそういう時期にぶつかったんですが、その女性たちが私の言うことをわかってくれたんです。従来の俳句常識とは違うことを言っているわけでしょう。ひっくり返って虚子が中心になってきた風潮のなかでは、私の言っていることなんて異端です。みんな写生、描写でいいと思っているのに映像なんて言うんだから、そんなことはわかるはずがないと思っていたんだけど、わかってくれた。

　その様子を見たとき、女性だから感覚が大事だと思ったんです。彼女たちはまず日常感覚から出発している。だから私は、感覚から出発しての映像というふうに、まず感覚を最初に置いた。それを話すとますますわかってくれる。それですばらしい感覚の句がどんどんできて、男性は屠場の羊化している。そういう現象になっている。

田中　なるほど。おもしろい現象ですね。

金子　それが私にとってはたいへんな力になって、現在の「海程」でもけっこうそのころの人が中心になっているわけです。

田中　「海程」を創刊されたのは一九六二年でしたか。

金子　そうです。そのかわりまだ同人誌でした。

田中　女性がどんどん参加してきていると感じられたのは、日銀を退職された後にいろいろなところで教えられるようになってからでしょうか。

金子　田舎の大学をやめて、朝日カルチャーに行ってからですね。

田中　じゃあ一九七九年くらいですね。

金子　定年で辞めた後、五年ぐらい置いたころでしょうか。そのころから俳句ブームがはじまって、これも私の運がいいところなんですよ。

田中　女性が強いという傾向は、いまも変わらないですか。

金子　変わりません。女性の句はみんな日常の中の感覚、フィーリングを非常に大事にしていますね。

田中　その上に映像というのもできてくる。

金子　そうです。そういう点で私も時代に乗っかっている、うまく乗っかれたという面もあるんじゃないでしょうか。

戦後の転換――「心」から「情」へ

田中　その近辺で金子さんは『小林一茶』を刊行されているんですけど、近世の俳人でもっとも共感がおありなのは小林一茶でいらっしゃる。

金子　近世と言わず、俳句史全体と言っていいと思います。もちろんそのもとにある芭蕉も尊敬しています。芭蕉、一茶というところでしょうか。

田中　それはやっぱりアニミズム的な感覚というのが、いちばんはっきり表われている俳人だからでしょうか。

金子　私は最近、盛んに「生き物感覚」と言っているんです。そこはちょうど田中さんが冒頭に言ったことと重なるんですが、生き物感覚が非常に大事である、それによって作品価値が決まることがほとんどだという言い方をする。

田中　「生き物感覚」ですか。

金子　要するに、私とあなたとの関係、人間なんていうしかめっ面じゃなくて、生きた動物としてのかかわり、そういう感覚であなたと触れ合う。このことは犬に対しても猫に対してもゴキブリに対してもおなじ。アニミズムです。

田中　それを「生き物感覚」という言葉でおっしゃったわけですね。

金子　ええ。そこにアニミズムがある。基本にアニミズムがあるということが生き物感覚として現われてくる。「生き物感覚」という言葉は、私が最初に言い出したという自信をもっているんで、これを勝手に使ったら著作権侵害になるぞと言っています（笑）。得意なんですよ。

田中　いま「あなたと私」ということを言われて思い出したんですが、一九八〇年前後の句集で『遊牧集』の後書きだったかと思います。「心」から「情」へ中心になる感情が変わった、金子さんの言葉遣いだと、「心」というのは一人心で「情」というのは二人心だというようなことを書いておられたんですが、その辺の変化の事情をお伺いしたいと思っていたんです。

金子　それも小林一茶から学びました。考えてみれば、小林一茶から感じていた生き物感覚というのがそうなんですね。彼の場合、結果的にあらゆるものに対して生き物として接しているわけです。そういう生き物感覚に恵まれている人の場合は、自ずから相手に向かって開く心が養われている。その相手に向かって開く心が「情《こころ》」である。それに対して自分に閉じていく心が「心《こころ》」である。こういう読み分けというか、使い分けをしようと考えるようになった。

そこから思い直してみると、芭蕉が連衆、連句の仲間を非常に大事にしていて、その集まりの場所から彼らの蕉風俳諧が生まれているわけです。この基本の座、これは文芸共同体と言っていいと思うんですが、それを彼が基本に考えていたということは、やはり二人心が基本になければできない。意識的かどうか知らないけど、芭蕉もそういうことを押さえてやっていたんじゃないか。そうした文芸共同体という場所から見受けられる世界も、それによって説明できると思いました。

それで佐佐木幸綱の書いた『万葉集』の本を読んだら、『万葉集』でも「心」と「情」は使い分けているんですね。両方とも「こころ」と読ませている。そういう歌がけっこう多い。日本人というのは昔から心の世界をちゃんと二つに見分けて、字までぴしっと使い分けていたことがわかって感心しました。

田中　「心」から「情」へと言うと、自分の表現がわかるやつだけわかればいいということから一種の呼びかけというか、そういう転換に近いと考えてよろしいんでしょうか。

金子　日本人には二人心というのがずっとあった。だからある時期からということじゃない。ただそれをはっきり自覚して、一種の文学行動にしたのが芭蕉だと思うんです。その前が飯尾宗祇にはじまる連歌師でしょう。連歌師なんかの思いでも連衆、そのなかには戦国武将たちもいるわけで、そういうのを集めて指導する。こういうのはやっぱり二人心、相手に向かって開いている心がなければできないですね。

田中　それは俳句の挨拶ということにもつながっているんでしょうか。

金子　そのとおりです。挨拶の基本を形成しているのが二人心。平安の終わりごろ、連歌がまずお公家さんにはじまる。連歌がはじまったときに二人心というのが文芸上の一つのテーマ、というのはおかしいけど基本心情として自覚されたというべきじゃないでしょうか。それが俳諧の連歌に来て広がり、芭蕉は文芸共同体というかたちでそれを一つの方法としてはっきり意識している、そう思うんです。

田中　僕がここでもう一つ思ったのは、特に戦後詩のあり方が、戦後自分がどうしようもないものを抱えて表現して、わかるやつだけわかればいいという一人心的なかたちでずっとあった。そこから二人心的なかたちへの転換が、一九八〇年前後の日本にもあったのかとも思ったんです。

金子　そうなんです。自分の体験でもまさにそう。私自身の場合は、八〇年ごろというのは朝日カルチャーの女性たちに接するあたりだから、もう少し前の七〇年代ですか。そのころまでの私はひたすら自分だけでした。自分の俳句なんかわからなくてもいいというぐらいの気持ちで、とにかく自分が作りたいものを作るという考え方だった。それがだんだん二人心に目覚めてきた。

田中　詩の表現としての曲がり角が、そこら辺にあるということですね。

金子　それは朝日カルチャーの体験と、小林一茶に触れたせいでしょうか。それから山頭火を考えても、山頭火の行動を守ってくれたのはぜんぶ俳句仲間ですからね。ああいうところに俳句仲間のもっている二人心も見えていたわけですけれども、はっきり自覚したのはそのころです。一茶によって自覚させられたということですね。

田中　そのときに作品の書き方、あるいは具体的な技法でなにか変わられたところはおありでしたか。

金子　私は伝達、伝えるということを強調するようになりました。それまで私は伝達なんて無視していたわけです。だけど伝達が大事だ、特に短い形式だからそれにかなり意を注げという言い方をするようになって、自分にもそれを課してきました。逆にそのあたりから「金子の俳句はだらけてきた」とか「わかりやすくなってつまらなくなった」とか言われてもいる。それからさっき遁辞として言った、即興というか日常のなかのひょいとした気づき、それを書くことも大事だというのもそこから来ます。それは私だけじゃなくて、なにか日本の文化全体の問題にもなるんじゃないですか。

田中　そうですね。戦後の文化全体の転換がそういう場所にあるという感じがします。

金子　そのころまではひたすらエゴイズムで走っていた。だから、その辺でそういう変化がある。

世界に広がる俳句

田中　これも銀行を辞められてからの年譜に目立つことなんですけれども、いろいろ海外に出られる機会が増えて、海外の俳句をやっている人たちと交流しておられる。それで世界に広がっている俳句というのはどういうものなのかをお伺いしようと思いました。

金子　世界で行われている俳句というのは、ご承知のとおり自国語で書いているわけで、日本の俳句を翻訳したかたちをそのまま形式として踏襲して、だから原則短い三行詩ですね。最近は一行もずいぶん増えてきましたけど、それを自分の母国語で書くというのが彼らの俳句です。

　中国だけは五七五を受け入れてくれて、五七五に漢字を当てます。あれも日本語とおなじで一字一音ですからそのまま漢字をぽんぽんと入れる。

田中　漢字を十七個使うわけですね。

金子　ただ、漢字は伝達量が多いものだから、五七五だと伝達量が少し過剰になる。特に五言絶句、五言の四行詩とあまり変わらないんでつまらん、もっと短くしたい、という人もいます。とにかく中国の場合はそうしています。単純に言って、彼らは日本の俳句によって最短の詩を発見して、その最短詩に自分の母国語をぶち込んで作っている。だから漢俳というわけです。

田中　こういうものすごく短い詩型に魅かれる人たちが世界各地にいるということが、あるいは一九八〇年くらいから強まったということもあるんでしょうか。

金子　そうですね。専門の詩人たちのあいだではもちろん注目されていましたが、それはむしろオリエンタルな世界として注目していたんで、短いということがたいへんな魅力をもつのはそのあとからでしょうね。それによって彼らの言う俳句が一般化してくる。そこから大衆性をもつわけですから。

　逆にそれまでは、一般が書く詩というのは考えられなかった。これは桑原のさっきの意見の基本にもある、詩というのはエリートが書くものだという考え方。だから一般の人が詩を書くなんて、まあ常識的に考えられなかった。それが俳句を与えられることで、短いがゆえにみんな書けるわけです。だれでも書けるというのがたいへんな驚きで、それが大きく広がる原因になっていると言われています。それがちょうどそのころですね。大衆化がはじまった。

田中　気軽に入っていけるかたちとして受け入れられた。

金子　ご承知のように、アメリカでは小学校のカリキュラムに俳句が入っています。

田中　そうですか。知りませんでした。

金子　小学校のカリキュラムでは俳句が一教科です。教科書もずいぶん出ています。

田中　アメリカ、英語の場合は三行分けのかたちですよね。

金子　原則三行分けです。

田中　そうして世界に広がったことによって、日本の俳句の表現になにか返ってきているものはありますか。

金子　一言で言うと、自由ということかな。俳句はかくあるべしという考え方がほとんどなくなったというか、自由に、要するに可能な限り五七五で書けということですね。私は俳句の花園を荒らすやつだなんて言われた時期があったけど、花園を荒らしてもかまわないから自由に書きなさい、ただ五七五は崩さないほうがおもしろいですよ、そこまで来ているんじゃないでしょうか。外国の影響はもちろんまだそんなに大きくないと思いますけれども、刺激はある。

田中　季語一つとっても、そのままもっては行けないわけですからね。

金子　欧米の連中は共通語なんて嫌いですから。詩は自分のものだと思っていますから、共同体的な言葉の使い方なんて彼らは乗らんですね。これは私も向こうで話していて、よく体験しました。季語という共通語の前提は賛成しない、共通語を決めることは嫌だ、言葉は自分だけのものだという考え方がいまでも牢固としてあります。

　ただ、季節の言葉を拾い出して一つのアンソロジーにするというのは、作業としてはおもしろいからやろうというんで、フランスなんかでは既にやっていますね。アメリカでも最近歳時記が出ている。

田中　一種の意味の蓄積のある言葉を集めようということで。

金子　ええ。詩作との関係とは別です。詩を作るための言葉を共通語として設けるという考え方には、彼らはあまり賛成しない。ずっと個人的です。だからアメリカにこんな季節の言葉がありますよというのを一種の記録としてまとめておきたい、そういうことはあります。そういう影響も日本に多少はあって、季語にあまりこだわらないという雰囲気も……。

田中　絶対に入っていなければいけないという考え方は……。

金子　だいぶ薄くなっています。でも、もちろんそれはまだ強いですよ。日本人というのは、どうもなにか決めてかかること、なんらかの枠組みがいまでも好きですね。

田中　そうかもしれませんね。

金子　本当の自由というのはないんじゃないかな。

田中　国のあり方から来ているのかもしれないと僕なんかは思っているんですけど、ただ実際、季語一つとっても日本語としてすごく意味の蓄積のある言葉で、あっという間にイメージが広がるという力があるのはどうしても否めないですね。

金子　私なんかもその効用を十分感じています。「梅の花」と言って、普通に梅の花だけじゃないですからね。そこから蓄積された文化の記憶がぜんぶ出てきますから、それは大きい。やっぱり季語は大事だと思いますね。

田中　金子さんのお立場としては、大事だけれどもかならずしも入れなくてはいけないというものではない、ということですよね。

金子　ええ。それぐらい自由だといい。そういう立場で二重性をもっています。季語はいい言葉で大事なんだけど、使わなくてもいいという言い方をいつもしています。

田中　その根っこには実の感覚があって、そこから必要となれば入れればいいという考え方ですね。

金子　そういうことです。私は「日常実感」と言っていますが、やはり日常の「生」の実感が基本だという考え方ですね。

造型と即興と人間と

田中　いま日常の生な実感ということをおっしゃったんですが、金子さんは一九九五年の『両神』くらいから即興ということを言っておられますね。先ほどもちょっとおっしゃいましたが、そういう考えが出てきた理由を少しお伺いしたいんです。

金子　一つは、いまの二人心から生き物感覚というもの、やっぱり生き物感覚が土台にあって、二人心が本当に生きてくるということがわかってきた。それから日常が基本である。特に日常実感から出発していく。そのなかに生き物感覚、二人心も込められてくるという考え方が自分のなかでずっと熟してきたわけです。

その熟しているなかで、私自身が表現者というよりも一人の生きている人間として、それが体現されていなきゃならない。これは私流の考え方で、表現の面だけで考えるというのは得意じゃないんです。自分がそうならなければ表現できない。だから僕は、もともと俳人体質ってやつなんじゃないかな。小説を書く人なんかに対しては、そういう意味の距離感、違和感がちょっとあります。失礼ながら、むしろ小説なんか書かなくてよかったと思っているぐらいです。

そういう自分が熟さなければ表現は成立しないという考え方がありまして、その考え方が熟していくうちに産土というものに対する感応も出てきて、そのなかで日常でぱっとひらめくことを書きとめる即興ということが意外に大事だし、できるというふうになってきた。考えていることが体のなかで熟した段階で即興の価値がわかってきたというか、可能だと思いはじめたということでしょうね。

田中　二人心と「生き物感覚」とおっしゃったものがあって、そこから即興も大事だというふうになっていかれた。

金子　日常実感というものが基本で、そのなかに溶け込んでいるかたちで二人心とか生き物感覚、それがおなじ質をもっていなければならない。

田中　そうすると『両神』の後書きではもう一つ、戦後一貫してある造型というのも手放せないとおっしゃっていたんですけれども、その辺の関数と言ったらいいか、かかわりあいのようなものは、どういう状態が理想なんだろうと考えてしまうんですが。

金子　それはやっぱり実感の深さによるんですね。ぱっと書きとめて、そのまま作品として成立するものと、これはもう少し煮詰めて映像化しないとだめだというものとが実感のなかにある。後者の場合は映像化していく。そうして使い分けすると言うか。

田中　ある意味、実感の強度が大きな場合にはじっくり造型した方がいいし、そうでない場合にはぱっと書きとめたものの方がいいということになる。

金子　私は旅をすることが多いんですが、旅先のいろいろな風土、その風土にまつわる歴史的な事実がありますね。そういうものも俳句のなかに書きとめたいと思うときは、やっぱり映像にしないといけない。たとえば伊良湖なら伊良湖に行く。その歴史的な事実、風土までも書き込んでいきたい。そこでの自分の実感だけでは飽きたりない。そういうときは映像を考える。そんなふうになりましょうか。

私の「狼に蛍が一つついていた」という句は、自分の頭のなかに産土があり、産土のなかに狼があらわれてのこのこ歩いている。それに対するものすごい生き物感覚、二人心が働いているわけです。そういう段階で、そのままの感じをぱっと書くのも可能で、実際そういうものも書いていますが、同時にいまの自分が感じているものを映像化して、非常に具体的《コンクリート》な空間として打ち出したいと思うと、やっぱり映像化、煮詰めの努力が要る。するとうんと省略できますね。狼と蛍が一つだけになっちゃう。それまでは「蚕飼《こがい》の村を歩いていた」とかいろいろな句があるわけですが、そこまで煮詰めちゃう。そういうときに映像化ということを考えます。

田中　そうするとそれは人間の感じ方というところまで結びついてきますが、金子さんが斎藤茂吉をおもしろいと思われるのも人間が大事だというところなんですよね。

金子　そうですね。すべてが人間に詰まっている。それがおもしろい感じです。どうも私の場合、それがないとおもしろくない。だから、最近よく「俳句は人だ」なんて言っておどかすんです。俳句は人間そのものだ、おまえそのものなんだ、おまえがだめならどんなテクニックを弄してもだめだという言い方をしますが、それもそこです。

田中　そこから「天人合一」という言葉も出てくる。

金子　出てくるわけです。

田中　僕自身は、戦後はずっと言葉を人間から遠ざけて記号的に扱う努力が強かったような気がしていて、実は表現は人間なんだというのはこれから非常に大事なんじゃないかと勝手に思っているんです。

金子　それはありがたいですね。

新しいカウンター・カルチャーとしての俳句

田中　もう一つ金子さんの俳句の道筋として僕が興味深いのは、すごくいろいろな型を身につけるかたちで自由の方へ向かっていっておられる。最後に即興というのが出てくるのも、いろいろな俳句の型を使いこなした上でのものだということではないかと思うんです。それで型と表現の自由さということとの関係については、どんなふうにお考えになっておられるのかということをお聞きしたかったんです。

金子　どちらかというと、型よりも自分の心が常に先ですね。型は後からついてくるという考え方があります。たとえば自分が五七五という一つの型をぎりぎりまで表現できるためには、テクニックじゃだめだ、自分でそこまで行かなきゃいかん、そういう感覚がどうも常にある。あくまでも自己中心的なんですね。

田中　人間中心と言いますか。

金子　そうそう。それに重なるかもしれませんが、言語学のソシュールでしたか。物が先にあるんじゃなくて、言葉があって物が成立しているというあの考え方。

田中　二十世紀でいちばん流行った考え方ですね。

金子　ひところずいぶん流行りましたね。言葉優先という考え方、あれはいまでもあるんじゃないですか。

田中　強いと思います。

金子　それに対して、私はもともと反発感をもっていた。物が言葉によって発見されたにしても、言葉を支えているのはやっぱり物だという考え方が強いものですから、物が日常実感ということと重なってきて、あらゆるものは実質がないとだめだと思いますね。その実質が自分でなければならない。

田中　型と申し上げたのは、俳句の五七五自体も型なんで、ある型を通して表現するというあり方が、これから必要になってくるんじゃないか。そのときすごくフェティッシュなかたちで、金子さんの言葉で言うと、生き物感覚のような感じで言葉とかかわる仕方が必要になるんじゃないか。僕はそう思っているんです。

金子　それは非常にうれしい。

田中　それで、金子さんのいちばん新しい句集の言葉が非常におもしろかったんです。

金子　大野（晋）さんの言うように、五七五という定型が日本語の音声にかなっているということが大事なんです。だから私なんか、型が型として客観化されてあるということじゃないと思う。

田中　要するに、身体の感覚ともっとも強い結びつきのある型ということですね。

金子　そう思いますね。私は子供のころから秩父音頭の環境のなかで育って、七七七五というのを年中聴いていたわけでしょう。ああいうことも大きいんじゃないか。自分の体にしみているから、五七五というのはぜんぜん苦労じゃない。だから「五七五という形式」と言うでしょう。あれに対して違和感をもつんです。型と言うともっと内面化されているんでしょうけど、これでもまだ違和感をもつ。五七五そのものが私の生理となっている表現形式というぐらいに思っていますね。

田中　なるほど。最後に、ちょっと大げさですけれども、これからの文学に必要なものという意味を含めて、これからお書きになりたいことをお聞かせいただけますか。

金子　さっき田中さんが言ってくださったことでもう結論が出ているように思うけど、一言で言うと、アニミズムの問題ですね。私はそれが今後の命題だと思っている。

ただもっと文芸的な話になれば、短い定型形式というのはこれから意外に大事なんじゃないか。私の場合はこんなことがあるんですよ。いまのアメリカナイズされている風俗というか、文化と言っていいでしょうか。これに対する抵抗感覚がかなりある。これは年齢のせいもあると思うんですけれども、第一わからんということがありますね。特にいまの電子工学の産物なんてほとんど使えないし、女性のいろいろな風俗なんて気に入らないということもあるんですけれども、とにかくアメリカナイズされた文化に対する抵抗感があります。

かつてアメリカに日本の俳句が入ったとき、ギンズバーグとかゲーリー・スナイダーとか、あれはカウンター・カルチャーから出発しているわけです。それとおなじような認識が、いま私のなかにあるんだと思うんです。それで俳句を見直してみますと、五七五という表現の型をもった民族詩という理解ですね。民族詩としていまいっぺん再認識して、これを大いにいたわっていきたい。そんな気持ちで外国、特に欧米の人たちに定型というのをどう思うかと質問してみると、彼らは拒絶までじゃないけれどほとんど否定的《ネグリジブル》です。ゲーリー・スナイダーが演説したものを読むと、五七五はシラブル、音節でしょう。けれども彼は、シラブルでパンチをきかせるんじゃなくて、彼の言葉だとストレス、言葉の勢い、語勢とでも言うんでしょうか。

田中　そこからリズムを作るということですかね。

金子　ええ。ストレスがそれに対するインパクトを与えるんで、われわれの詩はシラブルじゃない、ストレスでやるんだ、そういう言い方をしていましたね。その考え方から見ると、彼らはどうも定型、シラブルで書くという考え方はない。少なくとも俳句形式のようなものはない。なかには思っている人もいるようですが、そういうことから考えても、日本人は逆に五七五というシラブルの形式を大事にして、しかも音声にかなっているんですから、これを生々しく扱っていかなきゃいけない。

田中　アメリカナイズされた文化が入ってきたところに対するカウンター・カルチャー的なものとして。

金子　その一つの代表として、俳句をいたわっていきたい。むしろ振りかざしていきたいと思う。

田中　金子さんもこれからそういう意識で作品を書いていかれると思っていてよろしいでしょうか。

金子　そう思います。それからさっき言っておられたように、これから短いものに対する関心が強まるんじゃないでしょうか。もう既に強まっていますね。なにか饒舌なものが多過ぎますから。

田中　そうですね。

金子　文章でも、おもしろいことを書いていますけどね。いまはそういうなにかおもしろおかしい博学なものが多いけど、あれはただそれだけですね。ああいうもののあき足りなさというのは、私に言わせれば、あれも一種のアメリカ的風景だと思う。

田中　それは非常に感じます。ハリウッド映画的というか、大々的な広告だけはあるんですね。

金子　そういうのはつまらない。だから短いものでパンチのきいたものが、これから求められていくんじゃないでしょうか。

田中　僕自身も、それがこれからの文学の大きな武器じゃないかと思っています。今日はどうもありがとうございました。

（「三田文学」二〇〇四年冬季号／二〇〇四年二月）

講演録

生きもの感覚

金子兜太

ご紹介のありました金子兜太でございます。

実は私は去年、第二回小野市詩歌文学賞を頂きました。残念ながらその頃、私がちょうど体調を崩してしまい、受賞式に参列できなかったのですが、代わりに私とそっくりな顔をしている弟が出席してくれました。登壇して、なにやら変な話をしたそうでございますが（笑）。その心残りもありましたので、お詫びをかねてこちらへ伺いたいと思っていた矢先、「受賞の感謝をこめて、みなさんの前で話してみろ」とご指示を受けましたので、参上した次第でございます。

今回は、江戸末期の俳諧師、小林一茶についてお話しさせていただきたいと思います。

先ほど市長のお話を伺ったのですが、非常に格調の高いお話なんですね。私の大好きな河野裕子さんのこと、ご主人の永田和宏さんのお話をされまして。それを聞いておりましたら、これから私はお話ししようとしている一茶の話なんて、なんだかえらい貧弱なことに感じられてしまいました。もっと市長さんに、河野裕子さんの思い出話をしてもらうほうがいいですね。私の話は早く切り上げましょう。

それからもう一つ。市長さんにお礼が言いたいんです。私はいい姓名と出会うと、何かしら運が良くなるんです。先ほどから蓬莱という市長さんの姓名が大変気に入りまして、さっきから何度も眺めております。多分私はこれからも、幸運にめぐまれるだろうと思います。そういう期待感を込めて、蓬莱市長に感謝したい気持ちで一杯です。

実は去年、私は「類天疱瘡」という老人性の皮膚病を患いました。その時担当していただいた主治医が慶應大学教授の天谷先生といいます。「天の谷」という、非常に透明で壮大な名字ですね。先生のお名前を聞いたとたん、この病気は治ると思いました（笑）。思った通りちゃんと治していただいたんですが、その間、一カ月も寝たままだったので今度は腰を痛めました。そのせいで、しばらくヨタヨタしておりましたが、今は倅に付き添ってもらいながら、なんとか自力で歩けるまで回復しました。

　今でも天谷先生には外来で診てもらっているんですが、天の谷なんて本当にいい名前です。ご出身を伺うと栃木県那須だそうで。天谷とは、那須でも多い名字ではないそうです。天谷という透明な清潔な名字のおかげで、私は治りました。

　そして今度は小野市詩歌文学賞という貴重な賞をいただいて、しかも市長のお名前が蓬莱だと。私は二重の幸運に恵まれたと思って大変喜んでおります。そして蓬莱市長の格調高いお話を伺って、私はもう完全に健康体に戻りました。このままだと百五十歳ぐらいまで生きそうです（笑）。

　これでもう何もしゃべることはないので帰らせてもらいます。ありがとうございました。なんていうのはさすがにまずいので（笑）。ま、とにかく宿題は多少やらなきゃならんという気持ちになりましたので、一茶のことを申し上げてみたいと思います。

小林一茶の生い立ち

　俳句をおやりになる方のほとんどが、小林一茶のことをご存じでいらっしゃるでしょう。歌人や詩人の方々も、一茶のことをご存じだと思います。

　小林一茶（一七六三―一八二八）は長野県信濃町柏原出身で、実家は江戸時代初頭から続く、そこそこ大きな農家でした。一茶は勉強もよくできる頭の良い子でしたが、早くに母親を亡くし、その後、義母との関係が悪くなり江戸に奉公に出されました。そのころの記録はないのですが二十五歳で俳諧師として名を挙げるようになります。

　名を挙げるようになったとはいえ、農家の出ということで宗匠にはなれませんでした。当時の江戸社会は身分制度があり、俳諧の世界でも身分制が支配していました。宗匠になるには武家、豪農、豪商、そういった身分でなければなれなかったのです。優秀な一茶は三度ほど宗匠になる機会があったのですが、やはり厳しい身分制が立ちはだかり宗匠になることはできませんでした。それを機に、一茶は旅暮らしをするようになります。

　優秀なのに宗匠にはなれないというコンプレックスを抱えたまま、旅暮らしの辛さをかみしめながらの十数年を過ごしました。

　一茶は五十になってもまだ結婚はしていませんでした。女といえば二十四文の遊女小屋通いぐらいで……。

　　木がらしや二十四文の遊女小屋

なんて句を作っておりますけど、それぐらい安い遊女を相手にしていたのです。そういう暮らしをしていますから一茶はケチなんですね。けちんぼというのは結婚なんかして、無駄遣いするという気はないのです。だから長い間独身でした。郷里へ帰っても、いつまでも独身だから、「どこか体が悪いんじゃないか」などと言われたわけです。

　そんな一茶も五十二歳でやっと結婚いたします。もちろん初婚です。お相手は地元農家の、これまた同じ初婚の菊さんというきれいなお嬢さんで、幸せな日々を送りました。江戸でそれなりに俳諧師として名を挙げた一茶は、柏原では特別大事にされたようです。

　ところが幸せはそう長く続きませんでした。菊さんとの間に男の子三人、女の子一人をもうけましたが、みんな死んでしまいました。当時の一茶は、ほとんど家に寄りつかず、俳句の指導と称しては、あちこちぶらぶら歩き回って、弟子たちと酒を飲む毎日。生活だって安定していません。そんな生活だったから、子どもたちの栄養状態もよくなかったのでしょう。

　初めての結婚でやっとできた子どもたちがみんな死んでしまった……。それは一茶にとっても大変ショックなことだったようです。特にショックだったのが、一番可愛がっていた娘のさとを疱瘡で亡くしたことでした。

　女の子はかわいいですね。私も女の子に恵まれず、男の子だけでした。倅の嫁さんが私にとって娘みたいにかわいいんです。だから娘を亡くした一茶の気持ちもわかります。もし、娘を亡くしたら……号泣に号泣を重ねて、怒りのあまり町中至る所をぶっ壊してしまうんじゃないかと（笑）。そのぐらい、女の子はかわいいもんですよ。この気持ちは女性にはわからないかな。

　一茶の句文集に『おらが春』というものがあります。これは、さとが生まれてから死ぬまでのことを記録しており、一茶の代表作ですからぜひご覧頂きたいと思います。その中で一句、みなさまもご承知と思いますが、

　露の世は露の世ながらさりながら

という句が国際的にも高い評価を得ています。この句には一茶の真情が描かれています。この世の中は無常だけれども、かわいい娘に死なれてどうにもならない、という気持ちを詠んでいます。第一次世界大戦後に日本の俳句がフランスに伝わりフランス語に訳され、その後、英語、中国語にも訳されました。

　当時のことですので、数えるほどしか翻訳されなかったようですが、その中の一句にこの歌が入っていました。フランスでは、この句を軸とした随筆集が出ているぐらい、国際的にも有名な俳句です。

　その後、一茶は、五十八歳にして中風の発作におそわれ、

六十五歳で亡くなるまでに何度か発作を繰り返しています。そのせいで半身不随になってしまいました。

結局、荒凡夫《あらぼんぷ》に至る一茶が、どれほど不幸だったかということです。大変辛い、どん底の生活を送ってきた一茶は、自分は愚の塊でしか生きられないと思うようになります。だから「如来さん、おれを凡夫として生かしてくれ」と言うんですね。このことを念頭に置いてください。

あとどれぐらい時間があるのかな？　一茶の俳句が良かったということをご説明しなきゃ帰れませんね、時間があろうとなかろうと（笑）。

一茶の「生きもの感覚」

一茶は生涯で二万句も作っています。辛いどん底の生活をしてきた男はどんな句を作ったのか、未来に向かってどんなことを言い切ったのか、誰だって一茶の句を読みたくなります。私も読みました。それでわかったことがあります。それはかなりの俳句が、「生きもの感覚」で出来ているということです。どういうことかというと、例を挙げた方が分かりやすいと思いますので……。

やれ打つな蝿が手をすり足をする

という、小学生でも知っている、あの句です。これは大人から見たらばかばかしい句ですが、実はとんでもない句なんですよ。

どうして私がこの句を珍重しているかをお話しします。まず、学校の先生が子どもたちにこの句の意味をどう教えるかというと——手をすり、足すりしている蝿がそこにいる。その蝿をぽーんと、蝿叩きで叩くようなことをするな。つまりこの句は慈悲心を描いている。人間は慈悲心を持たなければならない、ということを一茶が教えてくれた——と教えるのが一般的なんだそうです。

ところが本当は、そういうことを言っているのではありません。私は敢然と、そうではないと宣言いたします。一茶は慈悲心など関心がありません。一茶は慈悲心というものから見放されて生きてきた、そういう生き方をした人間です。

では一茶はこの句で何を言いたかったのか……。私は以前、この句について昆虫学者と対談したことがあります。昆虫が登場する句についていろいろ話をしていた流れで、私はその学者に「やれ打つな蝿が手をすり足をする」の意味がわかりますか、と尋ねました。

その学者は「金子さん、あんたは蝿の生態を知らんだろう」と言いました。蝿は手足の先っぽであらゆる物を見分けるんだそうです。ブーンと飛んでポッと止まる。そこで「これは刺身だな」とか「これはうんこだな」と見分けるそうです。

　そのために、蝿は常に手先というか指先を磨き、敏感にしておかなければならない。蝿が自分の感覚を敏感にしておくためには、敵がいない安全な場所で、自分の手足をこすって磨くのです。きっと蝿にとって、自分の手足をこすっているときは、気持ちのいい時間なんじゃないか、とその学者は言いました。

2013年３月、自宅にて岩波書店刊『語る兜太』の取材・打ち合わせ。
撮影＝黒田勝雄

　それを聞いて私ははっと思いつきました。あの句は慈悲心なんかを詠んでいない。一茶は、見たままの蝿の姿を句にしただけ、そういう句なんだと気付いたんです。

　一茶と蝿が生き物同士、感覚を通い合わせていなければ、蝿の気持ちを察することはできない。これが一茶の「生きもの感覚」なんだと思います。

　一茶が描く「生きもの感覚」は非常に生々しく生き生きと

しています。その句には、温かい気持ちが通っています。一茶は蝿に向かって「なぁおまえ、ここでゆっくりやっておれ。邪魔なやつが来たらおれが追い払うから」という気持ちで見守っています。それこそが一茶の「生きもの感覚」なんです。この句からは、一茶の典型的な句の特徴を摑むことができます。それは、こういう感覚にも出ています。

歯がなかった一茶

一茶は四十九歳で前歯がぐらぐらになり、五十歳で歯が抜けてしまったんです。五十歳の正月に、歯なんか要らないということを書いています。

私は、人は歯がなくても暮らせるもんかと思いまして、田舎のおばあさんに聞いたことがあります。そのおばあさんもほとんど歯がない、入れ歯なんてものは使わない。昔の人はみんな、歯なしのまま長生きしているんですね。

そのおばあさんは歯なしでむにゃむにゃしながら「歯なんかなくったっていいんだ。わしはね、たくあん漬け食うにも、こう手で裂いて、それを口に入れて、むぐむぐ、むぐむぐとつばきつけて三十分もおけばね、とろとろのお粥みたいになるんだよ。それですぐ飲み込めるようになる。わしゃそういう食べ方してるんでね、おめぇさんみたいにガツガツ食わないんだよ」と言われた覚えがあります。

一茶の場合は六十五歳まで、歯なしで十五年も生きました。それで子供を四人もつくって、亡くして泣いてるわけです。十五年間も歯がなくたって生きていられるという事実は、これは大変重大なことなんですよ（笑）。

この話をとある講演でしたんですが、講演終了後、歯科の先生からこんなことを言われました。「あんたは危険思想を話してる。そんなことをみんながまともに受けると、おれの商売あがったりだ。そうでなくても、入れ歯というのは大事な商売道具だ」って叱られたのを覚えています（笑）。

そんなわけで一茶が、歯がぐらぐらし始めたころに詠んだのがこの句です。

花げしのふはつくやうな前歯哉

「花げし」というのは芥子の花です。これは俳句をやる人はご存じと思われますが、芥子の花という季語と同時に花げしという季語があるわけです。「花げしのふはつくやうな前歯哉」。前歯がぐらぐらしていて、舌でもって後ろからちょっとだけ押してやると、もっとぐらぐらする……。これが芥子の花びらが風に吹かれているようだ、この前歯のぐらぐらが芥子の花びらのようだと言っている。

私はこの感覚に恐れ入りました。自分の体と天然の芥子の花をストレートに比較できる、組み合わせることができる。

この感覚は江戸の人にはありません。

一茶のこの鋭い感覚は、自分は生き物なんだ、芥子も生き物なんだ、同じ生き物だから、自分のぐらついている歯と芥子の花をイコールに受け止めることができる、と述べています。

ぐらついている歯、即ち芥子の花びらのようだという描写は、何ともいえぬ美しさ、何ともいえぬ優しい句だと思います。これはさっきの蠅の句と重なってきますね。こういう感覚を一茶は持っていました。

いまひとつ例を挙げます。一茶が京で学んだときに作った句です。

十ばかり屁を捨てに出る夜長かな

「屁」とはおならの屁です。「夜長」は秋の季語ですね。秋の夜長になんとなく、くつろいでいるときに、夕飯で食べたもの、当時は炭水化物が主ですが、野菜とかそういうものを食べているからガスが出やすくなります。秋の夜長に庭に出て、空気をすーっと吸いながらプーッ、プーッ、プーッと十回ほど屁を出す（笑）。この「十」というのがいいですね。五とか六とか、そういうケチなことを言わない（笑）。

おそらく一茶は、自分の家でこんなことをやっていたのでしょう。どうせおならをするなら、家の中でやるんじゃなくて空気のいいところで、夜中の澄んだ空気の中でプーッとやる。こりゃ長生きしますよね（笑）。

私は子どものころ、一時期祖父母の家に預けられていました。うちの祖父母がこれまた無類のものぐさ者でして、近所に住む人や将棋好きな人たち、そういう趣味道楽が好きな連中が、しょっちゅう家に集まっていました。そういう連中が勝手に飯を炊いて、食って、それを祖父母にも食わしてくれる。実に何ともいえぬ間の抜けたような祖父母たちと一緒に暮らしていました。

将棋好きが集まって、入れ代わり立ち代わり将棋を指す。そうこうしているうちに、夜中に一人がどたどたどたと外に出て、ブーブー、ブーブーと屁をこく。まわりの連中は「またやってるな」と笑って見てるわけです。すると「じゃあ次はおれが行ってくるよ」と、また次の人も次の人も……何人も庭に出てはブーブー、ブーブーやっている。実にのどかな、いかにも秋の夜長らしい風景、まさに人間臭い風景とはこのことですね（笑）。

昨今はこういう風景がなくなってきました。小野市のような町には、こういう風景がまだ残っているんじゃないでしょうか（笑）。

そんなことで私は、おならに対して親しみが持てるんです。世間では、たとえば会合の席でブーなんてやると「あいつは不躾者だ」と叱られてしまいます。たしかに社会にとってマイナスなことかもしれませんが、そんなことに目くじら立てないで、おならそのものの楽しさ、面白さ、ゆかしさ、懐かしさ、温かさ、慕わしさを味わう。人間の体から出てふぅーっと消えていく、ときには匂いまで残していく、あの感覚はどういう言葉を使っても言い表せないものがあります。

この感覚を見事に表現したのが一茶です。これが一茶の「生きもの感覚」だと思います。

一茶は、おならは生き物なんだ、人間が出してるんじゃない、これは生き物なんだ……生き物だからこそおならがつかめる、生きもの感覚だからそういうことができると、言っているように思うのです。

私も俳句の選なんてのをやらされておりますけれども、おならの句で、一茶の句ほど「生きもの感覚」に満ち満ちている句には、今までに出会っておりません。

あんまりおなら、おならと連呼していると笑われてしまうかもしれませんが、その感覚を、社会のルールに当てはめるのではなく、人間そのものの在り方から一茶は考えていたのではないでしょうか。社会のルールからはずれているからこそ、できたのかもしれません。

俳句を世界に紹介したブライス

私以外にも外国人で一茶の「生きもの感覚」を認めている人がいます。みなさん、このお名前をご存じではありませんか？　R・H・ブライス（一八九八―一九六四）という方です。日本が大好きなイギリス人で、奥さんも日本人。この方はたしか、戦後、天皇陛下の英語の先生をしていたんじゃないかな。それから学習院大学で教授を務めました。とても日本を愛し、ずっと日本におられた人です。

ブライスは澤木興道（一八八〇―一九六五）から禅を学びました。それをきっかけに、俳句を詠むようになります。

ブライスは戦後の一九五三年に四冊の大著『俳句 Haiku』という英語の本を出しています。その中の一冊に松尾芭蕉、与謝蕪村、小林一茶、正岡子規、この四人の句を約千数百句を訳し収めました。この本の刊行を機に、アメリカで俳句が流行します。それが英語圏に広がり、ヨーロッパへも広がったのです。

外国では今も俳句ブームで、彼らはローマ字で「Haiku」と書きます。私も時々名刺をもらいますが、肩書きに「ハイキスト」とか「Poet Haiku」なんて書かれています（笑）。なんだかちょっとおかしいような気もしますけどね。彼らは堂々とそういう名刺を配るんですよ（笑）。

欧米人がどういう句を作っているかというと、三行詩です。彼らの文化の中で、もっとも短いフレーズを三行にしたのが、彼らの俳句（Haiku）です。

昨今、英語圏だけで俳句人口は二百万人を下らないと言われております。その普及のきっかけが、ブライスの『俳句 Haiku』です。その本を読んで多くのアメリカ人が感動しました。

アメリカでは一九五〇年代からすでに、小学校のカリキュラムとして俳句が学ばれています。実際に彼らが使っている教科書を見せてもらったことがあるんですが、だいたい初っぱなは芭蕉の、

古池や蛙飛び込む水の音

の英訳から始まってますね。日本はアメリカよりずっと遅れて、最近になってようやく文部省（現・文部科学省）が小学生に俳句を作らせようとしているそうです。アメリカのやり方に従ったのでしょうか、私に言わせれば遅すぎます。

そんなわけでブライスが日本と欧米との俳句の架け橋になってくれました。そのブライスが書いた四冊本『俳句 Haiku』のあとがきに、俳句界における代表作として、一茶のこの句を挙げています。

蚤どもが夜永だらうぞ淋しかろ

一茶は蚤とか蝿とかおならとか、そういうのが好きですね。当時の日本人は、蚤や虱が体にいるのが普通でした。夜永にぼやーっとしていると、体がむずむずする、時々ちくんと刺す……蚤が体を這ってるんですね。そんな蚤たちも、夜永は淋しいんだろうな……一茶は、その思いをストレートに句にしました。まさに「生きもの感覚」として蚤と接している。それをブライスが取り上げて、これは美しい日本人の姿である。多分仏教の影響で、こういう心が養われたのであろう。日本人を代表する心の句が、小林一茶だと書いています。

そのせいもあるのか、一茶は欧米で大変人気です。中国でも一茶の人気は高いんです。芭蕉もいいんですけれど、やっぱり読んで面白いと思うのは一茶ですね。ブライスが一茶の「生きもの感覚」と日本の心を欧米に伝えてくれたんだと思います。

本来ならもっと「生きもの感覚」についてお話ししたいのですが、きょうはもう時間がない。また次に呼んでいただいたら、この続きをお話ししたいと思います。きょうは本当にありがとうございました。（拍手）

＊講演に用意したメモを控室に置き忘れたため、記憶違いにより事実と異なる発言が含まれている可能性があります。ご了承ください。（ご家族より）

（小野市詩歌文学賞受賞記念講演／二〇一一年六月一日）

金子兜太の戦争〔講演録〕

運動体から存在体へ

原満寿
Hara Masaji

会の案内にも書きましたように、俳人金子兜太さんが今年（二〇一八年）二月二十日に、九十八歳で他界しました。そこで、本日は、兜太さんの戦争体験とその後の軌跡を兜太さんの俳句に添いながらご一緒にみていただければと思います。

話の順序は、まず「金子兜太ブームについて」触れ、ついで兜太さんと「私との関係について」述べ、それから本題に入っていきたいと考えております。

金子兜太ブームについて

金子兜太さんの生涯は、俳人としてまれにみる輝かしい存在でした。さらに晩年は、「アベ政治を許さない」のポスターの揮毫者として、戦争反対の先頭にたって活躍し、その豪放磊落な性格から一般人にも慕われ、金子兜太ブームが興ります。

会場で回覧していただいています各地の句碑の写真でもその人気の一端を窺うことができます。句碑は正確な数はわかりませんが八十基くらいはあるのではないでしょうか。句碑は全国に何千とあり、兜太さんより句碑が多い俳人も数人はおるでしょうが、存命中にこれだけの句碑をもったのは、兜太さんが一番のように思われます。いずれも豪快な句碑ばかりです。故郷の秩父には十二基の句碑があり、「兜太句碑巡り」なんていう観光コースもあります。

また、芭蕉で有名な最上川には、景勝地の八向神社の側に川を背にした兜太夫妻の句碑が立ち、近くの芭蕉の渡舟場には、芭蕉・曾良の像があり、そこまでのわずかな通りを、兜太さまがお通りになった記念の「兜太通り」というネーミングがついたものもあるほどです。芭蕉もびっくりでしょう。

生前の人気は、その俳句や生き様を著した多くの本に紹介されていますが、その死とその後の賑わいを紹介します。

まずその死は、

●「朝日新聞」「東京・中日新聞」をはじめ各紙、ほぼすべての俳句誌がその死を報じ、特集を組みました。

●三月二日には、フランスの日刊紙「ルモンド」が、五千文字、カラー写真入りの追悼記事を掲載しました。

そしてその前後からのブームを紹介します。

●二月、兜太さんの揮毫による「俳句弾圧不忘の碑」が長野県上田市の戦没学生慰霊美術館「無言館」近く「槐多庵」の敷地に建立されましたが、序幕式の五日前に兜太さんの急逝にあいました。

●六月二十二日には、八〇〇人が参加した「お別れの会（有楽町朝日ホール）」がありました。

●『あの夏、兵士だった私』（マブソン青眼訳）が仏語版で出版されました。

●兜太を語りTOTAと生きるという趣旨をかかげた雑誌「兜太 TOTA」が創刊され、

●兜太の句碑数十基をおさめた写真集『金子兜太 産土 秩父の足跡』が出版されました。

●来年（二〇一九）二月から半年ごとに、六十年分の日記『金子兜太戦後俳句日記』（全三巻、白水社）が出版されます。

以上が主に死後の兜太ブームの様子です。ついで兜太さんと私の関係を述べさせていただきます。これより敬称はぬきにして、すべて兜太ですすめます。

私との関係について

私が兜太とはじめて逢ったのは、兜太五十九歳、私三十六歳の時です。兜太が中心でやっていた俳句の同人雑誌「海程」への入会にはじまります。

「海程」は、兜太が四十三歳の時、創刊同人三十名ほどで船出します。兜太には結社の主宰性に疑問があって同人誌としたのです。

私が入会した頃にはすでに兜太の名前は前衛俳句の旗手として俳界に轟いていましたから、それまでの俳句にあきたらない俳人たちが全国からぞくぞくとあつまり、前衛俳句作家の梁山泊の感を呈しておりました。

私は俳句はまるっきりの素人でしたが、「海程」の同人会長で後援者でもあった鷲見流一と知り合いになり、入会を勧められたのでした。そのときの私の入会の条件は、「師匠はもたない」というものでした。これも「俳諧自由」ということで了承を得、入会が決まりました。

「海程」では、私が金子光晴を研究しているということで、光晴ファンであった兜太がなにかと引き上げてくれ、私も必死に俳句にうちこみました。「海程」の地方支部主催の俳句の旅や、上海から桂林までの俳句の旅も一緒でした。優れた俳句の友人がたくさんできました。気がつくと、あつかましくも私は「海程」の中心近くにいるような案配でした。

兜太六十六歳の時、突然に、兜太から、「〈海程〉を俺の主宰にしようとの声が上がっているがあんたはどう思うか」との打診がありました。それには私は、「金子兜太という名は、すでに全国ブランドになっているのだし、金子さんが日ごろから言っている俳諧自由の精神は主宰とはなじまない」みたいなことを答えますと、「そうだ、そうだ、俺もそう思う」ということでした。それから数カ月後、沖縄の宮古島であった俳句大会の帰りの飛行機で兜太と席が隣り合わせになった時、また前回と同じ主宰の話がもちだされました。が、私は同じように答えました。その時も兜太は「そうだ、そうだ。俺もそう思う」と言ったのです。

ところがその年、名古屋で開催された「海程」全国大会で、有力同人の阿部完市から、「海程」を兜太主宰にしたいとの緊急動議がだされました。阿部完市の忖度だったと思います。

そのとき兜太が標榜したのが「運動体から存在体へ」という本日の副題の綱領でした。賛否両義の議論の末、兜太主宰が決定いたしました。主宰反対の急先鋒は私でした。どうしても反対なら袂を別とうという兜太の声で私は退会することになります。

退会してからも三カ月ほど、仕掛かっていた金子兜太編『現代俳句歳時記』の私の担当の〈雑〉の部の構成、解説を完成させました。

そして私と同じ志の同人数名と「ゴリラ」という俳句の同人誌を創刊いたしました。そのうち二人は兜太夫妻が仲人でした。「ゴリラ」は二十号をもって終刊とし、私は詩に集中するようになります。「ゴリラ」の後、兜太夫婦に仲人をしてもらった一人が「海程」に戻りたいと言いますので、私が兜太に打診しますと、ただちにＯＫの返事が返ってきました。夫人が泣いて喜んだとのことでした。

兜太はこの主宰になった経緯をどこにも述べていませんが、後に書いたものから推測しますと、「俳句前衛という総括的な呼び方に個々の作家がまとめられてしまう時期は過ぎた。」(「熊猫荘寸景」)との思いがあったようですが、兜太の俳壇攻略の一環でもあったでしょう。

退会で兜太との縁が切れたと思っていましたが、五年後、突然に、ビクターから俳句百年記念(一九九〇年)『映像による現代俳句の世界』第六巻「加藤楸邨・金子兜太」というビデオが発売されることになって、ビデオに添付する俳人兜太の解説を依頼してきました。これは兜太にとってはじめてのビデオ映像だったでしょうし、兜太の師の加藤楸邨と一緒の大事なものですし、楸邨の解説は奥さんの加藤知世子ですから、なぜ別れた無名の私に依頼してきたかわからないまま、私は「衆のこころに生きる俳諧師」という題で兜太を推挽するプロフィールを書きました。

それから歳月は巡って、兜太九十五歳の夏、兜太らによる、俳壇を超えた反戦の合唱が高まっているのがうれしくなった私は、私の反戦俳句を何句か書き連ねた暑中見舞いのはがきを送ったところ、すぐに兜太から「なつかしい、なつかしい、あんたの仕事は陰ながらずっと注視してきた」という返事がきました。それから矢次ぎ早に三度ほど互いの健闘を励まし合う往復書簡が交わされました。

そして私の地元の川口市で行なわれた憲法九条の会での兜太の講演会で、ほぼ三十年ぶりに再会することになりました。講演会では兜太は車椅子姿で現れました。すっかり爺さんになっていました。講演の後、やあ、やあ言いあいながら、一緒に写真を撮りました。

それから半年ほどして兜太の健康状態がおもわしくない、認知症もでているという「海程」の友人の声が届くようになりました。そして訃報です。

永別するために再会した気分でしたが、兜太にどうにか間に合ったとの思いも強くしました。

以上が兜太と私の出会いと別れです。

ちなみに、私どもの退会後「海程」はどうなったかといいますと、同人時代の精鋭路線から拡大路線に切り替えます。そして兜太は亡くなる前年に、翌年をもって「海程」を終刊させる、「海程」の名も残さない、兜太一代かぎりを宣言します。そして翌年、「海程」の最終七月号、通巻五四四号が出るのですが、兜太の他界にあって、「追悼・金子兜太主宰」特集となってしまったのです。「海程」を名乗れなくなった同人たちは、仕方なく、「海原」という同人誌を立ち上げて新しい船出をいたします。

本題に入ります。

まず「兜太の戦争体験について」を兜太の戦争俳句に則しながら話し、次いで「運動体の兜太」を、最後に「存在者・兜太について」の順序で話してゆきます。

兜太の戦争体験について

これから私は「戦争俳句」という言葉を使いますが、反戦・非戦俳句、戦意昂揚俳句などをひっくるめて、広く戦争にかかわる俳句を言います。

兜太の父親は医師で、かつ伊昔紅という俳号をもつ秩父の有力俳人でした。ですから家はいつも俳人たちの喧噪の場であったようです。それを見ていた母親は兜太に俳人にだけはなるな、と日ごろ言っていたようですが、門前の小僧の兜太には早くから俳句の菌が感染していたようなのです。

水戸高校で、先輩に俳句を勧められ、「白梅や老子無心の旅に住む」などという老成した句をつくります。以来、兜太太は俳句から離れられない生涯を送ることになります。

一九四一年、東大の経済学部を繰り上げ卒業し、日銀へ入行しますが、三日いただけで海軍経理学校に短期現役士官として入校し、海軍主計中尉に任官します。大卒のままだと一般兵士として動員されるので、将校の肩書きが欲しかったのでしょう。そして本人の希望もあって、超危険といわれていた赤道に近いトラック島・夏島の第四海軍施設部に赴任します。

トラック島は現在のミクロネシア連邦チューク州の州都だそうで、その地勢は、資料①をご覧ください。

サイパン、グアムの南、ニューギニアの北に位置します。島は七曜諸島と四季諸島からなる環礁で、兜太は四季諸島の夏島、春島と関わります。「四季諸島」とか「夏島・春島」などと、俳句めいたのんびりした名前ですが、地獄の一丁目だったのです。

トラック島に赴任するまでに創った戦争にかかわる俳句で私が抽出したのが資料②（七十～七十二頁）の二句です。

かまつかに吾れくろぐろと征かむとす　「生長」

入隊を前に父と千葉県白浜にゆく　五句より

秋幮《かや》の父子に日の出の栄満ち来　「生長」

一句目の「かまつか」というのは、鎌柄、葉鶏頭のことです。葉鶏頭のまっ赤は戦争を、「くろぐろ」は戦争に征かんとする兜太の不安を象徴しております。

二句目は、この出征が父子とも「日の出の栄満ち来」ですから、出征を肯定的に詠んでいることがわかります。

この当時の心境を『金子兜太句集』のあとがきに兜太はこう述べています。

「私は戦争便乗あるいは謳歌の教説には体質的にといってよいくらいに反撥感を覚えていたが、そのくせどこかで民族防衛のために止むなしとおもい、戦闘には参加してみたいなどとおもっていたのである。」

戦争に征くまでの俳句は、感性のおもむくままで、自分を

資料①　トラック諸島

トラック島（諸島）は、西太平洋のカロリン諸島内に位置する島々。現在はチューク諸島と呼ばれ、周囲200kmに及ぶ世界最大級の堡礁・チューク環礁の中に248もの島々が存在する。ミクロネシア連邦のチューク州に属し、ウェノ島（春島）に州都が置かれている。

昭和19年、トラック島にて
写真提供＝金子眞土

支えるものとしての俳句にはまだなっていない時期です。ただ感性の曖昧さがあるだけだったと、後に述懐しております。

トラック島でのあらましを要約します。

着任した島は、半年ほど前に、米軍機動部隊の急襲で為す術もなく航空機二七〇機、艦船四三隻を失っていました。邦人の女性、慰安婦らはすでに帰国させていました。サイパンの日本軍が壊滅した時点で、トラック諸島への補給が絶たれていたのです。

そんな島で兜太は施設部の工員の二〇〇人を率います。ところがこの工員たちは、日本で食えずに南方にやってきた無頼な連中でした。そんな島の様子を兜太はこう語っています。

「(工員たち)は、先住民カナカ族の娘を暴行し、仕返しに蕃刀で斬殺される事件が続いた。男色が一気に広がり、若い男を取り合う殺傷沙汰が相次いだ。気に食わないと上司を殺し、自害する工員も出た。私は詩心のある西沢実陸軍少尉と陸海軍合同の句会を主宰した。『皆を句会で慰めてくれ』と上官に言われていたからだ。」と。

（『存在者　金子兜太』談）

そんなある日のこと、兜太が何遍も書き、かならず講演で話す事件がおこります。

要約しますとこんな事件です。

武器庫の補給も途絶えたので、工作部が手榴弾を試作した。その実験を兵隊ではなく、兵隊以下の扱いの工員にやらせることになった。その実験で、実験役の工員が起爆のために手榴弾を鉄塊に当てた瞬間、爆発した。体が宙に浮き、落ちた。右腕が吹っ飛び、背中の肉は運河のようにえぐれた。するとその工員を大きな工員が背中に担ぎ上げて駆けだした。工員の一団も「わっしょい、わっしょい」と伴走した。兜太も一緒に走って二キロ先の病院に担ぎ込んだがすでに死んでいた。

　普段は身勝手な工員も仲間を本能的に救おうとした。人間の芯は善だ。その人間をいたずらに殺す戦争は悪だ。そう確信した兜太は、この事件を機に戦争を憎むようになった、といいます。

　更に食料が欠乏し、フグやトカゲを食べて病死したり餓死する者が続出します。毎日、五～六人の餓死者がでた。兜太の部隊では二百人中、五十～六十人が死んだ。全員が生死の境にいた、と言います。

　そんな中で、四五年に日本は敗戦します。翌年、兜太は米軍捕虜として、春島の米航空基地建設に従事させられます。ところがトラック島での体験を詳述した『あの夏、兵士だった私』によりますと、「米軍の海兵隊員はとにかく明るい連中が多い。捕虜生

資料②—1　兜太の戦争句

戦争句（明朝体の作品は代表句・注目句）	句集	略歴など
かまつかに吾れくろぐろと征かむとす 東京時代九十二句より（昭和十五年—十八年） 曼珠沙華どれも腹出し秩父の子 蛾のまなこ赤光なれば海を恋う 入隊前に父と千葉県白浜にゆく　五句より **秋幮《あきかや》の父子に日の出の栄満ち来** トラック島三十句より（昭和十九年三月十七日〜昭和二十一年十一月二十八日） **被弾のパンの樹島民の赤児泣くあたり** **犬は海を少年はマンゴーの森を見る** トラック島にて敗戦　四句より **魚雷の丸胴蜥蜴這い廻りて去りぬ** トラック島より帰還する船中二句より **明日は如何に月にランプを磨く男** **水脈の果て炎天の墓碑を置きて去る** 結婚前後（昭和二十三年〜三十三年） **死にし骨は海に捨つべし沢庵噛む** 朝日煙る手中の蚕妻に示す 広島にて二句より **原爆の街停電の林檎つかむ** **墓地は焼夷弾蝉肉片のごと樹樹に** **原爆許すまじ蟹かつかつと瓦礫あゆむ** 神戸（昭和二十八年九月—三十三年二月） **朝はじまる海へ突込む鷗の死**	「生長」 一九五五年 『少年』 三十六歳 一九六一年 『金子兜太句集』 （『生長』収録）	一九四三年　二十四歳 九月、東大繰上卒— 日銀—海軍経理学校 一九四四年　二十五歳 二月、主計中尉 三月、トラック島夏島、海軍施設部 一九四六年　二十七歳 米軍捕虜、基地建設に従事 十一月、帰国 一九四七年　二十八歳 日銀復職、結婚 日銀組合事務局長 一九五〇年　三十一歳 福島支店 一九五三年　三十四歳 神戸支店 一九五八年　三十九歳 長崎支店 一九六〇年　四十一歳 東京勤務

活はとても楽しかった。」などと、述べています。
そして、四六年十一月に帰国します。兜太二十七歳、大尉になっての帰還です。

そうした約二年半のトラック島の修羅場のなかでできた句は三〇〇句くらいあり、一二四句が発表されています。そのうちの五句を抽出しました。

・トラック島三十句より（自昭和十九年三月十七日
至昭和二十一年十一月二十八日）

被弾のパンの樹島民の赤児泣くあたり　『少年』
犬は海を少年はマンゴーの森を見る
魚雷の丸胴蜥蜴這い廻りて去りぬ

・トラック島にて敗戦　四句より

明日は如何に月にランプを磨く男

・トラック島から帰還する船中二句より

水脈《みお》の果炎天の墓碑を置きて去る

「被弾のパン……」と「犬は海を……」の二句は、普段から兜太が親しくしていたカナカ族の島民やその子どもとの日常の穏やかな生活と、それを破壊す

銀行員等朝より蛍光す烏賊のごとく		
青年鹿を愛せり嵐の斜面にて		一九六二年　四十三歳 同人誌「海程」創刊
長崎九十二句より（昭和三十三年二月―三十三年五月）		
彎曲し火傷し爆心地のマラソン		
華麗な墓原女陰あらわに村眠り		一九六五年　四十六歳 『今日の俳句』 （カッパブックス）
トラック島回想、四句より		
珊瑚の海へ餓死者を埋むぞくぞく埋む		一九六七年　四十八歳 熊谷市に自宅
東京（昭和三十五年六月―三十六年一月）		
果樹園がシャツ一枚の俺の孤島		
三日月がめそめそといる米の飯	一九六八年 『婉婉』	
どれも口美し晩夏のジャズ一団		
無神の旅あかつき岬をマッチで燃し		
霧の村石を投《ほう》らば父母散らん		
人体冷えて東北白い花盛り		
犬一猫二われら三人被爆せず	一九七二年 『暗緑地誌』	
谷に鯉もみ合う夜の歓喜かな		一九七三年　五十四歳 『蕪村・良寛・一茶』
暗黒や関東平野に火事一つ		
わが戦争終らず朝日影長しよ	一九七四年 『早春展墓』	一九七四年　五十五歳 日銀退職 「海程」百号
髭のびててつぺん薄き自然かな	一九七五年 『狡童』	
人刺して足長蜂《あしなが》帰る荒涼へ	一九七七年 『旅次抄録』	一九七八年　五十九歳 原、海程入会
梅咲いて庭中に青鮫が来ている	一九八一年 『遊牧集』	
谷間谷間に満作が咲く荒凡夫		
猪《しし》がきて空気を食べる春の峠	一九七七年 『猪羊集』	一九八〇年　六十一歳 『小林一茶』

る戦争の哀しみを兜太は見つめています。

「魚雷の丸胴蜥蜴這い廻りて去りぬ」は、ジャングルのなかに恐ろしい殺戮兵器である魚雷が積んであった。その磨かれた真っ黒い鉄の丸い肌の上を爬虫類が這い回ってさっと消えた。文明の傲慢さと生物との対比が生生しく際立つ優れた作品で、大変に評判になった兜太の代表句の一つです。

「明日は如何に月にランプを磨く男」は、日々、戦友が死んでゆくなかにあって、月光の元で無心そうに見える男と、兜太自身の明日への不安を描いた作品です。

「水脈の果て炎天の墓碑を置きて去る」を見てみましょう。

この句は、兜太自身が自分の代表句だとしてとりわけ大事にしてきた句です。捕虜生活一年三カ月を終えてトラック島から帰国する最後の復員船での作です。

南の島にあこがれてやってきた程度の人たちが、その戦争よりは飢餓との戦いの中で死んでいった、その「非業の死者」たちが哀れでならない。トラック島

資料②—2　兜太の戦争句

戦争句（明朝体の作品は代表句・注目句）	句集	略歴など
麦秋の夜は黒焦げ黒焦げあるな	一九八五年『詩經國風』	一九八五年　六十六歳「海程」主宰誌へ
人間に狐ぶつかる春の谷		原、「海程」退会
核なくせ波濤崩れるは秋の怒り	一九八六年『皆之』	一九八六年　六十七歳 南十字星の会*1
霧の街われには未だ戦後果てず		一九八七年　六十八歳 朝日俳壇選者
冬眠の蝮のほかは寝息なし		
酒止めようかどの本能で遊ぼうか	一九九五年『両神』	一九九七年　七十八歳 妻・皆子、右腎臓摘出
よく眠る夢の枯野が青むまで	二〇〇一年『東国抄』	
おおかみに螢が一つ付いていた		二〇〇六年　八十六歳 皆子、他界
薄氷に米国日本州映る	二〇〇九年『日常』	
父の好戦いまも許さず夏を生く		二〇一二年　九十二歳 胆管癌手術
左義長や武器という武器焼いてしまえ		二〇一五年　九十五歳 特定機密保護法通過*2・3
長寿の母うんこのようにわれを産みぬ		
被曝の人や牛や夏野をただ歩く	『日常』以降	二〇一六年　九十六歳 秋頃より認知症
河より掛け声さすらいの終わるその日	辞世句	二〇一八年　九十八歳 二月、他界 七月、「海程」終刊

*1　トラック島最終引揚げの戦友が集まる。
　みな生きてた湾口に冬濤の白さ　兜太
*2　「アベ政治を許さない」の文字を書き、呼びかけ人となる。
*3　原、三十年ぶりに、兜太氏と旧交、文通。一六年、再会。

では八千人を超える戦死者が出、彼らのために墓碑をこしらえた。その墓碑を置き去りにして帰還することへの慚愧と鎮魂の思いで墓碑に向かって船の上から合掌をする。航跡が別れのテープのように白い水脈を曳いて行く、そんな兜太の哀切が伝わる句です。

ここで注意したいのは、「墓碑を置きて」のくだりです。兜太は『あの夏、兵士だった私』の中で、「彼らのために墓碑銘を建てました」と書いていますから、素直に詠むと、海に向かって建つ墓碑が目に浮かびますが、事実は違うようなのです。墓碑は立ってはいなかったのです。墓碑は刻んで実在はしていたのですが、まだ立てられてはなく、放置されたままだったらしいのです。

墓碑は、日本人を憎んだ島の酋長が立てずにほったらかしにしていたらしく、いまでも藪に捨てられたままのようなのです。そう兜太自身があるインタビューで語っています。このことで句の評価が云々されるわけではありませんが、このインタビューで兜太はこんなことも言っております。

「今日では、トラック島は日本人のダイバーなどが沢山遊びにいっているようですが、そういう踏みにじられた島というのは俺にとっちゃ嫌だね。俺たち自身が踏みにじって帰ってきた感じが残っているわけだから、嫌だね。向こうのカナカ族の思惑も、日本人にはどうもよくないという話だね。」

（『存在者　金子兜太』）

「俺たち自身が踏みにじった」という複数の言い方には「俺自身が踏みにじった」との苦みのようなもの悔恨のようなものの含みを感じます。

私は次のことを皆さまに伝えたいと思っております。

私の「海程」時代に、あるとき兜太は私にこんな打ち明け話をしました。そこに他の人もいたかどうかはもう記憶にありませんが、たしかに私に向かってこう言ったのです。

「俺たちが米軍の捕虜の時、俺は米軍の兵隊に島の女性を斡旋した。そうしないと若い日本兵が犯されるんだ。」

このことは私の知る限り、兜太はどこにも書いても語ってもいないようです。さすがに他では告白できなかったのでしょうか。私もこのことを言うのは、今回この会が初めてです。発表を迷いましたが、食べる心配もなく、煙草もふんだんにあり、そして陽気なアメリカ兵と交わる「捕虜生活はとても楽しかった」などと晩年に暢気に書いているのをみますと、兜太のもう一つの姿を正しく伝えることが、兜太にも私たちにも欠かせないとおもったのです。

運動体の兜太

兜太は、自分を支えたものが三つあるとくりかえし言ったと、俳人の黒田杏子が述べています。資料③（八十一頁）をご覧ください。

① トラック島での戦争体験
② 職場日銀での冷や飯
③ 俳壇の保守返り

一番目のトラック島での戦争体験については述べました。二番目の職場日銀での冷や飯について話します。

兜太は帰国を果たした翌年、日銀に復職し、結婚をします。相手は、塩谷みな子。みな子は秩父の長瀞の出身。有名な眼科院の令嬢で、兜太より六歳若かった。無骨な兜太とはいうなれば美女と野獣。みな子は、兜太との結婚を機に俳句をはじめ、現代俳句協会賞や日本詩歌句大賞などを受賞した俳人となります。俳号、皆子。七十歳頃より癌を患い、長い闘病生活をおくることになります。私は元気な皆子さんしか知りません。「朝日煙る手中の蚕妻に示す」は、新婚のういういしさを詠った愛妻句です。

その頃の戦争句に、

死にし骨は海に捨つべし沢庵嚙む

があります。兜太の自句自解があります。これから披露する句で兜太の自句自解があるものは、なるべくそれを引用しようと思います。

「戦争で死んでいった人たちに何とか報いたい。その道は戦争などという忌まわしいことのない自由な世の中をもとめることにある、と思い定めていた。捨身飼虎《しゃしんしこ》でゆけ、とも。死んだあとは骨を海にまいてくれと頼んだ、という話を随分聞いた。沢庵が御馳走の頃だ。嚙みしめて自分を励ます。」

日銀に復職した兜太は、まもなく日銀組合の初代専従事務局長になります。日銀の「学閥制度の廃止」「身分給廃止」「生活確保」を掲げて組合活動に専心します。しかしそれが祟って、以来、日銀の福島支店、神戸支店、長崎支店とたらい回しにされ、最後に本店勤務となります。兜太の赴任地が、福島、神戸、長崎、東京と、すべてが戦災か震災に見舞われた土地であったことも兜太への試練ではあったのでしょうか。

本店での部署は、証券局。戦前の国債や株券を管理する係。兜太は金庫番と自嘲します。最後の肩書きは主事。日銀の理事を頂点とする六階級のヒエラルキーの最下層の係長です。

　そこにいつもお山の大将気質で、大胆にして細心ともいわれる男が五十五歳の定年まで在籍したのです。「日銀はカスみたいだった」とか、「日銀は仮の宿、食い物にして生きてやる」とか、「だから俳句や論が書けた」、などと言っていますが、定年までの屈辱と忍耐の二十七年間だったと同情します。これが兜太を支えた二番目の「職場日銀での冷や飯」のあらましです。

　日銀時代の初期の句で私が目に留めたのは、掲出の「原爆の街……」など四句です。

・広島にて二句より
原爆の街停電の林檎つかむ
墓地は焼夷弾蟬肉片のごと樹樹に
原爆許すまじ蟹かつかつと瓦礫あゆむ
犬一猫二われら三人被爆せず

どれも原爆への憎しみと怒り、悲惨さを生生しく分かりやすく伝えている句です。

　兜太を支えた三番目の「俳壇の保守返り」とは、次のようなことであったかと思います。

　兜太はなんせ暇なんですから、地方の赴任地で、古色蒼然とした本店旧館の奥で、新しい俳句と論を書き上げてゆきます。そして神戸時代には、俳句専念をこれからの人生と決めたといいます。

　俳句の伝統派の句集を見ますと、飯田蛇笏をはじめ多くの俳人たちからは今度の戦争がほとんどすっぽり抜け落ちています。まるで戦争なんか日本には無かったみたいにです。

　兜太は、「古池の〈わび〉よりダムの〈感動〉へ」というスローガンを掲げ、伝統俳句の花鳥諷詠の美意識を否定し、造型俳句といわれる斬新な俳句世界を開拓してゆきます。

　造型俳句とは、ごくごく簡単に言えば、「〈創る自分〉を活動させて、暗喩たり得る映像（イメージ）を形象すること」と兜太は言います。兜太の斬新な提唱に各地の作家たちが呼応します。それらはひっくるめて前衛俳句とよばれることになります。

　それにしても兜太を支えた三つとも兜太の一種のルサンチマン（恨み）から来ているようじゃありませんか。

　兜太の日銀の神戸時代の戦争俳句を見てみましょう。


朝はじまる海へ突込む鷗の死　『金子兜太句集』

　この句は、神戸港の埠頭で鷗が餌を捕るために海に突っ込むのを見てできた。その姿がトラック島で零戦が撃墜されて海に突っ込む景を想起させた。鷗は生きるために海に突っ込むのであるなら、自分は、死をかけた特攻兵ではなく、〈生きる搭乗者〉でありたい。〈死んで生きる〉でありたい、と。そんな思いを嚙みしめた句だと兜太は言います。伝統俳句では決して実現しない句です。

　また、「銀行員ら朝より螢光す烏賊のごとく」の句のように、俳壇を驚かせた斬新な職場俳句もこの頃の句です。

　そして長崎時代には、兜太にとってというよりは、日本の戦争俳句の記念碑的俳句が誕生します。

　彎曲し火傷し爆心地のマラソン　　『金子兜太句集』

　まず兜太の自句解説は、

「神戸から長崎に移って三年いた。被爆から十三年経っていたが、爆心部の山里地区一帯はいまだに黒焦げの感じで、天主堂は被爆時のまま崩壊してそこにあった。黒焦げの大地に人は逞しく暮らしをはじめてはいたのだが、痛ましかった。私のなかに映像が動き出す。それは周辺の峠を越えてマラソンの一団が走って来たのだが、爆心部に入ったとたん、たちまち軀が歪み、焼けただれて、崩れてしまった。そういう映像。その映像を追いながら辞書を、なんとなく繰っていたとき、〈彎曲〉の語に出会い、この映像がことばになった次第。」

　兜太の晩年、兜太讃歌が興ります。その俳句に、その生き様に、その長寿に、その反戦行動に。岩波書店の『いま、兜太は』には、十人が寄稿し、ほとんどがさまざまに誉めそやすなかで一人だけ、兜太の提唱した「定住漂泊」や「アニミズム」論の不完全さを鋭く指摘した人がいます。俳人で評論家の齋藤愼爾さんです。その彼にしてこの句は、ピカソの「ゲルニカ」に拮抗する現代俳句の紙碑だとし、絶賛します。こういいます。

「〈彎曲し火傷し〉というリフレインが、人類史に刻印された悪夢のような「戦争」の悲劇に対する悲傷と鎮魂を響かせる。「爆心地」はヒロシマ・ナガサキに限定されない。核実験を行なったすべての場所をさす。走者はこの地上の全人類だ。弧をなす日本列島そのものが苦悶のため彎曲していることを暗示。〈爆心地のマラソン〉のレースは凍結し、永劫に終わることはない。」

　私は、齋藤氏の兜太論への批判とともに、この句の解釈が実にすばらしいと思います。さらに私は、火傷したのは人類であり兜太であり私たちであり、「マラソン」には、平和を希求する人びとのたくましさ、生命力が強く感じられる。それには死と生のせめぎ合いが描かれているのです。
　これは計算でできた句なのではなく、兜太という生の人間そのものの表出であることに感動します。極端に短く、ひどく屈折した俳句という詩型が生み出したものなのです。「ゲルニカ」を超えたのではないでしょうか。

　次にこの句を見てみます。

三日月がめそめそといる米の飯　『蜿蜿』

　この句は、一見して戦争句には見えないかもしれませんが、私には優れた戦争俳句に見えます。
　兜太による自句解説を要約しますと、

「高度経済成長下、温泉宿で俳句仲間と夕メシを食っていた。三日月が出ていて、白米のメシにほのかに映る感じ。それが妙に物悲しい気分だった。その気分が「めそめそ」という言葉になった。米の飯が哀れだった。それを食べている日本人もまた。」

　この句には、兜太自身も戦争俳句の自覚はないようです。しかし私は、この句をみたときただちに、金子光晴の反戦詩集『落下傘』のなかの「風景」の一節を想いだしました。

をとこのこころのさびしいながめよ。
をんなのこころのなほうらぶれた眺望よ
みるかぎり蕭索《しょうさく》として
うす埃をかぶったそのあたり
弱日さす千本格子、
物干しのそとの鰯雲
貧寒やすきま風。
人情の茶しぶ
泪でじくじくな眼。

　日本の陰湿でうらぶれた風土やさびしい人情が、日本人を戦争へ追いやる根っこにあることを光晴はするどく見抜いております。戦争反対をシュプレヒコールのように声高に叫ぶよりは、こんな句が戦争句として増えることを願っています。
　それにつけても思います。兜太の反戦には、数え切れないほどの賛同者がいますが、金子光晴の反戦は、孤立無援の、一億二心の戦いであった、といまさらに思います。

　次の句は、

麦秋の夜は黒焦げ黒焦げあるな　『詩經國風』

この句は、句集『詩經國風』に収録されております。ご存知のように『詩經』は中国最古の詩集ですが、その中の詩に呼応して詠んだ句を収録したものです。これは、すでに小林一茶がやった手法で、それを兜太が倣ったものです。ちなみに一茶は、一般にはあまり知られていませんが、大変な勉強家で、日中の古典をずいぶん学んでいます。

この句も兜太は代表句の一つにあげていますが、私にとっても思い出の一句です。

兜太の自句自解はこうです。

「麦秋の野面は、夜ともなれば黒焦げの感じで、そのひろがりは不気味でさえある。私は原爆を投下された広島、長崎を直ちに想い、戦時中そこにいて、戦場の惨状を体験した赤道直下のトラック島を思っていた。二度とあんな悲惨なことがあってはならないとの願い。」

「海程」には、兜太六十歳の時から始められた秩父俳句道場というのがありました。秩父山腹にあった民宿を借り切ってのもので、年に二、三度、二泊三日の人間と俳句を磨く鍛錬会でした。毎回三十人前後が参加します。句は、そこで披講されたものです。

この句は評価が分かれました。私などは、「黒焦げ」を戦争の比喩とは見ず、また「あるな」を感嘆符ととり、否定の言葉とは受け取れませんでした。ですから戦争句と撰をした人と、私のように戦争句にとれなかった人で意見がわかれました。そのことで兜太とやりあったことが、なつかしく想いだされます。

余談ですが、この俳句道場での兜太の想い出を二つ話します。

一つは、句はおぼえていないのですが、合評会でのある句に、ある人が「小市民的」という評をすると、兜太は、厳しい声で、「小市民なんていう言葉は無い」、と断言したことです。兜太の生きる姿勢をみた思いがしました。

二つ目は、朝早く兜太と私が山路を散策していたとき、農作業をしている夫婦を見て、兜太は「この辺の農家の夫婦はみなとても仲がいい。もっとも農業は仲がよくなきゃできない仕事なんだよ。」といって、その作業振りをじっと見つめていたこと。そして、その道筋に咲きはじめた花がマンサクであること、春に先駆け「まんず咲く」ことからきていることなどを教えられました。以来マンサクを見るたび、そのことを想いだします。

さてその後の「核なくせ」などの五つの戦争句、

核なくせ波濤崩れるは秋の怒り
霧の街われには未だ戦後果てず
薄氷に米国日本州映る
父の好戦いまも許さず夏を生く
左義長や武器という武器焼いてしまえ

　これらは、どれも従来の兜太の戦争句と比べて、精気のない俳句と思いませんか。映像よりはメッセージが全面にでてきて、表現としても味わいが無いと思います。

　戦争句以外でも、この辺が兜太の人と俳句が変容を見せ始めたと思っております。

　戦争句の最後に、最晩年の句集『日常』に収録された一句をとりあげます。

被曝の人や牛や夏野をただ歩く

　兜太の自句自解はこうです。

「東北大震災の時、被曝の人や牛がただ黙々と歩いていく。その夏野を歩く人たちの姿が鮮明に映像として残っている。」

　この自句自解で兜太は、夏野の風景が、「鮮明に映像として残っている」といいます。兜太の句で成功している句は、ほとんどが映像が鮮明に像を結んだときなのです。この句には原発への批判が、人や牛や夏野の閑かな営みをもって描かれ、そのことが反原発の強いメッセージとなっているのです。

　以上、兜太の戦争句について見てきましたが、最後に「存在者・兜太について」お話ししてみます。

存在者・兜太について

　兜太のはつらつとした俳句が翳りを見せはじめたのは、兜太が主宰になるとき宣言した「運動体から存在体へ」の転換が始動した頃からだと考えられます。

　兜太は、自分を支えたものが三つあるといい、それらがいずれもルサンチマンからきていることは既に述べましたが、私には、兜太を支えたルサンチマンではない四つ目のものがあるとみます。それは小林一茶の存在です。

　兜太はしきりに「私は存在者だ」といいます。特に晩年から次第に強調されてゆき、『存在者　金子兜太』（藤原書店）などという題の本まで現れます。

　存在者というとき、兜太のなかで二人の存在者がいたと私は考えます。仮に存在者Aと存在者Bとします。

存在者Aは、日銀での冷や飯時代の最下層のヒエラルキーであった反動であるかのように、俳壇のヒエラルキーの頂点を目指す存在者になっていったことです。そして名誉と権威をつぎつぎ実現していき、俳壇のトップに上り詰めた存在者。さらに、特定秘密保護法なんかが国会を通過してから、にわかにきな臭くなった世相に警鐘をうちならし、大衆的人気者にもなっていった存在者。驚くほど多くの句碑を建て、故郷秩父にも十二基もの句碑を建てた存在者、いずれもが、この存在者Aであったでしょう。

その結果、存在者Aは、超多忙になって、俳句に於いても晩年頃から前衛俳句の時のようにじっくり推敲し、映像を造る作品よりは、即吟による句が多くなった。ならざるを得なかった。即吟で自在になった好句もありますが、痩せた句も多くなっていったのです。「おれは造型と即吟の二刀流だ」などと放言していますが、いかがなものでしょうか。

もう一人の存在者Bは、中年の頃より兜太に強い影響を表しはじめた小林一茶と共鳴する存在者です。

兜太と一茶の関係は、簡単には収まりませんが、そのエッセンスを述べてみます。

資料③をご覧ください。兜太は、「存在者」をこうとらえております。

「私は『存在者』というものの魅力を俳句に持ち込み、俳句を支えてきたと自負しています。存在者とは『そのまま』で生きる人間。いわば生の人間。素直にものを言う人たち。存在者として魅力のないものはダメだ。これが人間観の基本です。」（朝日新聞、平成二十八年）

一茶は、熱心な浄土真宗の信者でしたから、その極めるところは、真宗の自然法爾にあったでしょう。自然法爾とは、人為を加えず、あるがままをそのまま受け入れる生き方、思想です。親鸞の晩年の境地といわれます。一茶は、真宗の教えに従い、師も弟子も真理を追究する同志であるとし、上下関係を否定して、自由闊達な社中を運営したのです。

私は、兜太の存在者Bと一茶の自然法爾とは、同じ人間の有り様を言っていると思います。もちろん兜太は一茶の自然法爾を知っていたでしょうが、特定の神仏をもたない兜太は、それを現代風に「存在者」という言葉で表現した、と思うのです。私は、兜太が多用した〈荒凡夫〉という表現も、もともとは一茶が「荒凡夫のおのれごとき、五十九年が間闇《くら》きよりくらきに迷いて、云々」と使ったものですが、兜太は、一茶の否定的な使い方を超えて存在者の肯定的な有り様として使い出した、と考えます。

それを端的に現したのが資料③の「谷間谷間に満作が咲く荒凡夫」だったでしょう。

さらに一茶の影響をとりあげますと、最晩年の佳作と自他共に認める作に「おおかみに螢が一つ付いていた」があります。

この句ができて兜太は、存在者Bが望んだ秩父のアニミズム的世界での存在者に近づいたと思ったかも知れません。また俳壇も世間もこの句を高く評価します。

が、この句は資料③の一茶の「犬どもが螢まぶれに寝たりけり」を想起させます。兜太自身もこの句を、「犬たちが寝ている、螢がいっぱいついていて、犬が動くと螢火が波打つ。妖しいうつくしさ」と言っています。

資料③　兜太とは

■兜太のキーワード

①運動体から存在体へ、ふたりごころ、俳諧自由、定住漂泊、アニミズム

「古池の〈わび〉よりダムの〈感動〉へ」

（参考資料＝カッパブックス『今日の俳句』）

②兜太・一茶の共通のキーワード

生きもの感覚、スカトロジー、

『詩経国風』

■兜太を支えてきたもの

①トラック島での戦場体験

（参考資料＝『あの夏、兵士だった私』清流出版）

②職場日銀での冷や飯

③俳壇の保守返り

■一茶の影響

①兜太の荒凡夫

谷間谷間に満作が咲く荒凡夫

一茶の荒凡夫

「荒凡夫のおのれごとき、五十九年が間闇《くら》きよりくらきに迷いて、云々」

②兜太の存在者

（参考資料＝『存在者　金子兜太』藤原書店）

存在者とは「そのまま」で生きる人間。いわば生の人間。

一茶の自然法爾《じねんほうに》

自然法爾とは、人為を加えず、一切の存在はおのずから真理にかなっていること。

③兜太・一茶の類想句

青梅や餓鬼大将が肌ぬいで　一茶

曼珠沙華どれも腹出し秩父の子　兜太

犬どもが螢まぶれに寝たりけり　一茶

おおかみに螢が一つ付いていた　兜太

⇄

暗黒や関東平野に火事一つ　兜太

④その母郷感

故郷は蝿まで人を刺しにけり　一茶

曼珠沙華どれも腹出し秩父の子　兜太

「おおかみ」の句は構成的には、中年の頃の作である「暗闇や関東平野に火事一つ」と同類でしょう。秩父に昔から伝えられる神話的おおかみの闇と関東平野に銀行マンとして日々鬱屈して生きる近代的暗黒との対比、蛍と火事との対比、私には同工異曲に見えるのです。一茶の影響が濃くみられるだけで、最晩年に到達したアニミズム的境地とは言い難いのです。

　一茶が故郷の柏原で疎まれていたのとは違い、存在者Ｂはながらく、愛され親しまれた秩父という揺籃の産土へ還りたいと念じていたでしょう。しかし存在者Ａが、大衆に面白がられ人気者になってしまったがゆえに、存在者Ｂと乖離していった。もっと言えば、存在者Ａを歓迎し、面白がり、執着したのは、まさに兜太本人でもあったであろうということです。ですから、産土秩父のアニミズムの世界への帰還は実現未だしであったと思います。兜太自身もそのことにいささか気づいていて、「とにかく、わたしはまだ過程である」と言っていますが、兜太は存在者Ａと存在者Ｂとは、煩悩即菩提であるかのように勘違いしていたのではないかと思うのです、そのことを私は惜しみます。

　最後に私が絶句とした句をもって終わりにします。死に近くなってからの何句かの内の一句です。

　　河より掛け声さすらいの終わるその日

　この句を私は私だけの兜太辞世句とします。ここには存在者ＡもＢもおりません。認知症の合間の俳人の静謐な生があるだけです。河は秩父の河なのでしょう。掛け声は秩父の人たちの声なのでしょう。産土との交歓の裡に長いさすらいがついに終わろうとしているのです。これ以上の辞世句はないでしょう。

　ながながと兜太を覗き見てきましたが、なにはともあれ、秩父困民党の農民が「恐れながら天朝様に敵対するから加勢しろ」と蜂起した秩父事件のＤＮＡが目覚めたかのように、存在者Ｂをないがしろにしてまでも、戦争を憎み平和を希求するミッションを自ら担った金子兜太という存在者は、やはりなかなか真似のできない大きな人であったのではないでしょうか。

　以上、九十八年の人と作品を約二時間で語ってみましたが、不遜だったかもしれません。拙い話を長時間お聞きいただき、ありがとうございました。

＊二〇一八年十一月二十四日、第三十回「コスモス忌」（秋山清とその仲間たちを偲ぶ）講演録より

金子兜太さんを悼む

黒田杏子
Kuroda Momoko

我が道貫き平和詠む

世界一生きてよ兜太春立ちぬ　沼津　岩城英雄

二〇一六年三月二十日、日経俳壇巻頭に頂いた作品。「その根幹に反戦と前衛性を持ちつつ、指導者として決まりにこだわらない詠み方も許容、幅広い年齢層に俳句を定着させた」兜太さんへの一句と私は選評した。

かなり以前の日経俳壇にも、こんな一句。

薫風や世紀を越えて兜太働く　川崎　渡辺蝶遊

電話すると、即座に「日銀時代の先輩だ。たしかオレより三歳ほど年上の」と答えがあった。記憶力に圧倒された。

＊

私は金子兜太門ではない。生涯の師は山口青邨。東京女子大学入学と同時に入門した。二十代の終わりに師に「金子兜太という俳人をどう思われますか」と質問した。

「あの人はあの人の道を行けばよい。彼はそれができる人だと思います」

以来、私は金子兜太の人生と世界を探究してきた。「ウマが合った」のか、偉ぶるところ微塵もない俳人と五十年、公開選句会や「BS俳句王国」への出演でご一緒した。何冊もの本をプロデュースすることができた。愉しくたっぷりと行動を共にしてきた。

その昔、兜太さんはくり返した。

「クロモモさんよ、金子兜太を支えたのは、トラック島での戦場体験、日銀でのヒヤメシ、俳壇の保守返り、この三つだ。覚えておいてくれよな」

八十代半ば以降、この言葉を聞くことはなくなった。万事にこだわるところのない「存在者」になられたのだと思う。

二〇一五年四月、北陸新幹線開通を記念したＮＨＫ学園金沢市俳句大会。私を聞き手に、兜太さん、きっぱりと。

「私の人生、やれることはたかが知れています。トラック島での戦場体験を具体的に事実に即して分かりやすく皆さんに話してゆきたい。戦争がいかに悲惨なものか。人間にとって、平和以上の幸福はないのだということを語り継いでゆきます」

　そのとき、こうも。

「一人で一時間はしんどい。あんたが聞き手なら安心だ。クロモモさんよ、呼ばれたら二人でどんどん出かけて行って、対話講演を重ねてゆこうじゃないか。オレはいま、そのことをやれるし、やっておきたい」

　この年の六月、澤地久枝さんの求めに応じ、揮毫した「アベ政治を許さない」の文字が安保法制反対集会の旗印となり、この列島の津々浦々に兜太の墨跡と筆勢が浸透していく。各地で「戦場体験語り部」とそのお助けおばさんのコンビが共感と支持を広げていった。日を追って兜太さんの語りは深化と進化をとげたが、こうも述べていた。

「クロモモさんよ、語り継ぐって、こりゃ簡単じゃねえぜ。予想した以上に大変な仕事だわ。聴き手が真剣だしナ。しかし、オレはやるよ。やめない。二人で最後までやってやろうじゃないか」

＊

東京帝国大学経済学部卒業後、日本銀行に入行。トラック諸島に海軍主計中尉として赴任し、辛くも生きて帰国。二十七歳で復職した日が特別な日だった。

　労働運動の高まりを背景に、日本ではじめて予定されていたゼネラル・ストライキが連合国軍最高司令官マッカーサーの命令で中止された、いわゆる「２・１ゼネスト」の日でもあった。

　復職と同時に組合活動に身を投じた兜太さん、一九五〇年から福島、神戸、長崎の三支店に飛ばされ続けた。いわゆるヒヤメシ。

　しかし、皮肉なことに、この十年間が俳人金子兜太を鍛え、世界的ともいえる俳句作家を創り出す基盤ともなったことは作品が証明している。

　人体冷えて東北白い花盛り　（福島）
　銀行員ら朝より蛍光す烏賊《いか》のごとく　（神戸）
　彎曲《わんきょく》し火傷《かしょう》し爆心地のマラソン　（長崎）

三句目など、ことに海外で広く称賛されている。いまや、俳句はＨＡＩＫＵとして、地球上のあらゆる国のあらゆる人々がその母国語で作品を生み出している。

　金子兜太の国外での知名度は抜群だ。アメリカ合衆国、中国、ドイツ、フランス、イタリアその他、作品が有季定型から自由であることもあり、積極的に翻訳され読まれている。

　亡くなる二日前、熊谷の病院を訪ねた。赤城山、男体山を望み、秩父音頭の流れる明るい病室。こよなく優しい表情で握手に応えてくださった。まったく苦しまれず、一子金子眞《ま》土《つち》さんご夫妻に見守られてのご出立だった。前人未踏、九十八歳の現役大往生。荒凡夫《あらぼんぷ》そして存在者としての悠々たるご生涯に合掌する。

（「日本経済新聞」二〇一八年二月二十三日）

「平和の俳句」という恵み

兜太先生、天国でのお暮らし如何ですか。

お待ち兼ねの奥さま皆子《みなこ》先生。「おっ、兜太来たか」父上伊昔紅《いせきこう》大先生。「与太が来た。与太が来た。バンザーイ」母上はる様。「兄さん、ご苦労さまでした」千侍《せんじ》先生。そして瓜二つの末弟洸三《こうぞう》さんが駆け寄られて握手。あの日から天上の正調秩父音頭のお囃子《はやし》と金子ご一家の賑やかな会話、明るい笑い声が私の胸にずっと響いてきて、慰められます。

＊

日経新聞にも全力を傾けて追悼文を書かせて頂きました。私のいちばん古い弟子夏井いつきさんからすぐファクス。「弔文拝読。お二人の深い友情と交流に憧れに似た感情を抱きました。兜太先生に杏子先生が居てよかったとしみじみ」。何と、このたびはすべての全国紙と先生と巡業しました各地の県紙からコメントを求められました。「前人未到の現役大往生の俳人。地球規模の平和を希求した大詩人を誇りに思います」と述べました。

それにしましても、先生、「平和の俳句」の選者を最晩年のお仕事のどまん中に据えられ、およそ三年間、選句・選評に全力を傾注されました。敬服します。

「平和の俳句」は明治以来のこの国の新聞俳壇の歴史を革新、全く新しい投句者を生み出し、迎え入れたのです。凄いお仕事でした。俳句を詠みたい。作りたいけれど出来ない。国民文芸「俳句」を遠巻きに眺めていたすべての人達に先生は句作のチャンスと歓びを授け、この国の老若男女すべての生活者に、「あなたの思いを一行の言葉にしてみませんか」と呼びかけてくださったのです。寄せられたすべての作品を、この国を代表する専門俳人の兜太先生と気鋭の作家・アーティストのいとうせいこうさんが気合を入れて選句・選評。俳壇史上前代未聞の輝く一座建立。

先生、あれは北陸新幹線金沢開業記念「ＮＨＫ学園金沢市俳句大会」。二〇一五年四月（一月から「平和の俳句」スタート）。ここで先生は宣言。「私の人生、あと十年としてもたかが知れてます。こののち私は、トラック島での戦場体験をどなたにも分かりやすく具体的に語り継ぎ、戦争なんてものの無い、おだやかで落ちついた平和な暮らしこそ、人間の生きる道だという当たり前のことを皆さんにお伝えしたい。残る人生、この仕事でゆきます」。万雷の拍手。夕食の席で「一人で一時間はしんどい。あんたとの対話講演ならどこへでも出かけてゆく。二人でやってやろうじゃないか」。実にあちこちに出かけましたね。

＊

「東奥日報文化財団第七十回県俳句大会」。満員札止めの青森市での一日を終えて打ち上げ会。

「朝から今日は十分しゃべりました。あいさつはわが故郷の秩父音頭でお許しください」

すっくと立ち上がり、アカペラで朗々と。みな驚き喜び、つぎつぎに「津軽山唄を」「南部牛追い唄でゆきます」と。先生握手ぜめ。この日から「戦場体験語り部」と「お助けおばさん」二人巡業のラストは、先生の艶のある美声で締めくくるパターン定着。

それにしましても、先生、「平和の俳句」三年間の最後の三カ月。突如、私黒田になぜ選者をバトンタッチされたのか、ずっと謎でした。

「黒田君。金子兜太です。あんたがやってくれるなら何も心配はしない。頼みます。頑張ってください」。先生の留守電のお声、まだ消しておりません。そして只今、了解したのです。「平和の俳句」選者という至福かつ珠玉の体験を、先生は最期に私に恵みお与えくださったのだということを。先生、五十年間のご指導とご恩、ありがとうございました。

＊俳人金子兜太さんは2月20日、98歳で死去。金子さんは母はるさんから「与太」と呼ばれていた。

（「東京新聞」二〇一八年三月七日夕刊）

地球規模の平和追求

「金子兜太氏のご逝去を心よりお悔やみ申し上げます。金子先生は充実した、堂々たる人生を生ききられました。ご自分の信念を貫き通された先生を尊敬しています。本当に勇気のある方でした。　アビゲール・フリードマン」

深夜に亡くなられた日の翌朝、米国ワシントンDCから私あてに届いたメール（英文）。

アビゲールさんの俳号は不二。私が命名しました。元米国務省の外交官。ワシントン在住のこの女性、文化コミュニケーション会社の創業社長。在日期間に私の門下となり、俳句修行に打ちこみ、卓越した言語能力により、現在は俳人として全米を舞台に活躍のかたわら、このたび日米協会ワシントンDCのプレジデントに就任。

彼女は誰にもひけをとらない金子兜太ファンかつ研究家。『存在者　金子兜太』（藤原書店）300ページを4カ月かけて読破した人です。

彼女は兜太さんを次の理由で評価、尊敬していると書いて

2014年9月23日、95歳の誕生日を祝う。右は黒田杏子。
撮影＝黒田勝雄

います。

「私は、日々の生活と俳句との相互関連性に感銘を受けました。秩父生まれ。兵役につく。銀行勤務。政治的な主張を持つ。デモに参加。友情を大切にする。これらはみなすべて、俳句に欠かせないものになりました。俳句を書くために森に出かけたりはせず、自分が置かれた場所ならどこででも俳句を作る――」

彼女は、そのおかげで人々が〈デモ流れるデモ犠牲者を階に寝かせ〉〈銀行員ら朝より蛍光す烏賊《いか》のごとく〉などの句と出合うことができたと記し、「人生のあらゆる局面で俳句の作れることを示して下さった」と深く感謝しています。

ところで私は兜太さんの弟子ではありません。私の生涯の師は山口青邨。科学者で文人。歴史的有季定型の俳人。「あの人はあの人の道を行けばよい。彼にはそれができる」と。この言葉を得て、私は金子兜太研究を開始。およそ50年、偉ぶることの全くない19歳年上の大先達と共に行動してきました。

いま国内でもっとも広く知られ、愛され、「長命者の星」として親しまれてきた金子兜太さん。めったにいない味わいの、美声の持ち主。ここ何年も2人で組んで全国各地を巡業してきておりました平和を願う「戦場体験語り部」とその「お助けおばさん」。その舞台の〆《しめ》はこのところ必ず兜太さん産土《うぶすな》の地、秩父郡皆野町の開業医師・俳人であった父上・金子伊昔紅さんが生涯をかけて再興、普及につとめられた「秩父音頭」の数々をアカペラで朗々と独唱されることでした。

〈霧の村石を投《ほう》らば父母散らん〉〈山峡に沢蟹の華微かなり〉〈猪《しし》が来て空気を食べる春の峠〉〈人間に狐ぶつかる春の谷〉〈おおかみに蛍が一つ付いていた〉

有季定型にこだわらない兜太俳句は世界各国で翻訳され、知名度抜群。地球規模の平和を希求、稀有の現役大往生を遂げられた先達に学び、こののちも行動してゆくつもりです。

（「埼玉新聞」二〇一八年二月二十七日／共同通信配信）

率直にものを言う「存在者」として生きた

自由を求めた俳人・金子兜太さん逝く

斎藤貴男
Saito Takao

2月20日に98歳で逝去した俳人、金子兜太。自宅に迎え入れてくれたのは4カ月前のこと。現代社会に対する危機認識を話しつつ、安倍首相にあなた俳句やらんか？って勧めてみたいよ、と笑った。

「私は何が本当なのか、本当でないのか、わからなくなる時がある。お前はいい加減な奴だ、本物じゃないのではと、自分でも思う。戦争の頃からだ」

――ニヒルな感じに。

「どうでもいいや、とね。女性がいてくれて、食い物があればいいや、というくらいの」

　金子兜太が微笑んだ。昨年11月、私にとっては、これが最初で最後のインタビューになった。本誌「現代の肖像」の取材で、せめてあと1、2回は会い、じっくり話を聞くつもりが、この2月20日、急性呼吸促迫症候群で亡くなってしまった。98歳だった。

　すぐれぬ体調が言わせた言葉でなかった保証はない。だが私は感銘を受けた。希代の俳人が、１００歳を目前にしてなお悩んでいる。己の力では何も成し遂げたことがないくせに、やたら傲慢な手合いばかりが目立つ現代にあって、なんと謙虚で、正直な人なのか、と。

大好きな小林一茶に倣い「荒凡夫」を自称する

「戦後日本の代表的な」「俳壇の重鎮」「大御所」「闘将」「戦後の俳壇リード」……。金子の訃報を、新聞各紙はこんな形容とともに伝えた。記者たちの苦労が偲ばれる。どれもその通りではあったけれど、紋切り型の慣用句で説明できる人物では到底なかった。

さりとて蛇笏賞や日本芸術院賞、文化功労者といった受賞・栄典の類いを並べるのもピントが外れている。そもそも文化勲章やノーベル賞を受けていないことのほうが不思議だった。

遡れば東京帝国大学経済学部卒、元日本銀行勤務の経歴。50歳代の写真を見ると、眼光鋭い、寄らば斬るぞのムードを湛えた男がそこにいた。その頃に旅先で詠まれた代表的な一句——。

人体冷えて東北白い花盛り

さまざまな解釈があるそうだが、花や雪の美しさよりも、「人体」の一語にどこかゾッとする怖さを感じたのは私だけだろうか。やがて金子は大好きな小林一茶に倣い、「荒凡夫」を自称した。「荒」は荒々しさというよりは「自由」のイメージ。

そして２０１６年1月。学術、芸術などの分野で傑出した個人や団体に贈られる「朝日賞」の授賞式で、彼は宣言した。

「私は存在者というものの魅力を俳句に持ち込み、俳句を支えてきたと自負しています。(中略)私自身、存在者として徹底した生き方をしたい。存在者のために生涯を捧げたい」

存在者とは、「そのままで生きている人間。いわば生の人間。率直にものを言う人」だと、金子は言った。「荒凡夫」をさらに一歩進めた、悟りの境地のようなものを感じさせる。

「ただね」

と話してくれたのは黒田杏子(79)である。生前の金子と最も近しかった俳人の一人だ。

「あの挨拶だけだったら、単なる格好つけで終わっていたかもしれません。あの方はやはり特別な存在でしたから。兜太さんが本当の〝存在者〟たちに出会ったのは、むしろあれ以降ではなかったか。以前は、私の知り合いで、軍隊では人間魚雷を発進させる任務を負っていた新潟の漁師さんに私がまとめた『語る　兜太』という本を見せて、『やっぱり俺らとは違う。これはエリートの言葉だ』と言われちゃったこともあるんです。兜太さんは晩年、あの方自身の理想に近づくことが確かにできたのだと思う。完成したとまでは言いませんけど」

「平和の俳句」欄の選評に「好戦派、恥を知れ」

黒田がそう感じることができたのは、朝日賞の挨拶から3カ月ほどを経た同年4月29日。「東京新聞」朝刊1面の「平和の俳句」欄の選評で金子が、

「好戦派、恥を知れ」

と書いているのを読んだのだった。詠み人に向けた非難ではもちろんない。都内在住の74歳が詠んだ「老陛下平和を願

い幾旅路」について、「天皇ご夫妻には頭が下がる。戦争責任を御身をもって償おうとして、南方の激戦地への訪問を繰り返しておられる」と綴った後に続けられた、腹の底からの叫び。

「普通はあり得ない選評でしょう？　あれには私もビックリした。平和の俳句では他にも、兜太さんと同い年の方の、自分は体を壊して兵役に就かず、この年まで生きている、死者たちにすまないという内容の句に、なんと謙虚な、と返したり。

　朝日とか読売とか、私が選者になっている日本経済新聞とかの俳句欄には、いわば俳句に慣れた人たちが投句してくるのに対して、東京新聞はそうじゃなかった。それまで俳句と縁がなかった人たちが、無我夢中で、句だけでは収めきれない思いの丈まで、ハガキに書き込んでこられる。兜太さんはそういう人たちと、紙面を通した対話を真剣に重ねていらした」

「平和の俳句」は15年の元日から1年間の予定でスタートし、2年も延びて昨年末に終了した、東京新聞の名物企画だった。14年に、作家でクリエイターのいとうせいこう（56）と対談し、時代に対する危機意識を確認し合ったのがキッカケだ。やはり15年に作家・澤地久枝（87）の頼みに筆を執り、反戦運動のシンボルとなる「アベ政治を許さない」の揮毫も、この延長線上に位置づけられた行動だ。

2016年3月、朝日賞受賞祝賀会にて。前列右から吉行和子、兜太、澤地久枝、黒田杏子。後列右から２人目に藤原作弥、左端にいとうせいこう。撮影＝黒田勝雄

「父は戦争を憎む句は以前から詠んでいましたが、俳句以外の場にも積極的に出向き、反戦や平和を強く、広く訴えるようになったのは、いとうさんとの対談あたりからです。歴史にも鑑みて、戦時における文化人の生き方というものを考えたのだと思います」

金子眞土（69）の回想だ。亡きみな子との一人息子。考古学を学び、埼玉県で学芸員などを務めて、定年後は妻の知佳子と、父親のサポートに徹した。

戦場のトラック諸島で句会を開く

金子兜太は１９１９年9月23日、埼玉県小川町に生まれた。父元春は医師で、「伊昔紅《いせきこう》」を名乗る俳人でもあった。

翌年から2年間は父の仕事の関係で中国・上海へ。帰国後は秩父郡皆野町で暮らした。明治期における自由民権運動の拠点で、秩父困民党を組織し政府の横暴に抗った土地柄を愛し抜いた。

晩年の一句。

われは秩父の皆野に育ち猪《しし》が好き

猪だけでなく、肉は何でも好きだった。その話が出ると、「人肉じゃないよ〜」と、笑えぬブラックジョークを飛ばさずにはいられないサービス精神もまた、金子の金子たるゆえんだった。

俳句を本格的に詠み始めたのは旧制水戸高校（現茨城大学）時代だったか。先輩の誘いで句会に参加。全国規模の学生俳句誌「成層圏」の常連となり、たちまち頭角を現す。

人間探求派と呼ばれた加藤楸邨の門下で活動した。東京帝大卒業後の日本銀行勤務はわずか3日間。戦局の悪化に伴い、海軍主計中尉として西太平洋における日本軍の拠点・トラック諸島（現ミクロネシア連邦チューク諸島）に送られた。

「秩父の人たちに、戦争に負けたら俺らは食えなくなる。兜太さん勝ってきてくれと頼まれてね。まあ英雄気取りで、南方第一線を志願しました」

だが戦場とはこの世の地獄だ。トラック諸島は米軍の空襲で航空機２７０機、艦船43隻を失い、拠点としての基地機能をほぼ壊滅させられたばかり。

米軍の戦闘機が毎日機銃掃射にやってくる。爆撃機は爆弾を落としていく。ややあってサイパン島の日本軍が全滅すると、食糧や武器弾薬の補給路も断たれた。

餓死者が続出した。畑を耕し、芋を育てても虫に食われる。毒フグや野草、トカゲを食べて死ぬ者も出た。金子はコウモリを焼いて食べて生き延びた。ヤキトリの味がするそうだ。

現地の娘を暴行して報復されたり、男色のもつれで殺し合う事件が相次いだ。誰もが生きる意味を失いかけた時、金子は、句会を開いた。季語や季題、五七五の定型にこだわらない「前衛俳句」と呼ばれた彼の作風は、生か死かの緊張を強いられ続けた戦場で培われたものか。金子がかの地で詠み、いつまでも覚えていた一句。

空襲よくとがった鉛筆が一本

試作した手榴弾の実験で軍属が爆死した際、金子は戦争は絶対悪だと確信した。同時に日頃は粗暴な軍属たちが、腕がちぎれ、背中を抉られた仲間をみんなで2キロも離れた医師のところに担いでいく姿を見て、人間が生きるということの素晴らしさを改めて思った。

トラック諸島での戦争体験が、そのまま戦後の俳人・金子兜太の原動力になった。広く知られた事実には前段がある。まだ学生だった20歳の頃、「土上《どじょう》」を主宰していた嶋田青峰と会う機会があり、ここにも投句した。と、ややあって41年2月、嶋田が治安維持法違反で逮捕されてしまった。

〝皇紀2600年〟だった前年の「京大俳句」会員一斉検挙に始まり、翌々43年までに合計44人の俳人が捕らえられた新興俳句弾圧事件の暴風だった。

総動員体制下での表現統制が、世界最短かつ遊戯性を楽しむ定型詩の世界にまで及んだのは、当時の俳壇にあった正岡子規以来の花鳥諷詠を重んじる伝統派と、表現形式の革新や思想性、社会性の探求をも目指す新興俳句運動との対立が、そのまま体制と反体制の関係に重ねられたせいもある。嶋田は温厚な人柄で、明治期には伝統派の牙城「ホトトギス」で高浜虚子の片腕だった男だが、「土上」では新興俳句にも理解を示していた。

嶋田には胸の病があった。59歳だった彼は留置場で喀血し、釈放後は生ける屍となって死に至る。自宅療養中はかつての同人たちもほとんど訪れず、非業の最期を遂げたという。

金子は見舞った。この時期までは特段の反戦思想は持ち合わせていなかったと言うが、件《くだん》のいとうせいこうとの対談では、事件当時と現代の日本社会に共通する特質を論じ合った。この少し前に発覚した、さいたま市の公民館が俳句教室で選ばれた護憲デモを詠んだ句の「公民館だより」への不掲載を一方的に決めた、いわゆる「9条俳句掲載拒否事件」を糸口に、

いとう　こういう自粛という形が連続している。下から自分たちで監視社会みたいにして、お互いを縛っていく。戦前は上から抑え付けられたように戦後語られてきたけど、本当はこうだったんだろうと。(中略)

金子　この人(引用者注・嶋田)がボソボソボソボソ言っていたことも思い出しますけどね。治安維持法が過剰に使われた。何とかこういうことはいろんな形で訴えていかにゃいかんと。

いとう　特定秘密保護法を見たときに治安維持法だと私は思いました。目立つところで言うことを聞かなさそうな人たちを引っ張っていく、ということが既に始まっているんだという実感はすごくある。

（東京新聞14年8月15日付朝刊）

日本はまだトラック諸島のようにはなっていない。９条俳句の事件も新興俳句弾圧事件よりはソフトに映る。だが監視社会化は対談当時よりも格段に進んだ。共謀罪も、そのための盗聴法の拡充も、街中に張り巡らされた監視カメラ網も。私たちは今や、家畜同然に一方的に割り当てられたＩＤ番号を、あろうことか〝マイナンバー〟と呼ばされ、利用を強制されている。

歴史は繰り返す、という。だから金子は、一般からは俳人というより社会運動家のように見えかねない発言にも踏み込んだ。覚悟の意義は、訃報を伝えた保守系メディア——近年はネトウヨメディアに堕した——でさえ、オーソドックスな報じ方をせざるを得なかった現実だけでも証明されたと考える。

被曝の人や牛や夏野をただ歩く

２０１１年の福島第一原発事故を受けて——ただし現政権が誕生する以前——詠まれた句だ。ではあるけれど、このままでは避けられないかもしれない近い将来の核戦争をも予見しているとは言えまいか。

復員後に復職した日銀で、「トラック諸島で死んだ人たちのためにも、平和の実現に体を張ろう」と組合活動に熱中。勤め人にとってはそれが唯一の方法論だったからだが、はたして地方を転々とする〝窓際族〟どころか窓の奥、要するに〝窓奥族〟にされたと苦笑する。それでも金子は、その怒りさえもエネルギーに変えて、句を詠んだ。

新興俳句の流れを汲む〝前衛俳句の旗手〟として、伝統俳句派との論争にも情熱を注いだ。現代俳句協会の会長（後に名誉会長）にも就任した。87年に朝日俳壇の選者となった際は、朝日新聞社の社長が、「そんなことをしたら不買運動だ」という手紙を伝統派一部勢力に送りつけられた経緯もある。だからといって晩年の言動と俳人としてのアイデンティティーは矛盾しない。思うに、ああすることができたからこそ、金子は「存在者」になり得た。

今どきの新自由主義なんて信用しません

インタビューは金子の書斎の隣にある応接室で行った。仮眠から覚めて出てきてくれた彼は、こんな話もした。

「俺の部屋に飾ってある、亡くなった女房の写真がね、こっちを見ている気がするんだよ。苦労させたからね」

――今の社会をどうご覧になりますか。

「非常に危険だと感じています。できそこないの奇術師みたいな連中が政治の先頭に立っているからね。アメリカのスランプ、トランプか、あの人も危ないと思いますよ、私は」

――戦後72年。かつてない状況だと。

「イエス。まったくその通り。機が熟したな、というぐらいに感じています」

――私ももう40年近く記者の仕事をしていますが、近頃はわけがわかりません。自分のいる世界が不気味です。

「私みたいなチンピラ俳人も同じです。戦争反対なんて偉そうにしていても、みなさんうわべは真顔で聞いてくれるようでいて、実は笑っていたりして。金子兜太自身も笑っているんじゃないか、なんて思いに陥ることがある。いつも何かしら、ごちょごちょごちょごちょ、地球上を動いてますなあ。そういう情勢を見て、経団連とかが、一番いい状況に乗っかろうと一生懸命なんじゃないですか。資本主義は本来、〝自由〟が前提なんです。自由主義を忘れた資本主義というか、独占段階に入ったというか。今どきの新自由主義だなんてのは、ぜんぜん信用しません」

さる2月25日、戦没した画学生らの作品を展示している長野県上田市の「無言館」の敷地内で、「俳句弾圧不忘の碑」の除幕式が行われた。筆頭呼びかけ人だった金子は、最後まで出席すると言い張っていたのだが。

15年11月の「秩父俳句道場」で金子と対談し、碑のアイデアを持ち掛けて事務局長となり、その建立に寝食を忘れて打ち込んだフランス出身の俳人で比較文学者のマブソン青眼（49、本名ローラン・マブソン）が、除幕式の司会を務めた。金子に碑とともに贈るサプライズにしようと完成させた、弾圧された俳人たちの句や似顔絵に鉄格子をかけて展示する「檻の俳句館」をも見据えて彼は、

「弾圧事件の関係で亡くなった俳人は、少なくとも3人。この碑にしても、いろいろな抵抗はありましたが、何よりも彼らの名誉回復を、という思いによって、ここに除幕するものです」

とする趣旨の言葉を述べて、やはり呼びかけ人である無言館館長の窪島誠一郎（76）と除幕の紐を引いた。金子が鬼籍に入ってしまう前に会ったマブソンの「兜太先生の俳句はＧＡＦＡ（Google、Apple、Facebook、Amazonに代表されるプラットフォーマー）にも支配されない、レジスタンスなんだ。ＡＩ（人工知能）には不可能な、時間やイメージの飛躍を恐れない凄み、感性と知性がひとつになった人だけにできること」という言葉が忘れられない。

金子は、そのような存在者だった。

（「アエラ」二〇一八年三月十九日号）

詠み続けた「漂泊」の想い

後藤喜一
Goto Kiichi

「わたしはどうも死ぬ気がしない」と話し、この言葉をそっくり題名にした著書もある金子兜太さんが二月二十日に亡くなった。九十八歳だった。戦後の俳句に最も影響を与えた俳人のひとりで、年齢を重ねるに従い、その存在感が増していただけに、俳句界には大きな喪失感がある。

長く主宰した「海程」四月号に遺作九句が発表された。句稿は二月六日に誤嚥性肺炎で入院する前に家族に渡されていたのだが、興味深いのはそのなかに、「さすらいに雪ふる二月入浴す」など、「さすらい」という言葉を含む句が四句もあったことだ。それで思い浮かべるのは旧制水戸高校一年生のときに初めて作ったという

白梅や老子無心の旅に住む

である。

兜太さんには「定住漂泊」という思想があった。人間はみな「原郷」としての森で生き物の一員として暮らしていたが、その森を離れて社会を作り、そこに定住するようになった。しかしだれもが社会に安住できるわけではなく、多くの人の魂がかつて暮らした原郷を指向し、定住したまま漂泊を繰り返すことになる。兜太さんは、その漂泊心を俳句を作るエネルギーにしていたというのである。

この考え方は、小林一茶や種田山頭火に親しむなかで深められていくのだが、既に旧制高校時代の「老子無心の旅」に、有と無の世界を行き来する「漂泊」の想いが詠み込まれている。八十年に及ぶ句業は魂の漂泊で貫かれていたことになる。

兜太さんは一九四三年九月に東京帝大を繰り上げ卒業し、日銀に入行したが、海軍経理学校を経て、翌年三月に主計中尉として南方の拠点であったトラック島に赴任。しかし、米軍の攻撃によって既に戦闘能力を失い、補給も途絶えて餓死者が続出するという状況だった。四六年に復員して日銀に復職するが、悲惨な戦争体験が兜太俳句に大きな影響を与えた

ことはよく知られている。戦後は社会性俳句や前衛俳句の旗手として活躍し、現代俳句の題材と領域を大きく広げた。

日銀の定年を前に、故郷の秩父に近い熊谷に転居したのが転機になった、と本人から聞いたことがある。二〇〇二年にインタビューをしたときのことで、「私は都内のマンションで暮らそうと考えていたのですが、女房が〝あんたは、どうしても土の上に住まないと駄目になる〟と言って、自分で土地を入手してしまったのです」と話していた。

その後、兜太さんは「土」にこだわり、「産土こそ人生を支えてくれる」「自分の俳句も秩父の土から切り離すことはできない」と自覚するようになる。句風がはっきり変わるのは、句集で言えば一九八六年刊の『皆之』以降だ。個人的に好きな句を引いてみると、

夏の山国母いてわれを与太と言う　『皆之』
冬眠の蝮のほかは寝息なし　同
酒止めようかどの本能と遊ぼうか　『両神』
燕帰るわたしも帰る並みの家　同
祀られし男根囓る嫁が君　『東国抄』
人間を絶滅せよと放屁虫《へひりむし》　同
「ひと」と呼ぶ動物出でて青き踏む　同
長寿の母うんこのようにわれを産みぬ　『日常』
源流や子が泣き蚕眠りおり　同

『皆之』が出たとき、兜太さんは六十代後半になっていたはずだが、その息子をつかまえて「与太」とは面白い。その母が「うんこのように」産んだのが兜太さんであってみれば、いつまでたっても頭はあがらないわけだ。

「原郷」で暮らしていた頃の人間は他の生き物との区別がなかったという考え方から、アニミズムの思想は自然に生まれてくる。放屁虫だけでなく、地球の多くの生き物から見れば、人間は絶滅させたい種族に違いない。

句はみな平易で、おおらかなユーモアと俳諧味がある。前衛臭さはないが、意表を衝いた発想や大胆な表現は、前衛の時代を経たことで身に付いたものだろう。

インタビューをしたのは『金子兜太集』（全四巻・筑摩書房）が出たときで、俳句から俳論、一茶や山頭火のことまで幅広く話を伺った。なかでもよく覚えているのは、前衛時代の反省である。「前衛と呼ばれて、俳句で一流詩を作ることばかり考えていた。ところが、ある新聞社が私のために俳句講座を開いてくれたとき、新聞社が宣伝したにもかかわらず、来てくれたのは二人だけだった。一流詩を目指すうちに難解になり、一般性や大衆性を失っていたのです」

そこで、兜太さんがモデルにしたのは一茶だった。「一茶にはうんと佳い句を作って人を驚かそうという意識はなくて、生活のために俳句を作っていた。そのくせ、どんどん俳句を

作り、自分の句を作り直して、とんでもない佳い句を作ってしまう。日常の暮らしのなかで、どんどん作っていくうちに一流詩が生まれる。別の言い方をすれば、大衆性と芸術性の両方を持っているのが俳句の基本であり、それができる人間でなければ駄目だと教えられたのです」

確かに、庶民文芸としての俳句にはそういう面白さがある。そして兜太俳句の魅力も大衆性と芸術性の両方を目指したところから生まれたのだと思う。

（「百花」一二二号／二〇一八年四月号）

2003年頃。写真提供＝毎日新聞社

金子兜太の含羞

桶谷秀昭
Oketani Hideaki

金子兜太には過剰なまでの含羞があり、それを処理するのにときにあつけらかんとした単純さや粗奔の偽態をとるのではないかと思はせるところがある。みづから云ひ、人も云ふ、その俳句における精神に対立する肉体の強調と、感受性の氾濫を断ち切る意志との逆説的な結びつきは、そのことを暗に語つてゐるといふ気がする。

敗戦のとき、配属されてゐたトラック島から帰還する船中の二句がある。

水脈の果炎天の墓碑を置きて去る

北へ帰る船窓雲伏し雲行くなど　（傍点、引用者）

これらの句のモチイフに強くはたらいてゐるのは、戦場の死者にたいする生きのこつた者の負ひ目の感情であらうが、それを「置きて去る」と云ひ、海原の果へ流れて行く雲や、うなだれ悲しみ伏すやうな雲のかたちを、「……など」と云ひ切つて、感情移入を断ち切るのである。

もしもだれかがトラック島の体験をたづねたなら、土方をやつてたのよ、土人といふのはみな扁平足だな、海辺で糞をすると蟹が見てたな、などと云つて、聞き手の不満さうな、あるひは唖然とした表情からやや視線をそらして、うん、うんと二度ほど合点する。

流れ星蚊帳を刺すかに流れけり

といふやうな心情体験は呑み込んでしまふだらう。

句集『少年』は昭和三十年の発行当時、読者の眼に戦後体験の活力にあふれた第二部と第三部を中心とする印象は動かなかつたであらう。

夏草より煙突生え抜け権力絶つ

墓地は焼跡蟬肉片のごと樹樹に

霧の車窓を広島走せ過ぐ女声を挙げ

奴隷の自由という語寒卵皿に澄み

かういふ句はまさに「戦後」そのものである。これらは、一つに俳句第二芸術論といつた批判にたいしての、伝統的短詩型文学の変革の意志において、二つに戦前の自己の感性、思考の否定において屹立してゐる。しかし戦後四十年が過ぎた今日、『少年』をあらためて読み返してみると、第一部の戦前の句が以前よりはるかに不易の姿でその意味を問ひかけてくる感を否定できない。

昭和四十九年の『早春展墓』の中に、「詩経国風によせて（五句）」の詞書のある句がある（『金子兜太全句集』では「狡童」に収載）。これはおそらく金子兜太の長年にわたる一茶への関心の中で触発されたこころみであらう。

　谷のなかに蓷《たい》の草あり嘆きたり
　谷に妻あり男ぱらぱら涙ぐせ

これは『詩経国風』の巻六「王風」の中の「中谷有蓷」三章の聯想からできた句であらう。吉川幸次郎の訓読によると、「中谷有蓷　暵其乾矣　有女仳離　嘅其嘆矣　遇人之艱難矣（谷の中に蓷《たい》のくさ有り／暵《しを》れて其れ乾《かは》けり／女有りて仳離《ひり》す／嘅《かい》として其《そ》れ嘆《なげ》けり／嘅として其れ嘆けり／人のよの艱難に遇《あ》へり）」

蓷《たい》は俗名メハジキ、方なる茎の節の間に白い花を咲かせる。野外の陸草が谷の中に落ちて、しをれてひからびてゐるやうに、飢饉のために夫婦別れをした女が、ふうつとためいきをついて、難儀な世の中になつたと嘆いてゐる。

この古詩から金子兜太は戦後の結婚生活を思ひだしてゐたかもしれない。自筆年譜によれば、昭和二十二年四月、結婚、「住宅難のため週末に会ふだけの生活」だつたとある。この事情は『少年』の「結婚前後」の中にその片鱗もみえない。だが、これは、極東大陸の太古の民の心にかこつけてはじめて心情を語ることのできる金子兜太の含羞であらう。しかし、この句は過去の回想に留まらず、作者の現在の「定住漂泊」のおもひでもあらう。「漂泊」と「定住」の二律背反が、女の嘆きから男の涙をさそひだしてゐる。

　わが世のあと百の月照る憂世《うきよ》かな

これも巻の六「王風」の中の「兎爰《とえん》」からの聯想であらう。その第一章を吉川幸次郎の訳で引けば、「うさぎはのんびり、雉は網にかかつた。わしの若いころは、まだ天下太平。年をとつてからは、ろくでもないことばかり。何とかまあねむつたまま体を動かすまい」。

——我生之後　逢此百罹（我が生の後《のち》は／此の百の罹《うれ》ひに逢ひぬ）

ところで「百の月照る憂世」とは妙に明るい高度成長の時代を云つたものであらうか。

　わが戦後終らず朝日影長しよ

戦後三十年にならうとしたときの金子兜太の遠近法による時代感覚である。

（現代俳句の世界14『金子兜太・高柳重信集』朝日文庫／一九八四年五月）

二句燦燦

塚本邦雄
Tsukamoto Kunio

朝顔が降る遠國《おんごく》の無人の街　金子兜太『暗緑地誌《あんりよくちし》』

兜太の散文集「定住漂泊」の中に「梨の木」と題する五十枚ばかりの文章がある。死者、「海程」同人大山天津也に關する記録であるが、短篇小説として讀んでも味はひのある佳篇であり、特に末尾に近い夢中相聞の章は内田百閒を思はせるばかりの鮮かな筆致で、しかも作者の藝術觀がさりげない對話の句句に滲んでゐる。否、死者との言問ひに託して作者がみづからの内に熟しつつある美學を確めようとしたのが、むしろこの作品成立の契機であつたかも知れない。「意識」「觀念」「性《セツクス》」「氣骨」「存在」「死」これらの互ひに重なり合ひながらその實次元を異にした言葉について、幽、明境を異にした詩人が陰陽立場を變へた思考の反作用を示すのだが、勿論いづれも畢竟は生者兜太に收斂されるものであり、彼の一見暴力的な、陽性眸を灼く趣のある世界が、實は暴力も日光も及ばぬ隱微な翳の部をも鋭く透視した上に擴がるものであり、樸訥な雄性の跳梁は悲しびと風雅によつてひそかに鎭められてゐることにもはたと思ひいたるのだ。およそ兜太の句ほどこの陽・陰、正・負、強・弱の抑揚が一句、一聯、一時期を明らかに支配してゐる例も珍しからう。その照り翳りは當然技法の上にも歷然と現れ、強引無類の發想、傍若無人の詩語の斡旋、軋轢音凄じい韻律は、一方で容赦のない彈劾告發の辭を生み、一方では爽快優雅な愛の詩を生む。論に於ても然り、應酬の術もない堂堂たる攻擊的な論陣、啞然とするやうな警拔な獨斷の彼方に、人間の深奧をしづかに見つめ、時としてはその修羅を癒やすほどの澄んだ目がたしかにある。「夕燒より濃き煙草火をわがものに」「薔薇よりも淋しき色にマッチの焰」の昔から私は兜太の纖細な圖太さ、模糊とした明晰、すなはち揚言してなほつくさず、矛盾しつつ相和する思惟と感性の結晶を愛する。高名な、一時期を劃した作品の光耀もさることながら、それらの群立する中に作者がやや潤んだ眼で佇んでゐるかの句に心ひかれかつ搏たれる。「朝顏が降る」とはまた大膽奇拔な趣向であるが、ここにも俗を雅に轉じてしかも率直さを喪はず、稀なる幻像を描いて孤に淫しない作者の天性がにほひ立つ。「遠國の無人の街」がドノゴオ・トンカであらうとエル・ドラードであらうと、はたま

た幽靈町《ゴースト・タウン》であらうと、眞夏曉散華を仰ぐ作者を想定するだけで、なまじつかな有人の街、修羅なす熱鬧《ねつたう》よりはるかに心

1945年11月、浦賀に上陸するトラック島からの復員者。同島で捕虜生活を過ごしていた兜太は、さらにこの１年後、1946年11月に帰還。写真提供＝毎日新聞社

にくく、誘はれるものがある。そしてこの幻想はまた晝夜六時に曼荼羅華の降る極樂淨土欣求といかに昏い絶望的な隔りをもつことか。おそらくは生き疲れた現代人の精神の間隙に生れる蜃氣樓現象であらう。それさへ作者の手にかかると病的な歪みが拂拭され、甘つたるい浪漫の後味も殘さず、純白の和紙に描いた水墨淡彩の勁さとあたたかさが溢れてゐる。「蜂の翅紫紺なる日をいかにすべき」「夕狩《ゆうがり》の野の水たまりこそ黑瞳《くろめ》」「瞼に陽眼玉撃たれて鳥とならん」「一飛鳥蒼天に入り壞れたり」「溥暮に開く悔恨の指美童のごと」これら一句毎に不可知の美に放つ放射狀の幻想の箭、兜太は弓弦を太い指で彈きながら、いづこへ飛ばうとみなわが俳句の領土と呵呵大笑するだらう。その呵《わら》ひが絶えた時兜太の、既往の作一切を否むに足るやうな世界、豪華な悲しびの詞華は突如實現されるのではあるまいか。

鶴の本讀むヒマラヤ杉にシャツを干し　　金子兜太　『蜿蜿《ゑんゑん》』

腕力で詩を創るのは叡智で田を作るよりもむづかしい。興に乘つて一夜千句を成すのは體力のなせるわざでこれならさして珍しくもないが、翳の部分に棲み馴れた詩を陽の下に逐ひ放ち、手荒に鍛へて變身させて見せるのは至難の技であらう。喜劇に傑作が少く女歌が殷賑を極めるのもこの例證に他

ならぬ。兜太の句の衝撃的な爽やかさは句以前の力學的緊張によつて生れるのだが、言葉によつて毆りあるいは毆られ、組み拉《ひし》ぎあるいは組み拉がれる快感を味はへることを立證したのは彼を以て嚆矢《かうし》とする。「鶴の本讀む」のやや理不盡な言ひ廻しに人は一瞬抵抗を感じよう。そしてその抵抗感はさらに一瞬の後一盞《さん》の強い酒を呷つたやうな芳しい眩暈に轉じる。夕鶴調のロマネスクな本は慮外である。生物學の專門書、ベルントやマイゼが「化石十一科を除き、十一科七十八屬二百四種に分類する」などと註を施した圖版入りの大型本がよい。風に煽られるアート紙の頁は夏の陽を反し、丹頂や眞鶴、鍋鶴も隱顯《いんけん》する。主人公がハンモックに長長と毛脛でも伸ばしてゐるなら繪になる風景だ。彼は昨日夕暮まで書齋では黄表紙を讀み耽り、寢室では深更まで經營學の書を繙いてゐたかも知れぬ。白緑《びやくろく》の夏芽こぞりたつ針葉樹には鶴の風切羽のやうな純白のシャツがはためき、上半身裸體の作者の胸には薄ら汗がきらめく。昨日は知らず明日は思はず、ここに一刻の眞新しい生が息づく。天眞爛漫一點の疑惑の影もなく、懶《ものう》い耽溺の世界ともさらに無縁である。この健かさは比類がない。單に健康な作品ならその邊に掃いて捨てるほどあらう。多くは健康といふ名の宿痾を病む救はれがたい作品であるが、それらさへ業病をよそほつた樂天家の似而非悲歌よりも時としては快い。それほど詩歌には陽狂假病の畸想が跳梁跋扈してゐるのだ。なまじつかな抒情性も敍事性も蹴とばして「鶴の本讀む」とやや幼いバリトンを張上げ「ヒマラヤ杉にシャツを干し」とバーバリズムを潔くさらけ出したのはむしろ一つの見識、叡智のなすわざであらう。單なる稚氣や醉狂でこの明晰な一句が成るはずはない。初期に「葭切や屋根に男が立上る」の季題を逆手にとつた不敵な發想で既にその豫感はあつた。昭和三十八年五月初出の「無神の旅あかつき岬をマッチで燃し」は兜太の暴力的な抽象性と明快な行動性の伯仲を示す秀作であり、彼の壯年の全き實りとして私の最も愛する一つだ。反神にあらず無神とみづからの旅を指示するところにも作者の不羈の精神が躍如とし、旅泊てた地點ではたちまちシャツを脱いで緑蔭に鶴の本を讀む爽やかな決斷もこれに繋るだらう。智慧の力はうちに溢れつつこれによつていささかも去勢されることのない稀なる詩人の一人であらう。ただ、言葉のポテンシャル・エナージーとは決して單なる語感の荒荒しさを指すものではない。洗練の果になほ鬱勃たる官能を藏し、淘汰しつくしてなほ原初的な驚きの失せぬ、詩人の生の證しそのものの謂である。本の中の鶴はその後紙の檻から遁れ出て、作者に「鶴立てり透明體の君のからだ」と叫ばせるが、あの日ヒマラヤ杉の梢にひるがへつてゐたシャツも思へば兜太の厚い天衣であつたかも知れぬ。

(『百句燦燦―現代俳諧頌』講談社文芸文庫／二〇〇八年六月)

＊標題は編集部

金子兜太

三橋敏雄
Mitsuhashi Toshio

金子兜太における現在までの全句業を示す既刊の編年句集は、次のとおりである。

『少年』は、昭和三十年（一九五五）十月、風発行所刊。昭和十五年二十一歳から昭和三十年三十六歳までの作品四百九十七句を収めた第一句集。

『金子兜太句集』は、昭和三十六年（一九六一）七月、風発行所刊。前句集に当たる〈少年〉の再録につづけて、第二句集に当たる、昭和二十八年三十四歳から昭和三十六年四十二歳までの〈半島〉と題する作品三百十一句を併載。

『蜿蜿』は、昭和四十三年（一九六八）四月、三青社刊。昭和三十六年四十二歳から昭和四十二年四十八歳までの作品二百九十九句を収めた第三句集。

『暗緑地誌』は、昭和四十七年（一九七二）十一月、牧羊社刊。昭和四十二年四十八歳から昭和四十六年五十二歳までの作品三百四十九句を収めた第四句集。

『早春展墓』は、昭和四十九年（一九七四）七月、湯川書房刊。昭和四十六年五十二歳から昭和四十八年五十四歳までの作品九十一句を収めた第五句集。

『金子兜太全句集』は、昭和五十年（一九七五）六月、立風書房刊。既刊の五句集に加え、第一句集『少年』に未収録の昭和十二年十八歳から昭和二十一年二十七歳までの作品三百九十四句を収めた『生長』、および昭和四十七年五十三歳から昭和四十九年五十五歳までの作品百八十七句を収めた未刊の第六句集『狡童』を併載。

『旅次抄録』は、昭和五十二年（一九七七）六月、構造社刊。昭和四十九年五十五歳から昭和五十二年五十八歳までの作品二百二十六句を収めた第七句集。

『遊牧集』は、昭和五十六年（一九八一）九月、蒼土舎刊。昭和五十二年五十八歳から昭和五十六年六十二歳までの作品百七十四句を収めた第八句集。

『猪羊集』は、昭和五十七年（一九八二）七月、現代俳句協会刊。既刊句集よりの抄出作品を主軸に『遊牧集』以後の七十六句が収めてある。

金子兜太は、大正八年（一九一九）九月二十三日、埼玉県小川町の母の実家で生まれた。父は、当時の中国上海の東亜同文書院校医として同地に在住していたが、大正十五年（一九二六）帰国して郷里の秩父で医を営むに伴い、以来同居。奥武蔵は秩父の子として育つ。父は伊昔紅《いせきこう》と号して水原秋櫻子主宰「馬酔木」に拠り、昭和五年（一九三〇）にはみずから俳誌「若鮎」を興している。こういう環境からの影響を、のちの兜太俳句の出自にみてよいだろう。

昭和十二年（一九三七）十八歳の兜太は、水戸高等学校に入学。一年上級の出澤珊太郎に誘われて、同校教授宅の句会に出席したのを手はじめに、翌十三年、全国学生俳句連盟誌「成層圏」に参加。翌十四年には、嶋田青峰主宰「土上」に投句を試み、高等学校卒業後は東京での草田男を囲む句会に出席したりしていたが、昭和十六年（一九四一）二十二歳のとき、東京帝国大学経済学部に進み、この年創刊された、加藤楸邨主宰「寒雷」に投句を始める。これより楸邨に師事して同誌を拠点に本格的に励みだす。

句集『少年』は、〈東京時代〉〈トラック島〉〈結婚前後〉〈竹沢村にて〉〈福島にて〉〈神戸にて〉以上六章の時期に分けてある。東京時代は昭和十五年にはじまり、同十八年に大学を繰り上げ卒業。日本銀行に入行したが、海軍主計短期現役として海軍経理学校で訓練を受けるまで。翌十九年主計中尉に任官して、三月トラック島に着任。昭和二十一年十一月同島より最後の船で復員。翌二十二年日本銀行に復職。四月結婚。二十四年から二十五年末にかけて、日本銀行従業員組合事務局長（専従初代）。その間、居を浦和から竹沢村に移す。年末、福島支店へ転勤。二十八年、神戸支店へ転勤、という生活背景を持つ。

本句集の「後記」中には、「善良というものは本来的な性質《アンラーグ》であって、こゝから善意とでも言うべき社会的な性格《カラクター》に展開しない限り、それを支えることは出来ない」という自己脱皮をはかる意味の言葉があり、「『福島にて』『神戸にて』はその路線にある」とする。いいかえれば、兜太におけるいわゆる社会性俳句の進発であった。「椰子の丘朝焼しるき日日なりき」から「死にし骨は海に捨つべし沢庵噛む」「きよお！と喚いてこの汽車はゆく新緑の夜中」「暗闇の下山くちびるをぶ厚くし」へ移行する時期に当たる。

『金子兜太句集』中の〈半島〉は、さらに〈神戸〉〈長崎〉〈東京〉以上、三章の時期に分けてある。この間、前句集中の〈神戸にて〉の期間につづく日本銀行神戸支店勤務は、昭和三十三年まで。その後、長崎支店に転勤。同三十五年（一九六〇）五月、いわゆる日米新安保条約の採決をめぐる動乱のさなか、東京本店にもどる、という生活背景を持つ。

兜太は、この期間にあって、前句集につづく社会性の自覚をすすめ、昭和三十二年（一九五七）には「俳句の造型について」立論した。これは同三十六年の「造型俳句六章」論に発展するが、約めていえば、俳句表現において、対象と自己との直接結合の方法を素朴な方法とし、これに対して、直接結合を切り離し、その中間に結合者としての「創る自分」を定置させる、という方法を考えあてたものであった。「造型」とは、「創る自分」の意識におけるイメージ化の作業過程をさしていうわけで、この場合、「創る自分」の意識が優先する。そこに主体を置く表現ということになろう。とくに俳句における新しい詩法の発見とはいえないけれど、一般の大多数の俳人における素朴な表現方法に対して、まったくちがう能動的な方法論を整理してみせた功績は大きい。いずれにしろ、これにかかわる論議と実作品の展開の上に、やがて「前衛俳句」という呼称が投げかけられた。昭和三十四年（一九五九）、「朝日新聞」は「前衛を探る」を特集して、各ジャンルの前衛を紹介していくが、翌三十五年、兜太俳句もその対象となる。すでに歌壇にあっては、昭和三十一年には、塚本邦雄、岡井隆らをはじめとする一群の新鋭歌人の、それまでの業績に対し、前衛短歌の呼称が一般化しており、おくれて俳句の世界にも定着していったのであった。そして、兜太はみずから好むと好まざるとにかかわらず、前衛俳句の旗手と目されるようになる。「銀行員等朝より螢光す烏賊のごとく」「彎曲し火傷し爆心地のマラソン」「わが湖あり日蔭真暗な虎があり」

『蜿蜿』は、前句集につづく東京での六年間の作品を収録。先に長崎から戻って東京杉並区沓掛町に住み、昭和四十二年、熊谷市上之に家を新築して移り現在に至る。また、この間の昭和三十七年（一九六二）四月には先導して「海程」を創刊している。おりから「海程」は前衛俳句の大拠点とみられたが、兜太によれば「すでに『前衛』の語に、悪意の批評意識がはいりこんでいて、対置的に『伝統』の語が熱く語られるようになったのも、このあたりである」、しかし「昭和三十五年以降の古典回帰の大方が、伝承の喧伝と流行化という」「単なる守旧主義におちいった」「一方では、丁度そのころから、いわゆる前衛のなかの、社会性論を肯定的に消化した作者と、むしろ無視あるいは否定的に通過した作者との分離が明らかになってゆく」としている。

兜太は、あらゆる意味で「社会性論を肯定的に消化した作者」である。その過程での「造型論」でもあったのだが、ここで、そのころの原子公平の言葉を藉《か》りて記せば、「彼（注・兜太）の〈造型論〉と自作品の関係も興味ある問題」と探りをいれたあと、「人のいう理論の先行どころか、彼の作品は、彼の創作態度や手法ないしは方法をはるかに超えた、生命の飛躍（エラン・ビタル）とでもいうべきエネルギーによって、ある魅力を手中に収めている」という。まったく同感である。このことは、その後も現在にわたる兜太俳句の姿情の全容に対して指摘できよう。さらに推していえば、まさに、そのことにおいて兜太はまことに多力者なのであった。

『蜿蜿』の「後記」は、「この句集を編みおわって、私は〈一人の連句〉ということを思った。〈最短定型のイメージ〉を追い、その豊かな〈形象〉を求めて、むしろ、一句一句の独立に執心してきたわけだが、一冊にまとめてみると、あたかも、連句の席に会した人たちが激しく付け合ったように、私は、自分ひとりのなかで、自分の句に向って、ときに反撥し、ときに響和しながら、気合いをもって相対し、相関わりつつ、つぎつぎと句を作りだしていたことを知る」「だから、この句集は、その時間のなかの単なる生活記録のようにみえながら、じつは、それ以上のもののようである」といい、「蛇子蛇孫鱗蜿蜿　李賀」を引いている。この述懐は、兜太がいみじくも、ふと、自身の内部を覗きみたおどろきに直結しているようだ。そしてまた、このことは、兜太における「生命飛躍のエネルギー」とあわせて、以後の全句業に及ぶものとみてよいのではないか、と思われる。『蜿蜿』より、「どれも口美し晩夏のジャズ一団」「霧の村石を投《ほう》らば父母散らん」「人体冷えて東北白い花盛り」。

『暗緑地誌』より、「犬一猫二われら三人被爆せず」「谷に鯉もみ合う夜の歓喜かな」「二十のテレビにスタートダッシュの黒人ばかり」「両手挙げて人間美し野の投降」。『早春展墓』より、「骨の鮭鴉もダケカンバも骨だ」「海とどまりわれら流れてゆきしかな」「暗《あん》みちて腸《はらわた》ふかく美童ひとつ」「山峡に沢蟹の華《はな》微かなり」「鳥に食われぬ先に無花果喰う暁闇《ぎょうあん》。『狡童』より、「河の歯ゆく朝から晩まで河の歯ゆく」「山国や陸稲畑に父の糞」。『旅次抄録』より、「笛を吹く男野にあり冬朝日」「廃墟という空《あ》き地《ち》に出ればみな和《やわ》らぐ」「鷺が通れば春の豚小屋豚総立ち」。『遊牧集』より、「梅咲いて庭中に青鮫が来ている」「雪の山畑白真ッ平らしかし斜め」「猪がきて空気を食べる春の峠」。『遊牧集』以後より、「杉の実の匂いが好きだ嗅ぎすぎた」「三日月の飛騨の国びと飛騨へ去る」「桃咲く里へ降り紅顔の落下傘」。

昭和四十九年（一九七四）九月、日本銀行定年退職。同五十二年（一九七七）九月、父伊昔紅を失う。享年八十八。そして、昭和五十五年（一九八〇）六十一歳の兜太に、「俳諧自由」の言葉がある。この「俳諧自由」に、先の昭和三十四年（一九五九）四十歳の兜太がいった「前衛という言葉は誤解を呼びやすいが、素朴に、既製の枠にとらわれず何よりも自分の実感に忠実、しかも積極的に実現している人たち」を重ねて案ずれば、いまもなお日々新たな一人の前衛、金子兜太の存在が明らかになってくる。

（現代俳句の世界14『金子兜太・高柳重信集』朝日文庫／一九八四年五月　＊同書解説のうち、後半の金子兜太に関する部分のみ抄出）

荒凡夫の柄を引き出す

渡辺京二
Watanabe Kyoji

黒田杏子さんから『語る兜太』（岩波書店、二三七六円）を戴いた。杏子さんによる金子兜太のインタビューである。私は兜太という人について、戦後前衛俳句の大御所と知るのみで、作品は一句も読んだことがない。しかし、この本はおもしろかった。とにかく人物が破格だ。

まず断っておかねばならぬが、私は完全な俳句音痴である。これまで私の美意識が反応できたのは、石牟礼道子と齋藤愼爾の句だけだ。これは私の持病たるロマン派気質のせいで、いわゆる俳味という奴が、説明されればなるほどと思うものの、べつにありがたくもないのである。

今度初めて兜太の句に接したが、おれはつくづく俳句の優劣がわからぬ人間だなと、改めて感じたことだった。それに私はイマジズムという奴が、相手が俳句でなく詩であろうとだめなのだ。イマジスト兜太の句に感応しないのは、そういう自分の無能力のせいに違いない。

しかし、それはどうでもよいことで、私は兜太という人物の生きかたに惚れたのである。まずその前に、この人の両親、とくに母親に惚れた。美人で餅肌で尻が太いとある。子どもをまるでうんこのように、楽々と生み落としたとある。何と賛仰すべき女人であることだろう。

兜太によれば、彼女は小姑にいじめられたりして、忍耐の一生を働き通したということになるが、私の目には自立したしたたかな女性と映る。彼女は若き兜太に、くれぐれも俳人にだけはなってくれるなと訓戒した。俳という字を見よ、人に非ずと読めるではないかというわけだ。

父親は村のお医者で、毎日往診に明け暮れ、夜患家から帰ると、囲炉裏ばたにひっくり返ってふうふう言っていた。兜太はこの父が戦争中、右翼がかった言動をしたというので、若いころは反発した。でも自分の国が戦争をすれば愛国熱にかかるのは、欧米の庶民だって免れぬところだ。えらい父だったといってよい。

だが、兜太の愛してやまぬ母からすると、この夫は句会と称して近隣の素人俳人をかり集め、彼女はそのさい食事や酒の接待に煩わされる。彼女にとって俳句とは忌むべき道楽にほかならなかったろう。

兜太が俳人になると彼女は彼を与太と呼ぶようになった。

百歳を超えた彼女を兜太が見舞うと、「やあ与太が来た、バンザーイ」とはしゃいだ。端倪《たんげい》すべからざる女性である。俳を人と非に分解して読むというのは、今は滅び去った庶民的知のありようで、ただ一生を耐えて過ごしたしおらしい女などではなかった。

兜太は経理将校として南洋諸島へ派遣され、多数の餓死した戦友の面影を一生抱えこんでいた。また復員して日銀に復職したが、労働組合を作ったせいで、まったく出世しなかった。ふたつとも立派なことで、そこにこの人物の面目を認めてもよい。

兜太の「立禅」

しかしそんなことより、この人がある時期から自分を「アニミスト」と自覚するようになったこと、一茶にならって荒《あら》凡夫《ぼんぷ》として生きようとしたことに私は感銘を受けた。だとすると「前衛」とはこの人にとって何だったのか。それは荒《すさ》ぶる心、この世の実在《リアリティー》に貫入したいという熱き心を、ひとときそんな名称に紛らわしただけではなかったか。

とにかく、この世に実在するすべての存在と交歓し交流したいというこの人の「アニミズム」的希求は、途方もなく大きくまた開かれている。自在の境地といってよく、前衛どころかこの国の伝統に連なっているのだ。

私はとくに兜太の「立禅」なるものに搏たれた。自分と関係の深かった人の名を二百名ほど口にするのだ。それも毎日である。冒頭は両親、それに家族、恩人、知人等々と続くのだが、順序も決まっていて間違えてはいけない。人間だけではない。犬や猫だっていっている。犬や猫だけではなく、樹木もはいっているのがすごい。むろん彼が名をつけた特定の樹木である。

これは執着なのではなかろうか。兜太にとってはそうではないらしい。恩愛《おんない》断ち難しというのではなく、恩愛をおさらいして超脱するのであるらしい。とにかく大した人である。こんな人が世にいるというのは楽しい。黒田さんはいい本を贈ってくださった。

（「エコノミスト」二〇一四年九月九日号）

金子兜太論
その〈戦後俳句〉

坪内稔典
Tsubouchi Toshinori

1

何かを考えようとするとき、しばしば思いうかべる大江健三郎のことばがある。

《批評家よ、戦後文学をその最低の鞍部で越えるな、それは誰の得にもならないだろう》という忘れがたい言葉は、本多秋五のものだ。批判しようとする相手を、かれが持っている（あるいは潜在的に持っている）いちばん高いもの、高い水準において（時にはかれをその水準まで引きずりあげるようにして、その上で）批判する。それが必要だという意味において、本多秋五の言葉は一般的な原理となる。僕はこの原理を、戦後文学にあたえられた実践的な知恵のひとつとする。

（『方法を読む』昭和55年）

私もまた、本多秋五のことばを自らの「実践的な知恵のひとつ」にしたいと思う。

そして、次のような作品を、戦後の俳句のもっとも高い水準にあるものとみなしている。

暗闇の眼玉濡さず泳ぐなり　鈴木六林男

明日は
胸に咲く
血の華の
よひどれし
蕾かな　高柳重信

縄とびの純潔の額を組織すべし　金子兜太

クローズアップされた眼玉が、むき出しになった人間の内面そのものであるかのような、そんな強烈な印象を与える鈴木の句は、昭和二十三年の作、句集『谷間の旗』（昭和30年）に収録されている。

高柳の句は『伯爵領』（昭和27年）にあり、昭和二十五年の作である。この句、俳句定型から言えば大幅な破調だが、破調に伴ないがちな定型の弛緩した感じはない。「明日は／胸に咲く」という前二行の直截的な断言、その断言に続く「血の華の／よひどれし／蕾」という鮮明なイメージが、破調を凝縮させているのだろう。さらに、この句の場合、末尾の切れ字「かな」が、いかにも俳句的な調子のうちへ破調をとりこんでいる。

句集『少年』（昭和30年）にある金子の句は、「高松・高知にて」の詞書を持つ四句のうちのひとつである。金子の自筆年譜（『金子兜太全句集』昭和50年）を見ると、昭和二十五年の早春に四国を旅しているから、たぶん、その折の作であろう。この句について私は、かつて『縄とびの少年の額』は、わたしの少年期を呼び戻したし、醜い現実に対峙するイメージとして充分に美しかった。さらに、『組織すべし』という断言は、さきのイメージをくきやかに押し出し、わたし自身を含む現実を鋭く抉ったのである。（改行）この句はスローガン調だが、そのスローガン的文体に、なによりもわたしは魅せられたのだと思う。俳句はスローガン（標語）の持つ端的さ・鋭さ等を積極的に取りこんでよい。俳句の特性の一つは、読者がたやすく覚え、いくども口にできるところにあるのだから」（「スローガン的文体」、「俳句とエッセイ」昭和55年7月）と書いたことがある。

以上の三句は、人間をいわば直截に捉えようとしている。そのことは、前代の俳人たちの句と比較すると、ただちに了解できるだろう。

空は太初の青さ妻より林檎うく　中村草田男
鮟鱇の骨まで凍ててぶちきらる　加藤楸邨
中年や遠くみのれる夜の桃　西東三鬼
秋風の下にゐるのはほろほろ鳥　富沢赤黄男
炎天の遠き帆やわがこころの帆　山口誓子
朝顔の紺の彼方の月日かな　石田波郷

敗戦以前に俳人としてのめざましい仕事をなしていた中村草田男たちの句は、古典ともいうべき安定した言語空間を示している。しかし、鈴木たちの句が発散させているような生ぐさい魅力はない。

加藤楸邨・西東三鬼・富沢赤黄男のさきの句では、動物や植物が人間をも感じさせるところに、その作品の核心があるが、それはしかし一種の比喩法であるために、鈴木たちの句のような直截性を感じさせない。つまり、加藤たちは、季的秩序のうちにある動植物を介して人間を捉えているのであり、その点で、人間への肉迫の仕方は間接的になっている。

ところが鈴木たちは、季語を介してその句を書いてはいない。「泳ぐ」ということばのある鈴木の句にしても、それが夏の句である必要はどこにもない。「泳ぐ」を夏の季語とする季的秩序は、この句にはほとんど関係がないのだ。一句の主題は、季的秩序などにかかわりなく、人間の存在をひたすらに捉えようとしているところにある。

念のためにいえば、鈴木たちの句は、新興俳句時代（昭和十年代）の無季句ともずいぶん違っている。

赤ん坊の蹠《あうら》まつかに泣きじやくる　篠原鳳作
一本の道遠ければきみを恋ふ　渡辺白泉

このような新興俳句時代の句は、季的秩序を支えとしていないかわりに、「赤ん坊」とか「恋」というものの一般的な思い（概念）を支えとしている。赤ん坊の生命力、恋が伴なうはるけさの感情などは、多くの人々がたやすく共感できるものだが、そういう一般的な思いにのっかっていたのが新興俳句時代の無季句であった。そういう意味では、その無季句は人間の捉え方が間接的だったのである。

かつて竹内好は、〈戦後〉という用語について、それは「既成の社会秩序や価値観の崩壊にともなう一切の混乱」をさす用語であり、また「質的に前代と異った、自覚的な断絶観に立った自己主張の発言であって、敗戦によってもたらされた日本人の解放感を集約的に表現したものであった」と述べた（「社会と文学」、「文学」昭和29年3月）。そして、その〈戦後〉は、混乱が回復するにつれて次第に影がうすくなったが、「しかし、戦後文学は、何も残さずに消えてしまったのではない」と言い、竹内は次のように〈戦後文学〉を評価した。

伝統と創造の問題に根元的に対決することを迫られる機縁を作り出したという点で、日本文学を今日の世界の問題意識の地点へまで導いた功績は認めなければならない。また、ファシズムへの抵抗の弱さを指摘し、反省をうながした功績も認めなければならない。戦後文学は、戦争の体験をふまえての、未来へ向って人間性の回復をたたかいとる創造的行為としては、今日でもまだ課題をになっているのである。

敗戦に伴なう混乱は、たとえば〈第二芸術論〉をひき起こし、それは「伝統と創造の問題に根元的に対決する」機縁を作り出した。〈第二芸術論〉が、俳句にとりわけ深くかかわっていたように、竹内の言う〈戦後文学〉の問題は、ただちに〈戦後俳句〉の問題でもあった。

鈴木たちの句が、前代の俳人たちの作品と違っているのは、その違いに、鈴木たちの「質的に前代と異った、自覚的な断絶観に立った自己主張」があらわれているのだと見ることができよう。ことに彼らの句の熱気――人間をもろに捉えようとするところに生じた熱気――は、「戦争の体験をふまえての、未来へ向って人間性の回復をたたかいとる創造的行為」の熱さなのだということができる。もっとも、鈴木や高柳の句からは、回復されるべき人間性の明確な像はうかがえない。しかし、何ごとかの予感を、それぞれの句がはらんでいることだけは確かだ。

たとえば鈴木の句では、「泳ぐなり」という断定へ一気に至る句調が、さらに続く泳ぎを予想させる。その泳ぎは、人間の暗い内面を突っ切って、人間性の未知へ向かっているのではないだろうか。高柳の句の場合、明日は胸に咲くという「血の華の／よひどれし／蕾」のイメージは、ひどく虚無的であるが、しかし、その虚無は、人間性の安易な回復を許さないという彼の意志と二重になっている。その意志が、この句のような形式上の試みへまで彼をむかわせているのにちがいない。季的秩序に、あるいは俳句のさまざまな約束や技法にからめとられて、俳句における人間性は固定したり狭小になりがちである。そのような人間性にかかわる安易さを拒否して、高柳のいわゆる多行形式の試みはなされている。

　金子の句は、一見したところ、回復されるべき人間性を明確に示している。縄とびの子供たちの「純潔の額」が、それだ。ところが、その「純潔の額」は、金子からも私たち（読者）からもずいぶん遠いところにあるのが現実だ。たいていの大人は、「純潔の額」をとっくに失なっているし、それを再び体験することなどは夢物語のようなものである。しかし、人には、それを夢としてとどめてはおけない切実な感情がある。金子のスローガン的文体の根っこにあるのは、おそらくその感情である。つまり、金子は、一見して明確に見える文体に依拠して、自らの感情の直截な表現を意図しているのだ。その感情の直截な表現が、金子における人間性の回復の試みである。ちなみに「空は太初の青さ妻より林檎うく」という中村の句や、「炎天の遠き帆やわがこころの帆」という山口誓子の句と比べると、一見して明確な金子の句のいたましさがよくわかるだろう。中村が空の太初の青さを享受し、山口が遠い帆を自分のものだと確信しているのに対し、金子は「純潔の額を組織すべし」と言うことしかできない。空の太初の青さも遠い帆も純潔の額も、ほぼ同じようなものだが、それらから隔てられて金子は立っていた。

鈴木たちの三句を、戦後の俳句のもっとも高い水準にあるとする理由は、あらかた以上のとおりである。

2

　ところで、「縄とびの純潔の額を組織すべし」を書いた金子は、以後の数年間、この句の水準以下のところで低迷する。縄とびの句のレベルに相当する句が出現し、そのレベルでの彼の試みが展開するようになるのは、昭和二十八年からだと言ってよい。そういう意味では、金子は、この昭和二十八年、

　暗闇の下山くちびるをぶ厚くし　　金子兜太

によって、〈戦後俳句〉の水準をはっきりと自分のものにしたのである。この句以前には、縄とびの句を除くと、たとえば次のような同世代の作品に匹敵する句が見当たらない。

　いつせいに柱の燃ゆる都かな　　三橋敏雄
　かなしきかな性病院の煙突《けむりだし》　　鈴木六林男
　身をそらす虹の
　絶巓
　　処刑台　　高柳重信
　木琴に日が射しをりて敲くなり　　林田紀音夫
　毛皮はぐ日中桜満開に　　佐藤鬼房

昭和二十年から二十六年にかけて発表されたこれらの句は、いずれもが〈戦後俳句〉の水準を示している。また、今日で

は、それぞれの作者の代表作の一つとみなされてもいる。つまり、金子は、同世代のなかではずいぶん遅く〈戦後俳句〉の水準へ登場したのである。

さきの金子の年譜によると、昭和二十五年の項に「十二月、日銀従組を退かされ、福島支店に転勤」とある。彼は、前年に日本銀行従業員組合の事務局長（専従）になっており、組合運動に専念していた。福島への転勤は、組合運動から俳句へと、彼がその比重を移す契機になったのかもしれない。佐藤鬼房は、金子の福島時代（昭和二十六年〜二十八年）を「自分の方向を自らの力で決定づけ、思索にうちこむ時期」（「兜太の福島時代」、「俳句研究」昭和42年6月）であったと見ているが、次のような佐藤の回想（同前）は、〈戦後俳句〉の水準へ自覚的に接近する金子の姿を伝えてくれる。

昭和二十六年十一月十五日、あらかじめ彼からもらっていた略図をふところに、夕方着く汽車に乗った。駅につくと、時間に出迎えに来てくれていて、阿武隈川を渡ってしばらくして彼の家に案内された。一晩とめてもらって朝かえらしてもらうつもりだったのが、とうとう十七日の夕方までこたつに入って、少酌の相手をしながら二人で延々何時間も、俳句の話が続いたのである。朝に、霧のかかった阿武隈川にひとり出て四手網をちよっと眺めたのと、厠に行く時間以外は炬燵で過したというのは、後にも先にもこの時だけである。当時、福島にも仙台にも、社会性というものを俳句に求めるひとは居なかったし、金子にしても、福島はまだなじみの薄い土地だったにちがいない。

俳句を、自らの生の核心を担うものとしてかかえこんだ、そういう二人の姿がここにはある。この年、金子も佐藤も三十二歳であった。佐藤の回想を、さらに引用しよう。

彼が近作だといって示した句は

確かな岩壁落葉のときは落葉のなか
洪水の夜の河流と逆に歩む
「朝日のもとで読め」という詩を木枯に

といった句だった。そして

きよお！　と喚いてこの汽車はゆく新緑の夜中

の彼の内部意識に戸惑いながらも、何かを截ち切って行く鋭さにおどろき、そしてまた、「洪水」の句の、意識された計算というものに共鳴出来ないことも、素直にのべたりしたのを記憶している。それにしても、「確かな岩壁」はどうであろう。私はこの句を読んで、福島まで来て本当によかった、と思ったのである。

この年の夏、既に処女句集『名もなき日夜』を出していた佐藤は

戦火やまずいつはりなきは嬰児の便　　佐藤鬼房
子を売りてやがて老い脛ほそく立つ　　〃
鉄接ぐ火外寝の家族らを照らす　　〃

というような、いわば彼の生活圏を凝視した句を書いていた。また

胸ふかく鶴は栖めりきkao kaoと　　佐藤鬼房
満月の藻を靴に纏き発狂す　　〃

のように、自らの不安な内面と格闘していた。引用した佐藤の句は、いずれも昭和二十五年の作品だが、これらの句は、社会と自分を同時に捉えようとして揺れている、そういう佐藤の心意を映し出している。そして、その心意が金子のものでもあったことは、佐藤の回想文が示すとおりだ。

佐藤は、金子の句に「何かを截ち切って行く鋭さ」を感受したと言うが、たしかに金子は、「何かを截ち切って行く鋭さ」において〈戦後俳句〉の水準へ至ったのである。いま「確かな岩壁落葉のときは落葉のなか」を例にとれば、岩壁を確かなと言い、「落葉のときは落葉のなか」とおおづかみな把握をするような、俳句的知恵から見れば粗暴に見える大胆さにおいて、彼は俳句的慣習を鋭く截ち切ったのである。実際、この句は、いわゆる写生の細緻さなどからはほど遠い。もっとも私は、佐藤のようにはこの句に感動はしない。この句の価値は、その句法の展開のさきに「暗闇の下山くちびるをぶ厚くし」などがやがて出現することにある。

さて、その暗闇の句だが、句集『少年』では「福島にて」と題された章の末尾に置かれている。この句を残して福島を去った金子は、神戸に居住し、やがて〈社会性俳句〉の旗手として人々に注視されることになる。

3

暗闇の句について、次のような鑑賞がある。

> 兜太の俳句の根は、つねに実である。もっとはっきり言えば体験——精神の真情の証人である。この一句にみえる抽象の根は、はっきりと実の根に連なっている。下山——暗闇のなか。運んでゆく自らの身体《からだ》——肉体、その肉体というものの確実な知覚、体感の具体的表現——くちびるをぶ厚くし。

これは、『鑑賞現代俳句全集』第十一巻（昭和56年）における阿部完市の鑑賞だ。阿部の言うように、たしかにこの句は、肉体的身体的な存在としての人間の実感を生き生きと伝えてくれる。だが、この句の魅力は、その実感というところにあるのだろうか。私には、そうではないと思われる。

金子自身は、〈短さの魅力〉という観点からこの自作にふれたことがある（『俳句——短詩形の今日と創造』昭和47年）。

> 詩人安東次男が、一つの詩編は、一つの言葉を刻印するためにある、と言い、読む人に一語を記憶させることができれば、その詩は十分であると言うときの、その言い方に、妙な実感がある。その実感は、私の場合でも、自作の、

暗闇の下山くちびるをぶ厚くし

のような若き日の野性の作――その短い切断――にひどくひかれるところに感じられる。「くちびるをぶ厚くし」などという言葉は、思いだすほどに感あらたである。

私という一読者にとって、暗闇の句の魅力は、「くちびるをぶ厚くし」という言い方によって直截に人間の存在を抉りとっているところにある。その点で、金子の「短い切断」ということばに共感できる。もちろん、その下句は、「暗闇の下山」という上句と相補的であり、その相補的な関係のなかで、ぶ厚いくちびるはいよいよ鮮明にクローズアップする。そして、そのくちびるは、暗欝な時代を生きる人間の情念や意志そのもののように見えはじめる。どろどろとして暗いが、しかし前向きの情念や意志である。私は、この句や、さきにあげた鈴木の「暗闇の眼玉濡さず泳ぐなり」、高柳の「明日は／胸に咲く／血の華の／よひどれし／蕾かな」を、ときどき声に出して唱える。その暗誦するときは、くじけそうになったり困難にぶつかったりしたときが多いが、これらの句は、いつのまにか私の気力を回復させてくれるのである。

暗闇の句は、結局、「くちびるをぶ厚くし」という言い方〈表現〉の新鮮さに、その魅力の源がある。新鮮な表現が、阿部の言う〈実〉とか〈体感〉をも作り出しているのだ。そういうことは、たとえば次のような句においても同様である。

彎曲し火傷し爆心地のマラソン　　金子兜太句集
華麗な墓原女陰あらわに村眠り　　金子兜太句集
果樹園がシャツ一枚の俺の孤島　　〃
どれも口美し晩夏のジャズ一団　　蜿蜿
人体冷えて東北白い花盛り　　〃
暗黒や関東平野に火事一つ　　暗緑地誌

たとえば第一句目、爆心地にもマラソンにもかかる「彎曲し火傷し」という表現は、状景と作者の心情を同時に捉えて新鮮だ。そのような新鮮な表現を成立させる創作主体を、かつて金子は〈創る自分〉と呼んだ。

　コップを一つの刺戟剤として、これを契機に自分のなかにある意識を眼醒めさせ、想像力を羽ばたかせて、それらの完全表現をやろうとする創り方がある。この場合、コップは全然描かれないこともあるし、そのまま描かれることもあろう。そんなことはどうでもよくなる。また自分のなかに生れ、掘り出される意識の襞や想像の内容も、別にコップと関係なくてもよい。それは全く自由だ――このようにコップを契機に自分を発掘し、表現をやるものを『創る自分』と呼ぶことにしたい。創る自分によって、コップと自分の関係は間接的になる。

右は「俳句」（昭和32年2月・3月）に発表された「俳句の造型について」の一節である。この評論の内容は、やがて「造型俳句六章」（昭和36年）に結実する。ところが、その「造型俳句六章」では〈創る自分〉は消えている。

〈創る自分〉は、「絶えず対象的に作者を活動させ」、そして「意識に確かめさせ、それを発掘して、生成し、また変貌させ」るものである。この〈創る自分〉の働き以外には、「つねに新鮮に現実を失わない方法」はない。——「俳句の造型について」では、〈創る自分〉は以上のようなものとして把握されていた。つまり〈創る自分〉とは、表現において自分を未知へと開くものである。簡単に言えば、それは意図的な表現の方法そのものであった。

　ところが、その〈創る自分〉は、〈社会性俳句〉から〈前衛俳句〉へと俳句の動向をリードした金子の〈造型俳句論〉からは、いつのまにか消えていたのだ。いくらか先走って言えば、〈創る自分〉が消えたとき、金子のうちに〈自然〉が出現したと言えるだろう。〈自然〉は、評論「自然のもの」（「俳句」昭和39年1月）などに顔を出し、〈前衛俳句〉の興奮が俳壇から去った昭和四十年代になると、金子の最大の関心事になる。『流れゆくものの俳諧』（昭和54年）から、その〈自然〉にふれたくだりを抜き出しておこう。現在の金子の位置を、この文章は示している。

　俳諧（俳句—坪内）にはいろいろな工夫がふくまれています。そのなかで、私が現在、俳諧の最高の姿と考えているものは、「自然」ということです。自然というのは、「しぜん」と読むと、天然の自然と紛らわしくなるので、仏教の読みにしたがって、「じねん」と読みたい。つまり、こころの状態としての自然。気持ちをあるがままにしている、自在にしている状態、そのままの状態、——そういう状態を、私は、〈自然《じねん》〉と呼んでいます。

　この自然の状態に自分があったときは、なんでも相手に伝わるとおもうのです。ことばを口に出さなくとも伝わる、黙って立ったままでいても伝わる。たとえば、修業に修業を重ね、まったく身心解脱して、体のなかまですーっとしているようなお坊さんなどに会いますと、会っただけで何かが伝わってきます。その僧にたいする絶対の信頼感が生まれてきます。なにもくだくだつけ加えることもない、なにも動かすこともない、そのような状態が、私は俳諧の最高の状態だとおもいます。

　この章の冒頭に引用した阿部完市の鑑賞は、右のような金子の〈自然〉志向に寄り添ってなされていたのだ。私見だが、金子が〈自然〉を口にしはじめたとき、彼のうちの〈戦後俳句〉は終ったのではないだろうか。

4

　金子が、その存在をはっきりと俳壇の人々に印象づけたのは、「風」（昭和29年11月）のアンケートが話題になってからだと言ってよいだろう。「俳句と社会性」についてのそのアンケートの答は、ⅠからⅣまであり、ⅠからⅢまでは自分の主張、Ⅳはその主張にもとずいて社会性をめぐる諸家の意見を批判したものである。

　社会性は作者の態度の問題である。創作において作者は絶えず自分の生き方に対決しているが、この対決の仕方が作者の態度を決定する。社会性があるという場合、自分を社会的関連のなかで考え、解決しようとする「社会的な姿勢」が意識的にとられている態度を指している。

　右に引用したIの、ことに冒頭の一文が俳壇の話題になったのだが、今は当時の社会性論議にはふれない。ここで確認しておきたいのは、金子の言う「自分を社会的関連のなかで考え、解決しようとする『社会的な姿勢』」が、〈戦後俳句〉を担った人々にとってはごくあたりまえの姿勢だったということだ。彼らは自己を時代や社会から切り離して考えることはできなかった。自己の感受性やことばに時代や社会がからまっていることに、彼らはなによりも自覚的であった。たとえば、俳句を〈敗北の詩〉と認識した高柳重信は、人間の内面に浸透し、内面を食いあらす時代や社会の大きな力に対して、必敗を覚悟して対峙しようとした。それが彼の「反社会的な高踏的な立場」（「敗北の詩」、「太陽系」昭和22年7月）であった。佐藤鬼房が昭和二十年代の金子や自分について語った次の文章でも、社会と自己を同時に捉えようとしていた彼らの姿勢はあきらかだ。

　文壇の戦後新人とよばれた誰彼に、私たちは大きくかかわったようである。私などは野間宏あたりということになろうけれども、ともあれ、これら少数の作家は、その根底に左翼的論理をもちながら、暗い苦悩の業を書き綴ったのである。社会的であると同時に、たえず自らの魂と対決していたのであり、それ以上に、社会的であろうとすればするほど、社会のもつ本質的な冷酷無惨・複雑怪奇なものと自我の対決が要求されるのだ、と言えるであろう。　（「断想・金子兜太」、「俳句」昭和43年10月）

〈戦後俳句〉の水準へ、鈴木や高柳たちよりも遅れて登場し

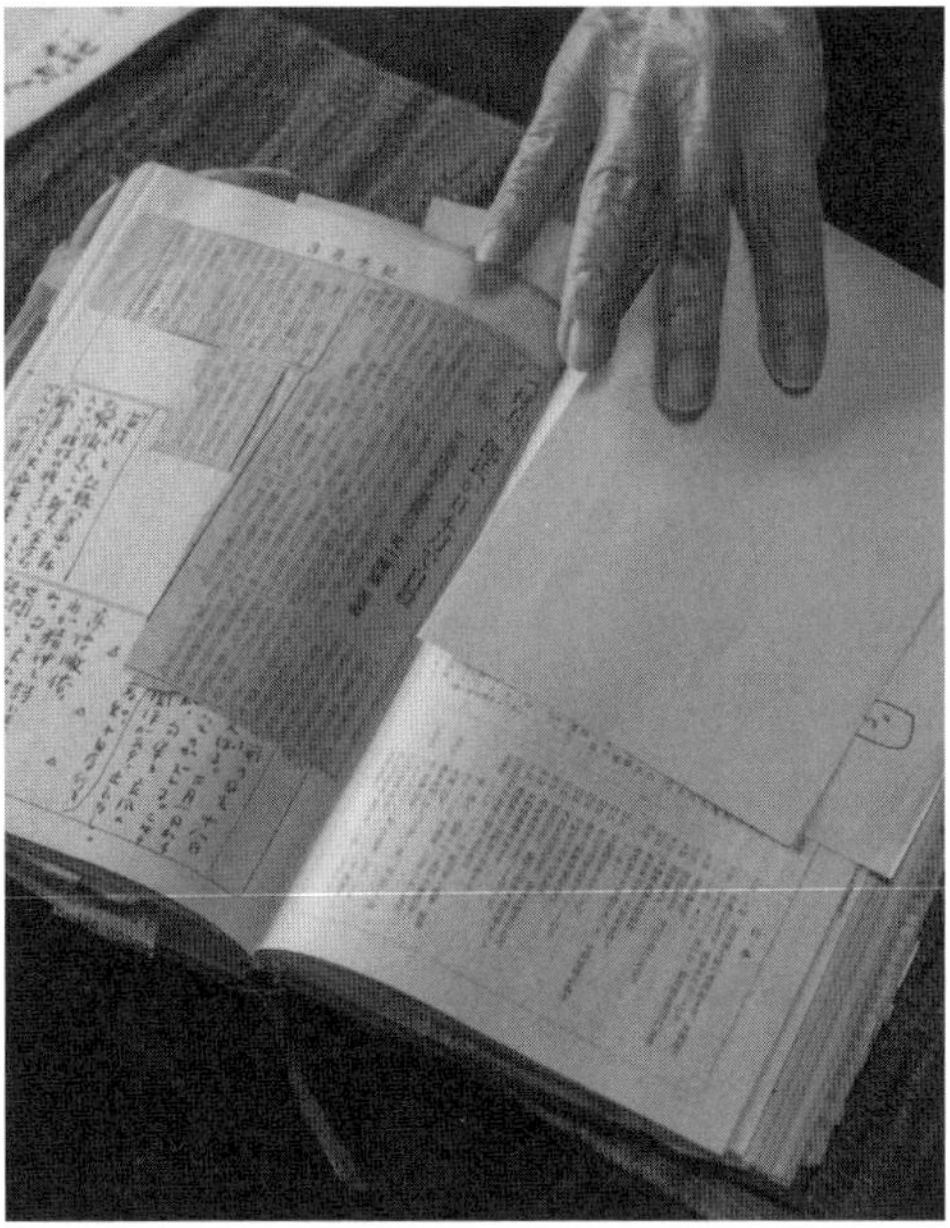

兜太の日記帳。撮影＝黒田勝雄

た金子は、同世代の誰よりも明確に、社会と自己を同時に捉えようとした。〈六〇年安保〉をめぐって人々の社会意識が高揚していた風潮下で、その彼の試みはきわめて同時代的だったのである。

　金子は、社会と自己を〈主体〉において同時的に把握した。「造型俳句六章」によると、〈主体〉とは「社会的要素が存在状態を規定するほど拡大した段階の人間の内面」である。その〈主体〉の表現こそが〈造型〉であった。

> 〈社会性は態度の問題である〉——と書いたとき、社会性を社会的素材への関心というかたちで表面化する素材的リアリズムの思考に、ぼくはまっこうから反対していた。社会性はそうした作者の外部関心の問題ではなく作者の内部状況にたいする関心の問題である、ということであった。したがって、これによって、社会に対置する「個」というかたちで、人間の内部を「個我」意識の状態においてしか捉えられない思考に反駁してもいた。内部における個我意識と社会意識の複合——その葛藤——こそが、まぎれもなく〈現状況〉であり、その状況を主題とするところに「現代」俳句の根拠を見出したのである。

〈主体〉における個我意識と社会意識の葛藤、そこに俳句が根ざしているという右の『短詩型文学論』（昭和38年）の説明は、今の私にも異論はない。しかし、〈主体〉という場で表現を成立させるためには、〈主体〉をも対象化する、そういう操作が必要である。そういう操作を経ないことには、表現は「社会的要素が存在状態を規定するほど拡大した段階の人間の内面」をいたずらになぞることになる。そういう表現は、いわゆる糞リアリズムか風俗描写にとどまるだろう。

　おそらく〈創る自分〉は、〈主体〉を対象化する操作＝方法として追求されるべきものであった。だが、金子における〈創る自分〉は、対象（たとえばコップ）と作者の直接結合を遮断する、そういう「客観化の操作」（「俳句の造型について」）にとどまったのである。

　このたび『短詩型文学論』を再読して気付いたのだが、金子は、そこに「それにしても随分長い間、ぼくは方法論に頭を突っ込んでいたものだと思う。この気持はやや苦い」と書いている。「風」のアンケート以来、もっぱら方法論にかかわってきたと彼は自覚しているのだ。

　文学における方法とは、新しいことばを獲得すること、つまり、その新しいことばに出現する人間に出会うことである。とすると、方法を追求することのみが文学的な行為なのだと言い切ってもよい。方法論へのかかわりを〈苦い〉と思うようになったとき、金子は〈戦後俳句〉から離れようとしていたのである。

（「俳句研究」一九八二年六月号）

兜は野人の戴冠

江里昭彦
Esato Akihiko

金子兜太と高柳重信とは、ともに戦後俳句の旗手であり、この世界がもったずばぬけて大きな渦としておりおりの俳壇の動向に強い影響を及ぼしてきた。しかしながら、両者は異なるタイプの表現者であって、彼らが連携して事にあたるよりも、対立し反目する動きのほうがとかく目についた、というのが私の偽らざる感想である。実際のところ、ふたりに共通するのは、「ホトトギス」によって形成された俳句の通念に抗う頑強にして執拗な姿勢だけであり、俳句観において、重なりあう部分はほとんどないと言ってよい。

比喩をつかったほうが判りやすかろう。高柳重信という高峰は、麓から山頂までほぼ絶壁のようにしてそそりたつ一大奇観である（群馬の妙義山か、中国の桂林の風景を想像してもらいたい）。そういう形状が可能であるのは、この峰が硬く緊った岩のみでできているからである。寡作であった重信は一句ごとに、ことばを吟味し、彫琢し、堅牢な言語の構築物をたちあげようとした。彼の作品に凡作・駄作はあまり見かけない。

対するに、金子兜太という高山は、「裾野が広ければ頂上もおのずと高くなる」という原理でできあがっている。したがって、彼は多作であり、一句の完成度にこだわるより、噴煙のように、また熔岩のように、俳句をおびただしく放出する勢いを内蔵する活火山として君臨しつづけてきた。岩と瓦礫と土砂が積み重なってできあがった山容——それが兜太である。

筑摩書房版『金子兜太集』の第一巻（全句集）の月報に、「金子兜太の句集には、極上のダイヤから路傍の石ころまで混在している」と夏石番矢が書いているが、まさに至言である。私流に言いなおすなら、ごく少量のダイヤと、目をおおいたくなるほど多量の石ころの混在、となろうか。しかしここで肝要なのは、兜太が、ごく少量のダイヤを産出するのに多量の土砂・瓦礫を必要とするタイプの創作者であるという実態を理解することだ。高柳重信の美学でライヴァルを雑駁な俗物として裁断するのはたやすいことだが、兜太のようなタイプにしかできない俳句への貢献もまた、たしかにあるのである。そこをきちんと評価しておきたい。「戦後文学をその鞍部で越えるな」の戒めにならって、兜太をその鞍部で越えたとしても何の益にもならない、と釘をさしておこう。

＊

不撓不屈の活火山として地熱と地鳴りとを俳壇に与えつづけてきた金子兜太であるが、社会性俳句・前衛俳句運動の驍将として活躍した時期と、「衆の詩」の理念をうちだして風土性を重視してから以降の時期とでは、別人がつくる俳句のようであり、読者の兜太像に分裂ないし混乱が生じるのはやむをえない（かかる転変と屈折――変質と転向と言おうか――を詳細にたどろうとすれば、一冊の本ができあがってしまう）。それだけに、私は、兜太の原点または初心を確認しておくことが大事だと思う。それは、以下の作品にみられる〈自己肯定力〉である。

強く生きたし電車朝日に埋れ去る
舌は帆柱のけぞる吾子と夕陽をゆく
子の為に地のてんと虫斑整う
妻にも未来雪を吸いとる水母の海

それまでの俳句を覆っていたもの、つまり境涯詠における哀訴や自己憐憫、風景詠に託した諦念や観照性などが、ここにはない。代わりに、与えられた環境のなかで前向きに生きようとする力強さが湧きあがっている。この〈自己肯定力〉が基底に据わっておればこそ、後年、社会の諸現象にも旺盛な関心をむけることが可能となったのだろう。なんとなら、社会もまた「与えられた環境」のひとつであるからだ。

刑務所にひそかな歌声鷹高し
橋上の乞食等唾おとす雪解河
街娼に橋煌煌と造られる
人刺さぬ短刀落ちていて霧のぼく等
デモ暗く揉み合うミルクを地に散らし
さんさんと人を転がし消毒する
霧のなか動かぬ眼玉やがて破裂
秋暮いまも街ゆく荒淫の民ら

これらを露悪趣味の産物とみなすのは誤りだろう。人体が腋のしたや股間をもつのと同様、社会も異様な臭いをはなつ腋のしたや股間のような領分を有している。そこから漂う臭いは、むろん芳香とは言えないが、悪臭として斥けるにはあまりになまなましいエネルギーの訴えがこもっている。兜太の旺盛な関心が、それを感知したのである。ほれぼれとするような（とあえて言っておこう）荒々しさであり、猥雑さである。

＊

兜太の資質が、その出立の初期において、はやくも既成の俳句美学に抗うものであることは、先に指摘しておいた。

「衆の詩」なる理念のもと、風土性への傾斜がきわだつようになった中年後期においても、ちまちました小市民的な美意識にゆさぶりをかける闘争心は衰えない。彼がめざすのは、大地のいぶきを感じさせる風土性、どこかに人間の生活臭がこすりつけられた風土性である。

木曾のなあ木曾の炭馬並び糞る
曼珠沙華どれも腹出し秩父の子

第一句集『少年』においてくっきりと刻まれたこの志向は、以後も

霧の村石を投うらば父母散らん
人体冷えて東北白い花盛り
山峡に沢蟹の華微かなり
冬の日だ山合に光の四肢が
山のどこかで鷹に会いたるや真男

と貫流していく。その持続の意志は尊重したいが、あえて注文をつけるなら、既成の美学を改造せねばならないという気負いは、また別の意味の不自由を招来しないかと私は懸念を覚える。主唱者である兜太自身は自在かつ闊達にふるまえても、師事する側は示された理念にしらずしらず縛られていることもありうる。土着性の表出をこころざし、生命感の横溢する口調をよしとするいわゆる「海程調」が、外部の眼にはどのように映じるかの検証もときには必要ではあるまいか。「海程」につどう者はその色にそまるが、主張の影響力が結社をこえて浸透していかないというのでは、やはりどこかに無理があると考えざるをえない。

＊

本人の自負と熱意にもかかわらず、兜太による風土性の形象は、飯田龍太・福田甲子雄・佐藤鬼房ほどには成功していない。既成の俳句美学に挑戦して彼がおおきな成果をあげたのは、身体表現によるエロティシズムの領域においてだろう。兜太は、なにを、どう変えたのか。作品を例示しよう。

まら振り洗う裸海上労働済む
髪に陰に塵つけ晩夏の運河の子
新聞配りの階ゆく跫音妻撫す時
なぐる蹴る濃霧のなかの俺の羞恥
ぎらりおちて羽ばたく冬枯れの精液
谷に鯉もみ合う夜の歓喜かな
火山一つわれの性器も底鳴りて
大紅梅人間二人肉重さね
高校生青芝にたたかいの唾を
北風をゆけばなけなしの髪ぼうぼうす

こうした句をよんで、大方の読者は、ここには美しさがないと感じるだろう。そういう印象をもつのもやむをえない。兜太以前の俳句が（おずおずとではあれ）言及していたのが、もっぱら〈ヌード〉のエロティシズムであったのに、彼がとりあげたのは〈ネイキッド〉のエロティシズムであるからだ。

　キーワードがでてきたので、説明を加えておこう。〈ヌード〉は、たんに裸を意味するのではない。そこには審美的ニュアンスが芳香のごとく漂っている。つまり、その裸体は、均整がとれているとか、色白だとか、豊満であるといった、美的見地からするプラス価値が付与されている。現実にはそのように〈美しい〉裸体は滅多にないから、〈ヌード〉が担うのは理想化された肉体美ということになる。ルネサンス以降の西洋絵画が好んで登場させたのは〈ヌード〉であり、〈ヌード〉以外ではない。

　これに対し、〈ネイキッド〉は、審美的ニュアンスをまったく削ぎ落とした「ただの裸」である。こちらの方が人間の実態に合っている。こころみに自分の裸体を鏡に映してみるがいい。われわれのからだはなにか欠点をもっている。つまり、肥満、短足、痩せ、のっぽ、猫背、毛深さなどのみっともなさをもっている。皮膚には痣、皺、くすみがあちこちにみつかるだろう。このように現実の人間の身体は、西洋絵画が理想化した〈ヌード〉からほど遠く、ぶざまで猥雑なさまざまな実態を示しているのだ。

　そういう〈ネイキッド〉を表現しても美的効果はえられない。読者の嗜好にあうとも思えない。しかし、それが人間の真実である以上、文芸にとりあげる価値と意義はある。こう考えて〈ネイキッド〉を直視したのが金子兜太だったのである。官能にひたる審美意識から、果敢なリアリズムへの転換――。身体表現によるエロティシズムの領域での兜太の貢献は、なにかを付加したという次元の問題ではない、彼はまったく「新しい精神」として登場したのである。こういう画期的事件は、俳句史にそうそうあるものではない。

　先に私は、風土表現における「海程調」の固定化に苦言を呈したが、身体表現ではそうした追随現象があまりみられない。「精神」とはそれほど継承しにくいものなのだろう。

身体のゲリラ

金子兜太の句業

夏石番矢
Natsuishi Banya

一　奇怪な巨岩

金子兜太という俳人は、私にとって、近くて遠い俳人だ。いや、遠くて近い俳人と言ってもいいかもしれない。中学時代にこの俳人の名を知り、その作品がいくつも私の愛唱句になっているにもかかわらず、その全体像をとらえようとすると、するりと逃げてしまう。と言うよりは、私の小さな手には収まりきらない巨大さや幅広さ、あるいは奇怪さが、金子兜太の最大の特徴である。

　金子兜太を何にたとえればいいだろうか。これも難問だ。考えあぐんだすえ、数年前、ヨーロッパの最果てで見た岩を思い出し、この岩が、金子兜太に一番似ているとの結論に達した。

　フランス北西部のブルターニュ地方、ここには古代ローマ以前のケルト文化が色濃く残っている。私はこの地にひかれて何度も訪れた。なかでも、大西洋に突き出しているヴァン岬は、忘れられない場所の一つ。花崗岩でできた岬と荒波が、一年中格闘している。高い台地をなしているヴァン岬の突端付近に、面白い巨岩があった。波打ち際から少し急斜面を登ったところの、ある角度から見ると巨人のかたちに見え、別の角度から見ると蛙のような格好をした、ひびだらけででこぼこの巨岩である。この岩は、はじめて見たにもかかわらず、どこかなつかしく、強風の小道にたたずんで、しばらく眺めていた。裏には荒波の大西洋、こちら側はヒースとハリエニシダが岩間に茂る荒地。空には入道雲。

　そう言えば、金子兜太も本州最南端の鹿児島と最北端の下北半島で、

　溶岩《らば》につづく緑野莫大なこの阻害　　『金子兜太句集』、一九六一年

　最果ての赤鼻の赤魔羅の岩群《いわむれ》　　『蜿蜿』、一九六八年

と、奇怪な光景を、これまた奇怪な俳句に詠んでいるではないか。

　このような奇怪な巨岩、どこか日本離れした巨岩としての

金子兜太を、ここでは、ある切り口から、読み解いてみることにしよう。

二　砦としての身体

金子兜太の句業全体が、大西洋沿岸の巨岩によく似ているとしても、そこには生身の人間が作った痕跡がはっきりと残されている。たとえば、自己のものも含めた人間の身体を、一句の中核とする俳句が、その初期から現在にいたるまで一貫して、姿を頻繁に現わしているのに気付くのは、決して困難なことではない。

機銃音寒天にわが口中に　『少年』、一九五五年

この第一句集の冒頭近くに登場する俳句で注目しておきたいのは、「わが口中」という表現が、けっして自己の肉体の喜びにつながっていないことである。第二次世界大戦中の閉塞感そのものを受けとめる、敏感な受信装置となっているのである。

蟻つぶす狂者不満の顔うつむけ　『少年』
かんな燃え赤裸狂人斑点《しみ》あまた　〃
噴水涸れ学生の顔頑なに　〃
吾が顔の憎しや蝌蚪の水にかがみ　〃

同じく句集『少年』に収められたこれらの俳句の、「狂者」や「狂人」は、傍観すべき赤の他人としては描かれていない。むしろ戦時下の社会に同化できない、あぶれ者や疎外された者としての自己の暗喩として読むことができるだろう。「蟻つぶす」という子供じみた行為しかできない「狂者」は、「不満」の塊である金子兜太の自己そのものの姿であると言っても過言ではないだろう。その「顔」が「うつむ」いている。あるいは、あかはだかになった「狂人」は、顔のみならず、からだ全体が醜い「斑点《しみ》」におおわれている。なぜこれらの俳句で、身体の負の要素が強調されているのだろうか。また別の俳句に表わされた「学生の顔」や「吾が顔」への嫌悪感は、思春期や青年期にありがちな心理にとどまらず、それ以上の自己嫌悪を物語っているだろう。

私がここで確認しようとしているのは、戦時下の鬱屈や憤懣を、金子兜太が初期作品で表現したことではない。それは同世代の文学者とくらべてみても、それほど珍しいことがらではない。むしろ、とても自然な表現行為である。金子兜太が戦時下の鬱屈や憤懣を、身体描写に託して表現したことが、金子兜太という特異な俳人の、表現方法の根幹を形成してゆく重要な契機となったことを押さえておきたいのである。

それは、次に引用する『少年』の「後記」にある「感受性

の化物」とは何かを理解することにもつながる。

僕の青春時代はいわゆる戦時下の青春という奇妙に印象的なものであったが、多くの友人達が暗黒の支配に抗して、或いは捕えられ、或いは自殺し、また一方では無概念な民族的情熱に馳られて熱狂していたなかで、僕は茫然たる不快と反撥以上には何もなく、一種の感受性の化物として、その日その日を流していたわけだった。

　左翼であろうと右翼であろうと、既成観念を信じずに、「感受性の化物」となることは、決して金子兜太にとって愉快な行為ではなかったはずだ。けれども、既成の先入観なしに、自己を含めた人間を、その身体のありさまから、自分の感性を駆使してとらえてゆくことは、転変激しい時代の変化を超越した俳句表現方法を、金子兜太にもたらしたのかもしれない。これは少し急ぎすぎた推論だ。いまはさらに初期作品を見つめておこう。

霧の夜のわが身に近く馬歩む　『少年』
残る身に飛雪のバスの揺れ激し　〃
青栗が落ちているなり親指《おゆび》冷ゆ　〃
曼珠沙華どれも腹出し秩父の子　〃
農夫の胸曇天の肉をつみ重ね　〃
首細き子がみる旱の貨車の群　〃
過去はなし秋の砂中に蹠《あうら》埋め　〃
靴に充つる冬の足指ひとりの兵　〃

たとえば、画家にとっては基礎的なデッサンのような俳句と言えるかもしれないが、これらの俳句は、即物表現にありがちな冷たさを逃れたところで生み出されている。フランスから戦後の日本に移入され、流行した実存主義的手法を、すでに戦時下の金子兜太が直観的につかみとっていたとも考えられる。それはともかく、人間を安易に美化せず、その基本とも言うべき身体の様相から本質に迫ろうとする金子兜太の俳句方法が、すでに初期作品に芽生えている。とくに初期の名句の一つである「曼珠沙華」一句は、戦時下の貧しい農村の子供たちを活写している。粗末な衣服を無頓着に着て、ズボンとシャツのあいだから「腹」を見せている幼児らは、その「腹」において、庶民的生活のありさま全体をあらわに示している。もう一方で、素朴な善良さが、かれらの精神のベースであることも暗示している。

　金子兜太にとって、人間を身体の様相から、感性でとらえることは、観念や思想からの退却を意味したが、砦にこもるように、身体描写に徹底すると、そこからの前進が見込まれないとしても、これ以上の退却を避けることにつながった。

　いや、敗戦以前の初期作品のころは、「過去はなし」の句が語るように、過去を捨て、かと言って明るい未来もない、現在ただいまの確認が、身体描写によってなしとげられ、金子兜太という人間を、俳句につなぎとめていたというほうが、正確だろう。

三　陽転する身体

金子兜太がもしも、南太平洋のトラック島ではなく、旧満州などの寒い地域に派兵されていたなら、その戦後の句作は、かなり違ったものになっていただろう。あるいは句作を断念したかもしれない。金子兜太が、トラック島で、裸に近い服装で生活している人々と接触があったことが、戦後の金子兜太の句作を、よりいっそう陽気でエネルギッシュなものにしたと、私は推測している。

自己が退却しないですむ砦としての身体描写において、トラック島民を、たとえ「土人」という今日では差別用語とされる単語で言い表わしたとしても、当時の社会的価値観の色眼鏡で見ないようしむけた。

土人の足みな扁平に蟹紅し　『少年』
マンゴーの杜四肢長き土人の子　〃
暁の色しみいる黒き肌の群　『生長』、一九七五年

裸であることは、未開ではない。むしろ文明の束縛からの開放を意味する。素朴な生活は、それぞれの瞬間に原初的な重みを与える。

誕生日飯食い始む星座の前　『少年』
暁のスコール飯食う膝に飛沫きつつ　『生長』

このトラック島での食事風景を詠んだ二句も、外界と遮断されがちな文明生活では味わえない、原始的で動物的とさえ言える快感をうたっている。

あまりに材料が少ないので、断定はできないが、既成の観念や思想から遠ざかった金子兜太は、日本を遠く離れた南洋の島で、別の価値観を知った。別の生活を知った。別の身体を知った。このことが、虚飾を去った奔放な南方的生き方への志向を強めたのではないか。

舌は帆柱のけぞる吾子と夕陽をゆく　『少年』

これは戦後日本での一句だが、トラック島民の生活のワンシーンと言っても十分通用するにちがいない。陽気で南方的な生き方を、金子兜太は戦後日本で追い求めようとしたようにさえ思われる。

縄とびの純潔の額《ぬか》を組織すべし　『少年』
暗闇の下山くちびるをぶ厚くし　〃
夜の果汁喉で吸う日本列島若し　〃
まら振り洗う裸海上労働済む　〃
髪に陰《ほと》に塵《ごみ》つけ晩夏の運河の子　〃
漁場の友と頭ぶつけて霧夜酔う　〃
子はゴムの樹が好き父は鼻毛むしり　〃

これら一九五〇年代の作品には、南方的な陽気さが満ち溢れている。戦後日本の解放感と金子兜太の直前の記憶である南洋生活が、人間の身体を表現する俳句のなかで、すんなりと快活に結び付いたのである。さらには、戦後、妻を得て子を得た家庭生活の活気も、加わっている。

四　躍動する身体

さらに金子兜太の身体表現は、一九五〇年代から六〇年代はじめへと続く。いわゆる前衛俳句の時期の、最も実験的な書き方を模索していた時期の俳句に、人間の身体が、陰陽のアクセントを付けられ、浮き彫りにされて登場しているのである。このことは、金子兜太にとって、俳句の新しい作り方という方法と、詠まれる対象としての身体が、両方とも同時に必要不可欠であったことを意味している。

車窓より拳現われ旱魃田　『金子兜太句集』、一九六一年
どどと裸かの学生熱して寒夜をとぶ　〃
軽快に黄色い朝の尿を残す　〃
手が長くだるし赤茶けた製鋼煙　〃
摩羅おどらせる君等は駈ける朝の干潟　〃
華麗な墓原女陰あらわに村眠り　〃
白い漁港に生生と垂るぼく等の四肢　〃
男根も魚も汚れて使徒の子孫　〃
顔にちらばる豹斑の陽に揉まれる刻《とき》　〃
海にでて眠る書物とかがやく指　〃

強い怒りを表わす「拳」。青年の放埒を示す「裸」。健康のしるしの「黄色い尿」。疲労のあまりに「長く」なったと感じられる「手」。必ずしも陽気さの指標ではない身体だが、その躍動のさなかで、荒々しく生き生きととらえられている。「華麗な墓原」は、長崎で詠まれた一句。それほど豊かな暮らしを営んでいるわけではない集落で、立派な石材で作られたうえ、墓石は金文字を彫り込まれている。墓地では、それら「華麗な」墓碑が林立している。もう一方の生者が暮らす家々では、女性器をためらいなく露出して住人たちが眠り込んでいる。金子兜太は、こういう現実を大胆に赤裸々に表現した。奇麗事の自然詠では決してとらえられない現実把握が、

「女陰」という性器を核になしとげられた。私は「女陰」と「墓」の類似が、この俳句を単なる珍奇さから救っていると考える。生者にとっての、この世への入口である「女陰」。死者にとっての、あの世への入口である「墓」。沖縄の亀甲墓は、まさしく女性器をかたどっている。

コルシカ島で、ちょっとした家ぐらいの大きさの、美しい墓を見たことも、この句から連想される。

これらの俳句のうち、とりわけ最後の「海にでて」は、過不足のない、均整のとれた名句。実際に金子兜太は読書家であるが、戦時下以来、知識のもろさを熟知している。海上の船で、潮風に吹かれ、陽光に照らされて、それ自身の輝きを放つ「指」は、金子兜太の身体中心の俳句表現の象徴でもあろうか。

次の一九六〇年代の俳句では、どうだろうか。前衛俳句の闘将と呼ばれていた時期の作品である。

打音のビル耳にみどりの昆虫いて　『蜿蜿』、一九六八年
どれも口美し晩夏のジャズ一団　〃
沼が随所に髭を剃らねば眼が冴えて　〃
屋上バレーの手挙がる超高空の空　〃
手を挙げ会う雲美しき津軽の友　〃
乳房掠める北から流れてきた鰯　〃
蝌蚪つまむ指頭の力愛に似て　〃
赤い街脇毛も赤く裸の葬　〃
鴉に襲われ馬喰《ばくろう》青年の細目　〃
月夜の仲間なまこのかたちの足で逃げる　〃
人体冷えて東北白い花盛り　〃

あるときは「髭を剃らねば眼が冴え」る生臭さを表わす人体、あるときは「手を挙げ」て快活な人体、またあるときは「鴉に襲われ」「細目」になる緊張を示す人体。どれも、さまざまな人体の様相を、くっきりととらえた俳句作品である。「耳にみどりの昆虫」を感じる金子兜太の感受性には、特異な繊細さが見られる。これらのなかで、傑出しているのは、「どれも口美し」の俳句と「人体冷えて」の一句である。

前者の「ジャズ一団」は、「口」をクローズアップされ、若々しい生動が強調されている。後者の東北地方の「人体」は、その全体が寒冷な風土という環境に包み込まれて把握されている。

ここでとくに注目したいのは、後者。これまでにない要素が出現しているからである。東北地方という必ずしも恵まれていない地方で生き抜く人々の来歴を、「人体」によって暗示している。ここに、中年期に入って獲得した金子兜太のやや苦い認識が見られるだろう。みちのくの人々が抱く運命愛を一句にとらえることによって、金子兜太が自らの人生への運命愛を表出しているのではないだろうか。青年期・壮年期

という人生の前半期から、中年期という後半期への移行を告げる一句ではないだろうか。これ以後の金子兜太の句作において、人体表現は、実際のところ、かなり変貌してゆくのである。

五　動物という身体

後半生の人体表現へと目を移すまえに、別の角度から、金子兜太の句業を眺めておきたい。それは、動物を詠んだ俳句である。金子兜太に特徴的なのは、人体俳句と並んで、動物俳句が多いことである。まずは初期作品を押さえておこう。

花粉まみれの蜜蜂とび交いひもじけれ　『少年』
蛾のまなこ赤光なれば海を恋う　〃
緑陰に星のごとくに蝶いたり　〃
なめくじり寂光を負い鶏のそば　〃
愛欲るや黄の朝焼に犬佇てり　〃
牛憂う九月の河へ尻を向け　〃

これらは、トラック島への出征以前の作品である。のちの俳句のような激しさは見られないが、戦時下の人間よりずっと自由な生物として、それぞれの動物が描かれている。自分も含めた人間たちが飢餓に苦しむとき、「花粉まみれ」の活発さを示す「蜜蜂」。自らの欲求を目に露出する「蛾」。小さななめくじでさえ、自分の存在感を「寂光」によって鮮明にうち出している。これらは、実のところ金子兜太の分身だろう。

南太平洋のトラック島での作、

犬は海を少年はマンゴーの森を見る　『少年』

は、犬と少年との同格の親愛を詠んでいる。自由で生き生きとした存在としての動物が、金子兜太の初期俳句のなかで成長しつつあるようだ。

帰国をへて、戦後日本での動物俳句には、次のようなものがある。

銀行員に早春の馬唾充つ歯　『少年』
コップかざす夕焼の馬来る空へ　〃
秋暑にてめんめんと牛が馬が躍る　〃
黒牛遊ばせ青年磧をめぐり歩く　〃
汚れ犬遠くに駈けて光る犬　〃
蛇黒く住みつく家の梅酒に酔う　『金子兜太句集』
青年鹿を愛せり嵐の斜面にて　〃
晴天の日の騒鬱な赤い馬　〃
放牧の痴情の牛と澄んだ南空《みなみ》　〃

わが湖《うみ》あり日蔭真暗な虎があり　〃

人間よりも、より正直により直接的な欲望や喜怒哀楽を表わす動物は、金子兜太の俳句表現の中軸である人体のすぐ横に位置している。作者金子兜太の肉体が若く健康であるあいだは、人体俳句が動物俳句をリードしていた。それにもかかわらず、「青年鹿を」の一句や「わが湖《うみ》あり」の一句のような秀作が生み出されている。

とりわけ、「わが湖《うみ》あり」は、映像が鮮明であり、暗示力の密度が高い。あまり人の踏み込まない密林の奥に広がる湖。きっと透明で静かなことだろう。そのかたわらに茂みがあり、その蔭に猛々しい虎が潜んでいる。これは想像力の産物である心象風景だが、金子兜太という人間の根幹に存在する、二つの対照的な志向が刷り込まれている。「湖《うみ》」に象徴される、清浄で静かなものへのあこがれ。そして、「虎」に象徴される、獰猛で奔放なものへのあこがれ。

金子兜太の動物俳句が人体俳句を圧倒する表現力を持ち始めるのは、四十代後半以降である。

風圧のわれよ木よ海に鱶の交《こう》　『蜿蜿』
白鳥来てホテル一室の灯を壊す　〃
涙なし蝶かんかんと触れ合いて　『暗緑地誌』、一九七二年
一飛鳥蒼天に入り壊《こわ》れたり　〃
犬一猫二われら三人被爆せず　〃
谷に鯉もみ合う夜の歓喜かな　〃

「涙なし」の句の、「蝶」による心象風景は、すぐれているが、まだ序の口の段階。「赤い犀――野卑について――」連作で、金子兜太の動物俳句は、新境地を展開する。そのいくつかを抜き出そう。

赤い犀鼻はもつとも赤からず　『暗緑地誌』
赤い犀草食ばかりで被害面《づら》　〃
秋の湖一とこ凹ませ赤い犀　〃
湖畔掘る赤い犀ときに銭《ぜに》の音　〃
赤い犀車に乗ればはみだす角　〃

これはたぶん、「赤い犀」に託した、具体的な人物風刺だろう。ある俳人を茶化した作とも言われている。この滑稽な「犀」の実際のモデルを知らなくても、十二分に楽しめる俳句である。「野卑」が副題に明示されているように、狡猾さ、それもどこか間の抜けた狡猾さが、「赤い犀」に託されている。同じ句集には、野性を体現した「白馬」の秀作も収められている。

山上の白馬暁闇の虚妄　『暗緑地誌』
山上の奔馬空の残影冴えるかな　〃

　中年期の動物俳句は、野性的エネルギーを秘めつつ、かげりを帯びていた。これは、中年期の金子兜太の心境の反映であろう。
　こののち、おおらかな説話や童話の主人公のように動物を詠んだ俳句も、金子兜太は書いている。

あおい熊チヤペルの朝は乱打乱打　『早春展墓』、一九七四年
あおい熊冷えた海には人の唄　〃
骨の鮭アイヌ三人水わたる　〃
骨の鮭鴉もダケカンバも骨だ　〃

　北海道という日本の最北端の風土の清新さや、アイヌのアニミズムに触発されての、動物俳句である。
　動物俳句は、ときには野性を、ときには純真さを、ときには童話性や説話性を示しながら、老年期の金子兜太から紡ぎ出されている。

高原晩夏肉体はこぶ蝮とおれ　『旅次抄録』、一九七七年
山蔭に野猫躍るよみな笑うよ　〃
梅咲いて庭中に青鮫が来ている　『遊牧集』、一九八一年
正夢の手長猿いるなにもいわぬ　〃
去つてしまつた猪どもの火の顔　〃
猪がきて空気を食べる春の峠　〃
犬の睾丸ぶらぶらとつやつやと金木犀　『皆之』、一九八六年
冬眠の蝮のほかは寝息なし　〃
樹下の犀疾走も衝突も御免だ　『両神』、一九九五年
おおかみに蛍が一つ付いていた　『東国抄』、二〇〇一年

　とくに最後の「おおかみ」一句は、猛々しさと典雅さが並存する名品であり、私たち読者の想像力を、野趣に富んだ説話の世界へと引き込んでくれる。

六　人体の諧謔

　四十代終わりからの金子兜太の俳句において、人体がどのように変貌してゆくかが、今回の論考で最後に残された作業である。まず指摘できるのは、その数がぐっと減ってきたことである。とは言え、人体は金子兜太の一生涯にわたる主要テーマであることに変わりはない。そのいくつかを引いてみよう。

二十のテレビにスタートダッシュの黒人ばかり
　　　　　　　　　　　　　　　　『暗緑地誌』
火山一つわれの性器も底鳴りて　　〃
暗《あん》みちて腸《はらわた》ふかく美童ひとつ　　『早春展墓』
峠二つ眼はうるみたり山の婆　　〃
ホテル出る白頭ひとつ霧の海　　『狡童』、一九七五年
肛門の毛まで描く老ピカソ東に月　　『遊牧集』
中秋や魔羅立ちかねて焦るなり　　『皆之』
沢蟹に白頭映す秩父かな　　〃
生生しく生生しくと禿げにけり　　『両神』
長生きの朧のなかの眼玉かな　　〃
臍に陽を当て目指す長寿や春日遅遅　　『東国抄』
禿頭に尿おとしけり嫁が君　　〃

このなかで、「二十のテレビ」一句は例外的であり、「黒人」の短距離走者の力みなぎるスピード感を表現している。また、「暗《あん》みちて」も異色作で、金子兜太は、自らの同性愛的志向を、妖美な俳句にこめている。

そのほかの人体俳句ではいずれも、老年の悲哀がユーモラスにうたわれている。みずからの男性器の衰えや白髪頭やはげ頭を、老いのあらわれと受けとめ、悲しみながらも受け入れ、その諦めからユーモアへと転換している。さらには、いっそうの「長寿」への意欲をも詠み込んでいる。

七　身体のゲリラ

このように金子兜太を見てきて、この俳人を、「身体のゲリラ」と呼んでみたくなった。

自分の多感な感受性を武器として、本来はそれほどの破壊力を持たない武器をここまで使い込み、また活用し、ときには奇怪さも帯びる、独自の幅広く変化に富んだ世界を、身体俳句や動物俳句を中心に築き上げてきたのは、実に稀有なことがらである。金子兜太の句業によって、それまで狭く貧血気味だった俳句というジャンルが、より開かれ、より活気に満ちた分野になったことは言うまでもないだろう。

身体のゲリラ、金子兜太が、これからも命のかぎり、俳句という原野で闘いつづけることを祈るのみである。

（「三田文学」二〇〇四年冬季号）

兜太三句

井口時男 Iguchi Tokio

好きな句について語るのはたのしいし、金子兜太にも好きな句は多い。だが、たのしみはあとに回してあえて裏口から入ってみる。

定型の恩寵はいつも呪縛に似ている。あるいは呪縛は恩寵に似ている。

五七五という定型がある。芭蕉は凡兆に「一世のうち秀逸三五あらん人は作者、十句に及ぶ人は名人也」と語ったというが、それなら俳句の世界は死屍累々たる駄句凡句の山だろう。実際それは、句集と称する書物を開きさえすれば一目瞭然のことだ。だが、定型の恩寵を信じ切っている限りにおいて、この死屍どもは一様にあられもない恍惚の表情を浮かべて死んでいる。この痴呆的な死に抗うことなしに現代の俳句作者たることはできまい。しかしそれは恩寵を失うことである。

たとえば私は現代の俳句作者たる金子兜太に感嘆を惜しまないが、兜太の累々たる死屍どもは、恍惚にいっさい与かることなく、まったく無様に死んでいる。しかし、この失寵の死によらなければ現代の作者である証が立たない。それが俳句という定型の世界のようだ。

――実はこれは四年ほど前に『中上健次集』全十巻（インスクリプト刊）の刊行開始に寄せたエッセイの書き出しである。だから本文は、「物語もまた定型である」とつづいて、中上健次の恩寵と失寵のドラマへと転じていく。俳句も金子兜太も置き去りだ。いってみればただのマクラ扱い、いきなり因縁をつけたまさっさと歩み去ったようなものだ。無礼きわまりない。この機会に少しだけ補足しておきたい。

その名に「兜」の一字を負った彼は、「前衛俳句」の驍将として、たった十七音で世界と闘い、敵を強引に捻じ伏せようとした。世界とはただの風景でなく、俳句作者の生をも拘束する歴史的かつ社会的な現実であり、敵とは現実との真っ向勝負を回避して自然詠に籠城する伝統俳句観だった。その野望達成のために言葉は暴力的に酷使され、傷つき歪んで異形の相を呈した。だが、十七音が相手取るには世界はあまりに巨大かつ複雑であり、敵城は難攻不落で補給路も四通八達して断ち難い。「前衛」の戦場は死屍累々である。だが、無念無惨の形相にもかかわらず、刀折れ矢尽きるまで戦って果てた者たちの死にざまは痛快だ。「万骨枯る」この戦場を吹き抜けるのは蕭条たる秋風でなく真夏の熱風なのだ。——私はそんなことが言いたかったのである。

塚本邦雄はいみじくも書いていた。「言葉によつて殴りあるいは殴られ、組み拉ぎあるいは組み拉がれる快感を味はへることを立證したのは彼を以て嚆矢とする。」(『百句燦燦』)

たしかに、見事に世界を捻じ伏せ敵を組み拉いだとき、金子兜太の句の颯爽たる際立ちは他を圧倒する。なかでも私がぜひ語りたい兜太の句は三句あって、この三句の地位は以前から私の中で動かない。

まず、

霧の村石を投《ほう》らば父母散らん

もう四十年も昔、高校の教員になりたてのころ、或るアンソロジーで初めて知った兜太の句がこれだった。以後、中村草田男の〈蟾蜍長子家去る由もなし〉とともに、故郷や家というものを思うたびに思い出す。当時の私が草深い父母の村に帰るべきか否か迷いつづけていたからだが、そういう私的な思いを超えて、私自身を含めたあらゆる出郷者にとっての「村」というもの、「父母」というものの原イメージとして、凝縮された詩的定義のように、心に刻まれたのだった。

語り手はどこか高い位置から「霧の村」を見下ろしている。高等教育を受けた、もしくは都市の華やかな文化を身に着けた、つまりは近代の出郷者たちが獲得した虚空の(もしかしたら虚妄の)位置だ。そのまなざしが、無知と貧困の中にある「村」と「父母」とを、あたかも〈穀象の群を天より見るごとく〉(西東三鬼)に、見下ろすのである。だから彼は想像の石を憎しみをこめて攻撃的に投げるのではなく、軽く戯れのように「投《ほう》る」。憎悪は相手と対等の地平に立つが、この戯れは自己の優位を前提とするゆとりの行為だ。そのとき「父母」は穀象虫のようにわらわらと散るだろう。

だが、語り手は実際に石を「投《ほう》る」わけではない。深い霧のような無知に視界を閉ざされたこの村で、「父母」たちは戦争という石が放り込まれた時にもわらわらと散ったろう、敗戦の報にもわらわらと散ったろう。そうでしかありえなかった「村」というもの、そこに生きるしかなかった「父母」というもの、これからもそうであるかもしれないものたちへの、その末裔たる出郷者のやるせないような「思いやり」としての「想像」である。

言い添えれば、秩父生れの兜太には率直愛すべき〈曼殊沙華どれも腹出し秩父の子〉があるが、長崎時代には〈華麗な墓原女陰あらはに村眠り〉という句もある。陽に照り映えているのだろうか、先祖代々の眠る墓地を「母なる」土地の聖所にして急所である「女陰」に見立てたのだろう。だが、墓地は死への通路、「女陰」は逆に生への通路、しかもその隠し所が「華麗」に「あらは」に露出しているのだ。荻原井泉水の〈陰《ほと》もあらはに病む母見るも別れか〉では隠し所を無防備に露呈した母は死に瀕している。一方、兜太の句では「華麗な／墓」「墓／女陰」「女陰／あらは」「あらは／眠り」と、いくつもの互いに矛盾する語彙が連鎖して意味を一方向に収束させない。思えば「女陰＝陰《ほと》」は、「母なる」大地の女神イザナミが黄泉の国の女神に変じたように、すべての生命の源泉であるとともにすべてが死において再び呑み込まれていく場所なのでもあった。矛盾は「前衛」の表現いじりから発生するのでなく、そもそも生と死が同居する「女陰」の機能に含まれているのである。もちろん「村」もまた、死者と生者が同居する土地なのだ。

　次はその長崎時代の句から、

　　彎曲し火傷《かしょう》し爆心地のマラソン

　いきなり殴られたような衝撃を受けた。何よりイメージが驚異だった。俳句でこんなことができるのか、と圧倒された。彎曲しているのは陽炎ゆらめく炎天下のランナーの列でもあろうし、暑熱と疲労で傾ぎよろめく個々のランナーの歪んだ姿態でもあるだろう。その背後に被爆直後の被災者たちの映像がダブる。

　句は十七音に二音多いだけの計十九音だが、内在律は九（五・四）・六・四。すさまじい破調である。戦後の金子兜太には五・七・五の伝統律が天皇制の秩序と重なって見えた一時期があったはずだが、しかし、彼の句のあまりに平然たる破調ぶりを見ていると、実のところ、ひょっとしてこの伝統律の力を甘く見すぎているのではないか、と私はひそかに疑うことがある。俳句にあっては、十七音が定型ではなく、あくまで五・七・五が定型である。五・七・五を破るためには、伝統律に拮抗するほどの強度を持った独自の内在律を作り出さなければならない。世界を捻じ伏せるよりも五・七・五を捻じ伏せることの方が難しいかもしれないのだ、とさえ思う。

　だが、この句は絶対に破調でなければならない。それも大破調でなければならない。大破調でありながら、各部が意外な飛躍を含んで連接し、しかも緊密な構成を保っている。イメージの迫力で押し切っただけでなく、「火傷」を音読みしたことで最長部の九音が「ワンキョク」「カショウ」と硬質の響きで結合されているからだ。

　もう一句は、

人体冷えて東北白い花盛り

この句については句集『天來の獨樂』に収めた短文で一度書いたのだが、私にとっての兜太の三句として絶対にはずせない。補うようにもう一度書く。

「白い花盛り」のこの東北が夢のように美しいのは死者のまなざしに映った死後の景だからだ、これは死者の国・敗者の国としての東北の原景なのだ、しかも「花盛り」は死者への手向けばかりでなく、死者の国自体のよみがえり（黄泉還り）の徴でもある――肌寒い早春の東北太平洋岸を襲った大震災と大津波を思い出しながら、私はそう書いた。

いっさいは「人体」の一語にかかっている。「人体」とは、解剖学的な視線によって対象化された、人間一般の、それゆえ誰のものでもない、ほとんど死物としての身体である。しかも「冷えて」いる。こんな身体像は金子兜太にあってことさら異例のことだ。

金子兜太には身体性に焦点を当てた句が多い。精神は「詩」を志向するが、「詩」ならざる「俳」は身体に照準する。ものを食い、排泄し、まぐわい合って生命をつないできた身体こそは人間の悲惨と滑稽の座、裸に剝かれたいのちの裸形そのものである。

だから兜太の句では、女たちは「陰《ほと》」を湿らせ男たちは「まら」を振りたて（ああ、中上健次の男女もそうだった）、夕陽さえも「空の肛門」となり婆は岩場で「尿《しと》」し西行法師も「野糞」する。〈馬遠し藻で陰《ほと》洗う幼な妻〉〈まら振り洗う裸海上労働済む〉〈蛙食う旅へ空の肛門となる夕陽〉〈波荒き岩場に尿《しと》し柔らぐ婆〉〈大頭の黒蟻西行の野糞〉すべてがいのちの讃歌である。

なかでも圧巻は『暗緑地誌』の「古代股間抄」十一句だ。〈泡白き谷川越えの吾妹《わぎも》かな〉と始まり、「吾妹《わぎも》」の「恥毛《しもげ》」を詠み「陰《ほと》しめる浴み」を詠み「張る乳房」を詠んで、絶頂は鯉どもの映像に転じて〈谷に鯉もみ合う夜の歓喜かな〉と詠む。このふたりを谷川に降り立ったイザナギ・イザナミのようだといったってかまうまい。ヤマトの公定神話では万物の「父母」たる二神はちゃんと中央のオノゴロ島に天降ってセキレイに「交《とつぎ》の道」を教わったが、秩父生れの金子兜太の非公定の神話では、うっかり降臨場所を間違えたちょっと愚かな二神はどことも知れぬ辺陬の谷間で鯉のもみ合う姿をまねてまぐわいの歓喜を知ったのだ。

金子兜太の身体は生と欲望のマグマに突き動かされていつでも熱く活動している。だからこそ冷えた「人体」は異例であり、その冷えが感応して描き出した「白い花盛り」の東北の景は、まるで大津波以後の東北への鎮魂と再生の願いを先取りしていたかのように、私の心によみがえった（黄泉還った）のである。

（『存在者　金子兜太』二〇一七年四月）

永遠への、やけど

高岡 修
Takaoka Osamu

私たちはなぜ表現という領域に踏みこむのだろう？　そう自らに問うとき、ひとりの写真家の言葉がよみがえる。もう三十年ほど前のことだ。

「あなたはなぜ写真を撮るのですか？」という私の唐突な問いに、少し考えながら彼はこう応えた。

「そこに何があるのか解らないから」

　まったく意外な応えに私は驚愕した。私たちとはレベルの違う写真家の視力においてさえ、被写体は謎だったのだ。こうして私は表現というもののもつ、もうひとつの怖るべき姿に出会ったのだが、今頃になってようやく気づいたことがある。肉眼では見えていないもの、つまりカメラを通して彼が被写体に見ようとしていたものは何だったのか、ということである。


同じことは俳句でも言える。私たちはカメラというレンズでなく、言葉で被写体を写し取る。そのとき、写真が一点の光景であるように、最短詩型である俳句もまた一点の事象をしか写し得ない。もちろん、これはかなり暴力的な断言である。俳句の場合には切れや二物衝撃空間を現前させるからだが、ここではあえてそれらも一点としてくる。しかし、それでもなお、その一点は、まぎれもなく次の一点である。


　俳句は否応なしに一つの切口とみなされる。俳句は他のジャンルに較べて、はるかに強い切断力を持っており、その切断の速さによって、一つの場面をあらゆる限定から解放する。すなわち想像の自由、物語への期待を与えるのである。そこでは、一切のものは一瞬その歩みを止めなければならない。「時間よ止まれ」という声が響く時、胎児は産道で息をひそめ、死者に死後硬直の過程は停止する。愛しているもの、憎んでいるもの、抱擁しているもの、犯罪を犯しているもの、一切はその瞬間の姿勢のままで凍結しなければならない。そこでは、風景さえも一つの切口となることによって、物語をもちうる。

（略）

　俳句が一つの物語をもつというとき、それは一つの場面を直接にとらえるものであってはならない。それは、二つの場面の間にある一つの裂目をとらえなければならない。でなければ俳句における時間性が回復される時はないであろう。

（石原吉郎『海を流れる河』）

つまり、若き写真家がカメラを通して見ようとしていたもの、それをわたしはいま「二つの場面の間にある一つの裂目」あるいは、その一枚の写真によって前後の時間性が無限に回復されるひとつの切口、そう思うのだ。前後の時間性とは過去と未来のことである。そのとき、一つの裂目として提示された写真と俳句それじたいに物語は希薄である。写真と俳句として提示されたその一点において世界は広がり、過去と未来への時間が開始される。むしろ物語はその一点の前後において生成されてゆくのだ。

あえて付言するが、その構図は写真と俳句においてのみ鮮やかである。映画になれば、それがどれほど短いものであっても、映画そのものが物語となる。詩においても、それがどれほど短いものであっても、詩それじたいがひとつの世界として構築される。無限と永遠性に対する強度は、写真や俳句における一点の比ではない。

そのような絶対的な裂目、そのように前後の時間性が無限に開始されるという切断力において、戦後最大の作品は次の二句である。

広島や卵食ふ時口ひらく　　西東三鬼

彎曲し火傷し爆心地のマラソン　　金子兜太

二句ともに爆心地での作となっているが、偶然である。あえてくり返すが、私に爆心に対する意図はいささかもない。が、爆心地の設定によって、たんなる時間軸ではくくりえない、壮大な時制が現前していることも事実である。とにかく三鬼作品の検証を経て、本論のテーマである兜太作品を語りたい。

三鬼の〈広島〉の一句には三つの時制が鮮やかである。すなわち〈広島＝死後の世界〉〈卵＝未生の世界〉〈口＝現在の世界〉というように。当然のことながら、この時制の図式は過去・現在・未来という時間の流れを超越している。「たんなる時間軸ではくくりえない壮大な時制」と前記したゆえんである。

このとき切字の「や」の効果は絶大である。この「や」によって広島は現在の広島ではなく、異化された死者の国、原爆投下直後の広島と化す。この切字の異化の働きはすでに仁平勝の切字論にくわしい。

その死者の国に、未生の世界の象徴である卵が現出する。〈卵食ふ〉という直截な表現は、卵形のゆで卵を想像させる。白くすべすべしたゆで卵である。白く光る卵形のものは、未生世界のイメージとしてもじつに効果的である。

そうして現前するのが、性器と同じか、それ以上の肉感を持つ〈口〉である。もちろん、この〈ひらく口〉は女陰のイメージにも通底する。形だけではない。女陰は、その奥に卵を内蔵しているからである。その肉感ゆたかな口が卵を食べるときに開くのだ。ときに、この句を〈卵を食べるときに口を開く〉と読む人があるようだが、それは違う。それでは人間が主語になってしまう。この句の主語はあくまで〈口〉である。あえていえば〈口〉だけが開き、人はむしろ消えている。口だけが現在の時制の象徴として生々しく開くのだ。

　つまり、この一句の読みは、死者の国である広島で、未生の世界である卵を食べようとして、肉化した現在世界の口が開くということである。さらに付言するなら、未生の世界を象徴する卵もまた、ここではすでに茹でられ死滅している。未来の死滅した死者の国で、口だけが、開く肉として現在しているという、怖るべき時制の切口がここにある。

　ところで、川名大著『現代俳句』によれば、西東三鬼は新興俳句の系譜、金子兜太は人間探求派の系譜となっている。金子が加藤楸邨の門流だったからの分類なのだが、同時に社会性俳句や前衛俳句作家としての位置付けも付加されている。

　ただ、私はそのような分類を好まない。だいたいが人間を探求しない文学があろうはずがない。もちろん、その強度のありようを問うているのだろうが、人間それじたいが大なり小なり社会的存在でもある。一人の俳句作家がどのような変遷を到ろうと、いかに普遍的な作品を作りうるか、それのみが大切なのだ。中井英夫に『虚無への供物』という小説があるが、一人の俳句作家が「永遠への供物」を一句でも作りうるかどうかが重要なのである。当然のように「永遠への供物」と言いうる俳句を一句でも作りえた俳人は少ない。その「永遠への供物」と言いうるのが、前出した三鬼と兜太の二句だというのが私の持論である。

　さて、本論の主題である次の句の検証を始めよう。

　　彎曲し火傷し爆心地のマラソン

まず私は俳句の読み方として〈詩の一回性〉から語るべきように思う。というのも、この彎曲を誰もがマラソンランナーや爆死者の身体として読んでいるからである。しかし、それは爆心地とマラソンという後続の言語から反照されて初めて生じた彎曲である。〈詩の一回性〉の読み方として、まずは素直に「弓形に曲がっている」イメージから入っていかなければならない。それはあらゆる物質であり、地形であり、彎曲する何かである。どちらにせよ彎曲という一語からすぐに人体をイメージする人はいない。おそらく兜太にとっても長崎の地形や曲がりくねった道路のイメージから浮かんだ一語なのだろうと思われる。

　そうであるなら次の〈火傷し〉もまた彎曲を継承発展させながら並列に置かれたものとして読む方が正統であろう。それは、高熱によってぐにゃりと曲がった物質であり、火傷した地形であるはずだ。ただ、ここで初めて〈人体のイメー

ジ〉も付加される。火傷は極めて生物的な事象であるからだが、付加と言えば、

彎曲し火傷し

という〈し〉のリフレインの効果も忘れてはいけない。〈し〉のリフレイン、すなわち〈死〉のイメージのさざなみのようなリフレインである。〈彎曲し〉だけでは意識しなかった〈し〉の効用が、〈火傷し〉という人体の事象の付加とともにくり返されることによって、〈死〉のイメージはさらに強まって打ち寄せる。その〈死〉のさざなみの打ち寄せる場所が〈爆心地〉であり、〈爆心地としての長崎〉なのである。〈彎曲〉というイメージは広島にはないといっていい。

　助詞の効用について、もうひとつ見逃してはいけないものがある。そう、〈爆心地のマラソン〉の〈の〉である。〈爆心地でのマラソン〉とは書かれていない。〈マラソン〉という、いかにも人為的な一語から、走っているのは現在するマラソンランナーであり、爆死者であると誰もが想像しがちだが、爆心地である長崎が、いまもなお〈彎曲し火傷し〉て走りつづけているとも読める。いったい何処へ。再生に向かってである。そのとき、彎曲も火傷も永遠性を帯びる。以上の読み方において、この句にも三鬼作品と同じ三つの時制が現象している。

　さて私は、切断力と一瞬性において俳句ほど永遠性を獲得する詩型は他に存在しないというようなことを前記した。それは、定型というもののもつ真の湧出力の結晶でもある。

> 　僕らは定型に対して、常に不安でいなければならない。それは、定型に不安を抱いている者こそ、定型に対して生き生きとめざめているものだからである。定型に安堵し、これにもたれるだけの詩人、十七音字の枠にもはやなんの不安も抱かぬ者は、もはや「定型詩人」ですらありえない。そこでは、最も重要なことがすでに喪われている。彼が定型をうしなったか、定型が彼をうしなったか、おそらくはその双方であろう。
>
> 　定型は「不断に」これを脱出するためにある。定型の枠が存在することによって、はじめてこれに対する抵抗がうまれ、脱出するための情熱と、圧縮されたエネルギーがうまれる。いわゆる自由な詩形が「自由でしかありえない」ゆえんは、それが脱出すべきいかなる枠をももたない点にある。
>
> （石原吉郎『海を流れる河』）

　そのような俳句定型の恩寵、あらゆる磁場あらゆる時制から「脱出するための情熱と、圧縮されたエネルギー」を全身に充満させながら、「爆心地のマラソン」は再生へと回遊しつづけているのである。

一茶に兜太を重ねて

渡辺誠一郎
Watanabe Seiichiro

●兜太の「百年」

金子兜太最後の句集『百年』を前に、さまざまな事を妄想している。

帯文には「俺は死なない。この世を去っても、俳句となって生き続ける」との言葉が飾る。兜太らしい威勢のいい言葉である。「俳句となって」とは大した自信である。それは兜太の良さでもある反面、少々鼻につくのも事実だ。兜太は百年に成らんとするところまで生きたが、あの元気さでは、二百年ぐらいは生きそうであった。

そういえば、中村草田男は二百年生きると公言していた。当時の草田男は、二百年の時間の中で、自らの俳句表現の有り様、完成した姿を思い描いていた。多くの困難な課題を前にすると、自らのエネルギーを持って仕事を成し遂げるには、そのくらいの時間が必要と真剣に考えていた。この話を聞いた山本健吉は、半分揶揄しながら、二百年のエネルギーがあるのは、草田男がまだ「青春時代」にあるからだ。それならいっそ、俳句以外の仕事にも目を向けるべきとまで言う始末であった。この時草田男は五十歳。草田男の真意が、山本をはじめ、どこまで世間に理解されたかはわからない。草田男は、齢七十を過ぎて生涯を閉じる。兜太は草田男について、『百年』の中で次のように詠んでいる。

草田男有り詩才無邪気に溢れて止まぬ　兜太

もちろん兜太の「死なない」の意味は別な所にある。死を相対化する自らの生の有り様を述べたものであり、己の俳句表現への絶対的自信が言わしめた言葉であろう。

兜太最後の句集『百年』の頁をめくると、兜太らしいむき出しの世界がどのページにも顔を出す。

昭和通りの梅雨を戦中派が歩く　兜太
戦さあるな人喰い鮫の宴あるな　〃
ばさばさとさ尿瓶洗えば草ひばり　〃

今も戦中派は健在であり、戦争への嫌悪は変わらない。「戦さあるな」は戦中、戦後、そして現代へと続く兜太の生きた、強い思いの軌跡をそのまま物語る。尿瓶を洗う兜太の姿は、少しの淋しさを見せながらもまだまだ元気である。

しかし最後のページに載った次の句を見ると、さすがの兜太も力尽きた観がある。

さすらいに入浴ありと親しみぬ　　兜太
河より掛け声さすらいの終わるその日　　〃
陽の柔らか歩ききれない遠い家　　〃

死の直前まで詠んだ句である。これらを辞世の句としていいのかは別にしても、句を見る限り、主体は情景と溶け合って一つになる様子には、戸惑いすら感じる。求めようとしていたものを、いまだに遠いものとして、力なく捉える兜太の姿はどこか痛々しい。入浴の句はさすらいに疲れた好々爺そのもの。「遠い家」よりも「陽の柔らか」の今が気になってしまったか。漂泊定住を志向し、人生の旅の終わりを素直に受け止める兜太の姿は、今までの生き方にそぐわないような気もする。漂泊から定住における終焉の世界へと傾斜を一気に進めたようだ。

私が思い出すのは次の二人の辞世の句。上島鬼貫は〈夢返せ烏の覚ます霧の月〉と詠み、兜太の盟友であった佐藤鬼房については〈翅を欠き大いなる死へ急ぐ蟻〉であった。兜太には、もっと妄執、妄想の混濁の中にあって、最後のミエを切って欲しかったと思う。もっともこれは、生きているものの勝手な話ではあるが。

ところで、兜太は「存在者」の言葉を持ち出して、己の生き方、自らの俳句の定点を明らかにした。「存在者とは「そのまま」で生きている人間。いわば生《なま》でいきている人間。率直にものを言う人たち。」（「朝日賞」受賞の言葉）を指す。存在そのままとは、あくまでも日常の地平に添う生き方を浮き彫りにした把握である。それは、兜太がさまざまな人生経験の中で、己自身のアイデンティティとして身に着けたスタイルでもあった。

しかし「存在者」とは、少なからず大見得の観がある。あえてこの言葉を持ち出さずとも、普通に生きることではないかとも思えてくる。普通に生きることこそが難しく重い。声高に存在者と語るほどのものであるのか。多分に押しつけがましい。意味するものは異なるが、東日本大震災後、大峯あきらとの対談で、大峯が〈はかりなき事もたらしぬ春の海〉一句しか詠めなかったことに、兜太が数多くの自らの震災詠を引き合いに、執拗に詰問したことを思い出す。

確かに、兜太の人生を振り返ると、トラック島での過酷な戦場体験、日銀での冷めしの日々、俳壇の保守帰りなどによって、兜太自身が鍛えられたものがあった（「俳句α」２０１８・春）ことは理解できる。主体としての生身の存在を際立てなければ生きてこれなかったのだ。

俳句の側面からいうと、「存在者」としての認識は、一九七〇年から八〇年代に傾倒した小林一茶の姿に、自らの生の現実を重ねながら行きついた、兜太なりのひとつの境地でもあった。

●一茶への視線

兜太は、芭蕉や蕪村との対比によって、一茶の句の世界に「庶民のリズム」を見る。一方芭蕉には「武家のリズム」、蕪村には「文人のリズム」を見い出すのである。もちろん両者の差には時代背景も無視できない。特に一茶の生きた、江戸後期の文化文政の時代には、庶民あるいは個我が次第に社会のなかで比重を増してくるのが特徴である。まさに時代の中での個我のもがきが一茶の世界そのものであった。

兜太は芭蕉の〈旅人とわが名呼ばれん初時雨〉と蕪村の〈目の前に昔を見する時雨かな〉を、一茶の〈死ぬ山を目利しておく時雨かな〉を対比させ、その違いを次のように述べている。

一茶の時雨には、宗祇以来のいわゆる本意を踏まえながらも、「時雨を漂泊の喩《ゆ》そのものとして書こうとはしなかった。漂泊のこころを喩《たと》えるものとしてではなく、天然の一現象（一茶にとっては好もしき生きもの一つ）として描きとっていたのである。ここにも、観念より事実に就き、伝統的美意識より現実への即物的姿勢にかたむく一茶の〈現実派〉ともいえる特色が見え」、「すくなくとも中興俳諧期あたりまでの時雨とは、一と味違う興趣を帯びはじめていたのである。」（「一茶句集」岩波書店）というのである。

一茶は生涯にわたって、農民という出自をふっきれなかった。農の世界からの断絶の上で、俳諧へと身を投じてしまったことが、重い枷のように絶えず付きまとった。しかし一方、農、そして故郷への屈折した思いが、一茶の魅力であり、一茶らしさでもあった。

ともかくもあなた任せのとしの暮　一茶
目出度さもちう位也おらが春　〃
春立や愚の上に又愚にかへる　〃

「春立の句は、法然の「愚痴にかへりて極楽に生まる」の法語による。「愚」から愚を超えて還って行く位相は、絶妙にして際どい境地である。

一茶は、晩年に妻帯し、待望の子に恵まれながらも、次々と妻や子の死の憂き目にあう。さらに、中風など、自らの身心の不調が、よりどころを求める阿弥陀への帰依を深める。阿弥陀への帰依することがそのまま「愚にかへる」ことであった。そのぎりぎりの開き直りとも思える境地こそが、一茶の世界そのものであった。

孤《みなしご》の我は光りぬ蛍かな　一茶
六十年踊る夜もなく過しけり　〃

●一茶のもがき

一茶は文政五年、六十歳の時、迷いながらも自然に素のまま生きる己を「荒凡夫《あらぼんぷ》」としての覚悟を自得する。この「荒凡夫」に兜太は強く共感するのである。なかでも一茶の生々しい「生きもの感覚」に魅かれる。兜太は次のように述べる。

「一茶はしだいに遠慮や気がねを捨てて、自分本位の気ままさに徹底してゆき、ついに「荒凡夫」の生きざまを自認するようになる。そのとき、一人のズブの庶民が獲得した、自由とでもいえる。〈個〉の形姿が見えてきて、一茶特有のリズムも流れてくる。私はこれを庶民のリズムと呼び、芭蕉や蕪村たちとは違うものとおもうのである。同時に、一茶の体《からだ》の芯にあって、一茶をまちがいなく詩人にしていた、かのアニミズムと呼びうる世界も開けてきて、それは、諧謔と皮肉の両様の俳諧を世間にむかっておくりだしていたのである。」（「小林一茶—「漂鳥」の俳人」）。

この荒凡夫を、兜太の言葉では、「わたしのなかではむしろ「自由」に近い。何ものにもとらわれず、欲望のままに生きる平凡な男、そういうふうに生かしてくれ、と如来様にお願いした」（『他界』）と理解する。

「欲望のまま」「平凡」に生きるのは並たいていのことではない。それゆえ普通人は現実社会の中でさまざまな葛藤に苛まれるのだ。すっきりと割り切れないのが世の常で、人生そのものである。むしろ「自由」に生きられない現実の方に、主題があるように思える。

一茶の話に戻ると、私が一番気になるのは、一茶が、農民の子としての「血」を消し去ることが最後まで出来なかったことである。その割り切れない心情を普通に吐露するところが一茶の魅力であるし、ある意味では一つの紛れもない境地でもあるように思う。

　もたいなや昼寝して聞田うへ唄　　一茶

一茶は、農民、土を耕し生きることから遊離し、生きざるを得ないことへの贖罪そのものの思いは、老いを意識すればするほど強くなって行く。特に故郷柏原村に戻ってからも、農民たちの日々の暮らしに気持ちを重ねる。たとえば農作業を念頭に、空模様を気にしながら次のように詠んでいる。

　稲の葉に忝《かたじけな》さのあつさ哉　　一茶

この農への視線は、やがて次の句を吐き出すようになる。

　花の影（陰）寝まじ未来が恐しき　　一茶

句の前書には、「耕ずして喰ひ、織ずして着る体たらく、今まで罰のあたらぬもふしぎ也。」が添えられている。これは文政後期の作であるが、文化前期にも、〈春がすみ鍬とらぬ身のもつたいな〉と詠んでいる。さらに、〈鍬の罰思ひつく夜や雁の鳴〉と。この句にも、「作らずして喰ひ、織らずして着る身程の、行先おそろしく」と同じような前書をつけている。一茶の農民を捨てた心境の痛烈さは驚くほどだ。まさに罰当たりの心境をそのまま引き受けざるを得ない農民の血がそう思わせるのだろう。しかしここに一茶の生の極み、句境の極みを見る思いがする。それゆえ、業俳の世界に身を置いて、世間の評価を得たとしても、一生わり切れず、満足する境地にはなかった。

　六十年踊る夜もなく過しけり　　一茶

この一茶の心境について兜太は、「ふるさとに闇雲に帰ろうとした一茶の決断と行動を、しんそこから促していたものは、〈ふるさとの土〉ではなかったのか、という考えが頭をもたげてくるのである。ふるさとの人たちがそこから生まれ、そこを耕して生き、やがてそこに還ってゆく〈土〉—その〈ふるさとの土〉だけが、自分の救いなのだという、自分自身でもそれとわからぬほどの心奥の直観が、一茶に帰郷定住を決定させた。」(「小林一茶—〈漂鳥〉の俳人」『金子兜太集』第二巻 筑摩書房)と述べる。

兜太の救いの認識は少々素朴過ぎる。私にはそう単純には割り切れるものかは疑問である。あれだけ自らの不耕徒食を責める一茶の心境を考えると、幾度の屈折の果ての帰郷であったに違いない。〈江戸じまぬきのうふしたはし更衣　一茶〉と詠うように、都会である江戸への違和感を抱え、その裏返しとしての〈ふるさとの土〉も確かにその理由の一つかもしれない。しかし少なくとも心の平安を故郷へ求めていたのではなく、ましてや土への郷愁などではない。少なくとも「ふるさとへ廻る六部は気の弱り」の心境からは最も遠いところにあったように思う。一茶は不耕徒食を超えようとして、あえて農の世界に身をしっかりと置き、改めて俳の世界を、己自身の立つ位置として強く自覚、覚悟して問い求めようとしたのだ。一茶には、自らの立場を俳諧によって内面化しながら、もがいている姿が見える。そのことは、帰郷後の一茶の句作の旺盛な作句数を見てもわかる。郷里に帰ってからの作句の数は、年間一千句を超えることもしばしばであった。このことからも、覚悟の末に、俳諧師の最後の身を、ふるさとにゆだねたのだ。一茶が帰依していた、浄土真宗の開祖の親鸞の言葉に添えば、「煩悩の故郷」に、自ら身を投じたのだ。それはまた、農、土を捨てた身ゆえに、見るべきものが見えて来たとの思いの上での俳諧の境地でもあったような気がする。

●一茶と昌益

ところで話は逸れてしまうが、この農に対する一茶の思い、心境を前にすると、一茶の活躍した前の時代、江戸中期に南部、そして秋田の地に生きた、安藤昌益の思想を思い出す。

良く知られていることではあるが、昌益は医師であり、特異な思想家である。

安藤昌益については分からないところが多い。確かな事は、元禄十六(一七〇三)年に秋田に生まれ、後に八戸に移り住んでいたことである。さまざまな説があるが、八戸には十五年ほど住み、その後再び秋田に戻り、宝暦十二(一七六二)年、大館で没したといわれている。八戸藩の『御日記』によれば、病になった藩の家老に対して薬を処方したとも記されていることからも、社会的にはかなり認められた立場にあったことが考えられている。

昌益の思想は、残された著作である『統道真伝』と『自然真営道』に詳しい。その思想は、極めて難解であるが、核心は、土を耕し生きる農民（昌益はこれを「直耕」と呼んだ）による徹底的な平等な「自然の世」を理想社会としたことである。これらは、当時、幾度も繰返された飢饉の現実が、昌益の思想形成に強く影響を与えたといわれる。

昌益は農民を「転子（自然の天子とした）」と呼ぶ。一方、直耕しない士族や、僧侶・学者・商人はもとより、釈迦や孔子などの聖人すらその立場を認めない。全ての者が農耕に関わる平等の世を至上のものと捉える。飢饉についても、直耕を疎んじる、すなわち自然の摂理に反する社会構造に原因があるゆえに、人災と見るのである。言うまでもなく昌益思想は、当時の幕藩体制を揺るがしかねないほどの過激な内容を孕んでいた。カナダの外交官にして歴史学者であったE・ハーバード・ノーマンは、「明治以前の日本の思想家のなかで、封建支配を完膚なきまでに攻撃した唯一の人である」（『忘れられた思想家』岩波新書）と、昌益の思想の過激さに注目した。

昌益は当時の俳諧についても、「俳諧・前付けなどは和歌のやつしである。いずれもみな耕さずに貧食する者のための無益な遊興・慰み楽しみのわざであって、家を滅ぼし身を亡ぼす戯れ事である。」（『統道真伝』現代語訳）と捉える。このように、当時の堕落した俳諧の世相を告発しているのである。芭蕉の時代にも、俳諧が博奕の手段になったことはよく知られている。

昌益の没後、一茶の人生が始まる。二人の活躍した時代は重ならない。一茶は昌益の思想を知る由もなかったが、しかし一茶は昌益の言うところの社会の軋みを身を以て体感することになるのである。私は、両者を対座させたくなる誘惑に駆られる。社会を成立させる農・耕を根底に定める厳しい視線は、両者に共通するものだ。昌益は南部あるいは秋田弁で一茶に、信州言葉で一茶は昌益に何を語るであろうか。さらにはここに兜太が加わると面白いかも知れない。

●兜太の存在者

農から離脱し、郷里にあってなお精力的に俳諧の世界に立ち向かう一茶の姿から、兜太に視線を移してみる。先にふれたように、「俺は死なない。この世を去っても、俳句となって生き続ける」とする「存在者」、兜太の言葉が気になる。たしかに素のままで自由に生きることを意味する「存在者」ではあるが、一旦「存在者」と名乗った瞬間、別物に変ってしまうのではないかと危惧するのだ。一茶が自らの境遇を受け入れて内面化したのとは違い、兜太は外側に明るく向かうようだ。兜太はかつて、一茶の生き方を「求道者」ではなく「非求道者」に近いと述べたことがあった。一方兜太が「存在者」と名乗った途端、その言葉の位相は逆転して、「求道者」となってしまうのではないかと思えるのだ。兜太は自らが死ぬことを忘れ、己の生への過剰な自信へと転換し、他者と際だつ関係にしてしまわないのだろうかと。

　これは、過酷な戦中体験に始まり、俳句の前衛論争などに象徴される俳壇での戦いなどで得た確証と自信が、兜太をそうさせるのだろうか。そこが兜太らしいといえばその通りだが、どこか危なっかしい。同じ荒凡夫の言葉も、一茶においては、やむに已まれぬところで選び取ったいわば「内側の境地」であるが、兜太のそれは、自らの意志によって勝ち取った、目指すべき境地に近い。それはあくまでも己自身を際立たせ、外側に向かうのである。たとえば、東日本大震災を詠んだ〈津波のあとに老女いきてあり死なぬ〉を見ると、確かに強い祈りの句ではあるが、「死なぬ」と言った途端、老女の姿以上に兜太の姿が強く浮かび上がる構図である。

「存在者」を自認する兜太の世界は、強い存在としての印象は残っても、一茶のような自虐性は乏しいのも特徴である。健全を装う己の存在が強すぎるゆえのことだ。しかし一方、兜太が山河や動物などを詠うと時には、上手く拮抗する。たとえば、〈秩父の猪よ星影と冬を眠れ〉〈武蔵野に雪富士われにわれの若さ〉のように。兜太らしい世界である。

　いつか兜太は、虚子の俳句の「日常存問」について述べた事があった。「たとえば「日常存問」という言い方がそれだ。私は「自然《じねん》でおやりください」とまで言うんだ、自分がそのつもりでいるから。だけれども、「日常存問だよ、俳句は」なんて言ったときにはご託に聞こえて、私は納得しない。そんなところまで言わんでいい。それは自分が会得することであって、虚子から言われて会得することではない。」（『証言・昭和の俳句』角川選書）。この議論は、「存在者」の話とはとは次元は違うかもしれない。しかしやはり兜太のいう「存在者」としてのメッセージに微妙に重なってくるように思う。「存在者」の亡き後には、「神格化」が待っているように思える。それを追認する現在の俳句界の言説も気になる。

●兜太の原郷への屈折感のなさ

　兜太は一茶と違い、生まれ育った秩父の皆野町で今も愛されつづけているように思われた。少なくとも兜太はそう思っていたようだ。私は東京で行われた兜太の追悼の会に参加したその足で、皆野町を一人巡った。兜太の故郷は、秩父の山々に囲まれて穏やかな風景を見せてくれた。かつて父親が経営した金子医院や卒業した皆野小学校、そして金子家の菩提寺にも足を運んだ。巡った至るところに兜太の句碑を見かけることができた。生家には〈おおかみを龍神と呼ぶ山の民〉、椋神社には〈おおかみに螢が一つ付いていた〉など、兜太の姿そのままに堂々と鎮座していた。父の伊昔紅の俳句〈味噌つきや負はれて踏みし日の記憶〉を刻んだ碑もあった。兜太の碑に刻まれた極太の筆跡は、秩父の風景から浮かび上がっていた。地元中学校の校歌の歌詞は兜太の作である。兜太は皆野町で愛されていた。兜太は「産土」の地に暖かく包まれている。考えてみると、兜太には、一茶のように郷里への屈折感が少ないことに気がついた。

われは秩父の皆野に育ち猪が好き　兜太
二日泊まりてさるとりいばらの実とも話す　〃
妻と見ていた原郷の月曼珠沙華　〃

兜太の故郷への思いは明るい。町の名士であった父。東京帝国大学、日本銀行と進む兜太は、郷里では恵まれていたといえるだろう。兜太の少年、青年時代は、農村恐慌の時代でもあり、まち医者であった父自身も経済的には困難な状況でもあったといわれる。しかしそれでも兜太の地元での境遇は決して暗いものではなかった。

兜太は郷里に戻った一茶について、「私は〈非土着者〉というものを考えてしまうのである。〈土着者〉でない、〈土着者の心底とは隔り、しかもそれを埋めようとして埋められない〉一人の帰郷者の内面をおもう。それも、生理的感応として現れている面が大きく、なかなか十分には、覗くことができない内面なのだ。」（「ある庶民考」）と述べている。

一方兜太は、生まれた地を離れたが、戻ることはなかった。しかし、郷里に寄せる心情は〈土着者〉そのものである。土着者以上に、屈託なくふるまっていたようにも思われる。改めて兜太は土着の意識をもっていたのか、あるいは否かであったのかと問いたくなる。

いずれにせよ、兜太の故郷への屈折度が一茶とは違っている。屈折かどうかは別にして、兜太にとっては、故郷への視線よりも、戦場体験や日銀時代、そして戦後俳壇における前衛俳句・社会性俳句における論戦の方が、人生における比重としては高かったのかもしれない。兜太には過去の故郷と晩年に思う故郷は連続してある。故郷は変わらないというよりも、兜太が変わらなかったということになる。一茶は故郷に戻るが、かつての一茶の生きた故郷ではなかった。先に述べたようにそれは一茶自身が農の世界から遠くへ来てしまったことに他ならない。兜太は違う。失うべき故郷を最初から死ぬまで持たなかったとも言えるのだ。

兜太は、歳を重ねれば重ねるほど、土への郷愁を強めている。四十八歳の時には、東京都内から熊谷に居を移す。その時初めて故郷を意識するかのようである。兜太自身、「産土」を意識し始めたのは、昭和四十三年に刊行した『蜿蜿』に収録された〈霧の村石を放うらば父母散らん〉の頃だと語っている（『あの夏、兵士だった私　９６歳、戦争体験者からの警鐘』）。四十台半ばの頃である。同じように兜太は後に「中年を過ぎて秩父という土台が得られた（『いま、兜太は』岩波書店）と述懐している。それまでは、一茶の意味とは微妙に違うが、郷里を離れた〈非土着者〉であった。しかし中年以降、兜太は心象の中で〈土着者〉にすり替わったのだといえるだろう。それだけ兜太にとって産土の地は、特別に意識するものではなく、疑いのない終生あるべきものとしてあったのだろうと思う。

故郷への屈折度は、石を持て故郷を追われた石川啄木や憎むほど故郷を愛していたとうそぶく寺山修司を例に持ち出すまでもなく、近代わが国の「青春時代」の心象を屈折させた病のようなものであった。このような状況のなかで兜太は、医者の家に生まれ、京帝国大学、日本銀行と進む当時の超エリートにもかかわらず、この故郷への違和感、屈折度が少ないのはまれなることだ。兜太の祖父は秩父音頭の踊りを今のかたちにした功労者。兜太は七五調の〈秩父音頭〉が終生身に染みついているという。豊年踊りが地元民の一体感を強める町の風土であったという。兜太はそんな濃密な空気に暖かく包まれて育ったからなのだろう。

兜太の原郷感は、先に述べたように、中年になって頭をもたげた世界である。原郷への屈託のなさは、兜太の故郷と同化する稀なる資質なのか、単なる幸運なのかよくわからない。原郷秩父の月を妻と一緒に眺めていている兜太は幸せである。故郷から東京、そして熊谷に移っても、兜太の故郷への喪失感はなかったのだ。一茶のように「孤化」していない。むしろ中年以降に改めて原郷にしっかりと〈非土着者〉として〈土着〉したといえるだろう。いずれにしても、一茶と兜太の原意識は、土着・非土着の位相の中で、絶妙にねじれているのである。

●兜太のこれから

兜太の死後、俳句の総合雑誌をはじめ多くの結社誌は兜太追悼の特集を組んだ。しかしそこにあるのをみると、神格化へと誘うような俳人たちの言葉が並ぶのが私は気になる。先の述べたように、声高に「存在者」などを持ち出すように、その責任の一端は兜太にもある。

しかし、ある兜太を論じるシンポジウムの最後に、兜太とも親しかった宇多喜代子が次のように述べているのを目にして救われる思いがした。

「金子兜太は百回死んで、生まれ変わっても、うんこやおしっこが好きで、大きな存在の、俳句の好きな人間であったろう、と思いますから、あまり神様、仏様にしてほしくないと思います。これは切望します。」（ブックレット『朔』創刊第一号）

兜太の存在は、確かに人なつっこく人間味に溢れていた。兜太は、時代が残した多くの夾雑物の混じった魅力ある「異物」として、俳句の世界に長く記憶されていくのではないか。それゆえにこそ、兜太のマニュフェストに惑わされることなく、われわれは常に兜太の素に向き合っていく必要があるように思うのだ。

金子兜太の挫折

大井恒行
Oi Tsuneyuki

金子兜太をみとめた最初は『今日の俳句―古池の「わび」よりダムの「感動」へ』であった。それは、僕が俳句を始めてまだ間のない頃、大学俳句会の先輩のところで何かの拍子でもらった本が、カッパ・ブックスのそれであった。そのとき、少しオーバーなゆえ、――ダムの「感動」へ――のコピーには賛同しかねたものの、かなり新鮮な印象を受けたように記憶している。いま思うと、「現代俳句」（坪内稔典編集）の〝惨たる句集〟〝火傷しそうな君に会いたい〟などと似て、ひとつの宣伝文句としての刺激的な言辞に何らかの新しい転換を予感させるべく置かれていたのであろう。いずれにしても、このコピーに表わされたように、金子兜太は情況の俳人と呼ぶのがもっともふさわしいように思える。だから、情況を把握するという意味では、突出した俳人であることも確かである。この金子兜太の資質の一端について、高井有一は『金子兜太全句集』付録に「詩人の声」と題して次のように記している。

　記者として原稿を依頼した経験から言うと、事の要点を把むのに、金子さんほど鋭い感覚を示す人を私は他に知らない。受取った原稿に私が眼を通し終るのを待っていて、
「どうです、いいでしょ？」
とほんの少し子供ぽいような笑いをみせるのがいつもの例であるが、原稿には、此方から依頼した主題が、必ず此方の気付いていない角度から取上げられていて、私は期待を裏切られたためしがない。これは単に勘の良さとして済ませてしまっていい事ではないだろう。最短定型詩を求める人の眼が、常に対象に向って正確に見開かれている事であり、その眼があって初めて、ドラム缶もまた俳句になり得るわけだろう。

金子兜太の風貌（写真でしか見たことはないが）からして、関八州の大親分という感じで、その眼には、闊達でありながら繊細なひかりを掠めるようにして、組織を掌把する配慮を、他人からは自然と思われるほどに身につけているのであろうと想像する。このような資質は、文学者としての孤に徹するというよりも、他の人たちとの関係のなかへより傾斜をしつつ、その過程に問題を考え処理していこうとする傾向をかか

えていると思う。したがって「衆の詩」「情（ふたりごころ）」の俳諧という考え方に立てば、もとより金子兜太にとって俳句形式は相性がいいということになるのは当然である。そして、また、戦前・戦後を通してみても、戦後の組合運動への参加、社会性論議、造型俳句、日常で書く、一茶・放哉・山頭火などへの論究は、「つねに俳壇の新しさの先頭を走って来た強力な作家」（阿部完市「国文学」昭和56年2月号）ということになるのだが、付け加えるならば、俳壇の新しさというかどうかは別にして、戦後の情況のそれぞれの時代背景を、むしろ忠実なまでに反映させて来た、その話題の渦へ常に棹さしたということであり、むしろ、あまりに情況的な対応をしてきたのだと言えなくもないのである。

牧ひでを『金子兜太論』によれば、

> 昭和二十三年、四月。
> 金子兜太は、日本銀行従業員組合の代表委員に選び出された。組織活動への参加は、戦中体験の中で、非業の死をとげた餓死者の霊への鎮魂と、日本銀行と呼ぶ大組織の活動を通して合法的に展開する行動であった。この心意を無視して金子の俳句にある社会性は成立しまい。思想家として、革命家としての行動ではない。思想、イデオロギーのための組織活動ではない。古沢太穂がいみじくも言った、「主体のうずきに心をひそめた」行動であり、戦死者への鎮魂の祈りであり、古風にいえば業《ごう》であった。

また、略年譜（『金子兜太全句集』立風書房）によると、「昭和二十五年、六月、朝鮮事変勃発。いわゆるレッド・パージが拡がり各労組騒然。十二月、日銀従組を退かされ、福島支店に転勤」となっており、因みに金子兜太の自筆である。

僕がいま注目しているのは、牧ひでをが「この心意を無視して金子の俳句にある社会性は成立しまい」と述べたことと、金子兜太が「風」（昭和29年11月号）のアンケートに「社会性は作者の態度の問題である」と答えたことの関連性である。ひとつは、中谷寛章が指摘した「社会性を作家の個人としての良心に解消させていく」（「社会性から自然への成熟—金子兜太氏へ」「俳句研究」昭和44年11月号）という、この心意の問題であり、後者は、俳句形式における表現の問題を「作者の態度」にまで後退させて規定した点である。これらの問題の所在のありかを、前述した金子兜太自筆略年譜の「日銀従組を退かされ」という表現の部分に見ておきたいと思うのである。組織活動専念の期間は、昭和二十三年から昭和二十五年、専従職までやったにしては、一般的に考えても三年間は短かいといえるだろう。しかも、金子兜太の文体から見て「退かされ」というのは、いかにも口惜しい、諦めさえある表現ではないのか。ここに金子兜太の挫折の表情と、いくばくかの契機をみるのも、あながち間違いではないだろう。挫折は、それが、その人にとって決定的なものにしろ、あるいはそうでないものにしろ、その程度、さまざまの段階において、その人自身に訪れるとすれば、風貌は大親分の金子兜太においても指摘できる問題である。レッド・パージにしろ、あるいは組合活動における路線上の問題であったにしろ、とにかく金子兜太は「退かされた」のであり、その「退かされた」ことによっての抵抗の運動と組織を、彼は、それ以後、日銀従組の中に打ちたてることができなかったし、もちろん継続した活動をしなかったか、できなかったのである。現在では、塩路一郎率いる自動車総連日産の職場の実態は、組合の方針に反すれば、職場八分どころかテロ・リンチの実態さえ報告されている。これこそが労資協調という名のもとに行なわれている支配秩序の現実なのである。とすれば、ここまでひどくないにしても、日銀という資本の労働者の管理・支配体制が、かなり強化され続けたとみるのは容易にうなずけるところであろう。したがって、そこでは遂にいかなる抵抗もありえず、また抵抗を行なうところまで行くことができずに断念をした金子兜太の限界がみえてくるだろう。その限界を踏み越えなかったからこそ、定年まで日銀に勤務できたわけであり、精神的には俳句を本業とすることで、もとより出世街道などには無縁であろうとしたのであろうし、その方がまた都合が良いのだと判断したのであろう。その意味では、特段に反骨という言挙げも無用だと思われる。したがって、ここでは「日本銀行にあって、従業員組合の指導者になることは、東大出身のエリートにとって何を意味するかは克明に判断することができる。しかし、兜太があえて全従業員の先頭にたって、機構の近代化、職場の民主化を叫んだなかには、氏の体質として形成されてきた反骨精神と形式への反抗があったのではなかろうか」（福田甲子雄「俳句研究」昭和50年5月）と言うのは、たぶん、さほどの重さはないであろう。むしろ「その主体の活動――まさに、これが〈人間の状況〉といえるもの――を、いかに俳句に実現するか、その方法を求めて」（「土がたわれは」）いたのが金子兜太であり、いわば俳句形式にその思いのなにがしかを託す仕方で、金子兜太の組合活動における現実的な敗北、挫折からの転換の要素をみておいてもよいと思う。

ここで、まだ、福田甲子雄がいうところの反抗精神と形式への反抗を、百歩譲って認めたとしても、たぶん、その中味は「戦後という名の開放感も――それが結局どんなに虚妄であったにせよ――あった」（「熊猫荘寸景」『詩形一本』）とするような戦後社会の情況において、日銀資本に対する義憤に似た感情に起因しているだろう。確かに、原初的には義憤で十二分なのである。が、しかし、義憤はついに義憤にとどまる。

金子の組織活動は、戦中体験を母体に鎮魂の業として企業と人間の諸悪を性急に刺しすぎなかったか。厳しく純粋であり過ぎ、あまりに、攻撃的でありすぎなかったか。……組織活動においては誠実であり、純粋一本に、

> 悪と矛盾と封建性の打破に真正面から取り組んだ。これが、金子の一生をかえるための転進を重くしたとおもうのだが。
>
> （牧ひでを『金子兜太論』）

これら金子兜太の行動が、純粋・急性であり過ぎたということは、資本との対抗関係において不十分なまま、実は致命的な敗北に転落をする危険性を当初より孕んでいたかも知れないのだ。そこでは、俳人（詩人）としての純粋さなどは、あまり役にも立たない、ある意味で全く無縁なことなのである。資本との対抗関係を乗り切る方向性と、その方向性をもった組織の維持・強化、さらにまた、そこでの労働者の現実的な展望を、まさに手に届くかたちで示すことが出来なければ、時を待たず解体されるのである。しかも、それらの解体は、日常的な生活意識にまで必然的に及んでくるのである。したがって、資本に対抗しえる組織を拡がりとして生活意識の総体をかけたものとして創出できなかったとき、金子兜太は、まさしく日銀従組から「退かされ」るハメに落ち入ったのである。そのとき、少なくとも金子兜太が、なお、当時の日銀従組、並びに資本にたった一人の反乱を文字通り義憤をこえて闘っていたとしたら、たぶん、その後の「社会性は態度の問題である」というところへ帰着はしなかったと思う。だから、牧ひでをが「この心意を無視して金子の俳句にある社会性は成立しまい」といった全く同じところから、僕は、金子兜太が社会性の限界を態度においたということがよく理解できるのである。つまり、はっきりと金子兜太は、彼の組織活動を通して日銀資本と従組に敗北し、その後は、現実的な生活の場面では、ついに金子兜太の内面に、いわば抵抗の態度が残っていれば、それでいいのだというところまで後退をしていたことの証左でもある。そこでの金子兜太は、庶民とはたぶん俺を含めてこうなんだと、庶民でいいではないか、庶民で……と一人ごちていたのだ。

まぎれもなく

縄とびの純潔の額を組織すべし

の終りでもあっただろう。

金子兜太は、庶民・サラリーマンに帰ることによって、日常へ回帰する道を選ばされたのである。それは、金子兜太の生活の相当部分をつぎこんで組織活動を展開していく意識とは、かなり違うはずである。いわば日常性との折り合いをつけなければならなくなったとき、態度ということを前面に出すより方法がなかったのであろう。

> 書くべきは――思想の生活場面、いわば生きかたとして思想を肉体化してゆく態度、その態度にもとずく日常坐臥の生きざまにある。したがって、これは、ただ日常を書くということとは違ってくる。態度のはいった日常（志向的日常と私は言う）を書くことで、その意味で、私は〈日常で書く〉という言いかたをしてきた。
>
> （「日常で書く」）

思想の生活場面、いわば生きかたとして思想を肉体化してゆくとは、具体的に何であったか少なくとも日銀を退かされ、その後の勤務を含む生活場面での肉体化ということでなくてはならず、このことは先述したように挫折していたのではなかったか。ならば、この日常とは、志向的日常と言おうと言うまいと、

同じ〈自然〉を、人間にも感受し得たとおもったとき。「不易流行」を思い、この実現を身に課して、「流行」を、人々と天然の〈現実〉とし、「不易」を、その〈自然〉とする思考が家着《ママ》しはじめたときでもある。

（「自作ノート」立風書房版『現代俳句全集』）

その〈自然〉への道のりは、わずか一歩を踏み出せばすむことであったように思う。日常への回帰の相は、すぐとなりに自然への回帰の相として地つづきなのであった。なによりも日常は、すでに支配と秩序のたががはめられており、いや、支配の論理が貫徹され秩序化されているといった方がいいだろう。いずれにしても、金子兜太が態度ということを前面にたてたのは、これ以上は後に退けない、いわば彼にとってのギリギリの最低の攻防ラインであったとみることもできる。「退かされた」後の現実的な手ざわりのない行為のなかで、金子兜太の挫折は、彼自身の最後の保留として態度に固執したのである。固執せざるを得なかったのである。したがって、必然的に金子兜太は、俳句形式における表現の問題を、俳句形式以外、いわば表現以前の作家の生き方に関連させた主体に傾斜していったのは言をまたない。

「わが湖あり日蔭真暗な虎があり」の句に触れて、金子兜太は次のように記している。

想像のなかで、湖は自分の領域となり、虎は待機の姿勢を充実させて、黒黒と伏せていた。

待機といっても、次の行動への野心といったものではない。私の場合、社会的行動はすでに頓挫していて、もっぱら自分いちにんに執し、その〈主体の表現〉を俳句にもとめていた。

社会的行動はすでに頓挫してと、金子兜太自身が、その挫折の一端に触れていると指摘していいと思う。さらには〈主体の表現〉という言い方のなかに、社会性を態度に帰したそのことを含んでいるだろうし、いわゆる人間探求派と呼称された俳人たちの俳句的手法の限界を、金子兜太もまた、その延長線上に負っていたといえるだろう。

それは、坪内稔典も指摘した「〈主体〉の表現は、どこかで、〈表現〉の主体を獲得しなければならない。現実の作者である〈主体〉ではなく、〈表現〉のなかの〈主体〉、つまり、言語空間の論理に従う〈主体〉である。もしそういう〈主体〉が成立していなければ、〈主体〉の表現は、世代的、時代的に新しい人間の表現であるという次元に停滞する。すなわちそれは、草田男的問題の次元である」（坪内稔典「昭和俳句

史（二）」、『鑑賞現代俳句全集』第一巻）ことにも通じていよう。

最後に「暗闇の下山くちびるをぶ厚くし」の句に触れるが、この句は「自作ノート」によると、福島時代、「吾妻山を、夜、ひとりで下山した」ときのものであるという。「暗闇」とは、兜太を含む当時の作家たちの比喩的措辞である。暗闇とは、現実にはいかなることを想定しても闇であり、ひかりはなく、歩く（下山する）ことなどできないはずである。経験すればわかることだと思うが、全くひかりのないところでは、目を開けている状態と目を閉じている状態は、何も見えないことにおいて全く同一である。いえば、現実の下山の有無はさておくとしても、「暗闇の下山」とは、日銀を退かされたときのある心的な状態を象徴しているだろうと思われる。金子兜太は、この句について「やや突きだし気味にしていた唇も、部厚くふくれてきて、意力の野性味をおびた昂揚をおぼえていた」（「自作ノート」）と記しているが、「くちびるをぶ厚くし」の表現には、抑圧されている何か、しかも、ふてくされて撫然とした状態、そして爆発するのではない怒りを思うことができる。また、「この句の前後に、どうしても忘れられない句が三つある。一つは、帰国後間もなく、結婚直前の『死にし骨は海に捨つべし沢庵嚙む』。あとの二つは、福島から神戸に移ってからの、『朝はじまる海へ突込む鷗の死』と『人生冴えて幼稚園より深夜の曲』で、ともに決断の心意表明である」（「自作ノート」）と記しているが、「死にし骨は」の句と「朝はじまる」の句の心意の違いはある。前者は、過去への訣別と出発、それを「捨つべし」にみてとれるし、後者は「突込む」ほかなかった「鷗の死」を、なお「朝はじまる」へもどって行くほかないものとしての情況の変貌、主体の変貌を「死にし骨は」の句と、「朝はじまる」の両句の心意の距離としてみることが出来るのではなかろうか。

思えば、金子兜太もまた、人間の生きかたと俳句形式をからませたときから、情況の変貌とともにある人間の喜怒哀楽に表現の背景を求めたといえよう。それは、必然的に、金子兜太の肉体の自然過程、情況の変貌に対応する思考を手ばなさなかったことにおいて、あまりに情況的な金子兜太の貌を見せているのでもある、といえる。

（「俳句研究」一九八二年六月号）

金子兜太

「存在者」の透徹

角谷昌子
Kakutani Masako

● 金子兜太の人となり

川崎展宏が、角川書店の「俳句」の企画「花鳥諷詠百一句」の選を任されたとき、師の加藤楸邨の一句として〈たそがれや蹠はなれし瓜の種〉を選んだ。ところが、展宏の選句に不満だった兜太は、次のように言い放ったという。

「展宏よ、お前さんはな、楸邨という存在のそんな小さなところしか取れないのか。巨大なクソの中からわらしべ一本とって、結構だといっているに過ぎぬ。」

そう言われて、展宏は、腹を立てるのも忘れ、さすがに兜太、見事な比喩だなあ、と妙に感心してしまったそうだ。それだけでも充分におかしいのだが、さらに展宏は後年、楸邨、森澄雄と鼎談《ていだん》をしたとき、この兜太の「巨大なクソ」発言を持ち出すと、楸邨は、

「いや、たまげたよ。巨大なクソという、クソに譬えられたのは初めてだ」

と、大笑いしたそうだ。藁が見事に消化された馬糞（?）の山が楸邨作品だという喩えの凄さと、それを笑い飛ばした楸邨の豪快さがなんとも魅力的だ。このエピソードだけでも、兜太の茶目っ気たっぷりの怪童ぶりがよく伝わってくる。同時に、なぜ藁稭《わらしべ》長者のような風貌の楸邨に惹かれて師事したのかも、よく分かる。

昭和三十年代、兜太は造型論を発表したあと、中村草田男と激しく論戦したが、批判しつつも愛憎相半ばするように、ずっと草田男の句を高く評価してきたことは興味深い。一貫して人間を描くことにこだわり続けてきた兜太は、楸邨の「寒雷」においても、師を単に信奉するのではなく、「人間としては楸邨、作者としては草田男」と言い続け、さらに晩年でも「私は草田男の正統な後継者だと思っている」とさえ公言している。なぜ楸邨ではなく草田男なのか。兜太が初心の頃に強く影響を受けた草田男との関係を手始めに、兜太の業績を考えてみたい。

● 俳句初心の頃

兜太は、大正八年（一九一九）九月二十三日、父元春（俳号伊昔紅《いせきこう》）、母はるの長男として埼玉県小川町の母の実家で誕生。秩父皆野《みなの》町の父の家で育つ。少年時代、父の影響で「馬酔

木」を読み、昭和十二年に、水戸高校へ進学してからは、俳句好きな先輩出沢珊太郎《でざわさんたろう》らに刺激を受ける。高三のとき「俳句研究」に投句した、〈さるすべり下宿に慣れぬ身を横たえ〉が、草田男の特選となる。そのとき同時に特選を得たのが成田千空《せんくう》だった。全国学生俳句連盟誌「成層圏」に参加、草田男、竹下しづの女らの指導を受けている。「土上」の島田青峰にも投句していたが、昭和十五年に京大俳句事件が起こり、新興俳句の俳人たちは根こそぎ検挙され、壊滅状態に陥ってしまった。さらなる言論統制と弾圧は、人間探求派にも及ぶのである。

兜太は、昭和十六年に東京帝国大学に入学してからは、前年創刊の「寒雷」に投句を始め、同時に草田男選も受けていた。当時入選したのは〈富士を去る陽焼けし腕の時計澄み〉〈小さく赤き蜘蛛手を這えり糸ひきて〉〈野ばらの蒼むしりむしりて青空欲る〉など、大学一年の軍事教練で演習に行った時の句である。この抒情性には、草田男の作風が色濃く反映していよう。

兜太は、草田男の第一句集『長子』（昭和十一）よりも、第二句集『火の鳥』（昭和十四）に影響を受け、草田男作品の舞台となった大島に渡り、〈天の帆綱裸燈にまざと春の航〉〈火の山登る翁褐色の犬を連れ〉などと詠んでいる。

昭和十八年、日本銀行に就職。翌年、海軍主計中尉としてトラック島に赴任し、〈魚市の丸胴蜥蜴這い廻りて去りぬ〉〈被弾のパンの樹島民の赤子泣くあたり〉などと詠んだ。この戦地での死に直面する凄惨な体験は、のちの兜太の生き方に決定的な影響を与える。〈水脈の果炎天の墓碑を置きて去る〉との後悔と痛み、反戦への誓いは、一生、兜太の心から離れなかった。

●兜太の戦後――楸邨に師事

兜太は、戦地にあっても、楸邨、草田男のことしか思わなかったという。韻文精神を打ち出し、古典へ帰れと主張した波郷は、回顧的で興味が湧かなかった。米軍捕虜となって復員帰国した兜太は、楸邨宅を訪れ、楸邨師事を表明する。楸邨の戦争責任を糾弾した草田男に権威主義的な物言いを感じて反発を覚え、楸邨の人間的な懐の深さに心が傾いたからだ。

戦地から帰還後、兜太は人生の大木は転換期を迎える。昭和二十二年に日本銀行に復職し、結婚。また、沢木欣一の「風」にも参加した。翌年には、長男の眞土《まつち》が生まれている。二十四年、日本銀行組合事務局長となり、組合運動に専心したため、福島や神戸など地方の支店へ飛ばされることとなる。だが、銀行での出世コースは逸れたものの、地方での体験が、句作の糧となった。俳句初心の昭和十五年から昭和三十年に至るまでの戦争体験、日銀復職、新家庭、社会を描いた作品を収める第一句集『少年』を昭和三十年に刊行。翌年、現代俳句協会賞を能村登四郎とともに受賞する。こうして俳壇に大きな存在感を示したのである。

●独自の句風確立へ――草田男と兜太作品の比較

『少年』所収の初期の俳句から、草田男作品との響き合いを挙げ、社会性俳句に至る過程を追ってみたい。

茂吉歓語手啓《ひら》き炭火見下ろして　草田男
蛾のまなこ赤光なれば海を恋う　兜太

兜太は水戸高校時代、斎藤茂吉の『赤光』『あらたま』などを熱心に読んでいた。〈赤光〉の句には茂吉へのオマージュがあろう。草田男は茂吉の歌を読み、こんなに率直に描けばよいのだと詩歌開眼した。兜太俳句には茂吉の「実相観入」や心象写生の作風の影響も見出せよう。

火の山は夏富士を前戦を背　草田男
火の山登る翁褐色の犬を連れ　兜太

草田男は、大島でマグマのように湧き上がる創作意欲を示した。これに倣うように、兜太も大島へ出かけて、〈吾若し春星空に帆綱鳴る〉など、青春の思いを俳句に刻んでいる。

なめくぢり蝸牛花なき椿親し　草田男
なめくじり寂光を負い鶏のそば　兜太

草田男の掲句には、安らかな思いが反映しているが、兜太のなめくじは、仏教語の「寂光」をまといつつも剝き身であり、近くに鶏を配置し、その嘴《くちばし》や蹴爪《けづめ》を想起させて危機感をはらむ。

妻のみ恋し紅き蟹などを歎かめや　草田男
土人の足みな扁平に蟹紅し　兜太

草田男の妻恋の句の「蟹」は、啄木の〈われ泣きぬれて蟹とたわむる〉にちなむ。兜太はトラック島で蟹の赤さを凝視し、草田男の「蟹」を思っている。この「蟹」は、やがて〈原爆許すまじ蟹かつかつと瓦礫あゆむ〉の象徴的存在として発展してゆく。

父となりしか蜥蜴とともに立ち止る　草田男
魚雷の丸胴蜥蜴はい廻りて去りぬ　兜太

草田男の句は、晩婚の末ようやく父となり得た喜びと戸惑いが、「蜥蜴」の動きに重ねられた。一方、兜太の「蜥蜴」は、同じモチーフながら、戦地の魚雷の胴を這っており、不気味さが立ち上がってくる。兜太は〈急ぎ且つ首あぐる蜥蜴吾も独り〉と自分の孤独を蜥蜴に重ねた。

ほかにも、草田男の〈蝌蚪見れば孤児院思ふ性を棄よ〉に対し、兜太の〈青草に尿さんさん卑屈捨てよ〉、子供の誕生を詠んだ草田男の〈吾妻かの三日月ほどの吾子胎《やど》すか〉〈桜の実紅経てむらさき吾子生る〉〈あかんぼの舌の強さや飛び飛ぶ雪〉に対し、兜太の〈妻みごもる秋森の間貨車過ぎゆく〉〈独楽廻る青葉の地上妻は産みに〉〈舌は帆柱のけぞる吾子と夕陽をゆく〉などを挙げると、草田男の抒情性に対し、兜太は抒情性をあえて打ち捨てるような即物的な詠み方だ。また、兜太は産む主体の妻を子よりも優先する。赤子の生命力を描くにも、草田男は舌と雪を取り合わせるが、兜太は「帆柱」と描ききる。ここに、草田男の影響を脱した兜太の肉体感覚重視と、両者の俳句への志向の違いを見出すことができよう。

草田男の〈月夜なり買ひ来て下駄を眺める妻〉〈雛の軸睫毛向けあひ妻子睡る〉は、季語の活かされた抒情的な作だ。これに対し、兜太は〈氷積みし自転車疾走す路傍の妻〉〈雪降るなかのコンクリート塀母子眠らせ〉と、家族を描くにも社会と対比させた。兜太の神戸時代は、社会性俳句にあらざれば、俳句にあらずという風潮であった。『少年』にはほかにも、神戸らしい〈港湾ここに腐れトマトと泳ぐ子供〉〈秋暑の主婦海の音聞く濁る海の〉や、〈首切る工場秋曇の水を運河に吐き〉〈塩素禍の葭原自転車曲り置かれ〉など、社会性を強く意識した句がある。

ほかに『少年』のよく知られた作品に〈曼殊沙華どれも腹出し秩父の子〉〈きよお！と喚いてこの汽車はゆく新緑の夜中〉〈暗闇の下山くちびるをぶ厚くし〉などがある。

●造型論、前衛俳句へ

銀行員等朝より螢光す烏賊のごとく

第二句集『金子兜太句集』（昭和三十六）

素材主義に傾いた社会性俳句の反省から、兜太は「造型論」を打ち出し、「『造型』とは、直接結合を切り離し、その中間に『創る』自分を位置させる」のだと説いた（「俳句」昭和三十六）。掲句は、その一例としてよく挙げられる。日銀の職場の蛍光灯に浮かび上がる銀行員の白シャツと、萩の水族館の烏賊の映像が一体となり、「創る自分」が発動して一句になった。この「造型論」に対し、真っ向から批判したのが草田男であった。草田男にとって、対象と自己の直接結合（草田男は「貫通相」と呼ぶ）を意図的に切り離すことは、あり得なかった。

草田男と兜太の往復書簡は、「現代俳句の問題」として昭和三十七年「俳句」に掲載された。兜太は、「最短定型詩形として、十七音律を重視し、季語・季題という約束の拘束を拒絶する」としたうえで、自分たち「前衛」に対し、草田男らを「守旧派」と呼んだ。これに応えて草田男は、「十七音形式と季題の二条件こそ俳句を形作る必須の基盤」とし、季題こそ「永久に生きものとしての俳句を生み続けてゆく伝統の『母胎』」であり、自分は「守胎派」であると断言した。ここに両者の季語への態度の違いが鮮明となる。兜太の言葉によると「人間探究派は季語と情、私は現代風物と情」である。なお、この論争の際に、草田男に精神的なダメージをもたらすほど、兜太は草田男に対して大変辛辣《しんらつ》な言葉を繰り返し発した。それは、兜太の造型論を草田男がろくに読みもせずに批判することに対し、愛憎半ばする不満が炸裂したのではないかと考えられる。同年、四月、兜太は同人誌「海程」を創刊、のちに主宰となる。

掲句の収められた『金子兜太句集』には、〈青年鹿を愛せり嵐の斜面にて〉〈朝はじまる海へ突込む鷗の死〉〈彎曲し火傷し爆心地のマラソン〉〈華麗な墓原女陰あらわに村眠り〉〈粉屋が哭く山を駈けおりてきた俺に〉〈果樹園がシャツ一枚の俺の孤島〉〈わが湖あり日蔭真暗な虎があり〉など、代表句が目白押しだ。

●精神源郷への思い

① どれも口美し晩夏のジャズ一団

第三句集『蜿蜒《えんえん》』（昭和四十三）

2017年11月、現代俳句協会70周年祝賀会で「秩父音頭」を熱唱。撮影＝黒田勝雄

② 無神の旅あかつき岬をマッチで燃し
③ 霧の村石を投らば父母散らん
④ 三日月がめそめそといる米の飯
⑤ 人体冷えて東北白い花盛り
⑥ 涙なし蝶かんかんと触れ合いて
第四句集『暗緑地誌』（昭和四十七）
⑦ 谷に鯉もみ合う夜の歓喜かな
⑧ 暗黒や関東平野に火事一つ
⑨ 海とどまりわれら流れてゆきしかな
第五句集『早春展墓』（昭和四十九）
⑩ 山峡に沢蟹の華微かなり
⑪ 日の夕べ天空を去る一狐かな
第六句集『狡童』（昭和五十）
⑫ わが世のあと百の月照る憂世かな
（『金子兜太全句集所収』）
⑬ 大頭の黒蟻西行の野糞
第七句集『旅次抄録』（昭和五十二）
⑭ 梅咲いて庭中に青鮫が来ている
第八句集『遊牧集』（昭和五十六）
⑮ 谷間谷間に満作が咲く荒凡夫
⑯ 猪が来て空気を食べる春の峠
⑰ 山国の橡の木大なり人影だよ

兜太は昭和四十年代から、「古典と現代の総合」を希求する。『蜿蜿』では、身体感覚を豊かにして素材に偏らぬ、強い主体的意識を打ち出す。そして正岡子規の歌〈混沌が二つに分かれ天となり土となるその土がたわれは〉から、自分は土に根差した〈土がた〉として、庶民性を俳句に求めるようになる（「俳句」昭和四十五年八月）。『蜿蜿』『暗緑地誌』『早春展墓』の作品の背景には、二人の作家研究が反映している。まず、最初は種田山頭火であり、「存在者」（存在そのままの生きざまを曝す者）との思いを強める。当時主唱した「定住漂泊」とは、放浪が叶わない現代人でも、漂泊の思いを抱きつつ、自由を貫く姿勢だ。次は、小林一茶で、『ある庶民考』（昭和五十二）において「即物的日常」「荒凡夫」（一茶六十歳の語、煩悩具足五欲兼備の愚者）を高く評価する。

兜太作品の下五の名詞止めや動詞の終止形、「かな」の駆使は断定的・男性的な印象を与える効果があり、⑰〈人影だよ〉の独特な文体は、どこか歌謡の韻律に誘う。掲句の③〈霧の村〉の農山村崩壊、⑤〈人体冷えて〉の身体感覚、⑧〈火事〉の象徴性、⑨〈海とどまり〉の「定住漂泊」の思い、⑩〈山峡に〉の秩父事件を背景とする静寂と熱気、⑬〈大頭の黒蟻〉の西行をあえて卑俗に置く手柄、⑭〈梅咲いて〉の詩と俳の見事な融合、⑮〈荒凡夫〉評価など、広く素材を探り、句境を深めてゆく。⑯〈猪〉⑰〈橡の木〉を含め、いずれの句も「生きもの感覚」（生きものとして自ずから感応できる天性）が煌めいており、アニミズムへの希求が明白だ。

●『詩経』から独自の国学俳句論へ

抱けば熟れいて夭夭《ようよう》の桃肩に昴《すばる》
第十句集『詩經國風』（昭和六十）
麦秋の夜は黒焦げ黒焦げあるな

『詩経』は、中国の黄河流域における周以後の歌謡が集められて儒教のテキストとなったもの。一茶が『詩経』国風を素材として俳句を作ったことに兜太も興味を持ち、「大空間に育った古代中国の民のことばを堪能」したいと思うようになる。句集名にもなった「狡童」とは、詩序にある不実な男を指すと考えられ、「狂童」の語も見られる。⑪〈日の夕べ〉や〈谷のなかに蓷《たい》の草あり嘆きたり〉なども、男女の機微を描いた詩編から、イマジネーションを発展させた俳句だ。掲句〈抱けば熟れいて夭夭の桃肩に昴〉は、『詩経』の「桃之夭夭／灼灼其華」から、肉体感覚豊かな艶が溢れ、〈昴〉の悠久と融合する奥行きのある作である。〈麦秋〉の句では、原爆の広島、長崎、トラック島を思ったと自解する。中国の大平原の〈麦秋〉の焦げたような色彩から、春秋時代の戦火を思い、さらには世界の戦地や被災地に思いを馳せたのだ。

本居宣長の「もののあはれ」の文学観は、明清の詩学が影響しており、漢意を柔軟に受け入れる立場だったことを中西進が認めている。確かに、『詩経』の序以来の伝統として治国、修身、政道の助けとして歌があると考えられていた。だが、宣長は、『詩経』を素直な心の反映とし、性情を詠むことの大切さを認め、中国文化に対して日本のすぐれた文化性にも注目したのだった。さらに宣長は、「情に感ずることはみな阿波礼なり」と説き、己の近世国学を展開する（『折口信夫―東アジア文化と日本学の成立』）。

このような宣長ゆかりの和歌論を、俳句に敷衍《ふえん》して作品に実らせたのが兜太とは言えまいか。兜太は一茶研究の過程で、「情《こころ》（ふたりごころ）」すなわち他者へ向かって開くこころの重要性を認識するようになる。「情」に対して「心」とは、自分自身に閉じて攻めるこころの状態と考えた。兜太は『詩経』の男女の「情」から一般的な人間関係の「情」へと範《はん》疇《ちゅう》を広げ、広大ないのちの文芸として俗なるものへも目を向ける。そこで評価したのが、山頭火や一茶であり、煩悩具足のいのちの讃歌としての俳句を唱道したのは、独自の国学俳句論の応用と思える。

●産土との呼応

夏の山国母いてわれを与太《よた》と言う
第十一句集『皆之』（昭和六十一）

冬眠の蝮のほかは寝息なし
酒止めようかどの本能と遊ぼうか

第十二句集『両神』（平成七、第十一回詩歌文学館賞受賞）

長生きの朧のなかの眼玉かな
朝ひぐらし眼を開けて楸《ひさぎ》生う野に
ときに耕馬を空に映して大地あり

『皆之』の句集名は、郷里秩父の皆野町と現住地の熊谷市上之の地名を合わせたもの。一句目の〈夏の山〉は、戦地にあっても自分を守ってくれた秩父の両神山の霊力を思っての作だろう。〈与太〉の語には、奔放な少年兜太への母の愛がある。冬山の静寂を〈蝮のほかは寝息なし〉と描いてアニミズムの雰囲気が濃厚だ。

『両神』は、兜太にとっての補陀落《ふだらく》である霊山への尊崇の念が反映され、産土《うぶすな》への愛着が強く感じられる句集。〈どの本能と遊ぼうか〉は、兜太の人生讃歌だ。〈朧のなかの眼玉〉は、楸邨の〈おぼろ夜のかたまりとしてものおもふ〉に呼応していよう。あわあわとした大気のなかに、ぎろりと光る眼玉こそ、現実を直視する存在の証だ。〈楸生う野に〉は、平成五年に八十八歳で長逝《ちょうせい》した楸邨への悼句。〈眼を開けて〉に実存への凝視の姿勢が感じられる。〈空に映して大地〉には、「天人合一」の境地、宇宙との一体感がある。

兜太にとって俳句は、実存の認識の文学であり、肉体感覚により定型詩へ言葉を解き放つ自在さが際立つ。兜太は季語をほかの語群と並列に置くことで本意や季節の束縛から解放し、新たな生命を吹き込もうとする。その効果が確かに実感できるのが、『両神』だろう。

●兜太俳句の集大成

よく眠る夢の枯野が青むまで

第十三句集『東国抄』（平成十三、第三十六回蛇笏賞受賞）

おおかみに螢が一つ付いていた
おおかみを龍神と呼ぶ山の民
小鳥来て巨岩に一粒のことば
老母指せば蛇の体の笑うなり

第十四句集『日常』（平成二十一）

言霊の脊梁山脈のさくら
今日までジュゴン明日は虎ふぐのわれか

兜太は俳聖と呼ばれる求道的な芭蕉より、人間くさい一茶、山頭火に魅かれる。芭蕉の〈旅に病んで夢は枯野をかけ廻る〉を踏まえて〈枯野が青むまで〉と描いた。ここには、「古きよきものに現代を生かす」との兜太の信条が反映していよう。青々とした若草の野には、冬を経た再生の輝きがあり、芭蕉のさすらう夢を現在の生命力に充ちた景に転じたしたたかさがある。〈おおかみ〉の二句は、原初のイメージを肉体感覚を通して形象として顕《あらわ》にし、言葉の力によって原初に現実の生命の息吹をこめる。〈小鳥来て〉こぼす声は、巨岩を目覚めさせる〈一粒のことば〉となり、アニミズムへの深い思念がある。くねる〈蛇の体の笑〉いも、同様のアニミズム精神だ。〈脊梁山脈〉とは、大陸や島の分水嶺となって走る山脈のこと。原初の山岳信仰と結びつき、〈言霊〉が桜となって形象化されたようでもある。〈ジュゴン〉は今では、沖縄の辺野古基地建設により棲息地を追われた動物として反対運動のシンボルだ。ぽってりした体軀とおとなしい性質はまさに平和の象徴である。変身しても〈虎ふぐ〉とは、兜太一流のユーモアだ。

●兜太の業績と草田男

　第二次世界大戦後、サルトルの実存主義が、広く一般にも知られるようになる。自己の存在の在り方を問い、現実と積極的に向き合う「実存」への思いが重視される。また、サルトルと同年代のメルロ・ポンティは、「心身合一」の知覚に着目した。兜太は彼らの思想と、さらにボードレールやヴァレリーの詩学の「コレスポンデンス（詩的連想）」を合わせて、独自の造型論を導き出したように思える。国文学者栗山理一《りいち》は、造型論の「創る自分」による対象と自己の分離こそ、対象の「微」を捉えて「情の誠」を求めた「芭蕉以来の詩的構造」の変革論であるとして高く評価した（『俳諧史』）。造型論は、写生の革新という点で画期的な表現・方法論だったのである。兜太の業績のさらなる評価とは、「存在」を問うハイデガー以来の西洋哲学的アプローチばかりでなく、アニミズムに根源を求めて深く自然や風土に根を下ろす日本学との融合を図ったことだろう。

　人間探求派、なかでも草田男と楸邨の作品は、人間の存在、ひいては存在そのものの深さを描くために、言葉と四つに組み、悪戦苦闘した葛藤の残滓《ざんし》があり、しかも身体感覚に富み、アニミズム的雰囲気を漂わせる。彼らの用いる言葉は、比重が大きく沈みがちだ。さらに、その底には、混沌を呑み込んだ沼が横たわっている。その沼とは、人間の無意識の世界、さらには存在そのものの深淵にも通じる森閑とした磁場があるようだ。通底するその深淵の時空を、兜太もずっと求めてきた。

　兜太は言う。「草田男の〈南に冬日ひねもす北蒼し〉『来し方行方』は、すごい句だ。存在の根っこを書かないと本当の作品とは言えないと思い、造型論を編み出した。人生探求派の究極の姿は、存在の根っこ、存在の宇宙に到達した〈南に〉だと思う」と（「未来図」平成二十一年五月）。草田男俳句に、近代と反近代の融合を図った自分と同じ俳句への姿勢を見出したゆえの言葉だと思う。

　人間探求派は、それぞれの境界を押し広げ、独自の句風を樹立させてゆく。そのなかでもとくに草田男は、生への執着を捨てず、晩年も枯淡の境地に安住することなく、人間ばかりでなく、生命そのものを最後まで描き続けた。その態度を兜太は「草田男は徹底して存在に食い込む句を作り続けていった」と評した。このことこそ兜太が草田男作品を高く評価する理由だ。だが忘れてはならないのは、兜太俳句の内包する混沌は、草田男より師楸邨の抱える混沌に近い印象があるということだ。

　兜太と草田男が決定的に違うところは、季語の扱いばかりでなく、草田男は「聖」、兜太は「俗」に軸足を置き、かつ、その範疇に留まっていなかったことだ。草田男は生涯かけて俳句の文芸としての「絶対」を求めた求道者であり、兜太は美意識や洗練などの桎梏《しっこく》から自らを解放した土俗的「存在者」だった。

　第一句集『少年』の「後記」に兜太は「何よりも、自分の俳句が、平和のために、より良き明日のためにあることを願う」と記した。その思いは生涯を通じて貫かれた。最晩年、選者となった「平和の俳句」（東京新聞）は、戦後七十年の平成二十七年に始まり、三年間で十三万以上の日本全国および海外からの投稿数を得た。これは俳句という文芸が、「大衆の詩」として社会活動にまで至ったという貴重な事例である。

　平成二十九年十一月、創設時から尽力してきた現代俳句協会が七十周年を迎えた。記念式典の懇親会席上で、兜太は「秩父音頭」を披露した。土に根づいた庶民の歌謡は身体に蓄えられ、『詩経』を超え、世界に通じる俳句の韻と波動に結びつく。金子兜太こそ、近代・反近代、また伝統・革新という対立軸を超越し、融合させようとした稀有な俳人ではなかったろうか。

　　長寿の母うんこのようにわれを産みぬ　『日常』

　楸邨作品を「クソ」に喩えた兜太にとって、生誕も死去もまた、単に生理的な一事象にすぎないと言えようか。平成三十年二月二十日逝去。享年九十八。「土がた」兜太は、土に還ってゆく。

（『俳句の水脈を求めて』二〇一八年十一月）

兜太の《今日の俳句》とそれ以後

武良竜彦
Mura Tatsuhiko

1 「存在の純粋衝動」を詠む詩法

水脈の果て炎天の墓碑を置きて去る

代表句の一つであるこの句の原点には、海軍主計中尉として赴任した南洋・トラック島での戦場体験があった。一年三か月間の捕虜生活を終えて、日本へ帰る船上で詠まれたものだという。死者への眼差しが焼き付いている。その視座を生涯失わなかった。

銀行員等朝より螢光す烏賊のごとく
朝はじまる海へ突込む鷗の死
彎曲し火傷し爆心地のマラソン

初期の俳句は社会性が滲む作風である。

そんな金子兜太には、どんな詩想があったのだろうか。兜太の俳句論の原点ともなり、一般向けに書かれた『今日の俳句』（注1）の中の言葉を振り返っておこう。「まえがき」には次のようなことが述べられていた。

戦争とその敗戦を体験しながらも、現実と向き合おうともしない伝統俳句派を「既成の権威によって自己主張しようとする者のひよわな利口さえ見えて、醜い」と痛烈に批判し、「この詩形が、つねに、その時その時において人びととともに生き栄え、磨かれてきたこと、そこに、その詩形の意義があり、これを用いて自分の心を表す人たちのささやかな満足と喜びがある」とするこの言葉は、戦後の俳句を切り拓こうとする宣言文のようだ。

本書では、子規以来唱えられてきた俳句の写生論を、身体性を伴うイメージの創出へと表現手法を転換することの必要性が語られていた。伝統俳句でいう写生論が、俳句内俳句論的な内向きに閉じた手法論に留まっていて、非文学的だったのに比べて、兜太のこのイメージ論は、やがて彼の俳句表現論の核を為すに至る「造形」の詩法として結実する。伝統俳句との決別という側面を持つ俳論である。

表現の手法を語るとき、その前提として「何か他人に向かって訴えたい気持ち」を表現に向かう出発点と捉えている。その欲求を俳句という表現で実行して得る充足、そして更なる渇望、「そのくり返しのなかに―いや、それをしばしば推進機として、私たちは生きてゆくのだ」という言葉で、俳句は生きることと同義であるという視座が示された。

さらに散文の論理世界のように明快なものではなく、「わけのわからぬ〈もやもや衝動〉〈言うに言われぬ欲求〉そのものである」と述べている。

また「詩の技法とは比喩を作り出す技術のことである」としている。俳句の中で自然由来のものやものごとが詠まれるとき、伝統俳句ではそれらに自分の境涯的な心情を仮託する手法が取られるが、兜太はそれを素材・題材と見做し、それらを駆使した比喩で表現するという手法を取る。

以下、金子兜太氏の創作思想が伺える文を抜粋する。

「日常生活というのは、文字どおり日常の生活のことだが、思想生活という言葉があるなら、それも入れて、日常生活を広く受け取っておきたい」

「書いても書いても書ききれないが、それでいて、あるいは、一つの言葉で捉え、爆発させうるような感情の核―その核反応が〈詩〉なのだ」

「〈詩〉とは、私なりの言い方で、〈詩反応〉とでもいうべき、私たちの心的機能（感情を中心とした感覚、意識などの働き）の反応として、まず考えておかなければならないものである」

「詩の本質は抒情である」（抒情は）「二とおりの意味に使われている。一つは〈感情の純粋衝動を書く〉という本質的な意味。いま一つは〈情感本位に書く〉という現象的な意味。／私は、はじめの感情の純粋衝動を書くという本質的な意味のほうを、真の〈抒情〉と考え、これが〈詩〉の本質だと確信している」

「〈詩〉とは、理知の根にあって、やがては理知を燃え立たせる力ともなる〈感情〉に根拠を置く」

「私は、感情という言葉を〈存在感〉という言葉に置きかえたいのである。〈存在〉という概念が強く求められるのは、まさに〈詩〉においてであると私は思うからだ」

これらの言葉は晩年、「存在者」と述べていた兜太式俳句表現論の根源的なモチーフとなったものだ。

兜太が提唱した造形の詩法の出現は、それ以前の俳句表現論に欠落していた「表現主体」に対する視座を初めて提唱したものだ。

兜太はそれを「創る自分」と呼ぶ。

正岡子規の写生、高浜虚子の花鳥諷詠、中村草田男の抽象などの表現的な言い回しには、文学を含む芸術作品を創っているのは誰かということに対する認識は希薄である。

彼らの場合、「作者」は生身の「私」に極めて近い。「私」を客観化して表現するという視座はあまりない。

流れゆく大根の葉の早さかな　　虚子

人体冷えて東北白い花盛り　　兜太

虚子の俳句には大根の葉を眺めている「私」らしい者の存

在を微かに感じることはできるが、それを詠んでいる表現主体のことは意識されていないように見える。

兜太の句の場合は「私」をも客体として取り込んで詠む別次元の意志が感じられる。ここで「人体」と表現されたものの中に生身の「私」も含まれていて、句世界を詠んでいるそれとは別の意志的な作者の存在、つまり兜太のいう「創る自分」である「表現主体」が意識されていることは確かだ。

林間を人ごうごうと過ぎゆけり　兜太

この「人」も「私」を含む人類あるいは人間という存在そのものである。「林間」が自然界を象徴し、そこを「ごうごうと過ぎ」ゆく動的様態を造形している。そのことでここに文字として書かれている以上の、別次元の主題性を獲得している。

さらさらと竹に音あり夜の雪　子規

西洋美術用語から借用した正岡子規の写生論には、対象を観察し写し取ろうとする「私」の「意志」の方に、やや比重がかかっているように読むこともできるが、表現主体のことはあまり意識されていないように見える。

冬の水一枝の影も欺かず　草田男

玫瑰や今も沖には未来あり　〃

葡萄食ふ一語一語の如くにて　〃

中村草田男の抽象はニーチェなどの西洋思想から影響を受け、その思想性を日本的な情感で表現している。私小説的自己表現に拘る「意志」を感じさせる「私」が前面に出てくる表現であるが、表現主体のことは強く認識されていないように感じる。

華麗な墓原女陰あらわに村眠り　兜太

兜太のこの句は「私性」を振り切らなければ造形できない。日本の伝統的情感を突き抜けた性（生と死）の土俗的な力強さそのものの表現であろう。

海流についに見えねど海流と暮らす　兜太

この句のように「私」と「表現主体」が重なる表現の句もあるが、私的詠嘆の方に主題性があるのではなく、存在の根底に常に流れている何か大きなものを感じつつ生を営んでいるという思弁の方に重点が置かれている。

「私性」に拘る閉鎖的な自己表現を、兜太は「心（ひとりごころ）」と呼び、それに陥ることを避けるための詩法を、「情（ふたりごころ）」と呼んだ。

自己の相対化、主客合一、平たく言えば自分の中に他者へ通じる視座を置く、独りよがりを回避する詩法であるとも言えるだろう。

晩年までの兜太の詩法は、存在感の表現を軸とした存在の諸相を造形的に表現するものであったと言えるかも知れない。

２　「兜太以後」ということ

何々以後というと、きっぱりとそこで前のものが無くなって、後のものだけになるという意味合いが付き纏うが、現実はその前後のものは同時に併存並行する。

伝統俳句はずっと存在しつづけているが、兜太の「造形俳句論」の登場によって、伝統俳句「以後」が始まったという意味である。

同じように兜太の「造形俳句論」の影響下にある流れと並行して、「兜太以後」は兜太の生前からすでに始まっている。

兜太のように戦時中、大人であり直接・間接的にも戦禍を体験した世代の後、戦時下では子どもであり、墨塗りの教科書で戦後教育を受けた世代を「戦後第一世代」と呼ぶなら、純粋に戦後生まれで戦後教育を受けた世代は戦後第二世代ということになろう。

この戦後第二世代は７０年代に思春期から青年期を迎えている。第二次安保世代以降の世代であり、この世代はさらに団塊・全共闘世代と、それ以後でものごとの捉え方に違いが見られるようだ。

前者は高度成長期のまっただ中にあり、それ故の社会的歪みの顕在化が同時進行だった世代であり、後者は社会の歪みが決定的な様相で恒常的に存在した時代に思春期を送った世代である。

この後者の７０年代に思春期を過ごした詩人・俳人の意識には、それまでの歴史・文化との不連続的な孤児性がある。表現の上では一元的な主題性の表現に絡めとられることへの、潔癖なまでの拒否感を持つ失語症的な表出となって表れている。既存の価値観・言語表現観への徹底した不信感がある。

この世代の一人で、かつて鈴木六林男の門下にあり、現在は「５７５」という個人編集発行の俳誌で表現活動をしている高橋修宏氏が含蓄に富むことを述べている。（注２）

暗闇の目玉濡らさず泳ぐなり　　鈴木六林男
暗闇の下山くちびるぶ厚くし　　金子兜太

この二句をめぐってこう述べている。

「暗闇」をめぐる二つの俳句の隔たりと、その間に広がるものこそ、戦後俳句と呼ばれる荒涼とした領土のひとつであったと、いま差しあたり考えてみることができるかもしれない。

わたしたちは、その荒々しい豊饒な領土を、どのように見ればよいのか。語りつづけることができるのか。あるいは、すでに失いつつあるのだろうか。

戦後の俳句表現における問題点を、この二句の対比で象徴的に指摘する高橋修宏氏だが、たしかに戦後俳句表現には、そのような層的な分裂というか、住み分けのようなものがある。彼は兜太の句については何も言及していないが、兜太の「暗闇」が「下山」する身体的状況だけを覆う、目先の利かなさの中の、自分という存在の確かさを頼りにしている感覚に対して、六林男の「暗闇」は確かに異質だ。

　六林男の「暗闇」は視界不良の得体の知れない広がりを持って自分を囲繞する情況であり、ただ「泳ぐなり」という意思的ではないぎりぎりの人間的な自己表現だけがある。

　戦後は「身体性」を基調とした「存在」の有り様そのものが、疑われてゆく時代だったという認識の者にとっては、六林男の句の方に深いシンパシーを感じるのではないか。

　この世代にとって、まさに自分を囲繞する情況が、得体の知れない「暗闇」のように感じられているのは頷けることだ。

　近代以降の人間とその社会の存在様式自身が、人間を含むあらゆることに対して加害的になってきていることが認識され始めた時代に、俳句表現のことを考えなければならなかった困難を、最初から引き受けざるを得なかった世代でもある。

　彼等はまず次のように自問することから始めざるを得ない世代だ。

　あらゆる言語表現が、ものごとから遊離してしまう言葉の失効性が顕な時代に、その言語そのもので切り結ぶことが可能なのか。

　地球規模の生命の危機を含む、人間としての存在論的な危機を見つめ、簡単に答えなど得ることができない永遠の問いかけをするのが文学の存立的契機ではないかという思いが根柢にあるように見える。

　兜太が唱えた表現主体論を言語主体論として当然のこととしつつ、言語表現が纏う主題性が直接的な意味文脈に回収されることへの、潔癖症的な拒否感があるようだ。

　彼ら「前衛系」の俳人たちが構築してみせる俳句世界はそれぞれ違うが、ある共通点がある。彼等がそのことに自覚的かどうかは別問題として、最先端の哲学的思潮を反映しているように感じられる。

　たとえば高柳重信が、伝統俳句に対するアンチテーゼとして、もっと多様で自由な表現形式があってもいいはずだという思いから、多行形式俳句などに挑んだときの「俳句は形式が書かせる」という言葉には、まるで哲学の構造主義のような響きが感じられる。

　そして高柳に師事して新しい表現に挑戦した俳人たちのその後の試みには、表現内容の脱・構造主義的な面が感じられる。

　そこからさらに脱構築的な手法へと各自それぞれの表現を切り拓いてきているように見える。俳句の言葉の解体と再構築である。

　そしてそれ以後のポスト・モダン的な思潮が抱え込む、世界にはあらかじめ意味あるものなど存在しないというようなニヒリズム的側面を超克しようとする試みがなされているようだ。

　無意味に意味を見出す逆説的な反転思想ではなく、無意味であることをそのまま受け入れて生きることに生じる諸問題を、哲学的に再考しようとしている思潮の反映が覗えるようだ。

　俳句表現に引き付けて言えば、言葉も含めて既存のあらゆる価値観にも依存しないが、今自分が表現をする限定的な創作行為において、できることを為し、その成し遂げたことも疑い検証するという、無限の営為の中に創造的営為を置き直すという詩法と言えるかもしれない。

　そうなると当然、その表現方法も俳人各自の、言葉との格闘の結果獲得され、獲得された途端に疑われてゆくことになる。

　兜太以後に表現論的な纏まりのある論考が確立されていないという評言に接することがあるが、それをもって兜太の詩論が、後続の世代の俳人にとって、今も有効な表現方法論であることを保証するものではない。

　兜太のように先行する詩法への批判意識に立脚する、統一的な表現論自体が成立しない地点まできているのである。

　後続の特に「前衛」的な位置にいる俳人たちにとって、俳句表現の統一理論など不可能であるように感じられているはずである。

　もはや時代はそんなものを必要としない、多様性の時代の孤独な営みの中にしか、俳句の創造はないという認識のように見える。

　そのような認識と各自の方法の絶えざる模索が、「兜太以後」という俳句表現の現状であり、とりあえず一つの「新しいかたち」と言えるのではないだろうか。

　個的であること、多様で全体像が捉えにくいことは、必ずしも憂うるべきことではないだろう。

　多様性とは拡散していくような不安の中にある現象ではなく、そこにこそ俳句表現の明日を拓く何かが胚胎している現象だということではないだろうか。

注1　『今日の俳句』（光文社一九六五年刊）
注2　「六林男をめぐる十二の章」の編集後記（「５７５」の「０４」二〇一九年九月刊）

俳句という武器

金田一剛
Kindaichi Kou

地元の人がそう呼ぶ「秩父谷」を囲んで、丘陵地帯には幾つもの場所に六地蔵とか十三地蔵が安置されています。それらの石地蔵が拝顔しているのが、武甲山。わたしの友人のアマチュアカメラマンがいいます……。

「秩父路には何カ所にも地蔵尊があるけれど、武甲山を背にしてさ、ぼくのカメラの方を向いてくれてるお地蔵さんはほとんど居ないんだ。みんな御山の方を向いているんだよね」

　これで、アマチュアカメラマンとは、いかに物事の本筋が見えていない種族なのかが露見されますね。ま、友人ってこんなものでしょう。

　わたしも秩父の地が大好きです。初めて訪れたとき、丁度、「兜」を圧《お》し置いたような二段構え台形のような大山に対峙した時は恐怖すら覚えたものです。後に、なぜあんなにも異形の姿なのかは、山を崩してセメントを採掘したからだと知りました。

　金子兜太。親が付けたであろうその名前に「兜」の字があるのは、武甲山の「甲」と同義だと思います。「兜」と「甲」、意を成しています。

　両神山、三峰山、そしてこの無骨な武甲山に囲まれた産土《うぶすな》、秩父谷の皆野町。そこで兜太が生涯に何句、どんな句をつくったかは兜太研究家に任せるとしまして、

　曼珠沙華どれも腹出し秩父の子

は、兜太がいちばん愛した産土、秩父谷を書いた句。秩父路は、わたしが都度に実践している「関東１００粁圏大人の遠足」でその地を訪れる度に見えてきて反芻している、いちばん大好きで兜太をいちばん理解できる一句です。

　わたしが、ちょっと昔の俳句や、特定の俳人について調べようとするとき参考とし、拠りどころとするのが「現代俳句上下」川名大著（筑摩書房）です。下巻の「人間探求派」の項目、中村草田男、加藤楸邨、……四人目に金子兜太があります。

　川名氏の一文で、金子兜太が俳句界で実践した革新は高浜虚子を中心とする伝統俳句が「写生」「諷詠」という自己と

対象を平易に結びつけ捉まえる表現方法だったのを、「造形」という次元に変容させたことにある、とありました。

　俳句が「俳句道」へと進むのを、ことばと文字の造形で阻止した。

宝登山梅園から秩父盆地を挟んで武甲山を遠望。写真提供：ピクスタ

金子兜太の「造形（論・イデー）」とは、向こう側の対象（詠むもの書くもの）と、こちら側に位置する自己の間に、「創る自分」を置くというおこないが俳句行為だとするものです。

　一見、一読して、抽象的であり、力の入りすぎかとも思える兜太俳句も、確たる兜太アイデンティティのなす術なのです。俳句は自分が生きてきた「時」「処」にあり、そこから始まる。

時間軸、空間軸をキーボードで変換したら、時間自句、空間自句となりました。まるで金子兜太監修の変換プログラムのようです。

秩父という産土に生まれ(産み落とされ…)、そこで「型を造《な》し」、創る自分を見いだしたクリエイティブな巨魁が金子兜太なのです。

長寿の母うんこのようにわれを産みぬ

兜太は、「俳句は詠むものではなく、書くものである」と明言しています。

俳句は文字に書く。デザインや編集を生業としてきたわたしが俳句に拘わりだしたとき、俳句とは「ことば」なのか「文字表現」なのかという、割り切れないもんもんがありました。諷詠的な詠み方に対して、造形的表現とする「句形」「句式」を俳壇に提示し、創作しつづけた金子兜太、その「書き方」を認《したた》めればわたしもちょっとした俳句をつくれるようになるのかもしれません。

まったく私事で恐縮ですが、わたしの父も生きていれば金子兜太さんとほぼ同じ齢かなと思います。わたしの父母は、北海道の貧村に暮らし、子供を八人も生んでしまうという快挙(暴挙)を成しとげました。昔の人はそうだったといえばそれまでですが、思えば八人兄妹は、ほぼ二年に一人づつ生まれているのです。一年おきに一人、戦地から帰ってくるたびに子づくりに謹んでいたようです。

村は稲作と牧畜の混農地帯でしたから、稲や野菜から、牛、馬、羊、豚、など、十二支にあるものはすべて飼っていたと自虐的に威張っていました。兄妹たちのするどい突っ込みに、うちには辰だけがいない、寅は猫、申はおまえらだと返す親父でした。

金子兜太さんと父が同じ世代ということは、戦争体験者、戦地に赴いた同じ世代だということです。

戦争が廊下の奥に立つてゐた　渡辺白泉

渡辺白泉の句は、(戦前)戦時体制が近づいてきたときの戦争句でしょう。

戦争を直接体験した世代から、戦後の昭和、平成を通して、被害者の声はたくさん聞こえてきましたが、出征兵士や帰還兵の声はあまり聞こえてくるものではありませんでした。

俳句の世界でも疎開先俳句や、そうした俳人はいましたが、自己の戦争とどう向き合ったかを表現をした作家は少なく、戦争という時間や経験を記憶からすっぽり抜け落としている俳人が多いのです。

金子兜太は、はっきりと戦争句、戦争と訣別する句を書いています。

またぞろ、わたしの父の話で恐縮ですが、父は南方にも満州にも出兵した人です。戦後は北海道で農業に従事し、かなり年を重ねた頃、急に「死ぬ前にもう一度だけ満州を見たい……」といいだし、千歳から羽田までは行けるから、羽田から成田まで連れて行ってくれと突然連絡が入りました。

奇しくも、未明にホテルニュージャパンが焼け、日航機が羽田沖に墜落した、いわゆる逆噴射事件の日でした。

成田に送るわたしも、それはかなり辛く苦しい時間だった記憶があります。後日、父は厄がおちたような顔つきで帰国しました。

俳人でも何者でもない父の戦争は、このときに終わったのだなと思いました。

ついに、あなたにとって、あなたの戦争とはなんだったのかと聞きそびれました。あえて聞きませんでした。

おおかみに蛍が一つ付いていた

この句は戦地トラック島から皆野に戻り、あるいはついの住み処となった熊谷で書かれたものでしょう。

最後に、兜太俳句の、日常と非日常（抽象性）に触れてみます。

生意気にあらたまって記すまでもなく、日常は「具象的表現」、非日常は「抽象的表現」とかいわれます。とすれば、兜太俳句は抽象表現の「言葉の割り振り」がたくみなのです。

俳句の「道」にそった、俳句的技巧を展開するのではなく、兜太俳句はアニミズムとしての俳句。

秩父谷の地底から引き上げ、天上から引きずり下ろしてことばを考査する。兜太の書く俳句は（過ぎ去ったかもしれない）表層の活写と、深層の掘り起こし。そう考えると、兜太俳句は暴力的でも独善的でもありません。

世にいう、世にある抽象芸術なんてものはひとつもありません。俳句造型しかり、すべての表現は「具象」です。

秩父谷に生まれ、南方の島で戦い、帰還した金子兜太は、仕舞いまで具象の句を活写し続けました。

梅咲いて庭中に青鮫が来ている

兜太が生涯の人生で戦ったのは、俳句の世界そのものだったのかもしれません。俳句という武器を持って……。

諧謔と交感

精選対談集

俳諧有情という言葉を用いたのが昭和三十八年（一九六三）、すでに半世紀余を経つが、語への偏愛の色褪せることはない。俳諧は〈談笑・和解〉〈利口・諷詠〉〈狂〉〈即興〉の四項に要約されるが、対談も〈俳諧有情〉である。ときにやり合い、和解し、狂に振る舞い、即興を楽しむ――私は楽しい人たちとの対談に恵まれすぎたのかもしれぬ。

兜太独白

孤心と連帯

安東次男
金子兜太

山頭火ブームをめぐって

――おふたりが会うと、なんだか若返るみたいですね。

安東　そういえば金子と対談するなんてのは、はじめてか。

金子　対談ははじめて。だいいち、会うのも、大岡信氏とあんたと、おれの句集評をやってくれた、あれ以来だ。

安東　おまえが司会をつとめた席で会ったことは何度かあるだろうが、対談というのははじめてだね。はじめてで最後になるかな。

金子　まあそれはわからない。わからんけれども、対談なんてのはそう何べんもするもんじゃねえなあ。やっぱり三人か四人でやっていて、少しそのあいだに余裕をとる時間がないとだめだね。どうもせせっこましくなる。

安東　まあたまにはいいだろう、ひとくち多い同士の対談というのも……。（笑）

金子　ひとくち控えてちょうどいいや。（笑）

安東　どっちが控えるのかな（笑）。おれはきょうは久し振りに金子をいじめてやろうかと思っていたんだが、ここへくる前におまえさんがこのあいだ書いた『定型の詩法』とかいうのをところどころ読み返してみた。読んでいるうちにファイトがなくなった。というのは、思っていたよりこいつ善人で律気者だと妙なところに感心したわけだ。

金子　善人か、ははあ……。

安東　おれはかなりでたらめだからなあ。金子というのはあんがい気が小さくって、一所懸命自分のやっていること、つまり作品にしろ「海程」という結社の在り方にしろわかってもらおうと努力している。読んでいるうちにだんだん毒気を抜かれたよ。おまえさんは、そういっちゃなんだが、もうすこし悪人というか非情にならんといかんのじゃないかな。そうでなければ結社を持っても意味がないし、句もよくなるまい。こんなお人良しがどうして結社なんか持ったのかねえ。おまえが悪人づらをすればするほど虚しさが目につく。おれたちの年齢で必要以上に偽悪趣味をふり廻すと自己嫌悪に陥るだけだ。いうことがいちいち粘りついて、さわやかさがなくなる。いっそくだらん論争などやめたらどうだ。

金子　なるほど。えらそうにごてごて喋ってるようだが、九月に『定住漂泊』というのが出るから、そいつを読んでごらん。『定型の詩法』は資料集みたいなもんで、生《な》まなもんだから、おまえさんのように文芸ずれしたやつにはよさがわからないんだよ。

安東　それにはなにが書いてある。

金子　今までの俳論と随筆を集めたんだが、新しく「原郷と現実」というやつを加えた。それは書き下ろし。そのほかに、山頭火放哉関係のもの。要するにおれの漂泊論だ。

安東　漂泊論といえばこの前テレビで山頭火の解説かなんかやっておったようだな。なんであんなサービスをするんだ。おっちょこちょいめと思っていたんだ（笑）。いまさらあんなものに出なくても、もともとおまえは早くから山頭火だの放哉だのに関心を向けていたんだろうが。

金子　べらぼうめ。おまえだってネクタイを気にしいしいテレビに出てるじゃあねえか。それにあんまり高く評価していないな。

安東　そうか、しかし昔から彼らの句についてよく口にしていたじゃないか。

金子　口にはするけれども評価していない。

安東　それそれ、すぐそういうことをいう。そうでもなかろう。いまどき遊山ブームが起こったからといって、一役買うことはないんだよ。なんでああペラペラと代弁者づらするのかねえ。

金子　山頭火も放哉も素材の一つということだ。だいたい山頭火ブームの前に、「定住漂泊」というのを書いているんだぜ。

安東　いやおれがいうのはそういうことではない。流行がはじまってから出しおくれの証文なんか出すなというのだ。みっともない。

金子　そうやきもちをやくなよ。若い連中の興味を喚起したのは表面的には永六輔らしい。山頭火の格好をしてテレビに出てきたんだ。それが流行的な若い連中にまで山頭火への関心をひろげたんだが、その前に底流がある。すでに上田都史が書いているしね。それからテレビに村上護という青年が出ていたろう。あの村上護の本がひとつの影響力を若い連中にもっているんですよ。あのナビをぼくと寺山修司が書いたんだが、そんなことが縁でブームに関連するようにもなっている。だから、おまえさんの見方は軽いね。事実誤認もいいところだ。

安東　そんなことが縁でとおまえは軽くいうが、そんな縁はものの本質に関係ないぞ。しゃべって効果のある時期がきたからしゃべるというのは、政治屋のやることだ。

金子　同じ論理を使えば、おまえさんが六〇年安保後に芭蕉や蕪村に面《つら》を突っ込んだのも、政治屋のやり口ということになるな。保守ムードの先取りといわれても仕方ないし。ごきれいな転身といわれても仕方あるまい。

安東　まあいいだろう、目くじら立てるほどのことでもないが、つまらんことだねえ。話を変えよう。

書くことと連衆

金子　まあ逃げるな。ところでさっき貴公の友情溢れる言葉を聞いて、おれも涙が出たわけだが、もっと悪人にならなければだめだ、おまえあんがい善人だっていったろう。おそらくその点がきょうの話のポイントになるんじゃないかとおもうな。ということは逆に、おまえさんの書いたものを読んでいると一種のスタイリスト、ぼくはよく文人趣味的っていうんだが、文人趣味的スタイリストを痛感して、それが一種の偽悪ポーズに通じていると確信したな。おまえさんは、おれよりお人好しのオッチョコチョイで、取柄は文芸好き、というところだね。だから、おまえさんがおれにいったことがそのまま適用できるわけで、安東はもう少しハッタリをやめてほんとうの意味の善人になったほうがいいとおもうね。ヘンに小才を利かして、現象先取り式のポーズをとってみせるよりも、つまりそんな偽悪的、くろうと的素振りを見せるよりもね。

安東　スタイリストというが、文というものはもともと虚なもので、かっこうをつけなけりゃならんもんだ。文に人柄がよく出ているなんて次元では文は書けん。嘘八百でいいのだ。ただな、その嘘八百にこちらを合せて実像の方をむしろ作り替えてゆくところに、もの書きの意味があるんだろう。文によって人間改造ができるかどうか、勝負どころはここなんで、そこを勘違いしてもらってはこまる。現におまえだって、俳句を作ればたいへんスタイリストだ。いままでの定型なんか影がうすくなるぐらいのスタイリストだよ。それを自分ではスタイルを破ってると思ってるらしいが、とんでもない。ところがその男が文章を書けば、いわゆる人柄の出た素人っぽい文を書くというだけのことで、これは要するに文章の訓練というか覚悟というか、それができてないというだけのことで、こんなことは自慢にもならんと思うがね。

金子　文が虚ということと、御本人がスタイリストということはまるで違うぜ。スタイリストの人間改造なんて噴飯ものだわい。おれの場合は、文が虚だからこそ、そこに人間の実をおいてゆきたいわけだ。おまえさんは、芭蕉を求道者的にとらえることは、賛成しないらしいが、おれには芭蕉の求道者的な面が根本だし、芭蕉をその角度から読んでいる。おそらくそういうのをおまえさんからみれば善人くさくておっちょこちょいだということになるのだろうが、おれからみるとそれをレトリックのほうへ引きつけてゆくところに、逆に気の弱い偽悪趣味、そのスタイリスト的振舞いをみるわけだよ。

安東　そんなものは善人なものか。おまえが不勉強なだけだ。芭蕉の本質を漂泊者だというふうに規定してもいいよ。しかし漂泊観は一定不変じゃないからな。しかもおまえは、ほかのことならいざしらず、俳句は一応プロということになっているからよけいしまつがわるい。
「往きて還らぬ」という姿勢が芭蕉の根本にはあって、それが芭蕉自身にも最後の最後までしかとは見究められない未完を養わせているわけだ。明日はどうなるかわからぬという心細さと、それゆえに及び腰ながらそこに作られる覚悟というのは、求道といってしまっては見えなくなるな。だから自分にはたくさんの仲間が必要なんだというのは、これはみごとな計算だよ。一人の人間は弱いものだから漂泊もし、仲間もほしいというのを、現象面だけ眺めて偽悪趣味だというのなら、それは偽悪でいいわけで、それとおまえが悪ぶるのとは違うだろう。その点芭蕉というのは、見方によれば煮ても焼いても食えん男だったんだと思うよ。

金子　仲間がほしいのは偽悪趣味などと申したことはないね。芭蕉は、嵐の中の舟は、一定方向に走らせていないと沈んでしまうということを知っていた人だと思うね。そういう生きる才知の働いていた人だよ。だからおまえのいうように及び腰の気迷いが多かったと同時に、その中から一筋の生きてゆく道筋を見出そうとしていたんだ。彼の美学もその根底を抜きにしてはわからないし、あれは生執着者のかげのふかいものだよ。その一筋の生き方への求めがあるから、芭蕉さんは一流なんで、時々刻々の真実だけでは一流にはならない。おまえさんが句の一つ一つに探りを入れて、そこから心底の細かな動きをしゃぶりだそうとすることを否定する気は毛頭ないし、それどころか、読んでも面白く、やっていても楽しみなことだと思うが、そこにだけくっ付きすぎると、大きな生の道筋への求めを見失うことになる。芭蕉詮索者の芭蕉知らずになる。だいいち、おれにいわせれば、日常心情に執しすぎるということは、本当に生死に苦しんでいない証拠で、やはりオポチュニストの人生になるということだな。
　芭蕉という人は、自分の無常を救うために連衆を必要としながら、しかし連衆との葛藤も避けられなかった。連衆のあいだにも芭蕉をめぐってのいさかいが随分あったしね。だから衆から逃げようとしたことだってあるわね。それもできないとなって、死にもならぬ自分の生きる道を大きく捉える必要にせまられてくるわけだろう。その道筋が、おれのいう求道というものさ。おまえさん、『芭蕉と無常』で、彼の無常は連衆との時を淡々と過ごしてゆくところにあるといってたな。

安東　淡々とじゃあない。淡々とありたいということだ。つまり長くつきあったらいろいろ困るんだ。同じ連衆を相手にいつまでもつきあっていると、誰でも未練が出てくる。といって連衆なしには俳諧師はつとまらないんだ。そこで窮余の一策としてえらび替える。『七部集』を見ても、じつにうまく連衆をとりかえているが、これは偶然なんてもんじゃない。また芭蕉が薄情だとか移り気だとかいうことでもない。言葉の詰りたるところを押し拡げるために、ということは結局生きてゆくことの危機を感じたらそこを押し拡げるために、連衆が必要だということだろう。これはどんなに優れた連衆がいても、その点ではおなじなんで、ホトケノカオも日に三度というのは生々流転の真理なんだ。芭蕉のえらいのは、そういう人間の不可避の弱さをじつによく知っていたということだ。

金子　そういうかたちでずっと過ぎていくわけだな。それは自分の意志で無常をすごしていくことだ、とあんたいっていたな。無常に流されながら、それへの反措定を求めてゆく、というふうな求道姿勢ではなくて、すごしていくということ。

安東　つまり道を求めるというより先に喰うか喰われるかという問題がある。中世以降の無常観はその点本質的にあきらめというか無抵抗なところがある。求道なんてのはそういう無抵抗な無常観の認識の中で大きな意味があるんで、芭蕉はそこのところをあえて逆らってみせる。逆らえない悲しみなんか悲しみではないといってみせる。当然そこには痩せ我慢があるんで、それがしばしば文章の痩せになって出てくる。しかしこの偽悪は、芭蕉の中で評価できる唯一のもんだろう。文学にたずさわる者の業《ごう》はそういうもんだともいっているわけだ。おまえさんのいうような胸を張った求道とはちと違う。だから負目として無常にかぶさられたんじゃやりきれないから、無常の先取りをする。これは道元なんかにも通じるものだが、無常迅速とは意志的に無常に棹さすということだ。芭蕉が百韻を避けて三十六句の歌仙を好んだのも、退屈心の生じる時間を最も畏れたからだ。流れる時間よりも早くこちらのほうが走り抜けようということだよ。

金子　流れる時間に対して早く乗っていくということ？

安東　積極的に時間を切って返すということ。連句でいえば、芭蕉が最も得意とした立ち向かって付ける、つまり向付というやつだ。それを先取りというのなら、先取りけっこう。それ以外に死中の活はないわけだ。それを連句にしろ旅にしろ、一歩もあとに帰らぬ覚悟に発見したのは、芭蕉の最大の取りえだとおれは思うね。

金子　そういうのは先取りとはいわないぜ。連衆との場が切りかえしの場だった、というわけだな。ぼくはそのときの連衆と芭蕉とのあいだにあったもの、つまり連衆と自分とのあいだの句作をつうずる親和と葛藤の中に生きざまを探っていたことを大事とみる。むろん連衆の中に世間を透視しているから、連衆への関わり方は、世間に対する関わり方と重なる。それがあったから、「高悟帰俗」なんて弁証法が出てくるのではないかな。そのへんにただ無常を切っていくというだけでは済まされない、もっと神経的で、なまな次元の芭蕉の人間葛藤があった。そこに彼の求道的な姿勢が強められてゆくと思う。軽みは、その意味の弁証法を背負った美学と受けとるから、たとえば尾形仂さんみたいにレトリック面に傾斜させて受けとることには危険を感ずるんだな。

安東　レトリックじゃない。どうしてそうこむずかしく考えるか。まるでヘーゲルを知らなければ芭蕉がわからぬみたいなことをいうな。生きるのに精一杯な人間は、己れが重いということを知ってる人間なんだ。少くとも年々重くなってゆく手応えみたいなものを。芭蕉は、思弁的な人間であるより前に、きわめて行動的な人間だよ。ほとんど本能にちかい。だから、軽みというようなことが最後の問題になる。年をとるにしたがって、歩くにしても体の不自由は誰も感じるだろうが、句一つ作っても何かしゃべっても粘ると敏感に感じるのは誰でもそうだとはいえない。芭蕉が軽みということを考えるとき、その辺のつながりをほとんど生理的に見究めているだろう。それが一番よく現われているのは、それこそかれの連句の付けはこびなんで、そこを抜きにして、というより連句もろくに読まないで芭蕉の軽みを云々したってまったくナンセンスだよ。旧来の軽みについての諸論の決定的な誤りはその辺にある。そこから作品をろくに検討もしないで理念がどうの、弁証法がどうのというところへ問題をすりかえる。ドイツ観念論の悪しき影響だね。

　芭蕉には軽みを蕉風理念として確立しようとか、弟子に教えようとかいうことよりも先に、まず第一に、自分の生きていく条件として軽みが必要だったんではないか。孤独の底まで届いたから、というより否応なしに届かされたから連帯が必要だ、という考え方だ。「ほそ道」の旅でそれを痛切に感じはじめたんだと思う。事実あのあと、休む間もなしに漂泊心を誰に出した手紙でも訴えているが、あれはまったく不能者の執念だ。

金子　ヘーゲルの弁証法はもっと生き生きした観念だぜ。おまえさんのやってることは古典いじり的古典鑑賞になりかねない。やはり一方に、大きく掌握するものがなければ駄目だといってるわけさ。生きていけないというのは自分の肉体的な条件ばかりではないわね。どうも生理的にすぎてころざしを失う印象だな。

安東　むろん肉体精神の両方だ。というより彼のような行動型の人間には、そこのところはぜったいに切り離せない。

金子　だからおまえさんが肉体衰弱を強弁しすぎるのさ。おれは警戒するわけだ。心底を素肌でとらえるということと、それを強弁してみせることとは違うからね。

安東　だから肉体だけじゃないといっておる。筆をとれば筆がねばる、口を開けばくどくなる、興行の座をつとめれば孤心がのぞく、そういうことのないように日ごろ心がけ覚悟もしているのに思うようにならない、ということが起こる。その切実な実感はもう理屈じゃないね。芭蕉が「俳諧は老後のたのしみ」といったのは、この秘した実感の裏だったと思う。

芭蕉の「隣」とは、「書く」こととは

金子　いささか詠嘆的だな。おまえさん、「秋深き隣は何をする人ぞ」を解釈していたが、あの隣は連衆を意識した隣とぼくは考えるのですよ。

安東　もちろんそういうふうに書いてあるだろう、あの中には。

金子　それをとくに強調したいんだな。あんたの場合は隣をもっと観念的に考えているね、あそこは。

安東　とくに強調しなくてもいいよ。この世の中にとくに強調しなければならんことなんかありゃしないんだ。文学は政治交渉や取引じゃないからな。問題は作品を痩せさせずに具体的に考えることだろう。

金子　そのために、とくに強調するわけだよ。冬に移る秋が冬の隣というふうにもいってたな。

安東　そういうことも含まれるだろう。

金子　そういうことも含めて、ぼくからみると観念的にみえる。

安東　観念というのはそういうふうに使うもんじゃあるまい。一つの考えを抽出してゆく手続についていう言葉だろう。おれは、そんなことをするなと書いている。そんなことだけは間違ってもするなとな。おまえは、自分の気になるところだけ読んだんだろう。

金子　いや、読んだら気になったんだ。

安東　つまり、生きた人間関係の中の複雑なファクターを含んだ挨拶の句だということをはっきりと書いている。

金子　ぼくは挨拶という概念的なこと以上のものだと思うんですよ。もっと即自的で、神経的で、対他意識といってもよいくらいだ。その点がおそらくおまえさんと違う面だ。

安東　それをそういうふうに消化して受けとることはおまえさんの勝手だけれども、あの次元の芭蕉をとって安東のいうよりもっと深いものだというふうな読み方はどこにも根拠のあることじゃない。そういうときは、おれはあの句が好きだとか、深く感動したとか、問答無用にいえばいい。

金子　それはおかしい。もっと生まなものと思っているということだ。連衆へのもっと神経質な感じを隣という言葉に入れていると思うんだよ。つまり、軽みという言葉でいわれている芭蕉のあのときの心的状態は、つよく、衆というものと自分の詩との関係を意識していると見ます、ぼくはそうとるのです。そこで芭蕉の「高悟帰俗」が見えてくるわけだ。

安東　金子のいってるのは、己れの共感の拠りどころをいってるのだから、それはそれでけっこうだけれど、そこまで大切に思うのなら、ついでにもっといろいろ読んだり考えたり、あのときはああ考えたけれど今はこう考えるとか、さらにまた考えがすこし変わったとか、それこそ作品をピンで留めたりしないで永遠に流転してやめない相の下で考えて、つまりいつも新しく考えていたらどうだい。それが俳諧の俳諧たるゆえんだ。たかがちっぽけな結論を一つ出したってつまらんだろ。おれは解釈ということがいちばん嫌いなんだ。それから、日本の文学に本歌取りの伝統があり、俳諧が連句であり挨拶であれば、本歌は俳諧にとってとりわけ重要な意味を持つということ、これはまぎれもないことだから、そこを無視してはいかんだろう。

　おまえのいうことをきいていると、芭蕉が現代の俳句づくりであっても、連句を生命とした元禄俳諧師であっても、おなじだというようにきこえるが、そんな無茶なことを俳句のプロが、しかもいやしくも一前衛結社を率いる者がいっちゃいかんね。芭蕉は俳諧師だよ。現に彼自身、自分でそれを誇りにするといっている。

金子　自分の受けとり方にピッタリしないとピンでとめるとかなんとか喚きだすのが、おまえの悪いクセだぜ。永遠に流転しやまない相でいつも新しく考えてゆけ、といういまのいい方の中に、すでに便宜主義が覗いているな。一人の人間の言語芸術とともにあろうとする生きざまと、骨董品をあれこれ、ありもしないことまでくっつけて玩弄することと分けて考えないといけない。だいいち、おまえさんは蕉風俳諧を連句の世界として、一箇独自の世界を想定していて、そこから現代俳諧まで統一的に見ようとしているようだが、それじたい、とっても固定的な思考で、今の自分でいったことと矛盾しているわい。

　それから本歌取りを重要視するのは、本質的なことではないね。挨拶のための手だてだし、遊びでもあるものを、いつも、まことしやかに第一義的に云々することは、古典ならなんでもいいように思い込む事大主義の一面であって、その辺の扱い方を考える必要があるな。だいいち、おまえが本歌取りを強調したりすると、すぐ評論家ポーズになるから、よけいにいけない。ところで、芭蕉は俳諧師に違いないが、現代に通用しないとはおかしな話だ。人間芭蕉が大前提ですぜ。そして、おれたちにとって必要な古典は、いまの生き方に繋がるものだけだぜ。

安東　むろんそうだ。しかしそういって手をこまねいていては、作品の表情は見えてこないといってるんだ。いまは芭蕉の人間論をしてるんではなくて、芭蕉のある時点のある作品について考えているんだ。どの作品でもいいというのではない。しかもそれは、芭蕉が病気で出席できず、やむをえず代人を以て句を届けさせたという異例の事情のある句についてだ。おまえのいってるのは芭蕉にもなってないんで、普遍的な人間論だよ。

金子　どうも固いな。おれも作品からいってるんだよ。おまえさん、連句、連句というが、文章と発句で、芭蕉の詩業の大筋は摑めますよ。

安東　大筋なんてことは文学には関係がない。テニヲハ一つ違ったって別ものになるのが俳諧師の発句だ。

金子　それが揚げ足とりだ。たとえば安東次男の美術評論だけを読んでも、安東次男の大筋はわかる。そうたいしたものが世の中にいるわけはないんだよ。

安東　そりゃおまえさんに作品というものについての固定観念があるからだろ。おれにとっては、べつに美術評論というジャンルはないね。あれもおれの詩と見てもらってよい。

金子　専門であるとかないとかは二次的なことで、内質のあらわれ方は結局は一つということだろう。

安東　金子は、おれが美術批評を書き、詩を書き、あるいは芭蕉論を書くと思っているらしいが、そしてそれはべつにかまわないが、おれとしては文学とは文体の個有性だと思っているからね。行分けのものが詩で、美術について書いたものが批評だというのはナンセンスだよ。批評のない文体もありえないし、詩のない文体もまたありえない、そういうふうにおれは書くだけだよ。芭蕉にとっても、連句と発句の二つがあることは、発句も作り連句も作るという並列的なことじゃない。この有機的関連は切り離せないのだ。

金子　だから発句だけでも芭蕉がわかるということだろう。俳諧の特殊性を強調するあまり、その人の詩のすべてを特殊視角からしかわからないとするのは独断だな。連句の座にいる芭蕉も、こつこつと『奥の細道』を推敲している芭蕉も、同じ詩人なんだ。おまえさんの場合だって、美術評論も文学評論も、芭蕉も蕪村も、並列しているわけじゃないだろう、その時点時点で自分のメインワークがあるわけだろう。

安東　違うんだな、おれにとっては個有の思考と個有の文体に至りつくこと、当然それは死ぬまで未完なわけだが、それがメインワークといえばいえるんで、骨董品の買い方だって、文として表現する限りおれにとってはメインワークですよ。

金子　それが偽悪趣味だ。

安東　いや、おれの詩の形式だよ。不自由な容れ物は使わんというのがおれの主義だ。

金子　あれあッ聞こえませぬ半兵ヱドノだ。芭蕉さんも同じことをいうはずだな。芭蕉さんは俳諧師で連句が彼のメインワークということだが、さりとて手紙や文章、発句などを軽くは扱わないと思うね。ときに紀行文がメインと意識されるときだってあるさ。

安東　「文台引下せば即反古」といった男に、そういうメインワークという意識はあるはずがない。ただ、俳諧師つまり連句作りの本性の現われ方を見てくれとは何を書いても無意識のうちにいってるんだろう。だから、手紙や文章を軽く扱うとかどうとかいうことではなくて、その中からどういう表現に彼の俳諧師としての本性が現われているか、と読むべきなんだよ。それならまず連句から読みはじめるのが順序というものだろう。そしてそう考えたら、一通り読もうが二通り読もうが、着眼が違ってりゃ読んだことにはなるまい。

金子　これから十分に読みますかな。まだ読まないとぼくがいってたって、おまえさんみたいに博引傍証方式で読んでいるわけじゃないってことで、読まないというのはわしの謙遜の辞なんですわ（笑）。それは別としてきみの書いたものを読むと面白いけれども、その詮索の面白さだけにひかれて読んでいる場合が多い。ナゾときの技巧の面白さだね。想像力がわりあい働いているから、推理のたのしさはあるね。初めのころの『半日の閑』、ああいうふうなものがいいよ。

安東　ああいうふうなものといって、あれだけが別に変わってるわけじゃない。

金子　端的にいって、その後は細かくなりすぎているな。詩人の眼はもっと大きく働くものだよ。直観の大きさだ。その点こんどの七部集評釈にしても、換骨奪胎の詮索に凝りすぎて、『半日の閑』のような人生的な直観のひらめきが遠のいている。比喩的に言えば、調べが行き届きすぎているということ。

安東　調べは行き届いたほうがいいにきまっているだろう。別に行き届かんほうがいいという論理はどこにもない。問題は、それでもなお本人としては行き届いていないと肝に銘じているところにある。つまりこれは未完だと。いつかは本物にゆきつこうと。

金子　骨董好き特有の技術的詮索的な面が見えすぎるな。

安東　それは不勉強なやつが勉強したやつに向かって、そんなに勉強してもらっちゃ困るというような注文だな。ところがじつは、おまえが勉強だと勘違いしてることは何も勉強ではなくて、おれにとっては生との対決の中で自ずと見えてきたことにすぎない。ただ念のために、その傍証を調べて書き添えてるだけのことだよ。

金子　それなら求道の本筋をお忘れなく。勉強は結構。その仕方が問題ということよ。

安東　仕方が問題なのは従来の学者と、それから何も勉強しない実作者だろう。手順は一プラス一は二になるように踏むもんだよ。それでなければ学問なんて無意味になる。手順が細かすぎるなんてバカな注文があるか。ただいくらでもものを読みゃいいってものじゃない。何千回読んでも手続が違ってりゃ読んだことにはならない。露伴さんのような碩学で趣味ゆたかな人だって、生死の問題に心のゆるみがあれば手順が直截に見えてこないのだ。芭蕉についていえば、手順はただ一つ、「俳諧は老翁が骨髄」というルールに従って読めということだ。つまりそれは、往き往きて還らぬ心で読めということでもある。その心のない奴にこれはいくらいってもしょうがないが。『半日の閑』を金子はあれよかったという。おれも別にあれが悪いとは思わんけれども、いまのおれは『半日の閑』のあたりでうろうろするわけにはゆかんのだ。出来不出来は読んでくれる人によっていろいろ判断があるだろうが、そんなことはおれにはどうでもいいことで、おれがしておかなければならんことはかくかくの地点まで辿ったという足跡を、おれ自身の文体として証明しなければいかんということだ。あとは、芭蕉さんではないが「反古」だ。

現代俳人と連衆心

金子　おれ自身の文体というやつが小さくなってはいけません、といってるんだがね。おまえさんはすぐひとり芝居をして、それを本質と思い込む癖があるからな。まあいいや話を少し動かそう。ぼくはいま一茶の勉強をしているものだから、ことにあんたが『近世の秀句』で書いた一茶に興味を持っている（注、『古句再見』に再録）。この中の「長き日に口あけ通る烏哉」というのを鑑賞しておるわな。この烏が口あけ通るというところに、飛んでいるより歩いているほうがふさわしいとも気づく。句の面白さは烏のなかにみてとった擬態を作者が自分の中にもあると親近感をもって眺めているところにあると書いている。これはなかなかおまえさんらしいんだ。

安東　そうかい。しかしそんなものは、そうじゃない、こうじゃなかろうかといわれたって、ああそれはそれでけっこうだということになる。おれの文の意義は、その文をテコにして金子が金子流に考え、そしてそれをどういう表現として生むだろうか、という点にだけある。賛成してくれてもくれなくても大して変りはない。ただ、書いた当人としてはおれも考えているんだからきみも考えてほしいと誘っているんだから、ヌカにクギだけはこまる。

金子　同じことじゃないか。ぼくにはいつも生まな印象が大事なんだ。これを印象で受けとって、絶対に歩いていないと思う、飛んでいる烏だと思う。

安東　けっこうだよ。

金子　そこのとこがおれとあんたの違いをあらわしている。

安東　違ってなきゃこまるね。違うとも感じさせんような腑抜けな文は書かんよ。

金子　現時点でおれとおまえさんが対話する意味は、この句を見て、おまえさんは烏が歩いていると感じ、おれは飛んでいなければいけないと感じた、その違いにおれとあんたの違いがあるという点なんだぜ。おまえさんが書いていた薄田泣菫の詩についての文章があるね。

安東　『断弦』か。

金子　あの中の最後のところで、歌とか俳句は芸術だ、しかし詩ではないといってるね。おまえさんにとって詩というのは、ぼくのいい方だと詩心《ポエジー》だと思うんだけれども、それは俳句という形式をとったときは、俳句という形式に結びつき、そこから離れるときはサッサと離れてつぎの形をとるというふうに、詩心のほうはきわめて自由なもんで、たとえばいまおまえさんが書いている芭蕉論のように散文のかたちもありうるだろう。ただ、ぼくがひっかかったのは、歌とか俳句は芸術だ、詩ではないといってることが、歌とか俳句はすでに内容のでき上がったお城である。だからそのお城が住みにくければ離れればよろしい。住む以上はそのお城の内実に従えというふうな理解だと思うんですよ。

安東　そうはいっていない。歌や俳句は、作品としての失敗を予感しながらも形式をえらびかえてゆく、ゆかざるをえない、という自由さがないのではないか、といっている。その不自由さが歌や句にはどうしても残るところが、詩でないゆえんだといっているのだ。

金子　それなら才能の問題だが、おまえさんのいっていたのは内容の既有性のことだ。ところが、ぼくなんかはずっと若いころから俳句をやって、いまでもなお変わらない考え方は、俳句はひとつの詩形式であって、金子兜太と俳句という詩形式の結びつきの中から、金子兜太の俳句が生まれてくる。俳句の特殊性とはなんだろうかと、さぐりを入れたりして自分の城を作っていく。だから俳句の城は普遍的既存的に存在するものじゃなくて、各作者の中にあるものなんだ。

　その点でぼくと安東の理解はまったく反対。その違いは、ぼくのくろうと嫌い、安東のしろうと軽蔑ということにもなるわけさ。おまえさんの文人趣味もそこに発生するんだよ。

安東　それはおまえの考えている文人趣味であって、もの書きがくろうとになる必要をそういうのならいってもいいが、文人趣味とは普通はそういうふうには使わんのではないか。

金子　いや、どうしてどうして。きみの句集『裏山』読んだの、そうしたら冒頭の「蜩《ひぐらし》という名の裏山をいつも持つ」の、あれを読んだときに、おまえさんの説とこの句に矛盾していると知ったね。この句集全体がそうだが、おまえさんは明瞭に俳句形式と闘っています。そのせいか、「蜩という名の」なんて書き方をみても、きみの俳句観とは違う結果になってるんだよ。「いう名の」とか「いつも持つ」なんて書き方はきわめて散文的なものですよ。あんたは現在の心情をこの形式の中で、いかに書くかと苦労している。俳句形式より先に自分がおかれているんだ。つまりここには、俳諧より何より自分の表現が第一位に求められていて、そのための形式との格闘が見えるわけです。これはまさに現代俳句のわれわれの格闘と同じなんだ。つまり、おまえさんが芭蕉を通していっている俳句理論は実作とまったく矛盾していることになるんだな。しかし、そのへんに、むしろ安東のよさを感ずる。安東も基本はきわめて子供っぽい男で、ぼろを出しやすい。そしてすぐむきになる。しかしそこへかえらなければいかん、それが帰心というものだよ。だから、『裏山』という句集はいかにも青春期の安東を感じる。

　ぼくなんか安東の芭蕉作品の評釈や鑑賞からずいぶん教わる。いまの学者諸公の書いたものよりずっと示唆されることが多い。しかし、そこから俳諧の内実を固定する、まことしやかな、くろうとじみた意見を引きだすことが気障《きざ》で見てられないね。芭蕉の作品を、いまの安東の眼で見ている、それだけでいいのではないか。そのほうが、どんなに新鮮かわからないんだよ。もっともらしい結論やおためごかしはやめたほうがいいな。それから、連句をやっているね。あの連句も実に恐れ入っちゃったんだが、あれあ丸谷、大岡、川口の三君はつけたりみたいなもんで、結局、安東の独吟に等しいんですわ（笑）。安東がずいぶん直しているようなとこがあるし、それをまたヌケヌケと書いて、いささか得意気でもある。直すことは、芭蕉さんもそうしたんだが、楽屋裏を安ものの政治家みたいに、得意になって書いてはいないでしょう。

安東　『裏山』についていえば、いかに散文的な句法といわれても、五七五という形式の表現を質的に変えるところまでは行っていない。というよりは、変えることはできていないよ。それは泣菫が『死の勝利』を書いてすさまじい失敗をした事情とは違うだろう。それから連句の試作についていえば、現代に俳諧師はいないんだから、そこが芭蕉の時代とは違うとさっきからいっている。なるほどあの歌仙はおれの独吟連句になっている部分があるかもしれないけれども、それは連衆が未熟で、手助けをしてやらざるを得なかったからだ。それよりも大事なことは、おれがひとりで作ったって絶対にああいうふうにできないし、他の三君の場合もこれは同じだということだな。楽屋裏まで解説したのは、実験だからだ。

金子　それは当然のことではないの。相手がいるんだから。

安東　違う。どこそこが安東の句らしいというようなことは、問題じゃない。おれに限らず彼ら三人にしろ、相手がいなければあれはできなかったんだ。独吟で自分が二人になり三人になったつもりでやったってああいうふうには作れない。そんなことといえば『猿蓑』三歌仙だってみんな芭蕉の独吟ですよ、おまえさんのいい方でゆけば。

金子　そういうストレートな比較には疑問があるな。

安東　『猿蓑』の最初の歌仙は去来と凡兆だけを相手にして作っているが、二つ目は野水を入れ、そして三つ目は史邦を入れて巻いている。わずかでも同行者の構成を替えて進まなければ歌仙が成り立たないという認識は、これこそ俳諧師たるゆえんだよ。たまたまそのとき、野水や史邦がそこにいたというようなたわいもないことじゃないんだな。

金子　いや、出てきたものが違うね。

安東　それはわれわれ現代人に連衆心が欠けているということだろう。それに未熟で下手だということだ、当然のことだが。しかし、出来上ったものはほんとうはどうでもいい。だからいっているじゃないか、「文台引下せば即ち反故」だと。

金子　だったらそんなものは書いて残さなくてもいいじゃないか。

安東　いいと思う。ただ現代に俳諧の伝統は失われてるんだということを忘れなさんな。それを取戻す試みにやってるんだよ。何かがつかめるまでは記録を残すことになろうね。『裏山』にしたって、これを活字にして残した理由は、おれが百句ではなく九十九句にとどめたところを、楸邨が一句継いでくれたからだ。楸邨の一句は序跋のたぐいではないんだ。そうではなく百句全部おれの作品なら、この句集は作る意味がない。

金子　それがおまえのスタイリストたるゆえんだよ。おれには絶対にそんな気障なことはできんのだ。

安東　おまえにはできんはずだ、そういうことは。だから俳人なのだ。

金子　おかしくってそんなことできますか。

安東　おかしいんじゃない、おまえが結社と連衆の見境もつかなくなった現代人だからだ。

金子　連句ならいざしらず、これはおまえさんの発句集だろう。

安東　そうじゃないといっている。かりにおれの名が表に出ているが、あれは安東次男と加藤楸邨の共著だよ。

金子　共著じゃないよ。

安東　わからんやつだな、楸邨に聞いてみろ、この一句とこの句文をつくるために楸邨がどれだけ苦労したか。もっとはっきりいえば、べつに『裏山』なんて句集を作ろうとはじめから考えていたわけではない。無自覚で一人よがりな句がいくつかおれにもたまっただけだ。これは現代人としてどうしようもないことで、問題はそこからはじまる。つまり、おれにしてもまんざらこれらの句に未練がないわけではない。しかし、いまのおれの気持ちではどうしてもこれを句集にする気になれなかったのだ。そこでいってみれば苦しまぎれに、これらの句を救う形式を求めたというわけ。もし楸邨が唱和してくれるならこれらの句も救われると、そこにポイントを置いて楸邨に話してみたら、楸邨もたいへん乗気になったというわけだ。むろん楸邨は、あれらの句の一つ一つがいいと思ったわけではないだろう。ただ、現代俳句が忘れてしまった心の問題があそこにはあるとだけは見抜いてくれたんではないか。

金子　どうもそういう気取った話にはついてゆけないね。おまえの九十九句があって、楸邨さんがそれに一句くっつけるのに苦労したのであって、それは序文か解説の代りだよ。おれの連句の理解は、おまえさんが一句あり、楸邨さんが一句、あるいは相互に数句ずつ。とにかく相互関係が基本だな。

安東　日本銀行なんてところにいるとどうしてそうばかなことをいいだすんかね(笑)。九十九句もひとつの単位、一句も同じウェイトをもつ単位だよ。

金子　それはかまわんけども、それにしちゃ九十九はそういっちゃなんだけれども、パラパラだわい。(笑)

安東　句の出来不出来をいってるんではないんだろ。

金子　さっきいったとおりきわめて散文的な書き方がはいっていて、あれは独吟の態だよ。

2016年9月、誕生祝いで弟千侍氏の孫娘と。撮影＝黒田勝雄

安東　独吟で閉鎖的になるのを避けられないから、友たる一句を求めたんではないか。それも楸邨に付ける意欲が湧かなければあの句集は闇にほうむられてもよかったんだ。おれは楸邨に強要したわけではない。楸邨もお義理であぁいう句文は作れまい。

金子　ははあ、それで楸邨さんが下手な句をつけたんだな。

安東　下手か上手かは関係ないといってるだろう、救いがたい奴だな、おまえは。

金子　楸邨さんのあの句はよくないよ。

安東　勝手に一人合点してろ。しかしいっておくが、あの句文はいいもんだよ。

金子　なんだか、バクチの下手な侠客の付き合いみたいだな。そんなこと発句集、連句集でもいいや、作品集というものとなんの関係があるんじゃい。

安東　だからこんなものの書評もしてくれなくてもいいし、世に売ろうという気もない。あれはおれのお遊びだと思いたければ思ってもらってもいい。あれを作ったということでおれ自身は、「言葉詰りたるところ」をすこし拡げることができた。それで満足だ。口はばったいことをいうようだが、事情は楸邨も同じだろう。

金子　まあまあ逃げたい気持ちはわかるけどね、でもいちおう活字になって作品集として出た以上、批評してもいいと思うから、ズケズケいうんだがね。

安東　句の批評は勝手だよ。ともかくも活字になったんだから、勝手なことをいえ。

金子　だけどきみのお城論とこの句集ははっきり矛盾しているな。

安東　一句一句の在り方は矛盾していて、句集の作り方はまったく矛盾していないということだ。

金子　いや、句集の作り方はわからんからな、どこにも書いてないだろう。

安東　おまえはいったい何を読んでるんだ。あとがきにはっきりそう書いてあるよ。

金子　それが独断もはなはだしいといってるんだよ、おまえ。

安東　ばかなことをいうな。

金子　詭弁に類するな。

安東　あんなあとがきは書きたくなかった。しかしおまえのようなそそっかしいのが必ずいるから、やむをえず書いておいたんだ。

金子　まさに反古にしておけばおくゆかしいというものじゃないか。

安東　そのとおり。しかしそれはおれのいうことで、わざわざ書いてあってもそれに気のつかん奴のいうことではないと思うがね。

金子　気づかないね。さっきおれのいったことはどうだい、あんた実際つくる場合はやっぱり現代人だね。

安東　やむをえんな。だからあらゆる形を援用して反逆する。書くことだけではないぞ、勘違いするな。

金子　そこが少し面白いんで、あんまりお城論のほうへ傾くと、面白くなくなるね。

定型との取組み

安東　おまえのいうお城論とは何のことかわからんが、それもおれにしてみれば反逆の一形態なのだ。ところで俳句作りは、定型というのをどう考えてるんだ。どうもおれにはよくわからん。十七音でいいのかどうかということはだれしも一度は考えるだろうが、なんとなしに現代まで伝わってきている、そういうものを伝統といってもいいか。破る場合に、破って長くなるのか短くなるのか、それとも消えてしまうのか、そんなことは考えないのかね。

金子　話を飛躍させたな。まあいいや。破るとか消えるとか、よくわからないが、定型の継承と将来について考えているよ。

安東　長短はまあいいとしても、消えるということをぜんぜん考えない人間というのが、おれには不可解だ。

金子　消えるという限定自体がおかしい。定型の命運についてはぼく自身この十年ぐらい考えているよ。

安東　しかし一度も書いたものを見たことないね。消えた場合どうなるとか。

金子　そんなことはいわない。いう必要がないからだ。そんな設問は、流行の文芸趣味だよ。

安東　一般論をいってるんじゃない。おまえ個人の不安だとか安堵だとか、そういうことの可能性さえも示されたのを見たことがないね。逃げてるわけだな。

金子　この詩形と取り組む中で考えているんだよ。生成する形で、生成というのはなにも楽天的な意味の発展なんてことじゃないんですよ。早とちりするなよ。すすむという形で考えている。すすむ先は消滅かもしれない。定型と自分の違和かもしれない。あるいはもっと違う定型になるのかもしれない。思っているんだけれども、少なくともその内実ともにすでに固定したものがあって、その中でやるしかない、というふうに考えることはできないんだよ。だいいち、おまえさんの意見では連句は一個独立のジャンルなんだから、そこから発句の独立した明治以降の俳句を云々することはできないはずだね。ジャンルが違うんだよ。そういう発想は、ものを創る人間のやることじゃないと思うんですよ。そう考えることはどうもやっぱり評論的だと思う。だからおまえさんがそういう説をなすときは、書いたものはすべて詩表現だというがどうも評論的な立場に身をすり替えている、そう思うんだな。

安東　そうじゃなくて、おれは文学というものは話し合いではなくて、オール・オア・ナッシングだと思っている。つまり往きて帰らずだ。真の連帯の場はそういう孤の集合体の中にのみある。だからおれは、現代の短歌、俳句の在り方を認めない。そういうふうにいっている。なにも評論ふうにいっているわけじゃないのだ。おれが書いてきたものはすべて、おれが俳句をやめたことの理由に尽きる、一貫してそうだ、と理解してもらってよい。詩篇も、蕪村も芭蕉も、その他の文章もみなそうだ。句集もそういうふうに作っている。

金子　しかし一般論の形で書かれているからな。

安東　一般論じゃない。

金子　おまえさんは詩としているから問答無用とおっしゃっても、読者の眼に曝しているわけだから、そんな勝手ないい方は許されませんね。その文にこういう評論的逸脱があるということをいってるんだよ。しかしこの点は致命傷になってるんじゃないかな。

安東　評論じゃないよ。

金子　作品でもいいが、こういう評論的部分が介入してくるところに、安東の弱点があるんだ。

安東　だいたいおまえさんは、何かを読む場合、いつも啓蒙されることしか考えていないんじゃないのか。もうすこし遊びの心をもったらどうだ。

金子　変なことをいいだしたな。遊びを口にするやつに限って、本当の遊びを知らないな。遊びは逃げ口上じゃないんだぜ。個人的なことを書くにしても、ぼくの書くことはこれとは違うということです。やはり詩形と詩人との結びつきというところから出発して、詩形の内実がせめられていって、特殊性までが考えられていくというようなところまでいかなければ、消滅論も離脱論も出てこないんじゃないかと思いますね。

安東　消滅論や離脱論なんかなくてよろしい。おまえさんの俳句が消滅するかどうかということの予感を読みたいのだ。金子は俳句を作る息苦しさとか疑惑とかを一度でも書いたことがあるのか。

金子　書かない。必要がなかったからね。これから書くかもしれないがね。最近、金子兜太にとって俳句とはなにか、というテーマで書こうと思いはじめている。

二つの対話
——創造的誤解と詩心の遊びと

安東　もうこんなばかばかしい話はやめよう、無意味だよ。おれにとっては政治性というものは文学の敵としてしか存在の意味を持たないから、啓蒙などということはまず第一に己れの内からたたき出してしまわなければならん。しかし、金子にとってはたぶんそうじゃないんだな。文学には効用もあるし、啓蒙という要素もあるし、いろんな要素があっていいと思っている。だからおまえのいうことを聞いていると、おれのものを読むのに、自分じゃ別に啓蒙されているつもりじゃないかもしれないけれども、無意識のうちに啓蒙される姿勢で読んでいるわけだ。だからおかしな読み方をするのじゃないかと思う。

金子　あ、それはきみ思い上がりだぞ（笑）。第一、そのいいっぷりが、すでに啓蒙的だわい。そうじゃなくて吸収しようと思う。教えを受けるのじゃなくて吸収。それはぼくの生成のためなんで、おまえさんの文章だけのことではない。おれは貪欲なんだよ。ダボハゼ的さ。

安東　食いすぎてそれが命取りになるかもしれんとは考えんわけだ。そこがおれなどとは違うところだ。おれは、対話が成り立てばいい。芭蕉であろうが、楸邨であろうが、金子であろうが、あくまでも一対一の対話がうまく成り立てばいいんで、その点相対というか飽くまでも流動する中で極限状況を追いつめてゆくことに執念を燃やす。そして、どういうときにどのように極限状況が見えたかということを書く。だから芭蕉を書いても、蕪村を書いても、あれはおれの詩だと居直るし、居直るだけの理由があるのだ。

金子　もちろん読むということは対話で、そこでの感応を通じて吸収してゆくわけだ。気取っていえば、自分流に誤解していこうとしているわけですよ。これは、おまえさん以上に他人の文章を当てにしていないということかもしれないぜ。

安東　自分流にな。他人流の誤解についてはあまり考えんわけだ。だから、読むときに枝葉を張るというか、道草をくうというか、要するに遊ぼうという気が、おまえにはまああまりないわけだ。この遊びの考え方が、おまえの目には文人趣味と映るらしい。おれにいわせれば、五十を越しても金子の奴はまだ書生みたいなレポートを書いておるといいたくなる。おれは、他人の文章を当てにしてないどころか、大いに当てにしているよ。ただ当てにするに価いするだけの文章があまりないというだけのことよ。

金子　ぼくが文人趣味というのはだな、「詩の本質を趣味的興味であいまいにしてしまう傾向のもの」、こうくるわけです。これがぼくの文人趣味の規定、これははっきりしている。

安東　それならそれでもかまわないが、おれにいわせれば、おまえさんは好奇心の不足によって生きた詩の姿を見失っている、ということになるな。

金子　好奇心というものは、もっと初い初いしいものさ。おれみたいにね。芭蕉、蕪村に対しているきみの文章をみると、文人趣味丸浸りだ。

安東　趣味的興味じゃない。死んだ人間の証言をとるわけにはいかんのだ。かりにとれたとしても、本人がこういうつもりで作ったということと、こう読んだ方が面白いということは全く別のことだからね。死んだ人間の作品理解は、事実の徹底した消去法によるしかあるまい。消去して零になる作品ならそんなものはどうでもよい。消しても消しても消しきれないものが残れば、そこではじめてイメージの原点が生れるんだ。歴史的事実を媒介としてそういう核を求める作業は、自分の生と死んだ人間の生とを対決させることなんで、それは趣味じゃないよ。当然、作業のうちに段々と結論を出しにくくなることはあるだろうが、それはいっこうにかまわん。ひょっとしたらおまえさんは、結論による満腹が文学だと思ってるんではないかな。

水の本質を眺める目

金子　満腹なんかあるはずがなかろう。『澱河歌の周辺』（注、『与謝蕪村』に再録）の「女体幻想」なんてところ、あれは面白いんだよ。だけどああいう幻想を働かす、あれに対していろんなものを調べ上げて書き上げていく過程で、やっぱり趣味的興味であいまいにしてゆくところがあるんだな、どうもそう思うよ。

安東　おまえさんは己れの助平な趣味によって女体幻想だけを読んでいるらしいが、おれは女体幻想がもし想定できれば、それは蕪村の淀川考にまで引き直せるといっているんだよ。よしんば最初は蕪村の春画であっても、しまいには水というものを本質的に眺める目が生まれてきている。そこがたいへんユニークだといっている。これは蕪村は水墨画人であったから、そしてまた毛馬に生まれた人間だったから、根拠のないことではないんだ。彼の残した数々の句や画がそれを証明している。というよりそれらの句や画の見方を書き明かすところにおれの蕪村解釈のポイントがあるんだ。よく読んでみな。

金子　いくら読んでもメイン・ポイントはやっぱり「女体幻想」だよ。あそこに、おまえさんらしい直観がある。

安東　しまつがわるい。それはおれらしいんではなくて、おまえさんのワイセツ度の問題だと気づかんかね。

金子　あれ長々と書いているもんね、相当に苦労もし論証もして書いているよ。私はあれを司馬遼太郎の小説を読むような興味をもって読むね。ああいうことを調べたがる癖がある。ちょっとしたことをすぐ克明に調べたがる、そのうちあんがい本質から逸脱したりしてゆくわけさ。

安東　調べてゆく手口がそのまま本質なんだよ。そうでなければ文体にはならない。司馬遼けっこうじゃないか。だいたい金子は、数量とか枚数とかが長ければ、そのところに力点がおかれていると思うらしいが、当節の雑誌の「一挙掲載何百枚」じゃあるまいし。たった一語でもポイントはポイント、何十枚書いてもポイントのないものはないんだ。それがものを書く覚悟というもんだろう。おまえにはそのへんの覚悟がはっきりとないものだから、長くたくさん書いてあると、いかにも本人はもう全精力を集中していると思いたがるわけだ。

金子　覚悟はあるわけだ。あれは蕪村の文明批評だというわけでしょう。ぼくは蕪村に文明批評はないと思うんですよ。

安東　ないというのを消去法で書いてみろよ。

金子　おまえの文章は消去法でいったらミミズの糞ほども残るものはないんだよ。ただまあ、蕪村の水に対する文明批評があったというのは面白い説だけれども、筋違いだね。疝気筋だ。それが趣味的だと思うね。ぼくがさっきからメイン・ポイントは女体幻想だといっているのは、最後にたしかに淀川と京文化のことを書いているわ。そこに繋がるからなんで、そこんとこへ文明批評がとびだすのが唐突なんだな。おまえさんの飛躍だ。

安東　だから、その飛躍だというのを消去法で書いてみろというのだ。おれはあれはおれの詩だということを消去法で書いている。おまえの俳句なんか、飛躍なんてものじゃないぞ。その伝でいうならまったくの妄想だろ。

金子　まあ、おまえさんがいえばいうほど、おかしくなるな。

——ぼくが『澱河歌の周辺』を最初に読んだときに、安東さんとエリュアールとがとっさに結びついたのです。エリュアールの「愛即ち詩」とか、魚が水の中で自分の皮膚全体で水を感じている、そういう感覚と、あの澱河歌を発想する安東さんとの同質性みたいなもの、つまりそういうひとつの詩精神の発現みたいなものを感じたのです。

金子　むしろそちらの説のほうがわかるんで、そういう意味での面白さを味わったわけですけれどもね。文明批評は唐突だったと思うんだが、ムキになっていうからかあいそうになってきた。

大団円

金子　ちょっと話は違うんだが、さっきあんた文章を書く場合、極限状況みたいなとこで書くといったろう。ぼくの場合はさっきいったとおり生成の中で書くから、芭蕉さんが連句についていったような反古的な気持ちがあるのです。文章は究極的なものだと、実は文章についてまだ思っていないの。自分という人間のトータリティが問題なんだな。書く書かないではなくてね。

安東　芭蕉さんが連句を「反古」とおっしゃったのは、おまえのいう「反古」とは真反対の意味です。

金子　極限状況といういい方が片腹痛くて困るんだよ。

安東　まあその辺がそもそものはじめからくい違ってるんだな。もうやめよう。下手だが馬鹿力だけある奴に寝わざに引っぱりこまれたような対談だったなあ。「寒雷」てえのはどうしてこんなばかげた対談をさせるのかねえ。

金子　それにしてもあんたの文章も読みにくい文章だね。

安東　詩人の文章は読みにくいもんだ。

金子　あれが詩人の文章かねえ。ぼくは安東君の文章は、特殊な散文家の面白さだと思っているんだ。文人の文章の面白さかな。

安東　何の文章でも、面白ければいいよ。

金子　だいぶお互いに勝手なことをいい合ったけれど、結局これがおれと安東の学生のころからの接触のかたちなんで、一生こんなことでガタガタきたわけです。ぼくには安東が転々と変わってきた心情のあどけなさがわかるんですよ。楸邨さんは朝日新聞で下手な弁護をしていましたが、あれはお涙頂戴です。そうじゃなくて、安東は安東なりの変り身があって、それがオッチョコチョイで、そこにむしろ安東の詩を感ずるんですよ。安東もぼくにおまえは散文屋だといって、ハッタリをきかせているけれど、ぼくがこんな調子で放言していることが、あんがい魅力になっているんだ。両方がわかっているというところで、究極的には決定的な悪口がいえなかったことが残念なんですね。だからきょうの対談も表面的にはともかく、腹の中ではしんみりしてるんですぜ。

安東　おれはおまえの寝わざのおかげで、しゃべりたいことはなんにもしゃべっていない。（笑）

金子　お互いの本を勉強してこいというから、勉強の成果を示したわけさ。（笑）

（「寒雷」一九七四年九月号）

ひと夜、夏無き、両太ぶし

飯田龍太
金子兜太

ダメな？　同士の親想い

龍太　いやぁ、どうも。今日は日銀どうした？（兜太氏は日銀勤務です）

兜太　今日は風邪だ。（笑）

龍太　おまえの風邪はもう慢性じゃないのか。

兜太　ウン。あと二、三日すると寝込むことになっている。『一茶』の「下」を書くんだ。

龍太　この間、朝日の某氏に会ったら「金子さんはもう日銀を辞めたらしい」といっていたぜ。

兜太　そりゃひどい。（笑）

龍太　ところで兜太のおやじさんはいくつだい？

兜太　いま八十四だ。まだまだ元気だね。

龍太　僕のおやじは生きていれば八十七になるはずだから伊昔紅さんと同じ世代だ。この間、角川源義さんだいぶほめていた（伊昔紅氏のこと）。お宅へ行ったんだって？

兜太　二度見えられた。だいぶごきげんだった。

龍太　角川氏は伊昔紅さん、なんだかさびしい感じだったといっていたが……。

兜太　うん、俳壇の話はきらいだ。政治と踊りの話が好きだな。「兜太はダメだ、兜太はダメだ」とおふくろを通してしょっちゅういわれていた。僕は男三人、女三人の六人弟妹の長男だが一番ダメだって。おやじの家の方は僕の次の弟があとを継いで医者をやっている。

龍太　僕は五人兄弟だが、やはり一番ダメだ。上三人は全部死んだ。二人戦死、一人は病死。弟一人が健在だ。この弟は最初医者が志望だったが、人のハラキリがきらいと東北の農学部を出てその方面の会社で地道にやっているよ。

兜太　二人のお兄さんが戦死したんですか。蛇笏さんが大変いたんで書いておられたのがあったね。

龍太　あれは長男の方です。京都の法科を出て一番無難な道を歩いていたんだが……。

兜太　ご兄弟のうち、蛇笏さんが一番期待していたのは……。

龍太　それはやはり長男だろう。僕は頭も悪いし、それに四男坊なんて期待するもしないもないやね。

兜太　聞くところによると大変な暴れん坊だったらしいじゃないか。池の鯉をつっついたり。

龍太　そんなことは君もやったろう。いまはおとなしいよ。(笑)

兜太　いやいや、いまでも片隣を出すぞ。

武州的でない秩父びと

龍太　埼玉っていえば、秩父筋ってことになるね。

兜太　その筋生まれなんだが、やはり平野部の埼玉県人とは異質だとよくいわれる。

龍太　平野部はベッドタウンだからな。

兜太　平野部は江戸時代から労働者の供給地だった。時代劇などをみていても大店のでっちや女中が「生まれは草加の在」とか「越谷の在」とかいうのがしょっちゅう出てくるね。

龍太　ああ、その〝在〟って言葉が埼玉にはぴったりだ。

兜太　お江戸まで歩いたって日帰りの距離、距離的にいっても江戸時代からベッドタウンだよ。秩父は三泊四日ぐらいの距離だからね。

龍太　埼玉は個性という点ではどうだろう。

2、3歳のころ父・元春（伊昔紅）と上海で。
写真提供＝金子眞土

兜太　個性はないね。

龍太　戦国時代からとったりとられたりしているからね。

兜太　江戸時代はサラリーマン殿様がタライ回しされている。まあ支店長みたいなものだ(笑)。戦国大名は領民をかわいがっていたが、徳川から派遣された代官大名は、東照大権現様にかわいがられるために必死だった。領民をいじめにいじめ抜いて年貢をたくさんおさめることにだけきゅうきゅうとしていた。

龍太　いち早く今日的であったわけだ。

兜太　そう。荒川の東側、江戸側の忍藩は松平氏の直轄のところだが、ここなどはまったく事務的に扱われていた。

龍太　やはり個性的なのは秩父か。秩父人ってどんな人間？

兜太　秩父人は甲州人と似ているといわれるが、荒川西側の人間ほど甲州人的だね。一般に甲州的、上州的、信州的であって、少なくとも武州的ではない。山国人の気骨はあるが、平野人の自由さ、利口さはない。

龍太　山国の詩人は明暗に敏感だ。同じ山国の上州でも朔太郎みたいなのは明暗に敏感だとはいわないね。兜太は似ているようでまた違う。どちらかといえば外向的な陰影が強い。蛇笏もそうで外向的明暗がきついね。

兜太　龍太の句はそうでもないね。

龍太　私のはあいまいだ。育った風土から受ける気質というのはだいたい中学時代でかたまるね。学者の中には三、四歳までというのもいるが、僕はそれは信用しないんだ。やはり自我の芽生えた時期ではないかな。詩をやる世界の人には、そうしたものが最後まで尾骶骨みたいにくっついている。

兜太　とくに南が秩父連山で、陽がさえぎられているところの人はまた違うよ。

面白い一茶の散文

龍太　そうだ。山のある場所でずい分違うね。信州も甲州と同じように山はあるが信州へ行くとアララギ系の歌人でも、赤彦にしても甲州よりはむしろ大まかだ。明暗の屈折が激しくない。

兜太　小林一茶もそうだ。「山畠やそば（蕎麦）の白さもぞつとする」という一茶の句があるが、どうも句全体もぞっとしないね。

龍太　台地が広いと自分からの距離がある。山にも距離感を持っているんだね。山も常に自分の肌に密接していると迫ってくるんだが、一茶のは眺める山だ。眺める山と迫ってくる山は全然違う。一茶については君ほど勉強していないが、散文はいいよ。

兜太　ああ、この間テレビで一茶をしゃべったとき、一色次郎さんがそんなことを説明していた。私小説の原型だって。

龍太　散文の一茶は無意識的な才能が表われている。散文にはもって生まれた才筆が巧まずして出ているね。

兜太　無意識的とは面白い。

龍太　とくにその後の日記類は無意識的面白さが出ている。

兜太　それは卓見だ。

龍太　当時は世の中も末世的で、人の生き死に、強盗、殺人など、実に簡潔に情を入れず、リアルに克明に書いている。『七番日記』『文政日記』などその才能はすごいよ。おそろしいほどだ。

兜太　「猫かつおぶしをひく」も、二番目の女の雪女を離縁することよりも、猫がかつおぶしをひいたことの方が重大だというんだから面白いよね。

龍太　実に冷徹な目を持った男だし、非詩人的な目を持っているね。

兜太　うん、そうだ。遺産相続のことでも、おやじの遺言で当然もらうべき債権を改めて請求している。

龍太　そして、それはポーズでもないんだな。深沢七郎の原型みたいな気もするが、ちょっとニュアンスが違う。一茶の持っている散文的な才能は見直されていいね。

今日的親子関係は嫌い

兜太　龍太の随筆集も評判がいいぞ。スパッスパッとたちきったようなところなど一茶とも似ているな。戦後間もなく、農業に精進したことがよかったのではないか。うちのカカァもえらく感心していた。

龍太　君の奥さんとは直接会ったことはないが、奥さんは君の文学の一番の理解者だね。

兜太　うん、そうだ。口やかましい仲裁者だ。ところで、今度、筑摩書房から蛇笏、秋桜子、誓子、楸邨、草田男、波郷の作品集が出るんだが、解説を書かせられた。

龍太　その中の蛇笏の句は僕が全部抜いた

1947年4月、結婚式で。前列中央に兜太、皆子。写真提供＝金子眞土

んだ。
兜太　山薫集と椿花集からとったのだといっていたな。また勉強して蛇笏がわかったよ。龍太との比較論は、はっきりいえないが、蛇笏はロマンチストだね。蛇笏は山梨県の土豪意識を持ち続けた人で龍太氏よりは甲州的だ。山の中の土の上にペタリと尻をつけて、どっかり座りこんだ感じだが、龍太は、そのお尻のはみ出した部分を整理して、けじめをつけている。
龍太　僕は野党だ。蛇笏は一国一城の主かも知れないが、こっちはそんな責任は持てない。
兜太　一農民の親方か。蛇笏は山の中のおさむらいかな。四男坊じゃかかわりないか。長男だともう少し関わりが強くなる。
龍太　兜太も関わりないぞ。客観的だ。
兜太　うん、長男だが客観的だな。戦後しばらくおやじと絶縁状態のときがあったし……蛇笏さんの荷の重さみたいのは感じない？
龍太　やっぱり感じなけりゃいかんのかな。俺にゃその才能もない。（笑）
兜太　おやじさん健在のときは、おやじの蔭でいやだいやだといいながらも、こっそり遺産相続しちゃって、自分のものをこしらえちゃった。もうおやじを必要としなくなったとき蛇笏さん死んでしまって、龍太はあまり意識していないんだな。
龍太　僕は今日的親子関係ってきらいだね。子供を私物化している。親子っていうのは一番てっとり早い他人のはじまりだってことだ。教育ママなどというのを見ていると、痛々しいほどであわれになってくるよ。
兜太　僕のおやじはつっ放したね。僕はおやじが医者で、山を越えて往診に行く姿を見て育って、そのつらさがわかっていたから医者はいやだと思っていた。おやじはおやじで地盤があるから食うには困らないだろうからおまえは好きなことをやれって。
龍太　普通のコースなら医者だね。
兜太　まあ外科医だな。豪快ないい医者だ。
龍太　金子外科医、首切ってまでも生きる奴がいるかどうかの研究ばかりしている（笑）。そうしたら超ノーベル賞ものだ。
兜太　うちのおやじは右翼で、翼賛思想のかたまりみたいなところがあり、ひところなんか、兜太が今様の思想にかぶれたら、兜太を斬って自分も腹を斬って死ぬといっていたそうだ。おふくろからよくそんな話を聞いた。八十三になったいまでもその気はあるね。親とか、子とかを別として、眼前をウロチョロしている間は、さからわさせないという……。
龍太　いい悪いは別として、明治生れの親にはそういう考え方があるね。明治の親は立派だと思うよ。大正、昭和の親は駄目だ。いまはただベタベタデレデレして、それが本当の愛情と思っている。豊田穰さんが海軍から帰ってきたとき、彼のお母さんが短刀を目の前において自決しなさいといったというが、思想のいい悪いは別として、これは親の立場で要求しているのではなく、子の生きる道として要求しているんだな。

歳時記は〝待つ〟楽しみ

龍太　戦後は欲望の抑制の醍醐味を知らないね。女、車、バカンス――待つ楽しみがない。

兜太　歳時記を読むと待つ楽しみを感じるね。十五夜の月をいろんな名をつけて待っている。待宵とか宵待とか、のちの月とか。途中でちょっといい月が出ても、ためておいて十五夜まで待つ。

龍太　現代人にはそうした楽しみがないからせっかちになり、恋愛も味気ないんだ。

兜太　まったく。セックスにしても楽しむ要素がないよ。アメン棒かなんかを突っ込んで終るだけ。（笑）

龍太　明治は、十五歳の元服後は一人前という意識があり、親子ともにケジメがきちっとついていた。いまは東大紛争にもキャラメルを持って行くデレデレした母親があるんだから。僕のところはこまかいことをいうのは小学時代だけ。タネが悪ければせがれがいいはずはないよ。勝手にやれといっている。高校までは世俗の風習で義務教育と思うのも仕方がないが、それ以上も義務教育と思われては迷惑千万なことだといってある。いまは二十五、六歳でも、まだ一人前といえないくらいだねぇ。

兜太　そのくせ性的行為は十五、六歳からあるんだから。

龍太　そういうことは発達しているね。われわれのころはあいまいもことして、かすみの向うに灯台が見えるようなものだった。

兜太　僕はハタチを成人と認める犯罪法には反対なんだ。十五歳にすべきだ。

龍太　精神的に一番うるわしい時代といえば、僕の場合は十七、八歳だな。肉体的精神的には未熟でも心を悩めた時期だ。いまは進学でオリに入れられているようなものだな。

兜太　龍太はワセだね。僕は十九歳からハタチのころだな。ちょっと遅い。

龍太　ハタチ以後はもう悩まなかったね。十七、八歳の悩みの一つに軍人ぎらいがある。まるで非国民のようにモーレツにきらいだった。

兜太　僕もきらいだった。

龍太　風土とか個性とかいうものは食べものにも象徴されると思うが、埼玉のうまいもの、名物はなんだろ？

兜太　アユのウルカはうまかったなあ。アユのハラワタを塩漬けにしたもので子供のころよく食ったよ。いまでもおふくろが兜太が好きだからと持たせてくれるが、最近のは昔の味でないね。アユがまずいんだ。

龍太　いまは養殖のアユだからだ。株式会社が作った飼料を食べさせられて育ったアユなんて、香気もないよ。やはり天然のものでないとね。山梨にはほうとうがあるが、これは経済的理由からのものだろう。土地に個性があれば、個性ある食べものもあるものだ。甲州は外面的に知られている個性ほど内面の個性はないよ。

兜太　武田神社の宝物館で見た信玄像は、目玉をギョロリとむいてすっとんきょな顔して、なかなか親しみが持てるよ。あれはいい顔している。

龍太　武田信玄をツラつきで評価した人はないんだが、それは独創的な意見だ。（笑）

（月刊「武州路」一九七三年九月）

ものと即興とことば

田村隆一
金子兜太

一茶俳句のエネルギー

田村　金子さんがお訳しになったのがあったでしょ、河出書房から出た「一茶」（「日本の古典」第二二巻『蕪村・良寛・一茶』昭和四十八年）……あの本の月報を頼まれて……。とにかく一茶というのは断片的には読んだことがありますけど、ああいう形で読むのは生まれてはじめてでしたから全部読ませていただきましたが、あれはおもしろいですね。

金子　あなたが月報に書いた「一茶を読む」。拝見しましたよ。

田村　一番最後に句をあなたがおとりになっている中で、未来という言葉を使っているのがありますねえ。未来なんていう言葉が江戸の末期にしろ、俳句の中に出てくるなんていうのはまだほかにあるんですか。

金子　いや、僕は記憶ないです。

田村　僕は、未来なんていう言葉が出て来たんでびっくりしちゃった。

金子　「花の影寝まじ未来が恐ろしき」。僕は、あれが辞世句だと言ったんですけど、同じ文政十年の「やけ土のほかりほかりや蚤さはぐ」なんかよりもずっと辞世の句らしいですよね。未来というのは仏教語ですか。三世《さんせ》の一つの、来世、未来世、あれでしょうね。

田村　もちろん仏教語でしょう。しかし、俳句の中に未来という言葉があらわれて、しかもそれが非常に効果的に使われているんでね、ほんとうにびっくりしちゃった。

金子　あの文章の末尾で、あなたが、この「花の影」の「花」におまえさんたちは何をみるか、と書いていたのが印象的だったな。ところで、僕は田村さんがほんとうの江戸っ子だと思ってたんだが、江戸っ子というのは三代目からを言うんでしょ。あなたは二代目なんですね。でも、江戸っ子だよ。

田村　いや、あれね、父がそういう関係で入ってきちゃったんで、母方のほうはずっと東京にいたわけですからね。

金子　やっぱり江戸っ子だな。

田村　でも、父の血のおかげで、どうやらもってきたところがあります。父の新しい土俗的なエネルギーが入ってきたんで……（笑）。

金子　江戸っ子というのはどうですか、七五調に対する関心というか、興味というのは。

田村　非常にあるんじゃないですか。

金子　僕は最近の江戸っ子にはあんまりないのかと思ってたけど……。田村さんご自身はどうですか。

田村　うーん、やはり無意識のうちに作用しているんでしょうね。

金子　たとえば一茶の句の持っている七五調のリズムなんかどうですか。

田村　僕には、一茶が都会の詩人でないところがおもしろいですね。もちろん、江戸にはずいぶん長くいた。旅もずいぶんしているらしいですけどね。しかし、やはり一茶にはネイティブな力がありますね。そういうところにかえって僕は惹かれましたね。とにかくあの句の数は恐しいものですね。もう、呼吸するようなもんですからね。あそこまでいけばたいしたものだと思うんですよ。そして江戸の中にいながら、あの人自身が江戸の文化の中にいる人じゃないですからね。外から見た江戸末期ですからね。そういう意味でかえって僕は新鮮な感じがしましたけどね。すごいバイタル・フォースがあって……。

金子　いや、バイタル・フォースはありますわ。あれは農民のものでしょうね。

田村　やはり野尻湖のそばで育っただけのものはある。

金子　そうだ。豪雪地帯の北信濃の農民の出。

田村　だから、江戸のいやらしさも十分知っているわけですね。実際に江戸という消費的な都会に生まれて育ち、その中で趣味やなにかがいろいろ洗練されて来て、そのまわりに友達やお師匠さんがいて俳句に興味を持ってというような江戸的な俳人じゃないから。むしろ、あくまで外側の人間ですから、アウトサイダーとして、しかも江戸の中で苦労した人だから、江戸のいいところも、骨のズイから経験しているわけですね。だから、それが非常に強い力の表現で出てくるからおもしろかったですね、僕には。

金子　離農している農民と江戸になじめない江戸の住人とのきしみ合い、そういうきしみ合いがありますね。結局は、北信濃にも江戸にもなじめないんですからね。

田村　もちろん、故郷からも締め出されているわけですね。

金子　ええ、晩年は、嫁さんまでもらって定住してはいたが、心情的にはそうでした。

田村　それから、あの性的エネルギーもすごいですね。いろんな意味でそういうバイタルなものを持っていたんでしょうねえ。

金子　いや、あの人の性のエネルギーはたいしたもんです。五十歳に柏原に帰郷定着するまで、いや、五十二歳で二十八歳の菊という女性と結婚するまで独身だったから、その溜ったやつが一気に吐きだされたせいかとおもってたんだが、そればかりではないんですね。昭和二十五年に寺瀬黙山氏が刻んだ木造一茶像があるんですが、その写真を長野市で出されている『一茶のふるさと』という本でみたとき、これなるかなとおもいました。鼻が大きくガッシリしていて、顎が張っていて、あれは精力家の顔ですね。世に言うひよひよした一茶じゃないですよ。東松露香の『俳諧寺一茶』によると、体は横ぶとりにふとり、とあるから大きな男ですよ。やっぱりあれは相当なエネルギーですね。ついでだが、この『一茶のふるさと』という本は土着者のにおいのつよい本で、越統太郎の写真がいいし、清水哲の解説もしっかりしている。

七五調と五七調について

田村　一茶自身は、もう無我夢中で句をつくっていったんでしょうけれども、しかし、句をつくる呼吸と時代のリズムというものが実にマッチしているんだなあ。そして、金子さんがお訳しになった本拝見していて、一茶の句の世界にいると同時に、やはりああいう江戸の体制というものが内側から崩れていくそういうものまで、目に見えてくるのですよ。

　たしかに蕪村のころの天明までには、俳句の世界も美的な秩序というのはあったでしょうけれども、それ以外の詩人とすると、一茶というのはおもしろい役割を果したんじゃないですか。

金子　端的に、実感的に崩れてゆく世界を出していると思いますね。彼は江戸の人じゃないし、農民でもなくなってしまった男だから、つまり、そういう孤化した人間だから、それができたんでしょうね。孤化状態は、近代を感覚しやすい状態でもある。

田村　しかも、彼自身べつに富豪でもなんでもないので……。

金子　ええ、中農の出ですが、もう少年期に家を出てますからね。あとはしばらくなにをしていたかわからなかったのが、二十九歳で貧乏宗匠になったわけで、貧乏です。

田村　旅はずいぶんしているんですね。

金子　ええ、六年間やっています。四国から九州まで。

田村　ほんと、そうですね。だから、元禄のころにくらべれば交通事情はだいぶ違うでしょうけれども、歩く詩人といったって、芭蕉の歩いたコースというのは大したことないですよ、西行にくらべても。それにしてもよく歩きましたね。

金子　歩きました、歩きました。それに、芭蕉の場合は計画的な旅でしょう。

田村　あれは「文学の旅」ですからね。

金子　あとから記録したものでも、相当フィクションが入ってますね。『奥の細道』なんか一種の小説みたいなもので、それにくらべて、一茶の場合は多分に放浪的なものですね。

田村　内側からのバイタルなもので、足がひとりでに前に出ていっちゃう感じで……（笑）。

金子　そうそう。それに人に好かれたんだな。行く先々で坊さんや土地の素封家に可愛がられて……。

田村　芭蕉は全部意識し過ぎちゃっているから……。乞食になるんでも意識しちゃって。僕は、乞食になるのにあんなに努力した男というのは珍しいなと思って……（笑）。結果的に乞食になるんじゃなくて、乞食が理想像なんですから。乞食になれなかったら、いい俳人になれないと思いつめるわけでしょう。あんなに一所懸命努力して乞食になった詩人というのは、世界新記録ですよ。

金子　ハハハ……。

田村　しかも、実際には、乞食なんかやってないんだから。上方の旦那衆の客間で、おいしいお酒をご馳走になったりして。

金子　「なし得たり、風情ついに菰《こも》をかぶらんとは」か（笑）。一茶になると、田村好みだな。「春立や菰もかぶらず五十年」ときますからね。ところで七五調には非常に土俗的なものを感じますよね。

田村　それは農耕社会のリズムですね。

金子　僕なんかやはりその土俗性に惹かれるんだな。田舎者だから。一茶の句をみても、七五調が気軽に、それこそナチュラルにでてくる感じですね。その点、芭蕉の場合はぎこちないな。武家のリズムといった感じになっています。

自由詩を書く人で、七五調がいやだから書くという人がよくいますね。

田村　ああ、抜けたくて……。そういう人のほうが、むしろ七五調の世界を持っているんですよ。持っているから、そこから抜けたいわけでしょ。

金子　なるほど、逆に強く意識しているわけか。

田村　ないしは七五調を支えている社会なり、そういうものをバック・グラウンドに持っているんでしょうね。

金子　田村さん自身は、そういうことを感じない？

田村　僕はほとんど感じないんですね。ただ、僕に才能があれば、七五調を大いに使ってみたいんだけれども……。

金子　戦後ではそういうものを使った詩はあんまりないですね。

田村　あまりないですね。ただ、藤村の詩のことをちょっと考えていたら、同じ七五調といっても、五七もあるし、七五もあるでしょう。そうすると、同じ語数でも大体五七調を入れて七五調的な世界というふうに一般的に言っていますけれども、五七だと全然七五調的世界が変っちゃうんですね。五七だと全部詩のリズムが内に向かってきちゃうのね。七五調になると今度は外にリズムがいっちゃって、軍歌、労働歌、あるいは藤村の非常に軽やかなラブ・ソングね。それは全部七五調ですよ。五七になると「わが胸の底のここには……」となって、リズムが沈潜してしまいます。七五、五七といってもリズムの効果がまったく違うので、おどろいたことがありますね。

金子　たしかにそうです。大体民謡は七から始まるのが多いんじゃあないかな。

田村　そうすると、ほとんど集団歌ですね。労働歌……労働歌といっても農耕とか漁の場合とか、神事、集団的な行事。軍歌もあれ純然たる労働歌ですものね。日清日露の……おかげで、僕は海軍でロープを引っ張ったりしたんですから……（笑）。そうすると、みんな七五調になっちゃう。

金子　農民兵だもの。

田村　それから、集団からはなれて、個人的な感情をうたう抒情詩だと、五七調になるんですね。明治三十年前後の歌は……。

金子　ウンウン。和歌なんか五七五で来て七七と前だれがつく。ここ述志というか。志を述べちゃうんですね。押すように流すように……。

田村　俳句はそいつを切っちゃったから。

定型と自由詩

金子　そこでね。七五調であるということは、すなわち定型ということですね。五七五は三句体、つまり、句の区切れを三つ持っているわけですから、これは一つのきまった形と考えられる。それからさらに、各句のなかも、ちゃんと初五、中七、座五というぐあいにきまっていますね。つまり、二重がらみに形がきまっているわけなんで、僕は二重がらみの定型といっています。その形の上の定型というヤツなんだけど、そいつを僕ら、攻めていく場合に、七五調のリズムを追っている面と、その形を追っている面と、双方が別々にあるような気がしましてね。リズムと形を別々に追っている面があるんですね。そして、それを融合させようとして、二重仕掛けでつくっているわけですね。そのときわかるのは、その形が、長い伝承の中から、ある精神をつくりあげているということですね。形のほうで俳句を考えているとき、とくに、そのメンタルなものを感じてくるわけです。それを〈型〉といって、僕は、〈形〉と〈型〉をわけて考えているんですが、よく詩人の書いたものを読んでいると、〈型〉ということを言うでしょう。たとえば、大岡信なんか、現代詩には〈型〉がないとか言ってました。あの場合の〈型〉というのは、どういうものなんでしょうね。いま僕が喋った〈形〉と〈型〉の、後のほう、つまり、メンタルな世界と関わるものなんでしょうか。これを伝統という人がいるのかもしれませんが。あるいは〈形〉のほう？　その意味での自由詩と定型との関わりが一つわからない。それと、この前、あなたと丸谷才一さんとの対談の中で口語体というものの文体がまだできていないという話がありましたね。あれは〈形〉のほうのことですか。

田村　つまり、定型がなかったら、自由詩という概念も生まれてこないわけですね。ところが日本の場合ですと、明治という一つの大きなピリオドがあったんで、それまでの伝統的な日本の詩歌だったら、千数百年の大きな伝統的な富があるわけですが、それと同時に漢詩という外国文学の伝統があったわけでしょう。それは、まあ、それまでの詩の定型というものだったと思うんですけどね。同時に詩の持っている定型は、なんというかな、大ざっぱに言うと、社会なり、その社会が持っていた文化のパターンでもあるわけですから、それと表裏一体をなしていたわけですからね。どうしてもそういうものから脱却しようとすると、在来の詩的定型をこわすか、ないしは無視するか、ま、そういう態度をとることになります。むろん、伝統的定型を破壊したって、新しい詩が生まれるという保証はどこにもない。そこでまた、輸入品にたよることになる。そこで、十九世紀末期の、おもにヨーロッパの詩、日本にとって新しい定型の詩がそのまま漢語調に翻訳されて明治の詩の新路線になるわけですね。

　欧米の詩が自由詩になるのは第一次大戦後ですから、近代日本にとって、まだはっきりと自由詩という概念が生まれる余地はなかったわけ。つまり、オリジナルな新しい定型を持っていないのですから。したがって、定型から切りはなされているのですから、「自由詩」というのはどういうふうにでも解釈されて、しようがないから詩的精神……ポエジーというのかな、ああいうものを昭和の初年から言い出してきて——ところが僕は定型のないところに詩というものは本質的に存在しないと思っているのです。定型によって辛うじて詩というものが存在するんですから、定型を取っぱらったらなんにもない。たとえば、反定型というんだったらいいんですよ。ところが、非定型というのはどんな詩であれ、存在しないと思うんです。ところが、反定型というような形で、近代日本の自由詩が書きつがれてこなかった。そこに日本の自由詩の脆弱さがあるような気がしますけどね。

　それからもう一つは、日本の社会、およびそれを支えている文化が工業化社会に移ったので、流動的な変化というものに対する詩的対応がなかなかできなかった。そういうことも考えられますね。だから、日本の自由詩というものはいろんなものの影響下にありながら、そのうちの影響の根源にある定型というものに対する詩的自覚がきわめて薄弱だったのではないか。

金子　あなたが言う意味の定型とは、藤村の詩の七五調。ああいう形だけの七五調じゃなくて、もっと詩人の精神の型というか、そういうものですね。それができ上がっていない。

田村　そうですね。

金子　それはわかるな。明治以後、ラフになっていますね。それと、口語体の文体ができていないということ。それは詮じ詰めればやはり同じことですか。言葉についての精神もラフだから、当然、文体としてもできてはこない、そんなラフな近代化だった、ということですね。

田村　もっと極端に言えば、内容さえ相手に伝えればいいという内容主義ね。ところがその内容といっても、体がないと実は表現の中に入っていかないんで、そこが近代日本百年の一種の便宜主義というか、ラジカルに変化していくところで見落された大きな問題じゃないかと思うんですね。

金子　ただ、僕なんかがみていると、朔太郎の詩には、いまの話の定型、つまり、精神の型があるように思いますがね。

田村　ありますね。

金子　そうすると、型が崩れたというのは戦後のことですかね。

田村　うーん、またそれを自覚しなかったんですね。それで、たとえば左翼的な詩だったら、一種の内容優先ですからね。やはり、詩の所在というか、詩のありかというものをもっと厳密に考えれば、定型の問題というのは当然出てくると思うんですよ。まあ、一時マチネ・ポエティクなんか、ヨーロッパ、特にフランスの詩をモデルにして、脚韻を踏んでみたりなんかもやりましたけど、しかし、それ自身は、あまり定型を表面的に解釈したものだから、今度は詩の所在を逆に見失うという皮肉な結果になりましたね。それはいろんな分野でそれこそ試行錯誤してみない限りどうしようもない問題と思いますけど。それにまた、日本語はとても若いと思うんですよ。近代日本語としての日本語ですよ。

金子　若いですね。そりゃ若い、特に口語が若いでしょ。文語と口語チャンポンの現代風の書き方が、いかにもアンバランスな感じなのもそのせいですね。過渡期だな。

田村　だから、その若さにある希望もありますし、もっと柔軟な考え方というものを、僕たちはもっと持ってもいいんじゃないかと思いますね。

型とパロディ

金子　先ほど申した〈型〉ですね。そのメンタルな世界は伝統といえるものですが、それにさかのぼって、それをダメ押しする心構えで俳句を書く人と、それとは逆に自分の表現するものが、新たな型を形成して、いずれは伝統となる、といった気構えを持った書き方と、それはいま田村さんもおっしゃった言語表現上の希望というものにつながってくると思うんだが、そういう書き方もあるわけで、その辺での論争も、俳句の世界にはあるわけです。そのとき、七五調が変形させられたり、あるいは別のものに変ってしまったりする可能性もあるわけで、そんなことも含めましてね。

その点、自由詩を書いている人はどうなんですか。和歌、俳句の形成して来た型、それをメンタルな伝統内容として、どんなふうに汲んでいるんですかね。あまりそういうものは問題にしないで、とにかく体当りで書いてこられて、それでいつか出会う機会があれば、それはそのときというようなことですか。

田村　うーん、でも、それじゃちょっと出会えないと思うんですよ。

金子　ええ、そう思うんですよ。なんか意識しないとね。僕ら、型でいや応なしに意識しますけどね、蹴とばすにしろ、取っ組むにしろ。とにかく大岡さんが言うときの型というのはなんだろうか、よくわからなくなっているんですけどね。たとえば朔太郎の場合、型があったとすればどういうふうなものなんでしょうかね。

田村　朔太郎の場合ですと、僕も細かいことはわからないけれども、おそらく彼自身の生理的なリズムというものが、非常に彼の固有の定型をつくって来たと思うんですよ。そしてもちろん彼自身、さまざまな伝統的なものから影響を受けていますし、特に晩年は漢詩的なエフェクトというか、それに大へん興味を持っていたし、そういうような詩も書いていますけどね。

金子　そうだ。蕪村を書いていますね。

田村　晩年の「氷島」にいたると、ほとんど漢詩体のリズムですね。

金子　なるほど、その辺に原点を置いているんですかね。自由詩の人と話していても、それを感じることが多いんだけれど、俳句というと、古典俳諧の世界が俳句だと思っているんですね。そしてそういうものにピッタリ寸法の合わない僕らのような俳句は、俳句じゃないということになる。つまり、自分たちの現代詩をなぞっているという受けとり方……。

田村　一種の短詩型になっちゃって……。

金子　そうそう、そう見るんですね。その点、僕はいちじるしく不満なんです。しかも、そういうことをいっている人たちの中に、あんがい、伝統に対して気軽な人が多いんですね。まるで、骨董品を眺めるみたいに古典を眺めていて、いたずらに古典謳歌にむかい、ピンセットでバッタの肢《あし》でもつまむように、伝統と言うレッテルをつけて、いろいろなものをつまみだしては、権威付ける。古典で自分を斬ることはないんですね。それともう一つ。型にはパロディの問題があるんですね。これはいうまでもないわけで、この七五調定型はパロディを多産してきました。この前も高校一年生の俳句を見ていましたらね「古池や蛙飛び込み複雑骨折」というのがあるんですよ（笑）。複雑骨折というのはいまの若い奴らにとっては日常語の実感でしょうね。われわれには特殊な言葉ですけれども。こういうパロディが若い奴の中に出てくるのは愉快な気がして……。ところが、いまの妙に倫理化した俳句の世界ではそういうものが出てくると、盗作とか、剽窃とかいう倫理的な処理をするんですよ。まるで、法禁を犯したもののようにね。

田村　芭蕉はパロディの天才ですしね。

金子　そうそう。ありゃ一種の天才です。

田村　もとより、古今、新古今は、芭蕉のパン種子ですけど、同時に杜甫も不可欠なパン種子ですね。ところが、そのまたパロディを一茶がやるとまたおもしろいんですよ。これは専門家に聞かないとちょっとわからないんですけれども、一茶のパロディと芭蕉のパロディじゃ、そのパロディの現われ方が、ずいぶん違いますね。ところが藤村になっちゃうと、今度は芭蕉のパロディなんですよ。芭蕉を媒介にした杜甫なんですよ。だから、その間に一茶や蕪村はいなくなっちゃって、特に藤村の新体詩というのは杜甫のパロディの芭蕉のパロディだ。だから、その間に、蕪村や一茶は欠落してしまって、深刻さみたいなものしか残らない。一茶がパロディをいろいろやっていますね、あなたがお訳しになった本の中でも……。そのパロディのしかたが実におもしろくて、ある意味では、昭和初頭の近代詩よりも、はるかに近代的な新鮮な力を持っていますね。

金子　ありますね。

田村　それがかえって非常に肉感的なものを生かしているような気がしましたけどね。

金子　さっきの話じゃないけれども、一茶の場合は、芭蕉のようにアカデミックじゃありませんね。地肌でやっちゃいますから、よけいおもしろいですね。生々しくて……。それをすぐ類句だの剽窃だのといったんでは身も蓋もないや。ただ、これはお話に属することかもしれませんが、パロディが行われた場合に、どういう基準で成功と見るか、単なるイミテーションと見るか。その辺の基準がないんですね……。これはどうですか、「古池や蛙とびこむ水の音」これは芭蕉でしょ。それを仙厓和尚が「古池や芭蕉とびこむ水の音」とパロった。また一方では高校一年生が「複雑骨折」とパロった。これは一応、パロディとして成立しますね。一つ一つ。

田村　ええ。

金子　そう見るわけですけれども、実際パロディ、パロディといっても、基準がないんです。いわば大衆的な基準がね。僕はこの前あるところで言ったんですが、一人の選者だとか、一人の大詩人とかいうものの判定ではなくて、そこに十人の人がいるのなら、十人の連衆の多数決で、これはもとの句よりもいい、本歌取り成功とやりなさい。多数が手をあげなければ盗作、イミテーションといわれても泣き寝入りしなさい、と。聞いていた人たちがそれはおかしい、やはり一人の権威ある判定がいいんだというわけですが、どうですか、こんなことは。昔は歌合せなんかしますと、判者がいて判定したんですよね。俳句の世界では、いまでも、宗匠や選者がいて判定しているんですが、僕はパロディというのは、もっと俳諧衆的な基盤から価値が判定されてくるような気がするんですがね。

衆と即興

田村　そうですね。座といってもいいし、空間といっていいわけですけどね。だけど、いまあなたが適宜十人とおっしゃったけれども、その衆がいま非常にむずかしいんじゃないかと思うんですよ。僕の素人考えで申しますと。昔はたとえば五、六人集まってもいいし、十人集まってもいいけれども、それはみな衆になり得る。もっと極端に言えば、二、三人でも衆になり得るというものを持っていたんですよ。ところが、いま十人集まっても、たとえば百人集まっても衆になり得ないところがあるんじゃないか。そこがむずかしいんじゃないかと思うんですよ。

金子　そうなんです。そこです。たとえば、丸谷才一とか安東次男とか、大岡信とか、連句をやって、ときどき発表していますが、かれらがどんなものを作ろうとかまいません。遊びだから。もっとも、文人らしく遊んでみせているところが、なんとなくいじましい気もしますがね。それはともかく、その連句を進める場合に、いまあなたが言ったこととの関連で、つまり、いま、連衆というものをどう考えるかという問題が、あの人たちには欠落していますね。あの人たちが連衆なら問題はないんでしょうが。実際に連衆を形成する場合はむずかしいです。しかも、非常に優秀な連衆というものがいたとしたら、これは正岡子規の連句非文学説ではないけれども、そんなつけ合いによって知恵くらべをやるような趣味には満足しないんじゃないかと思います。発句こそ文学、これで十分ということになります。うっかりやれば、けんかになっちゃう。けんか付けですね。そうでない連衆の場合は全くしようがなくなっちゃう。

田村　そこがむずかしいですね。

金子　ええ。だから、このところ、いろんな俳句雑誌で連句をやっているのを見ますが、全然だめですね。バカバカしいくらいだめですな。優秀な連衆は連句を相手にせず、連俳をやるような連衆はどうもいただけない附和雷同組ということで、その落差はますます大きくなっています。これもあなたと富岡多恵子さんの話の中でパブリックなものとプライバシーがあって、その中間のパーソナルなものがないというのがあったでしょう。まさにこれは俳句の世界にピッタリです。そのパブリックなものの主宰者、指導者というのはすぐれている。しかし、あとはパーソナルなもののない連衆で、パブリックべた付きのプライバシーだけ、というわけです。だから、案外プライバシーのさぐり合いが多くて、奇妙な世界ですね。

田村　でも、いまかなり若い人たちが俳句に関心を示してきているんじゃないでしょうか。

金子　たしかに、示してきています。しかし、それはいま言った意識先鋭な連衆で、そういう連衆は一様にといっていいくらい、連句には抵抗するわけです。若い人の場合は、文人面をして、遊び、遊びとふれまわることにも、興味を示しませんからね。そういう点、短詩型の衆のあり方と申しますか、それはむずかしいところにきていますね。それはさっきお話があったように、定型の命運の問題ともからんでいます。

　それから田村さん、あれ、どうお考えになりますか、季語。僕なんか、短定型が形成した、すぐれた喩《たと》えと見るわけですが、俳句の守旧的なグループでは、ご承知の通り有季定型として季語は必要不可欠の約束といっているんですけれども、必要不可欠の約束と見ることによって、逆に社交語というか、要するに連衆間の社交のための言葉になっちゃってるんですね。これがあれば万事順便というような、いじましき敬語と同じような役割になっているんですよ。

田村　で、あの場合、太陰暦じゃないと意味ないようなところがありますね。

金子　そうなんだ。あれ、修正していないんですよ。

田村　だから、太陽暦になれば当然季語というそのもの自身の働きが全部変ってくると思う。だから、日本が近代国家としてスタートしたとき、太陽暦を採用したと同時に、その太陽暦を日本のカルチュアというのかな、社会とのつながりというのは当然変ってこなければならないんだから、そこで太陰暦における季語の機能も当然変ってくると僕は思いますけどね。それは農耕社会から工業化社会に移ってくるそのプロセスで、当然起こってくる問題だと思いますね。

金子　そうだな。雛祭りといったって、桃も咲かないようなブルブルしたときが雛祭りですしね。だいたい一カ月はズレていますね。『奥の細道』に芭蕉の「文月や六日も常の夜には似ず」というのがありますね。あれなんか昔でいけば、八月の半ばごろですわ。まさに晩夏初秋の夜なんですね。それがいまの七夕だと七月のはじめなんだから、あの情趣は、全然わからないですよ。あのあとに「荒海や佐渡に横たふ天の川」とつづきますね。なんともいえない矛盾感があるんだな、いまの七夕感覚でゆくと。

田村　「さみだれ」の句もそうですね。いまいわゆる季語というものに固執している俳人たちというのは、太陰暦でもやっているわけですね。そうなると、滑稽だなァ！

金子　滑稽なんですよ。だいいち太陰暦を意識しているかどうかもわからない。全く惰性的です。マナリズムですよ。要するに雛という言葉があるから、雛というだけですよ。むしろ、季節感もあんまりないんじゃないかな。

田村　そうすると、それは相当滑稽なことですよ。

金子　それに気づいていない。最近だと、ちょっと気のきいた俳句会に行くと、たとえば鮒とか、水とか、季節にかかわりのない題詠をやって、それに適当に季語をつけさせる。そこまではやっていますけどね。一般的にはほとんど意識しないで、雛祭りだから三月だということなんじゃないですかね。

田村　俳句のすばらしさは、やはり即興の粋ですからね。即興というと、ほんとうに軽い言葉になっちゃうけれども、即興というのは物にぶつかったときの不可避的な感動の表現ですからね。それを短歌的に一人称で表出するんじゃなくて、僕は言葉をよく知らないけれども、一人称の私だけじゃない私がそこに参加していないと、即興は生まれないような気がするんですよ。たとえば短歌で私という言葉を使ったら、あくまで作者の私なんですけれども、ところが俳句の世界で私にかかわるような——それは省略されていますけれども——、必ずしも作者自身の私じゃない場合が俳句にあると思うんです。そこが僕にとっては、俳句のおもしろさなんです。つまり、一人称の私イコール作者じゃないところがありますね。

金子　十分あります。

田村　また一人称をこえた目で表現する世界があるから、それは物と心とのぶつかり合いだと思うのですが……。

金子　賛成だな。僕もそこを考えているんですが、それが俳諧の問題とか、笑いの問題になってくると思うんです。

田村　そうなるんです。必ず第三の目というのが入ってこないと笑いの発生する余地がないですね。ないしは笑いの感覚というものが、そして即興の凄味というのは物とぶつかったときの表出のしかたですからね、そこにユーモアのセンスがなかったら、どうしようもないと思うんです。

金子　いま即興性というのは俳句の世界ではややうとんじられているんですよ。

田村　それはおかしいですね。だって……。

金子　僕のつくる俳句は即興でよくないという批評をこうむることがあるんですよ。

田村　不思議なことになりましたね。

金子　不思議なことですね。どうもその点、即興と安味《やすあじ》を混同してるんではないかとおもうんですけどね。即興といえば安手で安易な作りかた、というふうにね。

田村　僕は、俳人というのは日本語の世界においちゃ即興詩人の第一人者だと思っていますね。

金子　うん、うん。……そうして、いまのように季題など出しまして、句会で句をつくりますね。題詠ですな。それなんかも明らかに即興のはずなんですが、意外にそいつは即興とは思っていないらしいんだな。だから、ある人は即興詩というものがわからなくて、即興でやれるものは、もはや詩というものではなくて、むしろ、詞なんだ、というわけですね。俳句を作るのが詩作りなどとおもうのは、それこそ、滑稽で、詞作りと考えよ、ということになります。挨拶の詞を述べる、ということですかね。固いんだなあ、ものの考え方が。その人は、あくまでも私と物と考えているんですよ。おっしゃるように第三者がいないんですよ。一方の非常にリゴラスな奴になると、ますます私と物との直接結合にきびしくなっちゃって、なにものも介入させなくなるんですね。そういう連衆からは、即興なんていうのはつまはじきされちゃう。伝統にもとるという言い方ね。まったく奇妙です。

田村　やはり、即興というような言葉を救っていく方向に持っていかなくちゃだめですね。

金子　ウン、そう思うんだ――。即興の場では、かなり率直に物と心がぶつかるチャンスがあるわけですからね。

それと、さっきの季語の考え方に戻りますけれど、最近、地方に行く機会が多いんですが、これは僕だけの受けとり方じゃないと思うんだけれど、土着的な志向を固めている人がふえているようにおもいます。郷土史家なんかに頼母しい人が多いし、その人の言うことに耳を傾ける風潮がつよまっていますね。ところで、季語というのは大体京を中心の季節に、江戸が開かれてからの関東中心の季節が加味されて、いわばこの二カ所だけで季語の季節がきめられているといっても過言ではありませんね。そうすると、東北とか、北海道、九州、四国、沖縄というのは、ずいぶんうとんじられている。そいつが十分には取り入れられていない。そんな季節感は十分じゃないですね。それに対して土着者たちは疑念を語っていました。県単位の歳時記をつくれとか、実際に作ったとかいうことは、そのせいではないのかな。

田村　ないしは、緯度単位でやったらいい（笑）。県単位じゃ狭くなっちゃうから。日本列島というのは幸か不幸か南北に伸びていて（僕は幸だと思っているんですけれども）これが東西の島でハワイのほうに伸びていたらおもしろくないですよ。これはうまく神様が日本列島をつくってくれたと思っている……（笑）。

金子　いまのところはまだ県単位らしいが、緯度とはおもしろいな。

田村　江戸といっても三百年ぐらいのものですから、ほとんど京を基準にしてやっているんですね、江戸自身が。

金子　そうなんです、非常に京的だな。

田村　京的ですね、味付けもね。

内なる衆と日常性

金子　どうなんですかね、季語というのは喩ですよね。

田村　もちろん、喩です。

金子　だから、約束という範疇でとらえるよりも……。

田村　喩であって、詩を引きずり出してくる導入部の役目を持っていたんじゃないかと思うんですよ、昔は。それから連衆の場合だと、同じ季節の中で労働し、生活し、暮らしていたんですからね。それが連衆をつくった重要なファクターだとは思いますけどね。いまみたいに季節感がなくなっちゃって……。

そこで、現代の衆というのはどうしたらつくり得るか。たとえば文化的な意識からそういういろんな要素を集めてきても、それを断片的に集めたって衆はつくれないんだし、すると、今度は衆というのはどういう形になるのか。これは、俳句が当面している一番むずかしい問題じゃないかと思うんですけどね。即興の興なんですよ。その興も私だけの興じゃないからね。だから、俳句の持っている一種の客観性というか、近代性というものも、まあ、極端に言えば僕一人でも衆は形成できるんですよね。俳句の持っている機能というものに忠実であるならば、僕一人でも……。四、五人集まって、頭かずはたしかに衆みたいに見えるけれども、そんなものは座がつくれるかどうかわかりませんよね。

　ただ、俳句の持っている僕の言うほんとうの意味の即興性というのは、「私」をこえたところにあるんだから、「私」をこえた表現というものを支える俳句の知的な凄味というのかな。そういったものがもっとゆるやかな広がりを持てれば、僕はいいと思うんですよ。それが逆に閉鎖的になっちゃうとね。まだ太陰暦に逆行しちゃったほうが開かれているんですよ、純然たる農耕社会だから。

金子　そうです。だから、一茶なんか全然疑念がないんです。連句のすすめにしても、

2013年3月、岩波書店刊『語る兜太』の打ち合わせで。撮影＝黒田勝雄

即興性を開く方向で自分の中のかけ合いというか、独吟というか、その方向で開けてくるのが現代的やり方だと思うんです。

田村　そうですね——。

金子　それがそうじゃなくて、ただ連衆のもたれ合いになっていくというのでは、マナリズムの再版だ。

田村　そうです。ですから、むしろ見えない連衆を相手にすべきだと思うんですよ。

金子　そうですよ。

田村　だから、一人の俳人が物にぶつかって興を持つということはね、彼自身のためじゃなくて、彼自身が持っている連衆のためなんですよ。

金子　うん、うん。

田村　連衆というのが、いま頭かずじゃきめられないのはそういうことだと思うんです。

金子　自分の内なる衆——。

田村　そうです、そうです。

金子　最近、「衆の詩」というのを盛んに書いているんですが、僕の考えは内なる衆——。そうなると、どうですか、日常性なんていうのは大事ですね。

田村　大事です、きわめて。

金子　僕は日常性を強調しているんです。……そうなんですよ、たしかに。そこを土台に自在に飛翔すれば、言霊とか、幻想とか、想像の世界とか、そういうものを迎えいれることができる。俳句をやっている人には、もたれ合いが多いんだなあ。独吟の気構えが足りないな。だから、文人が示す連句なんていうものにすぐかたむいて、真似するというようなところが出てきましてね。そして有季定型のスローガンで割り切って、俳句の即興性とか、季語の本質的なものには目が届かないんですよね。そういう点不毛です。……それで、季語も喩だとすれば、しかも非常に貴重な喩だとすれば、たとえば固有名詞なんていうのも立派に俳句で——たとえば、歌枕のように——こなせると思うんですけれども、固有名詞に対する俳人の姿というものも、これまたかなりためらいがちなんですよ。たとえば、安達太良山なんていう山の名で俳句を生かすのは邪道だという考え方をするんですな。固有名詞というのは、喩としてずいぶん活用の方法があると思うんですけどね。

田村　地名は、かなり句のかなめになっていますが、固有名詞も十分力を発揮すると思いますがね。そういう柔軟な考え方というのは、俳句自身が非常に柔軟な心から生まれてきた芸術ですからね。それが枯れていくようじゃ、しようがないですね。日本の文学で、しかも伝統的な文学の中で、ほんとうの近代性を持ったというのは俳句の世界だと僕は思っていますからね。

金子　たしかに即自的なものを離れ得るという要素があるんで、非常に近代的なんです。つまり客観性……。

田村　そうです。物と、それにぶつかる心の微妙な関係が実にうまくできているんですよ。短歌の世界だったら物がなくたって、なんだってできますからね。そのかわり今度は純然たる第一人称の世界ですね。あれくらい第一人称に徹したのは、世界でも珍しいですね。世界の抒情詩の中でも、あれは冠たるものですよ。一人称の抒情詩であそこまで行ったのは。俳句は、その物の中からもちろん生まれたんですけれども、逆に一人称イコール私というのを切ったところに、俳句のおもしろさ、凄味があるんで、そこでユーモアの感覚が生かされるんじゃないかと思いますよ。またユーモアの感覚がなかったら行けっこないんだから。私離れはできないんだから。

金子　たしかに七七を切ったときに……。

田村　そうなんです。

金子　七七というのは述志の要素だと思います。村上一郎が最後まで、俺は歌人だ、歌人だといって、俳句を作っても述志の俳句でした。だから俳句としてはよくなかったが、村上らしい、独自で奇妙な俳句でした。

田村　あれはそうなんだ。彼はミスター・七七だ。セブン・スターですよ（笑）。

金子　セブン・スターといえば、この間、あんた、ホープの短いヤツと長いヤツがあって、ショート・ホープと言うのはけしからん、ホープ・レスネスと言えとか言っていたね。村上はたしかにセブン・スターなんだ（笑）。

それから笑いなんですけど、そのことと関連して、僕は俳句の未来なんていうことから考えたりしながら見ていく場合に、やはり俳諧の問題が本命だと思っているんですけどね。季語の問題というのはたびたび言うように喩としての貴重さで、非常に尊重しなければならん。しかし、喩としての貴重さというなら、喩になり得る言語はいくらでもあるわけだから、季語だけに特段に執着する理由はないと思うんですね。そうすると、俳句の本命のテーマはやはり俳諧にある。これは僕なりの考えですけれども、芭蕉が誠《まこと》の俳諧ということを言っていますが、あの誠というのは倫理的な意味のまことじゃなくて、ほんとうの俳諧、正真の俳諧ということだと思うんです。正真の俳諧ということが笑いの問題に密着すると思うんですけどね。その笑いについちゃ、田村さん、持論があるんでしょ。

田村　笑いというのは一種の客観的な精神がなかったら、絶対に生まれっこないんですからね。同じ行為でも、これを客観的に見るか主観的に見るかということで笑いになってもいいし、たとえば悲劇になってもいいんで、プラトンなんていう人だって、ちゃんと悲劇詩人としての素質を持っていれば、それは当然喜劇詩人になれるというんです。心の持ち方というとおかしいけれども、心の角度、切り込み方で……。

まさか芭蕉だってバカ笑いをすすめたわけでそういうことを言ったんじゃなくて、笑いを生ずる精神の所在でないと、ものの実相が見えないということを言っただけのはなしで、だから、日本の近代文学に特に欠けたのはユーモアの感覚なんですよね。みんなまっしぐらになっちゃって。だから、私私になっちゃったんですけどね。その私もだんだんプアーになってしまいましてね。それこそ内なる連衆がいないから、どうしたってダイアローグが生まれっこないわけです。それで藤村の文学の悪口を、この間散々言うはめになってしまって。藤村という人は偉い文学者には違いないけれども、僕から見ると、この偉大なる文学者の作品は文学じゃない、という皮肉なことになる（笑）。文学というのは、その根底に笑いを持っていなきゃだめだと思いますね。笑いの感覚を持っていないとね。そこが日本の近代文学で一番欠けている要素ですね。

金子　賛成だな。

田村　それがなかったら、連衆が集まってこないと思うんですよ。ユーモアの感覚を基底にしないと、そういう空間も生まれてこないと思うんです。泣くためなら、お通夜に行けばいいんで（笑）、やはり気晴らし、おもしろさ、その中で共通するテーストと洗練された感覚に出会うというスリルなんで、かなり長い間その座というものは続いてきたと思うんですよ。だから、ある意味じゃユーモアの感覚の練磨の場でもあったろうし、僕は俳句のことを全然知らないけれども、月並というのがあるでしょ。よくお師匠さんが月並俳句だと言いますね。あれは非常におもしろい採点のしかただと思ってね。

月並俳句をめぐって

金子　正岡子規が月並調を言い出したんですけどね、この間、子規のことをちょっと調べてみたんですよ。

田村　子規が発明したんですか。

金子　いえ、前からあった言葉でしょうけれども、彼がはっきり月並調という言葉を使って、天保以降の俳句をけなしたんですよ。おおむね卓俗陳腐で見るにたえず、とね。蒼虬、梅室なんていう代表的な俳人がいるんですけれども、あいつらはなっちょらん、と言うわけです。僕は田村さんの言うことに半分ぐらい同調するんですけれども、子規の言う月並調が実に曖昧なんですね。

田村　いや、僕がヘンな言い方だけれども、月並を擁護しようと思って言っているんですよ。

金子　そう、そう。僕が半分と言ったのは、擁護論に半分加担するという意味でね。

田村　月並もいろいろあるから……。しかし、それは時代が変るというか、社会の仕組みが変れば、当然月並の概念も変ってきますけれども、しかし、月並というところに俳句のおもしろさがあるんですよ。うまく説明できないけどな。

金子　いや、よくわかるんですよ。というのは、子規が月並調といってけなした裏には、どうも子規の武家的意識があるんだな。あの人は武家の出だから。天保以降というのは、ことさらに農民、町民の句が俳諧の中心になったんですね。その雰囲気が彼の気に入らなかった——。

田村　月並というのは、ある意味じゃ俗物という意味でしょ。

金子　そういう意味も多分にあります。

田村　ブルジョア的という意味ね（笑）。

金子　プチ・ブルかな。だから、武家的な心意から見ると俗にたえない。

田村　だからね、ブルジョア的な感覚を月並といったのかもしれませんね。

金子　ええ、あいまいだけれど、そう感じていたかもしれない。

田村　なるほどね。

金子　非常に直感的に……。

田村　その通りかもしれませんよ。

金子　中身はというと、子規自身よく説明できないんです。もっともらしいとか、卑俗とかいう言葉を盛んに使いますがね。

　子規の『墨汁一滴』を見てましたら、碧梧桐という人は直情的な人ですけれど、彼がしきりに子規先生の言う月並がよくわからないと聞きただすんですね。それにたいして子規が説明するんですが、碧梧桐はなかなか承知しないわけです。あそこ、おもしろいですね。碧梧桐が突っ込むと子規はしまいにアタマにきちゃう。そんなことを言うなら、先生、あなたのこの句も月並だと言ったら、アタマにきちゃって、今度は碧梧桐の句を、おまえのこの句は月並だとやりかえすんです。そして月並というのは、もともと直感的につけた呼び方で、考えたものじゃないんだから、いろいろ仔細にわたればわからんこともあるだろう。しかし、おまえのこの句は月並だと、強引な言い方をしているんですけどね（笑）。

おっしゃる通り、ブルジョア的意識に対する、落ち目の武家の武家的な感じですね。そのくせ片方では、子規は「土がたわれは」という歌を作っているんですがね。一見矛盾している感じですが、よくみてみると、子規の嫌いなのは、もっともらしいものとか、卑俗なものなんで、それが顕著に感じられる天保以降の俳諧を嫌ったわけなんですね。素町人や土百姓への反感と重ねつつ。正真正銘の衆のものというか素はだかのもの、生々しいもの、それは好きなんです。それが「土がたわれは」なんで、子規の晩年の随筆を読むと、子規の生々しいものが出ていますよね。まことにわがままな……。

田村　食事のメニューが、じつにおもしろい。

金子　そう、そう。会席料理の献立なんかみんな書きつけてましたね。どうもそこにくるみたいね。だから、そういう意味の「土がた」に対して、月並調というものを、アンチ・テーゼとして置いているみたいだけど。

田村　おもしろい言葉だな。毛唐に月並というのを聞かれると、英語でコンベンショナルということになっちゃうんじゃないかと言いましたけどね（笑）。

金子　コンベンショナルでもいいじゃないですか。要するに、町民や農民たちの引きずっている、そういうコンベンショナルなものがいやらしい。もっと生なものを出せということね。本当の「土がた」をだせ、というわけね。

田村　でも武家階級はある意味じゃ、すごいコンベンショナルなんですよね。

金子　そうなんですよ。子規の町農観自身がすでにコンベンショナルなものを十分に残しているわけだから。その点で、高浜虚子なんていう人は、逆にコンベンショナルなものを意識的に大事にしたわけですね。

田村　そうですね。それをむしろ逆用して、非常な才能を発揮した人ですね。

金子　だから、写生を唱える子規はどっかで詩の立場では、虚子に対しては気にいっていないところがありますね。

田村　あの人は短歌的な人じゃないのかな、子規という人は、俳諧の近代的理論家ですけれども、やはり子規はセブン・スターのほうですよ（笑）。むしろ、彼の晩年のメニューのほうが俳句というかな、俳諧を感じますよね。あれはおもしろいですよ。そしてあれは物ですからね。

金子　そう、ズバリ、ズバリと物です。ナチュラルです。僕が感心したのは、鳥が水浴びをしているのを寝ながら見ているんだな。そうして、ふっと、ああ、そういえば俺は五年間風呂に入っていなかった、とおもうんですね。あれは物だ、ピシャッと。

田村　あそこでは寝ているよりしようがないから、空間的に限定されているから。でも、虚子という人はうまいですな。わたしは素人目でずっと読んだことがありますけれども、でも、四十歳まではだめね。四十過ぎの虚子はこれが同じ人かと思えるくらいね。これは僕の感じで専門家の意見じゃないけれども、芭蕉に至っちゃすごいですね。やはり四十を過ぎないとだめだ。僕みたいな凡庸な詩人は別に置いて、四十過ぎると格段の差ですよ。不思議なものですね。

金子　芭蕉は四十一歳で「野ざらしの旅」に出ている。

田村　水道の工夫をやっているころはだめだ。

金子　それから深川に移ったのが三十七だったかな。

ものへの感覚

田村　虚子もびっくりした。あれも四十歳以降、もう格段の差ね。

金子　虚子の俳句ですね。大正のはじめ「ホトトギス」の雑詠選を復活したときが三十九歳ですね、あれから俳句に張りきるわけだからな。たしかにそうかもしれないね。

田村　「一茶」のあなたの本、あれは拝見して非常に楽しかったですよ。僕、二週間ぐらい、うちの枕元に置いて読んだんですけどね。集中的な類句のシンフォニイ。類句のすさまじさ。すると、ピカッと光ってくるんです、まるで暗夜の灯台みたいに。やはり、たいしたものです。あれはもう凡庸じゃないですね。

金子　あなたは、月並というのを類句の累積と同義ぐらいにとって、衆のエネルギーとパロディを考えているんだな。たしかに、俳諧というもののエネルギーは月並調のバカバカしさ、いやらしさに逆に感じられますよね。一茶だって、そういう点では同じです。

田村　いや、あれはすさまじかったなあ……。

金子　田村さんなら一茶がわかってくれると思ったんですよ。さっきの話に戻ると、子規は、そういう点では虚子に対して、人間としては好きじゃなかったと思うんですけれども、しかし、一方、俳句の世界を保ってゆく立場でいうと、碧梧桐のような直情径行では連衆がついてゆけないという感じがあったんですね。で、虚子にあとを頼むというようなことを話したりしていますし、それをまた虚子がこばんだりしていて、その辺コンベンショナル・虚子は慎重ですね。つまり、子規は、虚子と碧梧桐とを見くらべていて、詩では碧梧桐、俳句興行では虚子としていたんですね。

田村　おもしろいものですな。要するに、明治の近代化がからんでますからね。

金子　そうなんだ。その辺が非常におもしろいところだな。……それから、いまの俳句の笑いの問題でね。一茶の句で、「けし提げて喧嘩の中を通りけり」というのがありましたね。

田村　あれ、おもしろい。あなた自身もちゃんと注釈をつけていましたね。あれ、ものすごくいいですよ。

金子　芭蕉では、僕がいま探っている俳諧という「秋深き隣は何をする人ぞ」。あの軽みのあたりなんですがね。いかがですか。それから、僕のこの句、どうですか。「暗黒や関東平野に火事一つ」。

田村　いいですね。

金子　ハハハ……、あっさり言うからね。それ、笑いがありませんか。

田村　ありますね。

金子　そんなら、子規の「鶏頭の十四五本もありぬべし」。笑いがありませんか。

田村　うまいですね。

金子　僕は、俳諧というのはその辺の生かし方ね。それが独自な世界で、しかも即興的に、乾いたすがたで出てくれば非常にすばらしいと思っているんですけどね。これからの俳句の課題というのはその辺じゃないのかな。それが出てくれば現代詩のほうでも驚くと思うが、いままではあまり驚かないですよね。

田村　また現代詩だって非常にチャチなものですからね。というのは、物にぶつかるんですからね。とにかく……物がなかったら仕事にならんだろうと思うんです。物に対する感覚を養えば、当然笑いの感覚になるだろうと思うんですよ。
　物ですね。物に対する感覚ですね。だから、定型、非定型というが、物に対する感覚というのは、それをきちんとさせるのが定型だと思うんです。だから、反定型は成り立つんですよ。非定型はいけませんということは、定型を無視して……少なくとも詩というのは、短歌を詠もうが、発句の座につこうが、いまの現代詩を書こうが、当今の書生風にいえばそれこそノンセンスなんです。物の発見なんですよ。僕は物の発見だと思いますね。

金子　非常によくわかるな。いや、賛成だな。僕が「物と言葉」ということを書いて、物を土台とした両者の相互関係について書いたら、若い俳人たちから物と言葉なんていう二元的な立て方は滑稽だとやられました。言葉がすべてだっていうんですね。しかし僕はあくまでも物を土台とみます。物を失った言葉なんかくらげみたいなもんだ。

田村　おかしいな、僕はわからないですな、その反論。

金子　わからないでしょう。

田村　言葉自身が大きな喩ですからね。言葉というのは比喩なんですよ。そんなことをいったらしようがないけれども、だけど、季語はその大きな喩の中の喩を機能させるための喩であって、要するに僕たちは暗喩をいろいろ使う、それはいろんな形で使う、詩人というものは。しかし、実はただ暗喩を使うために使っているんじゃなくて、大いなる直喩を発見したいために暗喩を使っているんだ、と言ったことがあるんです。

金子　ああ、それはいいなあ。

田村　そういうことだと思うんですよ。大きな直喩を生み出したいと思って、暗喩を使っているんですからね。

金子　それは同感だな。若い連中は言語論の入門書なんかを読んでその受け売りをやるんだな。言葉の一人歩きだけやるんですよ。

田村　だって、言葉は物じゃないんですから。言葉なんていうのは比喩ですよ。

金子　だよなあ……。

田村　だから、僕たち、言葉を使いながら詩を書いたり、俳句をつくったりしてて、こういうことを言っちゃおかしいけれども、僕たちの一番理想的な世界というのは、言葉のない世界です。言葉のない世界というのは、言葉を蔑視したり、言葉を度外視したりするんじゃなくて、比喩がつけ込むすきのない世界を現出できたらすごいと思う。だから、全体がほんとうの直喩になればね。だけれどもあくまでそれは言葉ですから、物じゃないんですから。

金子　そういえば、あんたの詩集の題は『言葉のない世界』だった。

（「俳句」一九七五年七月号）

庶民のリズム

——一茶をめぐって

井上ひさし
金子兜太

遊俳と業俳

金子　あなたのお書きになった戯曲『小林一茶』を拝見してますと、ちゃんと事実に基づく根拠があるんで感心しました。たとえば大川立砂《りゅうさ》の所にいたとか。ただ、あの中に立砂の姪が一茶の恋人という設定がありますね。あれは何か根拠があったんですか。

井上　僕の住んでいる市川は松戸の隣ですけど、その松戸に昔栄えた馬橋という所があります。そこへ行って大川立砂、当時、油屋をしていた人ですけれども、かなり懸命に調べてみました。が、詳しいことはわかりません。だからあれは全くのフィクションです。そこで立砂にも姪の一人ぐらいはいただろうと発想しました。

金子　あの大川の家の二階の場面は面白かったですね。姪とのこと。それから、あとに演じられる花嬌との一種の濡れ場がね。

井上　花嬌という上総《かずさ》富津の女流俳人、大富豪の未亡人と一茶との間に恋を持ち込んだことには、専門家の立場からごらんになれば問題があると思いますが。

金子　いや、案外あんなところじゃないかと思いますよ。ただ子孫の方などは一茶とのああいう関係は嫌がりますね。あんな乞食俳諧師など寄せつけなかった、てなところがありますからね。

井上　本当にたいへんな家柄なんですね、花嬌の家は。何でも四つの郡《こおり》の大地主だったそうで。将軍家へも金を貸していたといいますし。

金子　そうなんです。それと、あの戯曲をずっと動かしていく俳諧師がいましたね、竹里という。モデルになるような人物はいたんですか。

井上　ええ、竹里は一茶の日記の中にちょっとだけ出てくるんです。文化三年（一八〇六）、一茶四十四歳の十一月二日の「今日、越後の行脚俳人で竹里というものが泊って行った」というような記事でした。そのころ一茶は本所相生町の借家にいたのですが、僕はこの「行脚俳人」というところに興味を持ちました。一茶も行脚俳人のようなものです。ひょっとしたら下総や上総で二人は会っているかもしれない。そう思っていますと『一茶全集』が出まして、その第八巻に『名なし草紙』（翻刻・矢羽勝幸）という竹里の本が載ってるんですね。夏目成美が序文を書いていまして。そこで竹里を一茶のライバルに設定して、三島（静岡）の妙法華寺で一茶の亡くなる一年前に死んだというところまで調べて書いたんです。

ところが戯曲を発表したあと、長野丸子実業教諭で一茶研究家の矢羽勝幸さんが、僕の芝居をごらんになったらしく、「長野」という郷土雑誌を送って下さいました。一茶特集号で、その中に矢羽さんが『一茶と竹里』というじつに詳しい竹里の評伝をお書きになっていた。それを読んで僕は竹里という俳人のことを本当に本格的に知ったわけで、最初は一茶の日記の中の一行の文だけだったんです。

金子　なるほど。竹里という名前が僕もチクリときてたんだけど、やはりそうだったんですか（笑）。あの竹里の設定で、戯曲が大変立体的になりましたね。

井上　竹里がいないとちょっとあの芝居は成り立たなかったでしょうね。それから、これはまず最初にお話ししなければならなかったんですが。僕の場合、桑原武夫さんの『第二芸術論』に非常に影響されましたが、実はあの後、金子さんの批判があるんですね。第二芸術論からは音韻論が抜けているという批判ですが。五年ほど前でしたか、先生の著書を読んでその通りだと思いまして、それで第二芸術論をやっと卒業したんです。

俳句についてはほとんど知らないに等しいんですが、あの夏目成美という人が前から、他のことで僕の読む江戸期の書物にちょくちょく出てきていたんです。井筒屋八郎右衛門という札差《ふださし》の大旦那が成美なんですが、伊能忠敬なんかを調べてますと、浅草蔵前に幕府の天文台があって、そこへ忠敬が毎日深川から天文学を勉強しにやってくる。そして毎日、井筒屋の前を通るんですね。この井筒屋はあんまりやり方があくどいので、寛政の改革のときにとっつかまってしまいますが、足が悪くしかも俳句の大家だというので許されている。見かけは酷く陰気で嫌な男だ、という幕府の記録が残っています。

僕は俳句は全く知らないので、井筒屋八郎右衛門なる金儲けの親玉のような人物とつきあっているつもりでいると、ある日その親玉が夏目成美だとわかってびっくりしてしまいました。幼稚な話ですが、あるとき二人の人物がフッと同一人物だとわかり、それで遊俳というものが僕の物書き生活にもひきつけてふくれ上がってきたんです。この悪玉のような俳人が遊俳。一方、一茶は業俳。僕もいってみればしがない業俳。では一茶と成美の関係を突っ込んで、ものを書くということを根元から考えてみよう……。あの芝居の成立過程というのは、そんなところでしょうか。

金子　そうですか。でも一茶という人物にも勿論興味を持っていたんでしょう。

井上　ええ、持っていました。ただ、かなり長い間一茶という俳諧師については低い点をつけていました。僕は山形の農民の小伜のようなものです。それが東京に出てくると、ちょうどフランスで日本人同士が会うとお互いに嫌な感じになるみたいに、都会に出てまで、まだ土くささというものを持っている人が好きじゃないのですね。自分を鏡にうつしてみるようなものだから、同類を見るのは苦痛なのです。かえって山東京伝とか吉原とか歌麿とか江戸文化というようなほうへ憧れていく。ですから江戸に出てきた人たちを、全部軽蔑していたような時期があります。

それから、教科書に載るような俳諧師な

んかつまらないとも思っていました。そのくせ、あの『七番日記』の有名な「交合の記録」を読んでいると、教科書の一茶と性交の回数を必死になって記録している一茶とがどうしても結びつかなくて、こりゃインチキくさいとかいったりもしていた。そこで最初は俳句そのものをからかおうというところからはじまったんですが、勉強するうちにそうもいかなくなってきました。『一茶全集』などを読んでいくうちに、ぐいぐい引きつけられていった。一茶の、江戸にしがみつきたいという、当時最大の消費都市の中で何とかそのおこぼれにあずかってひとかどの宗匠になりたいというあせりと、僕が田舎に帰りたくなくて、東京で何とか物書きとして食っていきたいということが重なってきました。だんだん人ごとではなくなってきて、最後には一茶を非常に愛してしまっていた……。

金子　さきほどいわれた遊俳としての成美に対する興味は、生粋の都会人に対する興味にも繋がりますね。片やもりもりやろうとしている田舎出の業俳への賛否を含めた興味もある。

井上　時期的にはもっと前になりますが、札差たちが吉原を支えていたという感じがありますね。江戸文化の華、歌舞伎のパトロンになっていた。そういう所から憧れて入ったんですが、なかなかどうして札差は徹底的に農民を遠隔操作でギリギリ絞り上げている。そうするとこっちも農民出ですから、こん畜生という気になってくる（笑）。そんなふうにして三年ぐらいの間、一茶をごちゃごちゃ調べているうちに大転換があったわけです。

金子　そういえば、あの一茶にはあなたの自画像のような感じもありますね。終わりの方に行って竹里から「田舎へ帰れ」とか色々いわれますが、あのへんの感覚もね。

「椋鳥」から俳諧師へ

金子　今度お書きになった『下駄の上の卵』も多分にそういうところからの発想があるんじゃないかな。

井上　あれも山形県南部の子供が軟式野球の健康ボールを深しに東京に出てきて、地獄めぐりをしてしまうという話です。山形の寒村も地獄であるわけですが、都会の地獄より人の顔がはっきり見えるという一点でまだましです。煉獄ぐらいだなという感じがしますね。都会は匿名制といいますか、名前がなくなってしまうという最大の恐ろしさがありますから、やはり死ぬときは東京から離れて死にたいという気持ちがありますね。

金子　一茶が十五歳で江戸に連れ出されてきますよね。そして、まもなく浅間の大噴火があったり、洪水があったりする。物価は上がる。僕は『下駄の上の卵』を読んだときに、一茶が直面した江戸と似た状態を感じました。ちょうど戦争直後でしょう。今おっしゃった顔が見えないという感じは、江戸に出てきた一茶が痛感したことじゃなかったのかなあ。すべてが画一化されて映る世界……。

井上　それで、その顔の見分けがつくと例の「椋鳥《むくどり》」です。自分と同じように皆下男とか薪割りとか、最下層の労働者としてほとんど根なし草のように生きている。

　時代はその五十年ぐらい前になりますが、平賀源内の場合も一茶と同じような焦りがあったと思います。地方出身者が都会の人に互して、そしてそれを超えてゆくにはどれだけストレスが溜まり、どれだけウソが要求されるか、というようなところがあったんじゃないでしょうか。

金子　確かにあったでしょうね。あなたはそれを両方ともとてもユーモラスに、いやユーモラスというより、もっとたっぷりと諧謔味豊かに書いておられる。どちらもあったかい感じですね。『小林一茶』にしても『下駄の上の卵』にしても。

井上　やはり「一茶がんばれ」「地方出身者負けるな」といった感じになってしまいますね。

金子　研究者のなかには、江戸谷中《やなか》の書家の奉行人のところに、十五歳の一茶は寄越されたという人もいるが、いずれにしても使い走りでしょうね。

井上　そうでしょうね。届け物をしたり、せいぜいいい仕事といっても墨を洗ったりする位でしょう。僕の疑問ですが、一茶は一体どこで俳諧を習ったんだろうか。柏原にいるときに、本陣に長月庵若翁という有名な俳人がきたりして、柏原の大人たちに俳諧熱はあった。だから好きになる素地はあったと思うのですが、江戸に出てからの少年時代、六～七年ぐらいわからないですね。

金子　ええ。どうやらチラホラと句らしきものが文献に出てくるんですが、でもあれも研究者の丸山一彦さんあたりにいわせると、どうもぴったり合わないところもあって。菊明なんて号でやっていたこともありますが、菊明という号の人が他にもう一人いたという説もありましてね。

井上　天才といいますか、そのエネルギーや才能は、命さえあれば、それを持っている人は必ずいつかは出すと思いますが、一茶がどこでどういうふうに俳諧の道を選んだのかということが、僕にはまだよくわからない。それで、懸賞句会に深入りして行って……というようなことを考えたのですが。

金子　懸賞句会で竹里と出会って、竹里が立砂に紹介するんでしたね。あれもひとつの推理可能な経緯ですが、僕が考えているのは、大島蓼太《りょうた》という人がいますね。あれが一茶と同郷人ですね。それから加舎白雄《かやしらお》も同郷人ですが、特に蓼太に可愛がられた形跡がある。僕は蓼太が一茶を俳句に導いていった人ではないかと思うんですよ。

井上　なるほど、大島蓼太でしたか。

金子　でもそれじゃあ話としては面白くない。竹里の方がずっと面白いですよ。

それから、竹里と一茶の掛け合いのところで、あなたが句を作ってますね。ご自身の創作のやつ。あれが面白い。

井上　あれはただひたすら金子兜太という方のお書きになった、「俳句は韻律である」とか「旬《しゅん》のものがなくなっている時代に、季語にこだわる必要はない」とか、特に印象深いのが「俳句は三句である。それをきちっと使ったり、跳び越えたり、つなげたりしながら、それで何かを見るんだ」という言葉ですが、その応用なんです。僕なりに「三段跳び」と名前をかえまして、上五でポンと跳んで、まん中ですごく跳んでゆくような感じ、例えば金子さんの「暗黒《あんこく》や関東平野に火事一つ」の句。「荒海や佐渡に横たふ天河」のように大きな感じがしますが、あれも「暗黒や」のところでは全然わからなくて、跳んでいないという感じなんですが（笑）、「関東平野に」でステップがぐーんと伸びて、「火事一つ」できれいにまとまるというような、そういう分け方で俳句を考えてきたんです。

金子　なるほど、中七を跳躍台に使うんですね。

井上　日本で一番短い詩、いや詩というよりも僕にとっては、言葉そのもの。それぞれの人が日本語の響きをどう耳で受け止めているか、という興味があります。

　和歌というのは、どうも僕は三段跳びではなくて、十種競技というか、ダレたマラソンという気がするんです（笑）。和歌もいいんですが、俳句にはかなわない。もっとも僕は和歌がワカラナイというせいもありますが、あれだけ短いものが一方にあったら、あとはすごく長いもの、たとえば源氏物語、そういう対比しかないんじゃないか。まあ中間がかすんでくるというだけの話ですが。

一茶のモラトリアム

井上　成美の多田の森の寮で四百八十両なくなって、一茶が禁足を喰らうことが句日記に出てきますね。あとで犯人は見つかりますが、あのへんはあまり諸家に確答のないところなんですね。僕は札差の方ばかり調べてましたから、「札差であった成美は」という書き方をしましたが。俳句史家は俳人の方に重量をかけるのがあたり前ですけれども、僕の方はむしろ井筒屋という権謀術数ただならない人物、たとえていえば、ナチスの収容所長が夜にはベートーベンをうっとりとして聞いて、習朝には「殺せ」と命令を出す。芸術と実際の仕事が全然かみ合っていない、そんな精神構造が成美にもあるんじゃないかと思った。札差の成美に重点がかかりすぎているんです。そういう意味では、俳句史家の極端さと見合った極端さということで、本当はその中間ぐらいが正しいと思います。

金子　いや、あんがい当たってるんじゃないですか。あんな上品な句が作れるというのは相当な悪ですよ。上品すぎますね、成美の句は。

井上　上品すぎるのは相当な悪。名言ですね。子規の『俳句分類』を見ると、そっくり同じ句とか、一字だけ違う句とかが並んでいますね。中では、成美の句がやたらに多いのです。先人の名句と一字違い、二字違いの句を成美はたくさん作っている。これはひょっとしたら盗作専門なんじゃないかと、色眼鏡をかけてしまいまして（笑）、成美をだんだん落としめていった……。

　引用は、文学にとって大事な方法であるという考えは、この数年日本でも定着してきましたが、はっきりパロディーとわかる句ならともかく、これは一所懸命作ったものですといいながら一字しか違っていなかったりした場合、当時としてはどんな扱いを受けたのでしょうか。

金子　そうですね。僕はかなり厳しかったと思います。当時は句の批評をする場合に、それほどボキャブラリーもないし、視点も画一的でしょう。だから、そういうことを大変問題にしたんじゃないでしょうか。いい意味でも、悪い意味でも。

　だからね。芭蕉を囲む連衆などでは、共通用語のようなものがずいぶんありましたね。そいつを使う場合は、お互いに意味内容まで拡大してわかりあっているんです。あれは本歌取りを認め合っているが、行きすぎの事故防止の意味もあったんじゃないかと思う。それから、これはあなたの戯曲からヒントを得て考えたんですが、一茶という男は俳句をはじめたころから、割に本歌取りのうまい男じゃなかったか。繰り返しとか、物真似とか、擬音や擬態語なんかもうまいもんです。その才能が案外、逆に評価されていたような気がするんですよ。

井上　勉強をしていますね。

金子　しています。時に西国の旅に出てからですね。

井上　姫路城三年間の宮本武蔵のように、今はやりのモラトリアムとでもいいますか。一茶のモラトリアムは相当長い。

金子　六年間ですからね。自分で西国へ乗りこんで行って、真剣勝負のつもりですから。

井上　俳句史では、松山の栗田樗堂《ちょどう》という人は相当の俳人ですか。

金子　ええ、相当のものですね。あの人は酒造業を営む豪商で、同時に天明調の俳人です。松山藩主も信頼した人物です。ああいう人に可愛がられているんですからね。それから京都の高桑蘭更とか、大阪の黄華庵升六とか。皆天明調ですね。西国の旅では、一茶は天明調を意識して勉強しています。

井上　天明調というのは、一言でいいますと？

金子　蕪村派の句調とみていいと思います。蕪村・几董《きとう》系ですか。

井上　そうすると、ある意味ではデザインの句といいますか。芭蕉のような単純、率直、雄勁などというのより手の込んでいるものと考えていいですか。

金子　そうですね。三島由紀夫さんを漂白したような感じですね。（笑）

生活手段としての旅

金子　私は北斎の絵と一茶の句との近似性というのを非常に感じるんです。たとえば一茶の句に「菜の花のとっぱずれなり富士の山」というのがある。あれなんか北斎の構図ですね。

井上　そうですね。

金子　江戸の戯作者たち、式亭三馬や十返舎一九などの文章と一茶の句との関わりを見受けることはありますか。まあ、山東京伝などは一茶から見るとすこしあらたかな感じがあったんではないかと思うので、別にして。

井上　十返舎一九とは非常に似ていますね。それから後世の人、地方出の詩人宮沢賢治もそうですが、擬声語、擬態語、そういう感覚性から出てくる土っぽさがありますね。一九については今だに、「あれは大したことない」という意味があります。地方出の人たちに共通の特色は、言葉の次元にこだわるっていうんですか、抽象化しないで、人が話しているその発語行為そのものにこだわるところがある。一方、都会的な人というのは勉強して、抽象化したところで勝負してくる。京伝とかあの周りの人たちには、そんなところがありますね。

金子　一茶の句には、とにかく繰り返しが多いですね。

井上　そうですね。たったの十七音しか許されていないのに「そこのけそこのけ」なんて二回もいうのは勿体ないな、という気が最初はしていました。でも数が少ない音だからこそ二回使うのは、印象が強烈になる。例えば八百枚の小説のうち、「そこのけそこのけ」に四百枚も使ってしまうというのはすごい大冒険です。だから逆に大した人だなと思いますね。

金子　柄井川柳が亡くなったのが、ちょうど一茶二十八歳のときなんですね。そうすると『誹風柳多留』あたりには一茶の川柳がずいぶんあるんじゃないか。あれは無記名ですから作者がわからないけれども。懸賞句だけじゃなく川柳投句もかなりやってたんじゃないかと思っているんですが。

井上　浅草橋あたりで、川柳や懸賞句会で米を稼いでいたのは、確かな気がします。それから僕には柳橋に住んでいたというのが非常に気にかかる。女がからんでんじゃないかと（笑）。これはもうひとつ調べがつかず、止めにしましたが。

金子　それで立砂の姪にしたわけですか（笑）。でもその方がいいかも知れんな。柳橋だといかにもまことしやかになってくる。一茶は上野にもいましたね。とにかく借家住まいであちこち移っていますから。

井上　それから、これはちょっと年代がずれますけど、馬琴の日記などを見ると天候を非常に詳しく書いている。一茶の日記にも詳しく書かれている。あれは、当時日記を書く人のひとつのパターンだったのか。それとも個人的趣味だったのか。もうひとつ、一茶が何か天候に関係のある仕事をして食っていたのかというささやかな疑問があるんです。棒手《ぼて》振りとか大工の見習いとか、天気が悪ければ休みで、良ければ仕事に行くというような。でも、どうもそうでもないようですね。ずっと後になっても、天候は詳しく書いていますね。

金子　それは面白い見方ですね。巡回俳諧師だったせいじゃないでしょうか。旅との関係があるんじゃないかな。

井上　なるほど、巡回俳諧師という職業は面白いですね。

金子　ええ。そのへんの一茶と旅の関係というのを、ぜひうかがいたかったんですけれど。

井上　一茶の場合は俳聖芭蕉の影響というよりも、やはり本質にそれがあるんでしょうか。農民は、ずーっと自分の土地に定住するのが基本となる実業です。一方では虚業、紙の上だけで生きている人間は土地からふわりと離れてあちこち廻らなければならない。当時の日本人の意識の中にそのことがあったんでしょうか。

金子　旅が生活の手段だったということがありますね。ロマンチックなものではなかったと。先日、網野善彦氏の書いた『日本中世の民衆像』を読んで、大変面白かったんですが、農耕社会を連ねて旅する職人層の集団が数々あったんですね。中世の農民以外の人は、実業虚業を問わず、大方が旅が生活だったんじゃないのかな。そして、その中で彼らなりのコミュニティを形成していた。一茶が旅をして俳諧をやって飯を食っていくというあの姿は、中世の民衆像の尻尾みたいな、又は終りぎわの姿のような感じがするんですね。

　一茶のころはちょうど月並俳諧が勃興してきまして、そうすると俳人が増えますから付き合いだけで食えるようになる。だから付き合いのための旅ということになって、一茶から後になるにつれて、商売というよりもむしろお楽しみの旅という感じが強くなってゆくんですが。

井上　芭蕉はちょうどその端境期ですか。

金子　そうですね、その端境期のような。でも芭蕉という人は、実は弟子や支持者の経済的支援にも恵まれていたもんだから、旅を精神の旅、求める旅と割り切ることができたんです。しかし芭蕉が崇拝していた宗祇の場合は逆で、彼は諸国大名の間を渡って歩くことが商売だった。そして渡り歩く中で、精神の成熟を果たしたわけで、芭蕉と宗祇は旅との関わり方が逆だったと思うんです。芭蕉だけは稀にみる恵まれた環境にあったから、こころのままに旅のコースを選ぶこともできた。

　それから芭蕉を敬愛して、旅を思っていた蕪村となるとやや小さくなってきて、彼は絵をやってたからそれで食えた。一茶になると完全に旅が商売です。どうも一茶のあたりが最後のような感じがしますね。その旅の辛さが年とともにこたえるようになってくるから、ふるさとへの定住を決意するようになる。そして四十過ぎてから帰郷の下ごしらえに頑張るようになってゆく、ところ思うんですね。

日常即俳諧

井上　芭蕉から天明調に移ってきた段階あたりで、俳諧師の言葉、その音の響きに対する感覚はどの程度大事だと考えられていたんでしょうか。

金子　それほど大事とは考えられていなかったんじゃないかと思います。ただ面白いことに、一茶の読書録や備忘録の類いを見ていて、「和語」ということに関心を深めていることがわかります。『仮名口訣《かなくけつ》』という本もあって、これは葛飾派秘伝の書の一つといわれているもので、師の竹阿から授けられたわけですが、それに一茶が相当量の書き加えをやっているんです。まるで一茶著の印象で、和語の韻文的使用法とでもいえそうなことを、せっせと書いています。この和語への関心は時代からの影響を感じさせますね。ちょうど国学復興のときに当たっていたわけですから。本居宣長がほぼ同時代に出てきていますが、一茶は宣長の本を沢山読んでいるんですね。

井上　それが恐ろしい。（笑）

金子　僕はあの国学復興の中で、俳諧師たちが俳句のリズムということを大いに考えはじめたんじゃないかと思うんです。

井上　そこでさっきの先生の「暗黒や関東平野に火事一つ」の句なんですが、それは僕から見れば、カ行の響きというものを完全に考えてできた句ではないか。字ズラでもハッとする句ですけれど、声に出したときにもうそれ以外にない、という決定的なものがある。

　ところで俳諧師というのは、句会などでは必ず句を音にして読むわけですか。

金子　いえ、読み上げるとは限りません。紙に書いたものが廻ってきて黙読することも多いですね。

井上　そのときでもやはり、作った人も読む人も無意識のうちに音は響かせているわけですね。

金子　その通りです。リズムは踏んでいます。

井上　そうしますと、俳諧には音が大事であるということ、金子さんのおっしゃる韻律性ですね。それはいつごろからあったのかといえば、僕は最初からあったんじゃないのかと考えているんですが。ただ一茶のあたりでは、どの程度それが大事だったかということがちょっとつかめない。それによって一茶の俳諧師としての位置というものが考えられると思うのです。もし音に対する感受性を相当重要視するのならば、一茶というのは当時でもかなりいい線いってたんじゃないかという気がするのですが。

金子　芭蕉にしても蕪村にしても、俳諧に道を求めるという、己れを求道者として考えていましたね。成美などもいろいろ問題はあっても、俳諧に向かったときはそういう姿勢をとったと思うんです。だから、日頃のご本人とは違ったひどくきれいな句ができたりする。それから白雄だって蓼太だって、皆そういうものを持っていたと思うんです。特に建部巣兆に一茶は尊敬の念を持っていた。彼を本当の求道者と思っていたようです。

ただ一茶という人自身は、俳諧というものをそうは考えていない。韻律のほうを大事にしていた人じゃないかと思えるんですね。ですから例の『寛政三年紀行』でも、のっけに「俺は景色の罪人である」なんて芭蕉の『幻住庵記』に対決するようなことを書いていますね。美しいものなんかわからねえ、と。そういう姿勢をみると、最初から芭蕉、蕪村の系譜につながる内的求道的要求のようなものは俳諧から蹴っとばしちゃって、もっとリアリスティックでリズミカルな何かを求めていたという感じがしてくるんですね。一茶の句はリフレインが多いし、そして僕はこれを「庶民のリズム」と呼ぶんですが、あの人の身体から出てくるような韻律感というのが、実にはずみがあっていいですね。

井上　たとえば「俺は傑作を書く」と小説家なんかがいいますが、そういう感じじゃなくて、日常に俳諧がある。息を吐くように俳諧していた人だという印象がありますけれど、それは金子さんの今のお話につながりそうな気がします。そのへんの凄さが僕らを感動させる。

金子　そうですね。その日常性だと思います。そして当時流行しはじめていた月並俳諧、あの一句一句ともまた違っていたというのはそこじゃないでしょうか。徹底して日常の中に俳諧を置いていたという、その身体をぶつけて居すわった姿勢のようなもの。生々しい姿勢ですね。

井上　僕は最初一茶に非常に偏見を持っていて、変わっているし、庶民風だから明治、大正、昭和と、ぐんぐん復権してきたのだと誤解していたのですが。やがて、日常即俳諧というのを徹底した人だとわかってきました。大工さんが日常即タンスを作る、家を作るみたいな。金子さんがさっきおっしゃった「職人」とそこでつながってくるのですが、そういう強さを皆無意識に感じて、当然のように尊敬していくところがあると思いますね。

ですから、たとえば取材をし、考えて、さあ書下しだというので斎戒沐浴して三ヵ月ぐらい集中して書く、そういう仕事も勿論立派だし、それはそれぞれの性格でいろんな方法があっていいわけですけれど、人さまが楽しめるような小説は、書くことを日常にしないと駄目だと一茶に教えられたような気がします。調子が良かろうが悪かろうが書く、自分の日常は字を書くことしかない。そういう生き方もあっていいのではないか。それは今まで日本では、どちらかといえば軽蔑されてきたようだが、とにかく毎日仕事をして何か書くのが大切である、そういう教訓を一茶の芝居を書くことを通じて得たと思います。

金子　ああ、それはいいな。一茶からヒントを得たというのが面白いですね。

井上　俳諧師も歌よみも小説家もエッセイ

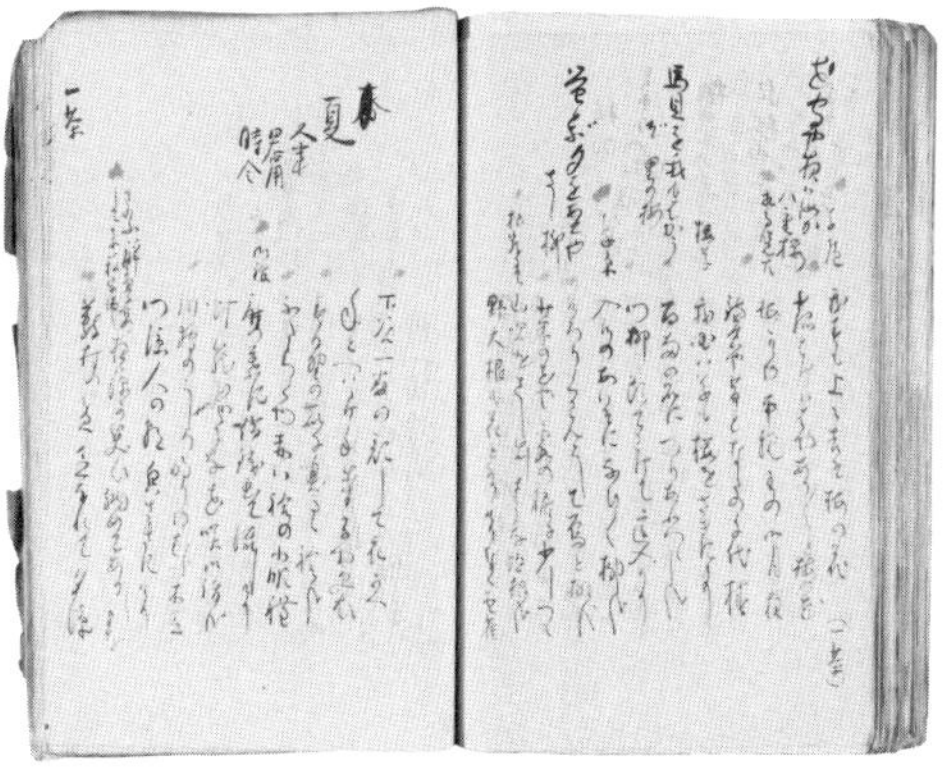

正岡子規『俳家全集』より一茶の項（国立国会図書館蔵）

ストも、最初は才能で勝負できますが、十年、二十年と続いていくと、その人の生活が、書かなくても出てくるんですね。そこに一茶の値打ちが、少なくとも僕にとってはある、という気がします。

散文の魅力

井上　七番日記の例の有名な「菊月水」「夜三交」、あれは僕の解釈では「菊月水」となったときに、一茶がガックリきてるという感じなんです。それから色々と精のつく薬草を自分で集めて、それを煎じて一所懸命服用している。スキだったというなら、それはそれで構わないんですけれども。そうじゃなくて、小林家の正統は、長男である自分である。したがって自分の子供こそ小林家を継いでいく者であると、異母弟の仙六たちに示したくて交合に励んだのだと思います。その子供を作るために励んで「菊月水」、まだ妊娠していなかったかとガックリきて、草を集め、精力を蓄えてまた励む。そしてまた「菊月水」。それで菊がだんだんおかしくなってきますね。あのあたりは跡取りということにかなりこだわっている。これはまた非常に邪道な解釈ですが。

金子　それはすごくユニークだな。今までそんなこと考えた人いないですよ。でも長子相続制のもとではあることかも知れませんね。

井上　もっとも、一茶の家柄はそんなにいいかといわれると一言もないんですが。

金子　僕は、五十まで満足な性生活がなかったんで爆発した、と単純に見ていたんですが。

井上　おそらくそうだと思います。それから非常に怖がっていた人ですね。日記をみると、晒し首とか、罪人の見せしめとか、殺人などについて詳しく記している。

金子　そうです。そういう事件が好きですね。それと被害意識というものが絶えずあったんでしょうね。これは、もうずっと子供のころから養われてきているんだな。

　井上さんは『戯作者銘々伝』の中の「式亭三馬」で、「もじりは戯作の大根本です」と風呂屋の三助に言わせていますね。もじりというのは、僕は庶民の一種の被害意識とからんでるんじゃないかと思うんです。で、さっきも申しましたように、一茶という男は大変なもじり上手で、それで立砂に認められた。蓼太に可愛がられたと。そうして取り立てられてきたという印象があるんですがね。

　ところで、『七番日記』『八番日記』『文化句帖』など、一茶の日記のメモ風な文章はどう思われますか。

井上　すごくいいと思います。『おらが春』などは勿論僕は好きですけれど、やはり何か芭蕉とかその後の俳文とかに引きずられているような、こうであらねばならないという感じがあって、一茶の中では悪い方じゃないかと思います。

金子　なるほど。

井上　一茶が『おらが春』を書いたときなど、一種の節目を作っていると思うんですね。自分の小さいころを理想化してみたりというふうに、お祭り気分や傑作意識があって、それは一茶の本質じゃない。むしろ一茶の一茶たるところは、毎日の繰り返し、日常性の中でどういうふうに自分と俳句が関わっているのかということが自然に出てくるもの、俳句とか日記のほうが一茶らしいという、ただそれだけの理由ですが。

金子　「犬鰹節一本引《ひく》　雪女離縁」ああい

うところですね。成美が死んだら、その訃報を一番しまいに書いたりしてね。「疝気《せんき》虫下ル」とかはじめにいってね。成美の死んだことが疝気より後に出てくる。

井上　成美という人には、本当に一茶は屈託があったみたいですね。

金子　確かに日記の中でも、松井とか一瓢とか、ああいう人についての記述と違いますね。ほんの短い文章でも、日常の親愛感がピカッとしみ出てくる。それで私も最近気づいたんですが、あの短い文章が実にリズミカルですね。あれは僕はリズムを意識して書いていると思うんです。それから、これは井上さんに一度お聞きしたかったんだけれど、「七五調」というやつ、あれはどうなんですか。明治に入ってくると、もう我々の身体と異和的な面が出てくるんじゃないでしょうか。新体詩が書かれるなどということでさらに異和化されてくるというか。たとえば、今になると田村隆一さんみたいに、俺は七五調が嫌だから自由詩を書いた、という詩人も出てくるぐらいでしょう。

井上　金子さんに『構築的音群』（「ことばの宇宙」六八年九月号所載）というエッセイがありますね。定型詩が音を忘れて意味にばかり傾くと乾いて魅力がなくなる。そのときこそ定型音の象徴効果がカンフルの役目を果たす……。たしかそうおっしゃっていたと思いますが、これに尽きるのじゃないでしょうか。日本語がある限り、七五調／五七調の持つカンフル効果は生き残ると思います。七五調に対する日本人のとらわれ方は強烈だと思うし、日本人が生きている限り、日本語を使う限りは七五調のリズムというのはたえずまとわりついてくる……。

金子　そうか。一茶が懐かしがられるのもそこに理由があるんですね。句がとてもリズミカルですものね。

井上　しかも、その七五調を平明に扱いながら決して月並へ落ちてもいない。微妙なバランスで俳諧ができている。そのへんは見事ですね。下手をすると川柳あたりへ落ちてしまうのに軽わざの綱渡りみたいなところで日本語のリズムをつかまえた人で、やはり天才だと思います。

ふるさとへの回帰

金子　僕が一茶の句で好きなのは「けし《(芥子)》提《さげ》て喧嘩の中を通りけり」。これは彼の代表作だと思うんです。その乾いた感じ、気負いとためらいの混じる複雑な気分が彼の身体の動きとして出てきている。それから非常にリズミカルである。そういう点で、何か本当に俳諧という気がするんですね。

井上　僕は一茶が江戸で故郷の方を向いて詠んでいる句が好きです。たとえば「夕しぐれ馬も故郷へ向ひて泣く」。これは一茶の本領ということではないのでしょうが、江戸で何とかひとかどの人間になりたいのに、なれなくて何となく江戸に異和感を持っている。そういう感じがよく出ていて、僕はホロリとしてしまいます。一茶は江戸でひとかどの人間になれたらずっと江戸に住むつもりだったんでしょうか。

金子　ええ。旅なんてああいう身体を労することがなくて、たとえば坐っていて飯の食える宗匠、月並俳諧の選者にでもなれるような宗匠であったら、江戸にいたかも知れませんね。

井上　その場合、一茶は残ったでしょうか。

金子　残らなかったでしょうね。成美以下ですね。

井上　運命はやっぱり一茶を信州に運んだ

……。

金子　信州に行って何がよかったかといっても、あのお弟子さんたちがよかったと思いますね。柏原の連中、つまり故郷の人たちからはあまり好かれなかったでしょう。孤独感を持っていた。そのかわりにお弟子さんのところをぶらぶら廻っていた。彼らが一茶を支えた。現在の一茶をあらしめたんですね。一茶が死んだ直後に、西原文虎という弟子が『一茶翁終焉記』を書いて、去来の『芭蕉翁終焉記』にならいつつ、それと並列させた。ああいう弟子がいたことは大きかったですよ。

井上　弟子たちは一茶の句を、今僕らが熱狂するのとは違った意味で信頼していたんでしょうね。

金子　全くその通りですね。文虎が終焉記で、「一茶翁は俳諧の李白だ。涎《よだれ》でもすぐ句になるから、一樽の酒で百句ぐらいは作ってしまう。軽みの真骨頂だ」と言って芭蕉の軽みをそれとなく皮肉っていますね。あの言葉に尽きると思うんだけれども。とにかく先生がパッパッパッパッとリズミカルに吐き出しているその快さというものを、弟子たちは愛していたんじゃないかと思いますね。

井上　芭蕉は割といい生活してますね。

金子　伊賀に帰ると自分で献立表を作って、人を集めてご馳走したりしてますね。大坂へ行って、結局下痢でしょう。元々お腹の悪い人だったけれど、下痢して死ぬなんてのはぜいたくだと思うんですよ。それに比べて一茶は、あちこち歩き廻って、弟子たちと一緒になって酒をたらふく飲む。そして脳溢血になって死ぬでしょう。コロリとね。やはり一茶の方が死に方がいいと思うんですよ。（笑）

　それから、一茶の遺作としては「花の影寝まじ未来が恐ろしき」という掛軸に書いた句がそうだと考えるんですが、あれだって死にたくない、死にたくないということでしょう。芭蕉が「旅に病んで夢は枯野を駆けめぐる」己れの迷いの姿かくのごとく、なんていってるのよりもはるかに生臭くて、単純で、生ま身の人間という感じがしますね。

井上　芭蕉の場合は俳人の理想の生き方という幻想につぶされたという気がしないでもないのですが。

金子　そうですね。求道者だったということはいいんですが、一種の求道幻想のようなものに陥っていたところもあったんじゃないでしょうか。だから軽みをいいながら、実現できないで死んでしまった。

井上　求道者を気取っていたという臭味はありますね。それに芭蕉はオセンチですね。これはよくいわれることなんでしょうけど、芭蕉の弟子と一茶の弟子を比べると、一茶と弟子の関係というのはあったかいですけれど、芭蕉と弟子の関係は、芭蕉がどうも政治的に振舞っていすぎる。ですから僕は、芭蕉に尊敬は惜しまないけれど本当に好きにはなれない。

金子　名護屋とか近江とか、あのへんでも新旧の弟子の間の調整で動いてますものね。それからあの『花屋日記』を見ると、死ぬ間際でも弟子同士の関係がずいぶんときわどいですね。その点一茶は、まあコロッと死んじゃったからそういうこともないんでしょうが、あまりそういうゴタゴタがおきていませんね。一方には例の皮癬《ひせん》で故郷を離れていたときに、手紙を送ったりしていた佐藤魚淵《なぶち》というお医者の弟子がいたでしょう。医者は医者ででんとしていますし、終焉記を書く西原文虎もでんとしている。

各々が分《ぶん》を心得ていて、訪れる一茶を大事にしたという感じがします。それに比べて芭蕉の弟子たちは、芭蕉の有名性を自分が引き継ごうという考え方が強く、互いに競りあっていたような気がしますね。一茶の方がいろんな意味でふくらんでいて、幸せだったんじゃないかなあ。

それで私が井上文学を見て、それから一茶を見て思うのは、あなたが一茶を書いた動機というのは、あなたは山形と東京との関係でお話しになったけれど、私は別の見方をしているんですよ。極端ないい方かもしれないけど、あなたの文学全体が人間の中に個を見ている。つまり個人というのが先にあるんじゃなく、人間がまずあって、人間の中にひとりひとりがある。お互いが存在者として連なりあって、そこに命の温めあいもあれば、命のむしりあいもある。そういう人間世界をあなたは書こうとしているんじゃないか。だから非常に人間が暖かいし、ひどくユーモラスでもある。一茶という男も結局は一庶民で、特徴も何もない全くの一存在者ですね。それが江戸の中で生きていた。人間の中で生きていたという。その姿にあなたはひかれたんじゃないかと。だから、一茶の姿は井上文学の本質に迫ってるんじゃないかなって私は思うんです。ちょっと気取ったいい方になりましたが。

井上　僕は単純で、「百姓ガンバレ」「地方出身者マケルナ」といっているだけです。先生の『農民俳句小史』にもつながってきますが、たとえば農民はズルいと先生もいっておられる。その通りですが、ズルくなければ生きられないということもありますし、それから都会の人も同じようにズルい。そういう中で、僕が生きてきたこの四十数年の間に農業人口が全人口の七割から三割近くにまで減ってきた。どんぶり一杯の米が三十円しかしないのに、都会人は米が高いという。もう日本人はある意味では米を、すなわち農民を必要としなくなってきた。そう思うと自分の農民の血筋というものを踏まえるとすごくくやしい。ですから札差のような、一時憧れていたものをも憎むようになってくる。

しかし一方では、人間同士だから仲良くしたいという気持ちはすごくあるんです。人間は一回しか生まれないのに、こんなに寂しい生き物なのに、なぜ皆仲良くできないのか。このふたつの原始的感情がぶつかり合って、そのエネルギーで書いているのじゃないかと思います。

金子　やはり人間の中で書いているんですね。一茶が江戸に出て、だんだんだんだん、彼の個が確立してきますね。晩年は荒凡夫というようになってゆく。あのプロセスなんてのは、見ていて辛い感じがする。本当なら人間の中のひとつの駒でよかった。それで生きられれば最高だったと思うんですね。それが自己主張をしなければならなくなった。でも最後に弟子たちに掬い上げられて、また弟子たちの仲間のひとりになるということで救われた。そんな感じがするな、僕には。

井上　いい結論が出ました。弟子たちに救われたというのが素晴しいと思います。自分の一番好きな、日常そのものでさえある俳句で弟子たちと結ばれて、それで息を引き取った。そこに日常の積み重なりである人生の完成していく姿があります。芭蕉は、後ろ姿がウソ寒いという気がしますね。

（「墨」一九八一年三月号）

戦中・戦後、生き方の原点

小沢昭一
金子兜太

命運が強いと確信して

金子　しかし、元気ですねえ。

小沢　ええ、でももう落ち目街道ひた走りでございまして（笑）……。兜太先生もお若いというか、お元気でいらっしゃいますね。

金子　いや、要するにどっか足らんということなんじゃないですかね。（笑）

小沢　そーれはちょっとどこかにツバをつけたい（笑）。ツバつけるところもいろいろありますが、眉毛につけたいですね。

金子　小沢さんとは、ちょうど十歳違いですね。僕は、逆にあなたがむしろ年上のような感じですよ、実際に。

小沢　ご同役が戦争に行かれて数の非常に少ない世代でいらっしゃいますね。

金子　そうなんです。僕はね、命運《いのちうん》が強いんですね。私は海軍主計で例のミクロネシアのトラック島にいたんです。トラック島施設部という要塞構築の隊にいたんですけども、あれは昭和十九年です。私が行った約半月前に米機動部隊にやられて二日連続で壊滅的打撃を受けた。もういかんと思っていたら、その次の機動部隊の鼻先がサイパンに向いてしまった。それで助かったわけですね。

　それから非常に小さな場面で、自分がやられずに、すぐそばの人がやられたということが三度あります。僕と小沢さんが、いまテーブルを挟んでいる、その距離よりもっと短い距離のところで別の人が死んで、僕は助かっている。

小沢　紙一重ですねえ。僕も半年だけ軍籍がございまして……。自ら進んで海軍兵学校へ……。

金子　あ、じゃ、優秀だ。当時なかなか兵学校には合格しなかった。

小沢　いえ、もう大量生産のころに入っているわけですけれども、でも、まあ、半年弱、一応軍服に身を包んだという意味では旧世代。この半年だけで旧世代。

金子　僕は主計の短期現役でした。

軍国少年のホームシック

小沢　中学の三年で試験を受けて、四年の新学期から入っているわけです。それで戦争が負けたから、四年生にまた返り咲く。元の中学校へ戻ったわけです。そこから何

食わぬ顔をして中学校を卒業していったわけですね。（笑）

金子　それから早稲田大学へ入って……。

小沢　はい。ま、あのころの少年たちはもう一〇〇人が一〇〇人、全部「お国のため」ということで赤子のときから純粋培養をされていますから、大正人よりもわれわれのほうが完成型の軍国主義で育てられて……。例の「死は鴻毛より軽ろし」の考えに染まりですね（笑）、兵学校合格が得意だったんですが、でも、やっぱり若いというか、ほんの子供ですから、単純なホームシックっていうやつで、家へ帰りたくて、帰りたくて……。

金子　あ、その兵学校へ行っているころ。

小沢　はい。海軍将校生徒にあるまじきホームシックで、暇さえあれば家へ帰ることを仲間と話し合う。夜寝てからは、黙って目をつぶって、ぜったいそんな勇気なんかないのに脱走計画を考えるのですね。

金子　へぇーっ、それは面白いね。

小沢　もちろん脱走なんてことはね、ぜったいに許されないし、まったく逆の教育を受けているし、事実、一人、ちょっとそれ的なことをやったやつに対しては、「あいつは非国民だ」と僕自身も思ったくらいなんですが、にもかかわらず、自分の空想の世界の中で「関門海峡はやっぱり泳いでは渡れないな、おれは」なんて思いましたね。

金子　そのころ特攻ということの話は……。

小沢　はい。海軍でありながらもう訓練は、穴を掘ってタコ壺戦法。直突円錐爆雷を木銃の先にくくり付けまして、それを持って壕の中へ入っていて、上陸してきた敵の戦車が穴の上を通過したら直ちに出て、その直突円錐爆雷を戦車の横っ腹に向けて直突する。つまり木銃を持って突くやつですね。それを突いて戦車を爆発させる訓練。

　あとフトン爆雷なんていうのがありましてね。それはフトンを持って穴に入っている。戦車が上を通過したらば、直ちに出て戦車の後ろに駆け登って、フトンを押さえて雷管を引く。そうすると戦車は爆発すると。それじゃおれはどうなるんだ。（笑）

灰色の青春、緑の青春

小沢　そういうことを海軍の将校生徒といわれる少年がやりはじめたんですから、もう末期という状態でございました。ですから戦争が終わったときのひそやかなる喜びといいますものはね、「こーれはしめたな」と。

　ところが案外、みんながみんなそうでもないんですね。

金子　ああ、そうですか、へぇーえ。

小沢　悲憤慷慨して。教官なんかは予備学生ですが、まあ、それも一つのゼスチャーなのかもしれないんですが、拳で大地をたたいて号泣して。負けたのが悔しいといって、スルメイカを網の上に乗せて火で焼いたときみたいにそっくり返ってのたうち回っているのもいましたしね（笑）。仲間でも随分泣いて悔しがった。

　だから僕も、これはやっぱり泣くのがマナーだなと思いましてね（笑）、一緒になって泣くんですけどね、なーんせ、心の中にあるうれしさは覆い隠す術もなくですね（笑）、つい気がつくと笑顔になっている。（笑）

金子　そのときの兵学校で、そういう雰囲気はどのくらいの割合でしたか、あなたのような気持ちの学生は……。

小沢　よくわかりませんが、少数派なんでしょうか……。というのは、のちに僕がそういうようなことをしゃべったか、書いたかしましたらば、戦友というか、当時の同期生が「おまえ、それはやっぱりね、都会育ちの人間とわれわれ地方人とはずいぶん違うよ」といわれました。

いや、僕にはですね、兵学校の暮らしは、「灰色の青春」だった。彼らは「緑の青春」だったというわけですね。緑と灰色じゃずいぶん違いがある。

僕が灰色だと思ったというのは、はやいはなし僕は東京のダウンタウンに生まれ育って、そのころ、もう既に文楽だ志ん生だといって寄席通いをして、兵学校へ行って落語が聴けなくなることを悲しがったりしていた。そういう刺激の多い都会で育ったのが兵学校へ入ったときのなんともいえない、三六〇度パンしても電信柱が見えない風景とか、そういう寂しさなんていうものは、彼らは感じなかったというんですね。

彼らは郷里ではろくに勉強もできないような勤労動員で、朝から晩まで嫌な工場の仕事をしなきゃならない。家にいたって実にどうも索漠たる青春、それがやっと同じような考え方を持った仲間と、しかも三食うまいものが食えて勉強ができる、その兵学校へ入った喜び・輝き、これはほんとに「緑の青春」だったと。おまえはね、ぜいたくだ、といって僕は同期生から批判されましたよ。

寒村から救いを求めて

金子　その「緑の青春」といっている連中は、農村部の人が多いんじゃないですか。僕はね、埼玉県秩父という山の中の育ちなもんですから、いまの話はよくわかりますね。おやじは開業医で、俳句をひねり、秩父音頭の宣伝普及までやっていました。山国なものですから、明治の十七年には例の「秩父事件」なんかがあったところですが、その後はすっかり沈滞していて貧しくて、そのせいで、だいたい二男坊、三男坊になりますと、ちょっと優秀な連中はみんな軍人なんですよ。それと警察官と教員、この三つになっていましたね。

特に軍隊に行って、志を同じくする連中とやり、階級も上がるというのは大変な張り合いだったようですね。下士官どまりだったが、伍長なんていうと、さっそうと帰ってきていた。やっぱり貧しかったから、その人たちには軍隊生活はバラ色だったんじゃないのかな。自分が偉くなったような……。

小沢　だから軍国主義、軍国主義といっても、その根はゴチャゴチャになって張っているもんですから、そう一刀両断のもとには片づけられないということですね。

金子　そうです。

「秩父事件」の起こった西側の山のほうの西谷《にしやつ》、その貧しい所から、私が子供のときに、例の満蒙移民に出ていく人たちに出会ったことがあるんですが、残る連中と、それは泣き別れはしていますけど、ある意味じゃ「助かった」という感じで何か張り合いを求めて出ていくんですね。ほんとにオンボロのものを着てね、姿は貧しいけれども。あの姿を子供心にも覚えていますね。

そういう山間部の貧しい所から「出ていく」という感じ。それが希望だったんだな。

嵐の前の豊かな時代

小沢　僕なんかは商人の子、写真屋のせがれですから、幼年時代、昭和ひとケタ代から十年代の前半ぐらいまでですけれども、このころは、わりと物資の豊かな時代ですし、文明と人間の暮らしとの程良い調和があった。オフクロが死にそうだということになればタクシーをおごって駆けつける、というようなことが一生のうちに二、三回はあるとしますか、車というものはそういう特別なときに役立つ……とか。チンチン電車が、おばあさんが駆けてくると、発車しないで待っていて、おばあさんの手を取って、上げて、それから紐を引っ張ってチンチンって発車していく……とか、機械と人間との実に蜜月時代という感じを僕は昭和初期に感じます。

　食い物もよかったですし、子供には、戦争の暗い足音はそれほど聞こえてきませんですし、やがて近所の鎮守様から出征兵士を送るようになるんですが、あれも初期のころは一種お祭りのような、ブラスバンドで愛国行進曲で送られていくのも、まだそれほどの悲壮感はなくて、ニヤニヤ笑いながら出ていったような感じがありましてね。

金子　そうだ。むしろ英雄気分でね。

小沢　はい。だからあのころのやや豊かで呑気だった時代を知っている子供でもあるわけですね。それがやがてあの大欠乏時代へ入っていくのですが。（笑）

　近所には、カフェー街がありまして、松竹の蒲田撮影所があって、家の前を女優さんが行き来する。夜店は月・水・金に出る。

金子　自由ということがまだ味わえた。

小沢　そうです。ちょうどジャズの「マイ・ブルー・ヘブン」というのがございますね。「ゆうーぐれーにー」という（笑）。ああいう感じの小市民の平和な豊かな生活とでもいいますかね。精神的にはとっても安定しているような。そういう中で育った少年が、不自由画一的な軍隊生活の中に入れられれば、やっぱり灰色なんですね。

学窓と郷里に落差が

金子　でしょうね。僕らは学生のとき先輩から「おまえらが自由主義末期のところにいる」ってよくいわれたんですね。昭和七年に僕は埼玉県の熊谷中学へ入ったわけですね。そのときに初めてなんですよ、ゲートルを巻いて菜っ葉色の服を着せられたんです。

小沢　それは教練の時間か何かに……。

金子　教練じゃなくて、普通のとき。その前の年の人は、冬は黒服、夏は例の。

小沢　霜降りの。

金子　ええ。こっちは腹が立つわけですね。

小沢　僕らが中学に入ったときはまだ小倉と黒ですからね。

金子　東京と埼玉県の北部とは違うんだな（笑）。旧制水戸高校へ入ったときには「南京陥落」なんていうときに、フンドシ一本で町中をデカンショでうねり歩いたのを覚えています。「こんなことはこれでおしまいだ」と（笑）。そういう時期だったですね。

小沢　そうですね。

金子　そんな時代でしたね。戦争が終わるまでの私の山国の郷里の人々についての記憶は、まさにお祭り気分でしかないんですよ。防空演習なんてありますね。もうみんなお祭りですわ。喜々としてね、バケツかなんか持ってきて喜んじゃってね。「きょうはやんねえのかい」といって、毎日やりたがっているわけですよ。（笑）

　戦争で、自分たちの生活に活気が訪れたという感じ、戦争は〈景気〉を運んでくるもの、〈景気付け〉という気分だったんだな。私なんかもそういう点はまことにトロい学生だったから、家に帰るとその気分に入っちゃっていましたけどねえ。しかし学窓に帰ると、違う雰囲気になる。その矛盾感にいつもとらわれていたというのが現実ですね。

小沢　庶民とインテリとの間を行き来した。（笑）

金子　僕が中学の四年生のときが「二・二六」です。そのとき、校長がわれわれを雪の校庭に集めまして「何か東京で大事件が起こったらしいけれども、おまえら慎重にしろ」といったことを覚えていますね。何か険しい感じを持ちましたね。

　それがいわゆる時局認識というものを肌で感じたときでして、それまではまったくいまの郷土の雰囲気におかされたというか、浸されていたというか、そういう状態でしたね。

「俳句事件」肌身に感じ

金子　最近、「西東三鬼事件」。西東三鬼さんがスパイじゃなくて無実だったというのがありましたね。あの事件が太平洋戦争突入の前の年です。昭和十五年に治安維持法によって俳人の第一次検挙があった。「俳句事件」といわれているもので、結局、三鬼さんを入れて全部で二十四人、一次、二次、三次で逮捕されているわけですね。三鬼さんは即日か、翌日かに釈放された。そのことが今度のような憶測を生んだわけなんですね。

　だけど僕は、そのときはもちろんおぼろげですが、戦後、様子を聞いて、これは邪推だろうと思っていました。僕が俳句をはじめたのは旧制高校二年のときからですが、この事件で第二次検挙を受けた島田青峯という人の『土上』という雑誌の投句者だったんです。島田先生は早稲田の講師をしておられたんですよ。逮捕されて獄中で喀血したんじゃないかな。それで家に帰されてすぐ死んだんですね。だから事実上の獄中死なんです。僕は投句先を失っちゃいまして、加藤楸邨先生のところに投句するようになった。そのことから事件を肌身に感じたということもあったんです。

　実は「俳句事件」から二年前の昭和十三年に川柳のですね、これは小沢さん名前聞いていませんか、鶴彬《つるあきら》という……。

小沢　いえ。

金子　そうですか。この人が検挙されて、拷問にかかって死んでいるわけです。川柳のほうが先にやられているわけですね。それだけ批評性が強いということかな。鶴彬は「手と足をもいだ丸太にしてかへし」というような川柳を作っていたんです。

　そのことを何かのはずみで私は聞いていまして、それにまた俳句事件が重なったでしょう。これはー、という感じがありましたね。しかし、郷里に帰ると、なんとなくぼけちゃう。

小沢　でも、やっぱり大正人はどっかでそういう情報の回路を持っていたし、いろいろな触覚で、庶民も声をひそめて話す場があったみたいなんですね。僕らの世代からはまったく井の中の蛙、しかもフタまでさせられたというか、そういうことはほんとに知りませんでしたね。ですから中学校へ入ってからですけれども、クラスに一人、反戦的なことをいう男がおりましてね。僕なんかはそれを反戦とも理解できなかったんです。変人だと思いました。

金子　そのいい方、よくわかるな。

小沢　そのような感覚でしかその男をとらえなかったことをいま非常に恥じますが、しかし、そうであったことは事実ですね。

金子　よくわかりますね。僕なんかもそういうことを知ったあとで、先輩で爪がない人なんかがいたんですね。それはやっぱり捕まってやられているわけですね。そういう反戦者を見てね、これはおれなんかにはどうにもならんことだ、という気持ちがもうありましたね。

　それから大学に行きますと、たまに窓からファーッとビラがまかれるんですよ。すると数人の私服が喚きながらバァーッと走っていく。そういう風景を一、二度見掛けて、これはとにかく自分はとてもやれん、という感じがありました。

　そういうことが僕を俳句につんのめらせていった理由の一つだったと思いますけれどもね。当時流行の理論を拒否して、感性だけでぶらぶら生きていこうとしていたところで俳句が育っていた。しかし、一応学生さまだったから、なぜ戦争をするか、ということを最後は考える。そういうことの考えの上に兵隊さんに行ったわけですけどね。

小沢　河合栄治郎さん、大はやりのころ。

金子　うん、ちょうどあのころ、あのころ（笑）、リベラリズムの晩鐘がつかれていたころ。しかし、面白いことに昭和十四年に『スミス、都へ行く』などというリベラルな映画を見た記憶があるんですよ。

供出にゃだまされた

小沢　あのころは何もかも供出で、金《きん》を軍需用に使うからお国に出せと。銅像も供出。あとにはもうほんとに鉄屑から何からみんな供出したんですが、まずは金ですよね。それからダイヤモンド。どのように武器に使ったんだか、いまでもよく知りませんけれども。あとに、戦後になってから、使わずに日銀の地下に眠っていたといって問題になった。（笑）

金子　そうですね。

小沢　あの金を供出するというときに、うちのオフクロが小さい声で、「これは私のおとっつぁんがなけなしの金から、私が娘のときにこれだけ買ってくれたものなんで、これはおとっつぁんなんだから、あたしゃ、いくら金の供出ったって離さないよ」といったオフクロの言を耳にして、ぼくはオフクロを絞り上げたんですね。〝紅衛兵〟です。「なんだ」と。「お国のためにそんな個人のことなんかいっている場合じゃない。お国のためにいま金が要るんだ」といって、毎日オフクロを責め上げて、とうとう出させちゃった。

　それを戦後オフクロがね、「おまえがあんなことをいうから、ほれ、みろ、日銀の地下で眠っていた。あたしゃ、だまされた。こんだ、戦争になったって、あたしゃ、なんにも出さないよ」ってね。オフクロ八十幾つでいまでも元気なんですがね、タンカ切っていますよ、ぼくの前で。（笑）

挫折感なく戦後へ出発

金子　小沢さんね、いまの作られた愛国心、そういう形で出てきたそれと、いまお話になっていた兵学校時代のリベラルな気分からくる厭戦感、それは一緒になって敗戦のあとでどんな状態になったわけですか、小沢さんの意識の中では。

小沢　僕らの先輩たちはどうもぼう然自失、どうしていいか、一種虚脱状態になった。ないしは非常に粗暴になって〝特攻隊崩れ〟が白マフラーと革の半長靴というやつで、ヤミ市を跳梁ばっこした。僕らの一つ前の世代の挫折感は、ある人は寡黙に、ある人は粗暴にさせたみたいです。

ところが僕らは、ほんとうの挫折感がなかったのかもしれないんですが、「シメ、シメ。自由か。そーれっ、こっちのほうがずうっと肌に合うぞ」っていう感じで、戦争が終わったらもう、実に足回りが軽い。「それっ、今度は何だ、えっ、文化国家、よーしよし、文化とくりゃ演劇だろう」(笑)っていうようなことで、職業軍人志望のカタイ小沢昭一少年が手の裏を返すように、今度はヤワラカク無頼っぽいところへ行きたくなる。

いまでこそ、新劇はとっても行儀のいいものになってしまいましたが、あの当時そうとう無頼の感じがありましたし、僕の父親は、体を悪くして寝たきりだったんですが、僕が俳優座の養成所に受かった、という知らせを伝えたら、そのショックで死んじゃったんです(笑)。すごい親不孝でありまして(笑)、俳優座の入所式の日は親父の葬式の次の日なんですから。

金子　いかにも小沢昭一的出発だった。(笑)

小沢　でも、全然見ず知らずの対極へ入ったというわけじゃない。そこにどうも寄席通いの少年時代、ないしは近所に蒲田撮影所があって、家へチラチラと女優さんなどが写真を写しに出入りしていたという少年時代、そういう下地があって、今度の生き方はあれだなという、ばく然としたものは、ありましたですね。

ですからそこへすっと、とっても身軽といいますか、何の迷いもなく、挫折感なく入っていきまして生き生きと第一歩を踏み出しました。きょうはその話をすれば、僕としてはもうあと何もいうことはないのですが(笑)、戦後のあの焼け跡の中の時代は、さっき緑と灰色という話が出ましたが、これはもう底抜けに明るいブルーの青空ですね。

1946年2月、東京・新橋の闇市

金子　うん、青空だな。その前が灰色だったわけですからね。

小沢　はい。あのライトブルーの数年、昭和二十六、二十七年ぐらいまでのあの焼け跡の東京の青い空は忘れられないですね。あののびやかな、こだわりが何もなくて、自由で、伸び伸びとしていて、まさしく青春というのはほんとに「青い」という字を上に冠するのはよくわかる。なるほどあの空の色なんだなと。抜けるように東京の空は青かったですね。

だから僕らはその後、野坂昭如氏あたりを先頭に「ヤミ市派」とかいわれたりもするんですが、実感としてあの闇市の焼け跡には、僕らの「青い春」がありました。

孤島の空のむなしい青さ

金子　いまあなたは空の青さをいったでしょう。僕がトラック島で迎えたときの敗戦の時の空は「むなしい空」でしたね。青さが謳歌できるようなもんじゃなくて、どうなるんだい、どうでもいいや、という気持ちです。あなたや野坂さんのある意味で生きのいい戦後の活動に対して、僕らがひどくためらいがちでいるのはね、そこかな。
　僕らは戦争を民族戦争と考えていた。日米両方の一種の帝国主義戦争だと考えていたから、民族護衛という立場が出てきますよね。だから敗れたということに対してはひどい痛手を受けました。同時にこちらが侵略者の立場でもあったから、敗れて当然と、これによって日本が侵略性のない国に変わってくれればいいという気持ち。その両方が割り切れない状態ですね。しかも日本は完全に破壊されていて、原爆も落ちているということですからね。再出発可能かと思ったり、非常に何かむなしい感じでした。そこがあなたと私の空の見方が違うんだなあ。

小沢　なるほど。やはり戦争というものについて苦しまれた世代なんですよ。戦争とは何ぞやとか、なぜ戦うのかとか、それぞれみんな苦しまれたのが大正人じゃないですかね。

金子　どうもそうですね。

小沢　ところが僕らはね、鵜呑みの軍国主義といいますかね、そういう世代なんですね。

金子　だから、それからスポーツと抜けられたわけですね。

小沢　はい。なーんにも知らないし、生まれたときからそういう空気だけでしか呼吸しないで育っている世代ですから。それが「全部間違いよ」っていわれて、「真相箱」というのがアメリカの放送ですぐにはじまって、「真相はこうだ」というんですがね（笑）、「へぇーえ」というんでね（笑）。全部間違いだったんだと思えば、簡単なわけですね。とっても楽で、「よーしよし、あ、白紙還元か出直せばいいんだ」（笑）っていう。それだとエネルギーは出てくるんですね。腹は減ってても、精神的なエネルギーは即、出てきたっていう……。

金子　そうですよ。だから戦後の文化を担っているのは昭和初年代が中心で、それ以降ですよ。大正時代には気力が足らない。

小沢　残念ながら、というべきか、とにかく、高度成長を担ったのはどうもわれらのご同役が各部門で汗流して頑張ったということらしいんですね。

貧しさが活力源に

金子　僕は戦後ね、景気よく再び「日本の敗戦の原因はこうだ。こうやれば勝てたんだ」と戦争を懐疑しない連中をまったく信用しませんでしたけど、同時に「こうやったら日本がよくなって、戦争はなくなるんだ」と簡単に割り切っていう連中も信用できなかった。やはり虚無的な状態でしたね。それでも、私も主計で、トラック島は飢餓状態に陥って、たくさんの餓死者、栄養失調者を出しましたから、しかも若かったし、死者に報いるという考えで、帰ってきてからなんとか戦争のない状態を求めて、戻って勤めた日銀でも、そんなことから組合運動に入ったんですけどね。

小沢　斎藤茂太先生の最近のお書きになったものの中に、戦争が終わってから昭和二十六、二十七年までの間はノイローゼになる患者はきわめて少なかった。それ以前、戦争中はもちろんあった、ということを読みましてね、なるほどなと思いました。
　つまりいちばんモノがなかったあの数年ですが、人間の精神生活にとってどんなにいいことだったのかというふうにね。僕にとっていちばん輝かしかったあの二十年代を、学者先生のデータをもって更に補強したくなるわけですよ。(笑)

金子　確かにそうですね。よくわかる。というのはあなたのエネルギーを倍加する作用があった。(笑)

　その点が僕らにもありますね。自分の勤めに戻ってみると、みんな軍服か何か着て、食い足らねえような顔をして仕事してますからね。これはいっちょう生活給の引き上げだ、とエネルギーを湧かせた。

　それに身分制というものに縛りつけられていたから、これをぶち破っていく。それの根本のガンは学閥人事だから、これをぶち破れ、なんて景気のいいこともいったりした、というのは、一言でいえばそういう当時の貧しさですね。それが直接のエネルギー源であったことは間違いない。

むなしさ初代、シラケ初代

金子　それと、よく「戦後は余生だ」という言葉を口にしましてね。これは大正期の連中の戦後テーゼみたいな形で、いまでもよくいわれる。

小沢　ということは、生きていることを、真実ありがたいと思う、というか、片一方で死んだやつに対してすまないという気持ちと、しかし、生きているこれを大事にしようという……。

金子　ええ、そういう気持ちと、むなしさと。

小沢　よくわかります。ところがいまの若い人はまた今度は別のむなしさを感じてきている。あれは困りもんですね。

金子　そうなんです。その点が大正世代のわれわれと妙に重なるところがありましてね、これは何か危ないというか、困ったというかな。それで私たちもしっかりせないかん(笑)という気持ちがまた出てきてね。

小沢　「むなしさ初代」としては。(笑)

金子　確かにそういう点で自分たちでも、こうすれば平和な社会になるんだということを、自分にいい聞かせ、人にもいい、昭和二十年代から三十年代の初めぐらいまでは随分意志的に頑張ったんだ。しかし、昭和三十五年の第一次安保、あのへんで変わりはじめた。われわれの世代がずいぶんあのときに思想転換していますよね。

小沢　われわれ、たとえば大正の先輩を見ていますと、同じ役者でも森繁久弥的ロマンチストになるタイプと、殿山泰司的アナキストになるタイプと(笑)、どうも二通りあるように思うんです。しかし、僕らもそういう意味でいろいろなものが信じられないというむなしさみたいなものは身をもって……。

　とにかく敗戦のときに価値観の大変動があった。いままで「黒」だと思っていたものが、ある日から「白」だって。軍国主義を教えていた同じ先生がですね、その先生はおそらく明治末期か大正生まれの先生なんですが(笑)、その先生が昭和生まれの僕らに、ある日から民主主義を教えなければならないのは、いま考えると、あの先生もしんどかったろうなと思います。

　しかし、僕らにしてみると、なんだこのセンセ公と、とても客観的になりました。だから「シラケ初代」なんです。昨日まであんなに「国体の本義」という教科書に則って皇軍の論理をたたき込んだのが、或る日から「リベラリズム」って急にいい出したりですね。とっても先生に不信感を持ちましたね。だから自分の感覚で、焼け跡でも、バラックでも、空腹でもこのほうがぜったいいいい世の中なんだと思ったこの実感は間違いないぞ、これはもう撤回するのはよそう、と僕らは思いましたね。

もう撤回したくないなと思うものですから、大正の先輩が、先ほどの第一次安保のころに、昔いっていたのとまったく同じことを違う言葉を使ってちょっといいかけた。結局は、昔のほうがいいということをいおうとしているんではないかな、っていうことには肉体的に反発感を持ちましたですね。

金子　ああ、そうだろうな（笑）。高度成長期で僕らの弱さが露呈した印象もある。そういう点で小沢さんたちの発言が、その時期あたりから注目されてきたと思うんだけど、たとえば小沢さんね、ほれ、あなたが『私のための芸能野史』とか、いわゆる民衆の間にある芸能の世界を足をもって探って『日本の放浪芸』をお書きになった時期がありましたね。私が山頭火を書き、秩父事件や小林一茶という庶民俳諧師に注目しはじめたころです。

高度成長期、それも四十年代にあなた方が出てきて、物質的な繁栄の中で、こころの世界に執する人たちや、おちこぼれていく衆庶の立場で、ああいう庶民芸能の世界をあなたが探り出していったというあの努力ね。あのエネルギーは、いまお話のところからくるんじゃないですか。

〝貧主主義〟あざわらう新世代

小沢　そうなのかもしれませんが、そこには愚かにも懐疑がなくて、自信をもってヤミ市や焼け跡を肯定してかかっていく。僕は〝貧主主義〟なんて自分でいいましてね。つまり貧しいことが素晴らしいんだと。みんなで揃って貧しくなりたい。高度成長は、みんな揃って豊かになろうという考え方ではないかと。それは必ずや具合の悪いことが起こる。それよりみんな揃って貧しくなると、あの青空がよみがえるぞ、ということを自信もっていっていたんですが、僕らの次の世代がもうそろそろそのことを、あざわらうように育ってきているんですね。

金子　ええ、そうなんですよ。結局、モノに恵まれるから、ちょいと働きゃモノが入ってくる、というわけで、モノさえあればいい、という気分。それから持続的で創造的な働きをしたがらない。そういう非常にイージー・ゴーイングな生活姿勢ができているんじゃないですかね。

小沢　またチャッカリと彼らはそれを、理論武装していますね。

金子　ええ、そしてそういうものにちょっと乗り遅れますと、非常にあっさりと、あきらめるんですね。このあきらめるということに非常にうまい理屈をつける。その連中がいまお話のようにシラケちゃって、シラケ・ムードが非常にある。

小沢　そうですね。でもいつの間にか、昭和ひとケタ世代もすでにオジンの仲間入りをいたしまして（笑）、世の中からは退役視されているようなんで（笑）。ですけどいい機会なので、「若者よ体を鍛えておけ」というのがありますが（笑）、もう一勝負するためには、ちょいとこのへんでいっぺん小休止して、静かに少しはものを考えようと。

日本は変わっていない

金子　僕も実はあきらめないんですね。

小沢　あ、そうですか。大正もしぶといからな。

金子　それはどういうことかというと、戦争が終わったあとでも、いっこうに日本は変わらねえ、前と同じだという見方をもったのは、勤め先の組合なんぞやって、レッドパージに僕らはひっかけられるわけですよ、昭和二十五年です。そのとき執権者のやり方は戦前とちっとも変わらないと思いましたね。

それから例の桑原武夫「第二芸術」論以来、俳句の世界も動いていたんですが、第一次安保のあとの、文化の古典返りの時期に、元のもくあみになりかかった。高度成長が、一方では婦人層を俳句に向かわせるようになって、彼女たちの新鮮な感覚が俳句を見る目を変えつつあるが、他方では俳句界の古い関係をますます温存する方向に傾かせてもいる。そんなことから、自分のニヒルな気分をニヒリズムという形に徹底させて、これでギョロギョロ見回しているしかない、という気持ちですな。だからあきらめないですね。

小沢　僕らもやっぱりニヒルなんですね。

金子　ええ、明るいニヒルですよ。健康なニヒリズムだと思いますね。

小沢　両方とも明治の親に育てられている。

金子　両方とも、明治の親。親は明治だ。（笑）

一つだけ伺いたいんだけど、高度成長期の中で農村の人口が減って都市に集中していますね。農業は非常に辛い立場にいま置かれていますね。このことをどう考えられますか、文化の問題として。

小沢　まず僕はお米飢餓世代、いちばんものが食べたいときに、米を食えなかった人間なんです。

そういうものからみると、米、即、農村でありまして（笑）、減反っていう言葉そのものが不安といいますか、農村が崩壊しているとか、農村がだんだん都市化するというと、もう不安で不安でしょうがないわけですね。

話はちょっと変わりますが、私どもが同じ芝居をもって日本中を回りますと、農村部、実際は地方の中小都市なんですけれども、そういうところのお客さんの反応は、大都会と違う。あっ、ここに芝居のお客さんがいたな、という発見がですね。ちょうど昔の大道芸とか放浪の芸能が、東京とかの大都会からはなくなって、農村にわずかに生き永らえて呼吸しているのと同じように、芝居のお客さまも農村に生きているという感じはあります。

金子　土の気が大事ですな。それで、僕は俳諧をやっていてよく思うんですけどね、俳句仲間だとね、例の兼業農家、三チャン農家というやつですな。あの兼業農家のおじさんとかおばさんが意外にしっかりしているんですよ。良き俳人なんですね。生活姿勢がしっかりしているし、句もいいわけです。

小沢　そういう方たちは、面白ければ面白い、つまらなければつまらない。ごたくは並べませんが都会の、日変りのモダニズムなんかにごまかされないというジトッとした怖い目で見据えられているという感じを僕は持っています。

金子　いや、ほんとですよ。農業をやっている人間は、頭は新しいし、けつは座っているしね、これはいちばん僕は怖い人間たちだと思っているんですけどね。とにかく土がなかったら駄目でしょう、土のない民族は滅びると思っているんですよ。

（「エコノミスト」一九八三年四月十九日号）

言葉の力　詩の心

ドナルド・キーン
金子兜太

時雨のわかる年齢

金子　もうずいぶん前でしたね、現代俳句協会の催しでキーンさんにお会いしたのは。

キーン　五、六年前になるんでしょうね。

金子　でも、あなたの著作を読んでいるせいか、あれ以来といった感じがしません。

キーン　私は金子先生のご本を参考にして、俳句も少しやってたことがあるんです。

金子　そうですか。そういえば、あなたが一九五五年にお書きになった『日本文学』は、アメリカにおける俳句ブームというか、俳句研究熱を開花させたというふうにいわれていますね。

キーン　ほんとでしょうかねえ。

金子　大変高く評価されていますよ。

キーン　私より先に、俳句はとても小さいものだとか、あるいは美しいものだとかいった形での翻訳はいろいろありましたが、その歴史的な背景は全然説明されていませんでしたから、そういう意味では、あれは西洋における俳句の研究の始まりになったかも知れません。それから、もう一つは、私より先の翻訳者たちは、俳句は韻を踏まなければいい詩のようには見えないと思っていました。そして韻を踏むためにいろいろ無理をしました。私はそれを無視して、別の手段で俳句の独特の味を出そうとしました。

金子　なるほど、そうでしたか。話は違いますが、ここは慈光寺というお寺で、この一帯は奥武蔵といって、関東平野が秩父の方の山に入っていく、そのちょうど中間地帯ですね。秩父に入ると山はもっと高くなりますが、この辺でも端山の重ねというか山の影というのを感じるんですね。

キーン　そうですね。ほんとに景色のいいところですね。

金子　山影というかね。私なんか子供のころからもっと高い山の中に育っているせいか、「山影情念」というような、なにかこう暗いものが染みついてますね。ここへきて立つとそんな感じが蘇ってきましてね。

　ところで、実は最近やっと「時雨」ということがわかってきましてね。時雨は季語ではずいぶんたどってきたのだけれど、ほんとに身をもってわかるっていうのは、これは年期がいるんでしょうかね。この端山の上を時雨が渡っていくでしょう、こういうときに、ああー、時雨だなって思うんですね。どうですか、時雨のわかる年齢って の、あるんじゃござんせんか。

キーン　あるかもしれませんねえ（笑）。時雨は、俳句だけじゃなくよく歌に出てきますね。

金子　よく出ます。これは日本人の漂泊感を表現するための伝統的な喩《たと》えですね。

キーン　「時雨」とか「木枯らし」とかいった言葉は私も昔から知っていましたけど、日本に来てから、まだ時雨を見たことがないんです。

金子　キーンさんと対談することになって、私ふと思ったんだけど、あなたの場合、一月のはじめになるとアメリカにお帰りになるんでしょう。一年を二つに分けて、いわば渡り鳥（候鳥）の生活ですよね。そうなると、アメリカに帰るときが近づくのがちょうど初時雨の時期で、初時雨が来て、それから正月を越すとアメリカと、こういう感じでしょ。芭蕉の『笈の小文』の句で「旅びととわが名呼ばれん初しぐれ」。あの心境があなたにあるんじゃないかと……。（笑）

キーン　あります。いつもですと私は一月から五月、日本にいないでしょ。つまり、日本の春の花がなかなか見られないんです。桜なら外国にありますが、梅は日本でなければ見られない。私は二年前でしたが、ほんとに二十年ぶりで春を日本で過ごし、梅を見に行きました。梅は珍しいです。

一茶と芭蕉の世界観

金子　こういう端山の重なりの、谷というよりも「野」だと思うんだけど、この野に集落がずーっと固まってるんですね。ものの本によると、人はまずああいう野に憧れて定住したというんですけどね。それから次第に生活の領域が広がって「原」へ出ていったと。アメリカでは「原」というと平原でしょう。

キーン　そうですね、そういう感覚ですね。

金子　山の辺の、この小さな平野。これが、居住条件に最も合っているらしい。人間の生活にはこれが一番理想的だというんですね。その「野」でね、例の黒姫高原の柏原に生まれて、外へ出てまた帰った小林一茶。キーンさんはああいう俳諧師ってのはどんなふうに見ておられますか。

キーン　私は一茶の俳句は大好きです。非常に独特の感じがして、他の俳人と全然違うと思います。しかし何といっても、若いうちは俳句というと誰よりも先に芭蕉が私の頭の中に浮かんできます。芭蕉の観点から一茶をみると、きわめて異質だと思います。確かに非常に面白くて、また大変親しまれていますけれども、芭蕉ほどの広い世界観がないような感じがします。もちろん、無いものをねだることはよくないんですけども、私は率直にいうと芭蕉が一番好きです。

金子　お書きになった『日本文学』もそういう印象ですが、あの中で「重い主題」ってことをいっておられましたね。芭蕉にはそれがあると。重い主題っていうとどういうことになりますか。

キーン　私の感じでは、ただなんとなく見たもの、なんとなく感じたものじゃなくて自分に世界観があって、何か自分一人を乗り超えるような大きな存在を感じさせるようなものだと思っています。

金子　そうすると、やっぱり、中世以降、俳諧がひろがり、確立してきたプロセスの中でそういうものを感じさせる連歌師・俳諧師というのは、宗祇、芭蕉ぐらいですか。

キーン　芭蕉が『笈の小文』のはじめのところで自分の芸術が何によっているかと間接的に書いてますね。和歌は西行、連歌は宗祇、絵は雪舟と、よくああいう眼識があったと思いますが、彼は自分の俳句がそれに劣らないといっているわけではないけれども、なんとなくそれを匂わせているような感じがします。

金子　なるほど。そうすると、そういう意味では二流、三流の俳諧師っていうことになるんでしょうけども、一茶の持っている持ち味みたいなものは理解はしておられるんですね。温かいものがあるとか、真心があるとか書いておられましたね。

キーン　そうです。西洋人でも翻訳を読む場合は、一茶に非常に惹かれるんです。「やせ蛙」とか「蝿」とか、嫌われものの小さい動物や、虫をあんなに面白く書く人は、一茶以外に誰もいない。

金子　重い主題ってことに直接的に関わらせるとナンセンスになるんだけれども、たとえば一茶の晩年の句で「僧になる子の美しやけしの花」とかですね、ああいう、僧になる少年というようなものに対する愛情の寄せ方が非常に深い。それから、加賀百万石の大名の行列を見ながら「づぶ濡れの大名を見る炬燵哉」のように、批評にしないで皮肉めかしてるところの味わいってのは私はやっぱり、なかなかだと思うんです。それから若いころの「はいかいの地獄はそこか閑古鳥」などという句を見てると、確かにおっしゃるような膨大な世界観を持っているとは思われないが、しかし、彼なりの、生きざまの中で獲得してきた自ずからなる世界観を伸ばしていった、もちろん無自覚ですけれども、そういう思想っていうものがあったんじゃないかと思うんですね。

　その上に彼は「天地大戯場」（この世の中は大戯場だ）といった考え方を示していますし、芭蕉たちが持っていた天然への見方じゃなくて、人間を通じての天然の見方、非常に色濃く「俗」を通した天然の見方を打ち出している。それを彼は「自分は景色の罪人である」と。景色の美しさってものがストレートにはわからん、むしろ、雪を見れば雪は嫌なもんだと思う、と。幼児の生活からそういう体験が自分に備わっているというようなことをいっておりますね。ああいう考え方というのは、文化文政期の江戸末期の庶民の生活心情ってことを考えますと、なかなか根深い思想だと思うんです。

キーン　そうですね。それから芭蕉にはほとんど無いものが一茶にはありますね。つまり、人を大笑いさせるほどじゃなくって、微笑させるといったものは芭蕉の俳句には非常に少ない。一茶の俳句にはそれがあって、それは俳句の伝統を受け継いでいると思っています。川柳とはまた違って、ただ面白いとか、人をかしこまらせるようなものじゃなくて、笑いながら深く感じる、そういうようなものが一茶の俳句にはあります。芭蕉の場合はだいたいが笑いが少ないんです。

金子　その通りですね。だから、非常に図式的なんですが、この諧謔とか滑稽とか即興とかいうのを仮に俳諧の主な内容だとすれば、芭蕉は非常に強くポエムを詩に注ぎ込もうとして頑張った男だと。ところが、一茶の場合は逆にそれは承知しておきながら、今度はその詩にプラスして芭蕉がかなり無視してきたというか、軽く考えていた俳諧の世界をまた持ち込もうとしたと。そういう男で、それが非常に意義のあるという気がするんです。

「候鳥」キーン氏の日米文学比較

キーン　今のお話の続きですけども、芭蕉には即興はしてほしくないですね。誰かの家に呼ばれ、色紙を出されて「どうぞ芭蕉先生、何か書いてください」そういう場合に作った俳句には、いい作がほとんどないです。いい俳句は何回も何回もいじって、しまいになにか自分の本当に狙っていたところまで到達したと考えられるような形でまとめられていますが、しかしそれは即興の反対なんです。

金子　そういういい意味の気軽な面というのを芭蕉のポエムがやや駆逐したというか、押さえ込んだというか、その恨みはありますね。

キーン　芭蕉は最後には「軽味」を強調していますけれど。しかし、軽味は即興とは違いますからね。

金子　軽味自体が芭蕉の場合、実現してないんじゃないですか。

キーン　まあ、少ないでしょう。

金子　軽味という考え方は、あの『奥の細道』で得たのだと思うんですが、あのときに「高く悟りて俗に帰る」っていっていますね。この「俗に帰る」を私は軽味だと思うんです。それは、庶民の日常性の中に入っていく姿勢をもっと強めるってことだと思うんだけど、芭蕉の場合は結局、そこへは充分入りきれなかった。やっぱり高く悟るほうへ、メタフィジックの世界の方へ傾いちゃったと思うんです。第一、「高く悟りて俗に帰る」なんて二段論法を使うこと自体が怪しい。

キーン　軽味という言葉には、誰が読んでもわかるという意味もあると思います。芭蕉の終わりの方の俳句にそういうよさの出たものがあります。「この道や行く人なしに秋の暮れ」などはちっとも難しくなくて意味が深い。意味を圧縮して五・七・五という形にいろんな複雑な考えをまとめるのは大変なことですから、俳句が難しくなることは仕方ないと思われますけども、しかし芭蕉の晩年の俳句は見事に成功しました。難しい内容をわかりやすく表現していると思います。

金子　いわば「ほぐし」に成功したという感じはありますね。その辺の要領ってのは一茶も受け継いでいて、あの「けし提て喧嘩の中を通りけり」。私は一茶の代表句だと思っていますが、ああしたよくわかる味わいというのかな、そういうものは、芭蕉のそういうところから影響を受けているのかもしれませんね。

　一茶が好きか嫌いかっていうのは、好き嫌いの問題だからどうにもなりませんが、芭蕉と一茶を見て思うことは、芭蕉は町人社会の勃興期の俳諧師で、やっぱり中世的な詩の世界ってもんに憧れてたから、軽い抵抗を示しつつも町人の世界に入っていくように努めていた。そういう非常に曖昧な状態が「高く悟りて俗に帰る」という形になった。「高く悟る」が中世で、町民社会が「俗に帰る」と私は思ってるんですが、そうした面白さはありますね。迷いの面白さというか、求める面白さ。だから逆におっしゃるように、自分の世界観を固めていったということにもなっていったと思うんですけれども。一茶になると文化文政期だから、町人社会が主導権を持っていたんじゃないでしょうか。そういう時代だから「俗の世界」に丸びたりになってるんですね。しかも彼の場合、飯を食わなければいかんし、丸びたりになって、そこから自分の俳諧を作っていった。

キーン　それはありますね。芭蕉の場合はどうやって金を手に入れていたか、ちょっとわからないんですね。つまりたいていの当時の俳句の先生は弟子たちの俳句を直してお金を取ったでしょう。芭蕉はそれをしなかった。彼は門人がたくさんいましたけれども、月謝をもらっていたわけじゃないでしょう。きっと、お金持ちの門人からお金をもらっていたのでしょう。あるいは絵を書いて売っていたかも知れません。しかし、一茶の場合はだいたいわかりましたね。（笑）

金子　ぼくはキーンさんの『日本文学』で面白いと思ったのはそこなんですけどね。たとえば、印刷術が発達したからいろんなことができたとかね。それから、今おっしゃったように、俳諧師のギャラが増えてきたからとか、あるいはギャラが取りやすくなったから俳諧師が頑張ったとか。後期の戯作なんかでもそうでしょう。あれはやっぱり、粋をねらうとかじゃなくって、やっぱりギャラが増えたから書いたんでしょう。そういうことをあなたは『日本文学』の中で率直に書いていますね。ふつう、日本で文学史を書く人ってのはああいうこと遠慮するんじゃないですか。みんな固くなってますからね。どうも日本の文学者の書いた、あるいは国文学者の書いた文学史ってのは「村」っぽいんですね。細部にこだわったり全体をぼかしてみたり……。あなたは、非常に明解にパターンをパパッと作るでしょう。あれが私はやっぱり違うところだと思ったな。

キーン　私はまったく人に話しかけているような気持ちで書きたいのです。つまり頭の良い人にも、日本文学をあまり知らない人にもよくわかるように書く。日本の国文学者たちはあまり読者のことを考えていないようでしょ。仲間だけの場合はどんなに細かいこと書いてもいいでしょうが、一般の読者相手だったら誰でも知っているようなこともくどくど説明しなければならないと思っています。でも、やっぱりその中間がいいかな。つまり専門家ではないが、予備知識があるっていう人、そういう人を狙ったら一番いいんじゃないかと思います。

金子　そうですね。これは、おそらくキーンさんの言語感覚、日本語感覚の問題で、特に批評的な意識で読まないで、むしろ鑑賞の角度から読んでるってことで、あなたの日本語に対する言語感覚がフルに発揮されてるんですね。読んでて非常に爽やかだし、また逆にあなたのお書きになったものにある意味での偏りがあるみたいな……。その偏りの現象だと思うんですよ。あなたが芭蕉を評価し、余り一茶を評価しないっていうお気持ちはね。それとやっぱり、一茶の持っている臭み、俗臭というか、あれなんかはたぶんキーンさんの言語感覚じゃもうはじめからちょっと嫌だっていう感覚があるんじゃないですか。

キーン　そういうこともあるでしょう。私が日本語を覚えたのは十九歳のときでした。小さいときに日本語をしゃべったわけじゃない。日本文学についての知識はゼロに近かったのです。芭蕉の句を少し訳で読んだことはありましたけども、それ以外は何にも、日本文学や日本語の知識がありませんでした。日本人なら小さいときにいろいろな物の名前を覚えるでしょう。非常に俗悪なものを覚えたことなど、大人になってから懐かしく思い出すとか、そういうことがあるでしょう。けれども私の場合は、そういう懐かしい思い出は一つもありません。

大人になってから初めて日本を知り、日本文学のよさを理解できるようになった。そこが基本的に違うような気がします。

金子　それだけに我々が気づかんような日本語に対する感覚があって、驚くんですけどね。ここで少しはっきりさせておきたくなりましたけれども、キーンさんと例の小泉八雲（ラフカディオ・ハーン）、やっぱり外国の方の日本人理解はこの御二人が本物だと思うんですが、ちょっと違うのは、ハーンの場合は松山に定住してましたね。だからあれは鳥でいえば「留鳥」で、あなたの場合はアメリカと日本の間を渡っておられる「候鳥」ですよね。候鳥と留鳥の違いっていうのが、やはりあるんではないかと。つまり、一茶が文化文政時代の中に入って、俗にまみれてそこに生きようとして、俳諧をやった。この日本のいわばどろどろの世界ですね、そういう世界っていうのはまだ、キーンさんは経験してないんじゃないですか。

キーン　経験してないんです。もう一つは日本文学と英米文学と非常に違うところは、日本文学の伝統は大体においては貴族的な伝統です。平安期の文学のほとんどが全部そうだし、そうでないもの、たとえば『今昔物語』には後白河天皇も深い関心を持っていました。そして、江戸時代になりますと貴族に代わって、今度は武家が大きな役割を果たしています。しかし英米文学の場合はほとんど庶民によるもので、貴族的な文学が非常に少ないのです。ですから私たちにとっては庶民的な文学はそう珍しくない。つまり、どろどろとした生活性は外国の文学にもありますが、『源氏物語』の社会は英米文学にはまったく無いんです。ですから、異国趣味というわけじゃないんですが、私たちの文学に無いものとして、非常に面白く思い、憧れを持って読んでいます。そういう意味では、日本文学の伝統の中で育った方は、一茶に、一般民衆のほんとの声が聞こえたような、素晴らしい新しさがあるように感じるでしょう。私たちには面白いことは面白いですけれど、珍しくはありません。

金子　なるほど、そういうことですか。

キーン　つまり、芭蕉が好きか、一茶が嫌いとか、そういうことにならないですね。いくら一番好きな食べ物でも、そればっかり食べたいって人はいないでしょう。いろいろ変化が必要です。

金子　だけど、あなたの場合は美食家ですからね。（笑）

キーン　美食家というよりも、蜂みたいな虫かもしれません。花から花へ飛んで、一番おいしいところを少しずつ食べて別の花へ移る。花の専門家でしたら、徹底的にその花を調べますよね。しかし、私は一番おいしいとこ、ちょっとずつ食べて次の花へ移ります。それは私の世代ができる仕事でした。つまり、私以前に欧米の日本文学者はそうたくさんいませんでした。ですから、私の世代はまだそういうふうにはっきりした専門一つ選んで、そればっかりやるってことをしなかった。しかし、私の教え子たちはみなそれぞれ専門ができて、そうして教え子の教え子になると日本の国文学者のようになると思います。

現代俳句のゆくえ

金子　現代俳句に話を移しますが、今のあなた、山口誓子の句、お好きなんじゃないですか。

キーン　好きです、大好きです。

金子　どういう点がお好きなんですか。

キーン　風景をよく見て、そして風景の中になにか悲劇的なものを発見する、と。それを感じますね。

金子　悲劇的なものっていうのは面白いなあ。

キーン　単なる風景ということでもなく、その風景の中にある悲劇を説明してもいいんですが、なんとなく私たちに伝えてくれると。たとえば「夏の河赤き鐵鎖のはし浸る」の「赤き鐵鎖」が水に浸る場面はなんでもないことです。よくあるものですが、しかし、俳句の中にそういうものが出てくると、厳密に定義できない、何か暗い悲劇的なものを感じさせますね。

金子　実はあの句を私がね、中に何も無いって書いたら、斎藤三鬼が「あの句に何も無いってことは、金子兜太に睾丸が無いことと同じだ」って（笑）。だから、あなたの感覚のほうが鋭いんです。ぼくはもちろん、虚無の「虚」ってことは感じるんだけれども、そこまでは感じませんでした。

キーン　私は俳句に明るいものとか私たちを笑わせるものは、あまり求めてないようですね。何か私の深いところまで訴えるような力のある俳句が私にとって一番いいと思います。

金子　おそらくキーンさんは、私の句なんか難解な、変なものと思っているんじゃないかと思ってるんですけれど。私はやはり、五・七・五を基本とした定型式ってのは大事だと思うんですよ。これはあくまでも継承してみたいと。それから、季語の世界というもの、これも言葉として美しい世界だ、大事にしたいと。しかし、同時にやっぱり季語に匹敵するような現代の言葉っていうのが、たくさん出てきてるから、そいつも豊饒に取り入れてみたい。それから五・七・五もそんなにこだわらないで少しは伸び縮みよかろうという考え方。さらに、キーンさんも書いておられた俳諧の世界をここで生かしてゆかないと、なんか俳句独特の味わいが出てこないんじゃないかと。

で、昨日も実はそういう句を色紙に書いたりしてましてね。「梅咲いて庭中に青鮫がきている」というんですが、「青鮫」なんて感じは、どぎついようだけれども、どこかに諧謔味があるんだというようなこともちょっと自慢していったんです。そういう私たちの考えている現代俳句観っていうのはどうでしょうか。

キーン　現代俳句は、現代の他の芸術とかけ離れてはいけないと思います。つまり現代俳句は現代詩とか現代音楽、現代美術と同じ世界に属していると思います。現代の絵を見て、わからないという人はたくさんいるでしょう。あるいは抽象的な絵を見て私の子供のほうがもっと上手な絵を描けるとか思う人もいるでしょう。しかし、抽象の絵にも非常な良さがある。ピカソが非常に変な人物描いてますけども、大傑作もある。聞きにくいような音楽や雑音に近いような音楽もありますけども、それを作曲している人たちはけっしてふざけてはいない。自分のすべてをその音楽に入れてると私は思います。ですから、俳句だけが非常に明解であって昔のままであってもらいたいと思っても無理だと思います。つまり俳人は現代人です。そして現代人の頭の構造は三百年前の人間の頭の構造とは違う。もっと複雑になっているかもしれない。あるいは芭蕉よりも深くはないかもしれない。しかし、深いとか浅いとかの問題じゃなくて、違うってことです。物の見方が違う。体験が違う。あらゆる意味で現代人です。昔の季語だけを使って、昔の俳人たちが歌ったようなところだけを自分の俳句の材料に使うことは無理だと思いますね。

金子　確かにそうですね。そういう点でもやはり、大事なのは韻文の定型形式ですね。しかし、最近は御覧の通り、若い物書き、たとえば、戯曲の野田秀樹君とか、散文の林真理子さんとか、ああいう若い人たちの書いたものをみると、きわめて諧謔的で散文的ですね。だからねえ、何だかこの俳句の世界に来られて我々が侵食されちゃうんじゃないかっていう不安を持ったり、逆に今度はこちらから影響してるんだと思ってみたりしてるんですけれど。今の日本の言語状況はそういう点が非常に面白い。

キーン　芭蕉や一茶の話をしてきましたが、今度は金子さんの俳句についてちょっと話したいと思います。

金子　そうおっしゃられたからいい気になっていうわけじゃないんですが、さっきも輪郭だけいったんだけども私はやっぱり俳句の形式っていうのは非常に大事だと思っているんですね。それから言葉も、特に季語を中心とした言葉の世界は大事だと思うんですけど。句を作る姿勢としてですね、これは私の一茶評価につながってくるんですが、現実生活っていうか、平たくいえばこの俗世間にとっぷり身をおきましてね、俳句をそこで生きている者たちの歌にしたい。だから芭蕉のように精神の高みに飛躍して、そしてときには超俗の姿勢も示すというふうなことはしたくないし、またできない。そういう点で私は俳句を生活の中の日常詩だと思っているんです。それだけに、人間臭くてひどく現実的なものに興味があって、そいつを逃がしたくない。俳人は天然を歌うもんだということになっておりますが、私は逆の姿勢をとって、俳句は人間を歌うもんだと。そのへんのところから、次第に言葉を喩えとして使う。私は詩は喩えの発見だ、素晴らしい喩えが発見できれば最高だと思ってるんです。そのときに、どうしても難解になるんじゃないでしょうか。そのへんがキーンさんから評判が悪くなる点じゃないかと思ってるんです。人間臭い世界のもろもろをなんとか短い世界に詰め込もうと思って言葉をかなり無理して使いますから。

それといま一つは、特にこれは、高浜虚子が確定してしまったおかげで随分誤解されている面もあると思うんですが、正岡子規の写生。俳句は「描写」「物を書き取る」という考え方ですね。そうではなくて、私の場合はやはり、私の中のものを造形してゆくという考えなんですね。それもまた言葉の虐使につながるんじゃないかと思っているんです。

キーン　それは現代人として当然だと思います。完全な客観性があったとしても、それ程面白くはないでしょう。非常に上手に今日の紅葉を描くことはいいことでしょうが、それは過去においても上手にできたことです。現代人としてなにか自分の中にあるものを発揮しなければならない、と私も思っています。難解になってしまうのは残念ですが……。しかしさっきも話しましたが、すべての現代美術・芸術はある意味でとても難解です。わかりやすい現代芸術があればいいんですが少ないですね。私はやっぱり現代人として、そうならざるをえないんじゃないかと思います。

金子　そう思ってもらえばうれしいんですが。だから一茶の生きざま、作句姿勢というものを基本に、さっきいっておられた芭蕉の句作りの姿勢、詩への執念のようなもの、そいつを受け止めてみたいという、その点では一茶とも違う。しかし基本は同じだということなんですが。そのときに、一茶のように俳諧の諧謔味とか滑稽とか、ある意味では「もじり」（本歌取り）ですね。そういう俳諧の世界を俳句の中に生かしてゆきたいと思うんです。それが現代俳句の一つの特徴になっていくんじゃないかと。その生かし方ってのは、一茶ほど放埓じゃなく芭蕉ほど敬遠気味じゃなく、というところでやってみたいと思っているんです。それをしないと俳句という形式は、現代詩の中の独自性が持てないんじゃないかっていう気もする。それが私は伝統と現代の問題になってくると思うんです。形式の問題と同時にね。

俳句は人間世界を詠うもの

キーン　金子さんの場合、即興的に句を作るってことはあまりないでしょ。

金子　ええ、そういうことはほとんどしません。

キーン　何回も何回も自分の言葉を改めて、一番真ん中のところに到達するまでいろいろ変えるでしょう。

金子　そうなんです。だから、「梅咲いて庭中に青鮫がきている」なんて句は、「青鮫」っていう喩えに達するまで練るんですね。「黒豹」でもいいんじゃないかっていわれて笑ったんですが、でもやっぱり黒豹ではちょっと健康すぎるような感じがします。もっとドキドキしたやつが欲しい。

キーン　「青鮫」はどっか潜在意識から浮かんできた？　それともいろいろ読んでる中でですか。

金子　読んでる知識がありますね。どうも金子光晴の詩なんかが好きなもんですから、その光晴の詩なんかが下敷きになってるわけですね。ちょうど梅の花が咲いたところに、自分の命のよみがえりっていうのを感じて、そいつをなんとか喩えの言葉で出したいと。その喩えはどんな言葉がいいか、それをやってるうちにね、二、三の影響とか何か全部抜けて、ある朝フッと「青鮫」が出てきた。そういうときの緊張感が非常に嬉しいんですけどね。やっぱりそういうのが基本の詩作姿勢、現代人っていうのが意識してそれをやるってことがある意味じゃ芭蕉につながる道でもあるし、俳句のなにか最も基本的な伝統につながる道、つまり詩を行ずる者の道だというふうに思っています。

キーン　「青鮫」って言葉が頭に浮かんだとき、「あれだ！」ってわかったでしょ。私の場合でも翻訳するときでも、いろいろ言葉考えて、「あれだ！」って思ったとき、なんともいえないような快感を覚えますね。一つの日本語に対する英語はいろいろな可能性があります。たとえば、いつか三島さんの小説を訳しましたけど、「無礼な冗談」っていう言葉がありました。「無礼」っていう言葉の意味はわかりますけども、この場合どういったらいいかと私は二、三ヵ月考えたんです。しまいには一番いい英訳がどこかから浮かんできました。なんともいえないようないい気持ちでしたが、しかし、俳句を作る人にとってはもっと決定的でしょう。

金子　そうなんです。そういう一語を獲得するのが大変な勝負どころというのかな。キーンさんが「古池や蛙飛《とび》こむ水のをと」という芭蕉の句で「The ancient pond」と訳されましたね。最近の本読んだら別の人の訳で「The old pond」となってたんですが、あれはどうなんですかね。ぼくは「old」

の方がいいような気がするんですが。

キーン　英訳で日本の五・七・五をそのまま移すことができないんです。たいへん無理したらできるでしょうが、自然な英語でしたら、できない場合がかなりあります。この場合、「The old pond」でしたら、音節が三つしかありません。「The ancient pond」でしたら、四つ、発音する人によっては五つになりますから原文に近くなる。「ancient」と「old」はたいして意味が違わない。「ancient」はやや固苦しい言葉ですが、ただ私は五・七・五になるべく近いような英訳をしようと思いました。

　ちょっと話がズレますが、英訳をやる場合には同じ三行詩の順序で訳したいんです。つまり、英語と日本語の言葉の順序はだいたい逆です。日本語は主語、目的語、動詞の順。英語は主語、動詞、目的語。それをいろいろいじって、まあ大体において最後に英訳になっても日本語の順序になると。それが私の期待です。

金子　ああ、そうか。

キーン　「ancient」は私の期待に応じるものですから。しかし、もしそういう考えがなければ、「old」の方がよりいいと私も思っています。「古い」というのはまったく普通の言葉で、英語の「old」がそれに当たります。「ancient」は普通の言葉じゃないですね。

金子　やはりそういうふうに苦労しているわけですね。私の句なんかさっき申し上げたように、どうしても映像的になりますよね、叙述的じゃなくなります。ですから映像を提示したときに、それをそのままパーンと訳してもらいたいですね。そこで韻を踏むなんていう配慮されてね、それが滑らかになっちゃうと困っちゃうっていうような感じがあるんですね。

キーン　私の弟子とか、弟子の弟子とかもっと若い人が日本語の詩歌を英訳する場合は、イメージを大事にして、なるべく不必要の言葉、「the」とか「a」とかを省くんです。確かに力はあるんですが、しかし、その場合は翻訳が非常に短くなります。英語の言葉は短音が多いですから。日本語の場合は、短音もあれば長い言葉もある。「悲しさ」とかは非常に短くなりますから、私はどうしても、もとの五・七・五、あるいは和歌の場合、五・七・五・七・七、そういう形も守りたいっていう感じがしますが。若い人はそれよりも力強い表現を尊重してますね。

金子　そういう点でも、我々の俳句と重なりますね。私たちもそういう力強い映像、内発的なものを求める考え方が強いから。

キーン　しかし、同時に五・七・五の形式を守ってらっしゃるでしょ。私、そっちの方にこだわってます。（笑）

金子　なるほどね。さきほど申し上げた俳諧、これを伝統と考えて現代に生かしたいと、これが自分たちの伝統と現代の考え方の一環になるわけだけれども、そのときに、キーンさんが、谷崎潤一郎の『瘋癲老人日記』の喜劇性というのを評価して、晩年になるとみな喜劇に関心が向くんじゃないかとおっしゃってましたね。私も、俳句が晩年の文学なんていうわけじゃないけれども、俳句というのは、若いころから喜劇性を早採りしていくもんじゃないかと。つまりそれが俳諧の一つの問題だと思うんです。俳句と喜劇性。私はそれを一つの狙い目にしているんです。

キーン　谷崎文学は若い時のグロテスクな一面、「悪魔主義」とかいう名前で広く知られていますが、そういう晩年の喜劇性は非常に大切だと思います。日本文学にそういう喜劇性は昔からありました。『竹取物語』を読んでもそうですし、俳句はもともと滑稽な面がなければ俳句らしくないと思われてました。私にはこういう経験があります。ずっと昔ですけども大叔父に会ったんです。大叔父は相当の年でした。彼の一番の楽しみは、シェイクスピアの戯曲を暗記することでした。私はどういうものを暗記していますかと聞いたのですが、彼は若いときに悲劇が好きでしたが、この年になってからは喜劇だけですねといっていました。あるいはすべての人がそうじゃないかとも思います。つまり晩年になって初めて人生の喜劇がわかるようになる。若いときに若い人の悩みがあって、中年になって他にいろいろ悩みがあって、しまいにはやっとのことで解脱して明るい喜劇的な世界を知るようになる。ともかく私はそう望んでいます。（笑）

金子　それはまさに、俳句の世界ですね。

キーン　ええ、俳句の世界です。

金子　そうですね。やっぱりそこへ行きたいと思ってますけれどね。私の場合、育ちが山の続きの秩父でしょう。山影を感じて育ってきたわけですが、山影の世界に住んでる人たちってのは、みんな酒を食らって、かなり猥雑でございましてね。その点ではひどく人間臭い連中なんですが。そういう人たちがね、私の父が俳句やってたもんだからよく集まっては句会を開いていたんです。私が旧制の小学校から中学校の頃でした。でも彼らは俳句をやりますと必ずそのあとで酒を飲んでけんかするんですよ。「おまえはおれの俳句をけなしたからけしからん」とかいってとっくみあいになる。そうすると、うちの父親が多少柔道の心得があったもんだから引き分けたりするのが得意でしてね。それで、私の母親が「兜太、おまえは俳句なんか作っちゃいけないよ」。あれはけんかするもんだから駄目だ、と。それで結局旧制高校まで作らないできちゃった。その後、才能いっぱいの友人が出てきて、それに誘われてはじまっちゃったんですけれど。そういう出発があるもんだから、どうしても私の中に俳句ってのは、天然自然を詠うもんだという発想がないんですね。やっぱり人間臭いもんだと。人間の世界を詠うもんだというように思えてね。三つ児の魂っていうんですか、そういう状態なんですね。

　虚子は小説を書いてて、それから俳句の世界に入ってきて、その後彼が目指したのは花鳥の世界ですよね。それにいかに自分を投影するかというだけのことだった。やっぱり小説をやってきて人間臭い世界を歩いてきたから、反動でそうなったと。私の場合は、幼児のころから人間臭い世界にいますが、反動なんてないんですよ。そのまままぐーっときちゃってるって感じで。現代の詩歌、表現全般といってもいいけど、その原点はやっぱりそこにあるんじゃないかと思えてしょうがないんですね。そいつを忠実に実行しようと思ってるんです。

生きたものとの「交感」

金子　キーンさんの『百代の過客』。日本の日記についてずっと書いてらっしゃいますね。あの中で非常にあなた面白いことをいっておられる。日記の形式は、思想を時間を追って構成してゆくことをやってるんだというようなことを述べて、その構成・構造の仕方が日本文学の大きな特徴だ、たとえば『新古今和歌集』だってそうだとおっしゃってましたね。基本的には連歌もそうだし、それから芭蕉の『奥の細道』もそういうふうな解釈をする人がおりますね。私の友人の安東次男はあれを歌仙と見立てていますが。つまり、日記は、時間を追って構造を作っていくという形で思想を表現する、そういう意味で日本人にとっては、うってつけの表現だということをいっておられる。そうした作品がずーっと出てきてるからそういうことをおっしゃるのか、それとも日本文学ってのは、基本的にそうした表現形式と構造との緊密な関係があるってことなんですか。

キーン　あるように思います。逆にいいますと、遠くギリシャの時代からアリストテレスが『詩学』で述べているように、ヨーロッパの文学作品には三つの部分があるわけです。始まりと、中と、終わり。非常に簡単な考え方ですけども、しかし日本の文学をアリストテレスの規則にあてはめてみると、違うんです。そして、他にもギリシャ人にとって文学の作品はちょうど人間の身体と同じようなものであるはずだというような表現がありました。つまり、全体的にものをみることはギリシャ人の特徴でしたが、しかし日本の作品の場合には、次から次へと語る流れが大切です。絵巻物の場合でも、あるいは連歌の場合でも日記の場合でも、その流れが大切です。日記の場合は日がたつに従って、進行してゆきますし、絵巻物の場合は風景が切れ目なく続いていく。そういうことによって日本人の文学的、絵画的な構造の概念は途切れることなく流れるものとなっている。英文学の場合は切れてもいいんです。たとえば英語で手紙を書く場合、何か書いてまた別のこと書いて、切ってもいい。しかし日本語の場合、文章の最後のところから次の文章のはじまりにはつながりがあります。そのつながりが無ければまずい日本語になります。そういう自然な流れは日本的な構造のひとつじゃないかと思います。西洋の文学の考え方とは随分違うんです。もし、日本の絵巻物を上から全部見ることができたら、変な景色になりますね。一つの絵巻物には春と秋と夏冬、全部あります。一つの絵にならない。そういう絵は西洋に無いです。

2016年12月、『黄犬（キーン）ダイアリー』刊行祝賀会でドナルド・キーンと。撮影＝黒田勝雄

　ただひとつだけ非常に大切なことは、たとえば連歌の場合、春の句の後ですぐ秋の句にはなれない、あるいは絵巻物の場合、春の場面と秋の場面の間に金色の雲がかかっていて次の場面に流れてゆく。そういうふうにして日本的な構造ができたんじゃないかと私は思っています。

金子　そうですね。しかし、現代はその日本人の意識構造がだいぶ変わってきていると思います。私なんか、今の句を作ってる意識でいうとやはり連歌の連続性というのは、特に大勢でやるなんてのはもってのほかっていう感覚が強いですね。私は非常に俺が、俺がっていう考え方が強いから、連続してゆく場合でも結局は独吟になります。ところが、五七五を書く、七七を付け、五七五を書くっていうふうに独吟でやってゆくって気持ちで割り切るとね、なにか自分の中の連句ってやつが成立するんですね。どうも私の俳句は、全部そういう書き方になっているようで、まさにこの「新古今」的にね、私の句集一冊がそういう一種の付け合いの感じでいってるんじゃないかって気がするんですね。連句が即自化したというか、自分の中にとり込まれてしまっているのが現代じゃないでしょうかね。

キーン　そうでしょうね。芭蕉の時代でも、その下には其角とか去来とかいろいろな弟子がいまして、みんな同じ人間ではなかった。皆それぞれ違う個性があり生活とか身分とか違ってましたけれども、共通の面が非常に多かったはずです。ところが、現代は違います。外国人がよく、日本人は個性が無い、なんでも集団になるとかいいますが、それはウソです。もしそうだとすれば、今でも連歌をうまく作ることができるはずです。いつかこんなことがありました。アメリカの詩人たちが自分たちも連歌を作ろうと、そして実際にやってみました。英語で五七五・七七、五七五・七七……。しかし会が終わったところ、みんなが自分たちが作った俳句だけ欲しくて、人が書いたものには興味がなかったんです。（笑）

金子　そういうこと、ありますよね。私なんか自分で句を作って、自分のひとりごころっていうのが非常に増長している状態ってのを経験するんだけれども、そんな中で、独吟をやってますとね、自分で自分に対するふたりごころの会話みたいなものを感じてきますね。そういうことから、ふたりごころをむしろ大事にしたいという気持ちになってくるわけです。さらに自分から広げて天然に向かったり、自分の周辺の人に向かったりというような形に、やっぱり考えるんですよ。だから一方に自分の増長面があると同時に、ふたりごころの開けがある。これは今、身をもって体験していることなんですが、ひとりごころが増長して自分の詩性がうんと強まらないと、相手に対する気持ちも広がらないような気がしますね。

たとえば、「情」という字を書いて「こころ」と読ませる、あの「情」という字がわかっていない、曖昧なあまっちょろい博愛主義みたいなものしか出てこないものというのを、現代人は逆に体験している。本当によい友達に対してはとても親密で他にはひどく冷淡ってことがよくあります。そこから考えると、芭蕉の「山路来てなにやらゆかしすみれ草」という句や『野ざらし紀行』にはそういう意味での情の開けがある。これを私は「交感」って言葉で呼ぶんですが、自分の情感を交える、この交感っていうものを芭蕉はあそこで体験したと。それがさらに、『奥の細道』の「荒海や佐渡によこたふ天河《あまのがは》」になると、もっと積極的な交感を求めていると。やっぱりそういうものが芭蕉の基本にあったと。それから一茶にも自ずからながら絶えずあったと。それがたとえば「やれ打な蠅が手をすり足をする」というような形であると。それはやっぱり、生きたものに対する交感だと思うんですね。だから一茶の句というのは私は捨て難いと思うんです。また、虚子の「花鳥諷詠」にしても基本的には交感ということを彼が考えていたと思うんですよ。

ずーっとつながってきている俳人たちが持ってた交感、そいつがなんだかようやくわかってきた。わかってきたってことは自主性をうんと強めてるから、自分勝手になってるからよけいにわかってくるっていうのかね。そういう印象で今おるんですね。

キーン　こういうことはありますか。金子さんの俳句について読者かあるいは別の俳人が読んで、金子さんの考えたこともないような意味を取るとか、自分でも気がつかなかったような可能性を感じさせられるとか。

金子　充分にあります。それが私は何か交感してるんじゃないかと思います。

キーン　俳句の解釈にいろいろな可能性があるとすれば、今でも連歌の可能性が残ってると思います。つまりもし、金子さんが発句を作って、そして自分でも気がつかなかったような意味を別の人が捕まえて脇句に入れたら、金子さんにとって一種の刺激になると思います。

金子　はいはい、それはございますな。

キーン　そういう可能性がありましたら、大変面白いと思います。実際ヨーロッパでそういう実験をやりました。フランス人、イタリア人、英国人、メキシコ人の四人が自分の言葉で句を作って、そしてそれを合わせてなにか刺激を受けて書きました。本になりました。大変わかりづらい本ですが、しかし、その後ろにあるような観念を私たちがお互いに影響を及ぼしたり、あるいは刺激を受けたりして、詩の形でそれを表現できましたら意外と面白いし、それは日本独特のものです。

金子　それは面白いなあ。原作者に発見を与えるわけですね。

キーン　俳句は大変短いですから。よく主語を省くし、場合によっては他に大事なものも省くことがありますから、いろいろな解釈ができます。まったく正反対の解釈ができることもありますが、そのすべてがある意味では面白い。そういうふうにお互いに非常に高い次元で会話できたら、本当に素晴らしい芸術だと思います。

金子　だから新しい形の連歌っていうのがありうるということですか。それは欧米人にも消化できるやり方ですね。きわめてひとりごころの強い人たちにもできるわけですね。いや、むしろひとりごころが強いからできるということかな。

俳句の翻訳の難しさ

金子　それからさきほどの「構造」についてですが、日本の文化形式の基本になっている構造っていう考え方。この「構造」は日本人のどういうところからくるんでしょうか。

キーン　私は日本語そのものにあると思います。日本語の流れがポイントです。やろうと思えば、一つの文で小説書けるでしょう。英語の場合はどうしても切らなければならないのだけれども、日本語ではずいぶん長い文章ができます。『源氏物語』がそうだし、他にも随分長い、終わりそうにないような文がありますが、それは日本語のひとつの特徴だと思います。

金子　そういえば「てにをは」という助詞、あれが複雑怪奇ですね。

キーン　ええ、複雑です。

金子　そしてあれが、実に玄妙な味を持っているわけで。芭蕉の句の「ひとつやに遊女も寝たり萩と月」ですか。あれをある人が間違って「ひとつやに遊女と寝たり萩に月」。芭蕉が結局遊女と同衾したことになっちゃってねえ、大笑いしたことがあるんですけれども。わずか助詞ひとつの違いですが、こんなに大きな変化になっちゃって。翻訳の場合なんかあれは微妙なもんですか。

キーン　まず、不可能です。

金子　不可能でしょうねえ。

キーン　イタリック文字で書くとか、そういうことは考えられますが、非常にやりにくいのです。良心的な翻訳者でしたら、毎回毎回、絶望するほかないです（笑）。お金を稼ぐつもりでやってる人はどうでもいいことでしょうが、日本語を愛する人間には絶望が多い。どうしても自分の国語で同じような効果をあげられないんです。日本語独特の味をぜひとも人に知らせたいと思ってもなかなかできない。俳句の翻訳となるとほんとに苦労します。和歌のほうがまだいいんです。「けり」で終わる場合は、その「けり」の味を出すためにどうすればいいかとか、あるいは英語に無いようなもの、日本の食べ物、花とか、鳥とかはとても苦労します。辞書を引きましたら、ウグイス、ホトトギス、一応全部出てますが、名前が長かったり実に汚い名前だったりして、どうしても使えないような言葉が多いんです。俳句のよさは意味が一つ、形式がもう一つ、最後に美しさを忘れてはいけないんですね。

金子　確かに尾籠《びろう》な言葉でも、ずいぶん苦労しているのが翻訳ですね。日本語の尾籠な言葉ってのはまた面白いからなあ。野卑で面白いから、最後の美しさをつかむのが大変なんでしょうね。

キーン　そうです。芭蕉の句にウグイスのフンするというのがありますね。あれ、ちょっと英語で訳すの難しい。（笑）

金子　そういうことにも関連するんですが、私はやっぱり、日本語による韻文形式っていうのを大事にしたいと思ってるんです。それで、最近よくいわれる「軽薄短小」の「軽薄」の方は外しましてね。「短小」っていうのが、まさに現代の言語状況の一つの特徴だと思うんです。これは韻文を意味してると思うんですよ。で、その韻文に殉じたいぐらいの気持ちが最近ありましてね。キーンさんは五七調なんてのはどうですか。ピンと感じますか。

キーン　感じます。一番最初にそれを感じたのは、文楽を見てるときに太夫の言葉が五七調になっていた。それを感じて、初めて自分のものになりました。そのときまで私は目で見てました。しかし、文楽見ながら聞いているうちに、その五七調が私のものになってしまいました。

金子　うーん。道行きなんか立派な五七調だもんなあ。

キーン　すばらしいですね。

金子　言葉の波状攻撃を受けているような感じですものね。次第に感動が高まるという。それと散文でも、たとえば大江健三郎の小説は助詞の使い方がかなり個性的ですね。三島由紀夫とか谷崎潤一郎の方がきちんと文法的に使っている感じがするんですが。

キーン　私の体験では一番訳しやすいのは谷崎潤一郎です。三島さんとなると難しくなります。大江さん、もっと難しいです。三ランクになってます。

金子　それは言葉の使い方が個性的だってことですか。

キーン　そうです。個性的であって、三島さんの場合は比喩が難しい。三島さん自身が考えたもので私たちが気がつかないような比喩です。特に『サド侯爵夫人』は単なる翻訳ではなくてセリフになる。外国の舞台で女優がいうセリフです。だから自然に口から出るような言葉でなければ駄目でしょう。三島さんの複雑な考え方、複雑な比喩はなかなか自然な英語にならず大変苦労しましたが、私は今でもその翻訳に満足してないんです。ところがその後、フランス語の訳で同じ『サド侯爵夫人』の舞台を見ましたが大変うまくいっていました。つまりああいう表現はフランス語に向いていて英語には向いてないんです。場合によって、国語によって違うんです。フランス語にはそうした伝統があります。ひとりが舞台の真ん中に立って、前の晩に見たものなどを美しい言葉で朗朗と並べるのはフランス的です。三島さんはきっとそれをラ・シーヌから覚えたのでしょうが、英語にはならないのです。英語はどうしても対話にならなければいけない。そうして短くものをいうことが英語の特徴なのです。ですから、翻訳も国語によって苦労することがあります。

金子　なるほど。

キーン　和歌の場合はフランス語がとても合っています。和歌の美しい旋律に向いている。しかし、俳句となると英語のほうがよいと思います。短いですから。

金子　現代俳句ってのは、特にぼくらの目指してるようなのは、今お話しの三島のような難しい比喩をたくさん使う、それから大江健三郎ぐらい個性的に助詞を駆使する。それが我々の現代俳句の狙い目というようなところがあります。

キーン　句集を私の知らない俳人がよく送ってくださいますけども、どうぞご高覧の上ご感想をと。私読んでもわからないから、感想らしい感想が、何も出ません。（笑）

金子　だからその辺なんだろうなあ。キーンさんほどの人でもわからないってのはこれは他の外国人にはわかりませんねえ。

キーン　必ずしもそうではないんでしょうが。しかし、なかなか難しい。

金子　そして、ますます難しくなると思うな。ところでこの辺で日本語に対する優れた感覚の所有者であるキーンさんの作った俳句をひとつ。

キーン　佐渡に旅行した時の紀行文の中に俳句をひとつ書きました。くだらない俳句ですが一応お目にかけます。

金子　「罪なくも流されたしや佐渡の月」。はあー、これはかなり沈鬱な句ですね。佐渡がずいぶんお好きだってことですか。

キーン　ええ、佐渡は伝統的に世阿弥をはじめとしていろんな有名人が流された場所でした。たいてい何か罪を犯して流された人ばかりでした。しかし、私は佐渡へ行って非常にきれいだと思いました。もし私に不幸なことがあって流されるようなことになりましたら、佐渡が一番いいところじゃないかと思ったんです。

金子　私は今しゃべってて「キーン氏と話の弾む初冬の寺」という句が浮かびました。何だかこっちの句が古くてあなたの句のほうが新しいみたいな……。（笑）

キーン　（笑）

（NHK教育テレビ・一九八六年一月十一日放映）

ゲゲゲと俳句

生きものたちの声

水木しげる
金子兜太

水木しげるさんの弟で水木プロダクションのマネージャー武良幸夫さんは、金子さんの大ファン。今回のトークは、水木さんのサポートも兼ねて司会としてご参加いただきました。（――部分、武良幸夫）

美智子皇后も水木ファン

水木　きょうはよくいらっしゃいました。

金子　ああ、こんにちは。いや、いや、この顔ですね。金子でございます。私は九十一歳です。

水木　私は八十八だから、三つ違いです。お元気ですね。

金子　ええ、わりあいに元気です。このたびは文化功労者となられ、おめでとうございます。

水木　ありがとうございます。

――金子さんは一昨年、文化功労者になられた。

金子　でも、水木さんのほうが私より一歳早く、文化功労者になられた。ま、そんなことはどうでもいいかもしれませんがね（笑）。（伝達式では）天皇陛下と何か話をされましたか。

水木　ええ、天皇陛下とは二言、三言ね。私は美智子さんに本を送る約束をしたんだ。

金子　ああ、送ってさしあげると喜びますよ。

水木　二、三冊送らにゃいかんのに、まだ送ってないんだ。もうちょっとで忘れるところだった。

金子　皇后が関心を持つというのはよく分かるな。あの方は恐らく水木ファンですよ。私も二、三回しゃべっているけれど。

水木　俳句には興味を持っておられなかったですか。

金子　多少、持っておられるようですが。それよりもっと、生きものというものに興味をお持ちのようですな。

――ずっと「ゲゲゲの女房」がテレビで放映されてたんです。

金子　ええ。見てましたよ。ちょうどよく見られる時間だった。面白かったですよ。

――それはよかった。われわれは全然、面白くなかった（笑）。

水木　そうですか。日常の話のせいかな。今度は映画にもなりますが、テレビで放映中、反響はどうでしたか。

金子　たくさんあってねえ、忘れますよ。いろいろなやつが十くらいあるから。関心を持っていないと忘れておるんですよ。次々にいろいろな事件があって、頭がこうなったりするんで（笑）。

金子　テレビは、ずーっと見てました。シナリオが平凡な感じで、ときどき退屈したけれど。「文藝春秋」で座談会をやっていたでしょう。水木さんと奥さんとお嬢さんと。あの座談会は、けっこう反応というやつを伝えているな。あれは面白かった。水木さんは意外にいろいろなことをよく調べてマンガを書いているというのがよく分かったな。子供のときの体験とか出雲の記憶とか、そういうもので「ゲゲゲ」が出て来たのかと思ったが、それだけじゃないね。もっと根が深いんだな。それを感じました。それで感心した。哲学書をいっぱい読んでいますね。

私は人一倍、死にたくなかった

水木　われわれが軍隊に行くころは、哲学書を読むのが流行していたのです。私も聖書や『ゲーテとの対話』とかを読んでいたんです。それで、軍隊には『ゲーテとの対話』など三冊、持って行きました。兵隊はイコール死でしょ。死について恐怖感があるんです。だから、そういうことで本を読みだしたということもある。私は人一倍、死にたくないんです。

金子　あなたは特に死にたくなかったでしょう（笑）。

水木　ところが、連隊の班の軍曹に睨まれて、いちばん危険なところに送られた。前線の一線ですよ。

　最初に行ったのはラバウルだけど、敵と接触しているところとそうでないところとある。敵と接触してなかったら、飛行機だけ用心してりゃいい。後方に十万の兵隊がいても、私は運が悪く、第一線の敵と接触しているところだ。私が歩哨に立っておったら、敵が来て、全滅をして、私一人助かったんです。分隊で十人行っていたが、一人助かったのに、あとで「死ね」と言われた。そんなバカな、せっかく助かったのに。

金子　そう言われて、どうされましたか。

水木　しかし、どうやっても「死ね」というのが命令で、変わらんわけです。それで、もう一回、最前線に行くということになった。私一人生き残ったのが、まずいわけですよ。貴重な生き残りに「死ね」と言う。鉄砲から何から全部捨てて逃げてるわけです。海の中に飛び込んで。

金子　私も戦争の体験があるが、どんな状態になっても死なない人っていますね。しげるさんはそうですよ。それを感じました。命運が強いというのか、命まで包んでしまうものがあるんだなあ、その人には。命なんてのはてめえの薬籠《やくろう》中《ちゅう》のものだというタイプの人って、いますね。戦場にいると分かる。

水木　それがよく分かるのは、周りの人がみんな死んだからです。私一人生き残った。そんな貴重な人に「死ね」と言う。

金子　それでも死ななかった。

水木　兄貴は海軍大尉だから、直接、一線に接してなかった。具合がいいわけです。はじめ、ニューギニアのカイリル島で守備隊長をやってました。米軍基地の（戦闘機の）搭乗員が落ちて来て、それを五人、確保しておった。本部から「殺せ」という命令が出た。それだから、戦後はBC級戦犯で、巣鴨に入っていました。

　私のときも敵が三、四人、捕虜になった。どうするのかと思ったら、「殺せ」ですよ。あそこは食い物の関係があるでしょう。捕虜を入れたらそれだけ食い物を入れなきゃならん。

金子　ああ、そういう関係がありますねえ。

毎日、パチパチと殴られた

金子　私が行っていたトラック島の状況から簡単に申し上げると、日本列島の横浜からサイパン、マリアナを経由して、トラック島です。ちょうど真下がラバウル、ニューブリテン島です。トラック島はラバウルへの補給基地でした。私が行ったのは敗戦の前年の三月でした。アメリカの機動部隊にラバウル向けの補給物資と飛行機が全部叩かれた。真っ黒焦げになったところに私は着任した。あとは惨憺たるものでして、ラバウルとともにトラック島も飢えた状態でした。補給路を断たれましたから、そういう状態でいたのです。

　ただ、水木さんの戦記マンガ『総員玉砕せよ！』を拝見していてよくわかりましたのは、私の場合は目の前に敵という人間がいなかった。飛行機だけが年中来てて、頭の上でダダダダーッとやったり、バカーンバカンとやっておった。それだけだったのです。それでもずいぶん死にましたけどね。

水木　私が着いたのは、最後の輸送船です。

金子　じゃ、よけいひどかったんでしょう。

水木　あの後、補充兵が全然来なかった。

金子　しようがなかったでしょうね。武器もないし補給物資もない。でも、目の前に敵を置いて、しかもその最前線に出されたんでしょう。その方と、こっちはただ食いつなぐためにイモ作りをしているというのとは、全然違いますからね。水木さんは、たいへんだったと思います。だから、われわれのなかで水木さんの立場になって生き残れる連中っていなかったんじゃないかな。こいつは死なないというやつはいましたが、数は少ない感じがしたなあ。

水木　鳥取連隊にいたとき、まじめな兵隊じゃないと思われたほうですよ。

金子　それがよかった。大物《おおもの》だったんだ。〈いのちの大物〉と言いたい。

水木　だから、いちばん危険なところにやられたのは私だけです。代表で憎まれたわけですね、怠け者と思われたわけです。

金子　そうでしょう。これを向こうにやっておけば大丈夫だというような気持ちでね。

――金子さんは入隊したとき、そんなに殴られなかったでしょう。

金子　ええ。私は幸い、主計で、中尉になりましたからね。あまり殴られませんでした。人が殴られるのはずいぶん見ましたが、仲間もほとんどやられないで、みんないちおう中尉になってましたけどね。

水木　軍隊の中でいちばんいいところですね。

金子　そうです。主計ですからね。どっちかというと兵隊と違うから。

水木　こっちは二等兵で入隊して、いちばん殴られやすい。殴る材料にされた。

金子　『総員玉砕せよ！』を読むと、何かというと殴られてますね。

水木　パチパチパチパチ、朝から殴られた。

金子　あの漫画みたいに年中、殴られてたんですか。何かというとすぐ殴ってますね。

水木　うん。私は多かった、殴られるのが。

金子　海軍はあれほどのことはないと思うが。陸戦隊でも。

水木　私は特に怠け者として目をつけられてから、何かというと代表で毎日、パチパチと殴られてました。

戦場で詠んだ俳句、描いた絵

——二人とも、戦場で俳句を作ったり、絵を描いたりしていますが、極限状態でどうしてそんなことができたのでしょう?

水木　戦場が意外に人がいなかったところだから、心がすっきりするんです。人のいない世界だから。それが面白い。片手を無くして、傷病兵ばかり集まっているところに行き、軍医などと仲良くなって、「お前は絵が好きだから、これをやる」とかで、紙をもらったりして、描かせてもらっていたわけです。ちょっと変わった人間だから面白いなというところで、軍医なんかが面倒を見てくれたのかなと思うんです。似顔絵や花札なんかを描いてあげました。

金子　また軍隊というのは面白いところで、将校というのは才能がある兵隊さんをめっけるのが早いんだ。それでフルに活用する。しげるさんは絵がうまいから、活用してやれと。ある意味、退屈でしょう、戦争をしていないときは。だから、才能のある人を使って楽しみたがる。

　私の俳句の場合もそうでした。「お前は俳句ができるんだから句会をやれ」と言われた。その上官はサイパンで戦死したが。そういうことで、句会をやったんです。才能を発見するのは、ああいうところでは不思議に早いです。

　恐らく水木さんも目立ったんじゃないかな。タイプが一回り大きいでしょう。生命力と才能があるわけです。それで発見されやすいんじゃないかな。「あいつは変わったやつで、絵が上手らしいから描かせてみよう。うまいな。オレの面を描け」と。そういうのでは持って生まれた才能で幸せなんだ。

水木　（古いスケッチブックを開き）これはラバウルの土人の娘を描いたペン画です。景色も描きました。暇なもんで、えらくていねいに描いた。

金子　それを内地まで持って帰るというのが図々しいんだ（笑）。それも、こっそりとではなく、堂々と持って帰ったんでしょう。普通はそういうことはできないですよ。

水木　スケッチなんかは、自分の絵の練習で描いておくんです。たまに将校が、紙や絵の具をくれるんだ。

金子　そういう点で、軍隊というのは不思議ですよ。

水木　背嚢《はいのう》に入れて持って帰った。終戦後だから（検査が）緩くなったんでしょう。

金子　それもあるでしょうけど、字で書いたものを持ち帰るのは厳しかったですよ。それを堂々と認められたというのはあなたの才能ですよ。私の場合は俳句を紙に書いて、セッケンに穴ぼこをあけて、それに詰めて持って帰った。こっちは水木さんほどの才能がないですからね。堂々と持って帰れない。

水木　私は当たり前のことをやっていただけですが。

金子　ご本人はそう思っているでしょうけれど、周りはそう見なかったんですな。

生きる力が一回り大きい

金子　水木さんのお描きになっているお化け、これは普通のお化けとは違うと思うんです。どうも、拝見してきて、このお化けは他の漫画家では絶対に描けないお化けだ。それがこの方の人気の大きな秘密の一つだと思うのです。なんでこんな訳の分からない不気味なお化けを描くのだろう。そのくせ非常に説得力がある。そう思っていたのですが、今のお話を聞いて分かりましたし、漫画本を見ていて分かったが、才能ですね。生命力が一回り違うんです。生きる力みたいなものが他の人よりも一回り大きいです。だから、戦争中も周りが一目置いて、生かしちゃった。その人の才能を尊重した。おのずから、周りから尊重されるような、一回り大きい才能を持っているんですな。それが今の化け物の基礎にある。

そういう大きな才能で描いている化け物だから、他の化け物とは違う。だから、どういうことが土台になって描いたんだろうとか、何が発想のもとなのかを詮索すること自体が馬鹿馬鹿しい。おのずからこの方の体から出て来たものだ。その命のままに。それが水木さんの化け物だと思います。

水木　お化けは私の空想の産物ではなくて、昔からの伝承をもとに描いてるんですよ。

金子　そうはいっても他に比べるものがないですよ。スケールがものすごく大きい。そして、訳がわからんでしょう。あの化け物はどこから出て来たんだろうか、どういう内容だろうかなんて考えたって訳がわからない。何となく迫力がある。

水木　子供のときは、ものすごい迫力のある絵を描いてもほめられなかったね。

金子　そうでしょう。大人には分からない。

水木　それでも二十歳になっても三十歳になっても描いていた。「のんのんばあ」も影響を及ぼしてますねえ。お化けやあの世の世界を信じている婆さんがいたからねえ。

金子　今度、柳田國男さんの『遠野物語』を漫画でお描きになったでしょう。柳田さんの『遠野物語』は聞き書きで、本当の意味の迫力がないんです。事柄を伝えて、その事柄が目新しくて、説得力があった。だけど、水木さんのを拝見したら、あの物語が生きて来ましたね。柳田さんに一つ何かを加えたという感じです。その「加えた」という力が柳田さんよりも勝っている、この方の命の力だと思います。そういう力が、しげるさんにはあるんですよ。

水木　『遠野物語』は昔から好きだった。柳田國男などは読んでいた。民俗学に興味があったわけです。不思議なことが好きだったな。

――南方熊楠《みなかたくまぐす》のマンガもありますよ。

金子　ああ、この人に匹敵するのは熊楠くらいかもしれませんよ。そう、熊楠さんならピタリだ。実物は知らないけれどね。

水木　だいたい好きなものしかやらないんです。

三世代にわたって読まれる漫画

金子　伺いたかったのですが、『ゲゲゲの鬼太郎』を出版されたのは昭和三十五年、六〇年安保の年ですな。あのころから、お描きになるものではお化けが主題になるということですか。

水木　いや、ベビーのころからです。「のんのんばあ」という手伝いの婆さんがいて、朝から晩までお化けの話ばかりするでしょう。四、五歳だから、みんな覚えてしまった。

金子　そうすると、六〇年安保がきっかけであいうものを描いたということはないのですか。

水木　ええ。全然ないです。漫画だけで、政治的なものは全然関心がない。

金子　やはりそうですか。それで安心しました。ちょうど時期が合ったものですからね。いっぺん、伺っておきたかった。

水木　本人はかかわらないけれど、見るほうがその時代とマッチさせて、おもしろく見たのかも分かりません。

金子　政治の時代に、ああいうものが逆のベクトルで読まれるのも分かる気がします。体に響くわけだ。いろいろなものが引っくり返ったから。七〇年代の『カムイ伝』の白土三平と全共闘世代もすごくマッチしていたが、『ゲゲゲの鬼太郎』もそういうところがありますね。「ゲゲゲ」のほうが大きいんじゃないかな。漠然としててね。あのころから全然、パワーが落ちてない。私はこのごろ、「生きもの感覚」ということを考えるようになったでしょう。だから、鬼太郎がよけい響いてきます。

――水木が描いた漫画はほとんど版を重ねているんです。特に今年は「ゲゲゲの女房」なんかで有名になって、よけいに版を重ねた。『昭和史』『総員玉砕せよ！』なんかが版を重ねているんです。息が長いんです。

金子　そうでしょう。膨らむんだ。

水木　だから、五十代の人から子供まで、読者がずうっと広がっている。

金子　よく分かるね。三世代にわたって読まれる漫画は、まずないだろう。人気が出ても、みんな一時代のものですよ。この方の場合は、いつまでも続きますね。そういうのは恐らく日本の漫画家で、この方だけのものではないかなあ。ぼやーっとした命のかたまりとか命の不気味さというのは怖いよ、読んでいて。

アニミスト鶴見和子

――金子さんには鶴見和子さんとの対談集『米寿快談』がありますね。和子さんの弟さんの俊輔さんが、けっこう漫画を見ていたとか。俊輔さんは水木のファンだったんだな。和子さんとは相模原の病院に行っているころ、実はちょっと会ったことがあるんだよな？（水木に向かって）

金子　どんな印象でしたか。

水木　うーん。よく分からない。

金子　やっぱりそうですよ。あのころは堅かったからね、和子さんも。

水木　クリスチャンでしょう。

金子　そうです。そして普通の学者でしたからね。

水木　傷病兵のころ、教会に行ったりすると大事にしてもらったんです。変わったのが来たなと思ったんでしょう。

金子　和子さんは脳出血で倒れて、終生療養されていたが、そのあいだにずいぶん変わりました。対談をしたとき、「私はアニミストだ。アニミズムを信頼する」という言い方をしてました。そのころ、会っていただくとずいぶん印象が違っていたと思います。

水木　何年前に亡くなったんですか。

金子　三年くらい前です。脳出血で、ずうっと療養されてました。

水木　脳出血になった、あとの意識はどうでしたか。

金子　あの方の場合は普通でした。学者としての仕事もけっこうやってました。ただ、人生観が全く変わってしまいました。「自分は生きものとともに生きる」という考え方、アニミズムですね。

現地の人やジャングルが好き

水木　アニミズムといえば、一時、アメリカのホピ族のところに行っていたことがあったね。ホピ族のところに連れて行ってくれた人は、病気になって長く入院していたなあ。体が丈夫なほうではなかったから。アメリカインディアンの、入ってはいけないところまで彼が連れていってくれたんです。オーストラリアのアボリジニのところも、だいぶ行きました。

金子　ほんとうはパプアニューギニアのネーティブ（現地人）と一番親しいんでしょう。

水木　ええ。ニューギニアには戦後、七、八回行ってます。現地人とかジャングルが好きだったわけです。日本と違って、朗らかな感じになりますよ。しょっちゅう六月くらいの気候だから、朗らかな気持ちになります。

金子　ラバウルの記憶はどうなんですか。

水木　ラバウルは開発されているからねえ。でも、ちょっと奥に入ると面白い。原始のままだから。現地の土人が面白い。いろいろなことを教えてくれたり。

金子　人そのものが面白いんだ。

水木　ラバウルで傷病兵のとき、将校からは「行くな」と言われていたけれど、私は現地人の部落に行きました。

金子　歓迎されたでしょう。

水木　そう。歓迎された。その村へはしょっちゅう入り浸っていた。夜、行ったりしたから、よく問題になってたですよ。将校室で議論しているから何だろうと思ったら、私のことなんです。「重営倉に入れるべきだ」「いや、そういうことをする必要はない」という議論です。軍医は「あれは変わった男だけど、入れんでもいい」と言う。自分のことを議論しているから、聞かざるを得ない（笑）。重営倉へ入れられたらかなわんですから。

金子　私のいたトラック島にもカナカ族がいましたが、今のお話を聞くと、その感じがよく分かる。行って、ぼやーっとしているだけで嬉しい人っているんですよ。しげるさんもきっとそうだ。あの中の雰囲気に入っているだけで満足する。作品の中にバナナのことを書いていましたね。少し腐りかけたバナナがいちばん旨いと。あれもネーティブから教わったんでしょう。

水木　腐りかけたのもいいけど、青いバナナを焼いて食うとパンみたいだ。青いバナナは甘みがないから。それが彼らの常食です。

トライ族のトペトロとの交流

水木　戦争中、（ラバウルの現地人の村に）トペトロという二十歳くらいの青年がいたんですが、それと仲良くなって、私がマラリアで寝ていると果物を持って見舞いに来てくれたんです。

金子　相手から親しまれていたんだな。

水木　しばらく来ないから、病気をしているんじゃないかと思って来てみたら、案の定、私はマラリアで寝ている。おかげで助かりました。戦後、向こうに行ったら、トペトロは酋長になっていました。

金子　ほう。大事にしてくれたでしょう。

水木　喜んでね。ラバウルには終戦後、十五、六年して行ったのかな。

金子　彼は水木さんのことを忘れないでいたのか。

水木　そうです。その村を探すのにだいぶ時間がかかったが、やっとたどり着いたら、あっちが喜んでくれてね。

金子　この人だから覚えているんだ。水木さんは向こうの人からは何と呼ばれていたんですか。

水木　パウロ。トペトロたちは教会に出入りしていたので、私はパウロと。

金子　おお、それは大変なことだ。

水木　「お前の名前は何だ」と聞くから、「パウロ」と答えた（笑）。

金子　それもまた、いいねえ（笑）。

水木　あっちはキリスト教の教会があったから、そういう名前を少し知っているんだ。

金子　ネーティブからそれだけ親しまれる人は少ないんだよ。

水木　トペトロは十五年くらい前に死んだかな。葬式をやってないというので、費用を出して、トペトロの葬式をしてやったんだ。生前にも自動車がほしいと言うから、中古の自動車をやったこともあるんです。でも、すぐにぶつけて壊してしまった（笑）。

金子　それは美談だ。バナナのお礼に車を上げたわけか。いいですねえ。

――トペトロは、あっちでだれかに頼んで、「何々が欲しい」とか英語に書いてもらって送ってくるんです。だから、送らにゃいかんというので、送るわけです。戦後、あっちには五、六回は行きましたね。子供も連れて行ったし、友達とも二回行ってます。宝塚の阪急で水木しげるの催し物をやってて、それを十五、六年続けたんですが、始めてからちょっとして、戦友だった上官が阪急に勤めていたことが分かった。それが会いに来て、ラバウルに行こうじゃないかということになって、それで二人で行ったんです。終戦後、ようやく行けるようになったということで。

ジャングルは妖怪だらけ

金子　私は戦後、トラック島には一回も行ってない。行く気がないんだ。水木さんのようにネーティブにもてないしね。トラック島は私が経験したときのまま、記憶が止まっていて、焼けただれた島でいいと思っているんだが、しげるさんの場合は違うね。あそこにたくさんの人間がおる、ということを大事にしている。私もトラック島で現地の人との交流は多少はあったが、こんなもて方は絶対にできない。これは人間の問題ですよ。私なんかダメですよ。普通ですから。こんなもて方、聞いただけで驚く。こんなにもてた人って、トラック島でもいないんじゃないかなあ。

水木　軍からは「現地の人とは仲良くするな」という命令が出てて、それを破るから、重営倉の話が出ることになる。

金子　すごいですよ、それは。戦争体験者はよく分かる。そんなにもてる人って滅多にいない。現地のネーティブに絵を描いてくれと言われなかったですか？

水木　現地の人に『妖怪百科』という本を持って行ったら、喜んでね。ラバウルだけではなくて、パプアでも「これは見たことがある」と言うんです。部落の外もジャングルで妖怪だらけなんです。夜は真っ暗で妖怪がいっぱいおるって。だから、『妖怪百科』を見せると、「こういうのは見たことがある」って言うんです。妖怪には電気があるということは致命的ですよ。電気がなかったら妖怪だらけです。

金子　しげるさんだけにしか見えないんだ。

水木　ラバウルもちょっと行ったら、もう電気がないから、妖怪だらけですよ。

金子　それは面白い。その本がバイブルに変わって、教会に置いてあるんじゃないですか（笑）。私はそういう体験がないから、コンプレックスを感じているわけだ、この人に対して。普通の体験しかない。

トラック島の第四海軍施設部。後列右から３人目に兜太。写真提供＝金子眞土

水木　とにかく、電気がついていたらダメですね。

金子　そういうこと自身、すでにオレにとっちゃ不思議なくらいだ。驚くよねえ。

水木　目に見えない世界が好きなんです。

金子　すごいよね。驚くよ。虫や石ころにも命がある。大好きだし、努力はしてますが、しげるさんみたいに「おのずから」というところにはまだ行ってませんね。「おのずから」というのが怖いんだなあ。

水木　変わってますよ。

金子　まあ、変わってるということになるんでしょうね。だけど、そちらのほうがまともかもしれません。こっちが変わってるのかもしれません。普通の人は見えないんです、常識的に考えていくから。お化けだってそうで、普通の人には普通にしか見えない。

水木さんの絵は俳諧に通じる

金子　一茶、山頭火などにも、小さい生き物、不思議なものを詠んだ俳句がいっぱいあります。ああいう人たちを見ていると、だんだん分かってきまして、私もそこに近づいているような気持ちはあります。

――ああいう俳人が今は少ないですね。金子さん以外はほとんどいない。まともなことばかり考えて、やってますから。

金子　どうもそうですね。まともな文学論ばかり、つまんないことを言ってますね（笑）。

水木　俳句というと花鳥風月みたいな、きれいなほうに行ってしまうが、人間の世界は本当はどろどろしているんです、本当は。

金子　そのとおりです。そういうことは詠まないし、詠めない。

水木　私は小さいもの、アリとか虫を見るのが好きなんです。昔は虫の絵をたくさん描いてました。

金子　あれは出雲の国の虫だと言う人がいましたね。そう言われてみると『風土記』にたくさんの虫が出てきます。

水木　今、『出雲風土記』の話をマンガにしようとしているんですけど、調べるのが大変だ。調べる本があまりないんです。私は四つか五つくらいのとき、出雲に行ってるけど、これは古代のものだなあと感じたんです。二十歳くらいのときから、出雲のことを描かにゃならんみたいに考えるようになったけれど、資料があまりないんです。

金子　資料がなくても、ご自分で感じるところがあるんじゃないですか。

水木　ええ。現場へ行けばまた分かります。また、出雲の人は特別なんです。私は鳥取県人ですが、ちょっと越えただけで種類が違う。家内は安来《やすき》の出身だから出雲人だけど、やはり違う。出雲は古代はかなり栄えてて、神社もあって、鳥取県とはちょっと違うんじゃないかと。古代からの何かがあるんですよ。

（古いスケッチブックを広げて）この虫の絵は学校を卒業してから、十四、五歳のときに描いたものです。ミノムシなんかの写生です。

金子　戦争中のものをよく残しておられますね。これは貴重なものですなあ。

線がきれいですね。カマキリか。少年の目がこういうのを見つけてくるんだろうな。いいねえ、これ。

絵の横に〈冬起て卵と家と自然死〉と書いてありますね。まさに俳句だ。絵も俳諧的だし、俳句の原点があるという感じだ。俳句の持っている土俗のにおいがするな。いいねえ。俳人の目線を感じます。私は絵を描くことは描くんですが、ダメです。

水木　金子さんの字は、なかなか面白いですよ。

金子　字は多少、自信があります。字だけだな。尻のほうのジはないけどね（笑）。

ウンコと屁の話

金子　私が水木さんに最初に興味を持ったのは、マンガもそうですが、それより先に、あなたはウンコと屁が好きですな。そのことで興味を持った（笑）。親しみを持ったのです。

それはなぜかと申しますと、私は秩父という山国で育ちました。おやじは医者だが、屁ばかりしていた。実に屁が好きでして、ときどきは実を出したりして、おふくろに叱られてました（笑）。

私の母親は子供を六人産みました。私の叔母が母親のお産を助けて、赤ん坊を取り上げていたのです。その叔母が私に向かって言うのに、「おまえのおふくろは丈夫な女だ。尻がデカい。おまえらを産むとき、ウンコをするようにウッというとポッと出てくる。だから、おまえはウンコだ」と、そう言われてきたんです。それを思い出しまして、ああ、ウンコとおならの好きな人だと付き合えるなあと。私はおふくろのウンコだから。そのことをぜひ聞いておいてもらいたかったのです（笑）。

水木　うちのおやじもウンコとおならが大好きです。

金子　いやあ、これはいいですね。

水木　私は学校でおならをするんです。

金子　それは優秀だなあ。

水木　特に、講堂で式をやっているときにやる。全校生徒が静かになったとき、ナップーンって。だから、私はナップーンというあだなになってしまった。鮮やかにみんなに聞こえたんだねえ。

金子　いいねえ（笑）。

水木　私のところは砂浜だから、サツマイモがよくとれるんです。朝は芋粥とか何かで、イモは必ず食う。だから、屁がプッと出る。私のは音だけだけれど、兄貴のは音がしないから、ものすごく臭い。だから、夜、兄貴がコタツに入っているときは布団をめくれない。臭さがこもっているから。火を足そうとして布団を上げるとウワーッとくる（笑）。

金子　しげるさんのはそんなに臭くないでしょ。

水木　私のは大したことはない。人間離れはしてないけれど、兄貴のはもう人間離れしている。

金子　化け物の屁か（笑）。私の田舎では屁比べというのをやっていました。コタツに入っているとき、順番にやるんです。音のいちばんいいやつ、長いやつとかはそこにある菓子を食わすんだ。

――おやじが言っていたウンコの話があります。泥棒は仕事がうまくいったときは必ず、とぐろを巻いたウンコを残して逃げるとか。それをおやじは得々として話すんです。

金子　なるほど、よく分かるね。いいウンコが出るときは仕事がうまくいった証拠だ。

水木　一尺くらいのクソが出るとか、その説明が身振り手振りをまじえてだから、おかしかった。クソの話が好きだったな（笑）。

金子　水木さんのマンガにもよく屁の話が出て来ますね。

――「河童の三平」では死に神がウンコをしたりしてね。

金子　ところで、「ゲゲゲの鬼太郎」はどこから思いついたんですか。

水木　学校時代、私のあだなが「ゲゲ」でしてね。自分で「しげる」と言えず「ゲゲる」と言ってたんです。

金子　ああ、それでですか。

水木　ええ。「少年マガジン」に連載するとき、編集長が、私がつけた「墓場の鬼太郎」では一般に出すのは都合が悪いからというので、話し合って、私のあだなが「ゲゲ」なので、「ゲゲゲの鬼太郎」にしようかということになったんです。「しげる」が「ゲゲゲ」になってます。

金子　そうか。軽い自画像もあるのか。言い得て妙だ。

「ゲゲゲの家族」

水木　うちのおやじやおじさんには、ろくなやつがいないんです。

金子　へー、そうですか（笑）。

――（曽祖父は）米子の住田という大きい呉服屋をやってました。長男はその家を継いだが、早く死んでしまった。次男は、私の大叔父だが、寅二郎といって東大を出ました。金子さんと一緒の大学だ。米子市でいちばん早く東大を出ているんです。長男が死んだから、米子市に帰った寅二郎が呉服屋を継ぎました。ところが、呉服屋は嫁入り道具などを扱うから、商売は奥さんが全部やるわけです。本人は仕事がないでしょう。パン焼き機を買って、パン屋をちょっとやっただけで、酒飲みだから、酒を楽しんで死んでしまった。それだから、東大なんか出たってダメだと米子市ではえらい評判が悪い。

金子　それは非常に面白い話ですね。

――寅二郎の弟が桑三郎、その次が良造といって絵かきです。うちにも下宿してましたけど、英語をやって一生暮らしました。先生にもならず、原書ばかり読んでました。イプセンがいいとか何とかって。三男の桑三郎が大阪の大きな印刷所に婿へ入った。それが弟やおじさんたちを全部、食わすんです。

　住田の長男の息子二人とも、株で損をした。次男は虚無僧になって、全国を回る旅芸人ですよ。

金子　これは化け物の多い世界だなあ（笑）。

――そうです。だから、面白いんです。うちのおやじだけ早稲田を卒業しているけれど、あとの連中は全部中退です。

　おやじの弟で、正太郎、私の叔父さんですが、これまた、うちのじいさんから二回、島流しにあった。種子島と上海。とにかく悪いことばかりしている。酒飲みで困っていた。中学校を中退してね。最後は玉突きの先生でした。遊び人です。口がうまくて。働かない。だから、ろくなやつはいないんです。

金子　面白いねえ。お化け屋敷ですなあ。

水木　ええ、お化け屋敷です。「ゲゲゲのおやじ」という本を、ひとつ出そうかと言っているんですが。

金子　そう。そういうことをお描きになったら面白い。

――おやじがまた、早稲田ですが、彼は文学部に行きたかったのに、うちのじいさんが「商科でないとダメだ」と言うから、商科に入った。だけど、文学部の勉強ばかりしている。小説を書くと称して、題名だけ書いて、ペンを置いてある。おやじは映画と芝居をものすごく見るんです。われわれが中学校のころ、日記を見ると、毎日のように映画を見て、批評を書いているんです。日本の映画から洋画などほとんど見ているんです。境港映画館というのをやって、これはいいなと思う洋画を持って来たが、だれも見ないから映画館は倒産してしまった。それから保険の勧誘をやっていたんですけどね。それで一生を終わりました。このおやじもちょっと変わっている。

金子　「ゲゲゲの女房」にちょっと出て来ますね。

水木　ええ。あれがおやじです。あれよりもうちょっと愉快な男です。屁とウンコの話が好きな。歌舞伎は全部、諳じてました。その代わり、立ち見という一番安いところで見ているんです。

金子　面白いねえ。そのうち「ゲゲゲのおやじ」をぜひ描いてもらいたいですなあ（笑）。

愛される妖怪たち

金子　今日はお土産を持って来ました。最近、目についた俳句と短歌です。ご紹介します。

今年の一茶の故郷、柏原での一茶忌大会の特選句です。〈祭り笛どの妖怪も愛されて〉、作者は香川県の猪木原澄子さんです。「愛されて」とズバリ言い切れるところに、水木おばけの影響を十分に受取ります。この人も水木おばけのファンにちがいない。

八月三十日の朝日歌壇の、佐佐木幸綱さんがトップで選んだのが〈遠野にもゲゲゲの鬼太郎やって来てカッパの里を盛り上げにけり〉、奥州市の大松澤武哉さんの作品です。『遠野物語』刊行百周年に合わせての企画が何か、現地であったのでしょう。それを詠んだものと思われます。「現実から半歩、踏み出したようなほっとさせる一首」と幸綱さんは書いている。しげるさんは遠野の百年祭りに出演しておられますね。ずうっと以前にも、遠野の映画に出演していましたね。水木さんが景色に加わると、幻想がふくらむんですよ。幸綱さんもそれを感じたのでしょう。とにかく水木しげるの鬼太郎たちおばけは、現実の狭い空間から数歩数十歩踏み出させてくれる。現実がじつに大きくなる。

幸綱さんも、水木さんのファンです。だから、私と息が合うんです。ただ、彼がウンコと屁のことが好きかどうか、知りません（笑）。目についたものですから、土産に持って来ました。

水木　どうもありがとうございます。

金子　今日は実に愉快でした。

（平成22年11月9日　調布・水木プロダクションにて）

構成＝田中利夫

（「俳壇」二〇一一年一月号）

心と言葉

小池　光
金子兜太
永田和宏〔コーディネーター〕

永田　こんにちは。永田和宏です。きょうは小池光さんと金子兜太さんという願ってもないお二人の取り合わせでお話しいただくことになりました。

　今、ご紹介がありましたように金子さんは句集『日常』で二〇一〇年第二回の小野市詩歌文学賞を受賞されまして、去年、ご講演いただきました。とてもすばらしいご講演で、後で金子さん、ぜひ来年もおいでくださいとお願いしまして、じゃあ、去年第三回短歌の部を、歌集『山鳩集』で受賞の小池さんとの対談ならということになりました。お二人はご紹介するまでもなく、特に、現代俳句の世界では金子兜太を措いては語れないという存在です。先日、「海程」という金子さんの結社の五十周年の会がありまして、お人柄、ご活躍の領域も反映して多彩なゲストが来ておられまして、華やいだ、とてもすばらしい会でした。現代俳句の中で金子さんのすばらしい立ち位置というか、重さというか、そういうことをひしひしと感じた会でした。

　きょうは、「歌の言葉、俳句の言葉」というタイトルで自由に、お二人の語りを楽しんでいただければと考えております。まず自己紹介を兼ねてお二人に、自分が俳句を、あるいは短歌を作り始めたきっかけ、あるいは作り始めたころのことを簡単にお話しいただいて、お二人の対話に入っていきたいと思います。

　では、金子さんから口火を切っていただけますか。

俳句をやるために生きてきた人生

金子　金子でございます。何と申していいのか、要するに私の場合は、俳句をやるために生まれてきて、俳句とともに死んでいくという人生でございます。それ以外は何ものもない、そういう男でございまして。それだけ申し上げればほかに何も言うことはないと思うんですけど簡単に付け加えますと、埼玉県の秩父という山国で生まれまして、父親がそこの開業医で、道楽に、もう少しまじめな感じですが俳句を作っておりました。父親の俳号を金子伊昔紅というんですが、友人で、やはり医者で水原秋桜子という人がおりまして、この秋桜子さんが「ホトトギス」で活躍しておったんですが、高浜虚子とどうも考え方が違ってまいりまして、『自然の真』と『文芸上の真』という評論を書きました。虚子先生、あんたの言っているのは自然の真だけを言っている。自分は文芸上の真である自分の心の内を書くという俳句も書きたいと。そういうことで「ホトトギス」を去りまして「馬《あ》酔木《しび》」という雑誌でその考え方を貫こうとした。父は友人だったものですから、それでは自分も秋桜子と一緒にやろうということで俳句を始めたんですが、それがちょうど私の小学生のころでした。

　句会に集まってきた山の男たちが私にとっては生涯忘れられない連中でございまして、知的野生と私は言っているんですけれども、野生のかたまりみたいな連中なんですが、一見、知的というのと野生という言葉は矛盾するようですけれども、これがぴったりの男たちなんですね。かれこれ三、四十人は来ておったんじゃないですかね、月に二回ぐらいやっていましたが。その連中を見て私は、ああ、俳句というのはいい人間たちがやるもんだなあということを子供心に感じておりました。

　ところが、その男たちが必ず句会の後で酒を飲んでけんかをしますので、母親が、ああいうふうにけんかばかりする人間はだめなんだ、で、「兜太、俳人と書いてどう読む？　人非人と読むだろう」と（笑）。そう言えば人非人と書いて俳人でございますな（笑）。「俳句なんかやる人間は人間じゃないんだから、おまえもね、俳句はやっちゃだめだよ」と言われまして、それで母親を尊敬しておりますから言うとおりに従いまして旧制高校に入るまでは俳句を作らなかったんです。ところが、まあ、この話をしていますともう私の話だけでもって二時間ぐらいになりますから（笑）、申し上げませんけれども、旧制高校に入りましたらとんでもない面白い先輩に出会いまして、そのおかげで俳句に入っちゃったんです。

　それと、いま一つ、私が小学生のころに私の父親が、ちょっと理由があって、秩父音頭という民謡の普及宣伝に努めるようになったんですが、それで毎日、毎日、夜になるというと人が集まって庭で秩父音頭と称して踊ったわけです。それで「鳥も渡るかあの山越えて」というような五七五七七のやつなんですが。それが、毎晩、毎晩、もう、小学生の私が寝るというと聞こえてくるわけで私の体の中に七七七五がしみついてしまったんですね（笑）。そういう状態で育ちました上に、知的野生の男たちの魅力に惹かれておったということが、結局、私をもう俳句以外には取り柄のない人間にしてしまったということでございます。

　したがいまして、戦争でトラック島へ行っている間も、帰りまして勤めに戻ったときも、ほかのことをやろうと頑張るんですけれども俳句ができちまうということで、ずうっともう俳句を作り続けて現在に至っていると、そういうわけでございます。それ以外にない。だから私は、おそらく日本全体の中でも珍しいと思いますが、生まれてから死ぬまで俳句の中にいて、俳句しか取り柄のない人間、しかしこれくらい屈強な俳人というのはないんじゃないかと（笑）。だから、さっきも永田さん言ってくれましたけれども、私はそんじょそこらの俳人には負けないつもりでございます。矢でも鉄砲でも持ってこいという気持ちがありますのは、それしか取り柄がないからです。生粋の日本人。ざまあみやがれと。ざまあみやがれと言う必要はないけれども（笑）、おかげで、現在九十二歳ですけれどもまだまだ大丈夫です（拍手）。まあ、そういう次第です。

永田　ありがとうございます。じゃあ、六十五歳の小池さん（笑）。

小池　聞き惚れていました、小池光です。私は東北の宮城県で生まれて、育って、学校は全部、地元のところを出たので、非常に口下手で。東北の人って、ほとんどしゃべらないで毎日生きている（笑）。

　短歌との出会いはべつに劇的なものは何もなくて、学生のころ手当たり次第、何か面白いものないのかなということでいろいろなものを見ていて、たまたま現代短歌に出会って、それでちょっと目を開かれたといいますか。それまで短歌とか俳句というのがあるのは知っていたけれども、学校の教科書で習ったようなのはおよそつまらなくて、何がいいんだか全然わからない。でも、それとは全然違う現代の俳句とか現代の短歌というのがあるということを大学に行っているころじゃなかったかと思うんですが。そのころは永田君などはもうスターでしたからね、同世代の人としては。私としては、数年なんだけれどもすごく後から遅れて来たという感じがぬぐい去れません。

　あのころは最初、俳句も読んだんですよ。確かカッパブックスに現代俳句入門みたいな本が出て、それを非常に愛読して、金子さんの名前もそこで知ったんですよね、確か。「彎曲し火傷し爆心地のマラソン」という句も読んで。ですから俳句を作ってもよかったし、短歌を作ってもよかったのですが、だんだん時間がたってくるにしたがって俳句のほうは視野から消えてしまって短歌だけになって、あっという間に三十年、四十年ぐらいたってしまった、というふうな感じなんですね。だから、金子さんがおっしゃったような面白い話は私には何もないので、そんなところです。

産土、土に生きることの意味

永田　今聞いていていただいただけでもよくわかると思うんですが、お二人の話し口がすごく味があって、歌壇でも俳壇でもこの二人の話を聞いているととても面白いという気がしています。

　金子さん、秩父というのはいろいろとあって、「曼珠沙華どれも腹出し秩父の子」という句がこの前の金子さんの会のときも出ていました。ちょうどここに金子さんの『金子兜太　自選自解99句』（角川学芸出版）という本がありまして、金子さんの字が書いてあるんですね。九十九句全部に。私は金子さんの字にすごく惚れていましてね、この字を見ているだけでいいなあと思うんです。「曼珠沙華どれも腹出し秩父の子」はご自分の代表句として考えておられるんだと思いますが。

　今お二人のお話を聞いていて秩父、あるいは東北ということでしたけれども、自分の生まれ故郷というのは自分の俳句なり短歌なりに何らかの影響を及ぼしているとお考えになりますか。これは、いかがでしょう。

金子　秩父というお話が出たから私が申し上げることになりますが。忘れもしません、ちょうど、そうですね、四十五歳ぐらいのときか、勤めを辞めたのが五十五歳でございますからその十年前ぐらいですが、女房から、東京なんていうのは掃きだめみたいな所で、こういう所は人間の住む所じゃない、熊谷に越して土の上で暮らしましょうと、そう言われて熊谷に越した、それが私にとっては一つの中間での転機になったわけなんですが。土の上ということを非常に意識して、それから人間の存在ということを考えるようになりまして、一茶とか、山頭火とか、そういう人に注目するようになったということでございますが。そのときに、今永田さんが言ったところの秩父というのは私を育てた土のかたまり、土の原郷、ウルハイマートであるということにも気づきまして、これを自分で産土《うぶすな》と呼びまして、それから産土秩父というものと密着する方向で私は自分の生活を繰り広げていったわけでございます。それが私にとって非常に助かりまして。

　この五七五という、特に七七というのがくっつきますとね、これ、横に小池さんや永田さんもいるから失礼かもしれませんけどもね（笑）、それから会場に馬場あき子さんもいるんだけど、私はこの七七というのは日本の短詩型で要らないと思っているんです（笑）。五七五でいいと思うんです。七七がくっつくというのは褌に垂れがくっつくのと同じで、褌に垂れは要らないですね、あれは（笑）。あれは形式的なことですからね。要らないものがくっついてる。七七は褌の垂れだというのが私の自説でございます。

　五七五のかたまりで日本の短詩型をやっていくということが一番いいんでありまして、それには産土という土の上の生活、その土から生きてきたということが十分に身にしみてないとだめだと、そう思うようになりました。そこに私にとって懐かしいオオカミなどという動物たちも現れてくるわけでございますね。そんなわけで秩父の縁というのはそこでできております。昔からできているんだけども固められたということになりますね。

永田　その褌の垂れは（笑）、小池さん、どうです？

小池　いやあ、そうかもしれないですね。自分でも短歌が長すぎると、作っていて思うときがあるので、そのときはいつも金子さんのその発言を思い出して、なにも無理して七七をつけなくてもいいのになと思ったりもしますけれども。また逆のこともあって、五七五七七ではあまりにも短すぎて、倍ぐらいあればいいのにと思ったりすることもあるので、まあ一概には言えない。

　生まれ故郷の話をするんですか（笑）。日本の国の歴史をひもとけば、全部、西から東のほうへ勢いというものが進んでいって、逆は一つもないんだよね。明治維新になって賊軍になりまして、東北は徹底的にやられましたので、東北人というのは、自分の生まれた所に対して何か悪いことをしてしまったようなコンプレックスを生まれながらに持っている。それがほかの地域と違うところですね。すごく葛藤があって、屈折があって、胸の中がぐじゃらもじゃらしている。

　短歌の場合はそういうのが大事で、石川啄木とか斎藤茂吉とか、まあ、横綱ですね、近代短歌の横綱はみんな東北から出ている。兵庫県の小野市のような住みやすい、明るくて、みなさん元気で幸せそうな方々のところからは出てこないで（笑）、何かぐじゃらもじゃらになっているような所というのが、やはり表現として最後には効いてくるのかななんて、思っていますけれども。

「べたべた」に「ほほほ」を加えるのが俳言

永田　今、期せずして金子さんから短歌に対するジャブが出てきたんですが、お互いに俳句を読んで、とても、これはちょっと負けるなとか、歌を読んで、ここは、褌の垂れだけどいいなあとか、そういう部分が率直に感じられるところはありますか。

金子　お世辞は言いたくないんだけど、実はお二人の短歌はね、私は好きなんですよ。あらかたの短歌は好きじゃない。それから、来ているからお世辞を言いますと馬場あき子さんの短歌も好きです（笑）、ええ。だから好きな連中ばかり小野市の詩歌文学賞というのをもらっているわけですね、ええ。だからいいことですよ、この賞の選考が間違ってないということなんじゃないかな（笑）。そんなことは余談ですけどね。

　なぜ好きかということなんですがね、実は永田さんから言葉ということについて考えろと言われておりましたので、それでふっと、ああ、だったらおれがそういう人たちの短歌が好きだという、それから斎藤茂吉が好きだという理由は一つだけきっちりあると。それはどういうのかというと、俳句の世界では、俳句の言葉と書いて俳言というんですが、ちょっとご説明させてもらいます。

　だいたい平安の終わりから、武家政治の時代に入って室町に入ってくる、あのころに短歌と俳句が生まれてきたわけでございますね。それで、その前座に連歌というのが出てきまして、五七五に七七をくっつけて楽しむという遊びが宮中、殿上人の間で行われた。そのときに、昔の和歌のような気分でやる場合と、その中に滑稽とか諧謔とかいうものを織り込んでやる形の俳諧の連歌というのが出てくるんですね。和歌の連歌ではなくて俳諧の連歌が出てきた。そのうちの俳諧が今の俳句になるわけです。そのときに俳諧の味を出すのにどうしたらいいかといったら、一番端的には言葉を使ってやったんですね。それを俳句の言葉、俳言と言われた。滑稽とか諧謔とか、そういう言葉を従来の和歌の世界に持ち込んだのがこの俳言なんですね。

　そして非常に面白く、みな笑って付合《つけあい》をやるようになった。そしてその面白いところだけが残って俳句になってきた。そういうわけなんですが、その俳言の味というのがしばらくは非常に安っぽいように言われていたんですが、芭蕉がいち早くその価値を覚って、そして現在ではここにいるお三人さんのようないわば優秀な歌人は気づいて十分使いこなしているというのが私の見方なんです。要するに俳諧、諧謔とか滑稽とかいうことを和歌の世界に持ち込んだということですね。

　そうは言っておいてもやはり例歌を挙げないといけないから、「佐保姫の春立ちながら尿をして」、小便をしたから衣の裾が濡れたと（「霞の衣裾は濡れけり」）いうふうに、小便をしたから濡れたというのがこれが俳言なんですね、俳諧を持ち込んでいるわけです。普通に言ったのでは和歌調で面白くないべたべたしたものに、「ははは」とか「ほほほ」とかいう面白みを加える言葉が意外に現代歌人でも優秀な人はやっているけれども、そうでない人はできない、そう思っているんですけどね。

　要するにこの俳言というのを現代も短歌で生かしておられる方たちは、また最近それが増えているように思うんですけれども、私にとっては非常に興味があるということを申し上げているわけです。私も自分の俳句でも、「曼珠沙華どれも腹出し秩父の子」なんて、腹を出しているというような捉え方ができたのは私の俳言が成立したと、だからこの句に魅力が出たと、短歌との違いを示したと思っているわけなんです。

たぶん小池さんがうまく説明してくれるでしょうからこのへんで切り上げます。どうも失礼しました。

永田　金子さん、今、ここに出ている茂吉のこの歌も同じような意図でお挙げになったんですか。

金子　そうです。「にんげんの赤子を負へる子守り居りこの子守りはも笑はざりけり」、「にんげん」なんてわざわざこういう言葉を持ってくるところね。これは俳言の要領だと思うんです。茂吉さんの短歌というのはほとんど俳言で味がついているんじゃないですかね。ついでに申せば「この子守りはも笑はざりけり」の、いのちというものを感じさせる、茂吉さんの絶えずいのちを感じさせてくれて、そして俳言を気軽に使っているというところが二重の魅力だと。もう歌人と言われれば斎藤茂吉ですね、私にとっては。

永田　僕も小池さんも同じように茂吉をもう最高の歌人だと思っている話をよくしているんですが、小池さん、どうですか、これは。

小池　これは『赤光』に載っている有名な歌なんだけど、近くの貧しい家の少女が子守をしている、その子守がちっとも笑わないという歌なんですけれども、やはりはっとさせるような重い存在感がある。金子さん、俳言というのは、どこからどこまでが俳言だと言えるものなんですか。全体の雰囲気ですか、それとも。

金子　全体の雰囲気の場合もありますね。

小池　これが俳言だと言った場合、この茂吉の歌の、どこに線を引かれますか。

金子　私は「にんげん」に引きます。「にんげん」などという生な言葉をぽんと持ってきてみせる。

小池　ああ、そうですか。

金子　ええ。それも「にんじん」と間違うかどうかと思うぐらい平仮名で「にんげん」なんてね（笑）。間違って「にんじんの赤子」なんて、何か非常に尾籠なものを想像したりしますよね。

永田　これはもう、人間を平仮名で書いているところがすごいですね。

小池　ひょっとすると初めてかもしれないね、短歌で。明治三十七、八年の歌だと思うけども。

金子　そうそう。それから「佐保姫の春立ちながら」は、やはり「尿をして」だと思います。それでその後に俳諧師たちが「霞の衣裾は濡れけり」をそのままにしておいて、「佐保姫の春立ちながら尿をして」と、「尿をして」をいろいろとひねくって面白おかしくやっています。それをむしろ楽しんでいるんですね。俳言遊びと私は呼ぶんですがそういうこともやっています。それからついでに申すと、芭蕉が「古池や蛙飛びこむ水の音」という句を作って非常に得意になっていたというのは、この「水の音」が私は俳言だと思っているんです。それまでは、ご承知のとおり、「蛙飛びこむ」ところまでは歌にあるんですよね、「水の音」を書いた和歌はないと思いますね、それまでは。それを「水の音」まで見定めて書いて、そこに意味を込めたという、ちょっとおかしげな感じの中にけっこう深長な意味があるという、そのへんの芭蕉のねら

2015年９月、秩父鉄道の車内で取材を受ける兜太。撮影＝黒田勝雄

いが、俳言の効果だと私は見ております。

それから一茶の「十ばかり屁を棄てに出る夜永哉」。これはちっとも尾籠な感じがしない、田舎のいい生活が見えてくるのはどこかといったら私は「十ばかり」だと思います。おならを、「屁を棄てに出る夜永哉」というのはどこの家でもやっていることなんですよね。家の中でやるっていうと匂ってしようがないから外へ出てやってくるので、これはもう田舎へ行けば当たり前のことで、どうってことはないんですが、これだけでは尾籠な感じがいたします。だけどもそれが「十ばかり」と言うと妙にあらたまって逆にその尾籠感が消えると同時に、妙に懐かしくなりますね。それこそ土の匂いがしてくる。この場合は「十ばかり」が俳言の逆効果みたいなものではないかと思います。やはり俳言を使っているんだけれども滑稽感ではなくて落ちついた感じにしているというところですね。これはうまい使い方だと思っておりますね。一茶は俳言のかたまりみたいな人です。それも面白い人です。

それから、関悦史君は今、現代俳人の一人として活躍している人で、まだ四十代の人ですけれども、非常に面白い人で、この句、「裸体なる夫婦がわれを剖くが見え」、二重、三重に客観視しているんですね。自分を剖いている人間が見えている、その人間がだれかと思ったら夫婦であったと、しかもその夫婦は裸体であったという。この「裸体」というような追い込み方、それからそれが何をしたかといったら自分を剖いているというところまで追い込んでいる。こういうところが私は俳言の現代版だと思っているんですが、これは両歌人のご判断をお聞きしたいところでございますね。こんな具合で、俳言というのはいろいろな形で活用されてきている。しかしこれが、非常にこの短詩型を面白く、また、俳句というものを充実させてきたと思います。そしてそれがまた逆に影響して、最近では短歌にも面白いものが出てきた。だから永田さんや小池さんも、ある意味では馬場さんも、この三人とも、俳句がなかったら生まれなかったような歌人ではないかと僕はこう思っているくらいでございます。茂吉は然りでございます。

声ではなく、蛙の水の音

永田　「塔」短歌会で皆、高安国世記念詩歌講演会で、大野晋さんと金子さんに講演をしていただいたときに、金子さんがこの「古池や蛙飛びこむ水の音」を評されまして、これはみんな静かな句だと思っているだろうと、だけどこれは春の生殖の歌なんだと。蛙が一匹飛び込むのではなくて、これは、ボジャン、ボジャン、ボジャン、ボジャンといっぱい蛙が飛びこむんだという批評をされてとても印象に残っていて、あのときはちょっとびっくりしましたね、僕は。それからその読みにどうしても引きずられちゃうんですが、金子さん、やはり今でもそうですか、この句の読みは。

金子　そういう読みをしているかということですか。そういう読みが一つ基本でございますから。いま一つ、それまで和歌に蛙を詠んで水の音まで書いたのは、確かないはずだと思います。それを俳句だから水の音まで追い込んで書いた。これが私は、俳言というものを意識しての効果だと、こう思っているのでございますが。

永田　小池さん、この俳句についてどうですか。

小池　蛙というのは和歌でも有名な一つの主題だったんだけれども、全部、蛙が鳴く声を愛でて歌に作ってきたわけですよね、ところが芭蕉の句はそうじゃなくて、ボッチャーンという飛びこむときの音というまったく違う蛙の側面を作ったのがすごく斬新だと言われていたと理解していますけどね。これは、知名度と言ったらものすごいじゃないですか。この俳句を知らない日本人はだれもいないので、そのくらいまでになってしまった理由は、よくわかるようでわからないところがありますね。

金子　いいですか。この「水の音」というのが非常に斬新な俳言だという自覚が芭蕉にあったということは、私は、俳句の独立宣言というか、この句以降は俳句の世界が短詩型文学の中心だと、芭蕉が高らかに宣言した句だと、そう私は思っているんです、この「水の音」ということによって。

小池　じゃあ我々にとっては困ってしまう句じゃないですか（笑）。

金子　ええ。ですからだいたいの歌人がつぶれたんですけれども、その中で生き残ってきた人たちだから、まあ、立派であると思っていますね、私は。よくぞ生き残ったなあとこう思っているわけでございます（笑）。

小池　あるとき、短歌の会があって、時間がないのでタクシーに乗ってその会場の名前を告げたんですよ。そうしたらその運転手さんがね、そこで何をやっているんだと言うんですね。それできょうは短歌の会をやってるんだと思わず言ってしまったら、しばらくじーっと考えていて、「短歌っていうのはじっと手を見るやつか」って言うんだね。啄木のそこだけ憶えているわけ。それで「そうだ、そのとおりだ。短歌っていうのはじっと手を見るものです」と言ったら、また一呼吸あって、「俳句っていうのは蛙が飛びこむやつだね」って言うんだ（笑）。蛙が飛びこむと俳句で、じっと手を見ると短歌だというこれはなかなかの名言で、それぞれの詩型の核心をつかんだ非常に鋭い指摘だなと思って非常にその運転手さんに、感心したんだけどもね。そんなことを思い出しました。

永田　小池さん、俳句はどうですか?

小池　これはね、四番目の句、関悦史の「裸体なる夫婦がわれを剖くが見え」はわからない、私には。金子さんからの説明を聞いていたけれども、それでもよくわからない。芭蕉はわかるし、一茶の句はここで初めてお目にかかったんだけどやはり、棄てに出るというところが面白いと思いますし、白泉の「戦争が廊下の奥に立つてゐた」はもちろん有名な句だからね、よく知っているけれども。でも、この一茶のような下ネタは短歌では、だめなんですよ（笑）。「十ばかり屁を棄てに出る」というのは、これ、俳句形式だからいいので、短歌をこれで通されてしまうとちょっといやになっちゃうでしょう、長すぎて（笑）。

永田　そうねえ、短歌では長すぎるんだな、こういうようなのを歌うには。

小池　このくらいの量だからまあいいので、これで下の句までついていたら……。

永田　さらりと言われて。あと、七七、これについていたら気持ち悪いものなあ（笑）。

金子　まさにそうだと思いますね。だから、いかに七七がむだかということがよくわかる（笑）。その点でね、ちょっと乗っかって申し上げると、渡辺白泉さんのこの「戦争が」の句なんか、七七がまったく余分だということを如実に示している句ですね。もう五七五で十分であると。だから五七五で十分であるという示し方に俳言を示してくれたという感じが私にあるわけでございますね。

永田　短歌の形勢が不利ですが、小池さん、自分の挙げてきた歌ではどうですか？

三十三歳と書くかミソサザイと書くか

小池　私は、俳句はよく知らないんだけれども、ときたま読みたくなることがあって、内田百閒っているでしょう、あの人、俳句も作っていて、この前、どんな俳句を作っているのかなあと思って百閒の俳句を読んでみた。そうしたらこんなのがあってびっくりして飛び上がっちゃったんですよ。「孤児院の便所の庭や三十三歳」というんですね。なぜ飛び上がったかというと、ぱっと読んだ瞬間に、ミソサザイと読めなくて三十三歳と読んでしまった（笑）。孤児院の便所の庭に三十三歳が立っているというのはどういうことかと（笑）。

孤児院に三十三歳までいたのかと思って本当に飛び上がるくらい驚いて、それで、落ちつけ、落ちつけと自分に言って、数秒たってこれはミソサザイと読むんだなというふうに思ったけれども、鳥のミソサザイを「三十三歳」と書くのはまさに俳句の表現なので、短歌はまず絶対使わない。歌人なら平仮名で「みそさざい」、あるいは片仮名で書いたりするので、この「三十三歳」みたいな表記はまずしない、しても必ずルビは振る。でもこれはルビも振ってない。これがやはり俳句と短歌の、言葉という点で一番わかりやすい例なのではないかと思う。さっき金子さんの言われたその俳言というのもそうですね。これは短歌ではやらないんだということが一つ言えるかと思って、一応一番前に出してみましたけどね。

永田　これは当て字ですか、「三十三歳」。

小池　単に当て字として面白がっているんでしょう。

金子　俳句歳時記の冬の季語に「三十三歳」として使っています。これはもう俳言として、百閒は、意図してこの漢字で書いたと思います。こういうところはやはり、百閒、ただならぬ男ですね。

永田　これ、本当に、平仮名でみそさざいと書いたら何のこともない句になっちゃうね。

金子　そのとおりです、そのとおりです。便所でおならの音が聞こえたぐらいの音です（笑）。

小池　俳句としては、金子さん、いい俳句なんですか、これは。そこそこのものなんですか。

金子　あまり大した句ではございません（笑）。ただ、今おっしゃるようにこの「三十三歳」の表記の俳言効果ですね、さすがに百閒という感じがしますね。わざわざこんな字を使った。むしろこの字を使うためにこの鳥を持ってきたんでしょうね。だから鳥は迷惑してるわけですけど（笑）。

小池　金子さんはミソサザイを使うときは平仮名でお書きになりますか、句の中で使うなら。

金子　あんまりあの鳥は好きじゃないけども（笑）、これは、今小池さんの言うように平仮名では絶対使わないな、やはり。「三十三歳」の俳言としての効果があるときに使いますね。

永田　本来、ミソサザイというのは非常に美しい響きを持った言葉だから、短歌で使うとしたら平仮名でしょうね、おそらく。この小池さんの挙げられた正岡子規の句「鶏頭の十四五本もありぬべし」は、これも日本人ならだれも知っている。

小池　ただこれも、よく考えるとすごく不思議なことで、鶏頭の花が十四、五本、「ありぬべし」というのはちょっと訳しにくいけれども、十四、五本くらいあるみたいだなあぐらいのことでしょう。それだけの内容しかないので、それがどうして詩になるのかというのは、非常に不思議なことですよね。

金子　そうです、そうです。

小池　十四、五本もあって、それがいったいどうしたというんだと。やはりそこで七七をつなげたいと。

金子　そうです。俳人としては、十四、五本ぐらいの鶏頭がそこにあるんだろうなと言われるとそれ以外何も存在しないわけですね。強いて言えば病人の子規と鶏頭十四、五本がそこにぽっと立っているというんだけど。だから存在の不思議さというか、存在の不気味さというか、それを書いているんだと読みまして、死ぬ二年前の子規の句ですからね、もう死期を十分感じている子規の内容が見えてくる、この句がそれを映している、そう思って読んでいるわけです。

小池　これはいい句なんですね。

金子　ええ、いい句ですねえ。子規の句では私は一番いい句だと思っています。ですからこれに七七がくっついたらだめなんですね（笑）。

小池　ああ、だめです（笑）。

金子　つまり七七がないということが俳言効果なんです。七七をつけない俳言効果というのを子規は知っている。

小池　でも、あと二年で亡くなると今おっしゃいましたね、そういう子規という人間に対する個人的な情報というか状況がわかって初めてこの句がいいというのであれば、そういう状況というのは既にその七七の部分に入っているんじゃないんですか、いささか反論すれば。

金子　それはまあ、私が多少知っているから言っているだけのことで、この句を読んだだけでもねえ、妙に存在の不気味さみたいなものを感じませんか。

小池　いやまあ、感じますけどね。

金子　それが書けていていいんじゃないんでしょうかね。

永田　この句は、最も多くの人が注釈を試みている句の一つだと思うんですね。川崎展宏さんの注釈だったかな。「鶏頭十四五本」で終わっていたのがあったけど、「ありぬべし」を省略しているんですね。さっきから出ている余分な言葉ですが、この「ありぬべし」についてはどうですか。

金子　これがやはり俳言の極致だと思いますね。ですから川崎展宏君だとそのへんがわからなかった（笑）。

永田　これは過去ではないですね、現在ですね。「ありぬべし」。

金子　まさに現在です。そこに「ある」ということですね。「あるんだろうな」と言ってぼかしながら「ある」と言っているんですね。

永田　金子さんがおっしゃったみたいに「ある」と言っていて、しかもそのほかに何もないということをなんとなく予感させるみたいな感じがあって、これ、やはり不思議な句ですね。短歌は、余分なものがあってだめだと言われ続けているので、七七がないとだめだという短歌を小池さん、何か挙げてくれませんか。

小池　では次の歌を。啄木の「船に酔ひてやさしくなれる妹の眼見ゆ津軽の海を思へば」という一首があるんですよ、そんなに有名じゃないかもしれないけど、私、昔から好きなので。いい歌だなと思うんだけれども、やはりそれを言うためにはこの歌のシチュエーションを知らないとだめで、啄木が、どうして津軽に行ったのかとか、どうしてそこに妹がいるのかとかいうことに対する知識というか、ある程度知っていないとこの歌は読めない。

　で、それを知って読むと、北海道に一家離散して行く、妹と二人で連絡船に乗って、その船が、津軽海峡がすごく荒れて妹が船酔いしてしまって、それでげろげろ吐いたりしているんだろうと思うんだけれども、津軽の海というとそのことを思い出すという歌でしょう。

　まさにこれは、短歌というものはこういうものだというものをすごく示している。これは削るところは何もない。だから俳言だけでは説明できない。いかがですか（笑）。

金子　一つ聞きたいんですが、あれは、「眼《め》見《み》ゆ」ですか、「眼《まなこ》見《み》ゆ」……。

小池　「眼《め》見《み》ゆ」です。

金子　そうですね。「眼《まなこ》見《み》ゆ」じゃだめですね。この「眼《め》見《み》ゆ」というのが俳言じゃないですか。俳言効果だと私は思いますね。普通、歌人はこんなところで「眼《め》見《み》ゆ」なんてつけますか。つけないものをつけている。

小池　いや、けっこうつけますよ（笑）。

金子　つけますか。じゃあ小池さんがつけるので、歌人一般に通用するのかなあ。私は、この短歌、割合に好きでしてね、実は。この「眼《め》見《み》ゆ」と読む、これがすばらしいと思ったですがね。ただ、五七五七七のあのリズムがちょっと外れるのでちょっと残念だという気はあったんですけれども。

小池　四句で「眼見ゆ津軽の」と「海を思へば」、句跨りしていますね。

金子　「眼《め》見《み》ゆ」は、これ、まさに俳言効果で。

小池　これが俳言なんですか。

金子　ええ。私はそう思います。

子規の写生のぐずぐずとくどくどと

永田　僕は今、小池さんはたぶん一首目の子規の「瓶にさす藤の花ぶさみじかければたたみの上にとどかざりけり」をあげるんじゃないかと思っていたんだけど、下句の七七というのはまったく要らない。「みじかければ」で当たり前じゃないかということになっちゃうんだけど。

小池　「瓶の藤たたみの上にとどかざり」とか言ってそれで俳句になってしまうようなところがあるんだけれども。

金子　それは説明ですよね。
小池　説明ですか。
金子　ええ。これは、永田さん、「とどかざりけり」が俳言じゃないですか、俳言効果で。
小池　「みじかければ」も、俳言じゃないんですか。
金子　まあ、副俳言。やはり主たる俳言効果は「とどかざりけり」。これをくどくど、くどくど言ったところがかえって面白いじゃないですか。
永田　まさにそのとおりですね。当たり前のことを言っているわけですけど。
金子　そうです。子規の写生というのはそれが多いですね。当たり前のことをぐずぐず、ぐずぐず、平気で言う、ね。
小池　前は実にナンセンスな、ほとんど無内容な歌の面白さとして鑑賞してきたんだけども、みじかければとどかないのは当たり前だからね。最近、やはりこれは子規が寝ているということが前提になっている短歌なのではないか。もう起きられないんだ、そうすると、寝ている姿勢から藤の花を見るとき初めて自分の目の高さに、藤の花ぶさがたたみのあいだの隙間、空間が初めてそこに見える、そこにはっとさせる実は内容というのの秘密があるという気がするけれども。
永田　「アララギ」ではだいたいそういうふうに言いますね。
小池　そういうふうに読むんだよね。だからそういう視線を考えるとやはり短歌なんでしょうね、これは。これを俳句にしてしまってはちょっとうまくないというか。
永田　ある念押しをしているわけだけど、「みじかければ」、でも全然違う角度からまた見ているね、そこが面白いところだと思う。ついでに、茂吉はいかがですか。
小池　「最上川逆白波のたつまでにふぶくゆふべとなりにけるかも」は斎藤茂吉の代表作だという人は、もう大変褒め称えるわけだけれども、これこそ「最上川逆白波のたつゆふべ」で俳句でいいんじゃないか。
金子　そう、同感です（笑）。
小池　そうですか。
金子　私は、茂吉さんのあの歌集の中ではそんなにいい歌と思っていません。ええ、昔からそう思っていません。
小池　確かに、「ふぶくゆふべとなりにけるかも」というのがくっついているんだけど、意味、内容から言ったらそれは要らない、すぐ俳句になってしまうような歌だなと。でもやはり必要なんじゃないかなとも思うんですよね、私の立場としては。
金子　いやあ、ちょっと茂吉のおどけすぎじゃないかな。過剰俳言。俳言過剰という感じがしますね。おどけすぎ。ちょっとだらだら、だらだら……。
小池　永田さんはこの短歌はどうなんですか。
永田　この短歌を見ていると不思議に思うんだけど、内容は僕もそう思うんですよ、「逆白波」という、茂吉もそれを見つけたというところで自慢しているわけだけども。ただ、歌の運命ということをすごく感じる。つまり何でこういうふうに有名になるんだろうかと。
　子規の「鶏頭の十四五本もありぬべし」は、いったいどこから人口に膾炙してこんなに後に残ってくるんだろうかということをすごく感じさせる句ですね。茂吉の方は、僕は好きは好きだけどここまで有名になる歌かどうかはちょっとよくわからないですね。ほかに、さっきの「にんげんの赤子を負へる子守り居りこの子守りは笑はざりけり」、あれだってもっと生々しい人間の存在感というのを感じさせる、そういう気がするけどなあ。

小池　この「逆白波」というのは、まさに俳言っぽいですよね。そうじゃありませんか。

金子　ほんのちょっぴりそんな感じですね。

小池　ほんのちょっぴり（笑）。

金子　ええ。でもこれは、ちょっと鋭い目があればつかめる言葉じゃないでしょうかね、歌人、俳人といわず。やはり七七のところの扱いだろうなあ。それがどうも、だらつきすぎるとだめですね、これは。

永田　これは、意味というよりは言葉を次々に転がしているときのある種のリズム感みたいなものが一種の味わいになっている、そんな感じの歌ですね。

金子　そのとおりだと思います。茂吉さんが女性にもてなかった理由だと思います、くどくなっちゃう、あの人の場合。そういうくどいのが多いですよね。自分では俳言のつもりでやっていて、そうじゃないというやつが。その例だと思いますね、私は。

絵画的な短歌、彫刻的な俳句

永田　きょうは「歌の言葉、俳句の言葉」ということですが、小池さんは、別の分野から見ていてうらやましいなあというような言葉というのはありますか。

小池　短歌と俳句は非常に違うものだというのはわかるし、短歌は絵画というか、画のようなものだと思うんだけれども、俳句は彫刻みたいな感じでしょう。言葉がどれだけ物資的になるかとか、そこに転がるように置いていけるかというのが俳句の面白さなんだけれども、短歌というのはやはり、調べでそれを流していくようになって初めていわゆる歌が出てくる。その歌の呼吸みたいなのが俳句にはないというか、それこそ要らない、俳句ではじゃまをしてしまうというふうに、たぶん金子さんならおっしゃるのではないかと思いますけれども。

　そういうふうに物の存在としてそこにどーんと言葉が置いてあるみたいに感ずるのが俳句で、短歌というのはそこにどーんと置いてあってはだめで、流れていかなきゃいけない。その流れのしかたに美しさを認めるというのが短歌としての立場なんでしょうね。だからこの三つの歌で、歌を感ずると言ったら啄木の歌が断然感ずるし、正岡子規は俳句とすごく近いものがあるという感じもするね。茂吉はちょっと様式的に過ぎるという感じがして、歌の評価としては私も金子さんと同じで、そんなに優れた歌ではないと。ただ、あまりにも有名になりましたけどね。

永田　僕は、言葉ということで言うと、金子さんの句の中で特に好きな句に「三日月がめそめそといる米の飯」という句がある。この中の、「めそめそといる」という言葉は、歌では使えないと思っていた。なんとか使いたいと思って「めそめそ」を一回、僕の歌の中に拝借したことがあって、やはり成功しないんだな。いろいろなドラマがあるわけだけど、さっき金子さんが言われた俳言という意味で言うと、こういう言葉はなかなか歌には馴染まないのは何でだろうという気がしますね。「めそめそといる」というのはある種の抒情的な、主人公の内面なものを表す言葉なんだけれども、なかなか歌には馴染んでこないという気がします。

小池　俳句というのはすごくシンプルで、ぶつけてくる感じがするでしょう。今の「めそめそといる」というのをちょうど中間に置きながら、上は「三日月」、と「米の飯」、それが何か空間で衝突するみたいな、そういうところに俳句の切れ味というか……。

永田　たぶん、投げ出しちゃうから言葉に責任を持たなくてもいいのかなあ、俳句のほうが。

小池　ああ、それは言えてる。

永田　けっこう無責任なんだよね（笑）。歌で「めそめそといる」と言ったら、なんとかこの子を助けてやらなければならないという意識が働いて歌がだめになる。

小池　歌人はみんな、責任感がありすぎなんだよ（笑）。「私」を引きずるということは、やはり「私」に対する責任を取り続けるみたいなところがあるからね。俳句は違うんだよね。俳言というのは無責任というか。

永田　いいかげんなんだ。

小池　だんだん悪い意味になってきた（笑）。

金子　いやいや、いいかげんとか無責任とかいうのがぴたりですよ。それが効果を上げたときがすごいんだ。

短歌と俳句、両方をたのしむ

永田　お二人とも、選歌、選句を日常的にやっていらっしゃるわけだけど、俳句を作りつつ短歌を応募してくるという方、ずいぶん多いですよね。逆もそうで。両方作るというのはどういうふうにお考えになりますか。

金子　私ですか。

永田　いやいや、金子さんが歌を作られることはないけど、一般の投稿される方で両方作っておられる方、けっこう多いでしょう。どんなもんでしょうね、それは。もう作り続けて。難しいことだと思うんだけど、僕なんか、どういうふうに作り分けておられるかなと思いながら見ているんですが。

金子　これは永田さんや小池さんとか馬場さんの短歌を見ていてもそう思うんですけどね、短歌、五七五七七で物を考えたりリズムを追ったりしていないと出てこないというものがあるのではないかという思いを持っていますね。つまり、五七五をひねくり回しておったのでは絶対に出てこないものがあるのではないか、それは何だろうという思いがあります。それを私が思いますのは、私の仲間で内野修というのが朝日俳壇、朝日歌壇と両方へ投句、投歌していますね、あれが歌壇で評判がいいんですね。馬場さんなんかトップに採ってくれたりなんかしている。それを読むと、ああ、こんなものが彼にあったんかなと思うのが出ているんですね。それは、五七五七七だから出せているのであって、五七五では出せない、何かその神秘さみたいなね。

　褌の垂れが意外な効果を上げるというそのへんのところ、便所に行って紙がないときに紙の代わりをしたとか（笑）、そういう何か妙な効果があるんじゃないかと今でも思っています。特に内野にもこの前言ったんだ、「短歌を作るときと俳句を作るときと、おまえはそのスタンスなんか全然違うんじゃないか」と言ったら、「へへへへへ、そうでもないんですけどね」なんていう調子で不気味でしたね（笑）。まあいわば永田、小池、馬場などというお三方にもそれがあるんじゃないですか、五七五七七でなければ得られない何か、存在感と言っていいものが。ええ、それがあると思うな。
永田　小池さん、どうですか。
小池　両方作られている人いますよね。すごく器用で、何でもできちゃう。でも、よくよく見ると俳句と言いながら短すぎる短歌であったり、短歌と言いながら長すぎる俳句であったりするので、実際、本当に両方やって大成したってだれもいないでしょう。
永田　寺山修司がずいぶん批判されたよね。
小池　あれは大成ではないよね。試みて作ってみた。
金子　寺山は、俳句、だめです。あれは中村草田男のまねごとがほとんどです。
小池　草田男はだめなんですか。
金子　草田男がいいので、寺山はまねしたんですね。一番最初の俳句研究賞か何かもらいましたね、俳句。あれはほとんど草田男のまねごとです。
永田　その当時からもうそれはみんな言っていたことですか。その当時、寺山が入賞したころから俳人仲間ではそういう。
金子　ええ、ずっと言われています。彼もよく知っていまして、私が彼と対談したときにそれを言ったら、かっか、かっかしておりました。あれほど怒るというのはやはり知っているということですね（笑）。
小池　ちょっと抒情的だよね、寺山の俳句は。抒情的にして短くなった短歌みたいな印象がありますね。

俳句があってこそ、短歌があってこそ

永田　お二人からそれぞれの詩型についてもお話を伺いましたが、最後に、小池さんからは、歌人として、歌をやっていてよかったとしみじみ思うことということをお伺いしたいし、金子さんはもう、俳句をやってよかったというふうにおっしゃったし、歌のだめなところもおっしゃったんだけれども、短歌と俳句と両方があるということのある種の意味みたいなことをお伺いできればと思います。
　我々はお互い、歌人は俳人を、俳人は歌人を意識しながら歌、句を作っているところもありますし、違うジャンルのものを読むのはやはり楽しみでもありますので、そのへんのことを最後にお伺いしてこのセッションを閉じたいと思います。小池さんからお願いできますか。
小池　短歌と俳句の違いは、さっきもちょっと言ったけれども絵画と彫刻と二つある、別のいい方でいえば石と紙があるという感じで、お互いがそれぞれに違う役割を自然に分担してきて今存在しているという感じがしますね。だから、とかく、俳句をやっている人と短歌をやっている人の交流とか、こういう交歓みたいなのが、むしろないほうがそれぞれの役割を自ずから担って、いいんじゃないかという気がする。
　我々はやはり、やり始めた者として、紙か木材か知らないけれどもそういうものを使って七七まで持っていかなければいけない。俳句をやっていれば褌の前垂れになってしまうのですけれども。褌の前垂れの効能というのもいろいろあって、ああ、やはり前垂れがついていたから助かったみたいなのもしばしばあるような気がするのですね。ですから短歌をやっている者としては……、うん、そのところはちょっと金子さんの感覚とは違う。どうもまじめになってしまいましたね。歌人はとかくまじめになっちゃうんだよね。金子さんのようにあっはっはと笑えないようなところがあって。まあ、そんなところですか（笑）。

永田　歌人はまじめになってしまうというのはよくわかります。じゃあ金子さん。

金子　歌人の方はね、俳言効果というようなことをお考え願いたいと思うな。少なくともここにおられる、さっきから名前を挙げている三人の歌人などはその俳言効果を、十分知っているかどうかよくわかりませんけれども、かなり生かしている人だと思いますね。特に永田さんの短歌というのは、特にこれが俳言というのはあまりないんだが、短歌全体が俳言っぽいねえ、それが面白いんですよ。俳言っぽいんだ、ぽい（笑）。これ、短歌かいなと思うことがよくありますね、そのことが一つです。

それから、やはり短歌と俳句の両立性というのを唱えていきたいと思っています。私の作った俳句で、四国の松山の子規がいた愚陀佛庵に、夏目漱石と子規が一緒にいた時期がありますが、その愚陀佛庵に行ったときの句で「二階に漱石一階に子規秋の蜂」という句を作ったんです。この「秋の蜂」が得意だったんですけれども。やはり短歌と俳句はこういう関係じゃないかと思いますね。どっちが子規だ、どっちが漱石だなんて、そんなばかなことは言う必要ないので、要するに一階と二階に住んでいる同族の短詩型、日本の短詩型。で、非常に貴重な短詩型です、これはもう地球レベルの。

昨年、スウェーデンの詩人、トーマス・トランストロンメルがノーベル文学賞を取りましたね、俳句詩人と言われる人で。その人について、ついこの間、スウェーデン大使館に行ってしゃべったんです。そのときも感じましたけれども、やはりあの人の詩を読んでいて、これが俳句の詩なんだと言われるようなものを見ていると、短歌と俳句の両方に跨っている感じが私にありましてね。日本の短歌と俳句と両方あるから、あのおっつぁんのああいう詩が生まれてきたんだなという感じはひょっとありました。まあ、その人がどこまで知っているかどうか知りませんがね。短歌、俳句が両立して日本という風土の中におるということが、これは地球的な現象、国際文学現象の中の最たる姿、最高の姿、万歳ということだと私は思っておりますけどね。これは自画自賛ではなくて、客観的にこの年になってそう思っています。だからどっちがなくなっても困ると思います、私は。そういう気持ちです。

永田　ありがとうございました。まったくそのとおりで、やはり歌を詠んでいる人間は歌しか詠まないというのはあまりにも惜しいなあ、損をしているなあという気はしますし、横に俳句というまったく違う世界があって、それが、自分では作らなくとも読むのはとても楽しい。

「二階に漱石一階に子規秋の蜂」、二階に漱石がいるのをいつも意識しながら子規は物を書くという、そういう関係にある俳句と短歌なので、小池さんが言うようにお互いにすり寄ることはだめだと思う、すり寄っては全然面白くないと思うんですが、意識し合ってお互いに読んでいくというのは、我々こういう短詩型文学に関わっている者の一つの許された楽しみだなあと。まじめにまとめすぎましたが、そんなふうに思います。きょうは本当にありがとうございました。ではこれで終わらせていただきます。

（拍手）

（小野市詩歌文学賞受賞記念　シンポジウム
二〇一一年六月一日）

◉座談会

金子兜太を読む

金子兜太
大木あまり
齋藤愼爾
宗田安正
中岡毅雄
司会＝黒田杏子

兜太俳句の変貌

黒田　では、金子兜太を読む会を始めさせていただきます。このたび句集『両神』が立風書房から出まして、皆さんのお手元に先生から届いたと思います。金子さんの句集について、きょうは大きな会などではお話しできないようなご意見も含めて、いろいろじっくり話していただくということで集まろうということになりました。

　最初に、どなたからでも結構ですが、まず宗田さんお願いします。

宗田　金子さんの句集を三冊作りましたが、前句集『皆之』から十年近くたっています。今度の句集はまだ出たばかりで俳壇でどのように受け止められるのかわかりませんが、第一の特色は、日常吟であり、前衛俳句をリードした例の「造型俳句」で、自己と対象との間に設定したもう一つの主体「創る自分」が、自己と、更には対象とさえも巧まずして一つになっていること――これは兜太俳句の新展開でびっくりしました。つまり静かに流れてゆく日常の時間の中で、太めでハゲを気にし、まだ女性にもちょっぴり関心をもつ人がおり、動物や植物を含めた自然とも一体になって交感を深めているんですね。新空間を求めて旅に出ることもあるが、次々と多くの知人が死んでゆき、身近になった死の影も感じとっている。そうした金子兜太という素の大きな存在が、まぎれもなく句集の前面に出ているんです。『皆之』ではここまでふっきれていなかった。金子さんの全句業の中でも、今までの句集から完全に抜き出た、エポックになる句集ではないでしょうか。

中岡　私は三十代なんですけれども、作家としての金子兜太に、今まで、我々の世代は、あまり深く近づいていなかったように思います。今度、『両神』だけではなく、金子先生の句集を全て通しで読ませて頂いたんですが、今まで、このような面白い作家をしっかり勉強していなかったのが残念だったと思いました。

　いちばん強く感じたのは、エネルギーが

作品の中から溢れ出しているということです。いま、宗田さんから、対象との一体化、交感というお話がありました。確かに、『少年』とか『金子兜太句集』などの初期の作品の混沌としたパワーとは、違っていると思いますが、対象そのものと一体化しているという意味でのパワフルな魅力を、私も感じました。たとえば、この度、金子先生と同世代の森澄雄先生が、『白小』という句集を出されましたが、比べてみると、印象がずいぶん違います。金子先生の場合、普通の老境というような世界とは違って、老いながらも、なおそこから溢れ出してくる力、表現のエネルギー、詩的なパワーを強く感じました。

宗田　「創る自分」がなくなったのではなく、対象と交感している自分と一つになっているからなんでしょうね。

齋藤　兜太さんを最初に意識したのはいつごろなのかなぁ。どちらかというと、ぼくは俳人というより、桶谷秀昭とか村上一郎とかと同じラジカルな思想家として金子さんをみていたところがある。そういう時代の兜太さんにいちばん影響を受けている。前衛俳句が盛んなころ、ぼくの記憶によると、朝日新聞で「東の前衛」として兜太さんを取り上げていた。西のほうは堀葦男だった。そういう背景があったことと前後してカッパブックスで出した『今日の俳句』、あれはぼくはいまでも画期的出版だと思うんだけれども、あの本の惹句は何だっけ。

金子　〈古池のさびよりダムの感動へ〉というのね。

齋藤　当時、吉本隆明は、先行世代の詩人を批判して、金閣寺とか銀閣寺とかを美しいというのはだれでも言えるし、当り前のことだ、でも、自分たち戦中派世代というのは、焼け跡にドラム缶が転がっている、そういうものに美を見いだした世代なんだと言った。そういう発言とあいまって、金子さんのあの本の帯にすごく感激して、ぼくはすぐ買って読みました。当時、あれだけ既成俳壇に否定を突きつけた俳句の本はなかったと思うし、そんなところから入っていったんです。

　だから、初期のころから金子作品はたくさん読んでいるし、金子さんと高柳重信さんに影響を受けた。ぼくは秋元不死男の弟子だったけれども、いちばん学ぶべき人というかたちで金子さんがいた。ただ俳句を中断して二十四、五年ぐらいの期間は兜太さんの仕事というのをちゃんと押さえていないので、申し訳ないんです。今度の『両神』は宗田さんから前もって言われていましたが、読んでびっくりしました。中岡君が言ったように、もうすこしきちんと、読んでおくべきだったなという気がしました。相当、収穫がありました。

　ほかのジャンルで言うと、ちょうど表現の変貌というのが歌人の岡井隆さんと似ているんです。お二人の成熟の過程が似ているような気がしてしようがない。岡井隆さんも、日常のことを歌っていて、構えがなくなっている。あの前衛の驍将と謳われた岡井さんがね。金子さんの日常に向ける眼差しを単にトリビアリズムとしてしか理解できなかったぼくはだめなんだろうという気がした。今回はずいぶん影響を受けたというか、感心しました。

大木　まずはじめに、愛猫のシンちゃんがお亡くなりになってどうも（笑）。だって句集でいちばん心打たれますもの。やっぱりなんだかんだ言っても、皆さんおっしゃいますように、最終的には作品というのは人間なんだなあと思います。人間の質のよさというのか、私が言っては失礼なんですけれども、先生の無邪気さとか大胆さを感じます。お年を召してそういうのを出さない人が多いけれども、ご自分の垣根を取っ払ってしまって、なおかつ底知れない人間の可愛いらしさみたいなものが感じられます。この『両神』を読んで、私は先生にお会いしたいなと思いました。

黒田　私がきょうの会を企画したわけですけれども、本日の私は金子さんのファンクラブ代表という立場でしょうか。

　私は学生のときにも俳句を作っていましたが、一九六一年（昭和三十六年）に大学を卒業すると同時に、俳句を七年間もやめてしまったんです。やめる前までは、山口青邨に学んでいたわけですが、青邨という人は、金子兜太という作家に対してある敬意を抱いていたという印象をもっております。青邨は「金子君の句は金子君の作品として立派だと思います」というようなことを何回もおっしゃっていた。

　今回の句集に関しては、皆さんおっしゃったように金子兜太のよい面というか、金子兜太の生地、パンで言えば、イースト菌がパン種の生地によく効いてきて、秩父のおきりこみと言うんですか、そういうような味になっています。

　そのよさというものが強く句集に出ているんですが、それが今後どういうふうに展開するかというあたり未知数である。そこが素晴らしいと思うんです。金子さんも七十七歳ですから、いろいろなものが全部見えてもいいんですけれども、まだどうなるかわからない。伊昔紅先生も八十八歳まで活躍されたということです。そこまではまだ十年もあります。今後の十年で、この方はまた大きく爆発されることもおありでしょうと期待しております。

宗田　兜太俳句というのは昔から一貫して兜太という存在の体感を通しての表出なのね。兜太という存在自体が常に過程であるからどうなるかわからない。そして閉じないんだよね。普通だったら内向していくんだけれども、閉じないんだ。

黒田　私の場合、金子さんに会うという事即ちお日様に出会うという感じでともかく気持ちが広がります。

大木　よくわかります。とくに私はそうだからわかります。

黒田　世の中に立派な方は多いのですが、お日様のような感じという人はあまりおられないと思うんです。森澄雄さん、私はすごく好きですが、森さんはよく「人生のめでたさを詠む」とおっしゃってます。金子さんはおっしゃらないけれど、存在自体がめでたいから（笑）、とりたてて言わなくたってよろしいんでしょうね（笑）。

金子　「めでたい」に「お」が付くんじゃないか（笑）。

黒田　実はここに、きょう、私は古舘曹人大兄と埼玉大学の渡辺勝というドイツ文学の先生もおよびしたかったんです。渡辺さんは常に金子先生の句をドイツ語に訳すとこんなすごい句はないよと言われるんです。リズムとモチーフが素晴らしいといわれるんです。

彎曲し火傷し爆心地のマラソン

　この一行、それだけでドイツやイタリアのＨＡＩＫＵ作者たちはバーッとイメージが広がるという。広島とか、そういうことも含めてなんだけれども、映像的にリズム的に内容的に文句なしなのね。

　それから、ジャック・スタムというコピーライターが、いろいろな人の俳句を訳していたんだけれども、金子先生の句を訳したいと言ってました。でも、ガン病棟から「もうおれには時間がない」と私にファックスをくれて死んだ。あのジャック・スタムが金子先生のベスト二十句でも三十句でも英訳してくれていたらよかったなぁと思う。彼は「金子兜太こそ詩人だ」と私に何度も言っていたんです。

金子　ジャック・スタムから、ぜひお願いしますと言われたことがあったな。

囲われたくない

大木　金子先生も、有季定型というか普通の句ができますでしょう。わざと作らないんですよね。

金子　手帳には書いていますけれども。

大木　私はいやなんだと思う。

齋藤　ぼくは、世界観や美意識自体が普通の俳人と全然違うと思う。

　岡井省二さんの文章を見ていたら、「森澄雄というのはやっぱりすごい」というわけ。上の五七に対して季語を何を置くかと訊ねたら、「簡単じゃないか、『冬籠』と置きなさい」と言ったと。岡井さんは、簡単ではなくて、やはりこれはなかなかのものだ、一瞬のうちに森さんの頭の中には三百か四百ぐらいの季語がひらめいて、「冬籠」を選んだのだろうと言うんだ。たしかにそれは落ち着いている。だけどそれだけの平凡な句でしかない。たとえば、兜太さんの今度の俳句では、

　　二階に漱石一階に子規秋の蜂

というのがあるけれども、これなんか、森澄雄だったら、多分「二階に漱石一階に子規冬籠」とか「秋灯」とでもやるでしょう。ぼくはこの「秋の蜂」というのにびっくりするわけだ。

金子　その話にのっかるけれども、稲畑汀子さんたちと最初の衛星放送句会をやったのよ。そのとき、その句を出したら、稲畑さんが「秋の蜂」におったまげたね。おったまげたというのは否定的に。

齋藤　「冬籠」なんてしたら何ということはない。漱石、子規像も生きてこない。

金子　「冬籠」なら稲畑さんにわかるんだ。それで、さっき聞いていておれなりのことを言っておかなければいけないと思ったんだけれど、大木さんはどういうこともできるだろうと言うけれども、おれが案外できないと思うのは、ひとつ、嫌悪感というやつなんだ。いまの俳壇のかなりの部分というのは、昔のイギリスの資本主義の初めの囲い込み運動みたいなんだ。羊を囲い込んでおいて柵を作って羊を飼う。その囲い込まれた羊というか、その柵というものを感じちゃうんだな。この部分がどうにもおれと肌が合わない。そりゃ合いそうな部分も年とともに出てきているよ。だけど、自分でそれを拒絶するというところがありまして、囲い込みの中の羊のような句は絶対におれはいやだという感じはある。

黒田　先生は柵の外にいる犬でしょう。コリーなんですよ、本質的に。

金子　そう。そこが違うな。おれが見て、囲い込みの羊のなかでもまあときどき柵から出ているかなという感じは上田五千石とか、森澄雄の一部とかなんだ。ところが、龍太はやっぱり羊なんだな。それで、おれはどうしてもつまらない。

黒田　一般的には、でもみんな囲い込まれるのは好きなんですよ。

齋藤　比喩で言うと、昔永井龍男なんかが芥川賞の選考から降りたでしょう。あれ、直接は池田満寿夫の小説に対して、自分はこういうのはわからないから選者を降りる

ということだった。当然そうだよね。高橋源一郎とか、吉本ばななんかの小説は、もう明治生まれの選者ではわかりっこないもの。だから、そういうことはありうると思うのね。兜太さんなんかのことなんか、囲い込みの中の人は絶対わからないよ。ぼくなんかは、どちらかというと囲いのほうの俳句に近いわけだけれども……。

金子　あなたは違うと思う。

黒田　齋藤さんは囲いの中で孤立しているのよ（笑）。

金子　この人も犬だよ。コリーだよ。

黒田　犬ですけれども、からだは内側に入っていますよ。

金子　そうかなぁ。おれは読んでも入っているとは思わないな。宗田さんの句だってそうだよ。

黒田　宗田さんは内も外も関係ないですよ。

金子　いや、でも、やっぱり意識しているよ。ジャーナリストだから、意識せざるをえんよ。

黒田　齋藤さんも宗田さんもすごく優れた作家。でもなぜか俳句の総合雑誌にはこのお二人全く作品発表の機会がない。句集が出ないとこの方たちの作品を誰も読めないわけです。

伊昔紅・楸邨

金子　話は変わるが、最初の原稿を見たときの宗田さんの電話の声は、ちょっと不満そうだった。

宗田　そんなことはない（笑）。ただ新句集の話が出たときは正直いうと不安だった。悪評高かったですからね。

金子　チラッチラッと原稿を見たらしいんだ。いわゆる「前衛金子」というか、「造型金子」という頭が、まだこの人のなかにはあるわけだ。だから、ちょっと全体がやわいんじゃないかという印象をもっていたと思う。その次の電話で彼がわかったというのは、なるほど、これは日常の句だ、日常プラス金子兜太というにおいの句だから、これはこれでひとつの句集だが、従来の金子兜太の通念の句集ではないとはっきり言った。それで、ああ、これはこれでいいな、あとはお任せと思ったわけだ。

黒田　逆に『両神』というタイトルがとても生きてきたという感じね。この題は宗田さんは替えたいと考えて粘られたんでしょう。

金子　「熊猫荘日常」とか「熊猫荘日乗」などと、そんなことを彼は言うんだよ。

宗田　「両神」もそこへ入れちゃおうとしたんだ。突出させないでね。

金子　あわや「熊猫荘日常」になりかけたんだ。

宗田　だいたい「両神」なんていうと決まってしまうでしょう。

金子　テーマが見えちゃってね。

黒田　この句集、ある意味で力がうまく抜けていますね。先生は生き方が上手なんですか。人生の達人なのですか。

伊昔紅という人のエッセイ集も読んでみました。魅力的な方だったのですね。兜太先生は先達がいいですよ。お父上がともかく魅力的ですもの。晩年は秩父音頭に入れあげるとか、十年間限定で雑誌を出すとか、若い娘をつれて秩父音頭の興行に行くとか、すべてカッコいい。それに楸邨のいちばんいい楸邨らしさの嫡子という感じは金子さんに流れ込んでいると思う。体温が温かいもの。この方は多分平熱が三十八度ぐらいですよ（笑）。

金子　いや、ありがたい。そいつはわが意を得ている。うれしいなぁ。おれ、今度、角川の『俳句』から言われて楸邨百句を選んだわけ。本当におれなりに選んでみようといって無作為に抽出したらピタリ百句。驚いたなぁ。いまたしかに言うように、その百から感ずる体温とほぼ共通する。非常に親しみをもったね。

黒田　例えば森先生は楸邨先生を否定してご自分を構築してあらわれるのだから。それもまたすばらしいことです。

金子　森さんは否定的だよな。

黒田　いつか、何かの会で楸邨先生がいらっしゃって金子先生と並ばれたときなんか、楸邨先生、本当にうれしそうでいらした。最晩年の楸邨先生は金子先生の存在自体がうれしいと。それはやっぱり理屈抜きに気が合うということがあるのですか。

金子　たしかに気は合っていたね。小西甚一さんみたいな親友もいたんだけれども、一般に楸邨というと私というんだ。

黒田　金子先生と並ばれて坐られたとき、楸邨先生、本当にうれしそうでした。忘れられない光景。

造型論からの解放

黒田　いままで金子さんを讃美した声がずっと続いたんですけれども、批判も出していただきたい。ここまでは全員が絶賛しちゃいましたから。

金子　いや、ありがたい話だが、けなしてください。そのひとつとして材料を提供しておくと、この句集の九年間というのは、おれの句は「海程」内部ではひどく評判が悪かったんです。句会に出してもゼロの場合があって、そうすると、待ってましたとばかり笑うやつなんかいて（笑）、本当にしゃくにさわってねえ。

　ただ、堀之内長一が、ぼくの家を訪ねてきて「先生、ひとつまとめてみたらどうでしょう。まとめれば、きっとあなたの句のよさがわかりますよ」と言ってくれたんだ。批評の悪かったというのも事実なんだ。「金子はどうしちゃったんだろう」と。おそらく金子はどうしちゃったんだろうという受け取り方を一句一句でしていたということは、「造型金子」がどこに行ってしまったのかということでしょう。

黒田　結局、みんなあるストーリーのなかで金子さんをとらえているんですよ。金子さんの実在を直視しないんですよ。その上、座談会にお出になれば、先生ってホントばかみたいな発言をしちゃうでしょう。活字で読むと皆、こいつ、本当にばかかと思ってしまうわけね。龍太・澄雄・兜太の座で。

宗田　**大前田英五郎の村黄落す**

　あれ一句だけ見ると、言おうと思えば何でも言えるんですよ。兜太もとうとう頭に来たかとかさ（笑）。ところが句集にまとまると大きくなる。世には逆に一句一句はいいけど、句集にまとまるとつまらなくなるものもあるね。

齋藤　ぼくは前からこの俳句は買っていた。金子兜太自身自由無碍なのに、読者のほうが不自由なんですよ。今度の句集は、自分の造型論の自縄自縛から完全に解放されているからいいんですよ。造型論というのは、あれが出たときの時代背景を考えれば、納得いくけれども、今日文学理論としては検討を迫られるでしょう。近年は理論先行ではなく、自然体というのかな。

宗田　先にも言ったけど、創る自分と感じる自分が、一枚になっちゃっている。

齋藤　それと、「海程」を毎月見ているけれども、名前を消しても兜太さんの句はだいたいわかる。

黒田　それは当然。ただ、金子さんは天才だから、結社というかたちになったときにそこで弟子になるのは難しいわ。私は電話で直接申し上げたけれど、この句集は素晴らしい。でも金子さんには入門できないと申し上げたの（笑）。本質的に一人一党だもの。前後に人はいないという感じでしょう。創作集団ということだったらいい。でも、結社となると、有季定型なら鍛錬はできるけれども、そういうことと違うでしょう。そこにおばさんみたいな人が来て、先生の出来損ないみたいな句を作っても難しいと思う。

金子　うちの仲間で阿部完市というのがいるでしょう。あの人の句の場合はどうかね。あれはほとんど一人のものでしょう。結社なんていうことが頭に出ないぐらいの独特のものでしょう。

黒田　阿部さんはそうです。金子先生は根底に連衆心が坐ってます。でも、阿部さんは一人ですよ。阿部さんは個です。そこがいいんです。

金子　こちらの心構えというか、姿勢の問題だな。

黒田　すぐれたおふたりの生き方が違うから。

金子　作品のスタイルじゃなくてね。スタイルは共に孤立型のスタイルだが。

黒田　ただ、模倣はできないだけで、先生は孤立していませんよ。先生は開いておられますから。常に。

宗田　だけど、一言物申せば、今度の句集はこっちが楽しもうと思う前に作り手が先に楽しんじゃってるところがあるんだ（笑）。それはそれで兜太的でいいんだけどもね……。

黒田　先生は、大正八、九年生まれの作家のなかで、個人的生活が抜群にお幸せすぎるんです。森先生だって、奥さまが亡くなられてご病気になっておられるでしょう。先生は、『二度生きる』を拝見しても、お家に男のお孫さんが二人いて、何でもやって下さる奥さまがおられて、欠けるところがないんです。

　七十七歳でこれだけ幸せな人というのは少ない。

金子　ご本尊はそう思わないよ。

宗田　わりあい楽観的でしょう。

肉体を笑いとばす

金子　おれ、いちばん心配したのは、もう脂っけが抜けちゃったということなんだ。

宗田　いやいや（笑）。

黒田　もっと抜けてもよろしいですよ。

金子　いや、抜きたいんだよ。

黒田　でも、金子さん、七十七なんていう実感あります？

金子　全然ない。これはよく笑うんですけれど、驚きますね。このあいだミッテランが死んだでしょう。あの人が死ぬまで、彼はおれより二十ぐらい上だと思っていたから驚いたねぇ。それから、いろいろな会合に行くと、おれより年配者だと思っていた人がみんなおれより若いんだ。最近は驚くことが多いんだな。いつのまにかおれが年長者で立てられちゃっているんですよ。非常に不愉快な感じだ。立てられているときはうれしいけれど、あとはいやだ。そういうことを経験するということは、逆に言うと、年齢を全然意識していないということ。みんなおれより年上に見えるぐらいですよ。

ここにはそういう人はいませんがね。

宗田　でも、安心するとヤバイからね。

金子　まあ、年齢は意識しないタイプだということでしょう。これはたぶん当分意識しないでしょうね。そう言えば、このあいだ日銀から喜寿祝いを一万円送ってきやがったんだなぁ。九月までは満で七十六なんだ。にもかかわらず数えでよこしやがってけしからん（笑）。

黒田　けしからんて、頂く前に死んじゃった方々だっておられるでしょうに。

齋藤　帯に兜太さんの自選句が十句あるんだけれども、ぼくの選んだ十句のうち三句入っていまして、痛風の句でいいのがあったなぁ。とくに、

　痛風は青梅雨に棲む悪党なり

　これは傑作だと思います。ぼくも痛風の初期ですから、本当にこの感覚がわかりますね。ぼくなんかは「悪鬼なり」とやりそうだけども、鬼ではだめなんだ。やっぱり「悪党なり」というのが兜太的でおもしろいなぁ。「青梅雨に棲む」というのもいいしね。

金子　中岡さんなんか、そういう句はどうです？

中岡　私は瀧澤馬琴の句がおもしろいと思いました。

　瀧澤馬琴も痛風と聞き微笑む夏

「微笑む夏」というのが、素敵だと思ったのです（笑）。この余裕というのか、作者の感情の微妙な襞というのか。いま齋藤さんがおっしゃったのは痛風自体の自分の肉体的な感覚だと思うのですけれども、そういう自分の肉体感覚を笑い飛ばしてしまうようなお人柄というのか、感じ方というのが面白いと思いました。

金子　その句は小沢昭一さんが褒めてくれた。これはおもしろいとね。いま、齋藤さんが挙げた句はまだだれも褒めてくれないけれど、おれは実は「悪党」が好きです。おれらしいと思う。

中岡　痛風とか、そのあとに先生のハゲのことが出てきますでしょう。それが非常にユニークだなと思いました。「禿頭頌九句」なんて挙げるのはすごいなと思いました。それに、禿頭が艶っぽかったんですよね。

宗田　**禿頭を白毛囲み夏がくる**

　なにせ白髪が囲んでくるんだから……。

金子　自慢じゃないけど、それ以来、投句なんかでハゲの句がうんと増えたんだよ。そんなものでも俳句になるということなんだね。

生きざまの投影

齋藤　杏子さん、たくさん印を付けているんだから言ってくださいよ。たとえばどんな句がいいのか。

黒田　私はハゲの句なんかは挙げてはいませんよ。最後に中国の句をお加えになったということを聞きまして、私も中国には何回か行っているんですが、最後の二句がとりわけ好きだった。

　燕帰るわたしも帰る並《な》みの家

　これで最後を締めたというので唸っちゃったんです。それから、

　霧の奥に月あり心象光満つ

とかね。両方ともすばらしくみずみずしいと思いました。そのほかにもいろいろあります。

宗田　急遽、最後の二章を加えたんでしたよね。もっと死んだ人と旅を詠んだ句を入れたほうがいいとけしかけて……。

黒田　たとえば、

　桂花咲き月の匂いの成都あり

なんて、そのままに言っているのかも知れないけれども、大きいんじゃないかなあと思って……桂花って金木犀でしょう。成都という都もいいし、そのままに詠んでおいてそれがそっくりいいという感じですね。それから、

芭蕉親し一茶は嬉し夜は長し

というのも好きです。

宗田　「親し」「嬉し」「長し」がおもしろいですね。

黒田　「芭蕉親し」なんていうのは、書く人もいると思うけれど「一茶は嬉し」ということは金子さんでなければ言えないですよ。それから、

朴の木を神の木という素樸かな

というのがすごく好きなの。この句はいいですね。それから、

山深く草捨てられて無月かな

というのはまさに有季定型かも知れないけれども、こういう句も私は好きです。こういう句は、非常に生地がいいということだと思うんです。だれでもできそうだけれども、できないと思います。品がいいし、しみじみとしていますしね。

金子　なるほどね。その句をあなたが褒めるのはわかるな。

黒田　それから、

大根おろし御飯にかけて山暮し

というのも本当に好きです。

金子　それを「金子兜太は堕落した」と書いてきた人がいるんだ。

黒田　そういう人というのが私は嫌いなんですよ。おそらくそれは型にはまった人でしょう。

中岡　この句は、兜太先生の実感に即している作品なんだと思います。金子先生は、昔から、ご自分にとって、その時その時の生活実感をもとに作句されていたように思います。そういう意味では、金子先生の句作態度は、基本的に初期から変化していないように感じます。社会性俳句の運動をされていたときには、単に、観念的なテーマに振り回されていたのではなく、その時代の金子先生の生きざまのなかで、いちばん自然な部分が投影されていたのではないでしょうか。だから、いまここに出ている「大根おろし」みたいな句は、今のご年齢の実感の中で、作者にとって、自然な部分なんでしょうね。表面的なテーマや素材に目を向けすぎると、かえって、金子先生の俳句が見えにくくなってくるように思うんですが。

金子　その人の場合なんかは、書き方があっさりしているので気に入らないというところもあるんじゃないかな。

黒田　あっさり書いてよくなきゃ話にならないですよ。あっさり書いてただごとだったらどうしようもないんです。あっさり書いて味があるからいい句だと申し上げているんで、それが堕落とかということになると、その人自体、最初から程度が低いんじゃないかしら。それから、

かの谷は合歓咲きさらに暗《くら》からん

とか、

夏野なり夕方は月が出るだけ

というのも好きです。

宗田　漢詩の感触ですね。中国文学ね。

菫の土を土竜《もぐら》が上げた帰ろうか

というのもいいな。「帰ろうか」なんて「もぐらの兜太」といいたいくらいだ。

人を悼むこころ

黒田

青き馬倒れていたる師走かな

はテレビでも発表されてましたね。

金子　言っていました。これは大串章君がとても褒めてくれた。

黒田　視聴者にとってインパクトがあったようですね。私が作った句じゃないのに、なん人かの人から葉書をもらったわ。金子さんのああいう句っておもしろいとかいろいろ。

宗田　追悼句にいいのが多いんじゃないですか。今回の句集では。

金子　それこそまさに真情だ。

齋藤　これは当然ヨハネ黙示録の「蒼ざめた馬を見よ」をふまえているんだろうけれども、いいよね。「視よ、蒼ざめた子馬あり、これに乗る者の名を死といい、冥府《よみ》これにしたがえり」。

金子　それは齋藤君が言うというのはわかるな。この人は艶を嗅ぎ分けるから。

齋藤　追悼句で好きなのは、

　友ら逝き山影《やまかげ》に蜂飼と居りし

　不思議なイメージを喚起させる句ですね。

金子　あれはおれも好きな句なんだ。ああいうのは抒情句というんですか。抒情句と言ってはいけないか。

宗田　「友ら逝き山影に……」の前の

　白雪なり魂沈みゆく白雪なり

という句は……。

黒田　「白雪なり魂沈みゆく白雪なり」この句の作られたとき、私たちは「木の椅子会」で先生の秩父道場に行ったんですよ。岸本尚毅・皆吉司君など若い人をみんな連れてね。

金子　「白雪」がいいかい？

黒田　私はこの句、好きですよ。でも、まだこのときは先生は肩に力が入っていますね。「大根おろし」のようなものとはまた違います。お若かったんでしょう。

齋藤　追悼句というのは難しいでしょうね。

金子　ちょっと観念的な感じがするけれども、その点、「蜂飼」のほうが情感があるんだろうな。

宗田　これは笑っちゃったんだけれど、

　今《いま》を総てと亀虫と冬籠るなり

金子　「今を総て」というのは、けっこうおれも物思いがあるんだけれどもね。

宗田　それから、

　痩せ男野火男に李のような妻

とかね。追悼句ではないが、

　酒止めようかどの本能と遊ぼうか

なんていうのもいいと思う。

黒田　私、その句は弱いなぁ。どうしていいの？　私には分からない。

齋藤　人口には膾炙されましたね。

黒田　宗田さんはその句が好きなんでしょう。

宗田　齋藤君の出版記念会のときに、司会をやったので、スピーチをする一人一人を近作一句を読んで紹介したわけだ。それで「次は『酒止めようか……』の金子さんです」と言ってね（笑）。しかし、祭鱧をこんなふうに詠う人も珍しいね。

　京にありて祭鱧食ぶひたすらに

黒田　でも、いいんじゃない？　おもしろいんじゃないの。

宗田　京都では鱧ではこういう作り方はしないものね、普通はね。

黒田　いわゆる俳人ぶっちゃえばそういう句はないのよ。でも、これはよほど美味しいんだという感じがして好きですよ。読み手としてはこの句集、こういうところもとてもおもしろい。

構成の妙

宗田　句集の巻頭が「白猫にゃー」でよか

ったね。

黒田　そうそう。『両神』の最初と最後の句はどちらも効果的でいいです。

宗田　**白猫にやーと鳴けば厠の僧驚く**

　何だろうと思ってさ。人によると、まさしく「兜太めおかしくなったんじゃないか」と思って読み始める人があるかも知れない（笑）。巻頭句の義務はまず次を読ませること……。

金子　ある埼玉県の人から、その句を冒頭に出したのは失敗であると言ってきたんです。

黒田　金子さんの周りには困った方が多いわねえ（笑）。

金子　悪口を言ってもらいたいので、悪口令を出すんですよ。その人は、

寺貧しああ東国の猫白し

を最初にもってくればいいと。

黒田　それは困ります（笑）。

宗田　「寺貧しああ東国の猫白し」とここで言ったらまずいですよ。あとが続かない。

黒田　でも、この「寺貧し」の句は好きですよ。それから、私は、

僧に白猫多羅葉の実の暗紅

というのも好きなんです。

宗田　それもうまい。「にゃー」の次が

梵妻と白猫のそりのそりかな

でしょう。それから、三句目は「暗紅」でちょっとしんみりさせて、次に「猥談」が出てくるんだよ。しかも口ごもって……。

日向ぼっこの僧の猥談ぼそぼそと

それで、最後は抒情なんだ。「寺貧しああ東国の猫白し」で打ち止め。

齋藤　これはうまいよね。

宗田　組み立てが上手ですよ。

黒田　昔、先生、連句のようにひとりで作品をつくっていったことがありましたね。この句集も、流れが歌仙的でしょう。連作はとくに。それがうまいと思った。

金子　それもきょうは話が出ると思ったんだ。『蜿蜿』以来、おれは独吟を続けているの。だから、わりあい連作風の句が多いですね。

黒田　一人で巻いておられるんですね。

金子　したがって、連句はおれはやらない。今度、実は朝日新聞でやれと言われたけれども、やらなかった。正月に出ていたでしょう。ぼくのかわりに稲畑さんにやってもらったの。僕は断ったんだ。人の捌きを受ける詩作りというのはいやなもんだよ。

黒田　そこが、お若いんですよ。九十五歳ぐらいになられたらぜひ一緒に巻いてください（笑）。いまは独吟歌仙ですよね。『蜿蜿』のあとがきにそう書いてありましたものね。

宗田　今度の句集のめざましい進境の一つは構成がうまくなったこと。

黒田　実にうまい。最初はこの句じゃないとやっぱり困るのよ。「寺貧しああ東国の猫白し」では脇が付かないもの。挙句だもの。

金子　なかなかそう読めないんだな。

黒田　みんな金子さんに対する一種の思い入れがあるんでしょうね。ですから、兜太さんがこういう句で始まってもらっては困るとか、期待と注文がね。いろいろと。

金子　連作はひそかに続けたいと思っている。京都のお寺で作ったやつも連作なんだ。

宗田　追悼句も連作みたいになっていますね。二句で一章になったり……。一句だけでは中途半端なんだね。もう一句で抑えを効かさないと。

金子　この句集の特徴はひとつ、そこに置いているつもりなんだけどね。

宗田　だから、

戦友正夫みちのくの枯野に葬る

だけだとね。さらに、

枯野の墓平らたい骨は禿げ頭だ

と、もう一押し押しているんだ。

黒田　私には、『わが戦後俳句史』と、この句集の世界はずっとつながっているとおもえるのね。

もっと自由でいい

黒田　大木さん、作品に即して何かおっしゃってよ。

大木　あまり選句眼がないから（笑）。

樹下の犀疾走も衝突も御免だ

という句が好きです。あと、黒田さんはおわかりにならないとおっしゃったけれども、「酒止めようかどの本能と遊ぼうか」も採りました。それから、

少年二人と榠櫨《かりん》六個は偶然なり

です。それから、私は猫好きですから、

野良猫のふぐりは白露《はくろ》三個分

ですね。

みちのくの柚子ほどの艶《つや》ふぐりに欲し

それから「山深く草捨てられて無月かな」も好きです。

黒田　それも実にいい。

大木　それから、

巨岩に陰《ほと》探るかに春の猫

というのね。

トロイなり糞ころがしは退屈らしい

かちかちと入歯で嚙みし夏の夢

というのが好きです。皆さんとちょっと違うんですけれども。

金子　いや、そんなことないよ。おもしろい句だもの。

大木　意外だったのは「無月かな」の句で、だから、さっき「先生は何でもお作りになれるんですよね」と言ってしまったわけです。いやでそういうのを作らないのかなあと思って、ちょっとこれはサービスで入れてくださったのかなと思ったんです。でも、私、思うんですけれども、好きなものを好きなように作ればいいんですよね。

黒田　サービスで……っていう発想、大木さんらしい。

大木　それは私の皮肉ですけれども、そのときの興に乗ったものというのはいいわけでしょう。先生が即興が難しかったとおっしゃっていたけれど、先生のなかには、即興も何もないと思う。そのときの気持ちを素直に言えば、もう金子兜太なんだと私は思います。お世辞を言うとあれですけれども、だから、今回はすごくうれしかったです。私のわからないのがなかったから。

宗田　わからない句は全然ないね。

大木　そういう意味では、俳句を作っていない人に読んでもらいたいと思っています。

金子　おれもそれをねらっているんだ。

大木　俳人が俳句をわかってもしょうがないから、俳句を作っていないおじさん、おばさん、マクドナルドに来るおにいさんにも読んでもらいたいなというのが本音でした。

金子　それはおれの気持ちを言ってくれている。おれもそう思う。囲い込みの羊には、たぶんいろいろな拒否反応があると思うんだよ。ルールに縛られている人が多いから。それはあんまり当てにしないという気持ちがどこかにある。

大木　もっと自由でいいと思うんです。

金子　そう思いましてね。そいつはいいことを言ってくれました。

（一九九六年一月二十二日・お茶の水「山の上ホテル」にて。構成・福田敏幸）

（「俳壇」一九九六年七月号）

老猫「シン」を抱く兜太・皆子夫妻。1989年12月、埼玉県熊谷市の自宅で。写真提供＝毎日新聞社

三か月連続競詠　第一回

東国抄（一）

金子兜太

狼に転がり墜ちた岩の音
狼を龍神《りゆうがみ》と呼ぶ山河かな
龍神の両神山《りようがみやま》に白露かな
龍神の走れば露の玉走る
両神山釣瓶落しを背に止めて
木枯に両神山《りようがみ》の背の青さ増す
龍神の障《さえ》の神《かみ》訪う初景色
龍神に福寿草咲く山襞《やまひだ》あり
小鳥来て巨岩に一粒のことば
蚊の声のうろつく五臓六腑かな

隠岐（十句）

後の月焼《たく》火《ひ》の山を照らしけり
隠岐や秋大山《たいせん》の伏流水を汲む
黒牛に神島《かみじま》蒼し秋深し
高きに登る黒牛と狸に会釈
高きに登る神葉《じんば》の味噌汁で朝餉
高きに登る知《ち》夫《ぶ》里《り》島の野菊酒にひたし
登高す牛糞は踏むべくありぬ
後鳥羽院椨《たぶ》の秋樹《しゆうじゆ》に寄り給う
後鳥羽院満ち潮にひたに御《お》一人《ひとり》
怒濤に黒牛銀木犀の村上家

猟期

正木ゆう子

平均台端までゆけば星月夜
凡のまんなかをゆく薄原
牡の鹿の血のさらさらと駆くる夜か
鹿の背のしづかな高さ覚えをく
夜来るも夜明もうれし実紫
拝復その後両腕紅葉いたしけり
漉く紙のまだ紙でなく水でなく
なめらかな水ちぎれつつ冬の滝
裏漉しの目を通りたる雪の夜

檜の幹の暗紅しるく猟期来る
兜煮の眼窩吸ひたるしぐれかな
冬深みかも菜箸を湯に挿せば
平熱を計ることなし石蕗の花
ゆつくりと水入れかはる冬の湖
上空に使はぬ空気浮寝鳥
オルガンの鞴の漏れしクリスマス
大年の吃驚《びっくり》水を構へたる
禿び筆をもさもさ使ふ二日かな
牡蠣すするわが塩味もこれくらゐ
頭脳即宇宙ときおり鳰の声

（「俳句研究」二〇〇〇年一月号）

東国抄（二）

金子兜太

金木犀眼玉に散りぬ痛むかな
秋耕や唱《とな》え言《ごと》して万事よろし
幹照るとき秋樹思案のときと想う
人間の眼だけ光りて無月なり
人の足確《しか》と見えいて雨月なり
営農の大きなくしゃみ止まざるも
営農の筋肉野天風呂にかな
眼は亀虫鼻は蜂の巣山暮し
すずめ蜂の巣を標《しるべ》とし家居せる

すずめ蜂まんさく黄葉《もみじ》にぶら下る
眼ぐすりを注《さ》すときすずめ蜂直降
農人のお唱《とな》えごとにすずめ蜂
襲いもせず月明に発つすずめ蜂
すずめ蜂夜《よ》は人恐れ光《ひかり》襲う
すずめ蜂人刺すよ秋は逝きぬ
好機嫌《こうきげん》唐黍と白菜を食《た》べて
峡《かい》渡りくる烈風に蕎麦一椀
屋上から大根の葉が墜《お》ちてきた
木枯や人の糞《ふん》まで吹きとばす
狐火や予言者のごとき巌《いわお》

三か月連続競詠
第二回

天鵞絨《びろーど》

正木ゆう子

いま遠き星の爆発しづり雪
紡げよと綿ことごとく吹く荒地
枯山中一夜の枕据ゑにけり
産むゆめも死ぬゆめも見つ寒椿
金星や手鞠唄的夕間暮
冬眠のため天鵞絨の赤を敷く
馬となるべき魂あをく雪原に
寒靄や柩の中は何明かり
冬銀河痛みひとひらづつ昇る

寒暁や塵立つことも美しく
花柊畳屋に野の匂ひあり
あをあをと川床を磨ぐ冬の川
川の岸壊すな菘芹薺
熊笹にあかりのおよぶ歌留多かな
新聞をざつとたたみて石蕗日和
鶯の喉に日のさす声ならむ
やがてわが真中を通る雪解川
父老いてのち母老いむ百千鳥
頂上は常なにもなし麗らかに
春の月水の音して上りけり

（「俳句研究」二〇〇〇年二月号）

東国抄（三）　金子兜太

朝光にわが手が摑むわが頭
樫の木の真顔と冬の光りかな
まだ老いず冬の光りを貪りおり
ただ漠《ばく》と体《からだ》動かし霜夜を寝る
冬眠の蝙蝠に似て不透明
冬眠の蛙の側《そば》を霧通る
山畑や葱につまずき霧過ぎる
嘘《うそ》がすぐばれる世なりと賀状来る
有馬記念という一団の馬たち

風邪の孫中山道に昼の雨
歩きつづける象の話しと冬籠
冬籠る老母とてんと虫亀虫
生きてあり寒紅梅に土の匂い
夜の山猪《しし》の真上の崖氷柱《がけつらら》
生きるため猪急ぐ山神楽
猪に遠く火を焚《た》く村の衆
「ひと」と呼ぶ動物出でて青き踏む
引き際《ぎわ》の鴨の啄む金気《かなけ》かな
遍路来てとろろ蕎麦食《た》ぶよく話す
藺青しむかし海底《うみそこ》の盆地

三か月
連続競詠
最終回

土星

正木ゆう子

土星ほど傾ぐ橙飾りけり
さりさりと霜柱立つ音聞かな
冬旱流木は掌を置けとこそ
松の廊下日向ぼっこによささうな
おなじつめたさ如月の魚と海
ほんだはら夢につぶしてきりもなし
春暁人と覚えて起き出づる
総身に遺伝子らせんなす春よ
めつむりて極私的なる春の雨

初蝶のわれ在りと出づ野末かな
うみどりの羽交の仄と春の雪
生生世世乳歯はぐくむ夕霞
巻き了へて涅槃図のなか遥かにす
縫針の糸従へてゆく朧
桃咲いてなほさら父の寂しさよ
永き日の孔雀の前へまはりたる
鳥獣の寝足りて春の祭かな
鬼婆とならむ行末山桜
いつかわが骨片も莫《な》し大干潟
春の蚊の欄間を抜けて臈たけぬ

（「俳句研究」二〇〇〇年三月号）

◉三か月連続競詠を終えて

奥深さと恐ろしさと

正木ゆう子

金子兜太さんと三か月競詠と聞いて、よし頑張るぞと張り切ったのはいうまでもない。しかし意気込みなど何の役にも立たないと気づくのに時間はかからなかった。必要なのはもっと静かな真摯さや本当の大らかさのようなものであって、ヤル気など不純なだけなのだった。恥じて落ち込んでいるところに一か月目の掲載誌が届き、兜太さんの二十句を読んでぶっとんだ。すごい迫力。兜太さんの句の力強いことくらい知っているが、わが身に引きつけて近くで見ると、なんだか鼻息がかかりそうでいちだんと迫力満点なのだ。

　龍神の障《さえ》の神《かみ》訪う初景色
　小鳥来て巨岩に一粒のことば
　高きに登る黒牛と狸に会釈
　登高す牛糞は踏むべくありぬ

　これら自由自在の佳吟はもちろんのこと、兜太さんの句はすべてに全身これ兜太の魂が充填されていて、純粋な光を発している。私は俳句の奥深さと、恐ろしさを思った。

最近机上で行き詰まっていた私はこの間小さい旅を重ねた。風が脇を駆け抜けたかと思った戦場が原の鹿、一人で眺めていたら涙が止まらなかった福島の幕滝、檜の幹に体を支えて見た滑川の大滝、原初の輝きの那須の日の出。海の暁闇の空をゆく鳥の群れ。樹齢百年はたっていると思われた流木の肌の優しさ。一人でこんなところを歩くのは危険ですと注意されたのが山と海とで一回ずつ。

　体験の豊かさに比べて、結果のなんと貧しいことか。忸怩たるという言葉はこんなときのためにあるのだろう。しかし私は満足。結果はまたあとでゆっくりやってくるかもしれない。

　ただこれらの旅の途上、あらためてつくづく感じたのは、今いかにあちこちで川の改修工事が行なわれているかということだった。そのことを年明け早々の新聞に書いたら、鹿児島の〈メダカの学校〉の理事長という人からドサッとメダカと川の資料が届いた。理事長はなんと三十年前のボーイフレンドであった。十年前からメダカを育てる運動をしているという。こんなこともこの競詠の楽しい副産物である。

　三か月にわたって、兜太さんのような尋常でないエネルギーを持つ人の後ろで緊張を持続することは、ごまかしのきかない、ありがたくも楽しい試練であった。俳句を恐ろしいと思うことは快感である。このような経験を下さった兜太さんに心から感謝いたします。

◉三か月連続競詠を終えて

集中

金子兜太

　昨年の六月から暮にかけて、まとまった文章を書き、この競詠を含めて、まとまった数の俳句をつくり、そして、外に出て、なにやらお喋りをすることが重なって、忙しい思いをした。止めておけばよいようなこともあったのだが、自分の体をテストする気持があって頑張ってみた。そうしたらけっこう疲れることもなくやれたのである。まだまだ大丈夫ということらしい。

　その間、時間が空《あ》くと俳句をつくることにした。というのは、それまでは、時間の空いたときに一句二句とつくる作業を、ほとんどしていなかったということなのである。即興で湧いてきたり、会合などで戯《ざ》れ句をつくったりすることはむろんあるわけだが、意図して空いている時間を活用することは、あまりやっていなかった。わたしの場合は、じっくり集中して状態をつくり、状態の成熟のなかで湧くように句を得る、というやり方が普通で、一気に十から二十句くらいはつくる。したがってまったくの句作しない時間もけっこうあったのだ。

　しかし、昨年後半は、そんなことでは句数が間に合わなかったし、だいいちまとめて集中する時間などほとんどなかったのだから、苦肉の策と申すべきだろう。〈時時《じじ》集中〉という自製のスローガンを身に課して、ポケットにメモ用紙を用意して書きとめていく。これがよかった。持論の〈産土《うぶすな》といえる土の香の濃い想念の世界〉に、常時、わりあいに滑らかに入れるようになって、心身の活気回復にも役立つ思いがあった。そして、俳句には〈芯〉が大事と、いまさらのように気付く始末だった。

　いくら気どっても普通は普通。俳諧ことば遊びがいくら巧みでも、作品としての俳句は光らない。決め手は〈芯〉。それを時時刻刻のなかで押さえていけ。そんな半年間のなかで、この競詠はことに有難かった。

　相手の正木ゆう子さんはなかなかにエネルギッシュで、存在の得もいえぬ不思議を捉える感性に恵まれているし、何より頼もしいのは土の香があること。才女といった上っ調子なものでない内燃性があること。わたしよりはるかに若いこと。

　平均台端までゆけば星月夜
　鹿の背のしづかな高さ覚えをく
　兜煮の眼窩吸ひたるしぐれかな

のような一月号の作の刺激性もまんざらではない。

（「俳句研究」二〇〇〇年三月号）

兜太の一句

青木亮人

青年鹿を愛せり嵐の斜面にて

昭和三十年発表の掲句は「戦後」個人の明るさと孤影を体現していた。濁音が全く現れないスマートさは「青年」「鹿」の香気をかきたて、彼らの「愛」は「嵐の斜面にて」と抽象絵画じみた不安定さと明快さの上で展開される。七・八・五の音調も若々しさと偏りを漂わせており、これら一切が敗戦復興を経た昭和三十年代の気分を先取りするものだった。石原慎太郎『太陽の季節』や谷川俊太郎『愛について』、また石原裕次郎や長嶋茂雄といった各分野の明るくも荒々しい若さとよるべない孤影、しかもそれら「青年」の「愛」を認めたのは、戦地の地獄から帰還した大正期生まれの兜太であった。この後、兜太は『今日の俳句』（昭和四十年）によって「戦後」の代表俳人となる。

秋尾　敏

水脈《みお》の果て炎天の墓碑を置きて去る

昭和二十一年十一月、トラック島からの最終復員兵の一人として、兜太は船上にいた。船尾から見る「水脈の果て」にはトラック島がある。帰国を前に戦歿者の墓に詣でた兜太は「日盛りの墓碑やあらわに匂いもなし」などと詠んでいるが、どの句にも帰還への喜びはない。ともに戦った者の墓を置き去りにするという暗鬱さに、敗戦の屈託と未来への鬱屈が重なり合っている。字余りや破調というものは、こうした状況を詠むためにあるのであろう。思うに「水脈」は戦争という時間軸であり、「炎天」はトラック島という戦場の象徴。「墓碑」はそこで起こった出来事の記憶のすべてである。死人を葬るのが墓であるならば、その墓を葬ることは誰にもできない。兜太の脳裏に深く、今も「墓碑」は聳え立っている。

浅井愼平

暗黒や関東平野に火事一つ

わが家の茶室に向かう廊下の壁にこの句が額に入って掛っている。いつの頃だったか兜太さんからいただいたもので、何故、この句だったかは兜太さんの気まぐれだったのではと思っている。

この壁に掛っている色紙の句を立ち止まって見る人は少ないが、伊丹十三さんは立ち止まって眺めていた。そして、「これが金子兜太の字か」といった。俳句か、といわなかったことが面白かった。ぼくたちは茶室に入って湯豆腐で酒を飲んだ。すると、「あ、火事」と伊丹さんが窓の外の灯りを見つめて呟いた。兜太さんの句が頭を巡っていたらしい。

浅沼璞

おおかみに螢が一つ付いていた

今年度の『連句年鑑』にはベテラン連句人による鼎談「金子兜太俳句の連句的鑑賞」が掲載されている。各作品は三行書きにされ、その付けと転じが語られていく。結論から言えばネガからポジ、暗から明への転じが兜太的俳諧性のようだ。掲出句にも、絶滅種の狼から生存する蛍への転じがみられる。

そういえば兜太は自著『荒凡夫　一茶』で「犬どもが螢まぶれに寝たりけり」の一茶発句を引き、俳諧的アニミズムへの志向をみせていた。けれど同著では「原始信仰をあらわすアニミズム」を「生きもの感覚」と換言し、「現代の概念」として受け取りたいとも述べている。掲出句にはそんな作者の屈折した思いが潜在していはしないか。俳諧的アニミズムとは別に、現代俳句としての鑑賞もまた一方でなされることを、この句は望んでいるように思う。

池田澄子

白梅や老子無心の旅に住む

兜太俳句を一句選ぶのは私には無理。例えば「華麗な墓原女陰あらわに村眠り」「霧の村石を投らば父母散らん」「小鳥来て巨岩に一粒のことば」等々、この作者がいなければ絶対に、この世に現れなかった作である。それらをひっくるめないと金子兜太にならない。

掲句、初めて句会に誘われたときの、正真正銘の第一作。白秋の詩「老子」の、「老子は幽かに坐つてゐた／はてしない旅ではある」が身に沁みていた青年はこう詠んだ。

皆子夫人とのオホーツク海沿岸の旅で「海とどまりわれら流れてゆきしかな」と詠み、定住漂泊の想念に至ったという。肉体の定住。精神、魂の漂泊。その思いが実は、第一作に既に告げられていたことに驚く。

井上弘美

水脈の果て炎天の墓碑を置きて去る

私にとっての金子兜太の一句を掲げるべく、第一句集『少年』を読み返した。掉尾に置かれた「原爆許すまじ蟹かつかつと瓦礫あゆむ」を書こうと思っていて、この句に至る作品を辿るためだった。だが、読み返してみて、鮮烈だったのは冒頭の一句だった。

この句は、トラック島に出征していた作者が、終戦後、一年余りの捕虜生活から解放されて、日本に帰還する時の作品である。引き上げ船から、次第に遠ざかるトラック島が「炎天の墓碑」のように見えたのである。白い航跡は、置き去りにするしかない非業の死を遂げた仲間への、作者の尽きない哀悼の念だろう。兜太の生涯を決した一句であり、私たちにとっても、戦後の原点としたい一句である。

岩渕喜代子

おおかみが蚕飼の村を歩いていた

兜太の生まれ育った秩父は蚕飼の村でもある。掲出句は解説する必要もない単純明快な叙述である。単純であるがゆえに狼の歩いている脚の先まで鮮明に見えてくる。

句集『東国抄』には、おおかみの句がいくつもある。俳人に膾炙しているのは、「おおかみに螢が一つ付いてきた」だが、ほかにも「おおかみを龍神と呼ぶ山の民」、「狼墜つ落下速度は測り知れぬ」、「狼の行き来檀の木のあたり」など、どれも存在感を見せている。

今や狼は神話的に語られる生き物だが、それらに命を吹き込むのが文学、ことに詩歌に関わる人々の使命ではないかとさえ思うのである。時に誰か恐竜をこの世に出現させてみてはどうだろうか。

宇多喜代子

夏の山国母居てわれを与《よ》太《た》と言う

いくつになっても母親にとって子は子だというが、この句の母親もそんな世間の母親と同じく「われ」なる作者は今も昔ながらのやんちゃな子なのだ。なんといってもその子を堂々と「与太」呼ばわりする母親がいい。

「夏の山国」は母のいる母領、子がもっとも安心して過ごせるところ、母胎につづくところである。子が成長して親の許から逸れたところにいったとしても、母にしてみれば昔とおなじ子なのである。

初期の句集『少年』に、「曼珠沙華どれも腹出し秩父の子」

がある。「秩父の子」が兜太自身であるような、すでに十分に与太であるような土の子である。母のいう「与太」は、腹を出した土塊愛児の謂であろう。可愛くてしかたないのだ。

岡井 隆

梅咲いて庭中に青鮫が来ている

朝日文庫本の『金子兜太集』を久しぶりにひらいて、結局は、この句かなって思った。兜太は、異質のものをつき合わせるのを得意業としている。若いころの「青年鹿を愛せり嵐の斜面にて」などもその好例だ。「暗黒や関東平野に火事一つ」などは、破調の小さい方だが、「梅咲いて……」も「青年鹿を……」も字余りが大きい。それを堂々とやってのける。戦後俳句は、自由律的になりやすかったが、あれとは少し違うリズムを兜太は創った。「梅咲いて」とおだやかに出て、すぐにそのあとへ「庭中に青」「鮫が来ている」と「五・七・七」となる。異質なものが、庭中にあふれるみたいにやって来ている。ニハナカではなく、ニハヂュウとわたしは読む。

小川軽舟

港に雪ふり銀行員も白く帰る

神戸時代がなかったら、金子兜太は存在しなかったのではないか。関西俳人の熱気に触れ、「社会性は作者の態度の問題である」と宣言して兜太は始まった。不遇な日銀マンとして死に、俳人として生きる、その覚悟を「朝はじまる海へ突込む鷗の死」と詠んだ。

私はいま神戸に、それも兜太一家が住んだ岡本に暮らしている。そのためか神戸時代の兜太作品にはとりわけ心が添う。掲句もその時期のもの。雪をかぶって白く帰る銀行員の中に兜太もいる。その背に呼びかけるように港から汽笛が響く。同じ神戸時代の「銀行員等朝より蛍光す烏賊のごとく」に比べると静かな印象の句だが、兜太の心境が素直に吐露されて抒情的な魅力がある。

小澤實

おおかみに螢が一つ付いていた

中沢新一さんと対談を続けていた時、アニミズムの俳句を問われて、この句を挙げた。アニミズムについての理解の浅い頃で、他の句は人間以外の動植物が、人間でなければできないような動作をしている、という句を揃えた。ところが、この句に限って、そういう句ではなかった。狼の命と蛍の命とがお互いに照らしあっているという句だった。

残念ながら、日本の狼は絶滅してしまっている。もしかすると、単独で飛んでいる蛍の光に、蛍を体に付けた狼を幻視した句かもしれないと思った。「螢」を漢字でしかと表記し、「おおかみ」をひらがなでほのぼのと表記しているのも、その読みにふさわしいか。

恩田侑布子

富士を去る日焼けし腕の時計澄み

兜太学生時代の作。「日焼け」は夏の季語だが、句末の「澄み」に重心があり、初秋の澄んだ大気がひろがる。小さな自己の殻を脱ぎ捨てて富士の裾野で野外生活をした旬日は、腕を赤銅色に焦がした。が、いまや富士と別れ、都会に戻る。みれば腕時計の文字盤は水晶のように澄んでいる。そのとき、過去、現在、未来を貫く人間を超えた明澄な時の流れを感じた。日焼け肌と銀の時計。富嶽と長針。去るものと残るもの。夏と秋。霊峰と肉体。多層構造をなす対比は一句の奥行を深める。富士、野生児の我、銀の時計は、正三角形の曼荼羅にも、正反合の弁証法にもなろう。三者は張りつめた引力で中心に引き寄せられる。それは表面張力のみなぎるしろがねの珠である。

熊谷中学時代の兜太。写真提供＝金子眞土

柿本多映

水脈の果て炎天の墓碑を置きて去る

兜太氏の俳句の原点となった掲句。その内容の重さを思うと切ない。戦時中、トラック島には海軍基地があり、そこでの壮絶な体験は我々の想像を絶するものであったろう。ずっと以前、俳句に無縁の夫が掲句を知り「兜太さんに会ってみたい」と呟いたことがあった。この時彼は自身のトラック島での体験を重ね合わせていたのかも知れぬ。氏のこの鎮魂の一句は死者も生者をも救済する。

そして私は今アニミズム云々を超えた所で、金子兜太の人間性丸出しのピュアな生命の句に解放されている。

鹿や猪やと起きては喋る鳥帰る

鍵和田秞子

谷に鯉もみ合う夜の歓喜かな

夜の闇の谷川に揉み合う鯉の群れ。季語は無いけれど緋鯉を思い浮かべる。春から初夏の頃だろうか。水嵩を増した流れを盛り上げての鯉たちの歓喜を思うと、何と情熱的な光景だろう。闇の中での弾けるような水音や飛び散る微光を思えば、暗いゆえの命の発露がむしろ怖いほどである。

もう二十年以上も前のことだろうか。「作句信条」へのアンケートに応えて、兜太氏は次のように書かれていた。「天人合一。俳諧自由。造型と即興。」。掲出句も正にその信条に適い、読者を魅了する。兜太氏は我が師草田男に最も近い作風の一人である。

神野紗希

梅咲いて庭中に青鮫が来ている

兜太の句には透明な命がひしめいている。「朝はじまる海へ突込む鷗の死」には、まぶしすぎる朝の光の中に、海で死んだ無数の命が輝く。「銀行員等朝より蛍光す烏賊のごとく」の烏賊も透きとおる生き物だ。都市で暮らす人間が、灯されたホログラムのように、透明な幻となってひしめく。「猪が来て空気を食べる春の峠」の猪が食べる空気は、命そのもの。春は生命誕生の季節、峠はあちらとこちらの境界だから、春の峠の空気には、生まれようとする透明な命が溶けている。「梅咲いて」の句、幻の青鮫によって、庭中をすらすらとめぐる早春の風や、その風にひんやりとうなじや脚を撫でられる感覚が、ありありとよみがえる。何にもないように見える早春の庭には、青鮫が泳ぎ、芽吹き花開くべき命が満ちているのだ。兜太の主唱する「生きもの感覚」とは、この透明な命に対する感度である。

五島高資

よく眠る夢の枯野が青むまで

大いなる万物流転に随順する安心立命が感じられる。それは、「死んでも命は残る」という兜太の確信に拠るところが大きい。そうした死生観は、『二度生きる』という著書に詳しいが、前の大戦で多くの「死」を目の当たりにして辛うじて生還したという体験に根ざしている。「二度生きる」ためには、一度死ななければならない。他者の死を自らの死と捉えたとき、生死をはじめとする二項対立的観念を超えた「真実」が見えてくる。

朝、兜太は亡くなった大切な人々の名を唱えるという「唱名」を欠かさない。それをしないと「その日は眠れないぐらい」だと言う。睡眠が日常生活における疑似死体験だとすると、「よく眠る」とは、死者との篤い交感とも深く関わる。それは、枯野が青むように、邂逅した「命」が再び輝く瞬間であり、「命」が滅びない所以でもある。「夢」こそが「真実」の世界なのかもしれない。そして、それは人を超えて産土の風土へも敷衍される。「おおかみに螢が一つ付いていた」「狼生く無時間を生きて咆哮」「言霊の脊梁山脈のさくら」

酒井佐忠

暗黒や関東平野に火事一つ

あえて前期の句集『暗緑地誌』から引いた。主客体の間に「創る自分」を置く「造形俳句」を昇華させ、映像詩として魅力ある一句と思う。だが、その映像は暗く重い。「海程」創刊から約七年後。東北本線車窓からのイメージといい、『暗黒』は実景であると同時に不安とも重なっている」（『いま、兜太は』岩波書店）と自解する。高度経済成長期の農村風景を思い描いたというが、描かれた「関東平野」は、いま現在の「虚妄の東京」を暗示しさえする。「人体冷えて東北白い花盛り」（『蜿蜿』）にも、共感する。この句は津軽での作という。いずれも「暗黒」や「人体」などの強い言葉が、詩語として生きていると思う。

坂口昌弘

白梅や老子無心の旅に住む

兜太は高校生の時、北原白秋の詩「老子」を本歌として無心・無為のタオ精神を句に詠み、その後「霧の夢寝青鮫の精魂が刺さる」「月冷えの岩群とあり神を信ず」等のアニマの句を多く詠んだ。その一面を、十一年前の拙著『句品の輝き』の兜太論で詳しく論じた。『無心の旅』の句から現在まで一貫している世界をこんなにズバリ言い切られるといささか面映いものがあったが大満足である」と兜太氏から頂いた言葉は私の評論活動の支えである。老子・荘子のタオイズムは二千数百年前の戦国時代に万物斉同（森羅万象の生命の平等思想）と非戦思想を明文化した。兜太俳句はその生命思想と反戦の二面性を持つ。

佐々木六戈

青年鹿を愛せり嵐の斜面にて

ながい間、私は右の句を誤って記憶していた。青年（は）鹿を愛せり嵐の斜面にて、と。この「てにをは」の付加は、私に内在する短歌謡への偏執からであったか。あるいは俳諧の一体としての片歌への変奏であったか。ギリシアの古詩を想わせるスタンザの欠片を口遊みつつ、私も俳句を続けられて来たようにおもう。この青年には、クノッソス宮殿の祭司王の面影があり、ミノア風の腰布をつけてはいるが半ば裸であり、嵐が過ぎ去った後には鹿と共に死んでいる。そこから一茎の花が咲き出てよい。そんな風に想像を逞しくしてこの句を玩弄して来た。読者とは勝手なものである。「金子兜太95歳自選百句」(『語る兜太』収録)にこの句を見つけて我が意を得たつもりになっている。

関　悦史

太平洋抱卵のごとし渚の少女らは

「太平洋」は場所を示すというより、どの海岸であるかを問わない、地球のかなり面積を占める大洋の現前として句のなかにある。そのスケールと照らしあい、「少女ら」は生命そのものの提喩と化す。しかし少女各自の固有性が剝ぎ取られ、符号に還元されてしまったわけではない。あえて「渚」の語を入れて場を境界にしたことにもよるが、むしろこうした作りの句としては珍しいほど個別の生身が照り返される。少女らが太平洋を鳥の卵のように抱き温めるのか、それとも太平洋が産卵前の魚のように少女らを腹中に抱えるのか。相反する二つの巨大なイメージを抱え、この句は若々しく輝かしい。喩は詩の源であり、愛にも似た知性の交通ともなる。

仙田洋子

彎曲し火傷し爆心地のマラソン

兜太の代表作。核戦争の危機から人類が一向に脱け出せずにいる今こそ、この句に再びスポットを当てたい。

爆心地の悲劇は生半可な言葉を拒絶する。「彎曲」「火傷」と叩きつけるように繰り出される強烈な言葉しか受けつけない。言いようのない悲しみと怒りが迸る。(戦争を終わらせるためだったと米国は言うが)これも人道に対する罪ではないのか。一般市民にまで何をしてもいいのか。その爆心地を、マラソンの苦しさに顔を歪めた人々が走る。あの日、原爆に焼かれながら生き地獄をさまよった人々のように。「核不拡散」が虚しく響く二十一世紀に再び核が使われたならば、マラソンをする人々が生き残れるかどうか。

高野ムツオ

暗黒や関東平野に火事一つ

「海程」の例会でまみえた句である。もちろん作者名は伏せられている。好評を博し、何人かが共感の熱弁をふるった。私は否定的な意見を述べた。「火事」が象徴的過ぎると感じた。「暗黒」も観念的と思った。後日、観念的なのは読み手の私であったと悟った。当時の社会的な状況と短絡しすぎていたのだ。兜太自身が後日述べるように高度経済成長期の農村の時代性が反映されているのは、その通りであろう。しかし、暗黒は、まず平野そのものの暗黒であり、火事は現実の火事なのだ。現実であるからこそ、火事の畏怖が広い関東平野全体に広がる。それゆえ火事がいつ烽火や戦火に変わるか知れない畏怖をも胚胎している。そう読むのは、今という時代ゆえかもしれない。俳句は生きている。生きて変動する。ここにも俳句のダイナミズムがあると知らしめてくれる。

高山れおな

少年の放心葱畑に陽が赤い

第一句集『少年』の巻頭二句目。「東京時代（昭和一五～一八年）」の章に含まれるから、二十代前半、旧制水戸高校から東京帝大在学中にかけての句ということになる。名句秀句かが問題ではなく、この作者の句作りの芯にある感性がそのまま露出したかのような、初々しく生々しいところに惹かれる。この句を書きつけた時、作者はすでに少年と呼ばれる時期を通過していたわけで、その通過した地点から近い過去の感受性を手探りする趣き。その仕草にしたって充分若々しいのだが。と、他人事のように記したけれど、実のところ自分にしてもこういう感性に依拠し、手探りし、書いていたはずだという思いもある。いろいろな意味で懐かしい句なのだ。

田中亜美

リルケ忌や摩《さ》するに温き山羊の肌

旧制水戸高校文科乙類を経て一九四一年（昭和十六年）、東京帝大に入学した兜太は、二年半で繰り上げ卒業をして、海軍経理学校に入る。掲句は、そうした短い学生生活の間に詠まれたものだ。詩人リルケは一九二六年（昭和元年）に亡くなったが、その翌年には茅野蕭々訳編の日本で最初の『リルケ詩抄』が出版されている。蕭々はドイツ文学研究者であるとともに、明星派の歌人でもあったから、リルケが文学青年たちに与えた影響は大きいだろう。甘美な郷愁と叙情の滲む兜太のこの句は、子規と漱石の友情に代表されるような旧制高校・大学の古き良き自由闊達な「青春」のエッセンスとの、最期の惜別を象徴しているようにも思われる。句集『少年』所収。

筑紫磐井

朝はじまる海へ突込む鴎の死

この句は「朝はじまる／海へ突込む鴎の死」と読むのが普通だろう、俳句を五七五と見る限り常識的な切れである。しかしそれは俳句の定型性に慣れ親しんでしまった錯覚ではないだろうか。最初からある解釈を与えるのは危険だ。

　兜太が最初に見ていたのは「朝はじまる海へ突込む鷗」であった、これは恐らく神戸港で見た眼前の写生的風景——餌を求めて毎朝海に飛び込む平和でローカルな鷗のいる風景だ。そこに突然「の死」がつくことにより全く違った風景が浮かび上がるのである。「の死」がこの句の眼目だ。この直前に切れがある。撃墜された零戦が海に突っ込む景、というのはよほどあとの解釈なのだ。兜太の句の解釈はもっと自由に、解放されるべきなのだ。

対馬康子

三日月がめそめそといる米の飯

　金子兜太は俳句における新しさを常に追求してきた。自解では、群馬の宿で句会後の夕食の白い飯に「まったくほのかに」三日月が映っていたとある。実景から、農耕民族である日本人の根源に迫り、それが経験してきた喜びと苦しみの歴史の中に、透き通るような繊月の呟きを奇跡のように聴いている。物を感ずることと物を見ることが統合したとき、人は見えないものの光りを見るのではないだろうか。俳句造型論とは、その見えないものを見ようとする俳人の誠実な営為のことに他ならない。この句は、昭和五十二年八月秩父で開かれた「麦」三百号大会の中島斌雄の講演において「外物を自分の肉体化して表現しようとする」句として引用されていて印象深い。

寺井谷子

彎曲し火傷し爆心地のマラソン

　昭和三十三年一月、兜太は日本銀行長崎支店へ転勤。神戸支店に転勤して四年半後の更なる転勤であった。この一句に、被爆十三年目の長崎の景と戦後十三年目の日本を思う。抉られた災禍の傷跡と復興へのとば口。立ち現れる長崎の地形。その上を覆ったきのこ雲を見る。このきのこ雲は、上空が雲や、前日の八幡大空襲の煙に覆われていなければ、当時一歳七ケ月の赤ん坊の私がいた北九州小倉の上に生じた筈のものである。

　その思いは、齢を重ねる毎に濃く深く、「あわれ七ケ月のいのちの、はなびらのような骨かな」という松尾あつゆきの「原爆句抄」の句群と共に「我が命」の立つところを問い続けてくれる。

照井翠

梅咲いて庭中に青鮫が来ている

兜太のこのフィクションがたまらなく好きだ。さすが、楸邨の弟子。師の虚構も底無しだが、弟子の幻視はよりモダンで粋だ。

句に描かれた景を（本気で）思い浮かべると、驚くほどシュールだ。青鮫を思い浮かべてもいいし、メタファーと捉えてもいい。

幻視の句ではあるが、妙にリアルな手触りがある。それは偏に「庭中に」の語の働きによる。「梅咲いて青鮫が来ている」とは、あり得ない景だが、その繋ぎに「庭中に」と置かれると、もう本当に青鮫が見えてくるのだから、詩とはなんと不思議なものだろう。

俳句の虚実を知り尽くした兜太ならではの極上の詩が、ここにある。イメージとイメージがぶつかり合った火花もまた、幻視。

外山一機

水脈の果て炎天の墓碑を置きて去る

死者とともにある生とは、あるいは、死者に励まされ、慰められ、責め苛まれる日々の謂でもあろうか。この句は出征先であったトラック島からの帰国の際の記憶とともに、金子がしばしば語る一句。復員後の金子の生きかたを決定づけたもののひとつは、このトラック島で非業の死を遂げた者たちに対する思いであった。いわば金子のうちにはいつも「炎天の墓碑」があったのだ。そして、「炎天の墓碑」とともにある生を自らの生とすることを、静かに、しかしたしかな決意をもって詠ったのがこの句だろう。その決意はまた、「炎天の墓碑」を「置きて去る」ことになった自らへの忸怩たる思いやのっぴきならない痛みを伴ってもいたはずである。

中村和弘

抱けば熟れいて夭夭の桃肩に昴

句集『詩經國風』の中の一句。句集のあとがきで「詩經」の「国風」が北方黄土層地帯の古代の民の〈地方の歌〉であり、その〈ことばの大空間〉に限りない魅力を覚えた……。と述べている。この句は、「詩經」の〈桃夭〉（周南）、

桃之夭夭　桃の夭夭《ようよう》たる
灼灼其華　灼灼《しゃくしゃく》たり其の華
之子于帰　之の子于《ここ》に帰《とつ》ぐ
宜其室家　其の室家に宜《よろ》しからん（続く）

に依る。若い女性を〈桃〉に喩えている。夭夭は若々しいの

意。この詩を念頭に置くと兜太の句がよく分る。おおらかで健康なエロスの感じられる一句である。現代という時代が失ったものかもしれない。

行方克巳

彎曲し火傷し爆心地のマラソン

「彎曲」そして「火傷」――。そのイメージとして、被爆者の苦痛に歪んだ表情が眼底に焼き付いて離れない。

原爆が炸裂したほんの数秒後に、何万という人間が〝地獄のマラソン〟を強いられた。

「原爆詩すまじ蟹かつかつと瓦礫あゆむ」という句のスローガン性よりも、赤黒い漿液にまみれた真のリアリズムを私は評価する。

仁平 勝

木曾のなあ木曾の炭馬並び糞《ま》る

「木曾のなあ」という上五は、いうまでもなく木曾節の冒頭の歌詞である。炭を運ぶ馬が並んで糞をしている場面だが、そうした風景を詠むのに、まず木曾節が口をついて出てしまうところがいい。そこに俳句形式にたいする自由なスタンスがあり、同時にまた、故郷の秩父音頭を聞いて育った兜太の感性が息づいている。

「木曾のなあ」という唄い出しで、「木曾の炭馬」が呼び出される。たんなるリフレーンではない。意味を持たない「木曾のなあ」は、兜太が自己流で生み出した「木曾」の枕詞というところか。ゆったりとした導入部から、「並び糞る」という動詞を二つ重ねた緊密な句末へ、まさに序破急のリズムが効いている。

野木桃花

彎曲し火傷し爆心地のマラソン

本箱から古い『金子兜太句集』を取り出した。紙魚だらけで、いかにも時代を感じさせる本である。これは『現代俳句新書一』として昭和三十六年七月一日、「風」発行所から発刊された本であった。定価は二五〇円、この本は兜太先生のサイン本である。若かりし頃、友人二人と句会をやっていた頃が鮮やかに蘇った。二人は現代俳句の兜太先生が好きで、先生の句は二十句や三十句はすぐに口をついて出てくるほどであった。私はこの二人によって俳句にのめり込んでいった。扉にある「彎曲し火傷し爆心地のマラソン」の句は紛れもなく兜太先生の書体である。長崎の原爆を想起させるだけではなく、必死に生きる人達の尊厳がこの句から感じられた。

能村研三

白梅や老子無心の旅に住む

この句は前書きに「水戸高校句会で始めて作った句です」と書かれて『生長』の冒頭に掲載されている。兜太十八歳の時の作である。これからの兜太の俳句人生の行方を暗示させる句でもある。

「無心の旅」とは、芭蕉の「旅に病んで夢は枯野を駆け巡る」の句や「月日は百代の過客にして、行きかう年もみな旅人なり。……予もいずれの年よりか片雲の風にさそわれて漂白の想いやまず……」の思いにも通じている。金子兜太さんは昭和三十一年第五回現代俳句協会賞を私の父能村登四郎と同時に受賞している。年齢こそ七、八歳の違いがあったが、戦後俳句の同時期の作家として肩を並べることが出来たのは父にとってもすばらしいことであった。

復本一郎

人体冷えて東北白い花ざかり

私が親炙していた国文学者が栗山理一。処女作『花ざかりの森』によりデビューした三島由紀夫を世に出すことになった「文藝文化」の創刊メンバーの一人である。その栗山理一が、若き日の金子兜太を高く評価し、しばしば兜太の名前を口にした。日本美「さび」の研究に夢中になっていた私が、最初に関心を持った現代俳人が兜太であった。のちに親しく兜太の謦咳に接することになるが、そこに不思議な運命を感じた。

兜太句中、一句をとなると、右の句になる。東北の春は、まだまだ寒い。凛冽たる気がみなぎっている。その中に身を置くと、自らが浄化されるようなある種の心地よさを覚える。「花ざかり」の花が「白」である必然性が素直に首肯される。「白い花」を雪の隠喩と解すべきではない。

冨士眞奈美

霧の村石を投うらば父母散らん

大俳人の一句、とは難しい。荒凡夫を生きる兜太先生の魅力は、知性と野性の共存。人間の生について強いノスタルジーと詩情を感じる「霧の村」がやはり一番好き。常に現代を考えている知性として「水脈の果炎天の墓碑を置きて去る」による反戦思想は我々を廓清し、とかく臆しがちな人々を勇気づけ支えてくれる。「知性と野性」には理智、自由、洒脱、誠実、茫洋、豊沃、包容力といった言葉がふつふつと浮かぶ。いきいきと、小気味よい言語感覚に魅きつけられる。「曼珠沙華どれも腹出し秩父の子」に対し、「水の音して夢を見るなり曼珠沙華」（金子皆子句集『下弦の月』）は、霧の村の美しい相聞の句だと私は勝手に思い、時々呟いてみる。

星野高士

白椿老僧みずみずしく遊ぶ

来年で白寿を迎えるということであるが、氏独特の艶、そして少し力を抜いたときの力強さはなかなか類をみない。そして「海程」も終刊と聞けば大きな時代の変化を私自身強く受ける。余力を大きく残しての決断と思い、その後どういうところで作句をされていかれるかは大変に興味深く楽しみでもある。白椿は紅椿と違って派手さはないが嫋やかな艶もある。また老僧も老ゆるばかりではなく遊び心を満たすのである。できればみずみずしく遊んでいたいのが人間の本音。何年も前は「曼珠沙華どれも腹出し秩父の子」が一番好きであったが、こっちも少し齢をとりこの作品に金子兜太の姿も反映されていると思うようになった。来年になればまた好きな句が変わっていそうな気もする。

松下カロ

暗黒や関東平野に火事一つ

「火が見える！」ホロコースト体験者エリ・ヴィーゼルの名著『夜』の冒頭近く、アウシュビッツに送られるユダヤ人を満載した貨車の中で一人の女性が叫んだ。「火が見える！」不安と恐怖にかられた人々は、叫び続ける彼女を暴力で黙らせた。やがて貨車が止まった時、彼等は虚空に火を見た。それは犠牲者を焼くために昼夜なく燃える絶滅収容所の業火であった。この火で数百万人が焼かれた。太陽の芯に光と闇が潜むように、人間の内部には明るい英知の火と共に陰鬱な憎悪の火が燃えている。金子兜太が人間の根底を詠う表現者である以上、彼の火が良識の輝きを放ちつつ暗い殺戮の記憶を宿すのは当然である。

わたしも叫びたい。叫ばねばならぬ時に。
〈火が見える！〉と。

本井英

水脈の果炎天の墓碑を置きて去る

兜太が主計将校としてトラック島に着任したのは昭和十九年の春のことであるという。トラック島といえば、太平洋上の一大軍事基地として殷賑を極め、横須賀の海軍御用達料亭「小松」の支店まであった。そのトラック島が兜太着任の直前の二月、米軍の猛攻により壊滅的な被害を受けてしまったのだ。その後のトラック島は、米軍の「飛び石作戦」から外れたお陰で「激戦・玉砕」という悲劇からは免れたものの、今度は食料の不足による惨状を呈したという。

その敗戦、捕虜生活から本土へ復員する船上で詠まれた句である。

大正時代に生まれ合わせた「日本男児」はさまざまな形で「戦争」の犠牲になった。そうした意味でこの句に頭が下がるし、それら先輩方を敬して止まない。

横澤放川

きよお！と喚いてこの汽車はゆく新緑の夜中

なんと痛快で痛烈な汽笛のひびきだろう。そのひびきはただの快哉でもなければ、蛮声でも怒声でもない。むしろその快哉と怒号との渾然態が兜太のことばの本質だ。眼をむいて喜び、胸張って怒る、それが兜太のことばの本質だ。赴任先の福島から上野への夜行での寝《い》ねがての車中作だという。兜太三十代の初め、戦争によって中断された遅まきの青春。それがただの開放された新緑の喜びなどであるはずがない。「水脈《みお》の果て炎天の墓碑を置きて去る」とトラック島からの帰還をことばにとどめたのは、まだつい昨日のことだ。この汽笛の嗚呼のなかには、やがての「原爆許すまじ蟹かつかつと瓦礫あゆむ」「彎曲し火傷し爆心地のマラソン」の嗚呼もすでに可能態として目覚めようとしている。

依光陽子

梅咲いて庭中に青鮫が来ている

庭という日常的空間に現れた青鮫という異物。仄明るさの青白い静寂。青鮫は明らかに虚構の訪問者ではあるが、律動する命の気配を確かに感じる。遺伝子の記憶、内なる野生が共鳴するのだろうか。梅は野梅か白梅か紅梅か。堅牢な老梅がいい。梅華をつける青枝と鮫の青がスパークする。青鮫が動く時、そのメタリックブルーの身体に反射して生まれる幾筋もの光の正弦曲線が重なり、早春の波動、すなわち春という季節の命のダイナミズムとなる。

掲句における虚実の皮膜は内と外を隔てる障子一枚の薄さだ。イメージがそれを貫くとき、春の祝祭がはじまる。

（「俳句四季」二〇一七年十一月号・十二月号、大特集「１００人が読む金子兜太」より抄出）

金子兜太論

中谷寛章
Nakatan Kansho

中谷寛章◉一九四二年、奈良県橿原生まれ。京都大学経済学部卒。在学中、「京大俳句会」に入会、一方で学生運動にも関与。六七年、赤尾兜子主宰「渦」に同人参加。旺盛な評論活動中の七三年に急逝。享年三十一。

I　元の木阿弥　社会性論議にふれて

　自己と社会とのかかわりは、素朴な生活実感から社会主義リアリズムといった意識的な思想をも含めて、その解釈の幅はきわめて広い。ある意味では、生きていることそれ自体、社会と切離して考えることはできないだろうし、そうした意味において、おそらく、人間にとって社会に無縁な存在などないのだ。だとすれば、「社会性」など云わずもがなの問題であっていいはずだ。事実感動の本質は、ぼくらの卑少な意識や論理を越えて、きわめて純粋なものである。だが、ぼくらが表現者としての自覚をもって「社会性」とあえて意識的に表現するとき、ぼくらはすでに問題を批評の位相にまでもちあげてしまったのだ。まずこのことを認識しておかない限り、おかしな方向へ問題がすりかえられてしまうおそれがある。いな事実、ぼくはもうすでに、正当な批評の位置からひきおろされた「社会性」の無残な残滓しかみることはできない。かつてはなばなしく若い世代をひきつけていた社会性論議は、あるいは平畑静塔が危惧したように、ジャーナリズムのわずか数年の仇花であったのだろうか。

　ぼくは俳句研究7月号の特集「社会性俳句の行方」で金子兜太らの評論を読みながらかつての社会性俳句の旗手兜太よどこへいったと、ぼくは正直いって、気の抜けたビールのような歯ごたえの悪さを感じざるを得なかった。おそらくこの特集が現在における社会性の全貌を示しているわけではないだろうが「社会性俳句」を肯定的に継承してきた作家たちの総括だとすればいかにも淋しいことだ。

　昭和29年に『風』誌上で行なわれたアンケートの沢木説と金子説は、社会性俳句の代表的なテーゼとして一般的に認められている。兜太は特集での評論「社会性の行方」で、この二つの考え方にふれて、「これ（沢木説）に対して、いま一つの考え方がある。私は、あのアンケートのとき〝社会性は態度の問題〟と答えておいたが、それは沢木流の考え方と一線を画しておきたかったからである」と自己の説と沢木説とを明確にわかとうとする。おそらくこの兜太の裁断をまつまでもなく、沢木説が（沢木自身によってもすでに撤回されてしまったように）性急な意味づけであると、歴史的な評価が下されてしまったようだ。だがはたして、現在の一般的なこの評価が、社会性俳句の正確な止揚によるものかどうか……ぼくはそこに、兜太を中心としたかつて社会性派と呼ばれてきた作家たちの巧妙な転身のからくりが仕組まれているように思えるのだ。さりげなく、兜太の「社会性の行方」を読んでいると、ぼくはかつて（昭和30年前後）さかんに行なわれた社会性論義が、あたかもこの沢木説と金子説との抵抗であったかの錯覚を危うくうけてしまう。

当時山本健吉たちが、社会性俳句を批判したとき、その論旨は、社会性俳句を、「社会主義（的）イデオロギーを根底にもった生き方、意識、態度等から生まれる俳句」と規定することは、もっとも危惧する限定であるとして、社会性俳句のイデオロギー偏重（特に左翼イデオロギー）を批判した。もっともこの批判は沢木説の性急な限定に対するものであったわけだが、兜太はこれに応えて、社会主義的イデオロギーとは、特定の思想偏重を指すものではなく、現在の非人間的な社会組織の中にあって、よりよき明日を求めようとすれば、当然ゆきあたらざるを得ない姿勢であるとして、社会への批判性、抵抗性を作家の意識の問題としてとらえた。

そこにぼくらは、社会主義的といえば特定イデオロギー、思想的とか進歩的といえば特定イデオロギーといった左翼アレルギーに対する正当な批判を読みとると同時に、作家の意識を社会との連関性において、内部から主体的に論理化させてゆこうとする兜太自身の可能性を読みとっていたわけである。つまり社会性論義の一つの特長は、「現在我々が、俳句の社会性について論ずるならば、社会性の意味を、一応、金子、沢木説において定義づけておかなくてはならない」あるいは「俳句における社会性の意味を、私も金子氏等と共に、作者の態度、或いは社会主義リアリズムとする説に同意しようと思う」（孝橋謙二「社会性論の行方」昭和30年『俳句』9月号）と、批判者たちによって、社会性俳句が、金子兜太、沢木欣一、佐藤鬼房、原子公平など、当時の新鋭世代をひっくるめた運動として理解されていたように、俳句の思想をめぐっての論議だった。

もっとも現在的な地点からみれば、社会主義リアリズムの論理は、孝橋謙二が筈笑したように、あるいは「昔に興ったプロレタリア文学における目的意識論を想起させるもの」であるかも知れない。そのことについてはいまふれまい。いなむしろぼくは、現在の俳壇という領域においては、社会主義リアリズムがたとえ、一昔前の方法論であっても、ふたたび俳句につきつけることは、俳句の批評にとって有効ではないかとさえ思っている。はたしてこれまで、俳句批評において、特定イデオロギーといわれてきた左翼的ないしは革新的な思想を、先入感的な嫌悪からではなく、イデオロギーそのものの形成過程を論理として越えたことがあるだろうか。だが〈左翼〉に対する何か先入感的な嫌悪がどうも俳句にはあふれているような気がする。いなそうした感情が、いわゆる常識的、良心的といわれている国民感情であるがゆえに、ほとんどの俳人はそのことを疑おうとはしない。それどころか、そうした感情が、素朴な詩人の情感だと錯覚されている。

社会性俳句は、一つには、既成俳壇のこうした左翼に関する観念の硬直性に対して、それを内部からつき崩そうとする正確な可能性をもっていたように思えるのだ。つまり社会に対する批判、抵抗の意識が、表現者として作者の内部で、いかに論理化されてゆくかの可能性だった。それだからこそ、兜太の「現代に耐え得る思想」を俳句作者が獲得し、俳句作品を創作するとき、はじめて俳句の現代詩への参加が可能となる素地を見出すことが出来る（昭和30年）といったことばは、ぼくらにとって魅力的な力をもっていた。

けれども「社会性の行方」で、そうした可能性をあいまいにさせたまま、意識のなかの「抵抗性、批判性」を後退させ、「存在感覚といった誰にでもある、あるがままの社会性」を強調するとき、ぼくはやはり首を傾けずにはおれない。そこではかつて、山本健吉や、楠本憲吉、神田秀夫たちにむけられていた刃先が、いつの間にか、まぼろしの沢木説にすりかえられてしまっている。だが沢木自身も撤回してしまった沢木説の実態とは何か、兜太も、悟りの相貌をもつ俳人たちのように、先入感的な幻影のなかの特定イデオロギーを撃っているだけではないだろうか。

　一方、社会性論議のもう一つの特長は、素材偏向への自省にあった。当時論壇で扱われていた戦争責任の問題を含んでいたかどうかは別として、戦前の新興俳句のなしくずし的衰退、とくにその素材主義としての戦争俳句への自省が意識されていたように思える。

　だが、単なる素材偏向への自省なら、とりわけ社会性派といわれる新しい世代をまつまでもなく、それより以前、草田男、波郷、秋邨たちの、いわゆる人間探求派によってすでになされてきたし、内部からは誓子、静塔たちの根源追求の自省があった。とすれば、社会性派の作家たちが、草田男、秋邨を継承しつつ、新たに意図した運動は何だったろうか。社会性論義の糸口は、中村草田男の句集『銀河依然』の序文にあったといわれているが、沢木欣一は草田男との座談会（昭和32年）で、「先生（草田男）の句集の序文でいはれた言葉といま、社会性といっているのは問題が別でしょう。つながっていますけれどもね……」と草田男たちの先行世代とは別の運動として、自らを規定しようとした。そしてまた事実、そのように期待されていた。

　私などの考へる俳句の自由と、三十代以下の作家の考へる自由とは或る距離が生じているのを見ても判る。我々は芸術性派と云われる。三十代以下の作家は社会性だと云われる。しかしこれは、個人派と共同派と云い変へるのが本当だと思ふ。個人的な美の発見方法、共同的な美の発見方法を求める立場の差であると云い、我々の立場で自由の浸害は個人を通じて現はれてくる場合に痛切である。社会性派の場合は、集団に襲ひかかる自由の浸害が先づ痛切なのである。　（平畑静塔「個性の花束」昭和32年）

すなわち「主体としての作者自身の、人間の要請を尊重する立場は必然的に俳句の中に社会性を強く導入した」（田川飛旅子）のが、人間探求派の作家たちであったとすれば、草田男や秋邨、あるいは静塔たちが追求した個の存在意識から「共同存在へ、さらに社会的連帯性へと発展的に人間を観る」（金子兜太、昭和30年）ことが、人間探求派、あるいは静塔のことばを借りれば芸術性派に後続する世代の新たな意識だったのではなかったか。けれども現代社会性俳句の肯定的な継承者が、「社会性俳句の行方を考えてみるとき、表面は種々と変化してゆく中に、ただ一つ貫かれていることがある。それは、作者としての主体である人間の尊重という精神である」（田川飛旅子）あるいは「社会性俳句作家といわれて来たものたちを、一言にしていえば、〝生きることの、生きていることの痛烈な表白〟であることに尽きる」（佐藤鬼房）あるいは「まことに素朴な、それこそ現代人なら誰にでもある状態の社会性を私は重視する」（金子兜太）と「社会性」を結論づけるとき、ぼくらは奇妙な肩すかしを食ってしまうのだ。こうした姿勢なら、あえて「社会性」ということばを使わなくとも、ぼくらはもっと謙虚に、静塔や草田男たちから継承することができる。こうした姿勢を、俳句的伝統への回帰などと極論づけないまでも、兜太たちの抱容力の広さが、かえって、時代性を欠落させた普遍性、俳句独特の自然観へと移行させているのではあるまいか。

彎曲し火傷し爆心地のマラソン
犬一猫二われら三人被爆せず

この二つの俳句の問に、兜太のいかなる行程がかくされているのだろうか。ぼくらの若い世代にとって、兜太が悟りの相貌をもちつつあることは気がかりだ。

（「渦」47号／一九六九年四月）

II 社会性から自然への成熟

躇ってはいけない
すでにぼく達は
歩いてはならないところを歩きはじめて
いる

ぼくの好きな詩の一節ですが、ぼくは言葉に関わりつつ、この「歩いてはならないところを歩きはじめている」という呟きを、いつも耳の奥で聴いてしまいます。歩いてはならないところがどこであるのか、ふとそれが、表現の世界であったり、意識の世界であったりします。しかし、たとえそうであっても「躇ってはいけない」。ぼくは不安と羞恥と、そして気負いに似た複雑な気持で、言葉の世界に、ますます深く入り込もうとします。

あなたの文を読みながら、ぼくは奇妙な気持にとらわれました。一つは不可解な耳鳴りのように、いつもぼくを襲ってくる〈ことば〉の漠とした苛立ち。そしてまた一方では、ぼくの意識のなかを覆っている乳白色の闇が徐々に醒めてゆくような爽快さ。こうした奇妙な気持のなかで、ぼくはあなたの批評を読みます。そしてぼくは、むしろ後者の爽快な気持ちに傾いてゆくのを知るのです。それはいままで漠然と考えていたあなたのイメージがより鮮明にされてゆく爽快さです。

実は最初、「社会性と存在」にあつかわれている問題があまりに大きすぎ、また、あまりにも普遍的なため、問題の所在がどこにあるかをとまどいました。ある意味では、あなたの理路整然とした論旨に対して異論をはさむ余地がないように思えました。しかし、ぼくのあなたへの〝気がかり〟はなくならないばかりか、ますます大きくなってゆきます。だとすれば、この〝気がかり〟はどこに起因しているのか、ぼく自身にとっても、それを気分的な次元でとどめておくのではなく、批評の位置において明らかにされねばならないわけです。こうした視点で、もう一度あなたの文章を読みかえしてみると、論理的に完成されたかにみえる言葉の背後に、何か大きなものが欠落されているのを感じました。それを要約すると、次の三つのことが明らかにされたのです。

㈠〝イズムべた付き〟という性急な断定は、批評として成立しないこと。

㈡〈運動〉としての視点、すなわち具体的、現実的な状況認識が欠落されていること。

㈢俳句表現の本質を欠落させた悟りの行程をたどりつつあることが確認されたこと。

以上三点について、ぼくの考え方を述べ、ぼくの〝気がかり〟がどこに起因していたのか、明らかにしてゆきたいと思います。

1

本論に入る前に、ここでは、批評するという行為の前提についてふれたい、と思います。あなたのぼくへの批判の前提は、ぼくが〝イズムべた付き〟の態度で、〈社会性〉をとりあげている、というところにあるようです。あなたによると、ぼくの考えは「社会性ということは、存在にとっての対立概念であって、とうてい同居できないもの、という考え」ということらしいです。反論する気になれないほど、そこには批評を欠落させた性急な断定があります。この断定の根拠が、ぼくが「社会性という言葉に社会主義的イデオロギーをべた付きさせ」ているというわけです。意外なことに、あなたのこうした断定の背後に、かつての社会性俳句のときの山本健吉流の発想をみます。すなわち「イズムべた付き」を指摘することによって、批判の全てがなされうるという発想です。

こうした論旨は、たとえイズムべた付きの態度を批判しえても、それはいささかもイズムそのものを批判したことにも、超えたことにもならないということです。批評の欠落といった意味はここにあります。

ぼくの理論がイズムべた付きであるかどうか、そのことにはあまりこだわりません。不毛だからです。ただ俳句に限らず、現代の若い世代の運動が、先験的な戦後思想・戦後知性への告発という型をとっている事実だけは、知っていただいてよいと思えます。

もしも先験的な既成のイズム、あなたのいわれるように、まさに〈からだ〉のない空疎な先験的イズムを告発するには、告発するものの自身の新しいイズム（あるいはその形成過程）でしか果たせないでしょう。このことは批評にとっての基本です。なぜなら批評とは、一般的にいって、〈からだ〉を具体的な方法によって論理的に思想化（体系化）させてゆく過程に他ならないと考えるからです。

『風』のアンケートにはじまって、『少年』のあとがき、「俳句造型論」、そして昨年の「社会性の行方」、さらに今回の「社会性と存在」と読んできて、イズムべた付きの社会性を危惧されるあなたの態度は、確かに当初からいまにいたるまで、かわっていないでしょう。

あなたは一貫して、〈社会性〉を作家の内面の問題、すなわち人間の存在への志向としてとらえねばならないことを強調されます。そして、このことに関して、ぼくも同感です。しかし、ひるがえって考えるなら、そうした態度は、ぼくらが文学（俳句）をやってゆくための、すなわち俳句が現代の文学として、ぼくらの時代に生きうるための、あくまでも前提的な出発ではなかったでしょうか。（確かに俳壇の中には、こうした前提すらもかえりみない、あなたの言葉でいえば、「社会的主体」のない花鳥諷詠や風俗詠がまんえんしていたでしょうし、そうした俳壇的な次元への啓発として、当時の社会性俳句のはたした役割は大きかったと思います。）

あるいは、ぼくへの文章も、俳句（文学）の出発を忘れてはいけません、という若い世代への啓発の思いやりがこめられていたのかも知れません。しかし、ぼくらがいま直面している問題は、おそらく、ひとたび俳句の出発点にたたされたぼくらが、なおも俳句とかかわりつつ（俳句作家として）どこへ行くべきか、ということです。したがって、ぼくが期待し、そしていま問題にしようとしているのは、俳句作家としてのあなた自身の思想の形成過程なのです。（このことについては後でふれます。）すなわち作家の個としての〈存在〉への志向が、社会＝状況とかかわりながら、いかに論理化され体系化されてゆくかということです、先験的なイズムを批評として超えることとは、まさに作家の論理化された部分でしか超えることができないと考えるからです。

こうした認識を含みつつ、〈社会性〉と意識的にいうとき、すなわち、ぼくらが言葉を批評の位相でとりあげる場合、あなたのいわれる〈存在〉は、その前提に含まれていると考えるべきです。この〈存在〉という言葉にしろ、また、あなたがしばしば使われている〈生き方〉〈生活〉などの言葉にしろ、その言葉のもっている世界は、どこまでも普遍的に広げてゆくことが可能です。あらゆる問題を包括しているといってよいでしょう。しかし一つの言葉があらゆる問題を包括してしまうということは、極端にいえば、批評として何も語っていないということではないでしょうか。したがって〈社会性〉という言葉も、「イデオロギー以前の、いわば存在意識としてある社会性である。まことに素朴な、それこそ現代人なら誰にでもある状態の社会性を重視した」というように解釈されるとき、ぼくは一つの言葉であらゆる問題を包みこんでしまおうとする方向に、〈社会性〉という言葉がどんどん引きこまれてゆくような気がするわけです。したがって、ぼくは、〈社会性〉を、あなたのいわれる〈存在意識としての社会性〉と対置的にとりあげて、〈存在意識としての社会性〉を軽視したり、否定したりしているわけではありません。〈存在意識としての社会性〉にたちかえることを批評喪失だといっているのではなく、〈社会性〉をいつまでも〈存在意識〉という包括的な言葉でとらえておくことが批評喪失だ、といっているわけです。あなたは「社会性という言葉が現われるかぎりそこにはつねに批評があったし、いまもあるのです」といわれています。その批評の具体的な内実が何であるかということです。

　ぼくの理論がイズムべた付きだという断定をはじめ、あなたの文章には、ぼくの論旨に対する性急な断定が多くあるようですが、その誤解に対しては、いま性急に弁明しようとは思いません。ただ〈社会性〉に関するあなたへの批判的な姿勢が、即、〈存在〉への志向を欠落させたイズムべた付きの態度とされる断定は、危険ではないかと思えます。〈社会性〉を存在への志向として把握することによって問題が終焉するのではなく、まさにその地点から〈社会性〉の問題がはじまるからです。

2

　ぼくが「元の木阿弥」で〈社会性〉の問題を論じようとしたのは、過去とおなじような次元で〈社会性〉の問題をむしかえそうとしているわけではありません。誤解をおそれずにいえば、〈社会性〉の定義など、ぼくにはあまり重要ではないのです。さらにいえば社会性俳句という呼称も、鈴木六林男がいうように、（「現代俳句の方法」昭43・7『俳句研究』）難解俳句、抽象俳句といった呼称とおなじように便宜的な呼称にすぎなかったと思っております。

　しかし、便宜的な呼称にすぎなかったにしろ、戦後俳句史上、そうした呼称でくくられていた集団があり、そして運動があったという事実は、ぼくらにとっては、やはり看過することのできない大きな遺産であり、問題は、そうしたかつての遺産から、ぼくらが何を継承することが可能かといったところからはじまっているのです。

　事実、当時の社会性俳句に関する論議は、ジャーナリステックな時流ともいうべき俳壇への状況論的なにおいが強かったように思えます。しかし、ぼくは当時の社会性俳句を、単なる時流的な運動としてではなく、おそらく、その中に内在させていたであろう俳句そのものの可能性をみたいと思うのです。すなわち、当時の社会性俳句から、時流的、状況論的側面をとり除いたとき、はたして何が残るかということです。

　もちろん、ぼくは〈社会性〉を意識的にとりあげることによって、政治的局面としての特定の思想なりイデオロギーが文学に優先するといったことを、期待しているわけではありません。古典的な形での政治と文学との二元論を、いまさらもちだしたところで、実りあるものにはならないでしょう。ぼくが社会主義リアリズムを「一昔前の方法論であっても、ふたたび俳句につきつけることは俳句の批評にとって有効ではないか」と書いたのは、ぼくが俳句の後進性を強調し、他の分野の思潮に俳句を追随させようと思っているのではなく、ただ、これまでの、イズムをあまりにもかんたんに切りすててしまう俳壇の一般的な風潮（例えば社会性俳句論争のときの山本健吉や神田秀夫がそうであったように）に対して、イズムそのものを超える新しいイズムが、俳句独自の世界から形成されないだろうかという含みがあったからです。

つまり、俳句が現在に生きるためには、俳句を他の文学や思想の近代性に追随させるのではなく、俳句独自の方法でしか果たしえないと思うからです。そして、そのことを果たしうるならば、他のどの分野よりもはるかに強靱な現代の〈詩〉＝思想になるだろうと確信するからです。それは俳句だけでもなく、日本人の伝統的な意識構造をくぐらせることによって、楽天的な戦後思想の饒舌が欠落させてきたものが、明らかにされるだろうという期待をもっているからです。

いつ、誰がきめてしまったか知らないけれども、俳句が文学性に乏しいとか、現代性に乏しいとかいった文学コンプレックスといわれるべき常識があるようです。もしも、これまで俳句に、他の芸術にくらべて〈後進性〉といわれるべきものがあったとすれば、それは俳句そのものの本質の中にあるのではなく、俳句にかかわってきた俳句作家、あるいは、その集合体である俳壇にあったように思えます。俳句における論争が、おおむねあいまいなまま終熄していった背景には、そのあたりの混同があったのではないでしょうか。そして、こうした混同があいまいなまま許されてきたのは、俳句における批評（俳句という具体的な方法によって体系化された思想、あるいは体系化されつつある思想）の欠如です。

ぼくには、俳句であろうと、現代詩であろうと、また小説であろうと、その作家における思想の形成過程にとっては、それらのもつ比重や可能性は全くおなじだと考えます。極端にいえば、俳句も現代詩も小説も、文学というジャンルそのものが、現代のぼくらの状況の中では、〝同じ穴のむじな〟にすぎないと思っているからです。あるいは、こうしたぼくの考え方は、俳句のもつ可能性や本質を過大評価しているのかも知れません。しかし若い世代として、ぼくらが現代の複層した状況の中で、しかも、その状況とぬきさしならない形でかかわりつつ、しかもなおかつ俳句とかかわってゆくとすれば、こうした姿勢をぬきにしては考えられないのです。この期待は大きすぎる、とすれば、あなたがいわれた「現代に耐え得る思想を俳句作家が獲得する」という言葉は、具体的にはどんなことを意味しているのでしょう。

こうしたぼくの基本的な姿勢を踏まえて、ぼくらに残されている俳句の歴史をたどりながら、そのなかで継承され、揚棄されるべきものは何かを確かめたいと思っています。

ぼくが戦後俳句史を振返ってみるとき、まず桑原武夫の「第二芸術論」が頭に浮かびます。この「第二芸術論」を契機として戦後の俳句ははじまったと思えるわけですが、この桑原発言に限らず、最近のあなたと大岡信氏との論争をも含めて、これまでにも、いわゆる俳句外部から、俳句への批判、限定といった発言が数多くなされています。（その代表的な例が山本健吉の限定的な俳句肯定論だと思いますが）、そのとき、ぼくがいつも感じているのは、なぜ俳句作家は外部の発言に対しておおむね強靱な姿勢をもちえないのかということでした。なぜ論議はつねに並行線をたどるか、あるいは俳句作家の方が、外部からの明晰な断定に対して、いつも最後は口ごもりつつ、〝実作を見てくれ〟といわざるを得ないのか、外部の理論に対して、それを根底から超えるべき俳句独自の理論はないのだろうかと――。

桑原武夫の「第二芸術論」は、当時の俳壇への啓発（状況論）として、ある意味では正鵠を得ていたと思います。しかし〝俳句もやっと第二芸術になりましたか〟という見事なひらきなおりをみせた高浜虚子を除いて、桑原武夫の論理を俳句独自の方法で超えた作家がいたでしょうか。結局は〝私の俳句はそうではないのだ、実作をみてくれ〟ということだったと思います。俳句は俳句の道をゆきますという決意を語ったにすぎなかったわけです。いまでは「第二芸術論」は古典的な理論として超えられてしまったけれども、刃先の当事者であった俳句自らの手によるのではなく、他の思想状況によってなされたという事情は、俳句にとって淋しいことです。

なぜ、そのとき、桑原武夫の発想の根底にあった楽天的な近代主義を、俳句自らの手で超えることができなかったかどうか、こうした問題が、第二芸術論争の中に留保されていたと思えるわけです。

昭和二十年代の終り、当時の三十代世代の俳句作家たちが、既成俳壇への反撥を行なうわけなのですが、このことは、桑原武夫によってなされた俳句外部からの既成俳壇への批判が、当時の若い世代によって俳句内部からおこなわれた内部変革の動きであったとみてよいと思います。そして、こうした内部からの既成俳壇への告発が、やはり桑原武夫の発言とおなじように、俳壇状況的には大きな意義をもっていたでしょうし、また、そうした動きのなかから、戦後のすぐれた俳句作家が生みだされてきたことも事実です。

しかし、ある意味では、当時の運動は、平畑静塔が危惧したように、「ジャーナリズムの数年間の仇花」といった側面がつよかった。したがって、次に残された問題は、社会性俳句が、俳句との本質的なかかわりにおいて、何をなしえたかということです。結論的には、ぼくは悲観的なのですが、ぼくらの前に残された社会性俳句を、二つの側面からとらえてみたいと思います。

一つは、当時の社会性俳句のもっていた〈運動〉としての側面です。

あなたは『風』のアンケートで「社会性は態度の問題である。（中略）社会性があるという場合、自分を社会的関連の中で考え、解決しようとする〝社会的な姿勢〟が意識的にとらえている態度を指している」と答えられました。この限りにおいては、〈社会性〉はあなたのいわれるように作家の内面の問題でした。そして先にも述べたように、この基本的な態度において、確かに現在もかわっておられないでしょう。しかし、あなたを含めて、当時の若い世代（たとえば沢木欣一・原子公平・田川飛旅子・佐藤鬼房氏ら）の動き、いわゆる社会性派と呼ばれていた動きに対して、山本健吉・神田秀夫・孝橋謙二氏らが「イデオロギー偏重」としてはげしい批判の矢をむけました。こうした批判に答えたあなたの発言に、たとえば、

「沢木の云う〝社会主義的イデオロギー〟にしても、決して特定の思想体系を指しているものではない。……簡単に云ってしまえば資

本主義の害悪面の露呈と共に、それに抵抗して人間性を回復し得る経済機構を希求する思想の一切が、何等かのかたちで〝社会主義的〟内容を持っているといってよいものである。……現実が人間蔑視に強く傾いている以上、人間的な思想は、すべて抵抗的であり、より良き明日を求めるのは当然である。」（「社会性と季の問題」『俳句』昭30・9）
といった言葉が同時にあったということは、何を意味しているのでしょうか。もちろん、ぼくはこの言葉を俳句から切り離して論じようとは思っていません。ただ、ぼくは、その言葉の背後に当時の若い世代の共通な気慨のようなものを感じるわけです。

　このように、ぼくは、当時の若い世代、いな、若い俳句世代、いな社会性俳句世代をつないでいた絆、というか、共通の磁場が何であったか知ろうとしたわけです。

　しかし、あなたの「社会性の行方」ではこうしたことにはいっさいふれられずに、しかもなお、沢木説との考え方の相違を強調されるとき、ぼくは、沢木説の切りすてかたのみごとさにとまどうと同時に、そこに、あなたも、当時、山本健吉氏らが沢木説を切りすてたのと同じ位置にたってしまったような錯覚を覚えるのです。もちろん〈社会性俳句〉としておなじグループにあったとはいえ、あなたと沢木氏との作家的資質は、必ずしも一致していたとはいえないでしょう。しかし、そこには一つの〈運動〉を成立させていた共通項があったはずです。

　たとえば、いま図式的に、「社会性のある俳句とは、社会主義的イデオロギーを根底に持った生き方、態度、意識感覚から生まれる俳句を指す」といった沢木テーゼをAとするとき、山本健吉氏は、Aの部分をもっぱら誇張しながら、論争を有利にしようとした事情があったかも知れません。しかし、あなたがいま、沢木氏のAの部分と一線を画しつつ、「社会性は態度の問題である」というあなたの考え（Bとします）だけがうきぼりにされるとき、当時、重なりあっていた（であろう）、すなわち当時の社会性俳句の共通項ともいえるべきABの部分および、その中に内存されていた可能性がだんだんうすめられてゆく危険を感じます。あるいは〈社会性〉を作家の主体性の問題としてとらえたことが、共通項であったといわれるかも知れません。しかし、あなたのいわれる「まことに素朴なそれこそ現代人になら誰にでもある状態の社会性」とか「社会的主体」といった言葉は、単に作家の資質の個々性をいっただけであって、それは〈運動〉として成立する以前の問題です。すなわち、当時の社会性俳句のもっていた〈運動〉としての側面が、みごとに作家の個々の資質にすりかえられてしまったことに戸惑うわけです。

　外部から一つの〈運動〉をながめるとき、その〈運動〉を構成している作家のそれぞれの資質の個別性を認めながらも、やはり運動体としての共通項を問題にせざるを得ないのは当然のことです。山本健吉氏らは、その共通項を性急に「イデオロギー偏重」だと断定して、社会性俳句を批判したようですが、ぼくは山本健吉氏らの左翼アレルギーに、いま、それほど拘泥しようとは思っていません。むしろ山本健吉氏らの批判よりも、〝自分たちとはちがうのだが〟といった前提をふくみつつ、社会性俳句を理解しようとした平畑静塔や西東三鬼氏らが提起した問題を明らかにしたいと思っています。

　それは、平畑静塔の「我々は芸術派と云われる。三十代以下の作家は社会性派だと云われる。しかしこれは、個人派と共同派と云い変えるのが本当だと思う。個人的な美の発見方法、共同的な美の発見方法を求める立場の差である」（「個性の花束」昭32）といった発言や、西東三鬼の「私達の立場が、造型俳句や前衛俳句を発生させた源泉であると考える」（「私達の発生」昭36）といった言葉に見られるように、一口に言えば「私」と「私達」の問題だと思います。

そして、それは、たとえば、あなたの「個の実存意識から共同存在へ、さらに社会的連帯性へと発展的に人間を観ることが重要であることを肝に銘じている」（前出「社会性と季の問題」）といった言葉に照合されます。

もちろん「私」と「私達」の問題は、それほど単純な図式ではないでしょう。「私」の視点が喪失された「私達」の強調は、先験的なイデオロギーへ偏向し、「私達」の視線が喪失された「私」の強調は、日本的個人主義へ回帰するといった危険があるからです。したがって「私」と「私達」といった図式は、それを対立的にとらえるとか、どちらが強いかといった問題ではなく、「私」を掘り下げ、深めてゆきながら、しかもなお「私」という袋小路にゆきあたらない、そうした方向でしか「私達」の問題はあつかうことができないでしょう。

したがって「私」と「私達」といった単純な図式をひきだそうとしているのではなく、ただ、ぼくは、「私達」という言葉の奥に秘められていたであろう俳句運動とは何か（結社という型を含めて）といった〈運動〉の側面をとりあげたいのです。

あなたは「社会性の行方」にしろ、今回の「社会性と存在」にしろ、昭和三十年前後、一般的な社会性の問題としてではなく、いわゆる社会性俳句としてあった運動としての局面に関しては、ほとんどふれられていません。もしも、ぼくの「元の木阿弥」との論議のズレがあるとすれば、ぼくはあの文章で主に〈運動〉としてあった社会性俳句をみようとし、あなたはそうした当時の社会性俳句としてではなく「存在としての社会性」といった、一般的な問題に力点がおかれていたからです。（「社会性俳句の行方」としてではなく「社会性の行方」とされたのはその辺のふくみがあったように思います。）

ぼくは、当時の社会性俳句が、正しく〈運動〉の側面をとらえていたか、かなり悲観的なのですが、ぼくがとりわけ、あなたに〈運動〉としての側面を強調したいのは、ぼくの中に、〝詩人兜太〟のイメージと同時に、戦後俳句の革新運動の中心的な推進者、あるいは、意欲的なグループ『海程』の指導者としての〝理論家兜太〟のイメージを考えていたからです。

そして、この問題は、ぼくら若い世代にとって、とりわけ重要ではないかと考えます。ぼくらの時代的な苛酷な制約と、加えて俳句という限定的な制約のなかで、はたしてぼくらは何をなしえるのだろう。たとえば、他のジャンルから不可解な旗印のもとに集まっていると茶化された、従来の結社や俳句集団の問題も、芸術（俳句）運動とは何かといった問題をくぐらせることなしには明らかにされないだろう。こう考えます。

ぼくは、かつて「海程合同句集評」で、〝雑居性〟を感じるということを書きましたが、『海程』の、とくに若い世代の中で、〈社会性〉が、具体的な現実との苦悶といったはげしい屈折をうけつつ、どんな型で生かされているのでしょうか。

3

しかし、ぼくが「ぼくらの若い世代にとって、兜太が悟りの相貌をもちつつあることは気がかりだ」といった理由は、必ずしも、あなたの批評に〈運動〉の側面が書かれていなかった、ということにあるのではありません。

ぼくの〝気がかり〟のいちばん大きな理由は、社会性俳句の二つめの側面、〈社会性〉を作家の内面の問題としてとらえてゆく、つまり、あなたのいわれる〈存在〉への志向そのものの方向にあるのです。

ぼくにとって〈社会性〉は、あなたのそうした方向性を理解するための一つの糸口だったわけです。

はじめに、ぼくは〈社会性〉を作家の内面の問題としてとらえることに同意しましたが、（同意というより、それは文学の出発としてきわめて当然のことです）、次に作家の内面にひきこまれた〈社会性〉が、意識の中で、どうした成熟過程をたどるかということです。

ぼくの問題意識でいえば、詩人にとって批評とは何か、ということになります。なぜ〝詩人にとって〟と、あえていわなければならないか、詩人はつねに論理を越える感情やイメージ、いな、神の啓示に似たポエジーの世界におびえています。いな、愛情だけでなく、言葉にさえも、論理を超える言葉の神秘性をかぎとっています。したがって自らを生々しい〈感受の位相〉から、〈批評の位相〉へと上昇させることに、いつもとまどいがちです。詩論においても詩人の生々しい肉声が感じられ、しかも論理的、体系的でなければならない、とすれば、それはきわめて困難な行程です。こうしたことを根底にもちながら、しかもなお〈批評の位相〉で問題を語りたい、と思います。

一般的にいえば、批評とは、批評するもの自身にとっての思想形成への過程である、といえます。しかし、これではあまりにも漠然としています。しかし、少くともこれだけはいえると思います。すなわち俳句にとっての批評とは、具体的に俳句表現の本質を追求する過程であるということです。こうした観点からすると、はじめに述べた批評の喪失は、具体的には、俳句表現の本質追求の欠落といった形態をとります。

ぼくが社会性俳句に対してもっとも不満とするところは、社会性俳句が時代の流れとともに状況論的な側面がとり去られたとき、〈社会性〉を基軸とした俳句表現の本質追求が、ほとんどなされなかったということです。当時、社会性俳句からはアウトサイダー的な位置にいた新興俳句系の若い作家たち、たとえば高柳重信、赤尾兜子氏が、自己の俳句表現をじっとみつめていたのにくらべて、社会性俳句の立場にたった作家たちの自己の俳句表現への追求に、いささか物足りなさを感じるわけです。

あなたは「造型俳句六章」で、

「感受性を働かして感受した内容は、意識の働きを通して理論を与えられ（創造されることもある）、やがて一つの確定した――その意味では充分客観性を持ち得る――論理の体系になると考えます。」

と書かれています。確かに図式としては正確です。しかし、なぜか、この文章に、冷たいよそよそしさを感じます。文の背後から、あなた自身の肉と血のにおいが伝わってこないとも言えます。あなたの俳句作品からうける、あの燃えるような肉体感覚と具体的に結びつかないのです。おそらく、こうした論理の背後を埋めるべき内実が、欠落されているからです。

あるいは、こうした図式の具体的な内実化は、その後の問題として残されていたのかも知れません。むしろ、ぼくは、こうした視点で、すなわち、俳句の出発を啓発する論理として「造型論」を位置づけていました。しかし、その後も具体的な俳句表現の方法として、詩人としての内実が附加されてゆかないばかりか、「社会性と存在」においても、非肉声的な冷たさが気になるのです。

それでは、〈社会性〉が、あなたの内部で、どうした形で成熟されていったか、〈社会性〉からはじまったあなたの論理を単純化すると、社会性→あるがままの社会性→存在への志向→生き方→人間、その不可視性→自然、ということになります。そのそれぞれの過程に、どれほど多くのことが欠落されていったか、いまおおざっぱに分析すると次のようになります。

まず、作家の現実的な状況とのかかわり、そこからくる社会性を、あるがままの社会性、存在への志向としてとらえることによって、社会性を作家の個人としての良心に解消させてゆくことです。そして、つぎに、個人の感情や人間の論理でわりきれない不可視性を強調することによって、〈個としての良心〉の〈個〉性をうすめていって普遍化させてゆく。必然的に到達するところは〈人間性〉であり、〈自然〉であり、〈おかしみ〉であるという結論になるわけです。

したがって、ぼくが「転身のからくり」だといった意味は、せっかく俳句批評の可能性として抽出された〈社会性〉が、芸術運動の側面、あるいは現実的、具体的な社会状況との葛藤がうすめられて、普遍的な〈存在〉として強調されたとき、すでに〈自然〉への回帰の下準備ができていたのではないかということです。

「感情の奥に――その不可視な流動の底に――私は〈本能〉というえたいの知れないものの働きを窺うわけですが、それのメタフィジカルな内容は〈自然〉だと思います。……感情の奥に自然があり、したがって人間の行為のすべてに、この自然が感じられるということ。当然、言葉にも。」

こうした論理は、いわゆる前衛俳句からの、いな、「現代に耐えうる詩としての俳句」からの転身でなくて何なのでしょう。あるいは、このことは作家一人の成熟の恣意性としてすまされれば、まだよいかも知れません。しかし、続けて、

「このことは、自分の内部についてだけではありません。他人の場合も同様ですし、その集団、その組織についても同様です。私は組織の奥にさえ自然を感じるようになりました。」

といいきられるとき、それは、これからの具体的な俳句革新の否定者であるとさえ、かんぐられてもいたしかたないと考えます。

こうした俳句の成熟過程は、これまでのほとんどの俳句作家たちがたどったコース（ぼくの言葉でいえば悟りの過程）であり、俳句は、そこにしかゆきつくところがないのかと、若い世代にとっては、きわめて絶望的にさえなります。

もう一度、結論的に要約すれば、具体的な俳句表現との脈絡がない普遍的な言葉で、全てを、あたかも論理的に図式化してしまおうとするところに、逆からいえば、具体的・現実的な状況とのかかわりによる微細な心の動き――そこに詩人の肉声があり、俳句表現のヒミツがあるように思えるのですが――の欠落のさせ方に〝転身のからくり〟があり、そうしたことから必然的にもたらされる論理の方向（俳句的自然への回帰）に、ぼくの〝気がかり〟があるのです。

ただ、伝統的な自然への回帰だときめつけないで〝気がかり〟だと婉曲的にいったのは、あなたの作品が、ぼくらにとって、なお魅力的だからです。

（「俳句研究」一九六九年十一月号）

俳句表現のアポリア

俳句は言葉の家庭内暴力だ

吉本隆明
Yoshimoto Takaaki
夏石番矢
Natsuishi Banya

夏石　吉本隆明さんに俳句について、いろんなことを語ってもらい、今まであえて敬遠なさったり、自分では読めないとおっしゃるんですが、俳句を三種の詩器の一つとおっしゃった責任として、これがきっかけになって俳句についてもいろいろと語っていただくとありがたいと思うんです。

まず、俳句の起源をどこに求めるかということですが、今までは、五・七・五・七・七、和歌形式を前提として、そこからの説明、そこからの派生とか、分岐、あるいは展開、そういう俳句史観が今までの主流、そればっかりだったんですね。僕はそれはある意味で、勅撰集、公認された権力、文字によって記録された層、表われとしては確かにその通りかも知れないと思うんですが、言葉の文化、詩型にしても、単にそうした表れ、文字として表れた層だけを見てゆくと失敗する。もっと色んな重層的な、隠れていたものがあるはずなんで、そのあたりのことを考えてみたんです。自分自身が実作をしながら、和歌から云々というのは片手落ちではないかという気がして、質的には、私は記紀歌謡との関連はどうかと……、和歌よりも古い詩型、詩型になっていない混沌とした時代の日本語の詩というところから、俳句の伏流といったようなものを見られないのかということをずっと考えてきたんですね。吉本さんがおっしゃった金葉集の付け合い、「東人《あづまびと》」というのが最初の付け合いですか……。

吉本　はい。

夏石　この五・七・五、実際は六・七・五ですが、「東人《あづまびと》の声こそ北にきこゆなれ」というところですね。吉本さんは遊びというふうにおっしゃるんですが、俳句のルーツをもう少し溯らせてみたいと私としては、記紀歌謡のある種の滑稽とか、からかいとか、あるいは真言とか、奇異な表現とかに通じるところがあるんじゃないかという気がするんです。東人《あづまびと》なのにどうして、北、というのは論理矛盾ですね、五・七・五で論理矛盾を出しておいて、ある種の滑稽感、奇異感ですね、それを収める、それを受けるのが七・七、それをなだめるというのが七・七ですね。この五・七・五の突出感、奇異感というものは、記紀歌謡まで溯るんではないかという気がするんですね。

吉本　なるほど。具体的に俳句の起源として考えられるんじゃないか、みたいなものが記紀歌謡にありますか?、片歌みたいなものですか。

夏石　ある意味では諺、折口は二つに別れ偶数の詩型といっていますね。諺にもう一付いた片歌、そのあたりの五・七・七、比的初期の、割合古いことばの地層みたいなのが窺える、そういうものに、遊びとしての突出した表現としての五・七・五、祖型、ルーツというようなものがあるんじゃないか。例えば、詩型としては違いますが、同じような持ち味を持ったものとして、吉本さんの『ハイ・イメージ論Ⅰ』に「地図論」が出ている、そこで神武の東征から大和入りの時の歌、宇陀地方で歌ったという歌を引いてらして、このあたりの声調というんでしょうか、吉本さんがエロチックで滑稽な古俗謡とおっしゃって、これは神武天皇かどうか分らないけれどもという但し書きを付けてらしたものですが、この年代を縄文晩期、地形と合わせて、温暖な気候のため海面がかなり上昇した時期で、大和盆地がもう少し低く海だった時代、ですから鯨が宇陀の人たちの歌に出てきても不思議ではないというふうにおっしゃったんですけれども、「鴫罠張る　我が待つや　鴫は障《さや》らず　いすくはし　くぢら障る」云々と続くこの滑稽感、奇異感、どこかはぐらかしがある、これなんかが近いという気がするんです。これは、もう少し長いものですね。これで奇異なものの年代測定が、吉本さんの『ハイ・イメージ論Ⅰ』を読んでみて、少くとも縄文晩期までは溯ることができるのが分かって、少し心強い思いがしたんです。それと同じかどうか別にして、『現代俳句ニューウェイブ』の私の文章「俳句のルーツ」に引いているんですが、神武天皇が大久米命に謎かける、問いかけの片歌がありまして、古来謎だと言われている「胡鷰子鶺鴒《あめつつ》　千鳥《ちどり》ま鵐《しとと》　など黥《さ》ける利目《とめ》」、この滑稽感、奇異感、もちろん答えが付くんですが、片歌ですけれども、自分自身が書いているときに出現してくる俳句の律動というか、バイブレーションにかなり近いような気がしてるんです。

吉本　なるほどね。これはとても古い歌ですよね。俳句の起源となり得る歌の条件として一つは形式的に片歌的な形式を持っている。ある意味での童謡《わざうた》的なものを持っているという二つのことを言われたわけですけど、例えば俳句の作家として言えば、俳句の起源は、和歌の付け合いみたいなところから別れ出たものじゃなくて、ここら辺が起源じゃないかというふうに決めるというか、言うということは、俳句は和歌とは違うんだという、そういうことを際立たせたいという、別なんだというモチーフの方が、実作者として言えば多い訳ですか。つまり、違うものなんだと言っても、和歌の付け合いみたいなものに至るまでに、俳諧歌という観念とか、もう一つは織り句の歌というふうに言われている、例えば、梅の花なら梅の花という言葉を和歌形式の中へ埋め込んじゃう。そういう遊びだと思うんです。形式的ゆとりだと思うんです。つまり、織り句歌みたいなもの、それからいわゆる俳諧歌というものができて、そこからだんだん違う作者が付け合うとすれば、連歌の最初の形式のようなものができる。そういう言われ方が、従来の言われ方で、僕が見てもそう見えるわけですけれども、これはしかし、よくよく考えてみると、和歌というものを最初で大本にあるものだという観念が、初めからあるわけですね。俳句の作者として言えば、そうじゃない、全々別なんだというところに起源を求めていくというモチーフは相当切実なことになるわけですか。

夏石　ならない俳人が多いんですけれど(笑)。私の場合、特に確信として高まってきているという感じがするんです。吉本さんは、俳句と短歌は全く違うものだという力点のために、そういうふうに言っているのかということなんですが、俳句と短歌の言葉の運動性、運動する律動といいましょうか、バイブレーション、波長、そこから派生するいろいろな問題、修辞法含めてですね、それはかなり大きい違いがあるような気がするんです。実作者云々ということもありますし、いくつかあるんですが、例えば、卑近な例で申し上げますと、現代歌人が好きな俳句を選ぶ場合、あるいはどういうふうに俳句を読解するかという場合、選句や鑑賞した文章を読むと、まるっきり違うんだという懸隔の大きさにあらためて気が付くことがあるんです。歌人が選んだ秀句を見ると、俳句の独立性とか俳句としての言葉のバイブレーションが弱い、限りなく短歌的ななだらかな五・七・五を好む。七・七を付けないと完結しないようなもの、言葉の飛躍方法なども割と弱いものをお選びになるんですね。これは画然と違うなあという感じがするんです。

吉本　そういうところで、俳句というのは分からないなあというのが出てくるのかな。つまり、感じ方が僕なんかもひとりでに和歌といいましょうか、短歌といいましょうか、短歌的な声調、調子を主体にして考えているところがあって、そこから見るからなかなか分かりにくいということになっちゃうんじゃないかと、あなたが言われたことも関係があるんじゃないかなと思うんです。『現代俳句ニューウェイブ』というのを読みましてね。初めの十ぐらいでね、これは分かるというのと、分からんというのとを分けると、分かるというのはだいたい半分、十のうち半分しか分かんネェっていうことになっちゃう。

夏石　どういう作者に対してもそうですか。

吉本　だいたいそうです。これはかなり複雑なもんで、例えば夏石さんのは全部分かんない（笑）、と言いたいところですけれどね。

夏石　ええ、よくそう言われます（笑）。

吉本　だけど別な意味では分かる。これはこうじゃないかとか、あなたのは全部分かるというふうになるんですね。だけれども、分からんというふうに居直ったら全部分からない。この複雑さは、他の人全般にそうだったと思います。例えば、半分は分かる。誰が読んだって分かるという以外にない、分かるという以外に、言いようがないよっていうふうになるんですけれども、数は半分ですね。半分は全然分かんネェっていうふうになるんです。何を分かる何を分からないと言っているのかが問題だと思うんですが、僕が分からないと言ったときには、たぶん短歌的な声調とかリズムの移りゆき、声に出して言うなら、声のアクセント、高低、メロディとか、そういうものが、短歌的メロディでもって読んでいて、それに引っ掛かってこなければ分からないと言ってるんだと自分で思うんです。分かるのは、そういう短歌的声調で読んでも分かるというふうになってると思うんだ。だけれども、本当を言うと、かなり面倒だ、複雑だっていう、分かるというものに、本当は分かんないと言ったって同じだよ、ということもあるし、全部分からんという俳句でも、いや、これは分かるというふうに言える場合もありますし、かなり複雑だと思うんです。ただ、分かる分からないというのがどこから来るかという場合に、分かるの方はたぶん短歌的声調の延長線上で分かるという分かり方だと思うんです。問題なのは分からないということの言い方ですよ。分からないということの意味はどこなんだということがとても難しい。だから夏石さんのは全部分からないと言ってもいいわけだし、全部分かるって言ってもいいような気がする。だけど、それも自分を疑っていることは、あなたの俳句を分かると言っている場合、どこで分かると言っているのか、詩で分かるって言っているような気がするんです。つまり、詩というのは、ヨーロッパ近代的な意味での詩という概念があって、それに照らして分かるというふうに言ってるような気がするんです。短歌的声調でいえば分かんない、だけど分かるというのはポエジィで、つまり詩だというふうに分かるって言っていると思うんだ。そこで、僕はそれをまた疑っているわけです。つまり、自分の分かるっていうのも、分かんないというのも疑っているのは、そこなんで、俳句をポエジィで分かるって言っていいのかなっていうことが本当は分からないわけですよ。俳句をポエジィとして分かるといったらいけないんじゃないかという感じがするんです。そこが一番勘どころのような気が自分ではしてるんです。そういうのを説明していただけるといいわけですね。

日本語自体の分からなさが俳句の問題

夏石　のっけから、今の俳句のある種の要《かなめ》みたいなものへズバリと来られたんで、なるほどと思っているんですが、今、かなり大変な問題を出されたんで、それを一つずつやって行きたいんですが、例えば、今までの私の貧しい経験から申し上げますと、私の俳句そのものが、北川透さんはヨーロッパモダニズム的なものが中心、基本だというふうに言われるんです。吉本さんのヨーロッパ近代のポエジィという言われ方はそれはそれで分かるんです。私の作品をわりと評価して下さる方、例えば、吉岡実さん、飯島耕一さんなど、ヨーロッパ近代のポエジィを色濃く持っている人たちの方が、現代俳人よりも好意的な評価をして下さったような気がするんです。岡井隆さんには、俳句の伝統性みたいなものをふまえなさいと忠告をされたんですが、有季定型を伝統というのなら十代のときにやってあきてしまいました。それらの批評や評価のブレをどういうふうに把えればいいかといろいろ考えるんですが、自分としては、これは中上健次さんとの対談でも話したんですが、中学、高校とミッションスクールに通い、大学では第一外国語がフランス語であったり、19世紀、20世紀のフランス語をわりと早い時期に原詩で一所懸命読もうとしたり、いまだにフランス語の教師をやっていて、滲《し》みついているものは確かに一方ではあると思うんです。それは、私の作品の中で目立ち易い、今の散文に流通する価値感とか、言説からはわりと拾い易い部分としてはそうかなと思うんですね。ところが、ある意味では、吉本さんが日本性というものをフランスの現代思想家ガタリのインタビューから引き出されて、世界都市と古代性という二つの軸で触れられたことがあったんですが、世界都市的な日本の特質、つまりどんな異文化も一応受け入れる性質、だからヨーロッパのものだって、自分が気に入ったんであれば、それを受け入れるのはいい、ただし追従はしないということなんですね。もう一方で、自分自身の意識の底、直感ではヨーロッパ的なものの古層、キリスト教以前も含めて考えると問題が複雑になるので置いておいて、先程の話に戻りますと、東アジアの何か、縄文までいくかどうか分かりませんけれど、無意識的な自分の詩的言語として出てくるものに、何か根強いものがあるというふうに自覚していますし、そういうものを、意識的にも無意識的にも掘り下げようと思っているんです。

吉本　僕はそこら辺までは読めるような気がするんです。つまり、西洋的な意味での近代詩みたいなものを潜らせている、媒介にしているけれど、やはり、言葉は俳句の言葉なんだ、俳句の言葉をやってんだよなというところまでは分かるような気がするんです。

ただ、そこは大変面倒臭いといいますか、やっかいな課題をやろうとしてるんだなというふうに思いますけどね。それは、分かる分からないという弁証で言えば、大変分かりにくい。他の人の俳句が並べてあって、いくつかは分かる。しかし、あなたのは一丁も分からない、というのが最初にあって、いや、そうじゃない。ポエジィとして分かるという言い方があって、あなたはたぶんポエジィとして分かると言われても不服なわけで、ポエジィとして分かるというところは通っているんだけれども、ようするに俳句の表現というものをちゃんと意識的にも、無意識的にも自分に置いているんだろうということはあると思うんです。それはこちらから見るとおぼろげに推測できるような気がするんです。だけど、基本的に詩とは何なんだ、という問題があらためて出てきて、そうするとまた、あなたが詩とは何かということと、あなたの俳句の表現をもう一度闘わせるというか、格闘させて表現を展開していかなきゃいけないみたいなことになるんだろうと思うんです。ここら辺までくると全体的にいって大変だなあっていう（笑）感じに襲われますね。

　例えば、金子兜太という俳人、ひとつ前の草田男でもいいですが、そういう人たちは近代西洋のポエジィというのを頭の隅に入れれば分かるという、一種の分かりやすさというのが別な意味であると思うんです。

夏石　ええ。

吉本　あなたのは、それでもまだ分からんぜ（笑）、ちょっと違うぜ、一応そういうところは潜るんだけど、本当は違うことを、俳句をめざしてんだよということがあると思うんですけれど、その俳句っていうのが、あなたのおっしゃる東アジア性というか、縄文時代性というのか分かりません。つまり、日本語っていうのは分からないというのが僕の実感ですから。本当は分からない言葉で、分からないことをやっているんだっていう、ただ形式といいますか、外形式だけは決まっていて、それをはみ出せたって、たいしてはみ出せるわけじゃない、それだけは分かっている。本当は全然分からない言葉で、分からないことをやらんならんというような気がするんです。万葉集からやってきたこと、記紀歌謡でもいいんですけれど（記紀歌謡はちょっと危いとこありますけれど）、万葉集だったら、言ってみれば土百姓の歌よっていう、つまり、農耕社会以降の歌ということでケリはつくぞっていうようになると思うんです。若干それと違うかもしれないというのは東歌だけですね。つまり農耕社会の歌じゃない、声調じゃないぞというところがあるような気がするけれどおおよそのところは農耕社会以降の歌ということでケリはつく。

　こんどは、あなたのおっしゃるように、俳句の起源を、和歌というものと別なところに求めようとして行きましてね。そこのところの感覚、感性を何とかして実現したいみたいなことを考えていくと、色んな要素、未知の要素がいっぱい入ってくる。だからやりがいもあるんだろうと思いますけれども、これはなかなか大変だろうなあという感じを持ちますね。そこが、俳句というのは分からないなあということの問題のような気がするんですけれどね。作者は意識して作ってるわけじゃないんでしょうけれど、ひとりでにそれが出てきて、理解するにはやっぱり難しいなって、つまり屈折の処理といいますか、日本語処理といいますか、日本語自体が分からないところがあって、その分からなさにぶつかって、どうしても難しいことになっちゃうというのは、俳句の問題のような気がするんです。だから、あなたはものすごく難しいことをしてるなっていう、これはポエジィということに寄せちゃうか、伝統俳句、つまり和歌から別れてきた、そういうところで理解できる俳句の伝統的な形式があって、それ使っちゃえば、それに乗っかっちゃえば、俳句って楽しくできる、かも知れない気がするんですね。伝統の力そのものがありますから。時にはいい句もできてというのがあり得るんでしょうけれど、それにもし満たされないとすれば、大変な世界になるという感じが僕にはするんです。その辺の問題の処理の仕方はどういうふうに考えておられるのか……。

言葉の家庭内暴力

夏石　吉本さんに基本的文献と称してお読みいただいて、宿題をさせてしまって申し訳なかったんですけれど、その範囲だけで、私自身の一番シンドイところを、それを語れる人は少ないんですが、それをズバリと言われてしまって何とも言えない気分というか、確かにその通りなんです。

　吉本さんがかなりすっきりおっしゃって下さって、たしかに私の立場は難しいといえば難しいんですね。

　夏石番矢という書き手は、鬼っ子みたいに一人で、未知の要素もあるけれども、遅々として業績の上がらない壁にぶつかりながら何かやっている。そういうふうに見えると思うんですが、僕は、今は壁に見えるようなものが、ここ十年の日本とアジア、経済的なレベルの交流とは違うレベルで、もう少し日常的な感性を含めたところから、お互いが出会うということを実現したときに何か鍵は出てくるような予感が何となくあるんですね。甘いと言えば甘いんですが、これから先、私自身がどこまでできるか考えている時なんです。

　日本文学という枠内で申し上げますと、私が考えている俳句のポエジィ、和洋折衷的な言い方でいまひとつしっくりこないんですが、そうとしか言えないものですから、とりあえずそう言っておきますが、俳句のポエジィ、俳諧のポエジィのようなもの、その指標としての飛び石みたいなものは、記紀歌謡もその終点の一つなんですが、現代（自分自身）から、近代の俳人を全く違う読み方ができれば別ですが、近代を飛ばして、其角に行くんじゃないか、それから先は、短歌だと定家で、記紀歌謡、東歌がかかるかどうか、不確定な要素がありますから、そして縄文に行くんだろうなという、そこからアジアという問題が出てくるんだろうという気がするんです。そういう見取図、それがどこまで成果を上げるか未知数なんですが、ある程度のものは書けるのではないか、ただし、もう少し年月が経ってから書いてみたいという気がするんですね。

吉本　ここに『ニューウェイブ』ということで作品を出しておられるというのは、皆そうだと思うんですけれども、なんて言ったら言いのか、言葉の家庭内暴力だと思うんですよ。家庭内暴力というのは、もしかすると日本独特、東アジア独特のものかも知れない。日本と西洋ということで言えば日本独特のものです。他にはないんです。ニューウェイブの人たちは言葉の家庭内暴力をやっているという気がするんです。家庭内暴力はどうして日本独特かみたいなことになるわけですね。すると日本語独特という言い方もあるし、日本語のリズム独特っていう言い方もあるけれども、日本語というのはそもそも何なんだ、と言った場合に、答えることができないですよ。日本語というのは、日本語の持ってるリズムとか、形式とか、こうなっているんだよというような理解の仕方は、極めて表面的な理解の仕方だと思うんです。もっと根底的なものは、やっぱり日本語も闇の中へ入ってしまうという日本語独特の問題だというふうになるような気がします。

夏石　闇というのは？

吉本　ようするに言葉以前の問題、つまり、家庭内暴力だって究極的に言えば言葉以前の問題、一歳未満までの問題というのが基本的なことになると思うんです。人間が言葉を口にすることができない以前のコミュニケーションの仕方というのが駄目だったんだよというところまで行く、そうすると言葉以前の問題になりますね。そこまで行かなければ、言葉の家庭内暴力というのは解けないということになりそうな気がするんです。そうじゃなくて、日本語のリズムとポエジィの問題がここに入ってきてとか、それが重なってとかというような理解の仕方の段階では別にどうってことはない。

夏石　その通りですね。

吉本　本当に解こうとすれば、言葉以前の、日本語以前の日本語といいましょうか。そういうところへ入って行くよりしようがない。そこのところが難しい。解けないところなんじゃないかなと思うんです。西洋のポエジィということを頭に入れて考えれば、すぐ解けるというような難解さだったら、それはどうってことはない。あなたも、そしてここの人たちの半分の作品がぶつかっている問題は、そういう言葉以前の問題まで行かなくては解けないということにぶつかっている。しかも全体的に言えば、俳句っていうのは家庭内暴力ですから。

夏石　俳句全体が。

吉本　ええ、全体が日本の詩の形の中でも特に家庭内暴力だから。どこで解くんだということは溯っていくとなかなか難しいことになるんじゃないか、難しいことっていうのは一様に問題としてでてきているというのが僕の理解の仕方ですね。

　家庭内暴力というのは、言葉のことじゃなくて、実際に、少くとも西洋にはないんですよ。他のアジア地区にあるかどうか知らないけれど。どうしてかと言うと、一歳までのところが違うんだと思います。典型的に言いますと、子供が生まれて、すぐに母親の側に置いて授乳する。母親は人にもよりますけれど床から起きあがるまでのある期間、子供が泣いたら授乳をし、お尻の世話をし、側に置いてやっちゃうわけです。これは独特だと思うんです。これは言葉を覚える以前の人間にとって、言葉以前のコミュニケーションとして独特なものですね。独特さというのがいい面で出てくる場合には、大変いい感覚できて、思春期になっても、また男女関係でもいい感覚でいくわけですけれど、そこで、まずかったら、やっぱり後年、家庭内暴力になると思うんです。どうしてかというと、そういうふうにすると母親という像が強大なイメージになっちゃう、内的なコミュニケーションとしては強大なイメージになる。このやり方というのは、いってみれば日本独特であり、言葉以前、ソシュール的に言えば、シニファンだけしかない。シニフィエというのが無いんですね。家庭内暴力というのは日本だけしか起こらない。西洋の家庭では起こらない。そのやり方をしないからだと思いますね。

夏石　西洋でははやいうちに子供を母親から分離するからということですね。

吉本　そう。いい、悪いじゃなくて、タイプの問題なんです。俳句の問題というのは、現在我々が考えているような日本語以前の問題というところまで行くと思うんですね。この難解さ、伝統的俳句の短形式プラス西洋的ポエジィで解けるような難解さだったら非常に簡単に解けてしまうわけで、たぶん、そうじゃない。そこのところで、あなたの俳句は、十あれば十、分からないということになる。分かるよって言っても、やっぱり俳句自体がなかなか難しいなっていう問題がでてくる。

ニューウェイブの人たちの半数、あるいは全部の人が、その問題に直面しているような気がするんです。この分からなさは一体どこからくるかっていうことは相当大変なことになるんじゃないか、簡単じゃないなっていうふうに思えて仕方ないですね。そうだったら、伝統俳句の形にでも行っちゃった方が簡単なんだ、もし伝統俳句以外の要素、つまり現代性みたいなものがあるとすれば、無意識に入ってくる現代性しか問題にしないっていうんだったら、自然な成り行きということになるのかなあと思いますけれども……。これは作者の側から言っては、そうはいかないんだっていう問題になってくるような気がするんですね。これを現代詩の場合とちょっと違うところのような気がします。

夏石　短歌とも違いますか？

吉本　短歌とも違うと思います。

夏石　家庭内暴力はない……。

吉本　家庭内暴力じゃないでしょう。なりそうな要素はあるんだけれども、その家庭内暴力というのは、幼児期になって、いい子だ、いい子だって言って、いい母親になって育ててたら、解けちゃう程度の家庭内暴力（笑）だと思うんです。現代俳句の分からなさというのは家庭内暴力としても相当言葉以前といいましょうか、乳児期の一歳未満のところまで溯ぼらないと解けない、もっといけば、胎児、八ヵ月ぐらいまで溯ぼらないと分からない、特にこの中で、あなたのは分かんない（笑）。なかなか難しいことをやっているような気がするんです。それだけ本質的といえば本質的なところで引っ掛かってる。これは自然にはなかなかほぐれにくい。家庭内暴力が直った直ったということだとすると大変直りにくい家庭内暴力（笑）。

夏石　直るんですか、家庭内暴力というのは（笑）。

吉本　窮極に行けば、言葉以前のところまで突っ込んで行ければ直るんじゃないでしょうか。億劫だから、なかなかそこまで突っ込まないで、こういう時には、こういう言葉使いをして、こういうふうにやって行けば、だんだん良くなって行きますよというふうに、心理療法とか、精神療法の先生が言う程度には直る。そんな程度では直るわけないよという家庭内暴力もありましてね、そうなると相当大変なことになる。それでも直らないとは言えないと思いますよ。

言葉以前の言葉

夏石　おうかがいしていて、身に滲《し》みて気になったのは、私にいま一歳未満の子供がいまして（笑）、身に突き刺さる問題ですが、それは別にして、俳句が家庭内暴力だという比喩、メタファーからいろんなことが出てくると思うんです。まず家庭内暴力が東アジア、もしくは日本独特のものであるということ、しかも家庭内暴力性みたいなものがあるとすれば、日本の詩歌、文学を含めた上で、日本独特の家庭内暴力性というのが、俳句に深く隠されているというか、俳句の原理として根深く埋め込まれている。そして現在も発動しているんだとおっしゃったんで、非常に面白いと思うんですが、例句が全く一句も出てこないので、恐縮ながら私自身の作品、有季定型ですが、「家ぬちを濡羽の燕暴れけり」という句があるんで、私としては、一つは家庭内暴力性みたいなものが書けてるんじゃないか、直感で書いた句なんですが、その照応関係を意外に思っているんです。「濡羽」の「濡れ」はおそらく母親、それこそ母体からの水、もしくは、母親とのパトス的な繫がりや齟齬なんかもひょっとしてあったのかなと……。そうすると僕の句の基本的なモチーフを吉本さんが解説して下さったので、ありがたいと思っているんですが、さらにそれを突き抜けて俳句そのものが家庭内暴力性があるということを指摘されたので、もう少し違うレベルで考えなけりゃいけないなと思っているんです。家庭内暴力という場合、家庭内暴力性というのがあるとすれば、家庭内部であるということ、強大な母親の内部、それとの強烈な密着を前提としていること、その密着がどこかで齟齬を起こしていること、その齟齬そのものの解決方法が、言葉以前のものに根ざしていることですね。しかも表われとしては暴力という形で出てくるんですけれども、そこからの出口の糸口は摑まえ難いものであることですね。内部の暴力である。一種の甘えも入ってくるだろうし、それで吉本さんがお考えになっている家庭内暴力性みたいなものをもう少し詳しく教えていただければと思うんです。

吉本　家庭内暴力を言葉以前の言葉というところまでもっていけば、内コミュニケーションていいましょうか、症状を見ただけで、何を考えているか分かったとか、これはお腹がすいているんだとか、そういう分かり方ってのはありますね。その分かり方のところが一つ問題のような気がするんです。言葉のメタファーとか、そういうことで分かるということじゃなくて、もっと前に、とにかく内コミュニケーションでなんとなく分かったとか、表情で分かったとか、その分かり方の問題がひとつあるということ。もう一つは、家庭内暴力という比喩の、その分かり方のなかに一種の思い込みがあったり、幻覚があったり、何かを命令する声が幻聴みたいに聞こえてきたり、妄想の近くまで入りうる内コミュニケーションの問題があると思うんです。つまりどこに境界があるかということは、言葉ではないですから、言葉以前の段階ですから、それをはっきり指摘することはできないので、それは分かったという分かり方が、本当に分かったかどうかも分からないし、妄想であることもあり得る。また、分かったと思えという幻聴であることもあり得る。そういうこと全部が現代俳句の問題のなかには含まれてきてしまうんじゃないでしょうか。病気であることと病気でないことというのが全部含まれて、それが大きな問題になってくることがあるんじゃないでしょうか。これは詩にはないと思うんです。例えば、吉岡実さんの詩だって難解だという人はいるんです。けれども難解なところは何もないといえば何もない。これは幼児がアイウエオを覚えるとか、母親の言葉にならって、どんどん言葉を覚えていくっていう段階の難解さのような気がするんです。つまり、現代詩というのは、それ以上に難解さというのはあり得ないと思うんです。どんなに難解だって、それは分かりいいんですよ（笑）。これは訓練の問題ですよとか、つまり、学校へ上がれば分かりますよとか、発達心理学の学者でいえば、幼児期の次の児童期、学童期みたいなのがあって、それぞれ言葉の技術とか、いろいろ覚え込むわけですが、その覚え込んだところで分かるということがあって、それ以上の難解さというのは、誰がどう難解に作ろうとしても現代詩の世界ではあり得ない。けれども俳句の難解さはそうじゃなくて、乳児以前の難解さということになると思うんです。つまり、言葉以前の難解さというのは必ず入ってくる。これは、どれが正常で、どれが思い込みで、どれが妄想でというふうに区別してみると言ったって、なかなかできないのと同じで、そこでの難解さというのは、日本語なら日本語の元のところまで溯ぼって問題を提起されるんで、これはあなたの言われる、俳句というものの東アジア性というのは、どこまで原点を求めるのかという問題とも関連する、いまある日本語では解けない、一種の内コミュニケーションの問題まで含めて解かないと言えない。例えば、母親と子供の間にしか通用しない言葉、「あわわ」って言えば乳児は笑うに決まってるんだというような、だけど、他の母親がやっても駄目なんで、そのくらいのところで分かるとか分からないとか言われなきゃいけないところまで入り込んでいってしまう。

　あなたの俳句の分からなさのなかには、異常か正常かという分からなさは無いような気がするんです。だけれども、自分では分かっているつもりでも、本当は何も分かんないぜっていう俳句がよくあるんです。それは無意識のうちに思い込みのなかに踏み込んじゃってるという様子が、内コミュニケーションまで踏み込むというのがたやすくできちゃうということが関係があるような気がする。つまり言葉以前だっていう、そこが、俳句ってのは、難しいなというところだし、また、実作として、そういう俳句の持っている家庭内暴力性から離脱するということを課題にするならば、全く大変だなと思うんですね。つまり、家庭内暴力の親子がいて、傍からみてて何でそんなことを許してるのかって言ったって、御当人たちがよけりゃいいじゃないか(笑)みたいなことはあり得るわけですね。傍から何か言ったら、余計なことはしてくれるなってことになってしまうんですね。

夏石　一対一ですからね。

吉本　で、傍からそれは正常じゃないよ、思い込みだよって言ったって、御当人たちが一対一がいいって言うんだから、それでしょうがないじゃないかっていうところがある。

吉本　俳句の持っている難しさというか、難しい課題から離脱するのがいいのかどうかというのは別問題だと思うんですが、もし、離脱することが課題になるのならば、相当溯ぼったところまで考えに入れていかないと駄目な問題というのがあるんじゃないか。これは短歌には無いし、もちろん、西洋の近代詩を移植することから出発した、明治以降の詩、現代詩にはないんで、頭で解けちゃうということになるわけでしょうけれども、俳句の難しさというのは、頭では解けないですよとか、言葉でも解けないですよっていう、言葉以前の問題が絡まってますよね。そこの問題が最後には引っ掛かってくるような気がするんです。

和歌の延長でも詩の類推でもダメ！

吉本　『ニューウェイブ』の人たちの最初に一言ずつ言っている……。

夏石　詞《ことば》書き俳句の林桂ですか？

吉本　「ミニ作家論」は、岡井隆さんでしょ、詩を書く人だと、大岡信さん、高橋睦郎さんが書いてますね。大岡さんは伝統的な俳句の延長線がいいんですよって言ってると思うんですよ。僕が読んだ限りでは。

夏石　古今集的な和歌の延長線上ですね。大岡さんは短歌的価値観を俳句に押し付けているだけで、俳句が基本的に分かっていない。

吉本　和歌の延長で上句が切れた形が俳句なんだという観点で行った方がいいと言ってるんだと思えるんです。高橋さんは多少違ったことを言ってるんだけど、根本にあるのはやっぱりそうですね。

夏石　あまり変わりませんね。

吉本　だけど僕なんか、そういうところで言ったって解けたことにならない、また、そういうところで区別して、俳句の、作品の良さ悪さを言ったって解決にならないんじゃないかというのが、一番感じたことなんですね。つまり、和歌の延長で言ってもいけないし、また詩というのを類推して言っても、たぶん駄目じゃないかな、もっと違うところで言わないといけない。俳句独自の家庭内暴力性といいましょうか、そういうところをかい潜ったところで言わないといけないなあと、特にあなたの作品を読んで、そういう実感を持ったんですけどね。

僕が読んだかぎりでは、一番極端なので、あなたのが、分からんと言えば、全部分からん。分かるといえば分かるよ（笑）。その分かるの中には、何か俳句性というのが、これが俳句性だよというのがあるような、言いそうな気がするんですよね。詩人の人が言ってる良さといいましょうか、菅野さん、批評家ですけど、が言ってる良さも、自然、伝統俳句がいいと言ってるんですよね。岡井さんだけが、彼は実験家だから、歌人だけどあらゆる形式を試みてますよね。そういうところで、一種の試み方が足らないという言い方をしてるんで、岡井さんの言い方は実作からいって非常によく分かるんですけれど、詩人、批評家の人の言い方は、もう少し違うところで言わないと、俳句の良さ悪さとか、分かる分からないとかは難しいんじゃないかなという疑問を持ったんです。

夏石　家庭内暴力ということをもう少し……。吉本さんがおっしゃったのには大きく分けると二つあるように思うんです。まずその一面は、俳句を書く人の個人的な体験のレベルで、あるいは巨大な母親像を内面に持っているのかもしれません。もう一つの面は俳句という詩を書くことによって、日本語そのものの遺伝子にまで踏みこんでいる局面。日本語の遺伝子を実作のときに感じている人は少ないでしょうが、本当はタッチしているんですね。個人の人格の母体と日本語の母体、その二つがあるような気がします。

吉本さんに家庭内暴力を生み出す内コミュニケーションのことをおうかがいして、自分自身のこれも一つの物語りだと思うんですが、どこまで事実なのか、それこそ幻覚なのか、妄想なのか分かりませんが、自分自身の強烈な記憶のはじめというのがありまして、それを考えてみたんですね。そういうことがあるから私自身が俳句を書くときにも、家庭内暴力性が強く出るのかも知れないと思う記憶がありまして、それは、おそらく一歳未満だったと思うんですが、自分自身が舌を出すと、そういう時の視像、視界を強烈に覚えているんですが、その視界は狭くて、回りの輪郭がボケてるんですね。何人か大人たちがいて、父母や姉など、その区別がつかないんですが、私が舌を出すと向うが笑うんですね。何か声らしいものを出すと反応するんですね。反応するものだから、何かそういう反応を得たくて舌をベローと出したと。ただし、自分自身が舌を出している動機、モチーフ、意識の動きと、向うの反応、解釈というのとは完全に齟齬があるなという体験が強烈にあって、それが私の俳句の淵源に繋がるのかなあと、今、お話しをお聞きしながら思い出して、考えていたところです。

今日は俳句が日本語の家庭内暴力だという吉本さんのお考えが引き出せて、逆にそれをどうするんだという問いを突き付けられた感じがして、俳句とは何かという問題に新しい展開が生まれそうです。

（「俳句空間」一九九一年六月号）

金子兜太略年譜

●齋藤愼爾・金子兜太編

一九一九（大正八）年

九月二十三日、埼玉県小川町に生まれる。父元春、母はるの長男。父は伊昔紅という俳号をもつ俳人であった。

一九二一（大正十）年　二歳

東亜同文書院校医として上海に在住する父のもとに行き、二カ年を過ごす。

一九二三（大正十二）年　四歳

母、妹の灯と三人、小川町に帰る。

一九二六（大正十五）年　七歳

父、上海より帰り、医を開業。皆野小学校に入学。妹稚木生まれる。

一九二八（昭和三）年　九歳

皆野町へ移転。弟千侍生まれる。

一九三〇（昭和五）年　十一歳

一夏を房総千倉で過ごす。妹豊子生まれる。

一九三二（昭和七）年　十三歳

埼玉県立熊谷中学に入学。翌八年、末弟洸三生まれる。

一九三七（昭和十二）年　十八歳

水戸高校文科乙類に入学。柔道部に所属。一年上級の出澤珊太郎の勧めで、初めて句作。

「白梅や老子無心の旅に住む」

一九三八（昭和十三）年　十九歳

全国学生俳誌「成層圏」に加わる。

一九三九（昭和十四）年　二十歳

「土上」（嶋田青峰）や「俳句研究」（改造社）に投句。ドストエフスキーの小説を乱読。

一九四一（昭和十六）年　二十二歳

東京帝大経済学部に入学。軍事教練で富士山麓へ。「寒雷」（加藤楸邨）に投句を始める。

一九四三（昭和十八）年　二十四歳

九月、半年繰り上げの卒業。日本銀行に入行するがすぐ退職。海軍主計短期現役として品川の海軍経理学校で訓練を受ける。同じ分隊に村上一郎がいた。合同句集『伐折羅』刊。

一九四四（昭和十九）年　二十五歳

二月、主計中尉に任官。三月、トラック島夏島（現デュブロン）の第四海軍施設部に赴任。

一九四六（昭和二十一）年　二十七歳

米軍捕虜として、春島（現エモン）の米航空基地建設に従事。十一月、帰国。

一九四七（昭和二十二）年　二十八歳

二月、日本銀行に復職。四月、塩谷皆子と結婚。「風」（沢木欣一）に加入。

一九四八（昭和二十三）年　二十九歳

俳句同人誌「青銅」を創刊。六月、長男眞土誕生。

一九四九（昭和二十四）年　三十歳

四月、日本銀行従業員組合事務局長となり組合運動に専念。初夏、埼玉県竹沢村に転居。

一九五〇（昭和二十五）年　三十一歳

四月、埼玉県志木町に転居。十二月、日銀福島支店に転勤。合同句集『鼎』（七洋社）刊。

一九五一（昭和二十六）年　三十二歳

阿武隈河畔渡利に住む。

一九五二（昭和二十七）年　三十三歳

加藤楸邨夫妻、森澄雄らと裏磐梯に遊ぶ。

一九五三（昭和二十八）年　三十四歳

九月、神戸支店に転勤。

一九五四（昭和二十九）年　三十五歳

金沢の「風」大会で講演。

一九五五（昭和三十）年　三十六歳

十月、第一句集『少年』（風発行所）刊。

一九五六（昭和三十一）年　三十七歳

一月、「新俳句懇話会」に参加。七月、現代俳句協会賞受賞。

一九五七（昭和三十二）年　三十八歳

「現代俳句の会」に参加。「朝日新聞」阪神版俳句選を担当。

一九五八（昭和三十三）年　三十九歳
二月、長崎支店に転勤。『現代俳句集』（筑摩書房）に作品が収載される。

一九五九（昭和三十四）年　四十歳
九州現代俳句協会に参加。『現代俳句全集』（みすず書房）に作家論を執筆。

一九六〇（昭和三十五）年　四十一歳
五月、東京に転勤、杉並区沓掛町の行舎に住む。

一九六一（昭和三十六）年　四十二歳
「俳句」に「造型俳句六章」を連載。四月、「新週刊」俳句選を担当。七月、第二句集『金子兜太句集』（風発行所）刊。

一九六二（昭和三十七）年　四十三歳
四月、「海程」を創刊。「北海タイムス」俳句選担当。

一九六三（昭和三十八）年　四十四歳
岡井隆と共著で『短詩型文学論』（紀伊国屋書店）刊。新潟県俳句大会で加藤楸邨とともに講演。

一九六四（昭和三十九）年　四十五歳
「中三コース」「読売新聞」地方版俳句選担当。

一九六五（昭和四十）年　四十六歳
九月、『今日の俳句』（光文社）刊。

一九六七（昭和四十二）年　四十八歳
七月、熊谷市上之八八七に転居。ようやく自家を得る。「俳句研究」が「金子兜太特集」。

一九六八（昭和四十三）年　四十九歳
四月、第三句集『蜿蜿』（三青社）刊。十月、「俳句」が「金子兜太特集」。

一九六九（昭和四十四）年　五十歳
六月、「海程」八周年大会を湯河原で開催。『現代文学の発見』「言語空間の探検」（學藝書林）に作品収載。

一九七〇（昭和四十五）年　五十一歳
評論集『定型の詩法』（海程社）刊。

一九七一（昭和四十六）年　五十二歳
八月、「俳句」が「金子兜太特集」。

一九七二（昭和四十七）年　五十三歳
一カ月半のヨーロッパ旅行。『定住漂泊』（春秋社）、『俳句――短詩形の今日と創造』（北洋社）刊。『現代俳句大系』第七巻（角川書店）に『少年』収載。「全逓新聞」俳句選担当。NHK教育テレビ「行乞流転」に出演。十一月、第四句集『暗緑地誌』（牧羊社）刊。

一九七三（昭和四十八）年　五十四歳
『現代句集』（筑摩書房）に『少年』収載。『蕪村・良寛・一茶』（共著・河出書房新社）刊。一茶や山頭火関係でテレビ、雑誌の座談会出席多し。

一九七四（昭和四十九）年　五十五歳
九月、日本銀行を定年退職。「海程」百号を迎える。七月、第五句集『早春展墓』（湯川書房）、『種田山頭火』（講談社）、『詩形一本』（永田書房）刊。『思想史を歩く』（朝日新聞社）に「秩父困民党」、『日本史探訪』（角川書店）に「一茶」収載。

一九七五（昭和五十）年　五十六歳
六月、『金子兜太全句集』（立風書房）刊、第六句集『狡童』を併載。

一九七六（昭和五十一）年　五十七歳
七月、『俳童愚話』（北洋社）刊。

一九七七（昭和五十二）年　五十八歳
六月、「海程」十五周年記念大会を開催。同月、第七句集『旅次抄録』（構造社）刊。八月、エッセー集『ある庶民考』（合同出版）刊。

一九七八（昭和五十三）年　五十九歳
六月、『愛句百句』（講談社）刊。「読売新聞」の「俳句月評」を担当。

一九七九（昭和五十四）年　六十歳
七月、『流れゆくものの俳諧――一茶から山頭火』（朝日ソノラマ）刊。

一九八〇（昭和五十五）年　六十一歳
大野林火を団長とする第一回俳人訪中団に参加。現代俳句叢書『金子兜太』（総合美術社）に、『旅次抄録』までの自選五百句を収める。『小林一茶』（講談社現代新書）出版。

一九八一（昭和五十六）年　六十二歳
『中山道物語』（吉野教育図書）、『熊猫荘点景』（冬樹社）、第八句集『遊牧集』（蒼土舎）を出版。

一九八二（昭和五十七）年　六十三歳
「海程」創刊二十周年記念大会。記念アンソロジー『海程句集』刊。『現代俳句集成』第十三巻（河出書房新社）に、第三句集『蜿蜒』収録。『俳句研究』で「特集・金子兜太論」。第九句集『猪羊集』（現代俳句協会）出版。

（以下、金子自筆年譜より）

一九八三（昭和五十八）年　六十四歳
現代俳句協会会長に就任。角川俳句賞選考委員に。『一茶句集』（岩波書店）、『漂泊三人——一茶・放哉・山頭火』（飯塚書店）。

一九八四（昭和五十九）年　六十五歳
『兜太俳句教室』（永田書房）、『金子兜太・高柳重信集』（朝日新聞社、朝日文庫）、評論集『俳句の本質』（永田書房）、随筆集『兜太詩話』（飯塚書店）、『感性時代の俳句塾』（サンケイ出版）。

一九八五（昭和六十）年　六十六歳
中国俳句の旅。「海程」の同人代表から主宰に。第十句集『詩經國風』（角川書店）、『現代俳句を読む』（飯塚書店）、『わが戦後俳句史』（岩波新書）。

一九八六（昭和六十一）年　六十七歳
NHK市民大学で「一茶」開始。「カナダ俳句の旅」。朝日俳壇選者に決まる。第十一句集『皆之』（立風書房）。

一九八七（昭和六十二）年　六十八歳
現代俳句協会主催「中国の旅」で、北京・長安・蘇州行。朝日俳壇主催「中国江南吟行の旅」で上海、杭州、紹興行。『俳句説法』（さきたま出版会）、『小林一茶——句による評伝』（小沢書店）、『熊猫荘俳話』（飯塚書店）、『放浪行乞』（集英社文庫）。

一九八八（昭和六十三）年　六十九歳
紫綬褒章受章。『兜太の現代俳句塾』（主婦の友社）、対談集『俳諧有情』（三一書房）。

一九八九（昭和六十四・平成一）年　七十歳
歌人・俳人訪中団の一員として訪中。朝日俳壇主催の吟行でモロッコ・スペイン行。座談集『俳句の現在』（富士見書房）、編著『現代俳句歳時記』（千曲秀版社）。

一九九〇（平成二）年　七十一歳
「中国和歌俳句研究会」参加のため訪中。ベルリンの壁崩壊後のドイツを訪問。NHK衛星放送句会始まる。

一九九一（平成三）年　七十二歳
中国の俳人、林林氏を招待。自選句集『黄』（ふらんす堂文庫）。

一九九二（平成四）年　七十三歳
洋上大学講師としてグアム・サイパン行。NHKテレビ俳句講座を担当。朝日俳壇主催でトルコ行。『兜太のつれづれ歳時記』（創拓社）。

一九九三（平成五）年　七十四歳
洋上大学講師としてシドニーからオークランドの船旅。『俳句研究』八月号特集「金子兜太の世界」。現代俳句協会訪中団団長としてシルクロードの旅。自選句集『金子兜太』（春陽堂俳句文庫）、『遠い句、近い句——わが愛句鑑賞』（富士見書房）、『現代俳句鑑賞』（飯塚書店）。

一九九四（平成六）年　七十五歳
バリ島旅行。勲四等旭日小綬章受章。芭蕉没後三百年記念日独俳句大会出席のためドイツを訪問。『二度生きる』（チクマ秀出版）。

一九九五（平成七）年　七十六歳
中国旅行。中国で『金子兜太俳句選譯』（中国語訳）出版。自選句集『金子兜太』（花神社）、第十二句集『両神』（立風書房）。

一九九六（平成八）年　七十七歳
『両神』で日本詩歌文学館賞受賞。日中漢俳俳句交流会で中国訪問。

一九九七（平成九）年　七十八歳
妻皆子（七十二歳）右腎悪性腫瘍のため右腎全摘、皆子第二句集『黒猫』（花神社）上梓。NHK放送文化賞受賞。共著『現代歳時記』（成星出版）、『兜太の俳句添削塾』（毎日新聞社）、『金子兜太の俳句入門』（実業の日本社）。

一九九八（平成十）年　七十九歳
群馬県立土屋文明記念文学館で企画展「金子兜太・高柳重信——戦後俳句の光彩」開催。『現代俳句鑑賞全集第八巻　金子兜太篇』（東京四季出版）刊。

一九九九（平成十一）年　八十歳

ベルリンでの「俳句フェスティバル」に訪独。ちくま新書『俳句専念』（筑摩書房）、共編著『草木花歳時記（春の巻）』（朝日新聞社）、編著『現代子ども俳句歳時記』（チクマ秀版社）。

二〇〇〇（平成十二）年　八十一歳

共同通信「暮らしの一句」を一年間、毎週執筆。さいたま文学館で企画展「金子兜太の世界」開催。『漂泊の俳人たち』（ＮＨＫライブラリー）、共編著『鳥獣虫魚歳時記』（春・夏の巻）（朝日新聞社）。

二〇〇一（平成十三）年　八十二歳

第一回現代俳句大賞受賞。第十三句集『東国抄』（花神社）、共著『他流試合　兜太・せいこうの新俳句鑑賞』（新潮社）。

二〇〇二（平成十四）年　八十三歳

『東国抄』により第三十六回蛇笏賞受賞。『金子兜太集』全四巻（筑摩書房）出版。

二〇〇三（平成十五）年　八十四歳

日本芸術院賞を受賞。日本芸術院会員に。

二〇〇四（平成十六）年　八十五歳

母はる、百四歳で他界。『中年からの俳句人生塾』（海竜社）。

二〇〇五（平成十七）年　八十六歳

黒田杏子著『金子兜太養生訓』（白水社）。鶴見和子共著『米寿快談』（藤原書店）。

二〇〇六（平成十八）年　八十七歳

妻皆子他界、八十一歳。

二〇〇七（平成十九）年　八十八歳

三月十九日顔面神経麻痺。『酒やめようかどの本能と遊ぼうか』『金子兜太の俳句のつくり方が面白いほどわかる本』（中経出版）。

二〇〇八（平成二十）年　八十九歳

梯久美子「金子兜太聞き書き」（『本の旅人』連載）。文化功労者に選ばれる。正岡子規国際俳句大賞受賞。

二〇〇九（平成二十一）年　九十歳

皆野町名誉町民、熊谷市名誉市民に。梯久美子著『昭和二十年夏、僕は兵士だった』（角川書店）。松山市「俳句甲子園全国大会」出席。第十四句集『日常』（ふらんす堂）。ＤＶＤ『生きもの〈金子兜太の世界〉』（日向寺太郎監督制作、紀伊国屋書店）。

二〇一〇（平成二十二）年　九十一歳

句集『日常』に至る長年の業績で第五十一回毎日芸術賞特別賞受賞、第二回小野市詩歌文学賞受賞、第五八回菊池寛賞。日野原重明対談『たっぷり生きる』（角川学芸出版）、佐佐木幸綱対談『語る俳句短歌』（藤原書店）。

二〇一一（平成二十三）年　九十二歳

胆管に癌。慶応病院外科に九月十五日入院、十月十七日手術、十二月十日退院。『悩むことはない』（文藝春秋）、『兜太自選自解九十九句』（角川学芸出版）、半藤一利対談『今日本人に知ってもらいたいこと』（KKベストセラーズ）、英文『兜太』四冊シリーズ（熊本大学研究グループ代表リチャード・ギルバート、Red Moon Press出版）。

二〇一二（平成二十四）年　九十三歳

「海程」創刊五十周年。

二〇一三（平成二十五）年　九十四歳

「海程」長崎大会。無言館の成人式出席。

二〇一四（平成二十六）年　九十五歳

ＮＨＫ・ＥＴＶ特集『94歳の荒凡夫～俳人・金子兜太の気骨』（河邑厚徳監督制作）放送。

二〇一五（平成二十七）年　九十六歳

「東京新聞」で「平和の俳句」の選者。「アベ政治を許さない」を揮毫。

二〇一六（平成二十八）年　九十七歳

朝日賞受賞。

二〇一八（平成三十）年　二月二〇日、死去。享年九十八。フランスの「ル・モンド」紙で報じられる。

二〇一九（令和元）年

第十五句集『百年』、『金子兜太戦後俳句日記』全三巻刊行。

執筆者一覧

青木亮人 あおき・まこと　一九七四年生。文芸評論家。評論集『その眼、俳人につき』

秋尾　敏 あきお・びん　一九五〇年生。俳人。「軸」主宰。句集『納まらぬ』『悪の種』

浅井愼平 あさい・しんぺい　一九三七年生。俳人、写真家。写真集『HOBO』

浅沼　璞 あさぬま・はく　一九五七年生。俳人。『俳句・連句REMIX』

安西　篤 あんざい・あつし　一九三二年生。俳人。「海原」主宰。句集『秋情』『秋の道』

安東次男 あんどう・つぐお（一九一九～二〇〇二）詩人、俳人、文芸評論家。句集『裏山』『流』

飯田龍太 いいだ・りゅうた（一九二〇～二〇〇七）俳人、評論家。「雲母」主宰。句集『忘音』『無数の目』

井口時男 いぐち・ときお　一九五三年生。文芸評論家、俳人。句集『天來の獨樂』評論集『蓮田善明・戦争と文学』

池田澄子 いけだ・すみこ　一九三六年生。俳人。「船団」「豈」所属。句集『たましいの話』

井上ひさし いのうえ・ひさし（一九三四～二〇一〇）作家、劇作家。劇団「こまつ座」座付作家。『手鎖心中』『吉里吉里人』

井上弘美 いのうえ・ひろみ　一九五三年生。俳人。「汀」主宰。句集『あをぞら』『汀』

岩淵喜代子 いわぶち・きよこ　一九三五年生。俳人。「ににん」代表。句集『硝子の仲間』『白雁』

宇多喜代子 うだ・きよこ　一九三五年生。俳人。「草樹」所属。句集『宇多喜代子俳句集成』

江里昭彦 えさと・あきひこ　一九五〇年生。俳人、評論家。句集『ラディカル・コンプレックス』評論集『生きながら俳句に葬られ』

大井恒行 おおい・つねゆき　一九四八年生。俳人、評論家。句集『秋ノ詩』『風の銀漢』

大木あまり おおき・あまり　一九四一年生。俳人。句集『雲の塔』『星涼』

岡井　隆 おかい・たかし（一九二八～二〇二〇）歌人、評論家。歌集『暮れてゆくバッハ』評論集『木下杢太郎を読む日』

小川軽舟 おがわ・けいしゅう　一九六一年生。俳人。「鷹」主宰。句集『近所』『呼鈴』

桶谷秀昭 おけたに・ひであき　一九三二年生。文芸評論家。評論集『ドストエフスキイ』『昭和精神史』

小沢昭一 おざわ・しょういち（一九二九～二〇一二）俳優、俳人。劇団「しゃぼん玉座」主宰。

小澤　實 おざわ・みのる　一九五六年生。俳人。「澤」主宰。句集『砧』『立像』『瞬間』

恩田侑布子 おんだ・ゆうこ　一九五六年生。俳人・評論家。「樸」代表。評論集『余白の祭』、句集『夢洗ひ』

柿本多映 かきもと・たえ　一九二八年生。俳人。句集『夢谷』『柿本多映俳句集成』

鍵和田秞子 かぎわだ・ゆうこ（一九一八～二〇二〇）俳人。「未来図」主宰。句集『胡蝶』『火の禱り』

角谷昌子 かくたに・まさこ　一九五四年生。俳人。「未来図」所属。句集『源流』『地下水脈』

ドナルド・キーン（一九二二～二〇一九）日本文学研究者。コロンビア大学名誉教授。『ドナルド・キーン全集』

金田一剛 きんだいち・こう　一九四八年生。俳人、デザイナー、編集者。俳誌「ことごと句」編集長。

黒田勝雄 くろだ・かつお　一九三八年生。写真家。日本リアリズム写真集団所属。写真集『最後の湯田マタギ』『浦安』

黒田杏子 くろだ・ももこ　一九三八年生。俳人、エッセイスト。「藍生」主宰。日経俳壇選者。『黒田杏子句集成』

小池　光 こいけ・ひかる　一九四七年生。歌人。歌集『草の庭』『思川の岸辺』

神野紗希 こうの・さき　一九八三年生。俳人。句集『星の地図』『光まみれの蜂』

後藤喜一 ごとう・きいち　一九五四年生。元東京新聞記者。文化部長、文化担当編集委員などを務め、一九年末に退社。

五島高資 ごとう・たかとし　一九六八年生。俳人。句集『海馬』『雷光』

齋藤愼爾 さいとう・しんじ　一九三九年生。俳人、文芸評論家。句集『永遠と一日』評論集『逸脱する批評』

斎藤貴男 さいとう・たかお　一九五八年生。ジャーナリスト。『「東京電力」研究―排除の系譜』

酒井佐忠 さかい・すけただ　一九四三年

生。文芸ジャーナリスト。評論集『今朝のうた』『風のことのは』

坂口昌弘 さかぐち・まさひろ 一九四八年生。文芸評論家。評論集『文人たちの俳句』『ヴァーサス日本文化精神史』

佐々木六戈 ささき・ろっか 一九五五年生。俳人、歌人。「草藏」代表。句集『セレクション俳人 佐々木六戈集』

関 悦史 せき・えつし 一九六九年生。俳人、評論家。句集『六十億年の回転する曲がつた棒』

仙田洋子 せんだ・ようこ 一九六二年生。俳人。「秋」「天為」同人。句集『橋のあなたに』

宗田安正 そうだ・やすまさ 一九三〇年生。俳人、評論家、編集者。句集『個室』『百塔』

高岡 修 たかおか・おさむ 一九四八年生。俳人、詩人、評論家。「形象」主宰。詩集『犀』など十七冊、句集『透死図法』

高野ムツオ たかの・むつお 一九四七年生。俳人。「小熊座」主宰。句集『萬の翅』『片翅』

高山れおな たかやま・れおな 一九六八年生。俳人。「芸術新潮」副編集長、朝日俳壇選者。句集『ウルトラ』

田中和生 たなか・かずお 一九七四年生。文芸評論家。評論集『新約太宰治』『吉本隆明』

田中亜美 たなか・あみ 一九七〇年生。俳人、ドイツ文学者。共著『いま、兜太は』

田村隆一 たむら・りゅういち (一九二三～一九九八) 詩人。『田村隆一全集』

塚本邦雄 つかもと・くにお 一九二〇～二〇〇五) 歌人・評論家。『塚本邦雄全集』

筑紫磐井 つくし・ばんせい 一九五〇年生。俳人、評論家。評論集『季語は生きている』『飯田龍太の彼方へ』

対馬康子 つしま・やすこ 一九五三年生。俳人。「天為」最高顧問。「麦」会長。句集『愛国』

坪内稔典 つぼうち・としのり 一九四四年生。俳人、評論家。句集『月光の音』『水のかたまり』『ヤツとオレ』

寺井谷子 てらい・たにこ 一九四四年生。俳人。「自鳴鐘」主宰。句集『未来』『夏至の雨』

照井 翠 てるい・みどり 一九六二年生。俳人。「草笛」所属。句集『水恋宮』『龍宮』

外山一機 とやま・かずき 一九八三年生。俳人、評論家。「鬣」所属。

中岡毅雄 なかおか・たけお 一九六三年生。俳人。句集『一碧』『啓示』

永田和宏 ながた・かずひろ 一九四七年生。歌人、評論家。評論集『知の体力』『現代秀歌』、歌集『風位』

中谷寛章 なかたに・かんしょう (一九四二～一九七三) 俳人、評論家。「渦」(赤尾兜子主宰) 同人。

中村和弘 なかむら・かずひろ 一九四二年生。俳人、現代俳句協会会長。「陸」主宰。句集『東海』

夏石番矢 なついし・ばんや 一九五五年生。俳人、評論家。「吟遊」代表。句集『神々のフーガ』評論集『俳句のポエティック』

行方克巳 なめかた・かつみ 一九四四年生。俳人。「知音」代表。句集『地球ひとつぶ』『素数』

仁平 勝 にひら・まさる 一九四九年生。俳人、文芸評論家。句集『黄金の街』評論集『俳句が文学になるとき』

野木桃花 のぎ・とうか 一九四六年生。俳人。「あすか」主宰。句集『夏蝶』『時を歩く』

能村研三 のむら・けんぞう 一九四九年生。俳人。俳人協会理事長。「沖」主宰。句集『鷹の木』『滑翔』

原満三寿 はら・まさじ 一九四〇年生。俳人、詩人、文芸評論家。句集『流体めぐり』『ひとりのデュオ』

復本一郎 ふくもと・いちろう 一九四三年生。俳文学者。「鬼」(終刊) 代表。評論集『俳句と川柳』『正岡子規 人生のことば』

冨士眞奈美 ふじ・まなみ 一九三八年生。女優、俳人。句集『瀧の裏』

星野高士 ほしの・たかし 一九五二年生。俳人。「玉藻」主宰。句集『無尽蔵』『顔』『残響』

正木ゆう子 まさき・ゆうこ 一九五二年生。俳人。句集『水晶体』評論集『起きて立って、服を着ること』

松下カロ まつした・かろ 一九五四年生。俳人、評論家。『白鳥句集』、評論集『女神たち 神馬たち 少女たち』

三橋敏雄 みつはし・としお (一九二〇～二〇〇一) 俳人、評論家。句集『眞神』『三橋敏雄全句集』

武良竜彦 むら・たつひこ 一九四八年生。俳人、評論家、児童文学者。童話『三日月銀次郎が行く』

本井 英 もとい・えい 一九四五年生。俳人。「夏潮」主宰。句集『本井英句集』『夏潮』

横澤放川 よこざわ・ほうせん 一九四七年生。俳人。「森の座」代表。句集『展掌』

吉本隆明 よしもと・たかあき (一九二四～二〇一二) 詩人、評論家。詩集『固有時との対話』『記号の森の伝説歌』

依光陽子 よりみつ・ようこ 一九六四年生。俳人。一九九八年、第四十四回角川俳句賞受賞。

渡辺誠一郎 わたなべ・せいいちろう 一九五〇年生。俳人、評論家。「小熊座」編集長。句集『余白の轍』

編集余滴

■兜太さんの晩年は華やかというか、賑やかというか、氏の周囲は常に春風駘蕩といった気に満ちみちていたという印象があります。「生誕百年」の年に総合誌が特集号を出しましたが、そうした待遇を受けた文学者は兜太さんをもって嚆矢とするのではないでしょうか。

年齢を感じさせぬ（肉体と精神）旺盛な創作活動の持続には唯ただ驚くばかりでした。兜太さんの先行する〈存在〉の迫力には平成の終焉と令和の改元を一瞬、虚仮《こけ》にする眩ゆさがありました。フランスの「ルモンド」紙が五千余字を費やして追悼記事を掲載したことも、そのことを象徴しているといえるでしょう。

主要メディアが追悼を早々とすませ、百年に一度というコロナ禍の自粛要請という生権力が発生する最中の『金子兜太の〈現在〉―定住漂泊』の刊行です。傍目には押っ取り刀で駆けつけたものの如く見えるかもしれませんが、さにあらず、こうした冊子こそを兜太さんは待ち望んでいた筈だとの確信が、執筆者も含めた私たち編集者にはあります。兜太さんの〈現在〉というより、執筆者自らの〈現在〉を問う姿勢が、どの論考からも熱く伝わるであろうことを約束いたします。

兜太さんに初対面の挨拶を交わしたのは、遥か遠い日、私の学生時代です。当時、私は友人とフランスの抵抗運動《レジスタンス》の拠点となった〈夜の出版社〉こと深夜叢書社の創設に奔走しておりました。創業出版に金子兜太・岡井隆氏の共著『危機歌学の試み』を企画したものの挫折（同書は村上一郎氏の尽力で紀伊国屋書店新書『短詩型文学論』と題され出版）。

兜太さんと親昵の関係となり、五十五年。付かず離れず、付き過ぎず離れ過ぎず、ほどよい状態にあったと思います。実際に熊谷の地を訪ねたのは、逝去する一カ月前でした。不即不離の関係とはいえ、兜太さんの境涯での節目には立ち会うという僥倖がありました。一九八四年、朝日新聞社、朝日文庫「現代俳句の世界」（全十六巻）を企画、『金子兜太・高柳重信』編集。一九八六年、朝日俳壇選者に決まる。祝賀会。一九八九年、兜太編『現代俳句歳時記』装幀担当。ビクター音楽産業からビデオ『加藤楸邨・金子兜太』。二〇〇八年、正岡子規国際俳句大賞受賞時の選考調整委員として。東京・本行寺開催「一茶・山頭火俳句大会」の初回から十一年間、選者を務めたのは兜太さん、村上護氏と私。最晩年、俳壇の某賞の選考を兜太さんの助手として務める、ｅｔｃ。

兜太さんが「覚えておいてくれ。オレを支えてきたのは、一、トラック島での戦場体験、二、日本銀行での冷や飯。三、俳壇の保守返り。この三つだ」と口癖にしていたことは広く知られています。私見では、三つは深化、思想化されることはなかったのではないでしょうか。二つ目の「日銀時代の冷や飯」に関して兜太さんの友人嵐山光三郎氏は、「語るも涙、聞くも涙の兜太弾圧史だが、当時の日銀支店長は、給料は高いし、知事や市長レベルの権限を持っていたんじゃないの、とばされたって、〈天下の日銀〉である、と野性的客人はブーブーと文句をいった」（『いま、兜太は』岩波書店）と書いている。一つ目は「戦争世代」「戦中派」の誰彼を想起されたい。大岡昇平氏は「過去に捕虜の経験があるので、天皇に申しわけない」と、芸術院会員になることを辞退しています。兜太さんは紫綬褒章、日本芸術院会員、文化功労者など受章。「アベ政治を許さない」とするも、政権が授与する賞を拒絶しない。句碑を数十建立するのは俳壇の保守返りとはいえないでしょうか。

兜太さんは前出の『いま、兜太は』の執筆者十人のひとりに私を指名してくれている。巻末の「編集を終えて」で、共編者の青木健氏に「齋藤愼爾は、ややこしい男だが、正直でいい男だ」と語っている。金子兜太・半藤一利対談集『今、日本人に知ってもらいたいこと』（KKベストセラーズ刊）で、兜太さんは後書で半藤さんを「頼母《たのも》しい男だが、少しややこしい人物かもしれぬ」と書いておられる。同書は対談集の白眉。半藤さんと同じ形容を受ける私に言うことばはありません。（愼爾）

■種田山頭火全集・春陽堂俳句文庫出版の折には、いつもこわごわと連絡を取っておりました。現代俳句協会会長、朝日俳壇選者という肩書に恐れをなしておりました。お会いすると、その肩書はすっかり忘れて、金子先生は懐深く、にこやかに接してくれました。その記憶とともに今回齋藤愼爾さんのお手伝いをさせていただきました。各方面の方々との対談、論考は、とても刺激的でした。金子兜太先生のあのふくよかな風貌、お身体には何層にもわたるいろいろな面があることに驚きました。各方面の皆様のご協力により、刺激的な兜太本ができたことの御礼とともに書棚にのこる一書となることを願っております。

（春陽堂書店　第一編集部　永安浩美）

編集協力———金子眞土／黒田杏子／安西 篤／渡辺久雄
北村唯一／尾花正裕／西井洋子／高橋忠義／蓬萊 務
三田文学編集部／小野市教育委員会
写真協力———黒田勝雄／毎日新聞社

金子《かね》子《こ》兜《とう》太《た》の〈現《げん》在《ざい》〉
定住《ていじゅう》 漂泊《ひょうはく》

2020年 9 月30日　初版第 1 刷　発行

編　集　齋藤愼爾
発行者　伊藤良則
発行所　株式会社 春陽堂書店
〒104－0061
東京都中央区銀座3－10－9　KEC銀座ビル
電話　03－6264－0855㈹
印刷製本　株式会社 精興社

ISBN978-4-394-90372-7　C0095